问鼎记

人心至上

何常在 著

北京联合出版公司
Beijing United Publishing Co.,Ltd.

图书在版编目（CIP）数据

问鼎记 / 何常在著. — 北京：北京联合出版公司，2017.7（2018.5重印）
ISBN 978-7-5596-0445-3

Ⅰ. ①问… Ⅱ. ①何… Ⅲ. ①长篇历史小说－中国－当代 Ⅳ. ①I247.5

中国版本图书馆CIP数据核字（2017）第115738号

问鼎记

作　　者：何常在
选题策划：北京磨铁图书有限公司
责任编辑：管　文
封面设计：VIOLET
版式设计：刘珍珍

北京联合出版公司出版
（北京市西城区德外大街83号楼9层　100088）
北京嘉业印刷厂印刷　新华书店经销
字数444千字　700毫米×980毫米　1/16　印张24
2017年7月第1版　2018年5月第4次印刷

ISBN 978-7-5596-0445-3
定价：42.00元

目录 CONTENTS

楔子

一出京城就是河北地界，南下三百里，太行山脚下，有县名灵寿。自汉置县以来，传到大夏，已有一千多年。千百年来，朝代更迭，岁月流逝，灵寿县名传承至今，从未更换，也算是难得的奇迹了。

距离灵寿县城二十余里，有山村名叫中山村。中山村取名于战国时的中山国。一度和战国七雄并列的中山国，被湮灭在历史长河之中，曾经辉煌一时，以千乘之国的实力对抗七雄万乘之国二百余年，称之为战国第八雄也不为过。

中山村位于群山环抱之中，村中不过三百余户人家，鸡犬之声相闻。村民一姓，皆是国姓夏姓。三面环山，一面环水，风景优美而宁静，隐没在巍峨的太行山脉之中，几乎与世隔绝，是一处世外桃源。

大夏国立国已有一百余年，如今四海升平，天下安宁，称得上是太平盛世。自从太祖太宗两朝，由河南之地强渡黄河北上，扫荡北方游牧民族，将之赶到草原和漠北之后，河北北至草原，东北至白山黑水之地，西北至大漠苦寒之处，尽归大夏版图。当年临死之时大呼“过河，过河”的宗老元帅泉下有知，当含笑瞑目。

现今太平多年，不闻战事不见兵戈，若要拼一个出身，除非读书。大夏第三代皇帝臻宗的《劝学诗》历经数十年依然流传甚广——富家不用买良田，书中自有千钟粟。安居不用架高堂，书中自有黄金屋。出门莫恨无人随，书中车马多如簇。娶妻莫恨无良媒，书中自有颜如玉。男儿欲遂平生志，六经勤向窗前读。

然而中山村自从大夏立国以来，竟无一人考取功名，村民安居乐业，小富则安，仿佛遗失在了盛世之外，也被盛世遗忘了。

直到三年前，一个落魄的私塾先生从京城意外来到了中山村……

/ 第一章 /

壮志凌云

四月，正是草长莺飞的季节。中山村村口的长亭，一名弱冠少年长身而立，唇红齿白，面如玉耳如轮，额头宽广而白净，一袭青衫衬托得他如柳树般挺拔。

长亭内，和他对面而立的是一位四十岁开外的中年男子。男子身穿洗得泛白的长衫，头戴方巾帽，瘦脸横眉，三分书生气七分威严相。

中年男子身边，站立一名十五六岁的女子。女子眉眼如画，春衫，轻腰，蛾眉，双眼如雾如月，妩媚天生。

少年淡然而立，手持一根柳枝，神情毅然之中，又有一丝淡淡的不舍。

“受教先生三年，深感先生才学冠绝天下，不逊于当朝泰斗司马饰，为何不北上京城，向司马先生递上一纸文章，赢一个功名或是博一个名声，想必易如反掌。”少年微抿嘴唇，神情坚定，“先生也一再教导学生，仕而优则学，学而优则仕。我辈读书之人，当以修身、齐家、治国、平天下为己任。当今正是盛世，应当上报朝廷下不负黎民，才不枉饱读圣贤书。”

李鼎善手中折扇打开，轻轻摇动，微微一笑：“司马先生确实提携过许多后进，只不过我已无心于仕途，只愿一生忘情于山水之间，修身齐家足矣，至于治国平天下的大任，就由你们年轻人担当了。”

女子接过夏祥的柳枝，在手中轻捻几下，肃然说道：“先生并非不受圣贤教诲无心仕途，也不是不上报君恩，何况说来先生也不需要司马饰的提携，他和司马饰……”

“不必说了，葭儿……”李鼎善摆手制止肖葭继续说下去，朝她使了个眼色，离别在即，心中既高兴又隐有一丝担忧，他合上折扇，目光扫过折扇上的“风雅”二字，在落款之上停留了片刻。

落款题名赫然是司马饰。

司马饰不但为当朝文坛泰斗，也是翰林院学士兼龙图阁学士，他在任礼部贡举的主考官、以翰林学士身份主持进士考试时，曾录取了连车、连易兄弟二人。

司马饰曾说读到连车文章之时，不觉汗出，以他的才学也应当退让三分才能避其锋芒。连氏兄弟后来文名名扬天下，司马饰提携后进慧眼识珠之名，由此传遍大江南北。

“你我就此别过。”李鼎善微一拱手，转身离去，大步流星，竟不回头，“不必再虚礼，也不必折柳相送，他日若有机缘，自会再次相见。切记，你进京之后，不要贪玩，也不要惹是生非，只管考试就是。”

肖葭微一迟疑，将手中柳枝递还夏祥，依依不舍地看了夏祥一眼，想说什么，摇了摇头，也紧随李鼎善而去。

“先生……”夏祥知道李鼎善去意已决，想起三年来的教诲和相处，不觉潸然泪下，朝李鼎善的背影长揖一礼，“山高水长，此去不知何年才能相见，愿先生不负平生所学，德行天下，桃李满园。”

三年前，李鼎善和肖葭来到中山村，当时的他犹如乞丐，衣衫褴褛不说，还形容憔悴。好心村民收留了他们二人。李鼎善和肖葭以父女相称，却并非同姓。二人只是自称从京城而来，是何身世，为何而来，皆不回答。好在中山村民风淳朴，村民只当二人是一对落难的父女，并不疑心他们。

李鼎善父女二人先是住在村西废弃的草房之中，忽一日狂风大作，草房被吹成废墟。二人没了容身之处，无奈之下想要离开中山村时，宋定娘将自家的房屋腾出两间，收留了他们。

宋定娘是夏祥之母。

说来夏祥和母亲宋定娘也并非土生土长的中山村人，夏祥三岁之时，跟随母亲来到中山村，从此定居于此。爹爹是谁，是生是死，母亲讳莫如深，从来不提，也不许夏祥问起。中山村村民久居大山深处，虽也遵循孔孟之道，却并不迂腐，对于来历不明的夏祥和宋定娘既不排斥也不怀疑，坦然地接纳了他们。

一晃十几年过去了，山村的生活安稳而平静，夏祥和宋定娘也完全融入村民之中。夏祥自幼聪明，只是奈何家贫，读不起私塾，宋定娘就以柳枝为笔沙地为纸，教他识字。夏祥也算争气，在大地的纸张上博览群书。等他到了十七岁的时候，已经学有小成，母亲已然无力再教他什么。

夏祥家中并不富裕，李鼎善父女入住之后，日子更是举步维艰。李鼎善和肖葭也不愿在夏家白吃白住，就提出可以开设私塾教书，以补贴家用。

私塾开办之后，前来上学者寥寥无几，也是中山村与世隔绝，村民追求功名之心并不强烈。除了夏祥之外，只有二人，一人名夏来，一人名夏去。三人的私塾，李鼎善倒也认真教学。夏来和夏去顽劣成性，不求上进，勉强识得几个大字之后，就无心再学了。

李鼎善也不在意，夏来和夏去所交的学费减轻了夏家的负担，也算是莫大的欣慰了。当然，让他最惊喜也最满意的是夏祥的聪慧，堪称神童。他将平生所学倾囊相授，夏祥只用了两年时间便全部融会贯通。

见夏祥学有余力，李鼎善便改变了主意，本来以他所想，只让夏祥饱读圣贤书即可，其他杂家，不必一观。但见夏祥之才可以海纳百川，他就拿出轻易不示人的藏品书籍，交与夏祥。

夏祥如获至宝。

又一年后，夏祥上至天文，三教九流，诸子百家，无所不通；古今兴废，圣贤经传，无所不览。在李鼎善看来，夏祥就算不是百年不遇的大才，也是数十年才有的奇才，至少不比十九岁高中进士的苏确差上多少。

大夏立国以来，十八九岁高中进士者，不下十人，其中尤以苏确最为引人注目。倒不是苏确最为才高，而是苏确最为刚正。为官之后，数次当面顶撞皇上和王爷，固执己见，从不因对方的皇权或王权身份而让步半分。

“爹爹，为何我们不同夏祥一起进京，他一人进京赶考，谁来照顾他的起居？”站在一处山头之上，俯视群山环抱的中山村，肖葭微蹙眉头，一时心忧，“此去京城，山高水长，诸多艰难，他一人万一有个闪失，那该如何是好？”

李鼎善折扇遥指北方：“他一人前去京城，确实路途艰难，但总好过我们的陪同。京城有人发现我们的踪迹了，说不定不日就会来到中山村。如果现在不及时离开，会让夏祥大祸临头。”

肖葭轻叹一声：“若是让人知道夏祥是爹爹的门生，别说高中进士，怕是连命都不保了。他此去京城，凶多吉少。其实让他安稳一生，不求功名富贵，只求平安，不也很好？”

李鼎善却是摇了摇头：“大夏太平百年有余，虽无外患，却有内忧。以夏祥的才学，只当盛世一小民，就太可惜了。眼下，朝廷会有一场风波，男儿生于天地之间，当顶天立地，迎难而上——亦余心之所善兮，虽九死其犹未悔……”

肖葭轻轻一拢额头散落的头发，神情有几分茫然：“让他从中山村直接迈入凶险的京城，是不是太难为他了？”随后目光迷离而失落，“十里长亭霜满天，青丝白发度何年？今生无悔今生错，来世有缘来世迁。”

“葭儿……”李鼎善脸色一沉，语气严厉了几分，“夏祥和你只能是兄妹！”

肖葭俏脸微微一红，随即失落了几分，微一低头：“知道了，爹爹，葭儿不敢。”

见肖葭如此，李鼎善未免心软，摇头叹息：“不是爹爹为难你，也不是爹爹有意如此，实在是你的身世原因，不能长伴夏祥左右。”

“我今后该何去何从？”肖葭双眼迷离，眺望三年来朝夕相伴的山水，心情莫名沉重了许多。

“大夏虽然重仕，但并不轻商，也不抑制经商。”

“我一女流之辈，如何经商？”肖葭并无主见。

“我已有打算，不必多虑。”李鼎善话刚说完，忽然脸色一变，一个箭步跃上旁边的一块石头，朝远处张望，“来得好快。”

远处的山路上，几匹快马奔跑如飞。马上几人，一色的短衣干练打扮，面色冷峻，目光凌厉。

一共五人五马，穿过山间小路，越过小溪，直奔中山村而去。

肖葭脸色大变，声音颤抖：“爹爹，他们是？”

“是他们。”李鼎善点了点头，毫不慌乱，淡淡一笑，“幸好先走一步。他还是贼心不死，非要置我于死地不可。既然如此，我如果为了避祸南下泉州的话，岂不是显得太胆小怕事了？走，北上京城！”

“真的？”肖葭一时惊喜，南下泉州距京城数千里之遥，和夏祥天各一方，也许再难有相见的机会，而北上京城，说不定会和夏祥有意外重逢之时。

“不入虎穴，焉得虎子？”李鼎善哈哈一笑，豪气陡生，“他想赶尽杀绝，我就自投罗网。”

/ 第二章 /

平地起波澜

夏祥在长亭惆怅片刻，直到李鼎善和肖葭的背影消失在峰回路转的山路之间，才转身回去。

夏初的村庄，繁花似锦，处处绿意盎然。田间地头，有农人和耕牛在忙碌，湖边，一架水车正在转动。水车下面，几个女子在嬉笑中浆洗衣服。更远处，层峦叠嶂，云起雾升，时有鸟鸣回荡，再有清风几许，让人有轻灵出尘之感。

夏祥却无心感受此情此景的美好，和人边打招呼边匆匆回家，刚到家门口，迎面走来了夏来和夏去。

夏来和夏去是兄弟，二人是村西夏得水的儿子，年纪相差两岁，却如同孪生兄弟，一个心直一个口快。样子长得也像，膀阔腰圆，浓眉大眼，强壮而威武。相比之下，夏来要比夏去高上半头有余，也更魁梧几分。

二人和夏祥从小一起长大，亲如兄弟，又因仰慕夏祥的才学，对夏祥言听计从。

“大郎，先生走了？”夏祥在中山村是独门独户，没有堂亲，排行老大，夏来平常就称他为大郎。夏来嬉皮笑脸地凑了过来，笑得无比灿烂，双眼眯成了一条缝。

夏来和夏去有叔伯，按照叔伯家同辈排行，夏来排十一，夏去排十三。

“十一郎，先生一走，你是不是很开心？”夏祥没好气地打了夏来一下，夏来在课堂上从来不好好听课，不是睡觉就是捣乱，“不过，先生虽然走了，还有我在，我还会继续监督你的功课。”

“大郎，你莫要害我好吗？”夏来一头汗水，拉住夏祥的胳膊摇晃，“功课对我来说，比杀人放火还难。我宁愿上山落草为寇，也好过读书考中功名。功名利禄，于我如浮云。”

夏去放声大笑：“十一哥，这话你说得违心不？如能考取功名，你会说功名如浮云？莫要配不上夏香就说夏香丑，太过无理取闹了。”

“你莫要血口喷人！”夏来对夏去怒目而视，愤愤不平地说道，“我何时配不上夏香了？退一千步讲，同姓不婚，我岂敢对夏香有念想？再退一万步讲，自肖葭小娘子来了之后，村里男子谁不仰慕她的风华？纵然是你，你也多次提起要娶肖葭为妻。从此刻起，一个时辰之内，我不再和你说一句话。”

夏香是村中夏老成之女，年方十五，貌美如花，十里八乡上门提亲者无数。若不是同姓不婚的规定，单是中山村想迎娶夏香者就不下百人之多。只是自肖葭来后，中山村所有适龄男子，无一人不仰望肖葭的风姿，将夏香抛到了脑后。奈何肖葭虽到婚嫁年龄，却一心守候在李鼎善左右，不管何人提亲，一律回绝，声称终身不嫁，让不少略通诗文的“才俊”黯然神伤，暗中写了几首伤心之诗。

也只有夏来和夏去心知肖葭的一颗芳心全部维系在夏祥身上，二人也看了出来，夏祥对肖葭并无男女之情，只当她是妹妹一般。

“一个时辰？太少了，两个时辰怎样？”夏去嘻嘻一笑，推了夏来一把，“我偏不信你能一个时辰不和我说上一句话！”

“走开。”夏来无比恼火，举手欲打。

“祥儿回来了。”宋定娘听到门外的吵闹声，推门出来，见夏祥和夏来、夏去打闹，不免笑了，“你们都快弱冠之年了，怎么还打打闹闹没个正形？祥儿，快让来儿和去儿来家里吃茶。”

院子不大，没有青砖铺地。东边种了一棵苹果树，树上结满了果实，红绿相间，煞是好看。树下有鸡鸭数只，一只黄狗在追逐鸡鸭嬉闹。

三间正房是土坯房，房顶上长满了年深日久的杂草，倒也充满生机。进到屋里，低矮阴暗，微有潮湿之气。房屋正中一张八仙桌，左右各有一把太师椅。墙上挂了一幅江山社稷图，左右各有对联。

上联：识遍天下字，下联：读尽人间书。

正是当朝泰斗司马饰提携的连车的名句。

“十一郎，拿笔来。”夏祥抬头看了对联一下，一挽袖子，“十三郎，帮我取下对联。”

“好。”夏来和夏去齐声应了一声，二人动作倒也利索，片刻之后就准备好了纸墨并且取下了对联。

“祥儿？”宋定娘不知夏祥要做什么，惊诧地说，“这是先生的墨宝，不可乱动。”

“我只是添加几个字罢了。”夏祥手起笔落，一挥而就，将笔一扔，哈哈一笑，“发愤识遍天下字，立志阅尽人间书……如此，才显出自信而去掉自傲。”

“这……有什么不同吗？”夏来眼中尽是迷惑之意，歪头半天，“不过是画蛇添足多了四个字，意思不还是一样？”

“笨得要命。”夏去讥笑一声，一敲夏来的脑袋说道，“识遍天下字阅尽人间书，天下字天下书何其多，谁敢说一定识遍阅尽？狂妄至极。但加了‘发愤’和‘立志’就不同了，由狂妄变成了志向，不但不让人觉得狂妄，反倒让人肃然起敬。”

夏来像不认识一样打量夏去几眼，摸了摸夏去的脑袋：“怪事，真是咄咄怪事，你的榆木脑袋什么时候也开窍了？”

“我本来就比你聪明好不好？”夏去颇不服气地推开夏来的手，哼了一声，“不怕告诉你，我已经决定和大郎一起进京赶考了。”

“你没说错？我没听错？”夏来睁大眼睛，“就凭你的文章和一手烂字，还想进京赶考？此去京城三百余里，得浪费多少布鞋和粮食，还不如在家里种田。”

夏去怒极：“十一郎，你太小瞧于我了，我进京赶考，是想报效朝廷，就算浪费了布鞋和粮食又何妨？位卑未敢忘忧国，不像你，只想自己安逸，不为国家分忧。”

夏来被夏去说得哑口无言，嗫嚅了半天才冒出一句：“我也想为朝廷效力为国家分忧，可是我没有济世之才，朝廷要我何用？不如种田养牛，也不算拖累朝廷。”

“眼下朝廷正在征兵。”夏祥踩着椅子挂上了对联，“大夏立国以来，虽然重文抑武，但太祖以兵定天下，也是军中出身，对军人一向优待，朝廷又有募兵制，以你的体格，大可应征募兵。”

征兵是服兵役，没有报酬。募兵则不同，是朝廷招募兵士，相当于雇佣军，是为选募，应征者为募士。募兵在体格、才智诸方面的要求都要严于征招来的义务兵，通常来说，有身高、体能等方面的测试。

“倒是一个好主意。”夏来一拍大腿，喜形于色，“我去应征募兵，或许日后可以当上武略郎。”

“太没出息，以你的雄才大略，从七品的武略郎太屈才了。”夏去大笑。

夏来得意地一挺胸膛：“也是，我至少也要做从五品的团练使。”

“从五品的团练使还是太小了。”夏去促狭一笑，“你最少也得是承信郎。”

夏来被夏去绕晕了，一摸脑袋：“承信郎是几品？”

夏祥大笑：“最低品级，从九品。”

夏来大怒：“十三郎，我和你没完！”说完，举手欲打夏去。

却被夏祥拦住了。

夏祥笑道：“不要闹了，我明日一早就要进京赶考了，估计一去得半年以上。十一郎、十三郎，母亲就拜托二位代为照应了。”

说完，夏祥长揖一礼。

夏来和夏去忙敛形正容，还了一礼。

夏来正色说道：“大郎尽可放心，有我和十三郎在，婶娘必会一切安好。”

夏去也说：“是的，是的，婶娘便和母亲一般无二，大郎不必挂念，高中状元之后，莫要忘了寒门兄弟，苟富贵，无相忘。”

夏祥点头笑道：“当年陈胜耕田时，说到苟富贵，无相忘，被同伴耻笑，说他没有富贵之命。他感慨说道，燕雀安知鸿鹄之志哉。后来陈胜称王时，同伴前去求富贵，却被陈胜杀掉。从此，再也没有同乡前去投奔他。”

夏来佯惊：“啊，大郎，你言下之意是不想让我们前去投奔你了？”

夏祥大笑，打了夏来一拳：“我的言下之意是，有人口中的苟富贵无相忘是希望别人富贵了，不要忘了他，却不是他富贵了，不忘别人。”

“吃饭了。”宋定娘做好了饭菜，一盘凉菜，两盘热菜，外加馒头和烙饼，简单却丰足，“十一郎和十三郎也留下吃饭。”

夏来和夏去的家境比夏祥好了许多，二人时常接济夏祥，体谅宋定娘一人持家的不易，从未在夏祥家中吃饭。今日二人却不推辞，分别落座。

饭后，宋定娘收拾碗筷，夏祥和夏来、夏去来到院中。夏祥看了出来，二人有话要和他说。

院中的果树下，有一个方桌和几个木凳，夏祥几人坐下。黄狗摇头摆尾凑了过来，依次嗅了几人，又若无其事地卧到树荫之下，做春秋大梦去了。

“去京城山高路远，要花不少盘缠，这是我的一点心意。”夏来一改之前的嬉皮笑脸，一本正经地拿出一个锦囊，递到夏祥面前，“中山村百余年来，没有出过一名进士，更不用说状元。你若高中状元，我兄弟二人也可以人前人后风光一番了。”

“状元毕竟只有一人，进士却有几十人之多，得中二甲进士足矣。”夏去也拿出一个小包，“大郎，我也有心意送上，你且收下。千万不要推辞，他日高中进士，衣锦还乡担任一方知县时，我会去效犬马之劳。”

夏祥有心推辞不受，不想夏来夏去却将话说死了，心情激荡之下，一时眼眶微有温润。自他记事以来，夏来和夏去就如亲哥哥一般照顾他和母亲，如果没有夏来夏去，他和母亲或许早就无法度日了。现今进京赶考，二人又馈赠盘缠，如此情义，他自当铭记在心。

“多谢。”夏祥微一拱手，以他和夏来夏去兄弟二人的交情，多余的话说了反倒显得生疏了。

“客气就见外了。”夏来颇为豪气地一挥右手，他比夏去高了半头有余，体形也强壮不少，挥手之间，还倒真有几分将军气派，“大郎，你的爹爹到底是谁？婶娘真的没有说过？”

“真是没有。”夏祥摇头，“我也好奇爹爹究竟何许人也，母亲不许我问身世，每次提及，总是避而不答。问得急了，还会骂我几句，责怪我不懂事。”

“也是怪了，大夏风气清明，并不反对女人再嫁，婶娘也不知有什么苦衷？”夏去想不明白，才懒得多想，又说，“大郎，我刚才的话不是戏言，是真要和你一起进京赶考。”

“啊？”夏祥着实吃了一惊，“你真有此意？”

“我想试上一试。”夏去不好意思地笑了笑，“倒也不是非想谋一个出身，就是想出去见见世面，还有，和你结伴同行，路上也好有个照应。”

夏来连连点头：“从中山村到京城，少说也要一月有余，一边走路一边读书，说不定夏去还真能开窍，哪怕只是一个四五等同进士出身，也算光宗耀祖了。读万卷书，不如行万里路。我刚从村南的夏老道处求得一卦，是上上签。”他拿出了一根竹签念道，“听报朝廷擢选才，人人感仰起风埃。眼下纵忧君莫虑，月中丹桂自然开……蟾宫折桂就是登科，大郎，你此去京城赶考，必定高中。”

“哈哈，子不语怪力乱神，胸中有大才，功名在笔下。如果一根竹签可以决定一个人的前程，还要圣贤书何用？”夏祥朗声大笑，他站了起来，朝西方拱了拱手，“先生再三教诲，古今来许多世家，无非积德；天地间第一人品，还是读书，我辈当铭记先生之言，修身、齐家……”

话未说完，外面突然传来了纷乱的吵闹声。

“奉旨捉拿朝廷钦犯，凡藏匿不报者，与钦犯同罪！”

此人嗓门洪亮，中气十足，一语既出，回荡山村之中，经久不散。

中山村平静多年，别说有朝廷钦犯了，就是连小至盗窃的案件都未曾有过一件。今日忽听官家前来捉拿钦犯，顿如巨石入水，激起千层浪。

片刻之后，不下数百人便聚集在了村西的空地之上。

村西的空地原本是一处住宅，后来荒废了。李鼎善和肖葭来后，就住了进去。再后，狂风吹坏了房子，李鼎善和肖葭搬到夏祥家中之后，一天深夜突起大火，将一片房屋烧得干干净净。村民商议之下，索性清理了废墟，成了空地。

此后空地就成了村民聚会聊天的场所。

五匹高头大马站立在空地的大槐树之下，马上五人，清一色短衣打扮，虽是锦衣，却并非寻常官差着装，让只见识过灵寿县衙官差的村民指指点点，不知他们到底是何来头。

为首一人，一字眉，国字脸，方正威武，面貌肃然，眼神凌厉之中，隐隐透露出丝丝杀气。他手中高举一纸画像，高坐马上，漠然俯视周围的村民。

“画中之人是朝廷重犯，有线报称此人藏匿于中山村长达三年之久，凡有见过此人并且知道此人下落者，一律行赏。若是隐匿不报者，与钦犯同罪。尔等谁见过此人，速速报来。”

国字脸将手中画像高高举起，再一松手，画像飘然而落。几个好事者一拥而上，抢过了画像。

“不认识，不是中山村的村民。”

“没见过这人。”

“怎么会在中山村藏匿了三年？中山村是小村落，总共一千多人丁，哪里有什么朝廷重犯？”

“不对，这人好像是……”画像在人群中传递，传到了夏老成手中，夏老成呆愣片刻，跳脚大叫，“我知道，我知道他是谁！”

“是谁？”国字脸面无表情，目光冷冷地落在夏老成脸上，“快说！”

夏老成将画像放到手中，伸出右手，谄笑：“小的请都头赏。”

夏老成并不知道来人是何官职，他就知道一个都头之称，是以称呼对方为都头。

“赏！”国字脸脸色一寒，示意随从行赏。随从之中，有一个身材矮小者，扬手扔出一锭银子。银子拳头大小，足有五十两之多。

“哄！”人群涌动，爆发一阵羡慕赞叹之声。

夏老成接过银子，喜形于色，如若不是周围全是乡亲，他说不得已经跳起来欢呼了。五十两银子，可抵他几年的收入，说句不怕别人笑话的大实话，他活了一把年纪，还是第一次见到如此大锭的银子。

/ 第三章 /

闯祸

“李鼎善，他是三年前来到中山村的教书先生李鼎善。”夏老成顾不上当年李鼎善教他和女儿夏香识字的情义，当即和盘托出，“李鼎善还有一个女儿叫肖葭，他们自称父女，却不同姓。”

“李鼎善现在何处？”国字脸眼神跳跃不定，嘴角闪过一丝不易察觉的冷笑。

“两个时辰前，我见他父女二人向村西而去，应该是离开了。”夏老成想咬咬银子的真假，被国字脸阴冷的目光盯得心里发毛，不敢下嘴。

“不早说！”国字脸怒极，弯腰伸手，一把将夏老成拦腰抓住，横放在了马背之上，双腿一夹马腹，大手一挥，“追！”

夏老成吓得魂飞魄散：“都头饶命，都头饶命，我不要赏钱了行不？”

“少废话。”国字脸不容夏老成再多说半句，一掌打在他脸上，“再敢多嘴，一刀宰了你。”

夏老成的脸顿时肿了半边，才知道贪心多嘴惹祸上身了，只不过追悔莫及，不敢再多一句，连在马背上颠得喘不过气来也不敢哼上一声。

来时五马五人，走时五马六人，官差一走，人群如同炸锅一般，议论纷纷。

“怎么会是李教书？”夏来惊愕得几乎说不出话来，“李鼎善竟是钦犯，不敢相信。大郎，如何是好？”

夏去见众乡亲注意到了他们几人，忙将夏祥、夏来拉到一边，低声说道：“嘘，小声说话，中山村谁不知道和先生关系最为密切的就是我们三人。若不是夏老成强出头，被抓走的就是我们了。”

夏祥默然不语，心中却是激起了惊涛骇浪。

三年前李鼎善和肖葭初来中山村时，母亲就曾和他提及李鼎善、肖葭怕是大有来历，他当时并未多想，只当李鼎善不过是一个仕途失意的文人，来到中山村，只为避世。却无论如何也没有想到，李鼎善居然是朝廷钦犯！

再如果追查下去，他是朝廷钦犯的学生，怕也难逃其罪。

怎么办？夏祥心中只计较片刻，便迅速有了主意。

“先生两个时辰之前离开，对方就算快马加鞭，想要追上，也要半个时辰以上。没有追上，再返回的话，也差不多要一个时辰。一个时辰，足够我们远走高飞了。”夏祥打定了主意，三十六计，走为上策。

“大郎，你去京城赶考，十三郎也和你一起去，我又能去哪里？”夏来也觉得夏祥的走为上是最好的办法，却心中惶恐，不知道走出山村后，在何处落脚。

“你去参军。”夏去比夏来要笃定几分，反正他已经决定离开中山村，早走晚走并无区别，突起变故，他还能笑得出来，也不简单，“日后你我兄弟，一武一文，辅佐在大郎身边，成为他的左膀右臂，岂不快哉？”

夏来听了，迟疑片刻便下定了决心：“事已至此，怕也无用，好，就这么定了。几时走？”

夏祥抬头看了看偏西的太阳，一抿嘴唇，无比坚定：“半个时辰后，村东池塘的柳树下会合。”

“村西才是出村的大路……”夏来愕然，以为夏祥吓傻了。

夏祥悄然一笑：“村东的小路，村外的人不知晓，又过不了马。”

夏来赞道：“还是大郎想得周全。”

夏祥和母亲的告别还算顺利，明日一早走和现在走，只不过差了几个时辰，宋定娘也听到了外面的喧闹，却假装不知，忙前忙后帮夏祥收拾好了行李，又叮嘱一番，就只送到门口。

倚门而望，宋定娘凝视夏祥毅然决然的背影消失在了村口，才收回依依不舍的目光，悄然擦了一把眼泪，叹息一声：“祥儿，报国若是无门，你即便学医，母亲也不怪你。你父常说，男儿读书，只为两件事情，不为良相，必为良医。”

夏来和夏去与爹爹、母亲的告别就多了几分曲折，夏得水骤然听闻两个儿子都要外出谋求功名，一人进京赶考，一人参军，哪里肯放行。吵闹了半天，夏来和夏去去意已决，一个要上吊，一个要跳井，最后夏得水只好让步。

在夏得水再三叮嘱和母亲的眼泪中，夏来和夏去只背了一个包袱，就踏上了征途。在村东和夏祥会合时，夕阳西下，映照得四下金黄一片，多了萧索和离别之意。夏祥几人却无意欣赏漫天红霞的美景，三人三分兴奋七分期待，分开茂密的丛林，一头扎进了大山，身影很快就隐没在山林之中。

与此同时，出村西十余里的山里，五匹高头大马围在一起，地上躺着一具无头尸体。头颅滚到一边，死不瞑目表情惊恐的一张脸赫然是夏老成！

国字脸犹不解恨，一剑又刺在夏老成的尸体之上，呸了一口：“老东西，想钱想疯了吧？哪里有李鼎善的影子？害得老子耽误了整整两个时辰。”

随从中的矮个子说道："高太尉，下官倒是觉得夏老成并未说谎，李鼎善必定就隐藏在山林之中，只是山高林深，不易发现罢了。"

高见元气愤不平地冷哼一声："死有余辜，千刀万剐也不抵他的过错。"又扫了几人一眼，"眼下我们人手不够，太行山又绵延数千里，即使是千军万马怕是也难以发现李鼎善的行踪。燕豪，你意下如何？"

燕豪既是高见元的随从，又是他的军师，高见元一向对燕豪信任有加，将他视为心腹。燕豪不但机谋出众，更是武功超群，别看个子不高，一身功夫出神入化，他是可以跻身前十的大夏顶尖高手之一！

燕豪毕恭毕敬地答道："山高林深，搜山无异大海捞针。李鼎善既然逃出了中山村，必然要有一个落脚之地，他要么北上京城，京城有可以庇护他的一干老人；要么南下泉州，以便可以从泉州出海，转道琼州直达南海诸国……"

高见元默然多时，才缓缓点了点头："一北一南，倒也符合李鼎善要么置之死地而后生，要么索性远走高飞的性子，那么你且说说，他到底是向北还是向南？"

"李鼎善在一个小小的中山村隐忍了三年，灵寿距离京城不过三百余里，他是身在山野心在朝堂，哪里是避世，分明是静候时机。"燕豪眼中精光闪动，目光遥望京城方向，"据下官推测，他多半前往京城而去，所以……"

"所以我们只管回京，在京城布下天罗地网，等他自投罗网就是了？"高见元微露欣喜之色，燕豪的一番话让他心中大定，之前的烦躁不安一扫而光。但如果此来一无所获，回京之后，被王爷一顿臭骂还是轻的，说不得还要重责几十大板。

李鼎善此人是王爷的心腹大患，他一日不除，王爷就寝食难安。

"太尉英明。"燕豪清楚自己的位置，不管他的主意多高明多有决定性作用，他都会退让到后面，功劳永远属于高见元。

高见元十分满意燕豪的表现，哈哈大笑，双腿一夹马腹："驾！连夜回京。"

一行五人五马，如一阵旋风，在山路上激荡起一阵尘土，不多时就消失在了苍茫的群山之中。

几人走后许久，一男一女才从山林中一块方圆数十丈的巨石后面露出身影。正是李鼎善和肖葭。

"爹爹，前途险恶，我们还是南下泉州为好。京城……就不要去了。"肖葭清清楚楚地听到了高见元和燕豪的对话，原以为可以悄然地回到京城，现在看来，京城已然是一张大网了。

李鼎善背靠一块大石，神态悠然自在，轻摇几下手中折扇，淡然一笑："知其不可而为之，是为君子也。三王爷能追杀到中山村，也一样可以追杀到泉州、琼州或是海外，总是逃，何时是尽头？天下之大，难道就没有我李鼎善的容身之处？我偏不信了，三王爷再权势滔天，也无法一手遮天！”

肖葭知道李鼎善心意已决，多说无益，却还是担心前路太过凶险，她连想见夏祥之心都压了下去，只想爹爹平安无事。

“圣上重用奸相候平磐，候平磐和三王爷联手把持朝政，就连司马饰、连车和祁伯水也被贬谪出京，朝野上下，无人不避其锋芒。爹爹如今一介布衣，如何能和候平磐、三王爷分庭抗礼？”肖葭想要劝李鼎善放弃进京的想法，三年前，候平磐刚刚拜相就将爹爹免职，三年来，候平磐在朝中地位不但稳如磐石，还和三王爷联手，局势比起三年前更加严峻。

圣上也不知怎么就如此重用候平磐，无论是谁，只要上书弹劾候平磐，圣上一概置之不理。若是再三上书，龙颜大怒之下，会严惩上书之人。一时之间，朝堂之上无人敢再提及候平磐半分不是。

“圣上兄弟五人，除了圣上和三王爷之外，还有大王爷、四王爷和五王爷。”李鼎善自信满满地笑了，“我在中山村隐世三年，除了收了一个好学生夏祥之外，还想通了许多事情。再回京城，我不再是当年的吴下阿蒙了。”

肖葭本来蛾眉不展，一听此话，忽然展颜笑了，如旭日初升明月乍亮，明艳照人。

“说得也是，爹爹再有夏祥相助，也未必会再输给候平磐。”肖葭想起夏祥，心跳莫名加快，忙一拢头发掩饰自己的慌张，却不知道，此时夜色降临，李鼎善已然看不清她脸上的红晕，“再有三年来，葭儿也不再是当年柔弱无助的弱女子了，自保之外，还能助爹爹一臂之力。”

话一说完，肖葭纵身一跃，跳上了身边三尺多高的一块巨石，手腕一翻，手中多了一把小巧玲珑的弩。手腕对准三丈开外的松树，“嗖”的一声，一支长约半尺的小箭疾飞而出，箭头直没松树之中。

以松树木质之硬，箭头却能全没其中，可见力度之大。

“匹夫一怒，血溅五步。哈哈，若非生死攸关时，切不可逞匹夫之勇。”李鼎善目露慈爱之意，示意肖葭下来，双手一背，安步当车大步前行，“你我父女二人，就此入京，如果让三王爷知道了，会不会惊掉大牙？”

“三王爷是一个雅人，他只会大开大门，降阶相迎。”肖葭莞尔一笑，芙蓉如面柳如眉，若不是一路奔波略有风尘仆仆气息，她绝对是一个令人为之目眩的美人。

细看之下，肖葭美则美矣，只是多了娇艳之气，少了端庄之意。

“也许还真有机会和三王爷坐而论道，听说他府上又新进了一批好茶，是长溪白茶。”李鼎善放声大笑，笑声回荡在山林之间，惊起一群夜宿山林的鸟儿，扑棱棱飞向了夜空。

肖葭无奈地摇头笑了笑，自言自语道："爹爹是时而忧郁时而狂放的性格，可以自如应付朝堂上的倾轧，夏祥又懂什么？他才刚刚弱冠，一入京城，如果被卷入旋涡之中，说不定会死无葬身之地。"

李鼎善耳尖，听到了肖葭的话，笑道："葭儿你多虑了，高见元有勇无谋，一剑杀了夏老成，夏老成还没有来得及说出夏祥是我的学生，所以说，还无人知道夏祥和我的关系，他进了京城，只要不自己闯祸就好。"

夏祥到了京城会不会闯祸不好说，但现在，他已经出事了。

/ 第四章 /

行路难

夏祥一行三人绕开村西的大路不走，专走村东的偏僻小路。小路原本是放羊老汉夏老中无意中发现的，虽是捷径，却崎岖难行，深一脚浅一脚不说，还被丛生的灌木划得身上生疼。

好在山村的孩子自小皮实，皮肉之苦不算什么，山路难行也是小事，哪怕是夜幕降临之后，四下传来的不知名的虫鸣和各种奇怪的叫声，也不会让夏祥感到害怕。唯一让他心疼不已的是身上的青衫被划得支离破碎，几乎不成样子。

若是让夏来和夏去知道夏祥此刻心中所想不是如何尽快走出连绵不绝的大山，而是在心痛衣衫，二人定会哭笑不得。此时二人的心情七上八下，倒不是背井离乡的惶恐，而是走了半天忽然发现居然迷路了！

麻烦大了。

夏来和夏去眼见明月西沉，已是下半夜的光景，心知再瞒下去怕是会出大事，二人你碰碰我，我推推你，都想让对方先说。

“路错了不怕，殊途同归，条条大路通京城，要是方向错了，就南辕北辙了。”夏祥索性将青衫的下摆系在腰间，破就破了，懊恼也无用，不如放下。他停下脚步，四下张望一番，呵呵一笑，“我等了你们大半天，你们一个时辰前就该告诉我迷路了。能憋到现在，也真是难得。”

“啊，大郎，你早看出迷路为什么不说？成心害我们不成？”夏去苦笑挠头，“不对，你和我们同路，我们走了错路，你也跟着误入歧途。”

夏祥坐在路边的一块石头上，擦了擦汗：“一个时辰前，我发现走错的时候，你们没说，我也假装不知道，是想也许凭我的记忆可以找到出路，现在才知道我也错了……”他自嘲地笑了笑，“白天和黑夜的不同之处在于，黑夜没有太阳。”

“扑哧……”夏去笑喷了，之前的担惊受怕被夏祥一句话逗得烟消云散，他哈哈大笑，“大郎不愧是读书人，出口成章，书没白读，连晚上不出太阳的道理都懂。”

“你们还笑得出来？”夏来一屁股坐到地上，扯了一棵草放到嘴里咬了几口，又吐了出来，“三更半夜，荒山野岭，万一遇到老虎怎么办？没有老虎，碰上山匪怎么办？没有山匪，有狼怎么办？纵然老虎、山匪和狼都没有，我们走不出去，渴了饿了怎么办？”

夏祥双手支头躺在石头上，仰望夜空繁星点点，轻松地笑了：“欲速则不达，走了半天，也累了，先休息一晚再说，明天一早赶路也不迟。”

“我睡不下，去四下转转。一个时辰后如果我还没有回来，你们天亮自己赶路，不用管我。”夏来急于走出大山深处，心里着急，他既没有夏祥沉稳的大将之风，又没有夏去随遇而安的性子。

“别走远了。”夏祥懒洋洋地应了一句，他和夏来从小一起长大，知道夏来遇事急躁的性情，才懒得劝他，反正夏来转上一圈一无所获之后，还会回来，“记得回来的路，山里静，有事情大喊一声。”

夏来点了点头，闷声低头，转眼间身影就消失在茫茫夜色之中。

夏去也躺在了夏祥身侧，将包裹放在头下：“任他去吧，我敢说不出半个时辰他就会乖乖地回来，十一郎也不知道撞了多少次南墙了，每一次撞完都后悔，后悔完了，下一次还要去撞。”

山风吹拂，遍体生爽，夏祥和夏去开始还有一句没一句说话，后来不知何时睡着了。

也不知睡了多久，一声惊叫惊醒了二人。

“啊！”

惊叫声从正前方传来，有百余丈之遥，正是夏来的声音。夏祥和夏去同时惊醒，二人从石头上一跃而下，不加停留，飞一般朝声音的方向狂奔。

百余丈的距离，片刻即到。夏祥跑在前面，险些收势不住，如若不是正好有一棵大树，他一定会一头栽下悬崖——是的，夏祥的眼前是一处悬崖，悬崖深不见底，一望之下，犹如巨兽的血盆大口，阴森恐怖——还好他及时抱住了树身，才没有掉落下去。

悬崖十分隐蔽，隐藏在过膝的杂草之中，稍不注意就会一脚踩空。夏祥惊魂未定，伸手拦住了紧随其后的夏去。

夏去也吓得不轻，他比夏祥慢了一步，及时收住了脚步。朝下只看了一眼就双腿发软，再也站立不住，瘫软在了地上。

倒不是他吓得如此，而是想到夏来掉下悬崖，肯定九死一生，悲从中来，顿时泪如雨下。

“十一郎！”夏去放声大哭。

“不要哭。”夏祥起初也是心中大乱，深吸几口之后，心中稍安，略一思忖，朝悬崖下喊道，“十一郎，十一郎！”

无人应声，只有空旷的回声。

此刻东方泛白，再有半个时辰就会天光大亮，夏祥左右看看，没有可以通往悬崖下面的路，就一把扯下身上已经破旧不堪的青衫，拧成了一股绳，又从随身包裹中拿出其他衣服，系在了一起。

夏去见状，也如法炮制，二人的随身衣物不多时就变成了一条长十几丈的粗绳。夏祥将绳子一端系在了树上，用力拉了拉，将绳子另一端抛到了悬崖下面。

“我去。”见夏祥有意沿着绳子下去，夏去抢过了绳子，将身一纵，就跳下了悬崖。

天光将亮，明暗之间，看不真切，夏祥呼吸急促而沉重。悬崖之下，树木丛生，乱石林立，他暗暗叫苦，上天无路入地无门，真不该让夏去下去。

“怎样？”夏祥关切地问。

“什么都没有发现……大郎，绳子快不够用了。”

“不如你上来再说。”

“这里有一块石头可以落脚，我先看看再说。”

“小心野兽，小心脚下。”夏祥颇为担心，此时他完全看不见夏去的身影，只能凭空对话，也不知道夏去身在何处，是否危险。

“半山腰哪里有野兽，哈哈，咦，石头下面有一块平地，我跳下去看看。”夏去的声音从悬崖下面传来，有几分含糊不清，就如被风吹得散乱的头发，“大郎，如若一个时辰后我没有上来，你只管离去。”

夏祥急急答道：“乱说什么？我怎么能扔下你不管？还要你和我一同进京赶考，高中进士，及第还乡……”

却没有了回应。

夏祥哪里等得了一个时辰，又喊了几声，再也没有一丝回声，他按捺不住，攀着绳子而下。石壁突起如刀，树枝坚硬如剑自不用说，乱石嶙峋，没有一处可以落脚之地。幸亏他小时也是喜欢爬上爬下的性子，否则单凭一根衣服编成的绳子想要下来，也不可能。

绳子到头了，夏祥悬在半空之中，初升的朝阳光芒万丈，四下看得清清楚楚，下方确实有一块平台，约有一丈方圆，平地之上空空如也，哪里有夏去的影子？

夏祥心急如焚，不知道到底出现了什么变故，再看四周，除了乱石和丛生树木之外，连鸟儿都不见一只。

“十一郎！十三郎！你们在哪里？”

夏祥大声呼喊，他荡在空中，被树枝和乱石划得生疼，胳膊上血流如注，他毫不在意，心中挂念的全是夏来和夏去的安危。

朝夕相处十几年来，夏祥和夏来夏去情深义重，他心如刀割，恨不得自己替代夏来和夏去。在空中吊了半个时辰，直到筋疲力尽嗓子喊哑，再也支撑不住时，他才爬了上去。

阳光大好，眼前是无尽江山，却已物是人非，来时三人，如今只有他孤身一人。

夏祥强忍心中悲痛，朝悬崖下面连鞠三躬，收拾起东西，把绳子解开还原成衣服，虽破旧，却还能穿。

虽心有不忍，但荒山野岭，他一人之力也无法救人，何况他也不知道夏来夏去人在何处，更何况此时他已经饥肠辘辘，再耽误下去，走不出群山，也会饿死。擦干眼泪，夏祥认准方向，背起包裹，大步向前。

/ 第五章 /

千里功名歧路

日近正午，阳光普照大地，远山如黛近水含烟，举目四望，依然苍茫一片，不见尽头。

夏祥手搭凉棚，站立一处山顶之上，视线之内，只见山浪峰涛，层层叠叠，无穷无尽的大山，连绵到了天边。

一个人在山中行走了一天一夜，还好带足了干粮和水，夏祥只是疲惫一些，还没有性命之忧。只是让他忧虑的是，他还是没能记起当初的小路，绕来绕去，怎么也走不出迷宫一般的大山。

难道非要困死在山中不成？

夏祥身上所带干粮不多，仓促出行，母亲只准备了两天的量，换言之，他一天之内走不出大山的话，会活活饿死在山里，成为孤魂野鬼。

不能出师未捷身先死，夏祥心中明白，若说之前他进京赶考，一为功名二为报效朝廷三为黎民百姓，现在他又背负了另一个沉重的责任——为了夏来夏去。

“容我想想是哪里出了差错，方向没有偏差，那么毫无疑问问题就出在昨晚夏来和夏去失踪的悬崖之处，莫非是悬崖的歧路让人偏离了原来的山头？山势起伏不定，从一个山头到另一个山头之间，或许就几十步之遥，但从不同的山头出发，方向相同，也会越走越远，所谓差之毫厘谬以千里。肯定是了。”

想通了此节，夏祥在一棵槐树下站定，想了一想，做出一个大胆的决定——原路返回。

成败在此一举，不，生死在此一举，夏祥一咬牙，拼了，置之死地而后生，天无绝人之路。他用枝条编了一个帽子戴在头上，身上衣衫破烂成条，背后的包裹也是伤痕累累，若是有人见到他此刻的狼狈样子，定会吓得面目改色，以为他是什么野人。

花费了半天多时间，夏祥总算回到了悬崖之处。天还没有黑下来，他在悬崖附近转了足足半个时辰，终于发现了问题所在——果然有一处十分隐蔽的岔路，一处朝东北方向，一处朝西北方向。别说当时是晚上了，就是白天，一不留神也会顺着东北方向的小路走下去。

半夜时分，夏祥累得近乎虚脱的时候，拖着沉重的双腿，步伐缓慢地来到一棵两人粗细的参天大树下，他一把抱住大树，喜极而泣：“总算走对了，树兄，见到你真是太好了。我还是第一次发现，原来你如此伟岸如此挺拔如此卓尔不群。”

上次和夏老中也是路过此树，前面再有几十步就有一条下山小路，下山之后，就是直通灵寿县城的官道。

兴奋之下，夏祥一跃而起，手脚并用爬上了大树。远处，月光下，山间，是一条波光粼粼的河流，正是流经中山村村西一路向东直通灵寿县城的滹沱河。

“太好了。”夏祥一声欢呼，过于激动，险些从树上摔落，他哈哈一笑，双手抓住一根粗大的树枝，用力一荡，如飞鸟一般向前飘出数丈之远，手一松，人便落在了地上。

刚一落地，忽然察觉哪里不对，仿佛暮色四合的山林之中，荒无人烟的荒野之上，在黑暗深处多了一双窥视的眼睛。夏祥方才还庆幸一路之上除了劳累和饥渴之外，没有遇到虎狼毒虫——北方山中也几乎没有毒蛇毒虫一类的毒物——不承想，眼见就要逃出生天之时，很不幸地遇到了老虎？

村东的小路之所以人迹罕至，一是崎岖难行，二是常见虎狼。数十年来，中山村被老虎和狼咬伤致死的村民，不下十人。虽不多，却也让村民谈之色变。近年来，虎狼伤人事件渐少，夏祥却记得此事。只是当时事急从权，也顾不上许多了。

危险气息来自身后数丈之外。

夏祥伸手从地上抓起一块石头，一个转身躲在了树后，假如真是虎狼，他还可以上树躲避。

“此山是我栽，此树是我开，要想……”

夏祥才站稳身形，一个瓮声瓮气的声音在数丈之外响起，随着一阵窸窸窣窣的声音，一个黑壮的身影出现在他视线之内。

“什么人？”夏祥吃惊不小，仔细一看，一个足有一丈多高的黑影站立在大树之下。他一身黑衣，左手狼牙棒，右手巨斧，一脸络腮胡，天黑，看不清长相，只从身高和魁梧体形可见对方是一个孔武有力的壮汉。

此人非但比夏祥高了不少，体形也大了一倍有余。当前一站，如同一座小山一般，在周围阴森黑暗的环境烘托下，颇有不战而屈人之兵之效。

然而下一刻，夏祥便改变了看法，“此山是我栽，此树是我开，要想……”黑影举起左手的狼牙棒，挠了挠头，“你，后面两句是什么来着？我忘了。”

一个身高丈余的壮汉，狼牙棒拿在手中跟木棍一般，用来挠头，实在是滑稽至极。

夏祥惊慌之意减退了几分，大着胆子向前一步：“你是什么人？打柴、放牛、种田、读书、经商，有那么多好好的营生不做，为何偏当劫匪？”

“怎么这么多废话？我在问你，‘此山是我栽此树是我开’后面的话是什么？”壮汉晃动手中的巨斧，巨斧的斧刃在月光下闪耀寒光，“快说，不说老子一斧头劈了你。”

夏祥此时已经没有半分惧意，笑道：“此山是我开，此树是我栽。要想过此路，留下买路财。胆敢说不字，上前揪脑袋。死在荒郊外，管宰不管埋。送上望乡台，永远回不来。”

“怎么这么长？还让不让人活了？”壮汉双手乱舞，哇哇一阵怪叫，直朝夏祥扑了过来，“敢耍老子？老子劈了你！”

夏祥却并不惊惶失措，没有后退，反倒挺身上前。壮汉比他高了两头有余，在壮汉面前，他就如七八岁孩童。只见他奋勇向前，毫无畏惧之色，眼见就和要壮汉短兵相接之时，忽然弯腰侧身，一脚踢在了壮汉的右腿之上。

夏祥的右脚踢在壮汉的右腿上，就同踢在大象腿上，犹如蚍蜉撼树，任谁见了都会觉得夏祥此举不但无济于事，还会下场很惨。

然而让人目瞪口呆的一幕发生了——夏祥的右脚一踢而中，壮汉惊呆了片刻，似乎不敢相信被夏祥偷袭成功，随后他惊恐地张大了嘴巴，发出了一声悲怆的呼喊：“这不可能！”

话音刚落，他如大树一般粗壮的右腿就如一根筷子一样被夏祥轻轻一踢就从中折断，顿时失去平衡，双手乱抓，随后一头扑倒在地，扑通一声，声若雷震。

夏祥一击得手，将身跃起，双手鼓掌，哈哈一笑，飞身向前，捡起了壮汉的狼牙棒和斧头，轻轻一碰，狼牙棒和斧头竟然四分五裂了。他还不停下，又一脚踢在壮汉的左腿上，极其恐怖的是，夏祥居然一脚踢飞了壮汉的半截左腿。

“你，你，你到底是什么人？”壮汉在地上打了一个滚，哇哇乱叫，三下两下扯掉了身上的衣服，从地上一跃而起，“你是怎么看出了我的伪装？这不可能！”

壮汉再次站立之后，身高和夏祥相差无几，不，还要稍微矮上几分。不见了身上的衣服，人也整整瘦小了三圈有余，体形远不如之前高大如山，虽体形矫健，也就是寻常人的身材。

再一看，他也就是十八九岁年纪，和夏祥年龄相仿。

夏祥将手中的狼牙棒和斧头扔到地上，一脚踩上，哈哈一笑：“你踩了高跷穿了宽大的衣服，就想假扮大力士？要是你再矮上三分小上一号也许还真能瞒得过我，可惜你表演的手法太夸张了，画虎不成反类犬。你最大的失误就是纸糊的狼牙棒和斧头，哪里有人用狼牙棒和斧头挠头的？当别人是傻子吗？还有，你这么高大这般重量，走路之时悄然无声，你又不是老虎，爪子上有肉垫……”

壮汉之前的威风全然不见，欲哭无泪：“第一次出道就栽了，让我以后怎么再当劫匪？我不当劫匪怎么生活？除了劫道我不会读书不会种田，只有死路一条。”

不是吧，第一次出道？夏祥反倒不好意思了，心想居然连劫道都不会，真是笨得可爱，便上前一步，拱手一礼：“原来仁兄是第一次劫道，是我唐突了，不该如此，还请仁兄见谅。”

夏祥一客气，壮汉反倒不知所措了，抱拳还礼：“在下萧五，灵寿小郭斗人氏。自幼家贫，父母双亡，只得借住在哥嫂家勉强度日。开始还好，时间一长，哥嫌嫂烦，又因只让我住在柴房之中，潮湿难忍，只好外出谋生。只是没有什么本领，种不了田打不了柴杀不了人放不了火，只好来当劫匪。却又不敢动手伤人，思来想去，想出了一个装神弄鬼的法子。在此守了三天三夜，好不容易等来了一个人，怎么也没想到，一出手就被打败了，实在惭愧得很。”

/ 第六章 /

壮士寸心如铁

萧五和夏祥身高相差无几，稍微矮了半分，此时的他去掉伪装，倒也生得浓眉大眼，颇为威武。眉宇之间也有三分英气，双眼之中还有憨厚之意流露。

夏祥心中对萧五多了几分好感，萧五本性不坏，心存善良，值得肯定，当即说道：“在下夏祥，灵寿中山村人氏。路经此地，是为进京赶考。”

萧五之前见夏祥衣衫褴褛，不成样子，以为他是附近的村民，不想竟是读书人，心中肃然，忙后退一步，深鞠一躬：“原来先生是读书人，该死，该死。”

有夏以来，太祖下令不杀士大夫，又有重文轻武的风气，文人地位超然于所有人之上。太宗继位后，更是立下非进士不能入阁为相的规矩，一时之间，满朝朱紫贵，皆是读书人。又因本朝官员薪俸十分优厚，是以若要富贵，非读书不可。

夏祥还了一礼：“不知者不怪，你也没有伤了我。不过日后不可再当劫匪了，毕竟不是正途。”

萧五点头称是：“听先生的话，不再劫道了。我有一身力气，去县城卖苦力，也算是一个正当营生。”

“就是，就是。”夏祥心中暗喜，想了一想，“正好你我结伴同行，一起去县城，一路上也好有个照应，如何？”

萧五心中感动，夏祥不但不怪罪他的冒犯，还以读书人的身份和他结伴同行，是他莫大的荣幸，他不善表达，只一抱拳：“一定保护先生周全，万死莫辞。”

二人结伴下山。

“先生，有一件事情我一直想不通，请先生帮我解答。大丈夫生于天地之间，济世安民，忠君报国，乃是男儿所为，我也想忠君报国，可是报国无门，怎么办？”

“报国也并非只有读书一条路，你也可以去参军，或是经商，大夏风气清明，经商也不是贱业。”

“我不会经商，参军怕是也不行……”

“为何不行？”

“我记不住口令，恐怕会误了大事。”

“……”夏祥无语了，“滹沱河在县城有码头，来往运输的船只很多，需要人手运输货物。”

“当苦力倒也没什么，怕就怕我一不小心摔到河里淹死，我不会游泳。”

夏祥几乎要翻白眼了：“这不行那不行，难不成你还要当劫匪？”

“愿追随先生左右，效犬马之劳。”萧五停下脚步，长揖一礼，“愿先生收留小的，小的誓死追随。”

夏祥一愣，又漫不经心地笑了：“且不说你什么都不会，就算我想收留你，也是无能为力，你看我的样子，像是有钱人吗？我连自己都养活不起，更是养不起你。”

萧五弯腰捡起一块鸡蛋大小的石子：“不瞒先生，我也不是什么都不会，我会打鸟……”

天光初亮，东方泛白，夏祥和萧五此时已然来到滹沱河边。河水哗哗流淌，阳光落在上面，闪烁一层淡淡的金黄。远山也渐渐苏醒，林中的鸟儿也不断起落。

萧五微一弯腰，手腕用力，手中的石子疾飞而去，瞬间没入茂密树叶之中，“砰”的一声过后，几片树叶飘然落地，别说打中鸟儿了，连一根鸟毛都没有。

萧五尴尬地挠了挠头：“不好意思，失手了，再来。”

“慢。”夏祥才笑了一笑，脸上的笑容凝固了，目光惊恐地望了萧五的身后，声音微微颤抖，“萧五，你不要轻举妄动，慢慢蹲下，对，左右手都拿一块石头，越大越好。不要回头，慢慢站起来，按照我的话去做……”

萧五开始还有几分惊慌，不知道发生了什么，随即又冷静下来，夏祥怎么说，他怎么做，慢慢站了起来，他和夏祥相对而立，从夏祥的眼中看出了慌乱。

夏祥的目光越过萧五，落在萧五身后三丈开外之处，他稍微退后一步，盘算了一下，蓦然下定了决心：“左手石头投右，右手石头投左，双臂舒展，就如……对，白鹤亮翅。”

“左手石头投右右手石头投左”的话让萧五一头雾水，不知所谓，正想开口问个明白时，“白鹤亮翅”一出口，他双眼发亮，仿佛沉睡的豹子瞬间醒来，激发了原始的野性，他双臂在胸前一合一分，双手齐出，“嘿”的一声，手中两块石头朝身后飞如流矢。

回身之际萧五才看得清楚，身后三丈开外，有一头双眼发绿的灰狼。灰狼半人多高，皮毛光亮，眼放凶光，獠牙外露。

眼见两块石头一左一右就要击中灰狼时，灰狼长叫一声，腾空跃起，堪堪躲过了两块石头的袭击，朝萧五扑来。

萧五惊惶失措，就地打滚，大声呼救："先生救我！"

夏祥哭笑不得，萧五要追随在他左右保护他的周全，现在却连一头狼都应付不了，如何应付得了武功卓绝的高手？简直就是滑天下之大稽。

只是此时不是责怪萧五的时机，夏祥有意帮忙，却有心无力，他虽不是手无缚鸡之力的文弱书生，却也不是可以上马提剑下马执笔的文武双全之人。他捡起一块石头，扬手扔去，奈何准头太差，直接扔到河里了。

情急之下，眼见灰狼就要扑到萧五身上，夏祥脑中灵光一闪，想起李鼎善让他所看的一些杂家书籍中，有不少武功秘籍。当时他只是闲来翻看，并无学武之心，只是他记忆力强人一等，记住了许多招式。

记住归记住，夏祥却不会施展，只会纸上谈兵，不会实际操作。

此时千钧一发，夏祥脑中闪过一个招式，当即大喊出声："鲤鱼打挺！"

鲤鱼打挺是极为常见的一招，人平躺在地上，凭借双手的支撑和腰部的力量从地上一跃而起，就如鲤鱼翻滚一样，故名鲤鱼打挺。

不过事情说来容易，做来却难，很多人无法做到鲤鱼打挺一跃而起。

萧五本来已经连滚带爬疲于逃命了，听到夏祥的话，蓦然一愣，随后就地一躺，双腿屈体向前，再猛然伸腿一蹬……腾空跃起扑向萧五的灰狼此时正身在半空，正暗自得意就要一扑得手之时，却见萧五的双腿迎面踢来，想要躲开哪里还来得及，被萧五双腿正正踢中。

灰狼惨叫一声，被踢出一丈多远，摔落地上，打了一个滚，不甘失败，再次直冲过来。

夏祥惊呆了。

这样也行？他只是喊出了一个招式，萧五却有模有样地施展了出来，再想起刚才他"白鹤亮翅"一出口，萧五也是顿时一挥而就，莫非是他说什么萧五就可以做到什么？

如此一想，夏祥也不迟疑，见灰狼再次悍不惧死地冲了过来，想到狼全身最薄弱的地方是狼腿，大声说道："横扫千军！"

待夏祥的"横扫千军"一出口，萧五仿佛沉睡的记忆苏醒，他屈身弯腰，以左腿为支点，右腿横扫，一腿即出，正中灰狼前腿。

萧五不但动作迅速到位，而且力道拿捏得很准，灰狼猝不及防，前腿被一扫而断，扑倒在地，哀号不已。

失去了前腿的支撑，灰狼再也无力伤人，想挣扎起来，却是不能，眼露不甘之色，凶狠地瞪着萧五不放。

萧五现在哪里还怕失去战斗力的灰狼，也不用夏祥再吩咐，捡起一块石头，故意后退十几步，隔了数丈之远，扬手掷出，石头正中灰狼脑袋。灰狼闷哼一声，七窍流血而死。

“先生……”萧五也知刚才的表现不尽如人意，一脸羞愧地朝夏祥拱手谢罪，“小的无用，连自己都无法保护周全，更不用说护佑先生了。小的无脸再陪伴先生左右，就此告辞。”

夏祥木然点头，也不说话，目送萧五转身离去。

一丈、两丈、十丈，直到萧五走出十丈开外依然没有回头之时，夏祥欣慰地笑了，他是想考验一下萧五的决心。刚才一番实战演练，让他意识到了他和萧五的配合，也许可以收到出其不意的效果。

但若是真要留萧五在身边，一是要他绝对忠心，二是要他完全听话，夏祥主意既定，冲着萧五的背影气定神闲地喊道：“海底捞月、二龙戏珠、移花接木、斗转星移……”

随着夏祥每一个招式的说出，萧五便随之而动，他的每一次出手每一次出脚，都和夏祥所见的武功秘籍上的描述丝毫不差，就如对比武功秘籍演练一般，让夏祥既惊喜又大感神奇。

“第一式，节高心虚，形如搏兔，盘旋不定。第二式，雨打风欺，神似捕鼠，待机而发。第三式，冒霜停雪，气如飞轮，循环无穷。第四式，压露啼烟……”夏祥一口气足足说了半个时辰有余，萧五手脚不停，只要夏祥说出招式，他便能做到，就如夏祥的臂膀一般无二。

夏祥故意说错了几个招式，是武功秘籍上面没有他自己随口编造的招式，果不其然，萧五不会了，他心中就隐隐猜到了几分什么。

沿滹沱河一路东行，两个时辰就可以到达灵寿县城。和河水并行的是一条官道，年久失修，也是因常年来往车辆不多之故。除高低不平之外，又是杂草丛生。不过毕竟是大道，比起山间小路，好太多了。

夏祥和萧五一前一后，安步当车。

青山绿水，林深山幽，半天也不见一个人影。

夏祥回身淡淡地看了萧五一眼：“萧五，你打小就在哥嫂身边长大？”

萧五毕恭毕敬地弯腰回答：“回先生，小的是从十五岁时起才在哥嫂身边。”

若说在灰狼之战前，萧五对夏祥的尊敬是社会风气敬重读书人的习惯使然，那么灰狼之战后，他对夏祥的尊重是心悦诚服的。虽说他也奇怪为何夏祥说出招式他就可以施展出来，他想不通其中原因就不再多想，却深深记住了一件事情——若无夏祥，他已然葬身狼腹之中。

夏祥就是他的救命恩人，救命之恩，恩同再造，他自此以后终身视夏祥为主。

“十五岁之前呢？”夏祥愈加觉得萧五的身世大有问题了。

“十五岁之前……记不清了，好像跟随爹爹一起到处奔波。”萧五双手抱头，眉毛扭曲，表情痛苦，“只要一想起十五岁之前的事情，就头疼，先生不要再问我了好不好？哥哥说，我十五岁的时候，生过一场大病，病好之后，人比以前变傻了许多。”

夏祥也不勉强，心中就更有了计较：“以后跟在我的身边，一、你要学会识字。二、你要练习武功。三、还没有想好，反正听话就是。”

“是，先生。”萧五喜不自禁，只要可以追随在夏祥左右，让他赴汤蹈火在所不惜。

/ 第七章 /

好景常在

京城，龙盘虎踞之地。

数百年前，大唐兴盛之时，四海臣服。有外国使臣前来朝拜，在长安城外，仰望高大的城墙，一时震惊，心情激荡之下，以为来到了天国，纷纷望尘而拜。

长安城外，终日车水马龙，扬起漫天红尘，故有滚滚红尘一说。

自此，中国始有天朝之称。

和昔日的长安城相比，如今大夏的都城上京，城墙之高，占地面积之广，远超当年长安城数倍。高达数丈的红门，上面布满碗大的铜钉。高达数十丈的城墙，站在墙根之下向上仰望，有高山仰止的高耸之感。左右视之，厚达丈余的褐色城墙，绵延不绝，如雄伟的山脉。

大夏初立之时，都城并不在上京，而是在东京开封。太祖一心北上，收复山河，和太祖有同样北伐之志的宗老元帅，一生数次强渡黄河，却屡被金国打败，退守黄河以南。临死之时，死不瞑目，向北大喊三声："过河！过河！过河！"吐血而亡。

终太祖一生，未过黄河，是为太祖终身憾事。太祖之后，太宗继位。和雄才大略的太祖相比，太宗更为好战并且收复失地之心甚为迫切。太宗数次御驾亲征，重用主战派大将岳翔、曹文北征，三次强渡黄河，虽死伤十余万战士，却最终大败金国，一路攻进上京，生生将国土面积扩大一倍以上，黄河以北大好山河尽归大夏。

岳翔作为太宗最为倚重的主战派主要将领，名下的岳家军声名远扬，是令金国闻风丧胆的大夏主力作战军团。太宗有意派岳翔出关，扫荡金国残余势力。岳翔却抗旨不从，声称现在大夏兵力已是强弩之末，如果再向前进攻，必败无疑。太宗大怒，以惑乱军心之罪将岳翔下狱，命曹文北上出关，直取金国都城会宁。

曹文出关，一路所向披靡，攻无不克战无不胜，一个月后便将白山黑水之地大半江山收归大夏。太宗大喜，许诺封曹文为异姓王。

朝堂之上一片反对之声，太祖在位之时曾明令天下，永不封异姓王。太宗继位，并非父死子继，而是兄终弟及，本来朝野之中质疑太宗帝位是否正统的声音就屡禁不止，太宗又如此公然推翻太祖遗命，一时之间，朝野上下议论纷纷。不少儒学之士争相上书，以祖宗之法不可废太祖遗命不可违为由，要求太宗收回成命，并且下罪己诏。

自汉文帝首下罪己诏以来，至大夏，先后已有数位皇帝下过罪己诏。太祖在位时，有一年天灾频发，太祖欲下罪己诏，被群臣劝阻。现今太宗被群臣请求下罪己诏，于是勃然大怒，将提议的几人杖责之后，发配岭南。

太宗此举引发了群臣更大的反弹。群臣联名上书，要求太宗除了收回封异姓王的成命以及下罪己诏之外，还要召回被流放的官员，安抚并且重新起用。否则，群臣将辞官回乡。

和太祖的仁厚有所不同，太宗性子宽厚之中，又有刚强之心。面对群臣齐心的巨大阻力，太宗也是清楚君权和臣权之争，历来有之，不是君进臣退就是臣进君退。现今正值用人之际，若是朝堂不稳，势必会影响前方战事。太宗无奈之下，决定退让。

然而正在此时，忽然节外生枝。

尚在狱中的岳翔上书一封，言辞虽恳切却暗含要挟之意，要求太宗也效仿太祖兄终弟及之风，将皇位传给三王爷。此举彻底激怒太宗，因大夏立朝之时便立下规矩，武官不得干涉朝政，太宗当即命人口谕岳翔：“卿言虽忠，然握重兵于外，此事非卿所当预也！”并赐酒一杯。

是夜，岳翔暴毙狱中。后被葬到一处风景秀美之地，坟前立有一亭，名风波亭。

岳翔之死，让群臣之中一些人寒心，一些人退后，一些人明哲保身。最后只剩几人继续寸步不让，被太宗一一贬谪。随后不久，太宗正式立长子为太子，是为后来的臻宗。

再说太宗平息群臣之争以及赐死岳翔之后，以为从此可以高枕无忧，可以继续他的宏图霸业之时，前方却战事吃紧，曹文数月围攻会宁，久攻不下，死伤惨重。

是继续派兵增援，还是就此撤兵，太宗犹豫不决。数日之后接到战报，曹文大败，力战而死，所率五十万精兵，悉数被歼。金国联合蒙古，大举来犯，边境告危。

太宗大惊，急召群臣商议对策。主战派主张固守上京，再从各地调动兵马增援，力保上京安全。上京得之不易，不可放弃。主和派则认为此时应当退出上京，退守东京，凭借黄河天险，可保无忧。

主战派与主和派争吵不休，乱成一团。太宗不胜其烦，猛然一拍龙案，怒道：“凡胆敢再声称放弃上京者，一律削职为民，永不录用。”

众人见太宗圣意已决，也就不再多说。待各地兵马增援到上京之时，已然过了月余。上京被金国和蒙古兵马重重包围，苦苦支撑，死伤无数。

援兵一到，太宗意欲开门迎战，群臣苦劝无用，只好追随太宗出城迎敌。太宗不顾千金之躯，冲锋在前，军心大振，击退联军三百里。

太宗大喜，想要一鼓作气，将金蒙联军荡平。此时兵马疲惫，已然没有再战之力，太宗却一意孤行，继续前行。结果在热河中了埋伏，被金蒙二十万联军包围，太宗率兵连战三天三夜，所带三十万大军近乎全军覆没，才得以逃出生天。

回到上京之后才发现，太宗后背中了一箭。不久之后，箭伤复发，太宗病死。遵照遗命，太宗遗体安葬在上京，不回东京。终太宗一生，虽有杀兄继位嫌疑，却也出生入死征战无数，为大夏版图的扩大，立下汗马功劳，最终战死沙场，死也要葬身上京，可见他作为人君，也算尽心尽力。

臻宗继位之后，并未北上征战，他一生只做了两件大事，《劝学诗》是为其一；其二，定都上京。

在无数反对声中，臻宗执意定都上京，将东京作为陪都，取名临安，寓意临时安置君临即安之意。大夏定都上京，将黄河以北至上京的一千五百里大好江山牢牢掌控在手中。

臻宗传位给夏缜。

夏缜就是当今圣上，他十岁即位，现今已经在位三十年。作为可以和汉武帝相提并论的明君，夏缜仁义兼备，在位期间，南征北战，奠定了今日的大夏版图，不但将白山黑水之地尽数收纳，还将西北、漠北也收归大夏。他更有远见卓识的是，还大开海禁，先后设立了广州、杭州、泉州等市舶司，开展海上贸易，打通了海上丝绸之路，让大夏精美的瓷器、茶叶以及丝绸远销南海诸国。

正是夏缜在位三十年间，大夏国力蒸蒸日上，四海臣服，真正做到了普天之下莫非王土，率土之滨莫非王臣，放眼宇内，大夏是为第一强国！不少外国使团来到大夏之后，叹为观止，甚至个别小国王子宁愿留在大夏甘当大夏一小民，也不想回国当王子。

夏缜虽征战无数，劳民伤财，却和汉武帝大有不同的是，他本人十分节俭。正是因此，大夏才没有如当年汉武帝征战之时一样耗尽国库。又因大夏鼓励经商，再有港口贸易十分繁荣，税收丰足，大夏并未因为征战而衰弱，反倒由于版图的扩大，实力节节上升。

“当今圣上仁厚纯良，可惜好景不常在，现今年事已高，却膝下无子，谁来继承皇位，事关国家社稷安危。且圣上龙体欠安，已经有些时日了，久治不愈……”

夏缜虽一生文成武就，却没有生下一儿半女，是为最大憾事。李鼎善手摇折扇，轻抿一口建茶，喟叹一声，目光落在了茶盖之上。茶盖的边缘之处，有一行不易察觉的小字，是蝇头小楷——好景常在。

李鼎善的目光又穿过窗户看向了茶肆外面飘荡的茶幡，茶幡迎风飘扬，阳光正好，映照得红色茶幡格外鲜艳醒目。

茶幡上四个隶书大字——好景常在。

好景常在茶肆是上京最负盛名的一家连锁茶肆，只在上京一地就有百十家之多，若是整个大夏境内，怕是上千家不止。据说不只大夏境内有连锁经营，在周边附属国以及南海诸国，也有店面。

“皇上病重？”肖葭一身素衣打扮，又戴了帽子，坐在角落里，若不是刻意观察，几乎无人认出她是女子，她把玩手中的茶杯，目光在杯底的“好景常在”四个字上停留许久，“皇上是太宗一支，太宗一支传到皇上之时，人丁不旺，倒是太祖一支枝繁叶茂。大王爷、四王爷和五王爷，都是太祖后人，只有皇上和三王爷，是太宗之后。是从几个王爷之中选一人继位，还是另有谋算，就看皇上的心意了。”

又想起了夏祥，肖葭脸颊微红，将头扭到一边，不让李鼎善看到她的窘态：“算算时间，夏祥也该进京了，是半路上出了什么差错，还是被哪家娘子看上，入赘了？听说好景常在的幕后之人是一个绝色女子，爹爹，夏祥进京之后，不想知道好景常在也不可能，客栈、酒楼、茶肆，好景常在无所不在，他说不定会和好景常在的幕后女子有了交集。”

“哈哈哈哈，葭儿，你……”李鼎善放声大笑，女子心思果然细腻，能想到诸多巧合，无非是担心夏祥一人上京繁花之地，乱花入眼，会迷失其中。只不过肖葭也太有想象力了，且不说好景常在幕后的女子是什么来历，只说她操控了如此庞大的产业就说明她绝非等闲之辈，必定非富即贵，先不说她和夏祥是否有缘相识，退一万步讲，纵使她和夏祥认识又能怎样？她未必相中夏祥而夏祥也不一定喜欢上她。

笑过之后，李鼎善又拿起精美竹筒包装的茶叶，竹筒之上，刻有一首诗：不羡黄金罍，不羡白玉杯，不羡朝入省，不羡暮登台，千羡万羡西江水，曾向竟陵城下来。

正是茶圣陆羽的《六羡歌》。

翻过竹筒，在底部有一个方印，方印刻了四个篆体小字——好景常在。

好景常在到底是谁家产业，李鼎善也不得而知。三年前离京之时，还没有好景常在的出现，三年后的今天，好景常在横空出世，从客栈、酒楼、茶肆到茶叶，天知道还涵盖了别的什么产业，完全就是气贯长虹之势。

以好景常在短短三年时间内便有如此布局，毫无疑问，好景常在的背后，除了有高人指点之外，还会有一个无比庞大的势力在幕后推动。

“爹爹不许笑葭儿。”肖葭面红过耳，知道被爹爹看出了心事，不由得羞赧，“葭儿知道和夏祥并无可能，只是三年来朝夕相处，还是喜欢上了他。我也不想，可是又做不了主，人说女子艳若春花却命贱如草，我却不信。女子怎么了？女子也可以为自己活出一片天地。”

“说得也是。”李鼎善微微点头，目光中有了赞许之色，“葭儿，爹爹也一向看好你的前景。虽然你是一介女子，但你不比大多男子差上半分。好景常在也是一个女子掌控的产业，你也未必不能和她一样做出一番事业。”

肖葭一听之下顿时喜出望外：“爹爹真的觉得我也可以富甲一方？”

“何止富甲一方，要富甲天下。”李鼎善并不是随口一说宽慰肖葭，以他对肖葭的认知，他相信以肖葭的聪明，在商业发达的大夏成就一番事业，并非难事。

李鼎善再次打量了风格一致设计精美的茶杯茶壶和茶叶包装，还有明显是精心设计、辨识度极高的好景常在的标识，心中越发觉得好景常在的横空出世似乎和当今圣上的病重有某种不为人所知的内在关联。到底好景常在背后的力量是几大王爷的哪一支？还是另有其人？他百思不得其解。

“小二……”肖葭悄然一笑，唤过店小二，“贵店的茶叶，多少钱一两？”

小二十五六岁，虽是少年，却皮肤黝黑个子高大，如黑塔一般，他态度恭敬地赔着笑脸：“客官，本店茶叶不对外出售，只供应在本店喝茶的客官。”

“倒是奇怪了……可否请贵店主人出来一见？”肖葭计上心头，展颜一笑，“我想和她商讨怎样推广好景常在品牌之事。”

“哧……”小二轻蔑地笑了，笑过之后才知失礼，忙又正色说道，“这位客官，我家主人平常不在上京，就算在，也轻易不会露面，就连当今三王爷想见她一面，也要先下拜帖，她见不见，也得看心情。说到推广好景常在品牌的事情，也不知道你是从哪里觉得好景常在的品牌还需要推广？这偌大的上京城，总共有多少家茶肆酒楼客栈你可知道？上京所有的茶肆酒楼客栈总数的三成都是好景常在的招牌，你又知不知道？客官，你要喝茶就请用心品茶，茶之道，在于心静在于心平。”

不得了，好景常在的一个小二都如此能说会道，肖葭险些被对方夹枪带棍的话呛得哑口无言，不过她也不是好相与的人，也不立即反驳对方，而是慢条斯理地品了一口茶，才缓缓地说道："初品之下，唇齿留香，应是好茶。回味之后，香气残留过短，稍纵即逝，若不是在炒制的过程中欠了火候，就是在采摘的时候天不作美，时辰不对。此茶算是一等好茶，但离特等，还差了一些。"

小二张了张嘴巴，仿佛喉咙被什么东西噎住了，想要反驳却又无话可说，心中的震惊挥之不去。上次他也是无意中听到主人谈起今年新进的茶叶，品质稍有欠缺，是在采摘时遇到了连绵阴雨天气，然后在炒制过程中所用的木材年份不够，结果导致没有达到特等品的标准。不过主人也强调了，除非顶级的品茶大师，否则一般顾客品尝不出其中细微的差别。

在他看来，顶级的品茶大师要么是如陆羽一般的茶圣，要么是飘飘若仙的世外高人，最不济也得是一个年过六旬满头白发一缕长须的老者，没想到，一语道破今年新茶缺陷的人竟是一个十六七岁的女子!

一个如此年轻的女子，怎会有如此高明的品茶之术？小二当下收起轻视之心，拱手一礼："客官所言极是，受教了。"

肖葭也不谦虚，坦然接受了小二的一礼，拿起竹筒，翻转过来："好景常在的标识印在筒底，容易被人忽略，对招牌的推广不利。且竹筒虽然雅致，却并不精致，也不够档次，不如用漆器包装。在盖子上面刻上'好景'，在筒身上面刻上'常在'，人大多都有喜欢归置对称的心理，盖盖子之时，喜欢上下对齐，如此一来，'好景'对应'常在'，久而久之，'好景常在'便会深入人心。"

小二愣在当场，脸上的表情变幻不定，不解、疑惑，还有难以置信的震惊!

李鼎善面含微笑，心中大为欣慰，不错，葭儿真的长大了，没有辜负他数年来的教诲。从葭儿跟随他的一刻起，他就决定将葭儿培养成为一支可以呼风唤雨的力量，对，他坚定地认为葭儿和夏祥一样，是一个难得的可造之材。所不同的是，夏祥之才在官场，葭儿之才在经商。

其实说来他对葭儿的了解更甚过夏祥。

认识肖葭时，肖葭才五岁。五岁的肖葭流落街头，险些被人贩子卖到青楼，他救下肖葭之后，收为义女，抚养她长大成人，并且教了她许多东西，不只是识字，还有谋略和经商之道。是的，或许别人无法理解李鼎善为何要教一个女子谋略和经商之道，李鼎善自己却是清楚，大夏尽管风气清明，但女子依然无法通过读书谋求出身，也无法参军，想要安身立命，只有两条路可走，一是嫁与大富大贵之家，二是经商。

肖葭聪颖机智，虽不如夏祥博学大气，但也自有她多变善变的一面。为官之道，在于沉稳大度和才学，如大山般雄伟和坚定。而经商之道，却是在于多变善变，如流水般汇聚和流淌，水无定形，顺势而为才能海纳百川。

“客官……”小二喉头蠕动几下，想起主人交代若是遇到一等的品茶大师，一定要待为上宾并且及时让她得知，现在品茶大师现前，主人却远在泉州，他不敢怠慢，“不知是否可以请客官留下名帖，待我家主人回来后，登门拜访。”

“不敢劳你家主人大驾。”肖葭拿过纸笔，刷刷几笔，画了一个漆器草图，在落款处留了一个“肖”字，“等你家主人回来后，我自会知晓，到时我再登门拜访。”

/ 第八章 /

一入京城深似海

上京的繁华和东京大有不同，东京位处中原地带，雨水充足，又因临京杭运河，沿河两岸，商铺林立，酒楼遍地，布店药店，一应俱全。上京比东京偏北一千五百余里，气象更为大方豪放，少了婉约之气多了奔放之意。

上京的街头，道路宽阔，可容四辆马车并排而过，是在江南无法想象的粗犷。街道两旁，各色小商小贩争相叫卖货物，有烧饼油条、有包子面条、有点茶抹茶，也有冷饮，既有“冰雪甘草汤”“冰雪冷元子”“生淹水木瓜”“凉水荔枝膏”等，也有“药木瓜”“雪泡豆儿水”“雪泡梅花酒”……

初到上京，夏祥和萧五同时发现，他们的眼睛不够用了。

二人在灵寿县城稍作停留，换了一身干净衣服之后，一路北上进京，花费一个多月时间，终于平安抵达上京。

高大的城门和高不可攀的城墙带来的震撼还在心中激荡，进城之后，又被琳琅满目的各色商品惊呆了。二人觉得一切都是那么新奇和好玩，东摸摸西看看，开心无比。别说萧五高兴得像个孩子，夏祥也一改之前的老成持重，有说有笑，好奇地问来问去。

毕竟还是少年心性。

二人足足在城里玩了大半天，直到天色将晚，才找客栈住下。

本来夏祥想入住好景常在，因为一进城门他就发现了最为气派、旗帜最为鲜明的好景常在客栈，但进去之后一问，住宿一晚居然要三百文，着实太贵，只好作罢。

不想在城里转来转去，所见酒楼、茶肆、客栈，十有一二是好景常在的招牌，让夏祥惊讶之余，又不得不感叹上京果然是都城，是否还有别家连锁经营的商号他并不知情，只说好景常在一家，其势力之广实力之强，只凭他所见的几家店面，怕是可抵灵寿一县全年的税赋了。

一直转到天色已晚，夏祥和萧五才在全有客栈住下。

全有客栈紧邻好景常在，在富丽堂皇的好景常在客栈的衬托下，其貌不扬、规模不大的全有客栈颇有灰头土脸的感觉。好在每天只需三十文的费用，比起好景常在的每天三百文相差数倍，省钱就是硬道理，夏祥也不在意全有客栈的客房隔音不好、床板咯吱作响。

好在全有客栈的位置还算不错，距离礼部不远，方便考试。或许也正因如此，夏祥和萧五入住之时，就只剩下两个房间了。一共百余间客房居然满员，生意也算不错了。

不用想也知道，入住的基本都是各地进京赶考的学子。

夏祥所住的房间位置偏僻，在一楼的最西头。北向的房间早被哄抢一空，由于传说文昌帝君是在北方，读书人虽不语怪力乱神，为求功名，也要离文昌帝君近一些，也当是求一个心理安慰。

简单用过晚饭——客栈每日三十文的住宿费用不包含吃饭费用，何况夏祥和萧五所住的又是最为便宜的下房，二人的晚饭是在客栈一楼要的几个烧饼和一碗酸辣粉，吃得满头大汗不亦乐乎，最后结账，总共花费二十文。

“果然是京城米贵，白居不易，若是在灵寿，刚才的一顿饭，顶多也就是十文而已。”付账的时候，夏祥一脸肉疼，数了半天才数够二十文钱交到伙计手中，在伙计轻视的目光中，他毫不为意，端起碗，又把碗里剩下的汤水也喝得一干二净。

又发现桌子上还有一块饼屑，夏祥捡起扔到嘴里，嘿嘿一笑对目瞪口呆的伙计说道：“君子食无求饱居无求安，大鱼大肉，饱后也不觉鲜美。粗茶淡饭，饿急也是美味。小二，附近有什么好玩的地方，劳烦指点一二。”

小二揉了揉了眼睛，确信眼前书生唇红齿白一表人才，衣衫虽旧，却也算是干净整齐，怎么会如此吝啬？他也算见多识广之人，每三年前来进京赶考的学子之中，比他更穷更节省的大有人在，却还是第一次见到如他一般不放过一个饼屑的学子，也算是大开眼界了。

小二咳嗽几声，揉了揉脸，努力让自己清醒几分：“附近好玩的地方多如牛毛，但是……都不是空手可以去的地方。”他两根手指捻了一捻，嘿嘿一笑，“以你能省则省的原则，回房间挑灯夜读才不辜负大好时光，切记，灯芯小一些可以节省灯油。”

周围的客人哈哈大笑。

萧五怒极，提起拳头便要打，被夏祥制止了。

夏祥朝小二拱手一礼：“多谢小二教诲，在下受教了。挑灯夜读很有必要，但眼下更要紧的事情就是请你告诉我，离客栈最近的青楼……是哪家？”

此话一出，余座皆惊。

大夏多文人，文人多骚客，骚客多留情。大夏以来，除了德高望重的泰斗司马饰之外，连才名名扬天下的连车也曾流连其中，以和花魁喝花酒为幸事。若问哪个文人雅客从未出入过青楼，大夏最有名望的一干文人，还真是无人敢应。当然，出入风月场所是为雅事，并非不堪之举。

只是夏祥作为前来赶考的学子，一无功名二无官职，住最下等的客房吃最便宜的饭菜，如此节俭，却是省钱要去青楼，不由众人不惊掉大牙。以至于有人斜眼蔑视夏祥，深为其行为不齿，又为夏祥父母省吃俭用供其读书赶考而大感不值，如此浪荡儿，如此败类，还考取什么功名？简直侮辱了读书人的名声。

也有人却暗暗为夏祥叫好，觉得夏祥是真性情，敢作敢为，并不像一些道貌岸然之徒，表面上谦逊恭谨，暗地里男盗女娼。

听到夏祥要找青楼，小二连嘲笑都欠奉了，如夏祥一样的学子他见得多了。每三年的大比之年，前来赶考的学子无数，其中有半数可以参加考试就不错了，其余半数之中，三成在京城游历一番，空手而归。三成流连花街柳巷，最后床头金尽，要么落魄回乡，要么流落他乡，不知所终。三成忙于各种交际应酬，杯觥交错间，结交了一群酒肉朋友，待盘缠花光之后，酒肉朋友一哄而散，只留下遍地狼藉和一身酒味，除此之外一无所有。

夏祥不过是三类人之中的一类，小二自认看透了夏祥，嘴角翘起，得意一笑："上下抱剑营、漆器墙、沙皮巷、清河坊、融和坊、新街，都是莺莺燕燕之地。若是不太喜欢青楼过于浓烈的氛围，清乐茶坊、八仙茶坊这些酒楼茶肆里，也有陪唱清谈的小姐。莫要怪我没有提醒客官，进门之后要点花茶，一杯花茶要三千文。登楼后还要再点一杯支酒，支酒也要几千文。身上没有十几两银子，连小姐的样子都没有见到就被扫地出门了。"

夏祥认真地听完小二的介绍，点头一笑，好奇地问道："小二如此熟悉花街柳巷之地，平常去哪家多些？可否介绍一二。"

小二正要得意地谈谈经验，还未开口忽然觉得哪里不对，见周围客官都对他投来好奇加探秘的目光，这才意识到被夏祥绕了进去，不由得恼羞成怒："你好生不识抬举，我好心教你，你却污我清白，我一个身份低贱的店小二，如何去得了纸醉金迷之地？莫要胡说八道。"

夏祥哈哈一笑："小二莫要生气，我只是随口一说而已。你且告诉我，哪一家青楼离好景常在的客栈酒楼最远？"

"好景常在？"小二一听到"好景常在"四个字，好像被针扎了一般，险些叫起来，牙疼似的小声说道，"好景常在的客栈就在旁边，你好端端地说好景常在作甚？直接说离全有客栈最远不就得了，真是事儿多。"

夏祥不用想也知道，小二是眼热好景常在的生意比自家好了太多。站在院子之中朝北面望去，一排富丽堂皇的楼宇气势非凡，如同高头大马，全有客栈和之相比，就和一头灰驴一般没有光彩。

“先生，真要去青楼不成？”走出全有客栈一里之遥，萧五终于按捺不住心中疑问，期期艾艾问出了口，“我守在门口就行了，还是不要进去了。”

“我也不会进去。”夏祥神秘地笑了笑，挥了挥衣袖，“一是没钱，二是没兴趣，好吧，其实主要还是没钱。”

萧五愣了愣：“真的只是看看？”

“点花茶喝支酒，就要六七千文，卖了我，我也拿不出，不看难道还能摸上一摸？”夏祥没好气地冲萧五翻了翻白眼，“萧五，莫要怪我没有提醒你，你的手要老实一些，不要乱动，动上一动，少说要花掉一千文……”

萧五急红了脸，搓手跺脚：“先生，我，我，我哪里敢动手动脚？不是，我哪里敢抢先生的相好？也不是，我，我，我……先生若是不信小的，小的不如一死了之。”

夏祥大笑：“好了，不逗你了，不要慌张，青楼的小姐和良家的娘子都是女子，女子就是女子，又不是老虎，怕什么？”

“萧五不怕。”萧五自我打气，“女子就是女子，不是老虎。不过先生，既不动又不摸，只看上一眼就可以尽兴，那些大手撒钱的人岂不是傻子？”

夏祥也是一头雾水：“也是，站在门口既可远观小姐风姿，又可听得琴声入耳，何必入内花上几千文钱近观呢？确实让人费解，莫非他们都是耳不聪目不明，非得到了近前才可以一近芳泽？”

如此天大的难题还真是难倒了夏祥和萧五，二人边欣赏一路夜市的流光溢彩边朝距离好景常在酒楼最远的抱剑营而去。

大夏立国之后，宵禁放开，自此，包括上京、东京、泉州、广州以及大名府在内的十万人口以上的城市，入夜之后，不再是漆黑一片，而是灯火辉煌，成了不夜城。城郭之人日夜经营不息，流通财货，以售百物，以养乡村。

在定都上京之前，东京作为都城之时便有夜市了，通常之时，夜市直至三更时分才结束，两个时辰过后，五更复又开张，几乎是通宵不绝。定都上京之后，大夏重心转移，东京作为陪都，繁华依旧，只不过其繁华程度，被上京盖过了风头。上京的大街买卖，昼夜不绝，只有三四更的时候，游人才开始稀少。才过五更，卖早市者又早起开店。而早市从凌晨五更开始，一直持续到深夜。夜市之上，叫卖各种奇巧器皿等百色物件，和日间的集市无异。其他的坊巷市井，买卖赌博，酒楼歌馆，灯红酒绿，一年四季都是如此。

/ 第九章 /

景星庆云

一路上灯火通明，叫卖声不绝于耳，沿街小贩卖力推销自家东西，楼下小二笑脸迎客，楼上小姐红袖招摇，来往行人，男女老少，官贾平民，一应俱全。

萧五的眼睛都直了，眼花缭乱之余，连迎面走来一个二八小娘子的秋波都不知道接下，只顾咧嘴傻笑。

“嘿嘿，嘿嘿，太好玩了，太好看了，太好了，先生，我不要回灵寿了，我要住在上京。”

“先生，这是什么物事？像是一团白云，白云也能吃？冰糖是什么糖？酸儿好不好吃？烧饼只要一文钱一个，我又饿了。”

“先生，这是洗浴的地方吗？怪事，洗浴也要收钱不成？我在山里，直接跳到河里就洗得干净了，分文不花。”

“先生你看，楼上穿粉衣的小娘子冲你招手半天了，你怎么不理她？她还叫你都头，不对，是说都头快来。”

夏祥才知道萧五居然如此话多，他哭笑不得，想让萧五闭嘴，却又不忍打击他的好奇心，正好路过一座高门府第，正红朱漆大门顶端悬着黑色金丝楠木匾额，上书三个大字：星王府。

两侧各有一根红柱，一对麒麟遥遥相望。上有琉璃瓦，下有青石，庄严肃穆。

萧五一路上跟随夏祥学了不少字，认出了星王府三个字，他一脸懵懂：“星王是哪个王？”

“星王是三王爷，是当今圣上的亲弟弟。”夏祥似笑非笑地盯着星王府三个字，目光中流露出耐人寻味之意，“皇上有兄弟四人，若按年龄排序，皇上是二王爷，和三王爷星王是一母所生。大王爷景王、四王爷庆王和五王爷云王，是太祖一支，是皇上的堂兄弟。四位王爷的封号，是以景星庆云为号。”

景星，明亮的大星，庆云，是为五彩祥云。景星庆云是为吉祥的征兆之意。

正说话时，星王府紧闭的朱漆大门忽然从里面打开了，两人从里面出来，一人朗眉星目，面目冷峻，高大威猛；一人唇薄眼白，脸色微青，目光阴冷。二人出门之后，警惕的目光四下一扫，并未发现异常，便翻身上马。

也是巧了，二人一提缰绳，纵马前行，正好路过夏祥和萧五身前。马上之人不知是有意还是无意多看了夏祥一眼，眼中蓦然闪过一丝寒光，仿佛发现了夏祥身上有什么秘密。

他勒马停下，俯视夏祥片刻，森然问道："你是何人？"

夏祥拱手一礼，不卑不亢不慌不忙："回太尉，在下夏祥，河北西路真定府灵寿县人氏。"

"进京所为何事？"不知何故，高见元见到夏祥第一眼起，就有似曾相识的感觉，似乎很早以前就认识夏祥，是故他才停马有此一问，不过听到夏祥是河北西路真定府灵寿县人氏时，又否定了自己的判断，肯定是认错人了，他只过去灵寿一次，就是一个多月前去中山村缉拿李鼎善。

"赶考。"夏祥心中明了，从星王府出来的人，绝非等闲之辈，眼前之人虽未穿官服，但言谈举止显然并非平民。不过他对眼前之人并无太多顾忌，倒是他旁边一言不发的男子，让人莫名有阴森之感。

"既是进京赶考，就不要游手好闲四处乱转了，早些回去休息才是。"听到夏祥是考子，高见元对夏祥失去了兴趣，一夹马腹，策马前行。

"太尉，夏祥会不会是李鼎善的门生？"走出数丈之后，燕豪尚不甘心，回头张望几眼，灯光下的夏祥，淡然而立，一脸平和，不由得他不起疑心，"夏老成可是说过，李鼎善在中山村教书三年……"

"燕小五，你也太多虑了。"高见元挥手制止燕豪，燕豪排行第五，他在私下场合会以燕小五相称，称呼燕豪为燕小五时，是他心情大好时，"且不说李鼎善是在中山村教书，就是他在灵寿县城教书，也未必正好是夏祥的先生。何况夏祥自称灵寿人氏，他是不是中山村人还不得而知。现今要事，是尽快查到李鼎善和肖葭下落，纵然夏祥真是李鼎善的门生又能怎样？三王爷要的是李鼎善的性命，又不是夏祥。"

"以李鼎善的才学，夏祥若真是他的门生，高中进士不在话下。若让夏祥鱼跃龙门，迈进了朝堂，日后难免会成为心腹大患。"燕豪想得比高见元长远，他见到夏祥第一面时，心中的感觉比高见元还要强烈许多，他第一眼就不喜欢夏祥的随和之气，第二眼更不欣赏夏祥的淡然之意。

"哈哈哈哈，燕小五，要不是我已然认识你好多年了，我会结结实实打你一个耳光。"

高见元一个月来担惊受怕，唯恐被三王爷降罪，足足等了一个月，终于等回了避暑归来的三王爷。不想三王爷不但没有责怪他，反而褒奖了几句，并说李鼎善已然来到了上京，只需守株待兔，李鼎善自会自投罗网，不用再大张旗鼓捉拿归案。还将李鼎善自投罗网之举当成了高见元的功劳，并记大功一件。

一个月的惊恐不安换来的是安慰和夸奖，高见元怎能不喜出望外？就如一个濒临溺水之人，忽然发现脚下踩上了坚实的土地，死里逃生的感觉比升官发财还要舒坦得多。

还沉浸在兴奋之中的高见元哪里听得进去燕豪空穴来风的猜测，他才懒得去从一个莫须有的开始来推测更加莫须有的下一步，有太多的不确定性，他不去做没有把握的事情，也不去想还没有发生的事情。

“是，下官知错了。”燕豪也不分辩，他再熟悉不过高见元的脾气，从来只提建议，高见元接受还好，不接受的话，他会点到为止，然后暗中再按照自己的方式行事。

回头又看了夏祥一眼，燕豪牢牢记住了夏祥的样子。

“小黑个汉子心狠手辣。”在燕豪回视夏祥的时候，萧五的目光也紧盯着燕豪不放，他目光直接而炙热，流露出前所未有的警惕，“他骑马的时候，上身纹丝不动，肩膀之上可以放一碗水而滴水不漏，功夫十分了得。”

“何以见得？”夏祥心中暗暗惊讶，萧五有时简单如十岁孩童，有时冷静如久经世事的高人，他方才对小黑个汉子的评价，恰如其分，和他对此人的看法一致。

“他脸色白里透青，眼白过多，唇薄眼细，绝非善人……”萧五说了几句，忽然词穷了，憨憨地挠了挠头，笑了，“反正感觉让人不舒服，到底是怎么回事，我也不清楚。”

夏祥望着高见元和燕豪远去的背影，微一思忖，心中不断闪现李鼎善、肖葭和夏来、夏去的影子，不由喟叹：“但愿先生平安无忧，但愿十一郎、十三郎遇难成祥！”

李鼎善的匆忙离去，夏来和夏去的失踪，都是因高见元而起，夏祥对高见元岂能不恨？只不过他心中实在想不通李鼎善怎么就是朝廷钦犯？先生不过是一个落魄的教书先生罢了，他一介书生，能犯下什么滔天大罪让朝廷震怒？

莫非是先生得罪了三王爷？捉拿先生的人既然可以由星王府随意出入，可见若不是星王府的亲兵，就是星王最信任的人。星王兼任上京府尹，统揽京城上京的一应行政、司法、民生要务，“掌尹正畿甸之事，以教法导民而劝课之，中都之狱讼皆受而听焉，小事则专决，大事则禀奏。”

上京府尹位高权重，前朝以及本朝曾有数位储君担任上京府尹。上京是为都城，若非圣上最为信任倚重之人，断然不会担任如此要职。否则卧榻之侧，若有一虎酣睡，哪里睡得安稳?

皇上久病在床，又膝下无子，储君之位未定。三王爷年方三十，又兼任历任储君才能担任的上京府尹，再者他又是皇上一母同胞之弟，效仿太祖传位太宗的兄终弟及先例，三王爷已然是没有诏告天下但名分已定的储君!

三王爷又和宰相候平磬私交甚好。候平磬任同中书门下平章事，通常称之为同平章事，是为宰相。

大夏中枢机构为“二府制”，即设中书和枢密院两个机构，“对持文武二柄，号为二府。”二府制的特点就是文武分权。候平磬为中书最高长官，统领大夏政事，一人之下万人之上。

以宰相之权加三王爷的皇族贵胄身份，以及可能的储君身份和上京府尹的大权，二人联手把持朝政，几乎是风雨不透，无人不避其锋芒。

夏祥心中起伏不定，倘若先生真是被三王爷所不容，怕是再难翻身了。再万一三王爷继承皇位，先生能够得以保全性命便是万幸。太祖立朝之初曾经诏令后世子孙，不得枉杀士大夫。曾有词人刘七变写词“忍把浮名，换了浅斟低唱”，时太祖在位，刘七变正值进士考试，太祖见之，不悦道：“既然想要‘浅斟低唱’，何必在意虚名?”遂将刘七变功名画去。

只是画去功名，并非杀他也没有追加罪名。

当今皇上继位以后，大考之年，连易与其兄连车同登进士科。年轻气盛、心忧天下的连易在试卷里写道：“当今皇上在宫中，美女数以千计，终日里歌舞饮酒，纸醉金迷，既不关心百姓的疾苦，也不和大臣们商量治国安邦的大计。”

当时的主考官认为连易信口雌黄欺君罔上，要对他严加惩治。皇上淡然处之：“朕设立科举考试，本来就是大开言路。连易一个小官，敢于如此直言，应该嘉奖。”

其后，四川有个读书人，献诗给成都太守，主张“把断剑门烧栈阁，成都别是一乾坤”。成都太守一看，吓出一身冷汗，居然明目张胆地煽动造反，应当把他押送京城，请朝廷制裁。

按照历朝历代的律条，谋反都是大罪，杀头还是从轻发落，一般要诛灭九族。皇上得知之后，不但没有震怒，反倒报之一笑：“老秀才急于要做官，写诗一首以泄私愤，怎能治罪?既然要官，不如给他个官来做。”

于是，此人被授予了司户参军的职位。

夏祥此时还是一介布衣，就算考中了功名，授予了官职，也不过是七品及以下小官，入不了三王爷之眼，再如果三王爷得以继承皇位，他更是要臣服在三王爷的皇权之下。想要保全李鼎善性命，以他之力，恐怕有心无力。

算了，不想那么多了，皇权浩荡，威势无比，但愿三王爷谨遵太祖遗命，不杀士大夫，或许先生还可以有一条生路。夏祥收回心中胡思乱想，振奋精神，和萧五继续前行。

半个时辰后，夏祥和萧五站在了抱剑营的门口。

抱剑营说是青楼，却是通体红色，飞檐之上挂满大红灯笼，亮如白昼。丝乐声声，红袖飘飘，莺声燕语，一派纸醉金迷气象。

门口宾客来往不绝，有轿子、有马，也有步行者，虽不是满门朱紫贵，也算谈笑有权贵，往来无穷人了。

夏祥站得稍微近了一些，被门口站立的龟公推了一把。龟公生得眉清目秀，乍看之下，犹如女子，若不是下巴的痣上长了一撮毛，倒也算是一个中等偏上的美男子。

“乱看什么？滚一边儿去。”龟公故作凶恶之相，对夏祥怒目而视，“瞧你的穷酸模样，进了这销金窟，怕是连骨头都剩不下了。”

萧五大怒，谁敢动夏祥一下，就和取他性命没有区别，他向前一步，伸手拎起龟公的衣领，怒吼一声：“再敢动我家先生一根手指，我拧下你的脑袋。”

“萧五，不得无礼。”夏祥如春风拂面般微微一笑，拍了拍龟公的肩膀，然后一拉龟公之手，“未请教阁下尊姓大名？”

龟公一挺脖子，不肯服软，毕竟在自家门口，只要他招呼一声，会从里面出来十几号人，对方只有两个人，三拳两脚就能放倒。

还没开口，忽然感觉手中多了一物，低头一看，是个锦囊。锦囊里面有几块硬物，触手一摸，应该是碎银子无疑。他顿时喜笑颜开，点头哈腰换了一副面孔：“客官，小的姓王名有钱，因排行第八，人称王八郎。”

叫王八岂不是更好？夏祥险些笑出声来，用力忍了忍才没有失礼，说道：“八郎，这上京城里的所有青楼，你肯定都再清楚不过了，我且问你，好景常在在上京城有几家青楼？我从全有客栈一路走来，共有好景常在的客栈四家茶坊四家酒楼三家，却不见一家青楼，是何缘故？”

萧五糊涂了，先生一路走来，和他一样东张西望，并未见他刻意留意什么，怎么记得如此清楚？他不曾记得沿途有一家好景常在标识的客栈、茶坊或酒肆。

“客官，你问我算是问对了，放眼整个上京城，谁有我王八……郎对青楼了解得详细，我对青楼事业投入了毕生的精力。”王有钱得意扬扬地抱住双肩，又故作神秘地说道，“说到好景常在，不怕告诉你，好景常在不只在上京，在大夏境内，就没有一家青楼，知道为什么吗？”

夏祥含蓄而笑：“难道是因为好景常在的主人是一位娘子？”

“你怎么知道？你不可能知道，必须由我来告诉你。”王有钱愣过之后，又很是不满地说道，“没错，好景常在的主人是一位娘子，据说还是一位绝色娘子，但到底颜色有几分，没人见过。她身份神秘，手段高超，才三年时间就打造了一个大夏第一商行好景常在，着实让人佩服。咦，客官，你为何对好景常在如此大感兴趣？”

夏祥打了个哈哈，半真半假地笑道：“我其实是想和好景常在做一笔大生意。”

王有钱眼中的不屑之色瞬间弥漫开来，从鼻孔中哼出了一声悠长的讥笑：“就凭你？客官，就算你有万贯家财，也抵不过好景常在在上京一地一月的茶叶销量。天不早了，曲儿听也听了，人看也看了，回去做个好梦，赶明考个功名，当上知府，不对，知府也不行，等当上正四品的给事中，你或许才有资格见到好景常在的小娘子。”

等夏祥和萧五的身影消失在拐角之处，王有钱才拿出锦囊，打开一看，先是一脸狐疑之色，随即从里面拿出几块东西，脸色为之一变，勃然骂道：“混账东西，敢用石子骗老子，老子咒你不得好死！”

王有钱的手中，赫然是几块花花绿绿的石子。石子色彩斑斓，在灯光下熠熠生辉。

“这劳什子有个屁用！”王有钱扬手将石子扔到了远处。

其实夏祥也并没有完全骗王有钱，红绿石子是他从河滩上捡来的宝石，只是此时还没有人意识到宝石的价值所在。十几年后，宝石成为大夏女子争相佩戴的饰品时，宝石价值上涨数千倍不止。王有钱再回忆起他当时随手扔掉的宝石，估算之后，价值万两白银有余，他痛心疾首，虽然家财还算丰厚，但每每想起当时若是留下宝石，现在他该是富甲一方的员外郎了，几乎悲伤得不能自已。

不久之后，便在追悔莫及之中郁郁而终。

/ 第十章 /

曹家有女初长成

抱剑营位于太平街的尽头，往左一拐，就是长乐街。沿长乐街回转，景色又与来时有所不同。同样是夜市，由于长乐街临河的缘故，多了几分水流的喧嚣，也增添了水光一色的意境。

河名安定河。

安定河并不宽，十几丈的河面，河水缓缓流淌，在月光和灯光的辉映下，垂柳倒映，游船画舫，鼓乐齐鸣，游人如织，好一派盛世繁华景象。

夏祥却已经无心欣赏风景，快步如飞，只想早些返回客栈休息，萧五却是再次开启话痨模式，问个没完。

“先生，你是如何断定好景常在的主人是一位小娘子？还是一位绝色娘子？”

“先生，要和好景常在的小娘子做一笔大生意，是什么样的生意？有多大？小娘子会同意吗？”

“先生，莫非真是好景常在的小娘子厌恶青楼，又是女子，才不开青楼？”

“先生，你走慢一些，我跟不上你的脚步。对了先生，若要做个比较，好景常在的小娘子和三王爷相比，谁更厉害？不对，一介女子怎能和王爷相比，真是傻了。”

夏祥被问得不厌其烦，脚下不停，穿街走巷，眼见就走到了一处馄饨摊前，他蓦然站住，招呼萧五坐下：“走得累了，吃碗馄饨再走。”

“甚好，甚好。”萧五早就饥肠辘辘了，只是不好意思开口罢了，夏祥的提议正中他的下怀，当即冲馄饨摊夫妇喊道，“店家，四碗馄饨，要多些醋和香菜，再多放些辣椒。”

“我只要一碗。”夏祥白了萧五一眼，“我要辣椒。”

“我知道先生只要一碗。”萧五摸了摸肚皮，嘿嘿直笑，“我要三碗。”

馄饨摊临河而设，夫妇二人年约五旬，慈眉善目，虽年岁不小，做事倒是利索。片刻之后，四碗热气腾腾的馄饨就摆在了桌子之上。

只过了片刻，萧五就消灭了两碗，等他端起第三碗时，才发现夏祥一碗馄饨还没有吃完，不由得尴尬地笑了：“先生莫要笑了，我除了吃得多一些之外，并无其他毛病。”

夏祥却没有笑话萧五，他的目光不经意一扫，忽然愣住了——数丈开外，一个腰身纤细、乌发如织的娘子正在一个铜镜摊前挑选铜镜，她上身白绫，下身红裙，腰间系了一条水绿的腰裙，更显身材婀娜多姿。

“葭儿……”夏祥低声呼唤一声，他和肖葭三年来朝夕相处，对她再熟悉不过，不如外人一般称呼她为肖小娘子，而是唤她葭儿，分别一月有余，他时常思念肖葭，蓦然发现眼前之人酷似肖葭，哪里还坐得住，当即起身，就要冲将过去。

才一起身，忽听一声马的嘶鸣。微一定神，馄饨摊对面的高门府第大门突然打开，从里面冲出一匹惊马。高大俊俏的惊马通体红色，浑身上下没有一根杂毛，灯光照耀之下，马肥膘壮的肌肉闪耀出醉人的光芒。

惊马之上坐有一人，离得远，看不清长相，依稀可见是一名十四五岁少年。少年一身华服，却披头散发，衣衫不整，双手紧紧抱住马脖，惊恐大喊：“都起开！要死人了！快让开！哇哇哇……”

少年哇哇乱叫，惊马横冲直撞，直朝馄饨摊冲来。

不好！夏祥暗惊，且不说馄饨摊有一锅滚开的热水，若是踏翻，不定会烫伤多少路人，且说馄饨摊的一对夫妇，定会躲闪不及，被惊马踩伤还在其次，万一出了大的差错，如何是好？

再也顾不上肖葭，夏祥纵身跃起，大喝一声：“萧五，牵马！”

萧五会意，应了一声，凭空跃起，一个箭步来到惊马面前，双手猛然拉住缰绳，弯腰屈膝下蹲，大出一口浊气，使足力气一收缰绳：“起！”

与此同时，夏祥飞扑向前，将惊吓得已然目瞪口呆的馄饨摊夫妇用力推到一边，又一脚飞出，将大锅踢翻。哐当一声，锅翻汤溅，洒落一地。

惊马余势不减，继续前冲，萧五只觉一股大力从缰绳传来，如排山倒海之势，让他再也站立不住，生生被拖拽横飞而起。只一眨眼的工夫，惊马就一脚踩在了夏祥所坐的板凳之上，距离河边只有一丈之遥。

萧五气运丹田，眼前金星乱闪，仿佛瞬间想起了什么，却又如昙花一现，无法抓住。他顾不上许多，气往下走，运在双腿之下，双脚落地，双手再次用力，双眼胀满血丝。

“住！”萧五全身力气用尽，双手被缰绳勒出鲜血，惊马狂奔之势犹如遭遇一堵城墙，悲鸣一声，猛然收势，前蹄高高扬起，在空中乱踢。

若是按照常理，马扬前蹄，马上之人会被抛下马背。但由于惊马奔跑之势过快，收势又过猛，又被萧五生生拉得偏离了方向，马上之人的冲击之势没有收住，硬是被横甩出去，在空中划过一个手舞足蹈的身影，“扑通”一声落入了安定河中。

夏祥也不迟疑，在将两位老人安置妥当之后就脱掉了身上长衫。不等周围旁观、喝茶、闲逛还是正在吃瓜的百姓从震惊中清醒过来，他已然脱得只剩下内衣，此时正好马上之人落水，他一个鱼跃跃入河水之中，几乎不差分毫。

从夏祥出声，到他动手救下馄饨摊夫妇，再到萧五牵住惊马、夏祥脱衣跳水救人，看似杂乱实则有条不紊，犹如一气呵成，中间没有半分停顿。二人配合得天衣无缝，每一个环节都拿捏得恰到好处。

周围的人都看得惊呆了，不敢相信刚才发生的一幕。

落水少年一入水中，就大声呼救：“救命！我不会水！快救我，我给……”

“银子”二字还未说出口，就呛了一大口水。落水之人，大多不是被活活淹死，而是被水呛死。少年被水一呛，顿时晕死过去，不再动弹。

好在是盛夏季节，河水温凉适宜，夏祥从小在滹沱河边长大，水性极好，三两下游到少年身边，架起他的胳膊，便朝岸上游去。

才游几下，少年忽然醒转，见有人相救，如见救命稻草一般，双手双脚死死抱住夏祥，不肯松开半分。夏祥被他束缚了手脚，无法划水，幸好他救人数次，颇有经验，知道落水之人情急之下，不可以常理论之。当下也不犹豫，一拳击在少年的脖子之上，将他打晕。

岸边已经围满了人。

萧五衣服顾不上脱掉，拴好惊马，也纵身跳入水中，和夏祥一起将落水少年抬到岸上。少年紧闭双眼，昏迷不醒。

夏祥顾不上许多，将少年翻转过来，拍打后背。落水时间不长，再者夏祥救人时手法又极为老到，少年不过一时闭气，片刻之后，伴随着一阵猛烈的咳嗽，醒转过来。

“三郎，三郎！”一个女子关切的声音在人群外围响起，人群分开，在一个丫鬟一个家丁陪伴之下，款款走来一个绝色小娘子。

小娘子芳华二八，身着淡粉色衣裙，细腰以云带约束，不盈一握。发间一支金玉珊瑚簪，映得面若芙蓉。容貌艳丽精致，一双凤眼顾盼生辉，一头青丝梳成华髻，雍容而不失雅致。点缀硕大无比的一颗明珠，莹亮如雪，在发间闪烁点点星光。

她俏脸含愤带怒，又一脸关切，分开人群来到落水少年身边，见他安然无恙，眼中的关切之意随即变为嗔怪之色。

她退后一步，朝夏祥弯腰致礼："谢过郎君救命之恩！"

夏祥心中惊艳小娘子的美貌，微一失神，心想这小娘子非但端庄大方，且知书达理，礼数周全，不先看落水少年伤势先谢他救命之恩，应当是大家闺秀，忙起身还礼："小娘子不必多礼，见人落水，伸手相救，是为人本分。"

若是平常，夏祥一本正经说出这番话来，倒也让人肃然起敬，只是现在他近乎赤身裸体，只穿了内衣，身上还滴水不断，着实不雅。小娘子关心则乱，现在才注意到夏祥如此形象，顿时羞得满脸通红，转身回头。

"你……你且穿上衣服，如此，成何体统。"小娘子低头含羞，若不是关心落水少年，早就一走了之了。

周围人群一阵哄笑。

夏祥才不管众人的哄笑，没办法，人穷就得爱惜衣衫，他手忙脚乱穿上衣服，又爱惜地整理一番。身上长衫是他最后一件完整的衣衫了，若有破损，他还要花钱置办。对他现在一文钱恨不得掰成两半花的窘境来说，一件衣衫算是巨大开支了。

"未请教恩公尊姓大名？"小娘子脸上绯红未褪，灯光映衬之下，更显娇美无双，她唇红齿白，轻声慢语，字正腔圆，让人听闻之下，心情怡然。

"姓夏名祥，小娘子叫我夏大郎便好，切不可叫我恩公。"夏祥的目光越过小娘子肩膀，停留在不远处府邸的匾额之上，上有两个古朴苍劲的大字——曹府，"不知此人是曹小娘子家中何人？"

被夏祥一语道破姓氏，本来还犹豫是否要说出姓名的曹姝璃心中微微一荡，暗道此人好生厉害，眼力超人且不用说，只说他的细心和周全，就非常人所及。若是平常，她一介女子，自然不会向陌生男子自报姓名，但夏祥是三郎的救命恩人，不说是为失礼，说了也是失礼。左右为难之时，夏祥却巧妙为她解围，不由她不心生感激。

刚才夏祥近乎赤裸，此时穿上了衣服，曹姝璃才敢大着胆子多看了夏祥几眼。不看还好，一看之下，芳心乱跳。

夏祥虽然穿了衣衫，却因湿身的缘故，夏天衣着单薄，衣衫贴在身上，将健美身材展露无余。

说来大夏虽重文轻武，但民间习武之风依然兴盛。读书人佩剑行走，一言不合拔剑相向者也大有人在。夏祥小时有过习武经历，后来年纪长大，一心读书，荒废了武功。基础却是保留下来，又因他自小顽劣，又是在山中长大，练就了一身健美身材，远非城中纨绔子弟所能相比。

夏祥宽肩瘦腰，肌肉结实，眉目俊朗，身上既有文人之气，又有不可多得的英气，曹姝璃只看了一眼，就被夏祥扑面而来的男子气息击中，一时之间竟然有些慌乱。

“姐姐，你且告诉爹爹，我就是不去应试！”落水少年摇晃一下站了起来，目光不善地打量夏祥一眼，“要你多事？何必救我，让我淹死也好过应试。”

“三郎，夏郎君是你的救命恩人，不得无礼。”曹姝璃微微欠身，略带歉意，“三郎疏于管教，言语唐突，望郎君不要见怪才好。”

曹小娘子是姐姐，落水少年是三郎，如此说来二人是姐弟了？夏祥拱手一笑：“既然曹三郎无事，我也要赶路，告辞。”

“慢着。”曹三郎伸开双手拦住了夏祥去路，“你叫夏祥夏大郎？你既然救了我，就好人做到底，帮我一个忙，如何？我付你三十两银子。”

寻常人家，一天一百文便可衣食丰足，一两银子按一贯钱一千文算，三十两银子则是三十贯，三万文。

“怎么，三十两银子还嫌少不成？好，四十两。”曹三郎伸手弹了弹夏祥衣服上的水珠，轻蔑地笑道，“四十两银子，够你置办几身行头了，也足够你衣食无忧好一阵子，想好了叫我，我回去换身衣服。”朝夏祥随意拱了拱手，曹三郎转身朝曹府走去。

“三郎！”曹姝璃气得肩膀颤动，上前拉住曹三郎衣袖，“快向恩人赔礼道歉，否则，我轻饶不了你。”

“道歉就不必了，多加五两银子就好。”夏祥出人意料地应了下来，他懒洋洋地双手抱肩，笑得很开心很得意，“四十五两银子，一口价，成交？”

“成交！”曹三郎和夏祥击掌，朝曹姝璃夸张地眨了眨眼睛，哈哈大笑，转身扬长而去。

才走几步，忽听红马一声长鸣，随后双腿一屈，跪在地上，颤抖不止，口鼻流血，显然是受了不轻的内伤。

曹三郎才想起刚才是有人替他牵住了惊马，才不至于让惊马踏伤行人。到底是什么厉害人物竟然有如此臂力，徒手拦下惊马，还让惊马受了内伤，当真了得。他朝萧五投去了敬畏加敬重的目光。

萧五态度恭敬地跟随在夏祥身后，对曹三郎的目光视而不见。曹三郎自讨没趣，又看向了夏祥，却见夏祥步伐从容，淡然而笑，正和姐姐小声说些什么，不由得大觉无趣。

夏祥和曹姝璃并肩而行，曹姝璃的贴身丫鬟作儿当前带路。作儿年方二七，身段还没有完全长成，却也初具少女形状。她比曹姝璃矮了半分，瓜子脸，柳叶眉，笑的时候，双眼弯成弯月，和嘴角两个酒窝相映成趣，可爱而灵动。

作儿一边带路，一边悄悄回头打量夏祥，心里窃喜，小娘子向来对前来提亲的郎君不假颜色，今日一见夏祥就微有慌乱失态，莫非小娘子相中了夏郎君？

这般想着，一时失神，到了门口，不留神被门槛绊了一下，身子一晃，就要摔倒。

夏祥手疾眼快，向前一步，双手一托，便托住了作儿的腰身，微一用力，便把她扶正。

“小心脚下，不要乱了方寸。”夏祥温润一笑，“你家娘子如此大方端庄，想必你也是心细之人，方才失态，也是意外。”

作为曹姝璃的贴身丫鬟，作儿见多了络绎不绝前来曹家提亲的王孙贵族，一个个要么趾高气扬没有教养，要么其貌不扬不够英俊，要么举止粗俗谈吐不堪，全无礼数，从未有一人如夏祥英俊、温润、细心、周全，还如此体贴，她心跳如鼓，脖颈微红，低低的声音应道：“多谢郎君。我家娘子举世无双，万里挑一，是一等一的人才……”

“多嘴。”曹姝璃嗔怪一声，朝夏祥歉意一笑，“倒让郎君见笑了，作儿和我自小一起长大，没大没小，礼数不周之处，还望郎君担当。”

夏祥摆手笑笑，回身看去，只见夜市灯火依旧，人流如织，灯火阑珊处，哪里还有肖葭的影子？或许他刚才只是一时恍惚，看错了人。收回目光，一步迈入曹府，正对大门的影壁之上赫然是一幅万里江山图。

上有对联，上联：千江有水千江月，下联：万里无云万里天。

夏祥顿时愣住了，不敢相信自己的眼睛——笔锋从容、勾画如锋、转折若风的笔迹他再熟悉不过，怎会是他！

/ 第十一章 /

无本生意

长乐街在安定河的拐弯处有一座桥，过桥之后，就成了长宁街。只有一桥之隔，长宁街就远不如长乐街的夜市喧嚣而繁华。长乐街多是小商小贩，自产自销。长宁街沿街则是商铺商行商号，虽人少，却做的都是大生意。

安家漆器是一家中等规模的商行，经营各种手工漆器。不论是外观的设计、手艺的精美还是雕工的精致，安自如自认她的漆器在整个上京的漆行之中，属一流品质。只是世事总不尽如人意，她的安家漆器始终没能在京城叫响，不管她如何努力，依然是不温不火，比不过名声响亮的何家漆器和常家漆器。

何家漆器以剔红出名，常家漆器以剔黑著称，安家漆器综合各家之长，剔红剔黑都很拿手，却淹没在何家和常家各自的名声之下，无法出头。

安自如并非上京人氏，她来自泉州。三年前，年方二八的她独身一人前来上京，原本想在京城有所作为。她从泉州不远万里来到京城，以十两银子起家，三年后的今天，安家漆器一年的利润也有三五百两银子，安身立命足矣，却很难再进一步。

也许是北方之人接受不了南方的婉约风格，她自认她的漆器不比何家和常家差上分毫，喜欢者却寥寥无几。她又不想改变风格来迎合购买者，眼见年纪越来越大，想着不如回到泉州嫁人生子，也好过守在京城前景无望好。

安自如顾镜自怜，镜中映照出一副如花似玉的容貌。脸形微瘦，下巴圆润，杏眼，淡眉，双眼脉脉，如水似雾。

到底该如何是好？安自如暗叹一声，见天色不早，今晚又要空守了，不见一个客官，生意再如此清淡下去，真不如卖了铺子回泉州安身。

这么一想，她起身要去关门。朝廷虽未规定沿街商铺夜市期间必须迎客，只是经商之人，一个晚上只守得一个客官上门，也算有所收获了。

才一起身，灯光一暗，两个人影走了进来。

安自如心中一惊，莫不是有鸡鸣狗盗之辈前来收取保护费？上京治安良好，自从三王爷上任上京府尹后，夜市加派了巡街官吏，夜市之中惹是生非者大大减少。

待看清来人是一男一女之后，安自如心中稍安。再定睛一看，男子年纪四旬开外，短须，长衫，面如冠玉，手持折扇。女子年方二八，蛾眉，樱桃小口，面容光洁无瑕，她心中微喜，忙迎向前去。

“两位客官需要什么样的漆器？是要香盒圆盒还是碗筷盘，或是莲式盘？”安自如轻提裙裾，姿态轻盈，意态轻柔，一口微带泉州口音的官话，柔软宜人。

“娘子是泉州人氏？”女子微微一礼，“不劳娘子介绍，我父女二人是想和娘子做一笔没有本钱的生意。”

安自如盈盈还了一礼：“不知要小娘子做什么无本生意？生意若是不下本钱，还是生意吗？”

男子折扇一摇，呵呵一笑：“在下姓李，娘子可叫我李二郎。这是小女肖三娘。”

“李郎君、肖小娘子。”安自如见过二人，并不惊讶二人自称父女却姓氏不同，“我是安大娘。”

“安小娘子……”李鼎善见安自如应付自如，又因她年纪比他小了许多且梳了待字闺中的发型，便称她为小娘子。“小女已经走访了十数家漆行，从何家到常家再到张家，等等，最后选在了你家。”

肖葭接过话头，她轻轻一拢额头的一缕秀发，浅浅笑道：“安娘子，你家漆器与别家大不相同，兼具南方婉约和北方豪迈之风，有没有想过，为何没有在上京大行其道，成为达官贵人竞相追逐的名品呢？”

此话一出，安自如怦然而惊，不禁退后一步，声音微微颤抖：“肖小娘子是何方高人？为何安家漆器不能扬名，还请指教。”

“指教谈不上，以我粗浅认知，安家漆器没有大行其道的原因只有一个——画风不对。”肖葭肃然正容，“我不是高人，只是一个想和安娘子做一笔生意的小人物。安娘子，若是我有图案，你可否做出一模一样的漆器？”

安自如不解肖葭来意，想了一想：“若是图案不过于复杂，又没有工艺要求，完全可以做到。”

“好。”肖葭拿出一张宣纸，纸上有一幅工笔画，画法写实，笔法工整，又因添加了色彩之故，栩栩如生，“怎样？”

安自如目光中的兴奋如渐渐亮起了蜡烛，她拿过宣纸，端详半晌之后，喟叹加赞叹：“是肖小娘子所画？”

肖葭点头。

“当真是巧夺天工，肖小娘子心思剔透，玲珑如玉，实在让人敬佩。”安自如赞誉之言发自真心，她自小从事漆器的设计和制作，见多了各种漆器，肖葭所画漆器非但设计精美，心思奇巧，还无比实用，只是有一点她还想不明白，“此物不知有何用处？”

“茶筒。”肖葭也不隐瞒，实言相告，“若是要一千个，大约多久可以完成？”

“一千个？”安自如以为她听错了，大惊失色，“以肖小娘子的要求，每个成本都在三百文以上，且不说三百文一个的茶筒有多昂贵，哪家茶商会用，只说一千个折合三百贯钱，可不是一笔小数目……”

虽未明说，肖葭却是听了出来，安自如疑心她拿不出三百贯钱。

说实话，肖葭还真没有三百贯钱，她胸有成竹地淡然一笑：“安娘子，你是想赚一笔快钱，还是想让安家漆器成为上京漆行之中被人仰望的领军漆行？”

安自如被肖葭的气度震住了，心中盘算片刻，蓦然下定了决心：“安家漆器有今天的名气来之不易，若能和何家、常家并驾齐驱，小女子虽不才，也愿意斗胆试上一试。愿学卓文君，不做白头吟。”

卓文君是汉代才女，中国古代四大才女之一、蜀中四大才女之一。为了追求真爱，作为巨商之女的她不惜和司马相如私奔。私奔后，为了生计，她和司马相如卖酒为生。后来在她的相助下，司马相如得到了汉武帝的赏识，得以入朝为官。

安自如以卓文君自比，显然不是效仿她的私奔之举，而是她身为女子为了追求幸福敢作敢为的精神。

肖葭点头赞道：“汉代之时，卓文君便有如此胆识，如今大夏风气更为清明，我辈女子，更当自强。安娘子，若你只求安稳，我付你十贯钱的订金，待一千个茶筒制作完成之后，我再付清余款。若你想要有一番作为，愿意光大安家漆器，我付你五贯钱订金，待一千个茶筒制作完成之后，我拿来去卖，所得利润你我一人一半。同时我还保证，以后会有两千三千个茶筒交由安家漆器制作，不仅如此，安家漆器还可以承制更多的漆器，不出半年，便可成为上京最负盛名的漆行。”

“若真如此，我愿与你共享安家漆器！”安自如不是目光短浅之人，虽还不清楚肖葭的真实身份和来历，但只凭肖葭的本领和气度，她就认定肖葭所言非虚，“不知肖小娘子一千个茶筒是想卖给谁家？”

“好景常在。”肖葭悄然一笑，神态自若之中，又有三分神秘，“安娘子信还是不信，我能用安家漆器的一千个茶筒敲开好景常在的大门？”

安自如赫然心惊。

好景常在现在如日中天，产业遍布大夏境内，光是茶行就有不下三百家。若是真能如肖葭所说可以用一千只茶筒敲开好景常在的大门，成为好景常在的供应商，安家漆器瞬间就可以成为上京最大的漆行。

问题是，肖葭的想法如何才能实现？和肖葭有同样想法者必然大有人在，相信许多人已经踏破了好景常在的门槛，肖葭想要从众多同行中脱颖而出，难如登天。

肖葭却是看出了安自如的心思，笑意盈盈地围着安自如转了一圈，说道："安娘子，若是信不过我，也不要紧，可以走第一个路子，稳妥些。"

安自如低头不语，盘算不定，过了半晌才猛然下定了决心："肖小娘子，我只有一个条件，你务必应我。"

李鼎善站立一旁，以置身事外的态度旁观许久，越看越是欢喜。肖葭历经了一番常人无法想象的磨难之后，终于有了今日成就，她爹娘泉下有知，也当欣慰矣。

"请讲。"肖葭淡定依旧。

"若是茶筒生意成了，以后我愿意一路追随在你左右，望肖小娘子不要嫌弃才好。"安自如心里清楚，若是肖葭真能借助茶筒成为好景常在的供应商，等于打开了一扇无限可能的大门，好景常在商行需要的漆器可不仅仅是一个茶筒，而是所有漆器，且需求量都无比巨大，依附在好景常在这棵大树之上，安家漆器成为大夏境内最大的漆行也不在话下。

只要肖葭能打开好景常在的大门，她追随在肖葭身后又有何不可？

肖葭握住安自如的双手："安娘子，你我虽萍水相逢，却是一见如故，若我日后事有所成，愿与你平分。"

"一言为定！"安自如心神激荡。

"一言为定！"肖葭也是心情激动而兴奋。

李鼎善微微颔首，目露赞许之色，心中却想，肖葭有他之助，一回上京便在短短时间内站稳脚跟，夏祥一个人，也不知他一入上京龙盘虎踞之地，还能处处周全吗？

/ 第十二章 /

试探

夏祥和萧五被请到客厅，二人坐定之后，管家曹林上茶，曹姝璃和曹殊隽先去更衣。

夏祥已然从作儿口中得知落水少年名叫曹殊隽，是曹家独子，自小便不好读书，今年大比之年，被爹爹强行赶去应试，他不从。爹爹紧逼，气极之下，要纵马离家出去，不料一时马惊，若不是夏祥和萧五出手相救，后果不堪设想。

曹家客厅布置得倒也雅致，金丝楠木的桌椅，兰花青瓷瓶，墙壁上所挂多是山水画，正中悬挂一画，画风拙朴。画中一河，河上有船，船上三人，两人划船，一人站立船头。岸上还有一人，正在引船靠岸。

右上有一行小字：渊明归隐图。

字迹和影壁上所留之字，出自同一人之手。

夏祥心中更加明白了几分，正愣神时，身后传来作儿欣悦的声音。

“夏郎君，茶来了。”

“茶已经上过了，怎么还上？”萧五早就口渴了，管家曹林上茶之后，他迫不及待一口喝干，“正好我还口渴，我再来一杯。”

“只有一杯，没你的。”作儿奉送了萧五一个大大的白眼，将茶杯放到夏祥面前，“夏郎君请用茶。”

曹林上茶所用的茶杯是定窑，作儿所用的茶杯是汝窑。大夏有五大名窑，分别是“汝、官、哥、钧、定”，汝窑位于五大名窑之首，素有“汝窑为魁”之称。

汝瓷造型古朴大方，以名贵玛瑙为釉，色泽独特，有“玛瑙为釉古相传”的赞誉。随光变幻，观其釉色，犹如“雨过天晴云破处”“千峰碧波翠色来”之美妙，似玉、非玉，而胜玉。传到后世，有“纵有家财万贯，不如汝瓷一片”的盛誉。

“为何我的茶杯不如先生的茶杯名贵？”萧五虽不知道汝窑比起定窑之好，但只凭茶杯的光泽便能立判上下，不由得奇道，“是因为我长得不如先生伟岸，还是我不如先生有才？”

“都不是。”作儿皱着鼻子笑了，哼了一声，“是你不如夏郎君更得我家娘子欢心。非但你的茶杯不如夏郎君的珍贵，就是茶叶，也差了太多。曹管家上茶，多半是三等茶叶。我家娘子不敢慢待了夏郎君，便拿出她珍藏的特等茶叶。”

萧五哪里有那么多的弯弯心思，“哦”了一声，起身拿起夏祥原来的茶杯，一饮而尽，一抹嘴巴笑道：“特等也好，三等也罢，解渴才是好茶。作儿，再来一杯可好？”

“再好的茶像你这样牛饮，也是浪费，你不如喝白水好了。”作儿不满地白了萧五一眼，“你且记住了，不要叫我作儿。”

萧五不解：“叫你什么？”

“奴姓李，名作作，叫我李作作即可。”作儿对萧五不假颜色，对夏祥却是笑语嫣嫣，“只有我家娘子和关系密切之人，才可以叫我作儿。”

“先生也是刚刚认识你，他和你关系也不密切。”萧五脑子不转圈，努力想要纠正作儿的错误，“李作作不如作儿好听，我还是叫你作儿好了。”

“怎的如此气人？”作儿生气了，将茶壶重重一放，“你是榆木脑袋还是石头脑袋？以后不要和我说话，气死我了。”

夏祥微微一笑，轻抿一口曹小娘子亲手所泡的好茶，果然香气悠远，回味悠长。

作儿兴致极高，还想再说萧五几句什么，一回身却发现不知何时曹姝璃站在身后，吓得她一吐舌头，转身就跑，“娘子，我再也不敢多嘴了，先记下，等下次一起算账。我先下去了，有事娘子再叫我便是。”

一边说，一边匆忙逃走。

夏祥不觉哑然失笑，回身一看，曹姝璃换了一身素雅装扮，淡然而立。曹姝璃的身后，站着曹殊隽。

曹殊隽换了一身干净衣服，身材修长，头系方巾，腰间系一方锦带，着白色绣绫长衫，脚蹬方靴，只见他眉目如画，唇红齿白，面如美玉，当真是一位翩翩美少年。

夏祥暗中赞叹一声，曹家一对儿女，都是一等人物，也不知道曹家主人，到底是何方人物？若非官宦，便是富商。

曹姝璃先是冲夏祥盈盈一礼，又冲作儿的背影轻哼一声：“作儿，你等着，我饶不了你。”

作儿脚下不停，低头掩嘴，虽是背对几人，双肩微微耸动，可见她正在窃笑不已，并不惧怕曹姝璃的威胁。

“姐姐，作儿越发没规矩了，你也不好好管教管教，传了出去，让人以为曹家没有家规，岂不辱没了曹家的门庭？”曹殊隽冷哼一声，目光傲然地越过作儿的背影，望向了门外的天空，此时已然夜深，夜空之中除了繁星，一无所有，也不知道他看些什么。

“一个丫鬟怎能辱没曹家的门庭？倒是你，才愧对曹家的列祖列宗。”曹姝璃头发盘成已然及笄却并未成亲的飞仙髻，上有碧绿簪子，簪子之上镶金错银，流光溢彩，裙裾之上的玉环，红粉相间，轻一迈步便叮咚作响，如仙乐齐鸣。

正是云鬓花颜金步摇的风姿。

“男儿之志，并非全在读书。若是天下全是读书人，谁来经商谁来务农谁来酿酒谁来参军？”曹殊隽鼻孔朝天双手抱肩，大大咧咧地坐在了下首的椅子之上，右手一指对面的椅子，“夏郎君，坐下说话。”

夏祥并未入座，笑道：“也不知是否叨扰了令尊？”

客厅是一家之主会客之处，若是曹家主人出来相见的话，要等到主人出来之后，夏祥才敢坐下，是为礼节。

“爹爹正在更衣，稍后便到。”曹姝璃暗暗赞叹夏祥的气度和礼数，不少王孙贵族虽气度不凡，看似人中龙凤，却有人失之于礼数不周，有人失之于自视过高，夏祥言谈举止，随意自然，如明月当空，又如清风拂面，让人心生亲切之感。

“等爹爹来了再站起迎接也并无不可，夏郎君，你不要太在意虚礼了。”曹殊隽起身来到夏祥面前，拉住夏祥的胳膊，将他按到了椅子里，“随心所欲，才可逍遥。老子说，无为而治，不言而教，规矩太多，反是坏事。”

夏祥哑然失笑，原以为曹殊隽是一个纨绔子弟，不学无术外加不知天高地厚，不想他还深受老子学说影响，深得《道德经》精髓，当下也不起身，笑道：“礼不可废，仁、义、礼、智、信是为五常之道，五常为为人根本。进退周旋得其体，乃是正人身之法。”

“我最不喜欢作揖拱手的虚礼，繁文缛节，让人不得自在。”曹殊隽斜了夏祥一眼，语气隐含不屑之意，“方才见你救我，脱衣服，跳水，放荡洒脱，还以为你是和我一般不在意世俗礼法的逍遥之人，却不想也是一个迂腐的读书人，算我看错你了。”

夏祥才不在意曹殊隽的话，从容不迫地答道：“从心所欲也要不坏了规矩才行。人可以放荡洒脱，可以逍遥自在，只要不坏了规矩乱了章法就好。”

曹殊隽非常不满地翻了翻白眼，想说什么又觉得无从说起，他还想说服夏祥，不想才一个回合就落了下风，恼羞成怒之下一把拉起夏祥，“既然你如此在意礼法，就站着好了。”

如此心性，倒也率真可爱，夏祥暗笑，想起了之前的约定，便问：“曹三郎，四十五两银子的事情，现在就办了吧？”

“还想要银子？”曹殊隽气得跳了起来，跳过之后，反倒又笑了，“罢了罢了，我再加五两，总共是五十两银子，想要拿走，没问题，只要你帮我办成一事。”

“什么事？”夏祥笑眯眯地问道，和颜悦色如同老农，他伸出右手，“先验过银子再办事，这是规矩。”

“扑哧！”曹姝璃忍俊不禁，失笑出声，被夏祥的无赖逗乐了。

初见夏祥时，夏祥近乎赤身，虽是救人，却也有失礼之处，她便以为夏祥是一个市井少年，不说他健壮的身体，只说他一身非同一般的泳技，就远超许多上京锦衣玉食的少年郎。

只是曹姝璃自小受爹爹重文轻武思想影响，只喜欢文人而不欣赏仗义的游侠儿，认定他们不过是衣食无忧不好读书又无事可做的纨绔子弟罢了，如今天下太平，哪里有什么不平事需要游侠儿拔刀相助？尤其是家中又出了一个一心想成为游侠儿的曹殊隽，更是让她对游侠儿深恶痛绝。

若非夏祥是曹殊隽的救命恩人，她别说请夏祥来家里做客，连和夏祥说上一句话也觉得多余。不想夏祥竟是读书人，倒让她惊喜之余，不免更高看夏祥了。等到夏祥几句话辩驳得曹殊隽哑口无言之时，她更是芳心大喜，若是夏祥真能说服曹殊隽将心思都用在读书之上，夏祥必定会成为爹爹的座上宾。

曹姝璃怎么也没有想到，方才还满腹经纶的夏祥，转眼间却变了一人，如市井间讨价还价的商人一般，伸手要钱，还摆出一副理所应当大义凛然的样子，实在是让人哭笑不得。一个读书人，受圣贤教诲，又注重礼仪，怎能如此市井？

怎的在夏祥身上，既有读书人的文雅博学之气，又有游侠儿的放荡洒脱，还有市井中人的精明？曹姝璃也是大为不解，夏祥到底是一个什么样的人？

“哧！”曹殊隽讥笑一声，从衣袖中拿出一张钱引，在夏祥眼中晃了一晃，嘴角上挑，“看清楚了，是官家的钱引，不是民间的交子，再仔细看看，是不是五十缗？”

大夏初年，益州出现了为不便携带巨款的商人经营金钱保管业务的“交子铺户”。存款人把金钱交付给铺户，铺户把存款数额填写在用楮纸制作的纸卷上，再交还存款人，并收取一定的保管费。这种临时填写存款金额的楮纸券便谓之交子。

交子先在民间自发形成，后来朝廷在成都设益州交子务，由京朝官一二人担任监官主持交子发行，并“置抄纸院，以革伪造之弊”，严格其印制过程，交子正式成为官交子。

当今皇上登基之后不久，改“交子”为“钱引”，改“交子务”为“钱引务”。“钱引”的纸张、印刷、图画和印鉴都很精良，并且以缗为单位。一缗即为一贯。

五十缗就是五十贯，约合五十两银子。大夏银贵钱贱，五十缗并不如五十两银子值钱，却也相差不多。

夏祥微露惋惜之色，拿过钱引左看右看，还给曹殊隽说道：“若是一锭五十两的纹银该有多好，比钱引拿在手中踏实多了。”

曹姝璃强忍笑意，心中讶然之外，又无比好奇地想知道，夏祥到底是何许人也，是真的爱财如命，还是有意为之?

曹殊隽手腕一翻，两根手指夹起钱引放到了桌子之上，轻描淡写地笑了笑：“想要真金白银也行，只要你帮了我，五两金子五十两银子还是五十缗铜钱，你随便选。怕就怕，你的本事不值一文铜钱。”

大夏约定俗成的兑换比例是一两黄金十两白银十贯铜钱。

萧五在夏祥身后垂手而立，始终一言不发，目光平静，表情平和，既没有一名随从应有的谦卑之态，也没有一个护卫该有的肃然之意，倒像是夏祥的陪读。再者他体形也不是高大魁梧的类型，若非曹殊隽亲见萧五只手拦马的神勇，他断然不会相信萧五会有一身惊人的武功。

“还是要钱引好了。”夏祥似乎听不出来曹殊隽话中的嘲讽之意一样，退后一步，“曹三郎，究竟有什么事情要我帮忙，尽管开口，我能救你，便能帮你。”

此话说得太圆太满，曹殊隽脸色一变，正要发作，却见曹姝璃微微摇头，示意他少安毋躁，他心中稍定，心知曹姝璃也有意试探夏祥一二。

/ 第十三章 /

天子门生

曹殊隽围绕夏祥转了一圈，在夏祥面前站住，忽然正容敛色，朝夏祥深施一礼："先谢过夏郎君的救命之恩。救命之恩，恩同再造，在下永生不忘，定当供奉夏郎君的长生牌位，日夜焚香，祈祷夏郎君长命百岁，平安无忧。"

夏祥还了一礼："如此小事，不足挂齿。供奉长生牌位就更是折寿，我可消受不起。若是曹三郎心中过意不去，送我一把扇子，我也就忘了此事。"

曹姝璃掩嘴而笑，笑而不语，心中却想，夏祥当真聪明至极，曹殊隽以一个长生牌位来报答夏祥的救命之恩，言下之意便是五十缗的钱引并非是救命的回报，而是另外事情的报酬，二者不能混为一谈。夏祥一点就透，直接回应索要一把扇子，既风雅又大度，同时还暗指他对救人之事并未放在心上，挥扇之间，风轻云淡。

曹姝璃不免又多看了夏祥几眼，越发认定夏祥是一个非但不迂腐而且还颇有雅致的读书人。

曹殊隽没想到夏祥如此气量，微微一怔，随即哈哈大笑："妙，妙。好，扇子送你，不过，长生牌位也还要供上。"

夏祥接过曹殊隽递来的扇子，也不打开，拱手一礼："多谢曹三郎赠扇之谊，长生牌位你直接送我便可，不必供奉，否则我每每想起你每日都会对着我的牌位焚香，我以后还怎么睡得安宁？再万一哪一日你和我反目，将我的长生牌位踩在脚下，我又会浑身不得自在，所以，不如直接将牌位送我，我自己供奉自己，我自会尽心，你也省事。"

如此回答，曹姝璃不禁莞尔："如此也好，作儿，让曹伯准备一个长生牌位送与夏郎君。"

"知道了，娘子。"曹姝璃话音刚落，作儿的声音便在门外响起，干脆并且欢快，说明她并未走远，就在门外候着。

夏祥哈哈一笑，知道该说正题了："现在我最关心的事情是，五十缗钱引需要我做什么？”

“事情很简单……”曹殊隽意味深长地看了曹姝璃一眼，摇头晃脑地说道，“富家不用买良田，书中自有千钟粟；安居不用架高堂，书中自有黄金屋；出门莫恨无人随，书中车马多如簇；娶妻莫恨无良媒，书中自有颜如玉；男儿若遂平生志，六经勤向窗前读……先帝的这首《劝学诗》，害苦了天下多少读书人，也害苦了我。夏郎君，若是你能劝说爹爹不逼我参加进士考试，钱引我自当双手奉上。”

“这……”夏祥倒吸一口凉气，曹殊隽为他出了一个天大的难题，大夏重文轻武是自太祖立朝以来定下的规矩，时至今日，早已蔚然成风，莫说曹家是大户人家，便是小门小户，但凡能够读得起书，谁不想考中进士谋求一个出身？

“我的志向是当一个遗世而独立的散人，放荡洒脱在世俗之中，不被世间的规矩束缚了手脚，不被世俗之事约束了逍遥，就像当年的李太白，一个人‘朝辞白帝彩云间，千里江陵一日还’，是何等的自在何等的潇洒。”曹殊隽头呈四十五度角朝天空仰望，一脸无限向往之意，可惜他身在屋内，只能看到房顶却看不到天空。

况且现在又是晚上，即使看到天空，也是夜空。

夏祥笑了笑：“在没有见到令尊之前，若说能做到，是为大话。若说不能做到，也是对自己的不自信和没有担当，我现在不妄下定论。”

曹殊隽听明白了夏祥的意思，道：“夏郎君，家父为人刻板，事事喜欢引经据典，他又甚是推崇科举，认为科举最为公平合理，可以为朝廷选拔人才……想要说服他，实在是太难了。”

“曹三郎，你可曾通过州试？”夏祥并未在意曹殊隽所说，问到了他关心的问题。

大夏初年，仅有两级考试制度，一级是由各州举行的取解试，一级是礼部举行的省试。太祖十年，为了亲自挑选德才兼备者，太祖实行殿试。自此以后，殿试成为科举制度最高一级的考试，并正式确立了州试、省试和殿试的三级科举考试制度。

夏祥在一年前便通过了真定府的州试，州试得中是为举人。大夏的举人不是功名，只是可以参加省试的资格，而且还是一次性有效。若是省试落榜，三年后再来参加省试，还需再次通过州试才可。

太祖推行殿试，是为了江山大计，殿试之后，不用再经吏部考试，直接授官。殿试因为是皇上亲自主考，及第后，所有考生不再对考官称师，也不自称门生。如此，所有及第的人都成了天子门生。殿试后分三甲放榜，还要举行皇帝宣布登科进士名次的典礼，并赐宴于琼林苑，故称琼林宴。

大夏的科举制度不仅比前朝更加规范，也更加严谨。从大夏开始，科举开始实行糊名和誊录，并建立防止徇私的新规则。糊名，就是把考生考卷上的姓名、籍贯等密封起来，又称“弥封”或“封弥”。太宗时，只是对殿试实行糊名制。后来，当今皇上下诏省试、州试均实行糊名制。其后有人指出，糊名之后还可以认识笔迹。因此进一步采取了防范措施，将考生的试卷由他人另行誊录。考官评阅试卷时，不仅不知道考生的姓名，连考生的字迹也无从辨认。

司马饰有一年担任主考官时，读到了连车的文章，拍案称好，有心录取为第一名，却又从笔法和才学上断定是自己弟子的文章，于是列为第二。拆封之后才知道是连车文章，不由得引为憾事。

“今年开春刚刚通过州试。”曹殊隽一脸自得之意，负手而立，傲然而笑，“我并非不会读书，而是不想考取功名罢了，别说州试，即便省试，对我来说也是易如反掌之事。”

“先生，一路上我也识了字背了诗，州试这么容易，要是我去参加州试，说不定也能考中。”萧五不知道曹殊隽的话是自夸自负之语，当了真，“明日我便报名试试，胆子一定要大，万一就成了呢？”

“哈哈哈哈……”曹殊隽开怀大笑，萧五一脸懵懂之相，言谈举止也可看出不是聪慧之人，重文轻武并非只是大夏传统，古往今来，都是文人执掌天下，可见读书并非是谁都可以胜任之事，以萧五这般文不成武不就的资质，也想参加科举，当真是痴人说梦。

萧五再傻，也能听出曹殊隽笑声中的嘲讽之意，憨憨地挠头笑了：“曹三郎莫要取笑我，我会识字能背诗，却不会写字，考取功名不过是随口一说。我虽然愚笨，却也懂得追随先生报效朝廷。曹三郎不想考取功名，只想逍遥自在，我就不明白了，你既没有一技之长可以谋生，又没有功名薪俸，莫非以后要坐吃令尊留下的家业？男儿生于天地之间，当自强自立为国效力为民请命，怎能为了一己之私而不报效朝廷孝敬父母？岂不是枉为臣子和人子？”

“呃……”曹殊隽的笑声戛然而止，生生被萧五的话噎了回去，他脸涨得通红，结结巴巴地说道，“你，你，你，你一介武夫一个下人，懂得什么是道法自然之理吗？老子说，我无为，而民自化；我好静，而民自正；我无事，而民自富；我无欲，而民自朴……”

“我是不懂。”萧五倒也实在，毕恭毕敬地拱手一礼，退后一步，一脸谦卑之色，“我有自知之明，只管跟着先生便是，先生说什么我便做什么，就不会有错。”

曹姝璃暗暗称奇，萧五看似愚笨，却淳朴天然，言谈举止彰显善良天性。也不知夏祥是如何与萧五相识，看上去二人不是主仆关系，也不是同窗同乡，萧五却对夏祥言听计从，究竟是夏祥的才学还是他的品行让萧五甘愿追随左右？

曹姝璃有意要见识一下夏祥的真才实学，浅浅一笑道："让夏郎君见笑了，三郎生性喜欢辩论，就连爹爹也说不过他。若是夏郎君能说服三郎去考取进士，爹爹也会欢喜。"

夏祥岂能不明白曹姝璃之意，是想让他知难而退，转而劝说曹殊隽参加省试，他也看了出来，曹姝璃也是愿意曹殊隽考取功名，曹家也只有曹殊隽一人不想考科举。

"拿人钱财，与人消灾。"夏祥微微一笑，心中有了计较，"我既然答应曹三郎在先，自当信守承诺，为曹三郎解忧。"

曹姝璃又气又恼，不由得说道："你到底是因为拿人手短还是要信守承诺？"

夏祥既不拔高自己的情操，又不掩饰自己的需求，不慌不忙地笑道："两者兼而有之。"

"你……"曹姝璃反倒被夏祥气笑了，"这么说，你真要为三郎出头了？莫要怪我没有提醒你，若是一言不合，爹爹赶你出门也有可能。"

"莫要听姐姐乱说，爹爹是讲道理之人，怎会赶客人出门？"曹殊隽心生欢喜，方才萧五的一番话虽然令他无比尴尬，但随从尚有如此才学，可想而知夏祥更是博学之士，想到夏祥若能真的说服爹爹不再逼迫他参加省试，他喜悦之情溢于言表，"夏郎君，拜托了。"

"好说，好说。"夏祥呵呵一笑，眼光一扫，注意到了曹姝璃微露不悦之色，便道，"曹小娘子不要生气，我只不过是受人之托忠人之事，再者说来，人各有志，不可强求，若你不喜欢一人，令尊非要你下嫁于他，你又当如何？"

"你莫要胡说，功名和婚姻，怎能相提并论？"曹姝璃一时羞涩，脸上红云飞起，"婚姻大事，自然是父母之命媒妁之言，功名大事，是修身、齐家、治国、平天下之本。"

"娘子不喜欢的人，她才不会嫁。"不等夏祥回答，作儿的声音从门外传来，门一响，她脚步轻快如猫，悄无声息地来到夏祥身前，递上一物，"夏郎君，你的长生牌位。"

一块长形木牌，是上等的檀香木所做，还好上面没有写上名字，否则倒让夏祥心中发怵了。也是，任谁看到自己的名字在牌位之上，也会在心里留下大小不等的阴影。

萧五伸手接过长生牌位，嘿嘿一笑："谢过作儿。"

作儿白了萧五一眼："要你谢？不稀罕。叫我李作作，不许叫我作儿，记住了！”

“作儿，你赶紧下去。”曹殊隽不耐烦地挥了挥手，他急于告诉夏祥爹爹的性情和喜好，好让夏祥胸有成竹多些胜算，才不想听作儿的聒噪，“夏郎君，爹爹最推崇儒家学说，也喜欢佛家经典，最不喜欢……”

“咳咳……”

一阵威严的咳嗽声从屏风后面响起，随后脚步一响，一个身材高大、国字脸、浓眉、长须的老者闪身出现在了众人眼前。

/ 第十四章 /

夜行

此时已是将近三更时分，曹府门前的夜市依然热闹非凡，别说少年男女有增无减，在欢声笑语中暗传情愫暗送秋波，就连方才险些被惊马撞翻的馄饨摊夫妇，年过五旬，此刻依然精神饱满，毫无倦意，热情十分地招呼每一个前来就餐的客官。

老汉姓马，排行第三，名马小三；老妇姓牛，排行第二，名牛二娘。二人膝下一子，早年外出经商，从泉州出海，南下南海，一去不返，生死未知。二人本来在上京有一处店铺，为南下寻子，变卖了店铺。南下五六年，一无所获。回到上京之后，身无分文，只得东借西凑几千文，支起了馄饨摊，以维持生计。

好在上京是京城，又值繁华盛世，一个馄饨摊，只摆夜市，一日的收入也有百余文，足够二人生计之用。

惊马之事，虽已过去一个时辰有余，二人仍然心有余悸。好在客官络绎不绝，二人忙个不停，顾不上多想刚才之事。待一个妙龄女子和贴身丫鬟走后，暂时没有客官，二人得以休息之余，不免又说起了惊马。

“二娘，方才要不是夏小郎君拉了我二人一把，我二人说不定就被马踏伤了。”马小三感慨之余，又唏嘘不已，“我二人刚刚怎么像傻掉了一样，竟然忘了谢过小郎君的救命之恩，太不应该。”

“说得也是，我二人太失礼了。”牛二娘拢了拢额前的头发，将手在围裙上擦了擦，又抹了抹眼泪，“方才的小郎君，多像我们走失的儿子，三郎，要是他能做我们的义子，我做梦都会笑醒。”

“想什么呢？小郎君是我们的救命恩人，你还想认他当义子？又不是我们是他的救命恩人。”马小三嘴上责怪牛二娘，其实心里也忍不住在想，真能认小郎君当义子的话，他和二娘的晚年也算有依靠了，算了，不想了，他何德何能可以让小郎君认他为父？

“要是儿子还在该有多好……”牛二娘叹息着，又要抹泪。

“店家，来两碗馄饨，要多些香菜多些醋，酱油也要，不要辣菜。”

一男一女两位客官来到馄饨摊前，二人都是二十岁的年纪，男子一袭长衫，瘦脸淡眉，薄唇大耳，眼珠四下转个不停，精明而机警。女子是寻常打扮，也是瘦脸淡眉，樱桃小口，额头光洁，下巴尖尖，虽不是沉鱼落雁貌，也算得上一等的姿色。她头上的朝天髻表明她已是出嫁之女，但神色之间微有凄色，头上白花一朵分外醒目，显然是刚刚丧夫。

马小三和牛二娘见来了客官，忙收回心思，开始忙乎起来。

“七娘，罗大一死，你也是自由之身了，日后遇到心仪之人，再嫁也就是了，不必伤心。”男子落座之后，拿出一块手帕擦了擦桌子和板凳，才请女子坐下，“况且罗大对你薄情寡幸，何必为他伤心？他的死，也是咎由自取。”

“四哥，我不是为罗大伤心，是为自己。”女子坐在男子对面，正好面对曹府，她的目光在曹府门口停留片刻，“若不是爹爹三年前非逼我嫁与罗大，三年来我若全力经商，全有商行今日不会比好景常在差上几分。爹爹偏要让我和罗大成亲，三年间我除了和罗大争吵生气，一事无成。好景常在恰恰是在这三年之内风起云涌，眼见就是大夏第一商行了。真是可恨可气，连家丫头真是好命，没人逼她嫁人，否则她也不会有今日的成就。也是她没有遇到我，哼哼，我要是出手，全有必定可以吞并好景常在。”

大夏之前，丫头多指未婚女子。女孩子在及笄之前，头上都要梳着两个“髻”，左右分开，对称而立，像个“丫”字，所以称为“丫头”。唐代刘禹锡《寄赠小樊》诗云：“花面丫头十三四，春来绰约向人时。”大夏立朝之后，吴楚之人谓婢女为丫头，丫头一说渐有贬义。女子以丫头称呼连家小娘子，是有意轻视。

“爹爹的决定，我也不好反驳，这几年，倒是委屈你了。”男子爱怜地看向女子，递过筷子，“七娘，罗大一死，你再寻个好人家嫁了，罗家的家产，你也一并带上。以罗家的财力，可以助全有商行火速壮大，三五年内吃掉好景常在，也不在话下。”

大夏律法规定，女子出嫁时所带嫁妆，为女子个人财产，再嫁时，可以带走。大夏风气，男子为防止兄弟多分财产，多在婚后以妻子名义购置房产，死后妻子改嫁，也会一并带走。罗大生前以董七娘名义购买了多处房产和商行，他一死，董七娘自然可以随意处置。

“我正有此意！”董七娘接过牛二娘递来的馄饨，用筷子挑起一根香菜，目光再次落到了曹府门口，“王爷说，李鼎善回京，只有两个去处，一是宋超度之处，另一个，便是曹用果之处。”

“我倒觉得王爷过于小心了。”男子埋头吃馄饨，也是饿了，吃相颇不雅观，他也顾不上许多，“李鼎善出京之前就和王爷交好，回京之后，也应先和王爷见面，怎会去见大势已去的宋超度和曹用果？何况李鼎善此次回京，是被三王爷所逼。放眼京城之中，可以保李鼎善周全者，唯王爷一人而已。王爷只管安坐王府，等李鼎善上门即可。曹用果只一个从五品的鸿胪寺少卿，无权无势，人称睡卿，七卿之中，最为闲散无用。李鼎善若是投奔曹用果，曹用果哪里保护得了他的周全？”

七卿是光禄寺卿、司农寺卿、太府寺卿、卫尉寺卿、太仆寺卿、鸿胪寺卿、大理寺卿的合称。太府寺因所隶事务繁多，有“忙卿”之称；司农寺因所掌仓库分布很广，有“走卿”之称；光禄寺因掌酒醴膳馐，有“饱卿”之称；鸿胪寺掌四邻各国朝贡，而大夏虽然国势正呈上升之势，但和周边国家仍有战事，是以朝贡者少，故有“睡卿”之称。

“王爷既然认为李鼎善有可能前来曹府，自然有王爷的道理，你我不必质疑王爷的眼线和判断，只管听从王爷的吩咐查看曹府即可。也是王爷太过在意李鼎善，不想他出任何差错。”董七娘小心翼翼地吃下一个馄饨，入口唇齿生香，不由得赞道，“好吃，好吃，吃遍上京城，这家馄饨最好吃了。店家，以后我会常来你家。”

马小三点头一笑：“多谢客官。”

一身短衣打扮的马小三面相忠厚，大鼻子大眼睛大嘴唇，朴实得如同上京城中随处可见的白杨树。牛二娘也是长相温和淳朴，和上京城中大部分底层的小商小贩并无不同。二人普通得如河水中的浪花，没有人会多留意他们半分。

董四哥和董七娘是一母同胞的兄妹，董四大名董时长，因排行第四，人称董四，在大理寺当差。董七娘芳名董祈娘，因排行第七，人称董七娘。二人祖上本是前朝重臣，后来家道中落，二人从小相依为命。

董七娘暗中朝董四使了个眼色，她起身添了一些香菜，拿出十余文钱放在一边，假装无意中问起：“店家，刚刚曹殊隽马惊落水，听说有人救了他，那人是谁？”

“是……”一碗馄饨不过三文，客官出手就是十余文，牛二娘喜出望外，开心之下张口就要说出夏祥名字——在曹姝璃问及夏祥名字，夏祥回答之时，她在一旁听得清清楚楚——忽然脚上一紧，被马小三踩了一脚，立刻知道多嘴了，话到嘴边又生生拐了一个弯，“是一个白面书生，长得可俊了，像个小娘子。”

董七娘微露失望之色：“可知他的名字，又是哪里人氏？”

“摆起四方桌，来的都是客，这是京城，来往的都是天南地北的客官，连番国、胡人都有，谁又记得住一个白面书生姓什么叫什么？客官可是认得他？”马小三唯恐牛二娘情急之下一时失口，就接过了话头，呵呵一笑，“这书生和别的书生没什么两样，就是更俊更白净一些，倒是很配小娘子，难不成他辜负了小娘子的一番情义？”

“呸，屁话！”董七娘不由得羞怒，想要发作，转念一想又忍住了，索性顺着马小三的话往下说，“不瞒老伯，他还真是负心郎，原本说好等奴家和离之后，他和奴家成亲。现今奴家郎君病死，我来寻他，他却避而不见。世间男人，大多一样都是薄情。”

大夏朝风气比之前朝开明许多，夫妇二人结婚，除了丈夫可以休妻之外，女子若是不满夫婿，也可以主动提出离婚，双方都同意，是为和离。“不逞之民娶妻，给取其财而亡，妻不能自给者，自今即许改适”，意思是说，丈夫若没有能力赡养妻子，妻子有权利离婚。“夫出外三年不归，听妻改嫁”，丈夫离家三年未归，妻子也有权利改嫁他人。

“呵呵，呵呵……”马小三含蓄地笑个不停，以他的眼力，一眼就可以看出夏祥绝不是董七娘所说的负心郎，董七娘和夏祥也是素昧平生，他就揣着明白装糊涂，“世间薄情男子不少，薄情女子也是常见。男女情情爱爱，谁是谁非，一句两句哪里说得清楚？有什么爱恨情仇是一碗馄饨解决不了的？如果有，就两碗。”

“哈哈。”董七娘没笑，董四却被马小三的话逗得前仰后合，笑个不停，“老伯好口才，不去瓦舍勾栏说书当真是屈才了。”

上京的娱乐业非常发达，作为大型娱乐场所的瓦舍勾栏多达四五十处，每一处可容纳数千人，除了歌舞伎之外，还有各种艺人，说书、驯兽、杂耍、魔术，以及相扑、小品、武术、弓箭、蹴鞠、傀儡等等各类艺人。

“客官说笑了，我只会卖馄饨，哪里会说书？我连大字都不识几个。”马小三勺子在锅里搅了一下，舀起一勺汤，“要不要加汤，二位客官？”

“不要了。”董七娘对马小三和牛二娘再无兴致，坐回座位，目光在曹府周围扫了几扫，压低声音说道，“王爷怀疑曹用果和三王爷暗中密切往来，也不是无端怀疑。曹用果和李鼎善向来交好，三年前，李鼎善被罢官出京，三王爷欲除之而后快，却不知李鼎善出京之后去了哪里。后来李鼎善在京城之中交好的故人，要么被罢官，要么被贬出京，只有曹用果和宋超度二人硕果仅存。宋超度是有庆王庇护，曹用果却是孤家寡人一个，几位王爷之中，无一人为他美言，他却安然无恙。以三王爷的权势和候平磐的性情，他没有被贬出京，怎么可能？是以王爷揣测，曹用果可能暗中向三王爷投诚了。”

“若果真如此，王爷派我二人监视曹府，是怕李鼎善不知曹用果暗中投向三王爷一事，若他进京之后前来曹府，就是自投罗网了？”董四微微皱眉，原以为王爷命他和董七娘留意曹用果的一举一动，完全浪费时间，只是王命难违，他再不情愿也只好为之，听七娘一说，才豁然开朗，“听燕豪说，他已然查到了在李鼎善离开中山村之时，中山村有三人也同时离开，一人叫夏祥一人叫夏来一人叫夏去。三人同是李鼎善在中山村的学生。”

“王爷让我们留意曹用果的一举一动，是想让我们保护李鼎善先生周全。”董四娘下意识回头看了一看，见马小三和牛二娘埋头忙碌，丝毫没有在意他们在说些什么，心想自己也太多虑了，不过是一对馄饨摊夫妇，懂什么朝廷大事，就算听到也是白听，“王爷到底是什么心思，我们也不好猜测，他虽和李鼎善交好，却也不必为了李鼎善而和三王爷交恶。三年来，三王爷今非昔比，已然如日中天。何况现今皇上生病，或者三王爷继位也大有可能。”

“王爷的心思我们就不要胡思乱想了，猜对猜不对，都是错。”董四懒得想太多，只想做好眼前力所能及的事情，“倒是燕豪背着高见元在背后查到了夏祥、夏来、夏去三人，又有什么目的？难道是想利用夏祥三人引李鼎善露面？李鼎善此时肯定已在上京，三王爷布下了天罗地网，却没有发现他的行踪，可见他在上京除了曹用果和宋超度之外，另外还有接应，燕豪想借夏祥三人找到李鼎善的下落，也不失为一条好计。我在想，我们要不要也顺着燕豪的线索查下去？”

董七娘低头不语，碗中馄饨已经吃完，只剩下碗底的清汤，汤上漂着几片香菜叶，她沉吟半晌才说：“燕豪也只查到了夏来和夏去的下落，却不知道夏祥去了哪里，不过他已经加派快马再去中山村，要去问问夏祥母亲夏祥的行踪。估计不用多久，夏祥是在上京还是在别地，就清清楚楚了。若是夏祥在上京，或许对引出李鼎善有些用处，若是在别地，就对王爷的大事，没有半点用处了。”

“夏来和夏去也真是命大，掉下悬崖都摔不死，山村孩子，果然皮实，哈哈。”董四想起收到的线报，说是夏来和夏去掉在了悬崖下面，二人一前一后掉落，分别被人救下，居然都只是受了皮外伤，也是奇迹，“夏来北上，夏去南下，这一对苦命兄弟，到现在也不知道对方都还活着，也不知道这一辈子还能不能再见上一面。说来说去都怪李鼎善，要不是他，夏来夏去也不会走出中山村，安分地当一个村民，也好过远走他乡。”

“管他们是死是活，净说些不相干的事情。”董七娘啪的一下摔了筷子，一脸不悦，起身就走，“天色不早了，该回去了。如何向王爷汇报，你早做打算，别让王爷挑了不是。”

董四也不恼，嘿嘿一笑，摸出几文钱放在桌子上，想起刚才七娘已经付了十余文，又收了回去。

等董七娘和董四的身影消失在了人群之中，马小三和牛二娘对视一眼，二人皆是一脸愕然和惊慌。二人虽没有听明白到底是怎么一回事儿，却大概知道有人想要加害恩人夏祥，什么三王爷什么燕豪，夏祥一介布衣，在三王爷的王权威压之下，不粉身碎骨才怪。

不行，不能让恩人被坏人背后害了，马小三压低声音对牛二娘说道："二娘，我去曹府通风报信，你这就收摊。"

"曹府……你哪里进得去？"牛二娘思忖片刻，有了主意，起身到旁边代写书信的田大郎之处借来纸笔，"三郎，你写信一封投到曹府。"

马小三一拍大腿："还是二娘想得周全，报信无门，投书有路。"说完，刚才还声称大字不识的马小三在包馄饨的案板上铺纸写信，片刻之后，百余字一挥而就。

随后，马小三脱下围裙，整理衣服，肃然正容来到曹府，将信递给了门房。

/ 第十五章 /

足智多谋

曹用果年过四旬，颌下有须，白袍、朱履，戴儒巾，面相慈善而不乏庄重，他迈着四方步，一手背在身后，一手抚须，来到了夏祥面前。

不用介绍，夏祥也清楚来人便是曹府的主人，忙退后一步，正容，执晚辈礼，长揖一礼："见过曹公。"

因夏祥尚不知道曹用果官职，是以以对尊贵者的尊称来称呼。

曹用果拱手还礼："夏郎君不必多礼。多亏夏郎君救犬子一命，曹某感激不尽。"

"曹公客气了，见人有难，伸手相助，是为为人之道，小事一件，不足挂齿。"夏祥不敢受曹用果一礼，忙又还了一礼，恭敬地说道，"何况我擅长游泳，若是我不会水，也断然不会下水救人。"

曹用果对夏祥的第一印象还算不错，不说夏祥俊朗的长相和从容的气度，只说他周身上下洋溢的书卷气息和谦恭的态度，就让人心生亲近之心。只是在夏祥说完后面一句话后，他为之一愣，心中泛起古怪的念头。

这个夏祥，倒还真有意思，既有儒家思想中传统的济世之道，又有率真和坦诚的一面，在读书人中实属少见。

曹用果默然一笑，自顾自坐在了首位，目光落在了夏祥的茶杯之上，眼中闪过一丝讶然，朝曹姝璃投去了意味深长的一瞥。

曹姝璃注意到了曹用果的目光，却假装不知，抿嘴一笑，将头扭到了一边。曹殊隽有意祸水东引，故意咳嗽一声，嘿嘿一笑："爹爹，姐姐的汝窑平常从来不拿出示人，何况让人使用了？就连爹爹怕是也没有鉴赏过几次，夏郎君第一次登门做客，就汝窑在手，还真是偏心得很，女生外向，古人诚不欺我也。"

曹姝璃不羞不急，落落大方地笑道："三郎说这番话，也不觉得诛心？夏郎君是你的救命恩人，莫说要上等的茶叶和汝窑杯了，便是奉上万贯家产，也是应当。难不成三郎自认你的命还不如汝窑杯贵重？"

“我，我……”曹殊隽被曹姝璃呛得涨红了脸，想要反驳几句，却又无话可说，只好尴尬地笑个不停，“姐姐这般向着夏郎君说话，莫非真的是中意他了？正好爹爹也在，夏郎君，你若喜欢姐姐，可向爹爹当面提亲。”

“胡闹。”曹用果脸色一沉，“在夏郎君面前先是失礼后又失态，你此时的样子，哪里还有半点读书人的内敛？”

“爹爹，孩儿本不想读书，也不想当一个读书人。”曹殊隽猛然站了起来，来到曹用果面前，凛然敛容，长揖一礼，“方才惊马之事，也是孩儿不堪爹爹威压，想要逃走，仓皇之下，才险些出了大事。若非夏郎君出手，即便孩儿大难不死，说不得也有无辜路人受伤。爹爹，我向道之心已决，经此一事，我也算是重获新生。夏郎君救我一命，如同再生父母，我是读书还是求道，他的话我也要听上一听。”

夏祥几乎要为曹殊隽的一番话鼓掌叫好，好一个伶牙俐齿的家伙，先是以惊马事件开头，指出问题的严重性，再有下次怕是会有不测。再以他是曹殊隽的救命恩人如同再生父母抛出他要和曹用果讨价还价的话题，好让曹用果不得不尊重他的建议，步步为营，处处设防，让曹用果无路可退。

曹姝璃笑而不语，她是见识过曹殊隽的狡猾和机智，反正她是置身事外的态度，夏祥和爹爹辩论，不管谁胜谁负，于她而言都是一样。夏祥胜了，说明夏祥的才学在爹爹之上，江山代有人才出，再正常不过。爹爹胜了，说明爹爹比夏祥渊博，夏祥想要达到爹爹的高度，尚需时日。

夏祥也不说话，一脸浅浅笑意，等曹用果开口。

曹用果脸色平静如水，不动声色地看了夏祥一眼，又收回目光，随后眼观鼻鼻观口口观心，沉默不语。

曹用果不说话，房间的气氛就有几分凝重，此时已是夜深人静时分，一时房间中静可落针。

“夏郎君……”曹殊隽几次朝夏祥使眼色，夏祥视而不见，他情急之下只好开口相求，“爹爹学识渊博，今日相见，正好可以向他当面讨教一二，切莫错失良机。”

曹姝璃也觉得再如此下去很是尴尬，轻笑一声：“夏郎君，你可知今年的知贡举是谁？”

知贡举就是省试的主考官，就是“特命主掌贡举考试”的意思，一般以朝廷名望大臣担任。司马饰担任知贡举之时，力推提倡平实文风，反对太学体，因此连车、连易兄弟才得以脱颖而出，由此影响了大夏的文风一改先朝的华而不实，从而转向朴实平易。

知贡举的喜好决定了考子能否高中，就算你妙笔生花，是不世之才，但文风不符合知贡举的喜好，也是枉然。唐朝之时有无数灿若群星的著名诗人，其实在当时因没有考中进士，一生郁郁不得志，甚至穷困潦倒者也大有人在。留给后世的璀璨诗篇，不过是生活的困难带来的副产品罢了。

大夏的知贡举不是固定的，而是采取临时差遣，年年不同，不常任。夏祥进京赶考，若是不知今年的知贡举是何许人也，就太不应该了。

“今年知贡举是翰林学士杨砥。”夏祥不知曹姝璃为何有此一问，便道，“杨学士曾高中状元，文风清雅脱俗。”

“夏郎君对杨学士所知多少？”曹用果睁开微眯的双眼，饶有兴趣地问道，“你的文风可入得了他的法眼？”

杨砥刚中状元不久，爹爹便不幸去世，他悲痛欲绝，竟数日水米不进。后以俸禄不足以养母为由，闲居不仕，直至官府催促才赴任。不久，又因母病辞官。

皇上有一次诏杨砥觐见，问他何年及第，杨砥默而不答。后皇上才知杨曾为状元，后悔所问。从此，皇上对他不以状元自傲的品德，极为敬重。

“所知不多。”夏祥如实相告，他初出灵寿，刚入京城，哪里知道杨砥为人如何。

“杨砥为文崇尚烦琐，无一定师法，起草诏令时迂腐古怪，常被人哂笑，他也不以为意。”曹用果淡然一笑，“依我看，你和杨砥无论文风还是为人，差异甚大，若想被他录取，恐怕不易。”

先声夺人？不让他开口为夏殊隽求情？夏祥心中一惊，曹用果方才沉默半晌，一开口就是要在他最为在意的事情上出手，到底意欲何为？不对，引出知贡举杨砥的话题最先是由曹姝璃而起……这么一想，夏祥又朝曹姝璃望去。

曹姝璃端坐不动，端庄而优雅，大家闺秀风范一览无余，双目低垂，矜持而含蓄，不再多看夏祥一眼。

夏祥心中暗觉好笑，想了一想，说道：“有感即通，千江有水千江月；无机不破，万里无云万里天……若杨学士是天上明月，我便是地上千江。”

此话一出，曹用果微微动容。倒不是他被夏祥一语震惊，而是夏祥的回答既巧妙又应景，正好借用自家影壁上的对联。

千江有水千江月，万里无云万里天——是境界极高的佛家偈语。第一句，月如佛性，千江就是众生，江不分大小，有水就能映月；人不分高低，有人便有佛性。佛性在人心，无所不在；就如月照江水，无所不映。第二句，天空有云，云上是天。只要万里天空都无云，那么，万里天上便都是青天。云在或不在，青天依然是青天，不因云的在或不在而有丝毫改变。看不到青天，是因为心中有云。

一旦心中无云，则是万里青天。

同理，杨砥师无定法，在文风上随心所欲应机而变，夏祥却不管杨砥是上弦月下弦月还是满月，他只当地上千江便可，任凭月圆月缺月升月落，千江有水，便千江映月。

此子不但气度非凡，还聪慧无比，颇有慧根，曹用果微微点头：“以不变应万变，以万变应不变，都是变通之法，夏郎君，若是殊隽有你一半悟性，他也不至于时至今日依然一事无成。”

“我哪里一事无成了？爹爹，我上知天文，下知地理，三教九流，无所不知，诸子百家，无所不晓，比起那些死读书的书呆子强了何止百倍？”曹殊隽愤愤不平，他自认和身边不学无术的纨绔子弟相比有天渊之别，却不被爹爹认可，自然气愤，“人生在世，并非只有科举一条路可走，夏郎君，你来评评理，难道除了考取功名之外，男儿生在世间，就再无用处了？”

“什么上知天文下知地理，不过是奇技淫巧罢了，不值一提。”曹用果不以为然地摇头。

“当然不是。”夏祥知道该他出面了，他面色平静，心平气和地说道，“读书是为了学习，学习是为了安身立命。古之圣贤，从未将读书和考取功名视为同等。圣贤皆出生于没有科举之时，老子、孔子、孟子，谁有功名在身？诗仙李白诗圣杜甫，都是举进士而不第，却诗名流传千古，为后人称颂。读圣贤书，是为了为天地立心，为生民立命，为往圣继绝学，为万世开太平……”

夏祥深吸一口气，见曹殊隽喜上眉梢曹姝璃一时惊愕曹用果不动声色，他心中笃定，更加慷慨激昂地说道：“只要心存报国志，身系百姓心，何必非要谋求功名和出身？不为良相，必为良医，达则兼济天下，穷则独善其身，只要是以拯救天下苍生为己任，身在朝堂或是江湖又有何不同？”

“好！说得好！”曹殊隽拊掌叫好，起身朝夏祥拱手一礼，“夏郎君一席话，胜读十年书，受教了。我无心功名，却也心系苍生。就算纵情山水之间，也要留下千古传诵的诗篇，也算是为了大夏盛世，出一些微薄之力。”

“哼！”曹用果嗤之以鼻，对曹殊隽怒目而视，“你若连功名都考取不得，还有什么本事留下千古诗篇？痴人说梦！你所好的都是一些奇技淫巧，都不是正道……再要胡说，罚你禁足三个月。”

“禁足？爹爹，你忘了孩儿一个时辰前险些纵马北上，若非马惊，我此刻说不定已然在长城之外和鞑靼人开怀畅饮了。”曹殊隽虽有几分惧怕爹爹，但既然已有今日之事，他若不坚定态度，必然功亏一篑，何况又有夏祥相助，也是因为方才夏祥的话合情合理，让他勇气大增，胆子就更大了几分，“不管是北上长城之北还是南下南海之南，爹爹，孩儿自信可以策马扬鞭，一人一骑，天下可去。”

曹用果岂能听不出曹殊隽话里话外的威胁之意，不由得勃然大怒，正要拍案而起，夏祥却及时出面了。

夏祥起身，手中折扇打开，摇动几下，向前一步，递到曹用果手中：“曹公，天气炎热，不宜动火，来，消消气。”

曹用果不明就里，又不好拒绝，只好接过扇子扇了几下。

“若在曹公眼中，一首好诗和一把扇子相比，哪个更让百姓喜欢？”夏祥的话题转移得不但及时，而且有趣。

曹殊隽不知夏祥为何有此一问，睁大了眼睛。曹姝璃也是微露惊讶和期待之意，心想夏祥还真是一个机智多变让人琢磨不透的少年郎，从容不迫中又有几分机智，机智之中又有些许狡黠，如此年纪就有如此聪慧，若是日后进入了官场之中，说不定会让多少人为之侧目。

“这怎好相比？”曹用果一时不知该如何回答，稍一思忖，“对寻常百姓来说，天热之时，有一把扇子在手，比一首好诗更能消暑。”

大夏虽比前朝国力强盛了许多，但对寻常百姓来说，读书依然是一件既耗费时间又耗费钱财的事情。大多数人家，供不起一个读书人读书。大夏尽管重文轻武，立朝百余年来，目不识丁者仍在十之五六。

“夏郎君何出此言？”曹用果将扇子还给夏祥，心中疑虑，急于知道夏祥的真正用意。才几个回合，他就意识到了夏祥非但学识非凡，且灵活多变，不像一般的读书人刻板而守旧，这倒不是说夏祥多有心机，而是在他看来，夏祥常有出其不意之举。

“读书人，书读得好，考中进士，可以治国平天下。考不中进士，可以正心、修身、齐家。”夏祥打开扇子，扇子是用檀木为龙骨、丝绸为面料精心制作而成，精美且实用，“扇子也是如此，一把扇子做得不好，可以自己使用，驱赶暑气。做得好，可以惠及天下百姓，人手一扇，安度盛夏。曹公，一个人若是有治理一县之能，另一人有一扇安天下之技，两者相比，谁高谁下？”

曹姝璃先是一愣，不解夏祥此问有何意图，随即一想，心领神会地笑了，笑过之后，又无奈地摇了摇头，心想爹爹和夏祥相比，虽见多识广，更博学更渊博，但却没有夏祥的多才和触类旁通，或许真要棋输一着了。

曹殊隽强压内心的狂喜，原本借夏祥之口劝爹爹不再逼他参加应试，只是抱着姑且一试的心态，却怎么也没有想到，无意中捡了一个珍宝，夏祥博学多才不说，还足智多谋，太出乎他的意外也太让他惊喜了。只是他怎么也想不明白，夏祥是几时发现了他的秘密？

曹用果从未如此想过，被夏祥突如其来一问，顿时愣住，思忖半晌才说：“治理一县，造福一县百姓。制作一扇，惠及天下苍生。都是达则兼济天下之事，何来高下之分？”

“曹公高见，兼济天下，不分高下！良相良医，士农工商，贩夫走卒，将军小兵，只要一心报国，也是不分贵贱。”夏祥顺水推舟，将话题一步步引到了曹殊隽身上，“大夏四海臣服，天下升平，正是太平盛世，繁华之国。封侯拜相固然是荣耀之事，安守本心，做一个手工艺人，只要可以安身立命，又对百姓有用，何必非要考取功名？心系苍生之人，未必全在朝廷。”

/ 第十六章 /

和光同尘

“妙，大妙。心系苍生之人，未必全在朝廷……这句话简直说得太好了，深得我心，深得我心。”曹殊隽忍不住跳将起来，哈哈大笑，“夏郎君，方才我对你多有不恭，是我有眼无珠，失礼之处，还请包涵。”

说完，长揖一礼。

夏祥还了一礼，淡然而笑：“曹三郎客气了，我方才一番话，也并非全是为你而说，是有感而发，你不必谢我。再者，你若醉心于手艺，想做一个手工艺人或是一个匠人，我自然赞同。若是只想纵情山水之间，只图自己逍遥自在，我也不以为然。”

曹殊隽奇道：“我只说我一心向道，并没有说我喜好手工，夏郎君，你从哪里得知我醉心于手艺？莫非是……”说话时，他狐疑加促狭的目光投向了曹姝璃。

曹姝璃见曹殊隽怀疑她暗中向夏祥透露消息，没好气地笑骂：“真是笨得可以，夏郎君怕是早就发现了你手中扇子的不同之处，才主动提出要你赠扇。他扇子在手之后，打开便可看到你在扇柄之处的留名……”

“真是如此？”曹殊隽半信半疑，眼睛瞪得大大的，直视夏祥，仿佛夏祥只要说谎他就可以一眼看穿似的。

夏祥从容一笑：“实不相瞒，开始之时，我也只当你一心向道，除此之外，再无喜好。后来见你扇不离手，就感觉到了不同寻常的味道。若你真是逍遥自在之人，不会如此在意一把扇子，何况扇子不管是材质还是造型，都不是上等。以你的身份，即使是金扇玉扇也不会爱不释手，除非此扇对你来说意义非同寻常。我便试探着索要扇子，你随手相赠，然后我扇子在手，打开之后便一目了然。”

夏祥一开始也确实只当曹殊隽不求功名只为洒脱，有一颗“我自逍遥寻仙去，不做尘俗世中人”的出世之心，交谈之后才发现其实不然，曹殊隽一心向道不假，在向道之余，依然是少年心性——贪玩，喜欢精致的物品，不管是穿衣打扮还是身上的佩玉以及手中的玉器，无一处不精心无一物不精细。

真正向道之人，宽衣大袍，飘然若仙，更有人披头散发，衣衫不整，所谓逍遥，不就是随心所欲不为世俗的一切所约束吗？曹殊隽非但周身上下的衣着华丽精美，就连衣袖上的绣饰也别具匠心，并非常见的图案，夏祥一看便知是出自个人之手。

不过到底是不是出自曹殊隽之手，夏祥并不敢确定，直到他注意到不管是曹殊隽的衣袖、领口还是佩玉的图案都是同一个标志之后，他便心中明白了几分。

图案并不复杂，只是“曹”的异体字的篆体“朁”，不言而喻，图案出自曹姓之人之手。那么除了曹殊隽之外，还能有谁？

唐时，“曹”字常写为“朁”，或是为了表现自己的与众不同，或是为了显示自己的渊博，不管是出自哪一种原因，唐时“曹朁”通用。

大夏之后，特别是在司马饰力推平实文风之后，非但文人写书不再喜好生僻字，连异体字也很少有人有意提及，“朁”字也完全被“曹”字代替，许多人甚至不再认识“朁”字。

夏祥从“朁”字上猜测到衣服上的刺绣以及佩玉上的图案都是出自曹殊隽之意，但究竟是不是他亲手所为，不敢妄下结论。等他细心观察到曹姝璃和曹用果的衣服以及佩玉上并无此图案时，他心中更加坚定了一个事实，曹殊隽的图案是为了表现自己的特立独行而有意为之，毫无疑问，图案出自他自己之手。

因此，夏祥才有意索要曹殊隽的扇子。扇柄之上，有一个一模一样的图案，且扇子无论材质还是形状都和常见的扇子大有不同，就更让他坚定了自己的推断，曹殊隽在一颗向道之心之余，喜欢奇技淫巧——扇子是他亲手所为。再加上曹用果也无意之中提了一句，就更让他坚定了判断。

曹殊隽喟然一笑，心悦诚服：“夏郎君慧眼如炬，在下佩服。不知夏郎君还看出了什么？”

夏祥笑而不语，他自然还看出了一些事情，只不过此时还不到点破之时。

曹用果也是一脸讶然，长身而起，难以置信地问道：“刚才之事，当真？”

“确实属实，爹爹。”曹姝璃心知爹爹疑心曹殊隽和夏祥演戏，出面作证，她虽也怀疑夏祥如此年轻就有细致入微的洞察力，却也清楚夏祥和曹殊隽确实是初次相见，且二人并无私下交流，“夏郎君一个时辰前才刚刚认识三郎。”

曹用果暗暗叹服，如此有心的后生晚辈确实罕见，尤其又是读书之人，不过即便如此，想要三言两语说服他改变主意，也不可能，他微微一笑：“制扇之人，随处皆是，不足为奇。大夏虽不抑商，也不轻贱手工艺人，但万般皆下品，唯有读书高。也只有高中进士，才能谋一个出身，才可为官一任造福一方。”

“曹公，《渊明归隐图》可是友人相赠？”夏祥并没有正面接下曹用果的话，而是顺势一转，他负手而立，仰望《渊明归隐图》，心中百感交集。

三年来，李鼎善将平生所学倾囊相授，他不但饱读诗书，还学到了在别的先生之处不可能学到的处世之道、诸子百家、三教九流、天文地理。李鼎善并非因循守旧的老夫子，知道变通之法，并不排斥圣贤书之外的杂家学说。正是因为他的开明和包容，夏祥才得以学到许多在正统士子眼中离经叛道或是不屑一顾的东西。

曹用果心中一惊，不由得多打量了夏祥一眼，见夏祥泰然自若，心想或许是他多虑了，夏祥不过是一名进京赶考的学子，怎会和李鼎善有干系，从容地说道：“不错，是工部侍郎宋超度所赠。”

“宋超度？”夏祥进京不久，不及打听李鼎善到底是何来历，也不知道李鼎善曾任何职，原本以为《渊明归隐图》的落款是李鼎善题字，会是李鼎善赠予曹用果，不想竟然不是，“宋侍郎不是吏部侍郎吗？怎么又改任工部侍郎了？”

六部分别是户部、吏部、兵部、刑部、礼部和工部，若按职责和权限大小排名，户部和吏部掌管天下粮仓和官帽，毫无疑问排在最前。其次是掌管天下刑事的刑部以及掌管天下兵马的兵部，就连管理天下科举考试及藩属和外国之往来事的礼部，也比工部位高权重。工部掌管营造工程事项以及百工山泽沟洫屯田之政令等诸多事宜，相比其他五部，不但事情烦琐而杂乱，且容易出现事故，比如挖河屯田开荒，等等。

由吏部侍郎转任工部侍郎，不算贬谪，算是转迁，是为平级调动，职权大为降低，算是明为平调实则贬谪了。

宋超度之名夏祥有所耳闻，因宋超度为人正直，曾当面向皇上上书，皇上不想再听他的慷慨激昂之词，转身要走，皇上每走一步，他就跪拜一次，高呼圣上留步。皇上迈出五步，他头碰地上，磕得头破血流，皇上无奈，只好留下耐心听他讲完。之后皇上每每提及宋超度，总是想起被他强行留下之事，为此，皇上虽然认可宋超度之才和为人，却头疼他的耿直。

若说苏确是强硬的耿直，宋超度则是以退为进的耿直。

曹用果轻抚长须，摇头一笑：“升迁贬谪调任，是朝中司空见惯之事，不必大惊小怪。就如我，虽还是被笑称为睡卿的鸿胪寺少卿，其实已经赋闲在家，被削官免职，不过是早晚之事。”

原来曹用果是从五品的鸿胪寺少卿，夏祥初入京城，对官职有所了解，不过何人任何职，他并不是十分清楚。鸿胪寺少卿在京官之中，不但级别不高，仅仅是从五品小官，而且并无实权，形同虚设。可以说，曹用果在高官如林的京城之中，完全没有一席之地。

夏祥并不会因为曹用果位卑权低而有不恭之心，就继续刚才的话题：“《渊明归隐图》落款是李鼎善，可是李鼎善李公的手笔？”

“正是。”曹用果暗中打量夏祥一眼，见夏祥神色如常，心中稍安，李鼎善现今是人人避之不及的祸患，三王爷欲除之而后快，上京之中几乎无人不知，他唯恐夏祥包藏祸心，“夏郎君莫非认识李公？”

“并不认识。”夏祥不敢贸然透露他和李鼎善的关系，想借机问清李鼎善来历，便道，“李公是何许人也？”

“《渊明归隐图》是李公三年前所赠……”曹用果并没有正面回答夏祥的问题，他双手背在身后，站在渊明归隐图之前，一声轻叹，“夏郎君，依你之见，陶渊明归隐田园，是退出官场后的怡然陶醉，还是在困顿中的牢骚不平？”

陶渊明的诗对唐及大夏的文人有极大的影响，有大夏第一才子之称的连车盛赞陶渊明“似大匠运斤，不见斧凿之痕”，并且作了几十篇和陶之诗，由此可见陶渊明在他心目中的地位之高。

曹殊隽心中焦虑，爹爹和夏祥不谈及他的大事，却闲谈起了陶渊明，怎不让他坐立不安，想要插嘴却又不敢，只好连连朝曹姝璃大使眼色。

曹姝璃暗中朝曹殊隽悄悄摆手，示意他少安毋躁。相比曹殊隽的急切，她淡定多了。并且她也看了出来，夏祥和爹爹看似在不着边际地闲谈，其实还是在围绕儒家的入世和道家的出世大做文章。

也可以说，夏祥是在借《渊明归隐图》来和爹爹坐而论道。

曹姝璃自认见多了青年才俊，不管是王爷之子还是公侯之子，于她而言，都并无不同，无论是王子的倨傲还是公子的自负，都不会让她怦然心动。哪怕对方真有超人一等的才学，满腹经纶口若悬河，在她眼中，却总有轻浮和卖弄之感。

夏祥却不一样，他虽不及王子高贵公子华贵，却淡然若风从容如松。所谓君子比德于玉焉，温润而泽，仁也……夏祥周身上下有一股温润之气，脸上不时流露出的自信和洒脱，颇有一种将儒家的入世和道家的出世合二为一的中庸之道。

听爹爹说过，一个人只有经历了浮沉和沧桑之后，才会自信和洒脱。曹姝璃暗中打量夏祥方正却又不失润泽的脸庞，忽然脸颊微烫心跳加快，怎的他认真的样子竟有让人心神荡漾的魅力？

夏祥哪里知道曹姝璃敏感而多情的女儿心思，他心中正在设想李鼎善、宋超度和曹用果三人之间的关系，也在认真思量曹用果的发问。

思忖片刻，夏祥心中便有了计较：“曹公，以我的浅见，陶渊明退隐田园，既不是退出官场后的怡然陶醉，也不是在困顿中的牢骚不平……”

“此话怎讲？”曹用果讶然而惊，这个问题他问过不下十人，每个人的看法不尽相同，每个人却都会选择其中之一作为观点来进行推论，夏祥全部否定，倒是少见。

夏祥打开折扇，背到身后，微微一笑：“方才我在外面夜市之上，吃了一碗馄饨。卖馄饨的是一对夫妇，在外人眼中，二人每日忙碌，勉强饱腹，生活困顿而艰难。但在我看来，二人相濡以沫，结发为夫妻，恩爱两不疑，每日朝夕相处，比起长别离的夫妇，不知多了多少相伴的快乐。”

曹殊隽终于忍不住跳了出来，冷哼一声：“明明说的是陶渊明，怎么扯到了卖馄饨的老汉老妇了？夏郎君，不要东扯西扯离题千里好不好？”

“莫急，听我慢慢道来。”夏祥手中折扇摇动几下，呵呵一笑，“李太白和杜子美一生奔波忙碌，却报国无门，还是为后世留下了传世诗篇。陶公辞官归隐，写出了‘悠然见南山’的名句。李商隐终其一生周旋在党争之中，仕途坎坷，郁郁寡欢，留下了大量的无题名诗。说来说去，不管是为官还是为民，或是寄情于山水归隐山林，无非是一种生活方式的选择。只要心安，在江湖之远还是庙堂之高，又有什么不同？”

曹殊隽原本一脸愤愤不平之色，夏祥的话一说完，他的脸色慢慢舒展开来，点头笑了。曹姝璃微微点头，流露出会心的笑意。曹用果手抚长须，默然不语，神色淡漠。

“所以说，陶公归隐田园，是想寄情于山水纵情于田野，过随遇而安的岁月。”夏祥淡然而笑，至此他已经断定《渊明归隐图》必定是李鼎善所作，三年前李鼎善离京之时，赠予宋超度此图，可见当时李鼎善有归隐之心，宋超度却将此图转赠曹用果，也不知是出于什么想法。

“话虽如此，我却认为陶公的归隐，实在是无奈之举。若是朝堂政通人和，官场风气清明，陶公何必辞官而去？”曹用果微微摇头，心有戚戚焉。

“哈哈……”夏祥突然放声大笑，笑声中颇有嘲讽和嘲笑之意，他双手抱肩，双眼望天，傲然而立。

曹用果怫然变色，后退一步。曹姝璃秀眉紧簇，微露不悦。

“笑什么？”曹殊隽也被夏祥放肆的笑声激怒，一把抓住夏祥的衣袖，“夏郎君，你受的是孔孟教化学的是道德文章，在别人家里长者面前，怎敢如此放肆？”

“说得是。”夏祥退后一步，挣脱了曹殊隽的手，用眼神制止了萧五想要出手的举动，肃然正容地拱手一礼，“若是连别人的嘲笑都受不了，怎能成就大事？若是一遇到困难就辞官归隐，不是洒脱是避世是逃避！举世皆浊我独清，是清高。举世皆醉我独醒，是清醒。朝堂若是政通人和，官场风气若是清明，要我等还有何用？大丈夫当有所为有所不为，报效朝廷，无论福祸还是生死，岂能有趋利避害之心？锉其锐，解其纷，和其光，同其尘，才是大道。”

一语说完，无人应声，一时房间安静无比。曹用果神色凝重，低头不语。曹姝璃若有所思，目光闪动。曹殊隽双手背在身上，来回走动不停。

夏祥继续朗声说道：“所以我辈读书之人，若是一心报国，管他朝堂是否政通人和，只管挺身向前，哪怕是万丈悬崖刀山火海，虽死无悔。若是真心归隐田园，就做一个寄情山水的闲人，吟诗作画，怡然自乐。最怕的是既想报国又畏惧前路艰险，既想归隐田园又想随时听候朝廷召唤。如此左右为难，苦了自己坏了大事。曹三郎纵马离家出走，想到做到，是个真男儿。曹公，我有一句话，或对或错，姑且听之。三郎既然没有考取功名之心，有问道之志，又喜欢奇技淫巧，就不如随他性子，由他去，只要他心安自在，也是好事。”

/ 第十七章 /

快活林

“感谢夏郎君仗义执言。”曹殊隽此时才领悟到刚才夏祥和爹爹的一番对话，明是论道陶渊明归隐，实则还是为了他的事情而迂回辩论，他心中感激的同时，又对夏祥的移花接木之计心服口服，“听夏郎君一席话，真有胜读十年书之感。若是早认识夏郎君几年，我说不定早已学有所成了。”

“夏郎君的话……不无道理。”曹姝璃一向反对曹殊隽学道，方才夏祥的一番话，合情合理又慷慨激昂，她一时心神激荡，有豁然开朗之感，不由得心思大动，“爹爹意下如何？”

曹用果坐回座位，端起茶杯，轻喝了一口茶，回味半晌，默然不语。

过了许久，他又起身，抬头仰望正墙上的《渊明归隐图》，忽然摇头叹息一声，想说什么，猛然一阵激烈的咳嗽让他直不起身来。

管家曹林从门外匆匆进来，和曹姝璃一左一右扶起曹用果。曹林轻拍曹用果后背，不无责怪地瞪了夏祥一眼：“夏郎君又惹家主动气了？娘子和三郎也是，家主有病在身，不能动气，你们又不是不知。”

“无妨，无妨。”曹用果摆了摆手，摇头说道，“不怪他们，不过是旧疾复发，更怪不得夏郎君。”

曹用果话虽如此，夏祥却自觉心中过意不去，又见天色已晚，便提出告辞。

“夏郎君等上一等。”曹林拿出一封信，递了过来，“方才门房送来一信，说是夜市的馄饨摊老汉送来。”

馄饨摊老汉？夏祥心中大为不解，接过书信，还没有打开就连声称奇：“好一手飘逸的楷书。想不到市井之中，也有如此人物，大夏重文，民间读书风气大盛，确是好事……咦，怎会如此？”

话说一半，夏祥忽然脸色大变。

“出了何事？”曹殊隽现在视夏祥为知己，见夏祥脸色大变，顿时问道，“夏郎君，如有需要之处，我必挺身而出。”

夏祥片刻之间又恢复了平静，将信收了起来，轻松一笑："无事，摊主姓马，马老伯也有意思，说是方才惊马我救他一命，他收了我的铜钱，心中过意不去，特来信一封，要请我再吃一碗。哈哈，有趣，当真有趣。"

曹殊隽信以为真，也笑了起来。曹姝璃却是目光闪动，悄悄打量夏祥几眼，眼中流露出一丝疑惑和不安。

"曹公保重身体，在下告辞。"夏祥拱手一礼，"现在天气虽热，但寒病热治，曹公切莫大意，及时就药医治才好。"

曹用果还了一礼，目送夏祥和萧五迈出客厅大门，才想起了什么，恍然问道："璃儿，你可曾告诉夏郎君我得的是寒病？"

曹殊隽去送夏祥，曹姝璃留在曹用果身边，被曹用果一问，她慌忙收回凝视夏祥背影的目光，说道："才没有，我和夏郎君总共没说几句话，怎会说到爹爹的病情？爹爹为何有此一问……啊，不对，夏郎君怎会知道爹爹得的是寒病？莫非他还懂医术？"

曹用果目光深沉地望向外面，若有所思地说道："这个夏祥怕是大有来历……他学识渊博，而且所学甚杂，和一个人很像。"

"李鼎善？"

"不，是宋超度！"

此时夜色已深，夜市大多散去，正对曹府的馄饨摊也已经收摊，摊主夫妇已然不见。站在曹府门口，深吸一口安定河水带来的清凉气息，夏祥心情大好。

"夏郎君，钱引你且收好。"曹殊隽送到曹府门口，心中结交夏祥之意愈加浓厚，虽夏祥尚未说服爹爹，但他已然被夏祥的才识折服，将钱引递上，又问，"下榻何处？我改日登门拜访。"

"全有客栈。"夏祥也不客气，接过钱引放入袖中，哈哈一笑，"曹三郎，记下了，我收你五十贯钱的钱引，他日会还你五万五十万贯。"

"哈哈，夏郎君，我最欣赏你的自信和勇气。"曹殊隽怪笑一声，忽然压低了声音，"等你高中进士后，来我家提亲，姐姐还没有婚配，你和她成亲后，我们便是一家人了。"

夏祥为之一愣，随即一笑："曹小娘子温婉清秀，秀丽巧纤一如昙花初放，我心向往之。若是说到婚姻大事，还是要慎重从事。不说了，不说了，我在全有客栈期待曹三郎前来，有一件大好的事情，正好可以着落在你的身上。"

"什么事情？快快说来。"曹殊隽哪里还按捺得住，现在就想知道清楚。

夏祥却很沉得住气，哈哈一笑，朝曹殊隽只一挥手，转身扬长而去。快步如飞，双袖如风，洒脱而飘逸。

曹殊隽呆了半晌，忽然一拍手掌，大声说道：“来人，来人，快备上好草好料，我要亲自去喂马，好好犒劳我的宝马福马。”

一轮明月高挂夜空，月朗星稀，偶尔几片白云飘过，稀薄如纱，难掩明月的芳华和皎洁。

“先生，曹小娘子生得端庄秀丽，举止得体大方，又尚未婚配，真是佳偶。”

“先生，忙了半个晚上，赚了五十贯钱，这买卖，当真做得。”

“先生，曹三郎虽有轻狂之态，却并不是轻狂之人，值得一交。不过你许诺他日还他五十万贯，也太吓人了。他的五十贯钱是赠予，不是放贷，不用还他。退一万步讲，就算要还，顶多还他五十一贯便好，怎能随口就说五十万贯？万一落了他的口实，到时还不起，怎么是好？”

“对了先生，马小三为何要送信与你？信上又说了些什么？”

一出曹府，萧五就恢复了少年心性，他看上去年龄和夏祥相仿，心性却和夏祥的沉稳从容截然不同，一路上问个不停，前一个问题刚问出口，不等夏祥回答，后一个问题就又冒了出来。

夏祥并不理他，只管埋头走路，表面上不动声色，心中却是浮沉不定。马小三的信只有百余字，却透露了惊人的消息。

因马小三也只是旁听了董四和董七娘之言，并不知道事情真正的前因后果，是以信中语焉不详，只大概简略一说，提醒夏祥小心为上。不过夏祥还是从中感受到了京城之中的风起云涌，因皇上病重，正在上演一出八仙过海各显神通的大戏。

原来除了三王爷之外，还有一位王爷在找寻先生下落，到底是哪一位王爷呢？夏祥心中愈加对李鼎善的来历大感兴趣。

只是夏祥并不知道的是，马小三写信之时，一是仓促，二是急切，忘了将两件重要的事情写上，一是燕豪已经派人快马前往中山村去找夏祥母亲，想从夏祥母亲之口查出他的去向。二是夏来夏去大难不死，现在一人北上一人南下。

“先生，千江有水千江月，那么头上的明月，此时此刻照在安定河上，也会照在滹沱河上了？”萧五并不知道夏祥的心事，依然兴致勃勃地说个不停，“会不会安定河的河水和滹沱河的河水，最终汇合在一处都流归大海了？”

百川归海，是人所共知的常识，本来萧五的话并无出奇之处，却一语惊醒梦中人，夏祥蓦然停下脚步，仰望夜空的明月，喃喃自语：“百川归海，万邦来朝，不管是三王爷，还是几王爷，无论李鼎善先生还是曹公，又或是宋超度宋侍郎，好吧，再加上一个神秘莫测的好景常在，都指向同一个人……”

“谁？”萧五瞪大了眼睛，好奇加懵懂。

“还能有谁，当然是当今圣上了。”夏祥翻了翻白眼，心里这么想，嘴上却说，“没谁，赶紧回去，早点休息，明天一早还要早起。”

“为何要早起？明日又不考试。”萧五瞬间就被夏祥带偏了话题。

“因为明日一早有大事发生。”夏祥随口一说。

“什么大事？”

“明日一早你就知道了。”

“先生，现在先透露一二，要不我睡不着……先生，先生等等我。”

夏祥哈哈一笑，脚下不停，大步流星。

明月无言，寂寥而永恒地照耀大地。繁华而盛大的上京，全部笼罩在明月的光辉之下。月光下的皇宫里，文德殿外，几名太监在窃窃私语，福宁宫里，几个宫女拎着灯笼在打盹。皇宫外，禁军列队巡逻。

皇宫以南三十里的民宅中，有父母呵斥孩子的声音。再向南三十里，房屋低矮而破旧，已是上京郊外，时有犬吠之声传来，远远近近，在小巷深处回荡。

再向南三十里，便出了上京城。出城不远，便有一处树林。树林不大，方圆不到十里，都是一些北方常见的大树，榆树、柳树、槐树、松树，并非什么名贵树木，却为来往的行人提供了一处休息的场所。林中被辟出了无数块空地，若是白日，空地之中便会多出众多茶肆、酒馆、冷饮摊贩，也有简易的客栈可供住宿。在此停留的大多是前来上京的客官，途经此地时正好天色已晚，此去三十里路程才到上京，若是连夜赶路，过于劳累，在此借宿一晚明日一早出发，也是好事。是以林中十数家客栈，大多时候客满。

因为此树林之中一应俱全，劳累之余，有如此一块宝地可供吃喝乘凉休息，是为人生一大乐事，有好事者便将此林称为快活林。

四更时分的快活林，行人早已安然入睡，只有几个早起的早点摊主刚刚起来，支起炉子点燃炭火，为即将到来的客官准备早点。每日从此经过前往上京的路人不下数千，只要有数十人吃饭，就足以养家糊口了。

李观雨在快活林卖了十年早点，每天五更时开始忙活，到中午时分收摊，半天下来赚两百文是家常便饭。两百文虽然不多，却也足够他每日喝点小酒割块猪肉了。有时再遇上大方的客官，顺手多赏十余文，他便存了起来，以便日后可以讨一个小妾。

今年是大考之年，现今又临近大考，前来上京的客官中，多了不少读书人。读书人并非全都清贫，也有出身富贵之家的士子，出手无比大方。李观雨记忆犹新的是，昨日有一个名叫沈包的考子，吃了十文的早点，和他聊了一些上京的风土人情，兴趣所致，扬手赏了他一两银子。

一两银子足足相当于一千文，他当时高兴得险些没有跳起来。此事成为激励他完成纳妾梦想的基石。

今天如果能再遇到如沈包一样的客官就好了，李观雨一边做着美梦，一边支起摊点。他的早点是油条、豆腐脑、咸菜和自制辣菜，以及他最拿手的绝密武器——李氏辣酱。李氏辣酱是他亲自调制的特色小菜，味道绝美，独此一家，别无分店。

刚支起锅烧开油，第一根油条还没有下锅，就有两匹快马赶到。马上二人，一黑一白，一胖一瘦，酷似黑白无常。二人都是精干打扮，腰间挎刀，眼中精光闪动，神色凛然。

二人将马系在树上，大马金刀地坐下，黑胖一拍桌子喝道："来一斤油条，两碗豆腐脑，要咸的，不要甜的。辣酱来一碗，要大碗，不要小碟子。赶紧的，店家，还要急着赶路。"

李观雨阅人无数，一眼就可以看出二人是官差，有官命在身，不敢怠慢，卖力地炸好油条，送上豆腐脑和辣酱，安分地躲到一边去了，不敢再心存半分讨赏之意。

黑胖用力咬了一口油条，愤愤不平地说道："木恩，燕豪燕太尉派我兄弟二人连夜赶往灵寿县中山村去查实一个无名小辈的来历，上京之中有多少大事要做，非要我二人去办如此屁大的事情，分明是借故让我二人出京，也太欺负人了。我二人又不归他管辖，凭什么派我二人前去？为何不派周氏兄弟？"

木恩摆手笑笑："花关，切不可有此想法。燕太尉是我二人的恩人，于我二人有救命之恩，替他办事，理所应当。他不派他的手下，也是不想事情走漏风声，是对我二人的信任。中山村虽地处偏僻，却是李鼎善蛰伏了三年之地，此去中山村，必定大有收获。到时真要查到了什么重大消息，入得了三王爷之耳，我二人也就有出头之日了。"

"话是这么说，只怕没有收获白忙一场。真有所获时，苦劳归我二人，功劳是燕太尉一人的。"花关三口两口吃完油条，还不饱，用力一拍桌子，"店家，再来一斤油条。"

李观雨早就料到一斤油条不够二人吃的，在二人说话的当下，又炸好了一斤。听花关吩咐，忙不迭送上。

花关二话不说拿起一根油条咬了一口，脸色一变，一口吐了出来："呸，什么玩意儿？又苦又涩，店家，你开的是黑店不成？"

李观雨吓得脸色惨白，忙拿过剩下的油条咬了一口，哭丧着脸说道："客官，一样的面一样的油，怎么就又苦又涩了？"

花关勃然大怒，将刀往桌上一放，一只脚踩在凳子之上，圆睁双目，“你再咬一口试试，再敢瞪着眼睛说瞎话，信不信老子一刀砍了你！”

李观雨当然不信，光天化日之下，不，此时虽然天光还没有大亮，东方已经泛白，朗朗乾坤，又是太平盛世，谁敢当众杀人？他的油条味道鲜美，快活林无人不知，花关不但毁他名声，还口出狂言，他哪里还受得了，当即也拍了桌子。

“不用咬了，我的油条是什么货色，我心里清楚得很。倒是客官你是什么货色，我就不知道了。血口喷人，无中生有，无非是想吃霸王餐。没钱就明说，两斤油条两碗豆腐脑，我还请得起！”李观雨也不甘示弱，反唇相讥。他自认见多识广，什么货色都见过，比花关更嚣张狂妄的官差也不是没有，最终都败给了他的三寸不烂之舌，他相信花关不敢闹个没完，大夏律法完备，对官差多有约束。

木恩开始本来想劝花关收手，不想李观雨一个小小的早点摊主就敢如此盛气凌人。他虽然劝花关不要抱怨燕豪的命令，心里却对此安排也是颇有怨言，只是不想多说罢了，毕竟说也无用，只能服从命令。却不承想，吃个早点也能吃一肚子气。他平常会克制情绪，轻易不发火，但一旦发作，就是烈火。

花关怒极，一挽袖子，扬手打了李观雨一个耳光：“反了你了，以为老子想吃霸王餐？以为老子没钱？老子有钱，老子就是看你不顺眼，觉得你的油条难吃得跟屎一样，白吃都不吃，还想要钱？赏你一个耳光算是对得起你了。”

李观雨冷不防被打了一记耳光，半边脸都肿了起来，见对方动了真格，顿时软了，也不想再凭三寸不烂之舌争一个长短了，忙弯腰鞠躬：“对不住了客官，是小的的错，小的不敢了，再也不敢了……”

/ 第十八章 /

截杀

花关和木恩在上京府当差之前，曾经在燕山上落草为寇。后来官府围剿，二人落网，被拿到上京府的大狱之中，本来被判了斩刑，秋后问斩。后来燕豪物色亡命之徒组建一支表面为高见元实则暗中为自己所用的秘密队伍时，选中了花关和木恩。

二人死里逃生，感念燕豪的救命之恩，自然对燕豪唯命是从。其后不久，花关和木恩正式在上京府当差，成了上京府名正言顺的官差。当然，表面上是官差，暗中还是在替高见元办事。上京府尹是三王爷，他们也明白其实是在为三王爷当差。只不过他们别说可以见到三王爷了，平常连高见元都难得见上一面，都是燕豪对他们发号施令。

按说他二人也对燕豪言听计从惯了，本不该抱怨此次的中山村之行，只不过近来上京风起云涌，有大事临近，正是建功立业的大好时机，却被指派到了数百里之遥的小山村，万一错过了大好时机，岂不懊恼？也是二人自从到上京府当差之后，渐渐开了眼界，对燕豪从来不引荐他们和高见元认识颇有微词。二人也清楚地知道，燕豪只当他们是可用则用不可用则弃的棋子。

棋子都不甘心永远任人摆布，何况花关和木恩自认比燕豪本事还要大上许多，凭什么听任燕豪的指挥？最主要的是，二人在上京府步步高升，眼见就要升到从七品的武官，已不再是当年的吴下阿蒙。若是能够摆脱燕豪的控制，直接成为三王爷的亲兵，二人的高升更是指日可待。

只是燕豪一日横亘在他二人和三王爷中间，他二人就永远没有出头之日！

原本燕豪让二人当晚就连夜出发，二人才不想风餐露宿，磨蹭了半天，拖延到了四更天才动身。原以为神不知鬼不觉，不料燕豪一早就等候在城门，二人被燕豪劈头盖脸大骂一顿，强压心中怒火却不敢多说一句，唯唯诺诺应下，狼狈出城。

花关和木恩在落草为寇之前，一向欺男霸女惯了。在上京府当差后，也难改以前的匪气。再加上被燕豪一顿臭骂，心里火冒三丈正无处发泄，原本想在李观雨身上出气，哪想李观雨也是一个刺头，二人心中的怒火就如火上浇油，烧得更旺了。

其实李观雨不服软还好，如果李观雨继续硬撑下去，花关和木恩也不敢把事情闹大，一是二人身为官差，不敢在大庭广众之下放肆。二是二人要务在身，也不会久留。李观雨却低头让步了，他的退让，反倒更加激发了花关和木恩的猖狂。

江山易改，本性难移，花关和木恩虽然当了官差，却还是难改一身无赖之气。二人在上京城中，自恃身份，不敢胡作非为。现在出了上京城三十余里的快活林，此时又是左右无人的清晨时分，二人对视一眼，心意相通，都从对方眼中看出了凶狠。

木恩冷冷说道："知道错了还不赶紧再重新炸三斤油条送上来。"

"是，是！"李观雨心中怨恨，却不敢流露出来半分，忙又忙活了半天，炸了三斤油条送了上来。

"包好，爷要路上吃。"花关一抹嘴巴，见天光渐亮，路人渐多，也担心事情闹大引起围观就不好了，"赶紧的，爷还要赶路。"

李观雨手脚麻利地用油纸包好油条，又系了一根细麻绳，递了过去："二位客官收好，总共三百文。"

话一出口李观雨就后悔了，眼前的二位故意找事，分明就是要吃霸王餐，他怎么还敢收钱？也是他习惯使然，想也没想张口就说了出来。

"什么，三百文？你想抢钱？"木恩之前经常白吃白拿，习惯了拿上东西就走，当了官差后虽然收敛了不少，但戾气还在，他一瞪眼睛一拍桌子，"好，好，好，爷给你三十贯！"

"啪！"一张三十贯的钱引拍在了桌子上。

李观雨愣了一愣，犹豫片刻，手迟疑着伸了出去。也不怪他见钱眼开，小本买卖之人，哪里见过三十贯的钱引？他也清楚二人是有意逗他，却还是抱了一丝侥幸，万一真的赚到了三十贯，可是三十两银子，比起上次沈包所赏的一两银子，生生多了二十九倍。三十贯，够他纳妾之用了。

一念贪心起，李观雨想要缩回的手却怎么也收不回来，桌子上的三十贯钱引仿佛是一个具有巨大吸引力的宝物，他的手一点点前进，距离钱引越来越近，两尺、一尺、半尺……

眼见李观雨的右手距离钱引只有半尺之遥时，忽然凭空出现一物，黑而扁平，扁平且长，自上而下击落，"砰"的一声击打在李观雨右手的手背之下，速度之快犹如电光火石。

“啊！”李观雨惊叫一声，随即痛呼，“哎呀，哎哟，哎呀哟，痛死我了！”

李观雨的右手平铺在桌子上，右手之上，是一把乌黑的刀鞘——还好是刀鞘，如果是刀背的话，他的整个右手就得废掉了。但即使如此，由于用力过大，他的右手手指也断了三根。

李观雨痛得跳脚，却无法抽回右手，右手被死死地压在刀鞘之下。刀鞘的一端，是木恩的右手。木恩冷笑连连，阴森地说道：“还真敢要，真没见过你这样子的店家，胆子比天还大，要钱不要命是不是？”

“饶命，饶命！”李观雨头上冒汗表情扭曲，痛得腰都直不起来了，“客官饶了小的，小的真的知道错了。油条不要钱，送客官了。”

“本来就没打算给你钱，没想到你贪心不足蛇吞象，三十贯的钱也敢要，真是吃了熊心豹子胆。”花关抽刀在手，在李观雨的手上比画了几下，“你说，要是我一刀砍下你的手，会怎么样？”

“要是你一刀砍下他的手，你的脑袋会落地！”

李观雨吓得脸色惨白，双腿发抖，站都站不稳了，一听要砍下他的手，腿一软，“扑通”一声跪倒在地，正要求饶时，冷不防一个脆生生水灵灵的声音在背后响起。

李观雨回头一看，身后不远处站着一人，一身黑衣，脚蹬轻便小靴，身材曼妙，肩瘦臀宽，头戴轻纱斗笠，看不清长相，只从身材可以看出应是一名绝色女子。

她右手持剑，左手牵着一匹白马。当前一站，在微亮的晨曦中，风吹纱动，有飘然若仙之感。

“什么人？”花关顾不上李观雨了，将刀一横，快步来到女子面前，上下打量女子一眼，忽然哈哈大笑，“一个女流之辈，也敢说让我脑袋落地的大话，丫头，若是以前，爷定叫你求生不得求死不能，现在爷是官家中人，不和你一般见识。你向爷赔个不是，露出小脸让爷瞧上一瞧，爷就放你一马。”

花关手中长刀一横，刀尖向前一送，去挑女子斗笠上的黑纱。

“当！”一声清脆的兵器相交的声音响起，花关只觉眼前一花，一股大力传来，手中的刀再也把持不住，脱手飞出，瞬间飞出数丈开外，“砰”的一声钉在了一棵大树之上，整个刀尖都没入了树身之中。

可见力度之大。

花关心中骇然，他也知道自己的功夫并不入流，却也不是花拳绣腿，至少可以以一当三，寻常对付两三个人不在话下。却怎么也没有想到，只一个照面，对方轻轻一挑，他手中长刀竟然脱手而飞，如此高手，和燕豪几乎不相上下！

花关和木恩对燕豪虽大有不满却依然唯命是从的另一个原因就是燕豪武功高强，以燕豪的身手，杀死二人易如反掌。燕豪名列大夏十大高手之列，名不虚传，一身功夫深不可测，花关和木恩曾经和燕豪交手，不出五招，二人便被燕豪拿下，再无丝毫反抗之力。

燕豪是二人生平所见的唯一高手，至于其他和燕豪齐名的九大高手，二人并不知道姓名，也没听到他们身在何处的传闻。只有燕豪身为十大高手之一的说法，上京城中却是人人皆知。

莫非眼前的女子便是和燕豪齐名的另外九大高手之一？花关脑中迅速闪出一个念头，不等他有所反应，女子身影一闪，侧身到了花关的身后，花关只觉身后有一丝尖锐的呼啸声响起，他心中一惊，心知不好，想要回身哪里还来得及，右耳一凉，随即一热，鲜血顺着右脸奔流直下。

在短暂的大脑空白之后，花关立时明白了什么，右手一摸，果然右耳没有了，一股钻心的剧痛传来，他跳将起来，抽出藏在腰间的匕首，回身朝女子当胸刺去。

“我杀了你！”

尽管忌惮女子深不可测的功夫，但盛怒之下的花关顾不了许多，只想杀死女子以解心头之恨。

木恩抱着袖手旁观的态度，想看一场好戏，对方只是一个弱女子，说不定不是花关的一招之敌。不料事情大大出乎他的意料，只一个照面，花关就丢了一只耳朵，他大惊失色，再也顾不上用刀鞘压制李观雨，纵身而起，抽刀在手，飞身向前，一刀刺向了女子的后背。

若论单打独斗，花关和木恩别说算得上高手了，连入流都差了很远，顶多就是两个比泼皮无赖强不了多少的恶棍罢了。二人最大的依仗就是心狠手辣，对打的时候，比的是气势和狠绝。谁更气势凌人，谁更狠，谁就占据了上风。

除了心狠手辣之外，二人的配合可谓天衣无缝。若说单打的时候，花关和木恩可以以一当三，但二人一旦联手，便可以以二当十。正是二人无比默契的联合，才是燕豪最看重二人的地方。燕豪亲自出手试探二人，他和二人其中一人单打，谁也支撑不了五个回合。若是二人配合，二十招之内他赢不了。

木恩见花关出手刺向女子前胸，他便知道花关是想让他出手袭击女子后背，一前一后，正是腹背受敌，料想女子受到前后夹击，也会手忙脚乱。

木恩和花关都是使刀，只不过花关的刀是横刀，刀身笔直、狭窄，类似单侧开刃的长剑，可以双手持柄。既有剑的王者之风，又有刀的霸者之气。不过却失之于秀气和威猛。木恩的刀是陌刀，柄长两尺，刀身两尺，双手持刀，挥舞起来，虎虎生风，颇有大杀四方之威。

横刀被女子一剑挑飞，木恩相信他的陌刀不会。单是重量，他的刀就比木恩的刀重了一倍有余，女子力气再大，再有巧力，也不可能一剑得手。是以木恩以大开大合之势，飞身一刀，想的是一击得手。

女子并不回头，也不见她慌乱，夏风吹来，她头上的黑纱随风起舞，随着她身形的飘动，露出了半张惊世骇俗的脸庞。

只是惊鸿一瞥，便已让人目眩神迷。精致如画的眉毛，犹如一池潭水的眸子，洁白如玉的脸庞以及比起樱桃还要鲜艳几分的红唇，无一处不美好。

“真是一个标致的小娘子！”李观雨恰好目睹了黑纱轻扬之后露出的女子容貌，他忘记了疼痛，一时竟是痴了，“世间真有美若天仙的女子？总算开了眼了。”

不说李观雨惊艳于女子的美色，就连木恩也险些心神不守，他被女子瞬间的风情击中，心中泛起荡漾之意。且不说他之前便是一个好色之辈，就算他是坐怀不乱的柳下惠，也难免被女子绝世风姿迷惑，一时意乱情迷。

好在他刹那间又清醒过来，只因他一瞥之间便已然看清了女子绝美容颜之上，一双眼睛冷若冰霜，眼神之中全是杀意——漠视一切视人命如草芥的杀意！

木恩再是好色，也不敢此时乱了心智，忙凝神屏息，双手持刀，用尽全身力气，朝女子后背一刀刺去。以他的陌刀威力，若是一击得手，女子会被他拦腰斩为两截。

木恩背后一刀固然来势汹汹，有排山倒海之势，花关的当胸一刺，就如羚羊挂角，无迹可求。轻巧、迅猛，转眼即至，匕首闪耀丝丝寒光，迎风一闪，眼见就要没入女子胸口之中。

风一停，女子头上的黑纱飘然回落，将她的容颜全部掩盖在内，让人看不清她脸上是惊恐还是自得的表情。就在黑纱飘然回落的瞬间，仿佛平地起风，黑纱的下摆蓦然扭转了一个诡异的角度，就如被突然折断的树枝。

花关还没有明白是怎么一回事儿，明明还近在咫尺的女子人影一闪就不见了，他登时扑了一个空，收势不住，身子朝前冲出三五步，才努力收住身形。不等他来得及回身去看，耳边传来叮当几声清脆的兵器交接碰撞声。

伴随着最后一声碰撞声同时响起的是重物跌落尘埃的扑通声。不好，花关心中凛然，也不回头去看，听声辨位，手中匕首扬手一掷，朝身后女子的方位疾飞而去。

不料匕首飞出之后如泥牛入海，半点声息全无。花关回身一看，顿时惊得肝胆欲裂——木恩呆立当场，手中陌刀生生没入数丈开外的一棵大树之上半尺有余，他左手捂着耳朵，鲜血浸湿了肩膀。而黑衣女子站立木恩一丈之外，依然是刚才的姿势，左手牵马右手持剑，只不过持剑的右手之中，多了一枚匕首。

如若不是手中多了一枚匕首，她仿佛自从出现之后一直原地未动一般。

木恩也败了？也被割了耳朵？花关心中的震惊之意如滔滔江水汹涌澎湃，她到底是什么来历，身手如此了得又如此深不可测，难不成是李鼎善派来的人专程在此截杀他二人？想到此处，他顾不上疼痛，大声问道："你到底是什么人？"

"滚！"女子沉静如水，只轻巧地吐出一个字。

"女侠还请留下大名，也好让我二人记住今日之事，哼哼。"木恩丢了左耳，又痛又恨，却也清楚对方如若不是手下留情，他二人说不得已经身首异处了。

"幔陀。"女子依然一动不动，不过身上的杀气弥漫开来，声音也愈加冰冷，"再不滚，等我改变了心意，你们再想离开就没有机会了。"

"走！"花关当机立断，不再逗留片刻，冲木恩一挥手，又冲女子一抱拳，"小娘子，今天的事情我二人且先记下，后会有期！"

木恩也不多说，多说无益，说不定反而会因此丢了性命，他也是经历过风浪之人，牵过马，也不拿扔在桌子上的三十贯钱引，和花关纵马而去。

李观雨瘫坐在地上，已经吓傻了。活了大半辈子，第一次见到一个娇滴滴的小娘子如此厉害，就和传说中的十步杀一人千里不留行的游侠极其相似。他坐在地上，背靠着桌子，喘着粗气，脑中一片杂乱。

/ 第十九章 /

以身试险

“店家，来半斤油条，一碗豆腐脑。”女子缓缓坐下，轻敲桌子，“请快一些，我还要赶路。”

“是，是，客官。”李观雨从地上爬起来，洗手烧火，一气呵成，不多时就炸好油条送了上来。

“谢谢客官的救命之恩……”李观雨想要鞠躬，被女子伸手制止。

女子摘下斗笠，容颜如花似玉，秀发如瀑，双眼如星，若不是肤色过于苍白一些，即使是天仙下凡，也未必有她的美艳。

李观雨只觉脑中“轰”的一声，如同炸了一般，天！世间真有如此娇美不可方物的女子。他还以为貌若天仙不过是文人墨客的想象，他虽未见过天仙，却敢说仙女也不及眼前女子美貌的百分之一。

“刚才二人可是要去灵寿县中山村？”幔陀漫不经心看了李观雨一眼，小口咬了一口油条。

“是，是，回恩人的话，他们是三王爷的人，要去灵寿县中山村查访一个人。”李观雨忙不迭将自己听到的全部消息一股脑儿说了出来。

“知道了。”幔陀吃完了东西，扬手扔了一张钱引，“你不要再卖早点了，以后也不要再来快活林，最好不要留在上京，寻一个山清水秀的地方安居……可是记好了？”

“可是……”李观雨舍不得可以日进数百文的早点摊。

“想活命就照我说的做。”女子脸色一寒，翻身上马，纵马离去。

李观雨呆立当场，见女子朝花关、木恩二人的方向而去，想起了什么，忽然就打了一个寒战，自言自语道：“看来她还是要赶尽杀绝，不行，我得赶紧收拾收拾走人，万一她反悔非要杀了我，我可没有活命的机会。”

“三十贯？”李观雨收拾东西时才注意到花关木恩二人留下的钱引，顿时笑逐颜开，“没白挨打，赚了三十贯，啊，五十贯，我没看错吧？真的是五十贯，老天终于开眼了，我李观雨总算发达了。纳妾，回去就纳妾。”

幔陀留下的钱引是五十贯，李观雨凭空赚了八十贯，不要说纳妾了，置一处像样的宅子也不在话下。他哪里还舍不得一个小小的早点摊，也不收拾了，将百余文铜钱装好，扔下摊子扬长而去。

从此，快活林就再也没有出现过李观雨的身影。他去了哪里，为什么突然离开，几乎无人知道。

天，很快亮了。缺少了李观雨的快活林和往常一样，逐渐热闹起来。除了少数几人注意到了李观雨没有出现之外，大多数人并不在意李观雨的消失。

来来往往的人群之中，大多是过路客，只是从李观雨的摊点前路过，然后再也没有相遇的可能，谁能记得住一个擦肩而过的陌生人？

天光大亮时，一个衣着华丽的书生一人两马一书童来到李观雨的摊点之前。书生相貌俊美，一袭长衫，飘然有仙风道骨之姿。眉目清秀，风度翩翩，唇红齿白，一表人才。

“郎君，快活林离上京还有三十余里，我们歇息一下再赶路也不迟。”书童细声细气地说道，他十四五岁年纪，鼻子小巧而高挺，双目秀美，耳朵洁白如玉，脸颊红润如云，若不是书童打扮，只看长相，直让人疑心是一个丫鬟。

“好，且歇息半个时辰。”书生坐下，手指轻敲桌子，“店家，上菜来。拿手好菜，每样一份。”

“郎君，店家不在。”书童嘻嘻一笑，吐了吐舌头，舌尖粉嫩红润，他系好马，一挽袖子，“不如我亲自下厨。”

“还是我来。”书生倒也豪爽，也不避人，脱掉长衫，只穿了短衣，系上了李观雨遗留的围裙，动作娴熟地揉面，随后将面条扔到了油锅之中，油花滚动，片刻之后一根根金黄的油条就出锅了。

书童也没闲着，在一旁扇火。二人配合得倒也默契，片刻之后，油条和豆腐脑便摆在了桌子之上。二人对视一笑，毫不避讳周围人群异样的目光，埋头大快朵颐。

有几个认识李观雨的店家，见李观雨的摊点被书生霸占，有心上前问个明白，却被书生旁若无人的霸气和豪气震住了，无人敢向前一步。

书生和书童二人吃完早点，起身赶路时，书生扬手扔了十枚铜钱。想了一想，又觉得不对，收回了七枚。

“我只取了店家的面用了店家的油，店家并未出力，是以三文钱足够了。”书生朝周围围观的人群拱了拱手，“各位做个见证，我张厚没有盗用店家之物，只是借店家宝地一用，自己动手，丰衣足食，是以付了三文钱资费，算是两清了。”

众人哄笑，都被张厚的做派逗笑了。张厚的做法是真心也好假意也罢，至少他表面上做到了公允，让人无可挑剔。只是让众人心中不解的是，书生和书童二人共乘两匹马，在马匹资源稀缺的大夏，即便是四五品高官出行，也大多骑驴或是骡子，骑马者寥寥无几，而书生不但自己有马，连书童也有一马，可见他必定是大富大贵之家子弟。

既是富家子弟，会动手做饭已经十分稀奇了，君子远庖厨，读书人哪里有下厨房的道理？好吧，暂且不论书生为何身为富家子弟还有一身娴熟的厨艺，只说他连几文钱的账都算得清楚精明，就让无数人心中叹服。

三十里路，说远不远说近不近，好在是官路，张厚和书童二人策马扬鞭，中午时分就进了城。

二人在城里转来转去，一连问了十几家客栈都是客满，二人无奈，只好牵马沿着街道一路西行。

“郎君，上京城果然繁华，比起泉州好了不知多少。”

“话不能这么说，上京有上京的好，泉州有泉州的妙。”张厚伸手一扶书童的后背，怜爱的目光落在他的脸上，“时儿，你跟我奔波了数月有余，风餐露宿，受尽劳累困苦，委屈你了。”

“和郎君一路同行，不管千山万水，我都乐意。”时儿脸上洋溢着幸福的光彩，仰起小脸，俏皮而可爱，哪里还有半点书童的样子，分明就是一个天真烂漫的少女。

“饿了没有？先吃饭再说。”张厚抬头一看，是一栋三层楼高的酒楼，正门之上有黑漆金色大字——好景常在，他用手一指，“好景常在……名字挺吉祥如意，就这里了，不管晚上有没有住处，先只顾眼前的事情再说。酒足饭饱才有精力找客栈不是？哈哈。”

二人进门，小二迎了过来：“二位客官楼上请。”

二人跟随小二到了二楼，选好位置坐下，张厚左右看看，又起身说道：“二楼不好，还是三楼登高望远。”

小二一脸为难之色：“客官，三楼客满。”

“客满？”张厚眨着眼睛笑了，转身就朝楼上走去，一副轻松自若的口气，“让两个客人让出座位，不就有位置了。死脑筋，不会转弯。”

“客官，客官……”小二紧随其后，满脸赔笑，“不好意思客官，东家定下规矩，好景常在不会赶走客人，也不会嫌贫爱富。”

“嫌贫爱富？我何时让你们好景常在嫌贫爱富了？哈哈。”张厚脚下不停，几步就来到了楼上，只看了一眼就愣住了，“咦，怎的三楼和二楼的布局不一样？”

二楼可容纳数十人同时就餐，三楼却小了许多，虽不是一个个隔开的单间，却只能容下十数人就座。放眼望去，只有三桌客人。每桌客人不过三五人，和二楼的喧嚣不同的是，三楼的几桌客人，都在小声交谈，并无嘈杂之声。

“客官，客官……”小二拦在了张厚面前，三分赔笑三分客气四分不满，“楼上全是好景常在的贵客，若无贵客卡或是提前预约，三楼概不对外，还请客官见谅。”

若是小二只是赔笑和客气还好，张厚或许还会让步，小二的赔笑和客气之外，流露出的不加掩饰的不满，让张厚心中火起，想起刚才小二特意强调的好景常在不会嫌贫爱富，他明白了什么，冷笑一声：“贵客卡是什么东西？听着倒是新鲜，说来听听。”

小二微微仰头，自得地说道：“好景常在贵客卡分三种，一种是白银所做，一种是黄金所做，一种是美玉所做。白银贵客卡价值一百贯，黄金贵客卡价值一千贯，美玉贵客卡价值一万贯。三种贵客卡，可以在大夏境内所有的好景常在酒楼、客栈、茶肆、商队消费，每种卡对应不同的折扣力度，客官想办理哪一种卡？”

张厚张大了嘴巴，夸张地哈哈大笑：“抢钱呀……一百贯买一张白银卡，银卡的分量有几两？金卡的分量又有几两？有没有不花钱就可以送卡的法子？”

“客官……”小二拉长了声调，眼睛斜视张厚，“好景常在的贵客卡是身份的象征，若非大富大贵之人，不可办理。不是谁有几两银几贯铜钱就可以成为好景常在的座上宾的，不花钱就想送卡？法子倒是有，就怕客官不敢试上一试……二楼还有空位，楼下请。”

张厚目光一扫，将几桌客人尽收眼底。靠窗的一桌是三个人，两个长相颇为英俊的书生和一个随从，随从也就算了，两个书生虽长相英俊气度不凡，衣着却极为普通，只凭穿衣举止可以断定并非大富大贵之人。另外几桌则不同，人人衣着光鲜，气势过人，身上都散发出逼人的富贵之气和久居上位者的威严。

张厚眼睛转了一转，嘿嘿一笑：“不花钱就送卡的法子是什么？快说。”

“说了也白说，客官想必也饿了，到楼下好好吃上一顿，也是一样。”小二倒有涵养，虽然微微流露出不屑之色，却自始至终都保持了足够的克制，“二楼和三楼的饭菜，食材并无区别，制作方法也没有不同，所不同的，只有高低而已。”

“人争一口气，比的是贵贱，要的是高低。”张厚手中折扇“啪”的一声打开，以扇遮脸，只露出一双跳动不停的眼睛，呵呵一笑，“时儿，你说我有没有本事拿到好景常在赠送的贵客卡？”

“有，当然有。”时儿双手抱肩，双眼高抬，下巴仰起，鼻孔朝天，“哼，小二，赶紧说是什么法子，我家郎君本领高强，无所不会，不管你出什么难题，他都可以手到擒来。”

时儿书童打扮，声音尖细不说，眉如山眼如水，腰细臀宽，脖颈细长而没有喉结，明眼人一看便知她是女扮男装。

小二也不点破，呵呵一笑：“水不能太满，话不要太圆，客官，你真要试上一试？好景常在立下免费送卡的规矩后，还没有一人成功。我可有言在先，万一出了什么岔子，可要后果自负。”

张厚哈哈大笑：“这话说得好像我多没有担当，大丈夫有所为有所不为，各位兄台作个见证，此事是我自愿之举，若有闪失，我一人承担！”

靠窗而坐的两位书生和一位随从，三人从张厚、时儿上楼之后，就一直满脸好奇地向二人投来关注的目光。此时见张厚让众人作证，二人对视一眼，齐齐起身。

二人身高相差无几，相貌一个俊美，一个粗犷。俊美的书生一袭白衫，他呵呵一笑，朝张厚遥一拱礼：“兄台，在下愿为你作证。”

粗犷的书生一袭灰衫，他随意地拱手一礼，摇手说道：“看兄台所为也是性情中人，不必拘泥于虚礼，要做便做，啰唆什么？”

“说得是。”张厚冲二人拱手回礼，哈哈一笑，冲小二说道，“小二，你且说来，到底是什么规矩？”

小二当下也不多说，几步来到两位书生的桌前，谦卑地一笑：“烦请二位客官把桌子让开窗户。”

二人二话不说，将桌子抬起，远离了窗户数尺开外。小二推开窗户，探头窗外，半个身子俯身在外面，用力朝上一指：“客官，上面的‘好景常在’四个大字的最后一个‘在’字，少了一笔，东家说了，谁能补上最后一笔，就赠送一张好景常在的黄金卡。”

“黄金卡，一千贯，哈哈，不错，一笔一千贯，合算，合算得很。这个规矩，倒是很有诚意……”张厚背着手，大步流星来到窗前，意气风发，可朝外只看一眼，笑声就戛然而止，倒吸一口凉气，“这，这，这也太高了吧？”

好景常在酒楼总共三层，一楼的门口有好景常在四个楷体大字，没有落款，也不知是哪个名家的手笔，笔力苍劲，笔法飘逸。三楼的楼顶之上还有一个高约一丈的下粗上尖的阁楼，阁楼最上面也挂了一块牌子，白底黑字，上书四个隶书大字——好景常在。只不过最后一个“在”字少了一横，若是站在一楼望去，太远之故，看不分明。此时从三楼的窗户朝外张望，历历在目。

隶书的“好景常在”四个大字，古朴典雅，又隐隐透露出一股王者气象，虽没有落款，以张厚的眼力一眼便可看出必定出自当世名家之手，而且还是大夏最有名望的名家之一。只是既然身为名家，为何会少写一笔，应该是故意为之。

也是怪了，也不知好景常在的东家到底何许人也，为何请一个寻常人无法请到的名家书写“好景常在”的牌匾，偏偏要少写一笔？好吧，姑且当成名家有意为之的遗留之笔，好景常在的东家为何又高挂阁楼之上，立下这么一个让人添上一笔的规矩来赠送黄金卡一张？

真是咄咄怪事！

张厚正百思不得其解之时，小二却等得不耐烦了，轻笑一声，敲了敲窗棂说道：“客官，楼下请。”

“哼，有什么了不起，楼下就楼下，反正里外不过是一顿饭，楼上楼下，能差出天上天下不成？郎君，不要什么黄金卡了，犯不着赌气赌上自己的身家性命。”时儿不干了，噘着嘴，一拉张厚的衣袖，“和郎君的经国之大业、不朽之盛事相比，一张小小好景常在的黄金卡，算得了什么？”

俊美的书生和粗犷的书生对视一眼，二人所站在的位置，不需要朝窗外探身便可看到阁楼上的四个大字。俊美的书生摇头一笑：“沈兄，若是你，敢上去一试吗？”

“有何不敢？”粗犷的书生眉毛一扬，竖起手中筷子，一副指点江山的豪迈，“我千军万马尚且不怕，何况眼前的小小屋檐？”

英俊粗犷的书生回身冲张厚抱拳：“兄台若是担心性命安危，亦信得过在下，不如由我来替兄台一试。”

“不可，不可，是张某的事情，怎敢劳驾兄台？”张厚回礼，说话间脱了长衫，顺手扔与时儿，他仰天一笑，“小二，拿笔来。”

/ 第二十章 /

尽其道而死

时儿抱着张厚的长衫，回敬了英俊粗犷书生一个不善的眼神：“哼，要你多事？还有你，你胆小如鼠，连试一试的勇气都没有，真没有用。”

后一句话是冲俊美书生所说。

俊美书生哈哈一笑，并不理会时儿，扇子扇了几下，回身冲张厚一抱拳：“兄台真要登高题字？”

张厚此时已经提笔在手，他冲俊美书生微一点头：“大丈夫一言既出驷马难追，要么不说，说了就要做到，岂能言而无信？”话一说完，他将毛笔咬在口中，一个箭步跨上了窗台，人在窗台之上，回身冲时儿招手，“时儿，若我万一有什么不测，你回家之后告诉父母，只说我尽其道而死！”

“二哥！”时儿情急之下，也顾不上掩饰身份，上前一步，虽有不舍，却目光坚定，“小心！”

俊美的书生微微摇头，叹息说道：“沈兄，张兄真是洒脱，让人仰慕。”

粗犷的书生目光坚毅，哈哈一笑：“换了我，我也去得，并非什么天大的难事。”

窗台外面有半尺宽的窗沿，张厚翻过窗户之后，落脚在窗沿之下，沿窗沿行进了三丈有余，便来到了牌匾之下。

窗沿距离牌匾还有一丈多高，除非借助绳索或梯子，只凭人力无法攀登上去。张厚站立不动，抬头仰望牌匾，似乎是望而却步了。

“换了是你，你怎么上去？”俊美书生碰了碰英俊粗犷书生的肩膀，“沈兄，这好景常在的东家有故意刁难之嫌，定了这么一个强人所难的规矩，又不预留上去的梯子，没有道理。”

英俊粗犷书生微眯眼睛，目光紧盯张厚不放，半晌才说：“东家不留梯子自然有不留梯子的道理。若有梯子，拼的只是胆大心细。若没有梯子，比的就是勇敢机谋了。夏兄，若是你，你怎么上去？”

俊美书生神秘一笑："若是我，自然是坐吊篮上去了。"

"吊篮？哪里有吊篮？我怎么没有看到？"

"张姓书生若是聪明，此时应该已经发现吊篮所在了。"

时儿紧咬嘴唇，双手绞在身前，脸上的表情，关切、担忧、兴奋交织在一起。忽然，她眼前一亮，踮起脚尖挥动右手高喊："二哥，吊篮，吊篮！"

张厚并未听到时儿的呼唤，他离窗户有数丈之遥，外面吵闹的声音不绝于耳，压根儿听不到窗户之内的声音，或许是心有灵犀，在时儿开口之时，呆立半晌的他发现了什么，双手一伸一拉，竟将突出在阁楼外面的一根横梁拉了下来。

原来窗沿上面三尺之处有一处突出的横梁，乍一看并无用处，以为是装饰之用，竟是暗藏玄机。横梁被拉出之后，却是一条两头系有绳索的长木。绳索直通楼上的牌匾。

张厚哈哈一笑，翻身坐在了长木之上——说是吊篮并不准确，却也和吊篮的用处一样——伸手抓住了垂下来的绳子，用力一拉，长木缓缓升起了半尺多高。

张厚心中大喜，回身朝站在窗前观望的众人挥了挥手，大声说道："各位兄台，好戏登场了。成了，请各位为我鼓掌叫好，以我为榜样。败了，也请各位鼓掌叫好，以我为戒。"

俊美书生微微皱眉，低声对粗犷书生说道："此人有枭雄之气，若他掌权，必能号令天下。"

"此话怎讲？"

"成败对他而言，不过笑谈。如此心性，失势时或许淡然或许愤然，得势时却是一意孤行，飞扬跋扈。"俊美书生目不转睛盯着张厚的后背，神色微有几分凝重，"他若是一心为国为民，必是国之栋梁。若是只为了一己之私，定是大奸大恶之人。"

"过于武断了。"粗犷书生哈哈一笑，"夏兄切不可意气用事，我倒是看好张厚此人，他日必成大器。"

张厚双手交互用力，转眼工夫便接近了牌匾。他哈哈一笑，伸手取笔，正要补上最后一笔时，不料就在他手松开绳子之际，忽然长木如离弦之箭，迅速下坠。

"啊！"人群发出一阵惊呼。

"二哥小心！"时儿惊吓得花容失色，情急之下，伸手抓住了身边一人的胳膊，十指用力，深深陷入肉中。

"啊！"俊美书生也发出一声撕心裂肺的惊呼，不，是痛呼，他的胳膊被时儿死死抓住，痛不可言，夏天衣衫单薄不说，怎么也想不到时儿一个看似瘦弱的小娘子力气如此之大，他咬牙切齿地说道，“时儿，你家二哥没事，可否放我一马？”

时儿才注意到原来自己紧紧抓住了俊美书生的胳膊，且离得过近，好像靠在了他身上一样，不由得脸色一凛，忙松开了双手：“哼，放就放，不抓你我可以抓窗户。”

长木下坠太过突然，张厚也是吓得不轻，双手空中乱抓，像是溺水之人要抓住最后一根救命稻草。他在半空之中，身子左右摇晃，随时都有坠落的可能。

此时张厚离地足有三丈多高，若是摔落，必死无疑。不只窗户之内众人大惊失色，楼下不知何时聚焦了数十上百的围观百姓，也是惊呼阵阵。

小二吓得脸色惨白如纸，若真的出了人命，且不说官府会治罪，只是东家责怪下来，他也吃不了兜着走。原本东家定下补上最后一笔的规矩，只是为好景常在扬名的噱头，并非真要让人以身试险，他只因看不惯张厚的做派，才有意将军。不想张厚一介书生居然也有悍不惧死之心，真要动手，他也是抱着姑且听之任之的想法，想看看张厚会坚持到哪一步才认输。

三年来，少说也有不下百十个客官想要尝试一二，大多数人都只是说说而已，推开窗户之后退却者十有八九，剩下的十之一二在迈出窗户之后便又后悔了。是以小二也一厢情愿地认定，张厚再是胆大过人，也不过是十之一二之中的其一。

不想张厚迈出窗户之后不但没有退却，反倒发现了长木，发现长木也就算了，他毫无畏惧之意，竟攀了上去，不得不让他震惊之余，无比敬佩。大夏初年，有文人辛放驰只身夜入敌营，杀敌无数，一时传为美谈。现今四海升平，文人渐渐没有了尚武之气，文弱了不少，难得一见如张厚一般大有胆识之人。

谁知张厚眼见就要成功之时，突发意外，小二心中惊恐无比，恨不得插上翅膀飞过去帮张厚一把。

张厚只挣扎了片刻就迅速恢复了平静，他努力保持了平衡，不再慌张，将笔咬在口中，双手抓住了绳子，低头一看，双脚一并，稳稳地落在了窗沿之上。

“好！”人群传来一阵欢呼。

俊美书生心神激荡，大声叫好：“张兄，不要放开绳子，上去后，一手抓绳一手执笔，大事可成。”

张厚朝俊美书生点头回应，他惊魂初定之余，还能笑得出来：“多谢兄台提醒，兄台所言极是，方才我一时得意，太过大意了。未请教兄台尊姓大名？”

俊美书生哈哈一笑：“张兄，不想你我二人隔窗相识，你在窗外，我在窗内，倒是很有趣的会面。在下姓夏名祥，河北西路真定府灵寿县人氏。这位仁兄姓沈名包，钱塘人氏。我二人同是进京赶考的学子，因同住在全有客栈得以相识。”

“在下姓张名厚，建宁人氏，也是进京赶考的学子。”张厚人在半空之中，不忘冲夏祥和沈包拱手施礼，“今日得识二位兄台，三生有幸，当痛饮三杯。”

拱手之时，双手松开绳子，张厚身子一晃，险些掉落，再次引发人群连声惊呼。就连夏祥也是脸色大变，忙伸手阻止：“张兄不必多礼，小心。”

张厚哈哈一笑，双手用力，双脚借力，如猿猴一般灵活，腾空而起，三下两下便又来到了牌匾之下，他依夏祥所言，左手抓绳右手执笔，在“好景常在”的“在”字之上，重重地补上了最后一笔！

“好！”众人大声叫好，掌声响彻云霄。

不只三楼的贵客，楼下围观的百姓足有上百人之多，都目睹了张厚凌空写字的壮举，一时争相奔走相告。只短短半日时间，张厚在好景常在之事便传遍了大半个上京城。并且越传越神乎其神，从最初张厚和好景常在打赌悬空题字，到后来传来传去，竟然传成了张厚和夏祥因为一个小娘子争风吃醋，二人比试谁敢悬空题字谁就可以赢得小娘子，最后还是张厚艺高人胆大，成为最终的获胜者。

更有甚者，在传闻中，将夏祥和张厚争风吃醋的主角换成了好景常在的神秘东家，尽管大多数人对好景常在的神秘东家一无所知，只知她是一个美貌过人聪明过人却又来历不明神秘莫测的小娘子，却在描述夏祥和张厚因好景常在小娘子而争风吃醋时，绘声绘色，犹如亲眼所见一般。就连当事人夏祥和张厚听罢传闻，也是哭笑不得，大为叹服百姓的想象力之丰富。

张厚题字完毕，从窗户跳了进来，穿上时儿递来的长衫，在众人的欢呼和围观中，重新和夏祥、沈包见礼，三人算是正式认识了。

夏祥邀请张厚入座，和他们同桌，张厚欣然应允。小二兴奋异常，忙不迭取来黄金卡——一张长约三寸宽约二寸的长方形卡片，薄如纸，却是真正的纯金打造，重约一两有余。一两黄金相当于十两白银，也就是说，十贯铜钱，也算是一笔不大不小的意外之财了。

张厚谢过小二，将黄金卡收起，和夏祥、沈包相对而坐。夏祥又重新叫了菜，点了著名的叫花鸡、咸水鸭以及五香花生米，又要了一坛老酒，三人开怀畅饮。

时儿和萧五不敢入座，时儿还好，本想坐下，却被萧五拉住，说是不能乱了规矩。她想反驳几句，却被张厚制止，只好忍气吞声，和萧五一起站在一边。夏祥也不忍让二人一直站立在身后，就让小二在楼下找了一个座位让二人吃饭。

几杯酒过后，三人各报年龄，张厚大夏祥两岁大沈包一岁，不过以读书人之礼，还是各称对方为仁兄。

“张兄，若你日后为官，可惠及万民，也可让千百人头落地。”夏祥举杯和张厚碰杯，“方才题字之举，自家性命都不放在心上，何况他人性命？君子不立于危墙之下，你却偏要以身试险，并非你不是君子，而是你是君子中的另类。”

“哈哈，夏兄此话，我当是好话来听。君子之道，并非循规蹈矩，想做的事情，只要自己认为正确，便放心大胆去做，何须顾虑太多？”张厚一口饮尽杯中酒，“我进京赶考，只为状元而来。二位兄台，酒桌之上，我可以承让。但在考场之上，各凭真才实学，不会谦让半分。”

夏祥对张厚直爽的性格很是欣赏，当即大笑：“可惜状元只有一人，若有三人，必定是我三人同时高中。”

“我特意做了一件状元袍，就等状元高中，好衣锦还乡。”张厚举杯敬沈包，“沈兄和夏兄，是如何相识？”

夏祥和沈包对视一眼，一起哈哈大笑，夏祥自饮了一杯，说道：“我和沈兄是不打不相识。”

张厚顿时一脸好奇：“快快讲来。”

/ 第二十一章 /

初识

昨夜夏祥和萧五回到客栈之后，已是半夜时分，客人大多已经睡下。二人轻手轻脚回到房间，却并未入睡。

夏祥和萧五来到院中，支起一张桌子，桌子上摆放了牌位——是曹殊隽所送的长生牌位，此时上面已经写上了名字——夏来、夏去。

明月当空，夜深人静，正是祈福时，夏祥点燃三炷香，望月而拜，口中念念有词："祝愿夏来夏去平安无事，逢凶化吉遇难成祥。祈愿夏来夏去无病无灾，长生无忧。"

萧五虽未见过夏来夏去，却也对夏来夏去舍家追随夏祥的壮举无比敬佩，也和夏祥一起为夏来夏去上香祈福。

"我辈读圣贤书，当敬鬼神而远之，岂可拜神祭鬼，辱没读书人名声！"

夏祥和萧五才拜了一拜，冷不防身后传来了一个不以为然的声音，随后人影一闪，一个相貌英俊却生得粗犷的书生从走廊中闪了出来，他只穿了内衣，头发散乱，显然是起夜偶遇。

"我家先生的事情，哪里由得你说三道四？"萧五十分不满地瞪了来人一眼，不过夜色之中，他颇有杀伤力的眼神对对方形不成丝毫威胁，因为对方压根儿就看不到他的示威。

对方大步流星来到夏祥近前，上下打量夏祥一眼，拱手说道："在下沈包，钱塘人氏。这位兄台相貌俊秀，莫不是福建人氏？"

语气之中，颇多不屑和轻视。

夏祥自然听出了对方的言外之意，大夏虽然开明且风气清明，却传承了自春秋以来的地域歧视之风。孟子便称楚人为"南蛮鴃舌之人"，大夏立国之时，太祖开国所用将相皆北人，太祖刻石禁中曰："后世子孙无用南士作相。"

有夏以来，不少书籍里关于北方习俗的记载就是"质朴忠直""劲悍忠勇""勤稼穑"，而关于南方则是——两浙"善进取，急图利，而奇技之巧出焉”，广南“民性轻悍”，江东“俗习骄脆”，苏州“骄奢好侈”，“长沙民最喜讼，号难治”，四川荣州“姓名颠倒，不知礼法”，如是等等。甚至大夏立国之初，对朝臣最大的惩罚不是罢官，而是贬到长江以南为官。

后来大夏一统天下，北渡黄河，再取上京、白山黑水之地，以及远至漠北，地域之见并未随之消除。好在大夏国力日盛，长江以南本来荒凉之地，现今繁华无比。之前广义上的南人由江南一带南移到了福建、岭南以及海南之地。若是倒退数十年，钱塘之地在北人眼中，也是蛮夷之地。

夏祥本是地道的北人，只不过长相俊秀了几分，不如眼前之人更有北人的粗犷。夏祥哂然一笑：“兄台好眼力，在下夏祥，正是福建人氏。”

“在下沈包。”沈包自以为一语点破夏祥来历，神色之间颇多自傲之色，“如此说来，也难怪你拜神祭鬼了，闽人狡险且多疑。不过我还是要劝你一劝，你也是饱读诗书之人，能来赶考可见也是通过了举人考试，并非愚昧无知的乡村野夫，为何还要做出这等有损读书人清名之事？”

萧五不服气，上前一步：“你胡说什么？我家先生不是拜神祭鬼……”

夏祥微微一笑，摆手制止了萧五，他按部就班地拜祭完毕，才不慌不忙地问了一句：“沈兄，我有两件事情不明，还请你为我解惑。一、闽人狡险且多疑，是欧阳明的说辞，那么你结识多少闽人？又曾和多少闽人共事？二、我为两位生死未知的好友立下长生牌位，向上天祈福保佑二人平安长生，又如何有损读书人清名了？我辈读书之人，仁、义、礼、智、信为立身根本。你无端指责闽人狡险且多疑，是为不义不礼。不问清楚便认定我拜神祭鬼，是为不仁不智。敢问兄台，你的温良恭俭让何在？”

沈包顿时愣住，一脸诧异和不解，脸色由红转青，忽然来到长生牌位前面，拿在手中，看了一眼上面的名字，问道：“夏来和夏去是谁？”

萧五被沈包的无理举动激怒了，火冒三丈，向前一步，一把推开沈包，抢过沈包手中的长生牌位，恭恭敬敬地放回原位，对沈包怒目而视：“他们是谁和你无关。你既无礼又十分粗鲁，白读了几年圣贤书，还自称是什么读书人，哼，连我一个目不识丁的随从都不如。”

“你！”沈包怒从心头起，他自以为无论是地域优势还是心理优势，都占据了上风，本想好好教训夏祥一番，不想才一开口就被夏祥硬生生顶了回去，还没有来得及反击，萧五就又呛了他几句，他哪里还受得了，当即暴起，一脚飞出，踢向了萧五，“我替夏兄教训教训你这个没大没小的小子。”

萧五躲闪不及，被沈包一脚踢中右腿，他身子晃了一晃，没有摔倒，却也没有还手，只是面不改色，双手抱肩，一脸漠然地看着沈包。

“沈兄，未经允许擅动他人长生牌位，一言不合动手打人，你的圣贤书，都读到别人脑子里了吗？”夏祥也有几分火气，“来，来，来，今日之事，你我非要分一个对错出来，是武比还是文斗，你来决定。”

“武比如何，文斗又是如何？”沈包自认他的做法并无不妥，是夏祥和萧五有错，他既然学的是道德文章就有必要好好教化教化夏祥萧五二人。

“武比就是你我拳脚相向，谁先倒地谁输。文斗就比道德文章，看谁说服得了谁，谁就是赢家。”夏祥背起双手，一副胸有成竹的表情，“随你挑选，我奉陪到底。”

沈包几乎不假思索地说道：“拳脚相向太有辱斯文，文斗，文斗。事情由我引起，我礼让一步，你先出题。”

“我的题已经出了，你回答就是了。”夏祥肃然正容，一脸严肃。

沈包一拍脑袋：“是了，是了，你刚才的两个问题我还没有回答上来。好，现在答你，其一，我不曾和闽人共事，也不认识闽人，闽人狡险且多疑的说辞，确实只是听信欧阳明之言。其二，为生死未卜的好友立下长生牌位，祈福二人平安长生，并不有损读书人清名。”

夏祥一时愣住，他原以为沈包会据理力争一番，不想沈包倒也诚实，居然全部承认了，倒让他颇感意外，不由得心中火气消了一半，笑道：“这么说，你这就认输了？”

“何来认输一说？”沈包来到萧五面前，伸手拍了拍萧五腿上的脚印，又冲萧五歉意一笑，继续说道，“其一，虽然我并不认识闽人也未曾和闽人有过共事，但欧阳明既然如此指责闽人，可见闽人确实如此。以欧阳明的名声和威望，他就算对闽人大有偏见，却也自有道理，并非信口开河之语。其二，我并不知道你是在为生死未卜的好友祈福，还以为你在拜祭死去的先人，所谓不知者不怪，我并无恶意，一心为了维护读书人清名，也是好心……”

“……”夏祥无语了，竟是如此诡辩，他哭笑不得，“沈兄如此能说会道，在下佩服。沈兄说得也对，不知者不怪，我们先抛开读书人清名之事，来说说闽人。”

“好，夏兄有何高见，我洗耳恭听。”沈包见夏祥退让了一步，以为夏祥气馁了，自信地一笑，还不忘冲萧五做了一个鬼脸。

萧五气呼呼地将脸扭到一边，抬起左腿在自己的右腿上踢了一下，不偏不倚，脚印正好印在沈包刚才所踢之处。

沈包被萧五孩子气的举动逗笑了。

“沈兄读书，想必知道衣冠南渡了？”夏祥笑吟吟地问道。

“自然知道。”沈包气定神闲地答道。

“永嘉之乱，衣冠南渡，始入闽者八族”，其中有林姓、黄姓、陈姓、郑姓、詹姓、邱姓、何姓、胡姓八姓，本系中原大族，入闽后先在闽北及晋安定居，而后渐向闽中和闽南沿海扩散，史称“衣冠南渡，八姓入闽”，是为中原地区人民第一次大规模南迁，也是北方汉人与闽人的第一次大融合。

“不知欧阳明所说的狡险的闽人，是指衣冠南渡之前的闽人，还是现今的闽人？”夏祥不给沈包思索的时间，紧接着就抛出了问题。

“自然是现今的闽人……”沈包不及多想，随口就答了出来，说完之后才意识到了哪里不对，微一思索，哈哈一笑，朝夏祥拱手一礼，“夏兄好机锋。”

八姓入闽之后，现今的闽人是北人和南人的融合，难分到底是北人还是南人。夏祥的话让沈包的论点如既卖矛又卖盾的商贩，不管是夸矛利还是盾硬，都会自相矛盾。

“地分南北，人不分南北。”夏祥见机行事，沈包虽性格急躁且爱管闲事，却也不是不讲道理之人，他呵呵一笑，“实不相瞒，沈兄，我并非闽人，乃是真定府灵寿县人氏。”

“啊？你是北人？”沈包震惊当场，张大嘴巴，一脸的难以置信，过了半晌才尴尬地笑了，“惭愧，惭愧！是我有眼无珠，犯了先入为主之错，还请夏兄海涵。”

“知错就改就是好孩子。”萧五哼哼几声，对沈包还是大有恨意，“自以为是，先入为主，骂人打人，沈郎君，你要改的错还真是不少。”

“改，一个一个改，都改。”沈包二话不说，弯腰用衣袖替萧五擦腿上的脚印，擦好之后，又扶正长生牌位，然后恭恭敬敬地上了三炷香。

夏祥对沈包的举动暗暗赞叹，人非圣贤，孰能无过？过而能改，善莫大焉。沈包虽性格稍嫌急躁，却能从善如流，也是一个可交之人。

夏祥和沈包不打不相识，一见如故，受沈包之邀，夏祥又到他的房间中畅谈了两个时辰。二人越谈越投机，大有相见恨晚之意。

……说完和沈包的相识经历，夏祥笑着举杯，沈包也举杯说道：“来，我敬夏兄、张兄一杯。张兄是地道的闽人，若我不是先认识夏兄，消除了对闽人的偏见，我和张兄未必相识！”

张厚眯着眼睛微微一笑，和沈包碰杯，一饮而尽：“那也未必。我是闽人不假，却从不在意北人对闽人的轻视，言谈举止上的轻视没用，等我大权大握之时，管他北人南人，谁敢轻视我，轻则罢官，重则杀头，在权威面前，哪里有什么道理可言？”

夏祥心中一凛，张厚此人遇事坚决，日后若成大器，怕也是一个杀伐果断之人。

沈包却并未多想，几杯酒过后，他有了几分醉意，伸手拿过酒坛为夏祥和沈包倒酒，举起坛子一看，“咦”了一声：“好景常在到底是哪家王爷的产业，如此了得，原来连酒也出产。”

坛子的底部有一方印章，印章是四个篆体大字——好景常在。

大夏对商业的管理十分规范严格，并不是所有酒楼都可以自酿自销酒水。大夏的酒楼大致可以分为三大类：正店，即拥有酿酒权的大酒楼。脚店，即没有酿酒权、需从正店批发酒的酒楼。扑户酒楼，即小型的零卖酒楼。

大夏酒楼业十分发达，不只上京，还有四京和成都、泉州、杭州，酒楼、酒旗随处可见。临安最气派的要算城内的“孙东正店”，仅“彩楼欢门”——大夏的酒楼为招徕客人，通常用竹竿在店门口搭建门楼，围以彩帛，这叫作“彩楼欢门”——就有三层楼高。

而在上京，好景常在太平居无疑是档次最高规模最大的酒楼，可以接待一千多名客人。

不过相比好景常在樊楼，好景常在太平居还有所不如。樊楼是上京城最高的地标建筑，一共五层，登上顶楼，便可以下视禁中，将皇宫之内的情形尽收眼底。

夏祥几人所在的酒楼，是好景常在太平居。好景常在上京城内一共十家酒楼，太平居只是其中一家中等规模的酒楼。

/ 第二十二章 /

美玉之质

“我在泉州也见过好景常在的酒楼和客栈，华丽、高大，引人注目。”张厚从沈包手中接过酒坛，又拿出黄金卡，酒坛底部的印章和黄金卡上的印章如出一辙，显然出自同一人手笔，“沈兄莫要乱说，好景常在未必是哪个王爷的产业，就算是，也不可声张，小心祸从口出。”

“怕什么？怪事，方才张兄悬空题字，让人敬佩，怎的一提及王爷，就不敢说话了？”沈包有了六分醉意，抱过酒坛就直接喝了起来，“天下风云出我辈，一入江湖岁月催。皇图霸业谈笑中，不胜人生一场醉……来，今日不醉不归。”

夏祥抢过沈包的酒坛：“酒是助兴之物，尽兴即可，不要喝多。”

张厚也说：“就是，就是，沈兄，等下我还要寻找落脚之地，不宜多喝。”

“我的房间还可再多一人，张兄若不嫌弃，和我同房即可。”夏祥和萧五各住一个房间，房间虽不奢华却足够大，“只是简陋了一些，不是上房。”

“你我不是同窗，却有同房之谊，也是难得。”张厚哈哈一笑，“只要安置好我的小妹时儿，我一切从简也没问题。”

“对了，我有一事不明，夏兄和沈兄，怎会有好景常在的贵客卡？”张厚心中不解，以他的观察，夏祥和沈包都不是富家子弟，或者说，二人的身世远不如他家世良好，不可能买得起好景常在的贵客卡。

“哈哈，张兄有所不知，沈包有一张好景常在的美玉卡。”如若不是沈包的美玉卡可以在好景常在打七折并且免单三次，夏祥才不会来好景常在太平居吃饭，太贵了。太平居所用碗碟，全是银器。哪怕只是二人对坐，也要注碗一副、盘盏两副、果菜碟各五片、水菜碗三五只，花费高达数十两银子。

也难怪消费如此之高，所用银器，每只都价值数百贯乃至上千贯。所用器皿如此昂贵，再加上食材也是精挑细选的，好景常在太平居也好樊楼也罢，是整个上京消费最高的酒楼。

“美玉卡？”张厚吃惊不小，暗中打量沈包几眼，问出了心中的疑问，“不知沈兄从哪里得到好景常在的美玉卡？”

夏祥看出了张厚的疑虑所在，知道张厚认定以沈包的财力不足以购买好景常在的美玉卡，当即一笑：“沈兄说他有好景常在的美玉卡时，我和张兄是一样的想法。你猜怎样，果不其然，沈兄的美玉卡不是自己所买，而是有人赠送。”

“谁出手如此大方？”张厚吃惊不小，倒不是他惊讶美玉卡自身的价值，而是有资格拥有美玉卡之人，必定非富即贵，却转手相赠他人，大异常情，况且沈包又只是一介布衣，并非权贵。

沈包醉眼蒙眬，伸出一根手指在眼前晃了一晃：“夏兄、张兄，此事是一个秘密，你知、我知、他知、天知、地知，不可外传。”

张厚点头说道：“一定，一定。”

沈包在进京赶考的途中，路经真定府之时，在滹沱河中，救下一个失足落水的老人。老人被救之后，趁沈包不注意，再次跳入滚滚的滹沱河中。沈包这才知道，老人并非失足落水，而是投河自尽。

沈包也有意思，老人第二次投河，他就再次下河相救。救下老人之后，也不问老人投河原因，也不相劝，就坐在老人身边不走。老人倒也倔强，第三次跳河。沈包二话不说，第三次跳河救人。如此反复，总共七次。

第七次救老人上岸之后，老人抱着沈包的胳膊号啕大哭。沈包也不说话，安静地等老人哭完之后才问道：“老伯，有天大的冤屈也过去了，你都是死过七次的人了。连死七次都不怕，还怕什么？”

老人老泪纵横，抓住沈包的手使劲摇晃：“你这个后生真是一个好后生，老汉我不死了，要好好活下去。活了一把年纪，还没有见过跳河七次都死不了的人，命不该死就不能再死。”

沈包放心了，告别老人要再上路，却被人叫住了——是一个长相俊俏、十四五岁的丫鬟。丫鬟说她家娘子请沈包过去一见。沈包不明就里，随丫鬟沿河岸走了十几步，抬头一看，不远处有一辆宝马香车。

马是四匹枣红大马，车是海南黄花梨木所制，长方形车厢上立棚，呈封闭状。车门设在后边，垂遮帷帘。棚顶四角各立一柱，四柱上支撑一顶大帷幔。帷幔上绣有梅花图案，四周垂缀丝穗，双辕双轮，再配以白铜饰犊车，青油纁，朱里通幰，朱丝络网，极尽奢华之事。

沈包心中纳闷，此人不知是何许人也，不但乘马车出行，且是四马大车，三四品以下官员只敢乘坐驴车。三品以上，也只有一马之车。相信即使当朝一品大员、权倾朝野的相国候平磐，也不过是四马大车。但就算是候平磐的四马大车，也远不如眼前的宝马香车奢华。

姑且不论车体全部是由名贵的黄花梨木打造而成，还是最为出名的海南黄花梨，从海南运至上京至少要花费半年工夫以及大量的人力物力，只说四匹枣红大马，通体红色，膘肥体壮，毛发油亮，周身上下散发逼人的英气和贵气，一看就知绝非凡品，是千金难买的千里马。

到底是谁家娘子如此气派和富贵？沈包来到车前，恭敬地施了一礼。锦缎制成的车帷子将车体包裹得严严实实，看不清里面人的长相，只透过车窗的轻纱依稀可见是一个风姿绰约的女子。

“冒昧请郎君前来，是想请问郎君，你为何连续七次救下吕东栋？”车内女子轻启朱唇，声若流水淙淙，叮咚悦耳，宛如天音。

原来女子将刚才之事看得清楚，也认识老汉，沈包微一思忖，朗朗答道：“上天有好生之德，我既遇到了，必当全力相救。不管是一次还是七次，他要死，我就不能袖手旁观。”

“若他是该死之人呢？你也要救吗？”

“他该死是他的事情，救他则是我的事情，两不相干。”沈包心中奇怪，他救投河的吕东栋和车上女子又有何干系，“若我不在场，他死便死了。我在场，他投河别说七次，就是十七次七十次，我也要救。”

“郎君倒是一片好心，可惜，好心办坏事。”车内女子淡淡地说道，“你我因吕东栋相遇，也算有缘，令儿，送郎君一张美玉卡。但愿他美玉之质，历经世事而不变。”

“是，娘子。”令儿应下。

车帘微动，一只润白如玉琢纤秀若兰花的美手从车内伸了出来，手中握有一块美玉。令儿接过，转身交与了沈包。

“就是此玉。”沈包手中高举一块方正的玉牌，玉牌样式、大小和形状与张厚的黄金卡一模一样，就连“好景常在”的印章也是完全相同，玉质凝如羊脂，乳白宛若油脂，正是上等的羊脂美玉。

若单就羊脂玉而言，也不稀奇，虽名贵，却并不罕见。不过如沈包手中所拿的羊脂玉，通体一色，没有一丝杂质不说，且光泽温润如雾，最薄处近乎通透，是最为上乘且百里挑一的无瑕美玉，便让人叹为观止了。

玉乃天成，不像金银可以打造，是以无瑕美玉最为稀少。

“好玉，上等好玉。”张厚拿在手中，把玩几下，连连称叹，“不论材质还是雕工，都无可挑剔。怪不得好景常在的美玉卡敢叫价一万贯，只是此玉，也值一万贯有余了。”

“此话当真？”沈包瞬间酒醒了大半，惊得站了起来，“此玉价值一万贯？

张兄，你不要乱开玩笑，一万贯可是一大笔钱……”

“一万贯，我要了。”张厚毛笔还在，拿过纸，“先写欠条，一月之内，一万贯的钱引送到你的手上。”

“还是算了吧。”沈包将美玉卡收起藏好，一副唯恐被人抢走的小心样子，“难得小娘子一番心意，岂能卖掉换钱以辱没我的名声？”

夏祥在一旁半晌没有说话，他心中疑虑重重，小娘子送美玉卡给沈包，或许是看重沈包救人性命的义举，而且还是七次相救，但小娘子明知吕东栋落水，为何见死不救袖手旁观？退一步讲，小娘子不会水，以她的权势，让别人出手相救不过是举手之劳，为何她无动于衷？莫非有什么不为人所知的隐情？

这小娘子莫不是好景常在幕后之人？夏祥心中既激动又满是期待，他对好景常在的幕后之人大感兴趣，很想知道她到底是何许人也，为何能在短短三年时间内打造一个偌大的商业帝国？

当然，更深的想法是，他想和这位天资聪颖的小娘子谈一笔生意。

下午时分，阳光西斜，几人沿街道一路西行，迎着太阳，有些刺眼。夏祥和张厚走在几人最前面，二人并肩而行，一边观赏沿街的繁华，一边说起各自路上的见闻。

从好景常在太平居出来，在夏祥和沈包的邀请下，张厚也决定入住全有客栈。虽说有了好景常在的贵客卡，可以入住上京城内任何一家好景常在的客栈，几人却还是一致决定继续留在全有客栈。沈包当初并未入住好景常在的客栈，也是出于节省的想法。美玉卡虽可打折，但折后的价格依然比全有客栈高了太多。

沈包酒意未去，骑在张厚的马上，由萧五牵马而行。时儿也没骑马，安步当车，跟在夏祥和张厚身后。她也没牵马，信马由缰，任由马儿跟随前行。

时儿一双眼睛满是好奇，不时发出赞叹和惊呼，对糖葫芦、首饰、胭脂、插花、布匹等，兴趣浓厚，问了还不算，还要摸上一摸。摸了不算完，买了一盒胭脂、一个簪子，最后又买了一串糖葫芦，拿在手中边吃边乐，才算稍微消停了几分。

还不到及笄之年的时儿，白嫩水灵，犹如一股清风，带来南方清新怡人的气息。女扮男装的她，衣服不是十分合体，稍嫌宽大，反而更加衬托出她青涩却初长成的曼妙身材。

通过谈话得知，时儿是张厚之妹。

张厚进京赶考，时儿非要跟来，张厚自然不肯。不想古灵精怪的时儿女扮男装，先他一步出门，守候在他的必经之路等他出现。从张厚见到时儿的那一刻起，他就知道就算他赶走时儿，她也会去而复返。与其让她一人独行，还不如和他一路同行，也好相互有个照应。

时儿是张厚一奶同胞的妹妹，二人兄妹情深，从小到大从未分开。

张厚除了饱读圣贤书之外，也和曹殊隽一样喜欢道家之术，只不过他除了修道之外，却不忘科举，不像曹殊隽一般修道和科举不能并存。张厚喜欢服气辟谷，因长相俊美，才智出众，学问广博精深，善于写文章再加上才识超人，一时声名大震。

张厚本来就出生于官宦世家，爹爹曾官至银青光禄大夫。

“不瞒夏兄，三年前我曾进京赶考，中了进士。”张厚负手而行，左顾右盼，仿佛在说别人的事情一般，“后来我违抗皇命拒不受敕，扔掉敕诰回家。三年之后的今日，我再来上京，只为状元而来。”

夏祥无比震惊，大夏的科举考试，自当今圣上立下规矩为三年一考之后，每三年的大考，录取进士不过百余人。太祖太宗朝，是一年一考。太宗朝时，曾有过一人进士高中二甲，自认才学过人，应当一甲，是以不受皇命。其后一年，他再次进京赶考，果然高中一甲。

大夏对文人颇为优待，进士高中不受皇命，也可以来年再考。但当时是一年一考，现今三年一考，难度不可同日而语。一年一考，对于学子来说，不觉漫长。三年一考，若是高中而不受，等三年再来，换了一般人，不敢如此自信和胆大妄为。毕竟进士出身是每一个读书人学而优则仕的终极目标。

无人敢保证自己今年高中三年后依然可以再次高中。三年一考，主考官或许易人，每个主考官各有风格，录取的标准也不尽相同。

夏祥之前已然吃惊于张厚的悬空题字，现在又听说他高中不受之事，更加断定张厚此人绝非常人，若得机会，必成大器。

夏祥由衷地敬佩张厚有所为有所不为之举，肃然问道：“张兄为何拒不受敕？”

“哈哈，说来也是我私心作祟。当年大比，族侄张平得中状元，我耻于张平之下，才放弃进士。”张厚傲然一笑，“想我张厚诸子百家无所不晓，怎能屈居张平之下？今年若是高中状元，我必衣锦还乡，在族人面前扬眉吐气，一雪前耻。”

见夏祥脸色波澜不惊，默然不语，张厚笑问：“夏兄是不是觉得我这么做很有君子之风？”

夏祥摇头一笑，笑容憨厚而诚实：“实不相瞒，张兄，我觉得你的做法不足取，有可商榷之处。”

“怎讲？”张厚颇感意外，他以为夏祥会赞同他的做法，“若是换了夏兄屈居晚辈之下，夏兄会怎么办？”

“有志不在年高，有才不在早晚，一时屈居又有何妨？只要努力，以后超越就行了，何必非要意气用事？张兄可曾想过，你三年之后再考，中间耗费了三年时间。若是三年来你人在朝廷，该为国为民做了多少事情。”夏祥感慨一番，也是他内心的真实所想，在他看来，族侄高中状元，本是好事，自己甘愿屈居族侄之下，也并无不妥，为何要赌气不受敕命？实在是过于自负了。

听了夏祥的话，张厚若有所思地低头不语，夏祥以为他想通了什么，不料过了片刻，张厚忽然哈哈一笑，说道：“若我不能扬名于天下，又如何报效朝廷？我坚持认为我的做法没有错，若是今年我屈居你和沈包之下，我还会不受敕命，三年之后再来。”

“当真？”沈包在马背摇摇晃晃，醉态可掬，一听张厚此话，忽然就清醒了几分，“张兄，不妨我三个打个赌可好？”

“打赌？好呀，奉陪到底。”张厚问也不问赌什么，当即答应下来。

夏祥笑道：“赌什么？”

“让开，让开！”

张厚正要回答，忽然前面传来一阵嘈杂之声，三人三马快如疾风飞驰而来，在繁华闹市的街道之中，如入无人之境，横冲直撞，朝夏祥几人迎面撞来。

“啊！”时儿惊吓当场，忘记了躲闪。

/ 第二十三章 /

狭路相逢

人如风，马如龙，眨眼间，三人三马踢翻了路边的水果摊和冷饮摊，还撞倒了一个挑担子的商贩，风卷残云一般冲到了时儿面前。

时儿口中咬着糖葫芦，睁大一双无辜惊恐的大眼睛，呆若木鸡，一动不动，任凭当前的白马高高扬起的马蹄在头顶翻腾，眼见粗壮的马蹄就要落到她的头顶之上。

“时儿，小心！”张厚大惊，想要出手相救却鞭长莫及，他离得远，就算会飞也来不及。

夏祥也是大惊，事发突然，就算他指挥萧五施加援手怕是也晚了一步。沈包人在马上，瞬间酒意全醒，目瞪口呆，连惊叫都不及出声。

只有萧五有所反应，他脚步一动，动如脱兔，刹那间离时儿只有一步之遥，但触手可及的距离在此时却如天涯之远，马蹄在时儿头顶翻腾几下，蓦然落下！

都以为时儿必定丧命于马蹄之下时，时儿却嘻嘻一笑，手中糖葫芦还在口中，身影一晃，如蜻蜓点水一般，轻巧地转了一个身——马蹄轰然落地，距离时儿的肩膀不过数尺之遥。

“喂喂喂，马是畜生不看路不知道让人，你难道也是畜生？知不知道刚刚险些撞到我！”时儿死里逃生，浑然不知后怕，手中糖葫芦一指马上之人，气呼呼地说道，“赶紧下马向我赔礼认错，还有，你们刚才撞翻了三个摊子一个人，该认错的认错，该赔钱的赔钱，听到没有？”

马上三人，为首者年刚弱冠，大眼长眉，面如冠玉，耳大有轮，双眼微眯，神色傲然。身着华服，交领右衽云纹袍，腰间佩剑，剑柄象牙所制，上面镶嵌红绿宝石，交相辉映，灿然夺目。

奇怪的是，此人却头挽道髻，上面横插一根乌木发簪。如此不伦不类的打扮，实属少见。

夏祥暗中打量来人几眼，此人虽然头挽道髻以示向道之心，浑身上下却无半分道风仙骨，甚至还不及曹殊隽有洒脱之意。可见学道也好信佛也罢，并不在于是不是身穿道袍口念佛经，而是在于是否心诚。

待夏祥的目光落到后面骑马的二人身上之后，不由得大吃一惊，险些惊叫出声！

二人不是别人，正是在中山村缉拿李鼎善以及在三王爷王府门口偶遇的高见元和燕豪！

真是冤家路窄，李鼎善和肖葭不知所终，夏来夏去生死未卜，全是拜二人所赐，若说对二人全无恶意，夏祥自认不是圣人，无法做到。

萧五一见燕豪，就如见到凶猛的野兽一般，瞬间绷直了身子，双眼直直盯着燕豪不放，一副如临大敌的姿态，他微微后退半步，左腿微倾，右腿身弓，像一支随时出弦之箭，严阵以待。

高见元和燕豪也发现了夏祥和萧五，二人对视一眼，微有惊讶。

“让开！”马上之人一提缰绳，马蹄再次腾空，人立而起，他漠然望天，看也不看时儿一眼，“耽误了本王的大事，你十条贱命都担不起！再不让开，一剑让你人头落地。”

“铮”的一声，马上之人拔剑在手，剑尖遥指时儿。

张厚勃然大怒，他一向爱惜时儿如掌上明珠。时儿虽生长在建宁，比不了泉州、临安、上京繁华之地，却也是官宦之家出身，锦衣玉食，随从如群，何曾受过半点委屈？不想初到上京，便遇到了如此不可一世之辈，他又是直爽的性子，当即就发作了。

“你是什么人，光天化日之下，如此嚣张狂妄？”张厚并无佩剑，情急之下，手中扇子一挥，将马上之人的剑挡到一边，他怒不可遏地遥指马上之人的鼻子，“你赶紧下马赔礼，慢上半分，不要怪我打得你皮开肉绽。”

张厚从小习武，虽武艺不精，却也练得一身力气和胆量，是以才敢悬空题字。

“打得本王皮开肉绽？哈哈，哈哈哈哈。”马上之人仿佛听到了天下最荒唐可笑的笑话一般，仰天大笑，笑到一半，戛然而止，手起剑落，生生将张厚的扇子从中一削为二，他的大笑变成了冷笑，目光中有寒光闪过，“听你的口音是南人了？没来过上京吧？怪不得如此无知可笑，怕是你并不知道本王是何人？高见元……”

“是。”高见元应了一声，一提缰绳，向前一步，居高临下俯视张厚，“你们听好了，这位是景王的世子见王，奉旨查办翰林学士杨砥徇私舞弊一案。案情重大，凡有阻碍查案者，一律以同罪论处。”

什么？夏祥心中骇然，杨砥徇私舞弊？怎么可能？他虽不认识杨砥，却也听闻杨砥为人正直，为官清廉，从未传出过任何不法之事，一向低调沉稳，连皇上问他哪年进士之时，默然不答，不以状元自傲，如此之人，怎会徇私舞弊？

不对，今年杨砥为知贡举，是主考官，他如果因徇私舞弊而被查，那么毫无疑问知贡举要易人，夏祥心中凛然而惊，联想到高见元和燕豪远赴中山村缉拿李鼎善，再对比今年的大考之年，以及圣上龙体欠安而膝下无子，等等，无数事件联系在一起，似乎是有人在紧锣密鼓地布局。

并且还是一个长远之局。

到底是一个什么样的局，想要达到什么不可告人的目的，夏祥一时还想不透。只是他隐隐觉得，今年的大考，怕是会节外生枝，不会如往年一般平稳进行。一入京城，就感受到了风起云涌，有劲风扑面猎猎作响的感觉。

还有……夏祥心中蓦然多了一个奇怪的念头：高见元和燕豪本是三王爷的人，二人前去中山村缉拿李鼎善，说是奉旨抓人，怕也只是三王爷的授意，并非是皇上亲自下旨。四位王爷之中，只有三王爷和皇上是一母同胞，是太宗一支，大王爷、四王爷和五王爷都是太祖一支。高见元追随景王世子夏存先身后，查办杨砥徇私舞弊一案，岂非是说三王爷和大王爷是一路人？

景星庆云，景王是大王爷。

“同罪论处？可笑，可笑至极。”张厚大笑，虽被夏存先一剑削断扇子，对方又是小王爷身份，他却丝毫不惧，手中扇子扬手掷出，“我一介布衣，无权无势，有什么资格和杨学士徇私舞弊，幼稚，无知，愚蠢！”

半截扇子飞出，不偏不倚，落在了马腹之上。扇子被夏存先一剑削为两截之后，张厚手中的一截一头尖锐无比，刺在了马腹之上，马吃疼，嘶叫一声，前蹄高高扬起。

夏存先一手持剑一手抓住缰绳，不及防备，身子一滑，竟从马上摔落下来。“扑通”一声屁股落地，落地之后收势不住，身子朝后一仰，硬生生摔了一个仰面朝天。

高见元和燕豪大惊，二人纵身下马，身形如燕，一左一右来到夏存先身边，将夏存先扶起。

“咯咯，嘻嘻，什么小王爷，连马都骑不好，分明是笨蛋草包。”时儿拍手叫好，口中还含了一个糖葫芦，俏皮而可爱，她不忘用手刮她吹弹可破的俏脸，“不知羞，要是你说你是夏家的汉子，也没人笑你什么，偏偏你说了是小王爷，又摔了一个屁股蹲儿，这人可就丢到家了，要是让你家大人见到了，指不定会再打你屁股一顿。”

汉子和老汉，是对年轻男子和年老男子的蔑称。时儿虽已十三四岁，却生得娇小，犹如十一二岁一般。若是大度之人，当成童言无忌倒也没有什么，夏存先听了却是火气冲天。本来摔了一跤已经让他大感羞辱，又被时儿当众嘲笑，哪里还按捺得住胸中怒火，当即用力推开高见元和燕豪，从地上一跃而起。

时儿见夏存先冲她张牙舞爪扑了过来，吓得花容失色，扔掉糖葫芦，“呀”的一声躲到了张厚身后。张厚挺身向前，挡在时儿身前，双手一推，就将夏存先拦下。

夏存先盛怒之下，谁挡杀谁，他飞起一脚踢向张厚的腹部，姿势虽然不是很雅，却也有几分威武之气，显然也练过基本功。

大夏文人大多具备武人的一些基本功，骑马、射箭、击剑，一般富家子弟，都是要逐一学习。一为强身健体，二为一旦国家有难，便可提剑上马，纵横沙场。

张厚也有基本功，是以夏存先一脚踢来，他身子一侧让到一边，才不管对方是什么小王爷，身子半蹲，右拳猛然击出，直奔夏存先面门而去。

高见元直惊得魂飞魄散，夏存先是景王世子，是要继承王位之人，身份尊贵，放眼上京，没有几人可以与之相比，就连三王爷也礼让三分。

当今圣上对夏小王爷十分宠爱，在数十名小王爷中，最为偏爱夏存先，并亲自敕封夏存先为见王，是见贤思齐的首字。依照惯例，世子只有继承王位之后才会封为一字王，若是封夏存先为见宁王二字王倒说得过去，和夏存先同辈的世子或是小王爷，顶多封为郡王，作为唯一一个还没有继位便被封为一字王的小王爷，在众多小王爷中，一时荣耀无比。

更有传言说是圣上对夏存先视同己出，有意让夏存先过继过来，立为太子。假若传言成真，夏存先将会是大夏储君！储君被人当众暴打，是灭门之罪，就连他和燕豪也会因为护驾不力被砍头。

高见元不及多想，飞身向前，身子一晃，将夏存先挡在身后，弯腰屈膝，右腿弹射，一脚踢在了张厚的肚子上。

高见元本是武人，武功高强，出手又快又狠，张厚自然不是他的对手，被他一脚踢中，张厚只觉一阵翻江倒海般疼痛，身子倒飞出去一丈有余，摔落地上，连打了几个滚才稳住身形。

高见远一击得手，还不住手，欺身上前，飞起一脚直奔张厚脑袋。这一脚若是踢中，张厚必定当场昏死过去。

“快去救人！”时儿抓住夏祥的胳膊，由于用力过大，手指再次陷入了夏祥的肉中，她急得眼泪都流了出来，“夏郎君，你怎么见死不救呀？快去救人要紧！”

时儿没有说错，自始至终，夏祥一直站立原地未动，不曾迈开一步，仿佛置身事外，张厚和夏存先的冲突和他全无干系一般。

夏祥被时儿逼迫，依然无动于衷，他目光平静神情淡漠地看着眼前发生的一切，负手而立，全无要为张厚挺身而出的举动。

眼见高见元一脚就要踢中张厚的脑袋之时，一人突然从斜刺里杀出，肩膀横冲，直直撞在高见元的左侧。高见元猝不及防被他撞中，顿时失去平衡，再也踢不下去，身子朝右侧连晃三晃，侧向横迈了三五步，才勉强稳住了身形。

出手相救张厚的不是别人，正是沈包。

沈包偷袭成功，暗道一声侥幸，忙扶起张厚，二人并肩而立，对高见元怒目而视，一副同仇敌忾的架势。高见元稳住身形之后，正好站在夏祥身前三尺开外，他并未将夏祥放在眼里，背对夏祥，冲张厚和沈包怒道：“你二人是哪里来的不长眼的混账东西，连见王也敢打，是不是活得不耐烦了？你们不想活了不要紧，别连累全家被满门抄斩！”

/ 第二十四章 /

不小忍则乱大谋

夏祥没动，燕豪自始至终也没动，他眼睛一眨不眨紧盯夏祥，不敢稍有松懈。

虽然表面上看，张厚、沈包更有气势更有豪气，相反，夏祥沉静如水，不显山不露水地站在一边，也不知是怯场还是要和张厚、沈包二人撇清关系，在整个事件当中，没什么存在感，以燕豪识人无数的眼光，也认为他是实力最弱最无能的一个。但不知何故，燕豪心中总是没来由地觉得夏祥在平静之下，隐藏着深不可测的心机。

燕豪位列大夏十大高手之一，十大高手之中，他自认若论武功，他肯定不是第一，但若论心机，无人可及。他最为得意的一点就是，比他有心机的，没他武功高。比他武功高的，没他心机深。是以他坚信有朝一日他一定可以成为大夏第一高手。

并且燕豪还非常认可一点，天下武功虽然无快不破，但有一件事情，无论多快多高的武功都破不了，就是心机。和心机相比，再高的武功也没有还手之力。不信纵观历史，最终问鼎天下的都不是武将，而是文人。若论武功，十个刘邦也比不了一个项羽，但刘邦不但杀了项羽，还得了天下，创立了四百年的大汉江山。

上次见过夏祥一面，燕豪直觉夏祥俊朗如水，却是一股静若无形动若山洪的深水。他虽不敢肯定夏祥和李鼎善到底有没有关系，却坚定地认为，夏祥绝对和李鼎善有过来往，说不定夏祥知道李鼎善的下落。因为他相信自己超出常人的敏锐的判断力：夏祥身上的淡定从容及深不可测，和李鼎善极其相似。

数年前，燕豪和李鼎善有过数次交集。李鼎善武功超群，又足智多谋，虽人微言轻，官位不高，却眼高过顶，寻常人等不会放在眼里。几次接触之后，他发现自己始终无法看透李鼎善。说起来燕豪也算见识过无数高官权贵，就连王爷也见过不少，当朝的一品二品大员，他也见过许多，即使权倾朝野的相国候平磐，他也自认可以察言观色窥探对方一二的心思。只有李鼎善如巍峨高山，让人远望不知绵延几千里，近观不知高几千丈，不可捉摸，不可揣测。

他很不喜欢看不透一个人的感觉，三王爷星王，大王爷景王，虽高高在上不可侵犯，却也喜怒流露于表情，可让人猜测几分。高见元就更是浅薄了，他表面上对高见元毕恭毕敬，事事由高见元发号施令，其实高见元的每一个决定都是受他影响，或由他提出，或被他暗示，反正高见元不过是他的一个发声筒而已，他明面上执行的是高见元的命令，实际上还是在实施自己的计划。

除了李鼎善之外，夏祥是他见过的无数人之中，第二个让他看不清琢磨不透的人。只是燕豪心里清楚的是，和李鼎善相比，不管是履历还是年龄，夏祥都差了太多，以夏祥的年纪，他不应该有着如李鼎善一般的深不可测。那么为什么他总是看不透夏祥，总觉得夏祥身上隐藏了太多秘密呢？

作为高见元的手下，只是从七品武略郎的他看似无足轻重，但他的真实身份却是三王爷一手组建的玄甲营的总教头，负责为三王爷训练八百玄甲营死士。而高见元只是三王爷亲兵首领，他并没有资格加入玄甲营，甚至不知道玄甲营的存在。

不对，燕豪盯了夏祥半天，不见夏祥对他有一丝的回应，他很清楚夏祥已经察觉到了他的目光，却镇静自若故作不知，真难为他小小年纪居然如此沉得住气。不过他总觉得如芒在背，似乎另有一道目光如一支蓄势待发的利箭，遥指他的要害之处，一旦他稍有异动，就会一箭射出。

什么人如此厉害？夏祥让他琢磨不透倒没什么，因为夏祥既无杀气，也没有咄咄逼人的气息，只是让他心中没底，却对他构不成威胁。但如利箭一般的目光却隐含逼人的杀气，他扭头一看，正好迎上了萧五的目光。

原来是夏祥的随从……燕豪暗中长舒了一口气，他还以为突然冒出了一个不知名的高手，却原来是一个没有半点武功的无名小辈。以他的眼力一眼就可以看出萧五并无武功在身，而且从萧五赌气的眼神、好像一只随时听从主人号令冲出去的小狗架势可以看出，萧五虽然十七八岁，但心智还停留在十三四岁之时。

萧五站在夏祥身后三尺之处，弯着腰弓着身子，双手握拳，像一只随时扑杀猎物的豹子。

气势过盛，杀气过大，人未动而气先行，是高手大忌，燕豪暗中摇头一笑，已然清楚萧五不足为虑，他的注意力又重新落到了夏祥身上。

夏祥依然站立原地一动不动，目光沉静，还是没有挺身而出的打算。燕豪暗下决心，他就盯死了夏祥，夏祥动，他就动，夏祥不动，他也不会出手。相信高见元再不济，一个人对付张厚、沈包二人绰绰有余。

燕豪高估了高见元，或者说，他低估了张厚和沈包。

高见元以为他一番话可以震住张厚和沈包，也确实，他话一说完，张厚和沈包当即愣住。愣了片刻之后，二人对视一眼，又小声说了几句什么，随后二人突然一起蹲了下来。

蹲在地上是什么鬼？高见元被二人古怪的举动弄得摸不着头脑，正要再大声呵斥二人几句时，二人忽然同时站了起来，手中各持一物，同时扬手，同时大喊："看招！"

两样黑乎乎的东西同时飞出，直取高见元面门。

夏存先也被二人的举动迷惑了，忽见二人同时扔出两样东西袭击高见元，他一时好奇忘了再冲二人出手，呆呆站立当场，想要看清二人扔的到底是什么东西。

高见元怎会被张厚和沈包的暗器击中，他下身不动，上半身犹如突然折断一般，向后一仰，两件暗器就擦着鼻尖飞过，他不无鄙夷地讥笑一声："雕虫小技，也敢班门弄斧……"

话说一半，刚刚起身，又有一样东西飞出，直取夏存先胸口。高见元大惊，不敢怠慢，脚下一点便跳出三尺之外，右臂一伸一收，就将暗器捉在手中。

"宵小之辈，就会暗器偷袭，有本事光明正大和我打上一番……"高见元冷哼一声，眉毛一扬，得意扬扬，"不过就凭你们三脚猫的功夫，也想和我过招，不自量力……唔，啊！"

又一件暗器飞来，高见元躲闪不及，正中面门，而且不偏不倚正中嘴上，他才说了一半的话被生生打了回去，只觉嘴巴生疼，当即就肿了。

"啊……哈哈，哈哈哈哈。"见高见元被暗器击中，夏存先先是一惊，随即看清暗器是什么东西时，再也忍不住笑了出来，"高太尉，你看看你现在的样子，手上一只鞋，嘴上一只鞋，和瓦舍勾栏的杂耍艺人有得一比，哈哈，哈哈。"

高见元此时才发现手中的暗器和嘴上的暗器各是一只鞋子时，脸色瞬间黑青，又因被见王耻笑，更觉羞辱，恼羞成怒之下，他血往上涌，顾不上许多，伸手抓起夏存先扔在地上的宝剑，一抖剑身，平举过肩，朝沈包的胸口刺去。

以高见元的身手，断不会被张厚、沈包二人戏弄，只不过二人配合得太过默契，四只鞋子，前两只同时飞出，后两只一前一后，两次出手，包含了瞒天过海、声东击西两条计谋，让高见元防不胜防。高见元不是输在了身手不够敏捷，而是输在了张厚和沈包天衣无缝的联手。

本来高见元不敢当街杀人，他是官差，身为三王爷王府的亲兵首领，若是出了人命，就算有三王爷出面，也要费一番周折才能大事化小小事化了。现在又是非常时期，若是他影响了三王爷的大事，三王爷将他当成弃子也不是没有可能。

是以他一直隐忍不发，只想吓退张厚、沈包等人。

不想张厚、沈包胆大妄为，不依不饶，他心中杀机迸发，顾不了许多了，反正有见王在场，可以说是为了保护见王不得已而杀人，有了见王撑腰，三王爷再说上几句话，谁还能拿他怎样?

如此一想，高见元一剑刺出之时，不再手下留情，只想一剑将沈包斩杀当场。

沈包和张厚偷袭得手，二人正暗自高兴之时，忽见高见元挺剑来刺，杀意腾腾，如猛虎出山，二人从小锦衣玉食，未曾受过欺负，更不曾被人索命，士气一夺，再无斗志，当即吓得呆立当场，再无还手之力。

沈包眼睛一闭，心一横，完了，原以为可以高中进士，为国效力为民请命，不想才来上京就毙命于此。张厚虽心有不甘，却也无计可施，大喝一声："男儿到死心如铁！"

时儿惊恐地闭上了双眼，不忍看到张厚和沈包二人血溅当场，她目带怨恨地看了夏祥一眼，痛恨夏祥懦弱苟且，始终不敢反抗半分。

燕豪并不在意高见元一剑刺下会不会得手，他很清楚夏祥肯定要出手，再不出手，他的同伴好友当场毙命，他能坐视不理?

燕豪没有猜错，夏祥确实出手了。不对，准确地讲，夏祥是开口了。

"肖葭，你怎么也在上京？"夏祥眼睛一亮，目光越过燕豪的肩膀，朝后方望去，"萧五，排山倒海！"

燕豪全神贯注留意夏祥的一举一动，乍听夏祥提到肖葭，他不知是计，本能地回头一看——身后只有围观的百姓，哪里有肖葭的影子，不好，上当了，他身体瞬间紧绷，杀意弥漫全身。

萧五和夏祥心意相通，早就等候多时，夏祥的指令才一出口，他飞身而起，双手平推，如出弦之箭朝高见元的后背扑去，携带呼呼风声，有排山倒海之势。

夏祥之所以一直按兵不动，并非是他懦弱更非置身事外，而是在寻找最佳时机。先不说双方身份悬殊，实力也是不可同日而语。只一个高见元，他和张厚、沈包三人加在一起也不是对手。

原本以为张厚、沈包会适可而止，不想二人年轻气盛，寸步不让，还非要当面讨还公道。小不忍则乱大谋，夏祥的本意是此时退让一步，他日再从长计议，毕竟不论权势还是武力，自己一方和对方相差太远，不是一个等级的对手。

还有一点，夏祥被燕豪盯得太紧，他虽原地未动，背后却已然汗如雨下。燕豪的气势太盛，让他感觉如泰山压顶，仿佛稍有不慎就会被压得粉身碎骨。别看他半天没有动手，实则并不轻松，甚至比张厚、沈包还要紧张。

事情演变到不死不休的局面，也完全出乎夏祥的意料。夏祥既为张厚、沈包不畏强势的勇气感动赞叹，又为二人的冲动感到无奈。匹夫之怒，血溅五步，何必逞一时之勇非要和见王争一个高低胜负？况且见王权势滔天，当避其锋芒，不宜斗勇斗狠，宜以智取之。

只是事态骤变，不容他再多想，只能硬着头皮上了。

高见元一剑刺出，剑尖离沈包胸口不到一尺之时，忽觉后背寒意袭来，心知若是他不管不顾一剑刺下，固然沈包会血溅当场，但自己也会被身后之人一掌击中，不死也要重伤。不及多想，他收剑错身，身形一转，剑尖陡然一转，在空中划出一个漂亮的剑花，反向一刺，直取萧五右臂。

“披云戴月！”夏祥情知高见元出手狠辣，唯恐萧五受伤，立时又发出指令。

萧五人在半空，猛然收势，身子一转，在空中转了一个半圈，双脚一错，落地之后，欺身上前，左手拳右手刀，一拳击在高见元手腕之上，高见元再也把持不住，手一松，宝剑脱手而飞。

另一掌印在了高见元的左臂之上，掌心吞吐发力，将高见元击出一丈开外。

高见元后退数步，一脸的难以置信，愕然呆立当场。他不敢相信刚刚发生的一切，甚至没有看清萧五身法怎么如此之快，不等他反应过来，已经近至身前，并且一掌将他击退，让他无比震惊。

尽管高见元心中清楚，自己的功夫并不十分高明，却也不是花拳绣腿，作为王府亲兵的首领，他实战经验丰富，曾和不下百十人交手，手下败将无数。即使和燕豪对战，也能过上十几招，怎么会在一招之内被萧五击败？萧五武功之高，恐怖如斯！

高见元其实是一时心乱，先不说他和燕豪对战，燕豪并未全力以赴，处处让他八分，只说他被萧五一招击退，并非是萧五武功有多高强，而是萧五打了他一个措手不及之故。

事态急转直下，等燕豪回身过来，已经尘埃落定。夏存先也是莫名惊愕，呆呆地看着萧五，脸色变幻数下，心中的怒气让他窒息，让他不由自主地想要挽回局面。

“燕豪，杀了他！”夏存先伸出一根手指，先是指向了萧五，然后手指摇晃几下，又指向了夏祥，“还有他。”

燕豪眼中杀气升腾，杀了夏祥和萧五，正是他求之不得之事，他应了一声，回身从马背上抽出兵器——赫然是一把柳叶刀。

/ 第二十五章 /

斗智斗勇

柳叶刀因形似柳叶而得名，刀刃犹如柳叶的曲线一般优美，中有血槽，既有刀之勇猛，又有剑之轻灵。柳叶刀又名吴钩，正是“男儿何不带吴钩，收取关山五十州”之中的吴钩。

燕豪吴钩在手，杀意暴涨，整个人如同鼓了气一般，就连袖子也突然间膨大了几分，他目露凶光，脚步缓慢而坚定，虽然夏存先让他先杀萧五后杀夏祥，他却一步一个脚印，先朝夏祥走来。

萧五挺身上前，挡在了夏祥前面，他绝不允许燕豪伤夏祥分毫。此时张厚和沈包已然吓傻，呆立当场，迈不出一步。反倒是时儿毫不畏惧，和萧五肩并肩站在一起，想要保护夏祥周全。

夏祥此时反倒更加镇静了，他脸色变了一变，随后恢复正常，向前迈出一步，分开萧五和时儿，迎面朝燕豪走去。

燕豪暗吃一惊，夏祥如此坦然受死，倒还真让他一时迟疑，于是手中的剑也就迟缓了几分。

此时周围已经围拢了无数百姓，将夏祥几人围在中间，里三层外三层，足有百人之多。不但周围人群聚拢，就连街道两边的酒楼、茶肆上，也有不少好事者打开窗户居高临下地观看。

在一栋名为好花常开的茶肆二楼，窗户大开，窗前站了数人，正俯视楼下的情景。由于所在位置恰好正对夏祥，是以将夏祥的一举一动看得无比清楚。

一名女子脸色平静目光沉静如水，目不转睛地盯着夏祥，眼神中流露出好玩、有趣以及期待的神色，她一身蓝水雾绿的翠衫，搭配散花水雾长裙，标准的鹅卵脸，眼睛大，下巴圆润而不过尖，脸颊自上而下呈现一个十分完美的弧度，有一种令人惊艳的惊心之美。

“夏祥怕是过不了关了……”女子的目光并没有丝毫怜悯之色，也没有幸灾乐祸之意，平静如波澜不起的潭水，她回身说道，“文公有何高见？”

被女子称为文公之人，赫然是在好景常在太平居酒楼观看张厚悬空题字的老者，老者微微摇头，叹息一声："可惜了，夏祥是一个难得的才子，本以为他可以高中进士，不想今日就要横死街头，着实令人扼腕叹息。依本官看，夏祥、张厚、沈包三人之才不亚于初唐四杰，却也和四人一般恃才傲物，即使没有今日之事，他日恐怕也会因才高德少而不容于官场。"

女子不动声色，轻迈莲步，向前一步："若是夏祥三人今日过关，日后三人的成就，文公觉得谁更超群？"

文公手扶长须，沉吟片刻："张厚居首，沈包次之，夏祥最后。"

"何以见得？"女子似乎并不赞同文公的结论，目光在夏祥、张厚和沈包三人身上跳动不定。

"方才在太平居，张厚悬空题字，勇气过人。刚刚和见王狭路相逢时，张厚和沈包勇猛向前，悍不惧死，而夏祥无论是在太平居还是和见王冲突之时，都不见有过人之处，反倒有退缩之意。如此性情，即便是才高八斗，也难有作为。大丈夫当有所为有所不为，事事束手束脚，怎能成事？涵儿，你怎么想？"文公目露忧色，"若是夏祥方才和张厚、沈包二人一般气势过人的话，说不得见王也会被几人先声夺人，不敢如此造次。"

若是沈包在此，必定会大吃一惊，因为被称为涵儿的女子他虽然并不认识，却也有过一面之缘，正是当日在滹沱河畔的香车之中和他隔窗对话之人。

女子却是微微一笑，如冰雪融化，明艳照人："我却是觉得，夏祥并非无能之辈，他也不是事事束手束脚，只是凡事喜欢三思而后定。"她并不想再和文公争论此事，不着痕迹地转移了话题，"听说皇上对杨砥知贡举颇有不满，再有星王和景王联名弹劾杨砥，今年的大比，杨砥的主考官应该要被换下了。文公身为礼部尚书，应该会是皇上心目中接任杨学士的不二人选。"

被女子称为文公的老者，正是位居礼部尚书的文昌举。

文昌举脸上颇有自得之色，不过稍纵即逝，片刻又恢复了正常："杨学士才学过人，本官自叹不如，至于他是否有徇私舞弊之事，不可乱说。若是皇上任命本官主持今年的大比，本官自当用心，不敢懈怠。"

女子顺势说道："若单就三人的性情而言，文公会让谁拔得头筹？"

"自然是张厚第一沈包第二夏祥第三。"文昌举心中诧异连若涵对三人的好奇，连若涵见多了王孙子弟，就连小王爷也难以入得她的慧眼，今日何以如此关注夏祥三人，不由得问道，"涵儿，你才从泉州回来，不好好料理好景常在的生意，为何如此在意夏祥三人？"

"说来话长，世间之事，倒也颇有意思。"连若涵目光迷离，想起了往事，心思微微动荡，“我和令儿一路上闲来无事，就说些家常，无意听到了一些轶事……”

说是无意，连若涵心里明白，以她好景常在遍布天下的实力，有什么消息可以瞒得过她的耳目和眼线？中山村事变虽是小事，连地方官员都未曾惊动，却已然传到了她的耳中。她的消息无比灵通，已经得知李鼎善逃脱而夏祥赴京赶考。夏祥的来历和身世，她亦是得知一二。

张厚其人其事，她在泉州时就有所耳闻，并无交集。不过却对张厚从小到大的经历以及二次进京赶考之事，清清楚楚，也对张厚的为人，所知不少。

至于沈包，正是在真定滹沱河勇救落水老人之事，让她对沈包另眼相看。当然，其中她在一旁对落水吕东栋见死不救的隐情，本来想告知沈包一二，后来考虑之后，没有透露。吕东栋本是好景常在真定府安乐居打杂的，因生性好赌，欠了一千贯赌债。以吕东栋的收入，一千贯的赌债一辈子都偿还不清，讨债人追到家中，声称如果吕东栋再不还钱，将会卖掉吕东栋的小女儿。连若涵从泉州返回上京，正好路过真定，听闻此事，出手相助，帮吕东栋解了燃眉之急。

但连若涵做事规矩，不会白白帮助吕东栋。吕东栋有两条路可走，一是将小女儿吕环环卖与连若涵终身为奴婢，二是吕东栋以死抵债，人死债空。吕东栋思忖再三，决定以死抵债。

连若涵自然不会眼睁睁看着吕东栋跳河而死，她和令儿远观而不施加援手，是想等吕东栋晕死过去之后，再让人搭救上来，算是吕东栋死过一次，重获新生，之前债务一笔勾销。也是她想让吕东栋记住落水之苦，从此改邪归正。

不想沈包路过，七次相救吕东栋。连若涵见过不少执着之人，却还是第一次见到如沈包一般顽固的书生。在和沈包交谈之后，她心中顿起爱才之心。好景常在遍布大夏境内，若要进一步壮大，必须依仗各地官府之力。沈包才学先不用说，只说为人品行，便是可以信赖之人。以沈包之才，考中进士不在话下。进士及第之后，必定会为官一任。

“什么轶事？”文昌举饶有兴趣地开口相问，夏祥三人能让连若涵大感兴趣，必有过人之处，他也想从侧面更多地了解三人，不料话刚出口，楼下场景已然大变，变化之快，大大出乎他的意料，不由得他不张口惊呼一声，“啊，怎会如此？”

“本该如此！”连若涵也注意到了楼下情景的变化，微一点头，“如此，才是你夏祥应有的气度。”

夏祥应有的气度是什么，夏祥自己也说不清楚，只是他清楚的是，此时此刻，他不能有丝毫退缩，必须迎难而上，否则必定死路一条。

夏祥分开萧五和时儿，施施然出现在燕豪面前，迎着燕豪寒光闪闪的剑尖，他坦然一笑，朗声说道：“大夏律法有六杀之罪，其一，谋杀；其二，斗杀；其三，故杀；其四，误杀；其五，过失杀；其六，戏杀……燕太尉，你若杀我，是哪一种？”

萧五虽担心夏祥安危，不想让开，夏祥却不由分说将他推到一边，让他无比郁闷又无比激愤，悄然来到夏祥身后两尺之外，身子微弓，做好了随时纵身一跃替夏祥挡剑的决心。夏祥不发号施令，他无法施展武功，但以身挡剑他自认还可以做到。

燕豪本来就要一剑刺下，他杀意凛然，相信自己一剑便可洞穿夏祥心脏，让夏祥当场毙命。不料他气势十足正要一剑刺下之时，夏祥突然抛出了一个问题，他的气势不由自主为之一滞。

“六杀之罪？”燕豪微微一想，面色一冷，哪里会想到是夏祥有意为他所挖的一个陷阱，在他看来，夏祥已然是必死之人，当即冷冷说道，“我若杀你，自然是斗杀了。”

谋杀即为预谋杀人，故杀是指无预谋杀人，误杀是杀错人，过失杀是失误杀人，戏杀是嬉戏时失手杀人，而斗杀则是激愤杀人。

夏祥抱拳冲周围人群说道：“各位父老乡亲，方才燕豪燕太尉的话，你们也听得清楚，他并非因公杀人，而是斗杀。斗杀之罪，按照大夏律法，当斩！待我死后，上京府尹审问此案时，还请各位父老乡亲可怜在下年纪轻轻便被人斩杀街头的悲惨命运，为在下做个人证。”

“好！”

“郎君不必担忧，我就算拼了这条老命，也要为你主持公道。”一个须发皆白的商贩义愤填膺，将肩上的扁担横在胸前，看样子直想冲过去保护夏祥周全。

“当街杀人，分明是谋杀，哪里是斗杀？各位，青天白日，朗朗乾坤，我等非要见死不救吗？”一个书生模样却生得虎背熊腰的年轻人将手中扇子插在胸后的衣领之中，一挽袖子就要冲过去，“大夏立国百余年，四海升平，居然在上京还有当街行凶杀人之事，上京府尹是吃干饭的不成？”

燕豪不是不想动手，而是刚才夏祥的一番话让他有所触动，大夏律法甚是严厉，他虽有王爷撑腰，但当街杀人可是死罪，何况他刚才一着不慎，落了夏祥的圈套，竟然当街承认自己是斗杀之罪，实在是愚蠢至极。现在围观者足有上百人之多，日后上京府尹审案，只要有人证，他必定会被判斩刑，就连夏存先也救不了他。

上京府尹虽名义是由三王爷星王担任，但星王贵为王爷，并不过问具体事务，一切事务皆由上京府少尹付擢经手。付擢为人刚正不阿，断案公正，又不依附星王，只听命于皇上一人。若是落到他的手中，必定难逃一死。

如此耿直的一人，燕豪可不想落到他的手中。他心里恨恨地想，夏祥如此狡诈，当众让他跳入陷阱，现在后悔也晚了，怎么办才好？

/ 第二十六章 /

进退有度

高见元也清楚燕豪现在骑虎难下，他和燕豪是星王的手下，如果听从见王之命当街杀人，事情真要闹大了，为了自保，星王必然舍弃他和燕豪。而现在看来，事情已经闹大了，方才夏祥的一番话，已然激起了民愤。

好一个厉害的夏祥，看似懦弱退缩，其实最有心机，充分利用民心向背以及他和燕豪并非见王手下的错位关系，为自己寻找到了一个退可守进可攻的支点，后生可畏，居然会如此善于利用各方关系之间的空隙，当真了得。

张厚和沈包二人对视一眼，脑中不约而同闪过了一个念头：夏祥者，真高人也！

在张厚和沈包二人联袂出手对付夏存先之时，说实话，夏祥的无动于衷让二人大失所望。张厚觉得夏祥过于懦弱，遇事既无勇气又无担当。沈包想的是，夏祥并非胆小怕事之人，也非贪生怕死之辈，为何如此窝囊？不就是一个小小的见王，何惧之有？大夏律法严谨，就是王爷也要依法行事。

不想事情会失控到不可收拾的地步，或者说，张厚和沈包高估了见王夏存先的气量，夏存先恼羞成怒之下，竟敢当众杀人，二人才意识到了事情完全超出了想象，也超出了二人匹夫之勇的能力范围，论权势，远不及见王的万分之一，论武力，也不是燕豪、高见元二人的对手。是以当燕豪挺剑要刺杀夏祥时，二人一时气短，再也生不起挺身而出为夏祥挡剑的勇气。

张厚只知呆愣当场，张大嘴巴，别说上前一步为夏祥解围了，连话都说不出来。沈包还好，想要迈步，却吓得双腿微微颤抖无法动弹，嘴上喊了一声：“住手！”

此时此刻二人才对夏祥彻底改变了看法，比起刚才二人的勇猛，现在的夏祥，才是真正的运筹帷幄。

燕豪心中迟疑不定，夏存先的逼迫，让他左右为难。不杀夏祥，等于是不服从夏存先的命令，他无法交差。高见元明显又不想帮他说话，显然高见元也想明白了其中的利害关系，不想跳进陷阱。杀了夏祥，他几乎可以肯定的是，一旦进了上京府尹的大门，就别想活着出来，也别指望夏存先和星王救他。

怎么办？燕豪眼睛眯了起来，平心而论，就他本意而言，他很想一剑将夏祥当场斩杀。虽说萧五武功高强，他却并不放在眼里。但杀死夏祥可以有一百种神不知鬼不觉的方法，而不是在大庭广众之下。

“还不动手，燕豪，是不是要本王亲自动手？”夏存先急了，上前一把抢过燕豪手中宝剑，剑尖一横，就要朝夏祥刺去。

“见王殿下，你要杀我，是六杀之罪的哪一种？”夏祥依然泰然应对，甚至嘴角还微微上翘，露出了一丝笑意。

当然，如果仔细观察的话会发现，夏祥背在身后的左手在微微颤抖，他其实心里也十分紧张，毕竟生死攸关，稍有不慎就会血溅当场。对方是王爷，就算真的当众杀了他，事后再怎样惩治，他也无法复活。

“随便哪一种，我堂堂一个王爷，杀死你一个无名之辈，算得了什么大事？”夏存先再次举剑欲刺，“你阻挠本王办案，拦下官马，险些害本王丧命，以上几条罪名，足够你死一百次了。”

“殿下，请等我把话说完再杀我也不晚，反正我也不会跑。把话说完了再死，也好让我当一个明白鬼。”夏祥眼睛一扫，对当前局势迅速做出了判断，刚才他的一番话震慑了燕豪和高见元，二人都畏惧民心所向和大夏律法，不敢肆意妄为，但夏存先却是无所顾忌，因为身为王爷，上京府少尹付擢不会定他死罪。

夏存先手中剑尖压了一压，傲然说道：“也好，姑且听你说说。”

“多谢殿下。”夏祥不忘冲夏存先拱手一礼，暗中却抹了一把冷汗，稳了稳神，“方才王爷在闹市纵马，撞翻了五处商贩的摊子，撞伤了三人，真是勇猛过人。”

夏存先眼睛翻了一翻，不以为然地哼了一声：“莫说撞翻摊子撞伤路人了，就是撞死了人，又能拿我怎样？”

夏祥自是清楚，真要出了死人的大事，夏存先之父景王自会不遗余力地保护夏存先周全。但若是出了可大可小的事情，再传扬开来，必然会有御史抓住不放，闹得沸沸扬扬。大夏言官向来清高，并且敢于仗义执言。若是要置夏存先于死地，或许无论哪个言官都不敢上表弹劾。但若是既可以落一个不畏权贵的清名，又不至于往死里得罪景王，相信会有不少言官敢于弹劾夏存先闹市纵马伤人之罪。

夏祥主意既定，心中安然了几分，虽还微有几分提心吊胆，却也笃定了许多，他朝周围人群拱手致意，说道：“大夏律法有文，诸于城内街巷及人众中，无故走车马者，笞五十；以故杀伤人者，减斗杀伤一等；杀伤畜产者，偿所减价。”

夏存先哈哈大笑：“若以你所说，本王罪大恶极了？笞五十肯定不够，还要赔偿撞翻的摊子，再算上撞伤的几人，是不是要流放两千里了？”

夏祥朝萧五使了一个眼色，萧五不解其意，挠头不知所措，还是时儿瞬间明白了什么，拉住萧五，在他耳边低语几句。

沈包也猜到了几分，和萧五一起来到人群之中。张厚还愣在当场，一时没有想通夏祥为何避重就轻，抓住夏存先撞人的小事不放。等他想通其中环节时，沈包和萧五已经从人群中找到了刚才被夏存先、高见元、燕豪三人撞翻摊子的商贩以及撞伤的路人，一共七人。

七人之中，有三人鼻青脸肿，还有二人耳鼻出血，另有二人断了手指。几人站在沈包、萧五身后，对夏存先几人怒目而视。

“怎么，是想让这几人告本王不成？”夏存先轻蔑地笑了，看向几人，“你们可是知道本王是谁？本王是王爷。你们尽管报官，看谁有胆抓本王？”

夏祥并不理会夏存先的狂妄，继续说道：“大夏刑法是见血为伤，若是按照眼前几人的伤势量刑，王爷被流放两千里也是够了。但王爷贵为王爷之尊，自然不会被流放……”

“流放？哈哈哈哈。”夏存先仰天大笑，笑声中有说不出来的嚣张，“自大夏立国以来，何曾有过王爷被流放的先例？夏祥，你还有什么话要说？”

夏祥坦然说道：“太宗年间，韩熙知上京府。高衙内在闹市纵马踏伤一小儿，被韩熙拿下。次日一早，韩熙便让具体负责审理案件的知录事参军先打高衙内五十板子再说。晚间，知录事参军过来禀报，已经行刑完毕。韩熙不大相信，亲自到狱中查验，果见高衙内一切如故，哪里像是被打过的样子？原来高衙内已买通吏人，想要应付过去。韩熙大怒，立即将吏人与高衙内一同提审。第二日，高衙内被杖责五十，吏人同罪，并被开除公职，永不录用。韩熙随后上表弹劾知录事参军并高衙内之父，皇上震怒，高衙内流放三千里，知录事参军流放两千里，高衙内之父工部尚书高深堂贬官出京……”

夏存先脸色丝毫未变，嗤之以鼻：“此事本王也知道，小小的高衙内岂能和本王相提并论？夏祥，你东扯西扯一番，就凭这些闲谈轶事想要保命？当真天真得很。”

“我不是为了保命，我是为了保全王爷名声。”见效果达到，夏祥不慌不忙地抛出了关键点，前面的铺垫已经足够烘托气氛了，他的目光瞟向了高见元和燕豪。

此时的高见元和燕豪站立一旁，气焰全无。方才夏祥的一番话，他们听得清清楚楚。高见元心中除了震惊还是震惊，燕豪却是在震惊之余，无比后怕。还好刚才没有冲动之下一剑杀了夏祥，否则现在的他，已然是一个死人了。又一想，怪不得他初见夏祥之时，就觉得夏祥不好对付，果不其然，夏祥何止不好对付，根本就是一个奇才！

夏祥最厉害之处不是说他多有才，而是在于他的机智多谋。夏祥如此善于借势借力，以一介布衣的身份，还未步入官场，便知官场之事，若说他不是奇才，若说他背后没有高人指点，打死燕豪他也不信。那么夏祥背后的高人是谁？必定是京城第一高人李鼎善。

燕豪更加坚定了自己之前的推断：夏祥即使不是李鼎善的学生，也会和李鼎善来往过密，并且深受李鼎善影响。

“保全本王的名声？夏祥，你是失心疯了还是傻了？本王名声在外，爱民如子，还用得着你一个蝼蚁之辈保全？说的是什么胡话梦话。”夏存先气笑了，笑过之后，手中宝剑一挺，“赶紧受死，本王没工夫和你说个没完。”

夏存先不再听夏祥解释，挺剑就刺。不过他此时的杀气已泄了大半，剑势无力，夏祥早有防备，轻轻一闪就躲到一边。

“王爷且慢，王爷息怒，且听我把话讲完。”夏祥嘻嘻一笑，右手食指一弹，弹在了剑身之上，“百姓都知道景王爱民如子，也知道景王是几位王爷中，最为宽厚仁爱之人，十余年来，未曾有过御史上表弹劾过景王一次。若是让御史得知见王殿下在闹市纵马伤人，见王殿下可曾想过，会有多少御史上书皇上弹劾景王？”

夏存先一愣，不过还是嘴硬：“御史不过是一群呱呱乱叫的乌鸦，不足为虑，不理就是了。”

大夏立国以来，广开言路，御史虽无实权，却无比清贵，可以上表弹劾任何一人，太祖有诏，言者无罪。御史一时风光无限，因御史台所在之处，种满松柏之树，上面落满乌鸦，因此御史台又称为乌台。

“御史上书，皇上碍于景王的手足之情，可以按下不理。但若是御史弹劾付擢身为上京府少尹不作为，付少尹会不上书自辩吗？”夏祥步步为营，要的就是让夏存先清楚其中的利害得失，“付少尹一向耿直公正，在他治下有纵马伤人案，无论是衙内还是王爷，他都会为民请命……”

夏祥朝在场的百姓抱拳施礼：“各位父老乡亲，今日之事，历历分明，若是付少尹审理见王殿下纵马伤人一案，谁愿意出面做证？”

“我！”一个满脸络腮胡子的壮汉高举右手，一脸愤懑，“我是杀猪的，我不懂什么大道理，也没读过多少书，我却知道，天理自在人心。这位小哥，你为民请命，为百姓打抱不平，我拼了这条贱命，也要替你讨还公道。仗义每从屠夫辈，负心多是读书人！”

若是没有最后一句补充，络腮胡子壮汉的话，倒也算是慷慨激昂，最后一句画蛇添足，反倒激起了在场学子的义愤。

“当真是满嘴胡言！我辈读书人，上报朝廷下立人品中不负黎民，何来负心一说？”一个圆脸大眼的书生愤愤不平地说道，“我拼了功名不要，也要出面指证夏存先身为王爷骄纵暴戾，纵马伤人不说，还意图当众杀人。想我大夏立国以来，总共百余名王爷，见王殿下是当之无愧的第一人。大夏以德以仁立国，景王淳厚仁慈，可惜了一世英名，竟毁于小儿之手。可惜，可叹，可怜……”

“我做证。”

“我也做证。”

“还有我。”

“加上我！”

络腮胡子壮汉的话，并未引起多少反响，反倒是被他激起义愤的圆脸书生的一番话，如水入油锅，顿时引发了围观百姓争先恐后的响应。也是圆脸书生的一番话，颇有煽动性。

夏祥暗暗点头赞叹，朝圆脸书生投去了感激一瞥。圆脸书生对夏祥的示意故作视而不见，微微侧脸，仰头看向了天空，显然是不想领夏祥的情。

夏祥不以为意，见夏存先此时已然涨红了脸，心知景王名声以及付擢威名确实点中了夏存先的软肋，当年苏确敢拉着皇上衣袖当面上书，非要皇上听完他的奏表才能退朝，景王虽贵为王爷，也要忌惮民心所向以及律法之威。何况付擢的刚正，比起苏确也不差多少。

夏存先此时杀意全消，想起付擢若是真拿他纵马伤人之事大做文章，非但皇上会震怒，父王也不会轻饶了他，再若是付擢非要抓住此事不放，流放他三千里自然不会，但事情一旦闹大了，他赔礼道歉必不可少，还会成为上京城的笑柄，以后再出去还怎么有脸见人？怕是其他的世子和小王爷非要笑掉大牙不可。

好一个夏祥，真有一套，竟然逼得他无路可退了，夏存先恨得咬牙切齿，手中宝剑举得胳膊都酸了，既刺不出去又不好意思收回来。

张厚暗暗点头赞许，对夏祥佩服得五体投地。应该说，他比夏祥更清楚京城各方势力以及各个王爷的性情，只是遇事的时候还是失之于过激和逞一时之快，不懂得迂回之计。

沈包对夏祥的敬佩上升到了前所未有的高度，此时他再看夏祥的眼神，除了佩服还是佩服。

“不过话又说回来了……”夏祥见好就收，他并非惧怕景王权势，而是在并未真正了解京城各方势力之前，不得罪任何一方是最聪明的做法，何况夏存先此人年轻气盛，虽骄纵，却也并非一无是处，“见王殿下纵马伤人，是公务在身。大夏律法规定，若有公私要速而走者，不坐；以故杀伤人者，以过失论；其因惊骇不可禁止而杀伤人者，减过失二等。”

/ 第二十七章 /

两害相权取其轻

高见元和燕豪一听此话，不由得对视，眼中皆闪过了惊骇之色。一是震惊于夏祥怎会对大夏律法如此熟稔，信手拈来，几乎倒背如流。二是惊讶于夏祥见好就收当机立断的高明，明明已经将夏存先逼到了退无可退之地，却又及时后退，还不忘拉夏存先一把。如此进退自如，比起二人之前见过的许多官至三品四品的大员都要厉害。

其实二人高估夏祥了，夏祥初出茅庐，怎么可能对京城的局势了如指掌？夏祥并不十分清楚京城之中各方势力的对立，虽然以前经常听李鼎善说起京城之事，包括新党旧党之争，但李鼎善只是点了一点，并未深说，他对京城局势的了解，也就仅限于道听途说以及自己的所见所闻。

夏祥的聪明之处在于，他善于根据眼前的形势和背后的局势合二为一地分析问题。他虽初入京城，却已然清楚京城局势错综复杂，尤其是在皇上病重各方势力闻风而动之际，围绕皇位之争，必然会引发诸多意想不到的事端。无论是星王、景王还是眼前的见王，都不想因小失大、节外生枝。

聪明人都会两害相权取其轻。

夏存先眼睛瞬间就亮了，如同落水之人见到了救命稻草，连忙点头："对，对，本王是有公务在身。因公而伤人者，不坐，不追究责任。"

"也不是不追究责任，只是责任要轻一些。"夏祥稍微为夏存先泼了一碗冷水，还好，不是一盆，"虽有公私要急而走车马，因有杀伤人者，并依过失收赎之法；其因惊骇力不能制而杀伤人者，减过失二等，听赎其铜，各入被伤杀家。"

因公纵马伤人，不但罪减二等，还允许赎刑，等于是以经济赔偿达成刑事和解。夏祥既要放夏存先一马，又不能不顾及受伤百姓的感受。但如果直接要求夏存先赔偿，以夏存先的骄纵必然会一口回绝。

果然如夏祥所料，夏存先一听只是赔偿，暗中长舒一口气，借机将手中宝剑递给燕豪，从身上翻出几张钱引，扔给夏祥："本王爱民如子，无意撞伤了百姓，理应赔偿。夏祥，你且看看，这些钱引是否够用？”

夏祥也不客气，接过一看，好家伙，竟有一千贯之多，足够赔偿之用了，他当即朝夏存先长揖一礼：“夏祥代伤者谢过见王殿下。见王殿下仁德兼备，是百姓之福。”

夏存先高帽子一戴，不禁有了几分飘飘然，刚才的不快便抛到了脑后，哈哈一笑：“区区小事，不足挂齿。尔等若是伤情不好缺钱医治，尽管到王府向本王再索取医药费用，本王今日身上所带钱引不多，委屈尔等了。”

夏祥立时向张厚和沈包各使了一个眼色，他大声说道：“谢见王殿下！”

张厚和沈包会意，二人一起大声附和夏祥：“谢见王殿下！”

络腮胡子壮汉没想到事情会转变得如此之快，一时愣了，愣过之后，还是叉手施礼：“谢见王殿下。”

圆脸书生一脸愤愤之色，对夏祥怒目而视，说道：“见风使舵之徒！你这样的人若是进入官场，实非朝廷之幸百姓之福。”说完，转身分开人群走了。

夏存先纵身上马，俯身饶有兴趣地打量了夏祥几眼，忽然哈哈一笑：“夏祥，今日之事，到此为止，我们来日方长。”

说完，一挥手，纵马离去。

高见元策马来到夏祥身前，冷冷看了夏祥几眼，却未说话。燕豪牵马走到夏祥面前，他眼中再次闪过杀意，低声说道：“夏祥，下次我们见面之时，你就没有机会巧舌如簧了。不出一个月，我必会抓住李鼎善，到时看你会不会还如此得意！”

夏祥淡淡一笑，得意地说道：“燕太尉，以后你再想见我，怕是没那么容易了，哈哈。”

燕豪脸色铁青，飞身上马，扬长而去。

“刚才圆脸书生的话，文公可是赞同？”好花常开茶肆二楼，连若涵从头到尾目睹了整个过程，直到夏祥、张厚、沈包三人离去，她还没有收回目光，方才圆脸书生的话，她离得虽远，却也听得清清楚楚，“不知文公是否还认定若论性情张厚第一沈包第二夏祥第三？”

文昌举还沉浸在刚才事情的突变之中，说实话，夏祥以退为进，步步为营最终让夏存先甘愿认输的手法，让他看得如痴如醉，不得不说，他心中无比叹服夏祥的聪明。不过叹服归叹服，却并不认可夏祥的处事之道。连若涵再次问及他对夏祥的看法，他还是不改当初：“依本官之见，夏祥虽有小聪明，却难有大智慧。圆脸书生之话，正合本官意。若本官主持今年大考，夏祥休想高中，嘿嘿。”

“文公为何对夏祥如此大有成见？”连若涵十分不解文昌举身为礼部尚书，是当朝二品大员，本应为朝廷不拘一格选择人才，为何对只有一面之缘的夏祥偏见颇深，“莫不是因为夏祥的风格和李鼎善相像？”

文昌举老脸微红，尴尬一笑：“涵儿何出此言？莫非在你看来，本官会如此心胸狭窄，还念念不忘当年之事？先不说夏祥是不是和李鼎善相像，即便是夏祥是李鼎善的学生，本官也会公平相对。先不说这些没用的事情了，皇上最终让谁担任主考官还不好说。对了涵儿，夏祥三人，若是同时高中，你从三人之中选一人为夫，你会选谁？”

连若涵心知文昌举并不想提及当年数次落败于李鼎善之事，落落大方地一笑，既不羞涩也不扭捏：“文公之意呢？”

“沈包。”文昌举抚须一笑，笑容中满是戏谑之意，“夏祥自不用说，性情和你不符。张厚虽为人不错，不过失之于偏激。只有沈包，既勇敢又沉稳，是你的良配。”

连若涵嫣然一笑：“多谢文公好意，我心中自有计较，不劳文公操心。”

文昌举讪讪一笑，正要说几句什么，令儿提裙匆匆上楼而来，俯身到连若涵耳边低语几句。

连若涵微微一怔：“安家漆器？肖葭？我近来没有空闲时间，回了她们吧。”

令儿递上一张纸，小脸微有激动：“娘子，肖娘子画了一张图画，说请娘子一看便知她的高明。”

连若涵接过看了几眼，脸色不变，将纸递还令儿：“并无出奇之处，哪里高明了？”

想和好景常在做生意的人，数不胜数，连若涵早已不厌其烦，是以想要凭借一纸图画打动她，几无可能。尽管肖葭所画之画，色彩艳丽，工笔所成，竹筒十分逼真，跃然纸上。

令儿又拿出一个竹筒：“肖小娘子留在太平居酒楼之处，还有一个根据图画制成的竹筒。”

竹筒无比精美，不但造型古朴大方，且制成了漆器，雅致而高端。最妙的是，竹筒的盖子和筒身将“好景常在”四字一分为二，上下各有两字，只有合在一起，并且对齐花纹，“好景常在”四字才栩栩如生呈现。

连若涵“咦”了一声，目露惊奇之意，接过竹筒仔细端详半晌。又拿过图画，对比一番之后，一脸惊喜：“肖葭肖小娘子人在何处？”

“肖小娘子留下图画和竹筒在太平居酒楼，现在她就在太平居酒楼等候娘子。”令儿对竹筒爱不释手，见连若涵也十分喜欢，不由得十分开心。

“事不宜迟，我现在就去和她相见。”连若涵将竹筒把玩一番，喜不自禁，好景常在旗下的茶叶品种众多，不管是绿茶、白茶、抹茶，还是红茶，包装虽精美雅致，却都远不如手中的竹筒令人心旷神怡，犹如一件精巧的艺术品，让人一看之下就心生喜爱之意。若是以此竹筒装茶，茶叶售价可以提升一倍不止。

连若涵就如高手遇到知音一般，迫切地想要和肖葭见上一面。

送走连若涵，文昌举并未立刻离开好花常开，而是和夫人又喝了半天茶，眼见太阳偏西，二人才安步当车，回府而去。

刚回到府中，就接到了皇上口谕，让他即刻进宫。文昌举不敢怠慢，穿好官服跟随太监一路来到文德殿。久病数月不见好转的皇上病情似乎有加重的迹象，不过皇上还是勉力问了一些事情，最后宣旨，由他担任今年的知贡举。

大学士杨砥因言论不当被御史弹劾，贬官出京。

站在文德殿的台阶之下，遥望落日和西天红霞，文昌举踌躇满志，露出心满意足的笑容。

在临近大考之际更换了知贡举的消息，三天后就传遍了上京城，每一个考子在惊讶之余都不免要揣摩新上任的知贡举文昌举到底喜好何种文风，原本投杨砥所好所做的准备，全部付诸东流了，再重新准备，还得要下一番功夫才行。

和无数学子的焦虑不安不同的是，夏祥、张厚和沈包三人，若无其事地在房中喝茶论道。上次一事，得以从容脱身，全因夏祥之故，此事过后，张厚和沈包二人都对夏祥高看一眼。

三人在夏祥房间围坐在一起，泡了一壶张厚从建州带来的建茶，茶具也是产自建州的建盏，而且还是极为名贵的兔毫盏。

夏祥把玩兔毫盏，赞道：“建安所造者，绀黑，纹如兔毫，其坯微厚……久热难冷，最为要用。出他处者，或薄或色紫，皆不及也……张兄，你是送我兔毫盏还是状元袍？”

房间布置十分简单，两张床一张桌子数张椅子而已。全有客栈虽远不如好景常在客栈名气大，却胜在价格低廉且干净整洁。张厚虽稍嫌简陋，为了能和夏祥、沈包在一起，也就勉为其难住了下来，还因客满，只好和夏祥共居一室。

几天相处下来，夏祥、张厚、沈包三人相见恨晚，引为知己。

张厚自顾自倒了一杯茶，他的茶杯是一个晶莹如玉，釉面滋润似脂的白色杯子，他嘿嘿一笑：“状元袍自然不能送你，建盏送你也无妨，反正我最喜欢的是德化白瓷。”

“状元袍？哪里有状元袍？”沈包对夏祥和张厚二人品茶道论瓷器的话题并

无兴趣，一听状元袍，顿时眼睛亮了，“我怎么没有见过还有状元袍？”

“你当然没有见过了，我藏在了柜子里。”张厚笑道，神色忽然凝重了几分，“夏兄，上次之事，多亏你的机智才得以解围，不过若是因此让你得罪了见王，以后见王对你不利，我和沈兄自当鼎力相助。”

“自家兄弟，说这些话就见外了。眼见就要大考了，张兄、沈兄，可是想好了应对之策？文尚书和杨学士文风并非一脉……沈兄，你？”

夏祥和张厚只顾说话，没留神沈包悄悄打开柜子，翻出了状元袍，不客气地穿在了身上。沈包哈哈一笑，负手来到夏祥和张厚面前，伸开双臂，得意扬扬地说道：“二位兄台，不论是杨学士还是文尚书，今年的大考，状元都非我莫属。状元袍莫非是为我量身定做？不肥不瘦，正好合体。”

张厚急了，跳了起来，一把扯住沈包的衣袖：“你赶紧脱下来，晚上半分，休怪我和你翻脸！”

夏祥暗笑，却也承认状元袍穿在沈包身上，还真是合体，他随口说道：“不如我三人在此立下规矩，谁中了状元，状元袍就归谁。”

“不可，万万不可。”张厚从沈包身上扒下状元袍，如珍宝般抱在怀里，“状元只有我一个可当，若是你二人中了状元，无论是谁，我都和你二人割袍断义。”

夏祥笑道：“何至于此？若是外人中了状元又该如何？”

“外人中了状元，与我何干？只有你二人中了状元，才是我心头之痛。”张厚神色肃然，不像说笑。

“这是何意？”沈包十分不解，坐回座位，一脸疑惑，“我二人和你情同手足，中了状元总比外人中了要好，你为什么要这么想？”

“远交近攻。”夏祥心中凛然，如果说从张厚悬空题字之时他便认定张厚此人遇事坚决果断，绝非常人，那么他远交近攻的为人处世之道，更让他认为张厚性情有乖张的一面，不由得暗中叹息一声，却又不动声色地说道，“我考中进士便可，并没有状元之志。纵观历朝历代，凡是有所作为者，都不是状元出身。自古文无第一，何必非要争一个高下？”

“若不在考场上争一个高下，怎会知道你我三人谁高谁低？”沈包还在怀念状元袍在身时的威风，伸手一摸张厚手中的状元袍，“张兄，若是在状元和你之间只能选择其一的话，我还是要状元。”

“好呀，谁会怕你？尽管放马过来。”张厚神色凛然，目光炯炯。

“杨大学士当年便是状元出身。”夏祥笑了，他举起茶杯，“来，二位兄台，莫要逞口舌之争，喝茶，喝茶。若不能为国效力为民请命，当了状元又有何用？不在考场比高下，但以民心论成败。天视自我民视，天听自我民听，我辈读圣贤书，受孔孟之教，当以天下百姓冷暖为己任。”

“说得好，当饮一大杯。”沈包一拍桌子，大声叫好，“意诚、心正、身修、家齐、国治，而后天下平。不过在我看来，天下要平，状元也要中。”

“我也是此意，先中状元，后平天下。”张厚寸步不让，举杯和夏祥碰杯，却故意闪过沈包，“沈兄，说不得你我二人先在考场之上一决高下，然后又在官场之中狭路相逢，再一分胜负。”

沈包对张厚的举动不以为意，哈哈一笑：“好说，好说，只要不打一个你死我活，你我二人，谁胜谁负都是好事。”

张厚张了张嘴，正要说些什么，门一响，一个人风卷残云一般闯了进来。

“夏郎君，我来迟了，你没有怪我言而无信吧？”

来人年纪十六七岁，穿一身常见的公子衫，头挽道髻，头发上插了一根流光溢彩的簪子，神采奕奕。

“怎么这么多人？”来人进了房间才发现房间中除了夏祥之外，还有二人，他不由得一愣，随即拱手施礼，“刚才多有失礼，还望二位包涵。”

张厚和沈包还礼，夏祥起身相迎，笑道：“曹三郎，上次一别，差不多七八日了，我还以为你已经束发求道去了。”

/ 第二十八章 /

两利相权取其重

来者不是别人，正是曹殊隽。

上次曹府一别，曹殊隽说好不日就来全有客栈拜访夏祥，不料一别数日没有音讯，夏祥还以为曹殊隽少年心性，说过就忘。不想今日突然来访，倒是让他既惊又喜。

夏祥为张厚和沈包二人介绍了曹殊隽，二人对曹殊隽并无兴趣，只应付了几句，便借故告辞了。

“刚才二人，可是夏郎君的同窗？”曹殊隽等二人走后，好奇地问道，“沈包此人，胆大心细，为人真诚，却因性格多变而难以担当大任。张厚生有反骨，日后必会做出惊人之事，你和他不宜走得过近，容易被他误伤。孔子说，唯女人和小人难养也，近之则不逊，远之则怨。”

夏祥为之一惊，曹殊隽对张厚所下结论，和他对张厚的判断有七分相似，不由得奇道：“曹三郎还会相面不成？”

“倒也不是，只是喜欢读一些杂七杂八的书籍，看得多了，也就有了一些心得，未必正确，权当一乐。”若是别人，曹殊隽才不会如此谦逊，也就是在夏祥面前，他才收敛几分。

“不过张厚端庄厚重，谦卑含容，颇有贵相。”夏祥也看过不少杂家之书，对于相面一说，略知一二，“张厚面色白净、斯文文弱，正是贵气含而不露之相。你看他走路时龙行虎步，日后必定大有所为。”

龙行虎步并非是说走路虎虎生风或是威猛过人，而是随意自在，飘逸洒脱，所谓鹰立如睡，虎行似病，真正的高人，都不是外表威猛走路如风。

“大富大贵者未必就是好人。”曹殊隽嘻嘻一笑，端起张厚的白瓷茶杯就喝了一口，“姐姐托我代为问好，夏郎君，别怪我多嘴，若你考中了进士，可不要辜负姐姐的一腔相思。”

夏祥笑了：“曹小娘子近来安好？承蒙小娘子抬爱，我也甚是想念她的美好……”

曹殊隽信以为真：“当真？夏郎君，若你真对姐姐有意，我做个媒人为你二人牵线搭桥，如何？”

“先说正事要紧。”夏祥没想到曹殊隽真要为他和曹姝璃做媒，不由得哑然失笑，忙岔开话题，“曹公是否回心转意？”

“爹爹不再逼我赶考，尤其是主考官更换为文昌举之后，他绝口不提应试之事。也是他近来病情加重，无暇顾及我的事情。”曹殊隽叹息一声，摇了摇头，“也是怪了，数日前，爹爹本来身体好了许多，应文昌举文尚书之邀，去他府上赴宴，回来后就旧病复发。开始以为很快便好，不料病情一天天加重，到了昨日已经不能起床了。我也是因为爹爹有病在身，不便出门，才拖到今日来看你。”

夏祥一惊：“曹公病情加重了？大夫怎么说？”

“大夫看了，说是寒气入体。用了一些驱寒温养之药，不见疗效。”曹殊隽忧愁满面，“姐姐请了上京名医金甲，金甲诊治之后，开了一味名叫地黄丸的药。服用之后，稍好了几分。”

“金甲是当世名医，他的药方，必定药到病除。”夏祥总觉得哪里不对，微微一想，想通了其中环节，问道，“曹公和文尚书私交怎样？”

曹殊隽一怔，不知夏祥为何有此一问：“甚是一般，平常并无往来。”

“为何文尚书会突然邀请曹公到府上一聚呢？”夏祥心中不免多想，上次他见曹用果，曹用果脸色凄白，已是寒气入体之相，却并不严重，应该温养一些时日便好，怎么去了一趟文府回来不但旧病复发还一病不起了？况且现在又是夏季，即使是夜半时分，也是热气充满，又不是肃杀的秋天和寒冷的冬天，哪里来的寒气入体？

天地之间既无寒气，寒气又从何而来？

“这……这就不得而知了。”曹殊隽哪里会深思这些事情，“怎么，夏郎君认识文尚书？”

“我一介布衣，哪里认识当朝的二品大员。”

“上次临别之时，你说有一件大好的事情落在我的身上，到底是什么事情，快快说来。”曹殊隽早就想来和夏祥一聚，好知道上次夏祥所说的好事是什么事情。

“这件事情吗……”夏祥微一思忖，越想越觉得事情的背后大有玄机，起身说道，“我们边走边说。”

“去哪里？”曹殊隽紧紧尾随在夏祥身后。

夏祥和曹殊隽出了客栈，萧五跟随在二人身后，三人一路往西，直奔曹府而去。不多时路过好景常在安然居客栈——夏祥此时已然得知，好景常在遍布大夏境内的各大酒楼、茶肆、客栈，虽都冠以好景常在之名，却又各有分店名字，都以某某居为名，比如上京城内好景常在旗下的酒楼就有太平居、天上居、天然居等处，茶肆则有安之居、逍遥居、自在居等处，客栈则有安然居、如家居、如归居等处。

上京城内，好景常在的各大酒楼、茶肆和客栈总数超过百余家之多。

“好景常在……你可知道？”上午时分，阳光正好，路上行人匆匆，好不热闹，夏祥用手一指路旁好景常在的招牌，笑道，“曹三郎，听说好景常在的主人是一个如花似玉的小娘子，你尚未娶亲，若是娶了她，可就有享用不完的荣华富贵了。”

“还是算了，我可无福消受。一个娇滴滴的小娘子，却能撑得起如此庞大的产业，必定有过人之处。说不定是一个貌美如花心如蛇蝎之人，又或许她只是一个抛头露面的傀儡，幕后主人另有其人，所以，还是远离为好。”

如此说来，曹殊隽也不知道好景常在的来历和背景了？夏祥心中对好景常在更好奇了几分，曹殊隽在上京虽不算是王公贵族，却也算是不大不小的衙内，他居然对好景常在的来历和背景一无所知，不得不说好景常在背后之人太过厉害太过神秘。

“到底是什么好事？快说，急死我了。”曹殊隽按捺不住心中的好奇和迫切，急得抓耳挠腮。

“好事还就和好景常在有关。”夏祥嘴角慢慢翘了起来，笑得很开心很灿烂，“我还非要认识认识好景常在的小娘子不可。”

“夏郎君，你是对好景常在有兴趣，还是对好景常在的小娘子有兴趣？”曹殊隽大摇其头，“不行，这可不行，你只能喜欢姐姐一人，不能对姐姐始乱终弃……”

“……”夏祥无语了，曹殊隽当真是无赖至极，他和曹姝璃只有一面之缘，连手尚未拉过，说是始乱终弃太冤枉好人了，“曹三郎，你有没有想过一件事情，若是你的手艺为好景常在所用，以好景常在的财力和实力，你必将名扬天下，成为无人可及的大师。”

“真的？你千万不要骗我，我可是你的内弟。”曹殊隽抬头看了一眼迎风飘扬的好景常在的旗帜，眯起眼睛，开心地笑了，“夏郎君，我的手艺如何才能为好景常在所用？”

夏祥被曹殊隽的无赖弄得没了脾气，只好委屈地认了他这个“内弟”，笑道：“你且看看好景常在的旗帜，再看看这个……”他从身上翻出一张玉牌，

“结合二者，有没有什么想法？”

曹殊隽接过玉牌，双眼顿时放光，惊呼一声：“好一块美玉，不但温润如羊脂，最难得的是通体无瑕。雕工也不错，应该是一流匠人所作。这块玉，少说也价值万贯。”

正是夏祥从沈包手中借来的好景常在的美玉牌。

“好眼力。”夏祥笑道，“若是让你以好景常在旗帜和玉牌来制作一个标识，如何？”

曹殊隽又看了一眼酒楼之上飘扬的旗帜，目光落回好景常在的玉牌之上，思忖片刻：“若是用玉，难的是世间没有完全相同的两块玉，并且在打磨上太耗费时间。若是用金，则又太俗了一些。银就更不用说了，太廉价了。象牙的话，取材不太方便……到底用什么才好呢？若用木头，松木太普通，紫檀木太少，夏郎君，你说呢？”

夏祥心中早有主意，微微一笑：“我的想法是用三四种材质，做成手掌大小的圆形，和铜钱相似，第一圈金第二圈银第三圈铜，中间部分用黄花梨木雕刻好景常在的标识，金银铜可以锤炼在一起，中间的标识可以取下，方便更换……”

“好主意。”曹殊隽眼睛一亮，喜形于色，“妙，夏郎君，你的想法大妙！不过我还是不太明白，这个标识，做来何用？”

“自然是送给好景常在的小娘子了。”夏祥神秘地笑了笑，继续大步向前，“此事若是成了，你和我都会成为好景常在小娘子的座上宾。”

“座上宾就算了，我对小娘子并无兴趣。”曹殊隽摇了摇头，心思回到了夏祥所说的标识上，边走边说，一脸痴迷，“外金内银内铜，有趣，太有趣了。”

夏祥笑了笑，心里却想，曹殊隽对奇技淫巧是真心喜欢，若是让他学而优则仕，反倒真是害了他。孔子有言，君子不器——君子不应该是一个器具，不做具体之事，而应该博学多才，著书立说，以学问教化百姓。但在他看来，能够承载教化百姓重任的君子，毕竟是少数，孔子也是千古一人，是以人人各安其位，各司其职，方是盛世。

再次来到曹府，夏祥站在曹府门口，刚要迈步进去，忽然想起什么，回身一看——已然不见了馄饨摊夫妇。想起二人的通风报信之谊，不由得怅然若失。

曹殊隽负手而立，说道：“上次的事情过后不到三天，馄饨摊就不见了。后来听说夫妇二人南下泉州，寻找儿子去了。但愿他们早日一家团聚。”

“但愿如此。”夏祥心中默然片刻，转身和曹殊隽进了曹府。

上次来曹府是夜间，只记得走廊画坊，曲折迂回，现在再看，花团锦簇，假山叠嶂，景致倒也不错。和南方狭小而精致的园林风格不同，北方大宅，多半大气豪迈，就是假山也是苍劲孔武。

曹殊隽头前带路，直奔后院而去。

转过一个拱形门，眼前豁然开朗，入目之处是一片波光闪耀的池塘。池塘面积虽不大，也有数亩方圆，有几只天鹅在戏水，流连在莲花之间，此景可入画。

曹殊隽走到池边，沿池塘走了数步，忽然向右一转，急急说道："夏郎君在此等我片刻，我内急，去去就来。"

夏祥点头，正好站在一棵垂柳之下，微风吹拂，遍体生爽。来京城已经不少时日，难得有今日之清闲，他背手而立，欣赏起了美景。

萧五开始还算安静，不多时就玩性大发，按捺不住心中的跃跃欲试之意："先生，池塘中有一只小船，船的形状很好玩，两头尖尖像是月亮……"

夏祥笑道："不要绕弯子了，想要划船就去，不过不要闹腾。"

"是。"萧五大喜，几个跳跃就来到船上，拿起船桨轻轻一点，小船便划破水面，驶向莲花深处。

知了在树上嘶鸣，四下空无一人，更显幽静。夏祥站立许久，也不见曹殊隽返回，索性坐在岸边的一处石椅之上闭目养神。才闭上眼睛，忽然感觉脖子发痒，用手一摸，毛茸茸的像是虫子。

夏祥生平最怕毛毛虫一类的虫子，顿时睁大了眼睛，汗毛直竖，伸手一看，手中果然是一只绿油油的毛毛虫。他惊得跳了起来，扬手扔掉毛毛虫，一下跳到了椅子上，惊恐不已。

"咯咯……"

轻灵曼妙的笑声伴随风声从池塘中传来，莲花一开，一艘小船破水而来，船头站立一人，盈盈笑意，春风满身，阳光充盈，不是曹姝璃又能是谁？

曹姝璃近来有些闷闷不乐，自从上次见了夏祥一面，不知何故，自他走后，脑中不断闪现他的影子。夏祥侃侃而谈的自若，夏祥云淡风轻的举止，夏祥从容不迫的谈吐，夏祥出口成章的才学，无一不在她心中如涟漪波动，经久不散。

莫非……她真的喜欢上了夏祥？

曹姝璃不想承认她对夏祥一见钟情，她见识了太多的王孙贵族，不管是王爷之子还是公侯之子，有多少青年才俊踏破曹府门槛，只为求她一笑，她却一概置之不理。倒不是她嫌弃夏祥一介布衣的身份，而是夏祥对她似乎并没有感觉……

她是女子，怎能主动向男子示爱？她可不想如卓文君一样。

夏祥一别再无音讯，曹殊隽又因爹爹病重，没有赴成和夏祥之约，曹姝璃心中更加起伏。既担心爹爹的病情，又想早日再见到夏祥。

今日难得有心情游玩，泛舟池上，她浑然忘忧。恍惚间岸上人影一闪，似乎是夏祥，再仔细一看，只见杨柳依依，空无一人，她不由得大感失落。失落之余又不觉好笑，夏祥人在客栈，怎会来曹府？她是相思成灾，一时眼花了。

哪知风一吹，莲花起伏之间，夏祥的身影再次出现。曹姝璃不敢相信，揉了揉眼睛，问身后的作儿：“作儿，岸上之人，可是夏郎君？”

“岸上哪里有夏郎君？夏郎君人在客栈正在读书，娘子不要骗人。”作儿正在摘一只莲蓬，漫不经心地答了一句，又随意朝岸上瞥了一眼，手中莲蓬失手落水，她捂住了嘴巴，“啊，娘子，真是夏郎君，你没看错，没看错！”

随后，小船归心似箭地朝岸边驶来。不想快要靠岸之时，夏祥被一只意外出现的毛毛虫吓得惊慌失措，让曹姝璃的满心期待和紧张顿时化成了好笑和欢喜。

夏祥也没想到他和曹姝璃的第二次见面会在如此情境之下，笑着拱手一礼：“见笑了。”

小船停靠岸边，作儿跳上岸，伸手去拉曹姝璃。不料船儿一荡，曹姝璃身子一晃，失去了平衡，朝水中跌落。

夏祥不敢有半分迟疑，飞身向前，双手一探，便抓住了曹姝璃的双手，再用力一拉，曹姝璃站立不住，整个人扑入了夏祥怀中。

/ 第二十九章 /

七年之病，当求三年之艾

夏祥抱住曹姝璃，一转身，将曹姝璃稳稳地抱到岸上。曹姝璃已然面红过耳，羞不可抑，既浑身酥软无力，又不敢看夏祥，有心推开他，却又使不上半点力气，只低低地说了一句：“你……你放开我。”

作儿却是看呆了，睁大眼睛张大嘴巴，说不出话来。过了半晌她才长出一口气，幽幽说道：“夏郎君和娘子真是天生一对地造一双，郎才女貌，花好月圆……”若是没有最后一句，她的一番话倒也应景，偏偏就多冒出一句，“哎呀，小心脚下，不要踩死可爱的毛毛虫。”

毛毛虫？夏祥顿时汗毛倒竖，低头一看，果然脚旁有一条绿绿的毛毛虫在蠕动，而且还朝他的脚上爬来——温香软玉扑满怀的美好感觉顿时消失不见，他放开曹姝璃，朝旁边一跳。

“啊！”跳起之后夏祥才意识到他是在岸边，却为时已晚，双手无奈而无助地在空中挥舞两下，想抓住什么，却徒劳无功，然后“扑通”一声落入水中。

“啊！”作儿捂住了双眼，一脸无辜，“不怪我，夏郎君，真的，都怪毛毛虫。”

曹姝璃哭笑不得，嗔怪作儿：“作儿闭嘴！还不赶紧去拿干净衣服？”

“是，娘子，作儿知错了。”说是知错，作儿偷眼一看，夏祥在水中衣衫尽湿，头上还顶了一片荷叶，滑稽而狼狈，还是忍不住“扑哧”笑了出来，忙又掩嘴而逃。

“怎么我才离开，就出大事了？”曹殊隽早不出现晚不出现，突然就冒了出来，他圆睁双眼，“夏郎君，你怎么跳了池塘？是不是你冒犯了姐姐，被她推了下去？姐姐你怎么如此无礼，夏郎君今日上门提亲，你推他下水，让他还怎么向爹爹开口？”

夏祥落水，本来也没什么，为救佳人落水，也算好事，不想被曹殊隽一番胡扯下来，他实在忍无可忍了，当即双手一按岸边石头，用力一跃，“哗”的一声如蛟龙出水，跳到了岸上。

夏天衣衫单薄，夏祥出水之后，湿透的衣服紧贴身上，身材一览无余地呈现，曹姝璃只看了一眼就急忙收回目光，不由得心如鹿撞。想起第一次和夏祥见面，他也是从水中出来，是为了救弟弟。第二次见面，他又再次落水，却是为了救她。如此看来，夏祥和曹家还真是颇有缘分。

等夏祥换好衣服收拾停当之后，半个时辰过去了。夏天虽热，夏祥却还是接连打了几个喷嚏，感到体内居然侵入一丝寒气，不由得暗暗惊奇。

随曹殊隽、曹姝璃二人来到曹用果卧室，卧室中弥漫着浓郁的中药气味。一张万里江山图的屏风正对大门，绕过屏风，便见一张雕花木床。木床挂着厚厚的帷幔，显然是为了遮风之用。

病得如此严重了？夏祥心中一惊，天气尚未立秋，暑气正浓，曹用果却如此畏寒怕风，遮挡得严严实实，可见他体内寒气该有多重。

曹姝璃、曹殊隽皆是一脸凝重，二人引领夏祥来到床前，曹姝璃轻声说道："爹爹，夏郎君前来问安。"

帷幔中传来了一阵咳嗽，曹用果有气无力的声音响起："夏郎君来了？老夫病重，无法起身相迎，失礼了。"

夏祥施礼说道："曹公，可否让我把脉一观？"

"你是何人？"曹用果还没有答话，忽有一人从旁边闪出，他一身灰色长衫，头束方巾，长脸浓眉，鼻直口方，年纪五旬左右，手端一碗，碗中有药，"你也懂医术？"

曹殊隽忙为夏祥介绍："夏郎君，这位是金甲先生。先生，这位是夏祥夏郎君。"

"原来是金甲先生，失敬，失敬。"夏祥知道金甲的大名，人称国医圣手的金甲，最为擅长治疗小儿疾病。

"失敬？失什么敬？莫非你认识老夫？"金甲淡漠地看了夏祥一眼，将药递给曹殊隽，冷冷说道，"既不认识老夫，又不知道老夫，还说失敬，虚伪至极。"

夏祥被呛得一愣，性情如此犀利直接的大夫他还是第一次见过，不由得摇头一笑："我是不认识金甲先生，不过确实听过金甲先生大名，也对金甲先生用伏龙肝治好王爷之子的医术敬佩不已。"

听到夏祥确实对他的事迹有所耳闻，金甲脸色稍微缓和几分，不过依然是一脸漠然："你也懂医术？方才听你说要为曹公把脉，你可知道，若不懂医术胡乱为人诊治，反会害人。权臣误国，庸医误人。"

曹殊隽坐在床前帮曹用果服药，曹姝璃则站在一旁，有心帮夏祥说几句，却又不好开口。她清楚金甲先生直来直去的脾气，却不承想夏祥的一句话会让金甲先生如此步步紧逼，万一夏祥被金甲先生逼得无路可退，恼羞成怒之下一走了之，可如何是好?

又一想，上次夏祥初见爹爹，便问爹爹得的可是寒病，莫非他真懂医术不成?

夏祥一脸坦然，恭敬地答道："回金甲先生，我对医术只是略懂一二，比起先生，相差甚远。"

"略懂一二? 老夫对医术也只是略懂一二。你既然和老夫医术一样高明，老夫且问你，为何伏龙肝对症脾气虚寒?"金甲面容清瘦，身材高大，负手而立，犹如苍劲的松树一般挺拔。

夏祥不假思索，当即答道："在下医术不敢和先生相提并论。脾气虚寒，是阴阳失衡五行失位邪风入体所致，伏龙肝性温而平，以土胜水，木得其平，则风自退尔。"

金甲微露愕然之色，他怎么也想不到夏祥小小年纪，居然真的知道伏龙肝药效，不由得暗中多打量了夏祥一眼，又问："什么样的伏龙肝可以入药?"

夏祥微一思索，答道："最好十年以上的灶中土，如赤色石，中黄，其形貌八棱，研细，又水飞过用，才可得其药效。"

金甲顿时惊呆了，木然坐下，半晌过后又蓦然站起，惊问夏祥："你为何对伏龙肝知道得如此详细?"

说来也巧，李鼎善在中山村任教三年期间，村中曾有一名老者得病，上吐下泻，请了许多郎中都不见好转，眼见奄奄一息之时，李鼎善在郎中所开的药方中加了一味伏龙肝，当即药到病除。

李鼎善并不是奉儒家书籍为经典的老手宿儒，他推崇儒家学说，也不排斥诸子百家和杂家，也正因他的开明，夏祥得以博览群书，学会了许多东西。从小母亲也一再教导他，不为良相，必为良医，在他心目中，只要可以济世安邦治病救人，良相和良医并无高下贵贱之分。

"不过夏祥你可知道，老夫为小王爷治病时所用的药并不是伏龙肝，而只是寻常的黄土。"金甲哈哈一笑，仿佛赢了夏祥一般，"当时小王爷夏存先才三岁，一病半年不见好，老夫诊治之后，加了一味黄土汤，服之即愈。此事传来传去，黄土汤居然传成了伏龙肝，哈哈，当真好笑。伏龙肝是灶心土，和普通的黄土药效大不一样。"

夏祥为之一惊，什么? 当年金甲医治的小儿竟然是夏存先? 就是上次要当众杀死他的见王殿下? 如此说来，若没有当年金甲的高明医术，夏存先已经夭折，就不会有要当众杀他之事了。

“受教了。”夏祥恭敬地朝金甲施了一礼，“先生，曹公之病，可是寒气入体？”

金甲点头，脸色凝重：“寒气在体内郁积，久积成疾，怕是药力已经不能有效了。”

扁鹊曰：“疾在腠理，汤熨之所及也；在肌肤，针石之所及也；在肠胃，火齐之所及也；在骨髓，司命之所属，无奈何也。”夏祥心中黯然，金甲之言，莫非是指曹用果已然病入膏肓，无药可救了？

“在下有一事不明，想请教先生一二。如今天气炎热，暑气未消，为什么会有寒气入体之病？”夏祥始终想不明白曹用果病从何来，若说曹用果得了外感风热还说得过去，却是外感风寒。虽说风寒之病四季皆有，却以冬春二季为多。再者曹用果病症，并非只是外感风寒，而是寒气入体所致。

“世间之病，千奇百怪，你问老夫，老夫问谁去？”金甲淡然说道，“既然你略懂医术，不妨为曹公把脉诊断一二。”

曹殊隽二话不说，将夏祥拉到曹用果床前，按他坐下：“夏郎君，快快把脉，爹爹的病，很是奇怪，也许只有你另辟蹊径大出怪招才能治好。”

夏祥只好坐下，右手放在曹用果手腕之下，片刻之后，他脸色更加凝重了几分。曹用果见状，反倒坦然轻松地说道：“夏郎君，但说无妨，本官已经过了知天命之年，生死对本官而言，不过是平常事。”

夏祥沉吟不语，回身看向曹姝璃。曹姝璃一脸关切之意，眼中隐有泪光闪动。再看曹殊隽，曹殊隽也是目露紧张之色，嘴唇紧抿。

金甲不悦地说道：“有什么便说什么，吞吞吐吐，故作神秘，是庸医所为。”

“好。”夏祥蓦然下定了决心，“在下也并非大夫，只是粗懂医术，若有说错之处，还请不要见怪。曹公之病，确实寒气入体，久寒成病。但一般说来，寒气入体，多吃温补热补之药，再多吃些大热的食物，也会好转。不知为何曹公的寒气，一直在体内盘旋不去？莫非是曹公久在寒气大盛之地，导致寒气不断入体？”

“寒气大盛之地？怎么可能？”曹姝璃猛然起身，秀眉微蹙，低头一想，“爹爹平常不在家中便在鸿胪寺，近来赴宴数次，都是在文尚书家中，其他地方，都没有去过……”

“文尚书？”夏祥隐隐想到了什么，“曹公初次得病，是不是赴宴之后？”

“正是。”曹姝璃眼中闪动光芒，“上次夏郎君来家中，爹爹当时已经得病，只是并不严重。他三天前到文府赴宴，回来后就感觉身体不适，到和夏郎君见面时，病情就发作了。夏郎君走后，爹爹就卧病在床。在金甲先生医治之后，慢慢好转。三日前，他又应文尚书之邀去文府赴宴，回来后就再次一病不起，眼见一天比一天严重……”

看来，曹用果的病情和去文昌举府赴宴有关。夏祥疑惑的目光看向了金甲，金甲猜到了夏祥的猜测，摆手摇头：“曹公并未中毒。”

一想也是，夏祥暗笑自己的愚笨，文昌举堂堂礼部尚书，怎会对曹用果下毒？曹用果既然数次去文府赴宴，说明曹用果和文昌举私交不错，况且文昌举再和曹用果有仇，也不至于邀他到自己府上对他下毒。

那么曹用果之病，到底是因何而起呢？夏祥百思不得其解。

“老夫也想不明白曹公之病的病因，不过不知病因，也要治病。”金甲对夏祥还是不以为然，却对他的认真思索和善于推断多了几分好感，“夏祥，你可有医治之法？”

夏祥点头说道：“现在药力已经没有太大用处，不如用外力之法。”

“什么外力之法？针灸还是艾灸？”金甲是何许人也，一听便知夏祥想用什么方法医治，“针灸和艾灸老夫都试过，虽有效，但过于缓慢，无法将寒气驱除出去。寒气若再滞留曹公体内一月以上，曹公休矣。”

曹殊隽情急之下，抓住夏祥衣袖：“夏郎君，你快想想办法。你博学多才，头脑灵活，随便一想就是妙计。要是你无计可施，爹爹怕是真的无药可救了。”

曹姝璃朝夏祥盈盈一拜：“拜托夏郎君救救爹爹。”

夏祥双手虚扶，苦笑说道：“我若是真有救人的本事，还用等到现在？只是我的法子不合医理，只能姑且一试，是否有用，不得而知。”

金甲生气了：“要说快说，啰唆什么？有用自然再好不过，即便没用，只要不加重病情，也不算你庸医误人。”

有了金甲这句话，夏祥才放下心来，说道：“此事还要落在曹三郎身上。要做两件东西，一是一张特制药床，一是一张特制药椅。倒也简单，只是把木床床板打一些小孔，下面加一层铁板，铁板下面再放一层可以烧炭的铁板，下层铁板放炭，上层铁板放上等的艾绒。曹公躺在床上，艾绒的药力经炭火加热后浸润曹公全身，再经穴位进入体内，可以驱寒。药椅也是同理，不过和药床从后背入药不同的是，药椅是从会阴穴入药。

“会阴穴是人体任脉上的要穴，与人体头顶的百会穴为一直线，是人体精气神的通道。百会为阳接天气，会阴为阴收地气，二者互相依存，相似相应，统摄着真气在任督二脉上的正常运行，维持体内阴阳气血的平衡。

“阳气是生命之本，人要健康长寿，必须固本培元。元者，阳气也。如果一个人阳气不足，可以用艾灸之法来补充阳气。所以孟子云，七年之病，求三年之艾。艾草可补人体阳气，驱除寒气。”

金甲初听之时，神色淡泊，流露出颇不以为然之意，听到后面，脸色逐渐凝重，到了最后，一脸肃然，待夏祥说完，他呆在了当场。

第三十章

气脉

曹姝璃以为夏祥的话被金甲当成了胡言乱语，忙为夏祥开脱："先生，夏祥也是一片好心，他说得若有不妥之处，也是为了治病救人，并无卖弄之意。"

曹殊隽轻轻一推夏祥，小声说道："金甲先生怕是生气了，他一旦生气，六亲不认，要是他说出什么不好听的话，你且忍着，不要反驳也不要争辩。"

夏祥点头，心中忐忑不安。若非曹用果病情如此严重，他断断不会在金甲面前卖弄，名震朝野的金甲先生有再世华佗之称，他在医术上与之相比，有天渊之别。

也不知过了多久，金甲才如梦初醒，他见几人都眼巴巴地看着他，忽然笑了："三郎，你还不快去准备药床药椅所需要的东西，还愣着做什么？"

什么？曹殊隽一下没有反应过来，愣了一愣才明白金甲先生的意思，顿时欣喜若狂，大叫一声："遵命！"

曹姝璃一颗芳心此时才落到实处，分别朝夏祥和金甲各盈盈一拜："小女子谢过夏郎君、金甲先生。"

夏祥忙还了一礼，金甲却顾不上许多，伸手拉过夏祥，将他拉到屋外。

"说，刚才的法子，真是你想出来的？"金甲也曾设想过如何让药力达到最大效力渗入曹用果身体，以达到驱寒的目的，却始终想不出来，他也曾和十数名太医说起此事，众人皆是束手无策，万万没有想到，久而难决的问题竟被一个书生解决了，传了出去，怕是太医院无人相信如此奇思妙想会出自刚刚弱冠之年的夏祥。

夏祥忍住笑，实在是金甲的样子太过滑稽和好笑，他很认真地答道："就是在下所想，千真万确。"

金甲一言不发，走到廊下，负手而立，仰头望天。天高云淡，有几只大雁飞过，辽远而寂寥。

金甲不说话，夏祥也不开口，他站在金甲身后，也是负手而立仰头望天。二人就如两棵白杨，金甲挺拔而苍劲，夏祥挺拔而秀气。

也不知过了多久，金甲转身一拍夏祥的肩膀，一脸肃穆："夏祥，若你有意，老夫收你为徒，如何？"

夏祥愣住了，过了片刻，他才躬身一礼："承蒙先生厚爱，只是在下志在仕途，无心医术。"

"良相良医，谁说只能选择其一？"金甲冷哼一声，颇为不屑地说道，"你等读书之人，向来看不起大夫，所谓万般皆下品唯有读书高，难道有不识字的大夫吗？大夫也是读书人。"

"上医医国，中医医心，下医医病，先生身为上医，有医国之术。"夏祥不着痕迹地拍了金甲一记马屁，也是真心敬重金甲医术，金甲身为太医，医治的皆是皇族以及王公大臣，每一个人都位高权重，事关百姓安危，"仕途也好，行医也好，只要都可济世安民，又有什么高下贵贱之分？"

金甲脸色稍缓："你当真这么想？"

"若是不这么想，在下也不会在读书之余，学习医术了。"夏祥除了感谢李鼎善的开明之外，还要感谢母亲的博学。母亲也略懂医术，他从母亲身上也学到了不少医道。

"为何不是在学医之余读书呢？哼，你说得好听，还是重文轻医。"金甲一拂衣袖，转身就走，"老夫改变主意了，即便你想拜老夫为师，老夫也不收你为徒了。"

夏祥算是服了金甲喜怒无常的性格，不过倒也是真性情，并不让人觉得厌烦，反倒真实可爱。

正要随金甲回屋，忽然一人翻越栏杆跳到走廊之中，挡住了金甲去路。金甲正在气头之上，伸手一推来人："让开。"

来人朝旁边一闪，躲过了金甲的一推。金甲怒喝："你是何人？"

"在下萧五。老人家，你又是谁？"

来人正是萧五。萧五换了一身干净衣服，却并不合身，稍大了一些，他笨手笨脚想要收起过长的袖子，动作幅度过大，如同跳舞一般滑稽。

夏祥笑道："你去了哪里？怎么头发湿了？"

"我刚才下水游泳了。"萧五性子简单，以为曹府池塘和外面的安定河一样，可以随意下去游水。

"粗俗无礼。"金甲对萧五的狂放随意心中有气，打量萧五一眼，"曹府池塘，岂是你游水的地方？看你衣冠不整，一举一动都没有规矩，你是夏祥的随从？"

“正是。”萧五才不管金甲对他是什么态度，再者他也看不出来金甲对他厌恶至极，他也顾不上和金甲多说什么，迫不及待地向夏祥献宝，“水不深，鱼不多，不好玩。不过也有好玩的地方，水底很冷，跟冰一样冷。要是早知道有这么好的池塘就好了，夏天就不用挨热了……”

金甲无比轻蔑地吐出两个字：“傻瓜。”

夏祥却听出了什么，忙问：“萧五，你说水有多深？”

“最深的地方也就这么深……”萧五右手高举过顶，比画高度，“我伸手可以露出水面。”

“你也傻了不成？”金甲见夏祥既不呵斥萧五，又不向他道歉，更是怒了，本想一走了之，却又迈不开脚步，想听听夏祥和萧五两个傻子为什么会对曹府的池塘大感兴趣。

夏祥不忘冲金甲点头一笑，随即若有所思地回身望向了池塘。池塘碧波荡漾，并无异常之处。他想了片刻，开口问道：“以先生所见，现在的气温，在一人多深的水底，会有多凉？”

“真是无聊至极！”金甲无比气愤，拂袖而去，“老夫没有闲心陪两个傻子说一些不着边际的话。”

“先生，老先生怎么生气了？难道我哪里说得不对？”萧五挠头揉鼻子，“老先生，水底确实冰凉，不信你下去一试便知。”

夏祥想了一想，见金甲就要迈进房门，忽然说道：“金甲先生，水底有寒气……”

金甲身子一顿，一只脚迈进了门槛，另一脚却无法迈动，他愣在当场，喃喃自语：“寒气，水底有寒气，寒气入体！”

“有道理！”金甲也不知想通了什么，蓦然一拍大腿，转身飞奔，几个起落就来到了池塘边上，衣服也不脱，纵身一跳，以一个不怎么优美的姿势跳入了水中。

“扑通”一声，水花四溅，溅了萧五一脸。

萧五一抹脸上的水，张大了嘴巴：“先生，老先生也傻了不成？”

夏祥顾不上理会萧五，脱下长衫扔给萧五，也跳入了水中。他同金甲仿佛心意相通一般，都朝最深处游去，不多时便来到最深的地方，二人对视一眼，同时潜入水中。

池水并不清澈，看不清水底。水面水温因有阳光直晒的缘故，尚有温热，一到水底，池水转为冰凉，触之刺骨，犹如数九寒冬。夏祥冰冷难忍，忍不住打了一个寒战。

萧五正值血气方刚的年龄，他说水底冰凉，必然是真的冰凉过人。夏祥也清楚萧五断然不会说谎，一试之下，才知比他预想得还要冷上不少。

只在水底待了片刻，夏祥便觉遍体生寒，无法忍受，只好浮出水面。睁眼一看，金甲也出水了。

二人游到岸上，夏祥还好，阳光一照，转眼便恢复了体温。金甲却嘴唇发白，身体发抖，可见水底之寒，彻骨入肌。萧五也有眼色，脱下身上长衫披在金甲身上。金甲翻了萧五一眼，想说什么，却又咽了回去。

过了少许时间，金甲才恢复了几分血色，他坐在走廊的长椅上，气喘吁吁地说道："夏祥，你怎么说？"

夏祥此刻还没有从震惊中清醒过来，他怎么也想不明白为什么水底和水面温度之差如此巨大，他摇头说道："不知道为什么会如此怪异。"

"你原来也有不知道的事情。"金甲冷笑一声，"水底如此冰凉，若不是下面有冰窖，便是下面有一个天然巨洞。"

"先生不是神仙，自然有他不知道的事情，难道你是无所不知的神仙？"萧五气不过，反驳金甲，"老先生，你说，水底冰凉，是不是因为水底有一条巨蟒的缘故？"

传说中蟒蛇体凉如冰，蟒蛇出没之处，盛夏变冬。

"无稽之谈。"金甲此时已经恢复体力，起身进屋，正好迎面走来了曹殊隽，"你家可有冰窖？"

大夏高官权贵、富商乡绅，几乎家家都有冰窖，以备夏日储藏冰块之用。朝廷还设置了专门管理"冰"的机构"冰井务"。有诗赞道："洒然堕冰井，起粟竖寒毛。"

曹殊隽手中拿着一碗雪花酪，吃得正甜，他点头答道："当然有冰窖了，否则我的雪花酪从何而来？"

"冰窖可是在池塘下面？"金甲的目光落在曹殊隽手中的雪花酪上，喉头不由自主动了几下，"你吃的是什么？"

"冰窖怎会在池塘下面？冰窖在后院。"曹殊隽将手中的雪花酪藏到身后，嘿嘿笑道，"我吃的是冰饮，不过并不适合先生。夏日虽热，但人体是外冷内热，吃冰的话，体内阴阳失衡，就会百病丛生。先生是大夫，怎会不懂养生之道？"

"冰窖不在池塘下面？看来水底寒气不是冰窖的原因……"金甲思忖片刻，忽然想通了什么，"拿上京地图来。"

曹殊隽应了一声，放下雪花酪去拿地图，金甲二话不说拿起雪花酪就吃，还警惕地看了夏祥和萧五一眼，唯恐二人和他争抢。夏祥哑然失笑，金甲如此一个国医圣手，竟如孩童一般争强好胜不说，还有率真的一面，也有意思。

曹殊隽拿来地图，发现雪花酪被金甲吃了，懊恼不已。金甲却不理他，展开地图，在曹府和文府之间画了一条线，却又不得要领，想了一想，索性将线画长，贯穿了整个地图。

“中线？竟是上京城的中线！”夏祥惊呼出声。

曹殊隽、萧五面面相觑，不知道金甲所画之线有什么用处，就连曹姝璃也是一脸茫然，夏祥却是看了出来，曹府和文府的连线若是向上向下延伸开来，正好将上京城一分为二！

再往上一看，中线正好直通皇宫，沿皇宫正中，将皇宫也从中分开。

是了，上京城初建之时，由高人观天象论地形画线而建。一条贯穿南北的中线是皇宫的起点，皇宫所有房屋皆沿中线两侧依次而建。

年深日久，到了今日，数百年过去了，上京比之前扩大了十几倍有余，当年的中线早已被人遗忘。不过奇怪的是，扩大了十几余倍的上京，依然沿当年的南北中线呈东西对称之势。

曹姝璃微微点头：“不记得在哪一本书上看过，上京中线是上京的气脉所在……怎么，我家竟是在中线之上？”

“准确地讲，曹府池塘正在中线之上。”夏祥朝曹姝璃微微一笑，继续侃侃而谈，“传说中线是气脉所在，而气脉事关上京的兴衰。一般来说，建在气脉之上的府院，应该人丁兴旺、诸事如意才对。”

“也不全是，朝代有更迭，人事有沧桑，中线也并非一成不变。退一万步讲，姑且就算中线还在，但中线不一定就必是上京的气脉。”曹姝璃微微蹙眉，思忖再三，说出心中担忧，“或许天数变化影响到了上京气脉，现在的中线已经不再是气脉所在之处了。”

“皇上龙体欠安，有多久了？”夏祥脑中蓦然闪过一个念头，仿佛打开了一扇门，“金甲先生，皇上之病，是否也是寒气之症？”

金甲身为太医院太医，自然清楚皇上的病情。夏祥一问，他赫然而惊，手中的雪花酪没有拿稳，失手落地：“知我者，夏祥也。夏祥，日后老夫一定会收你为徒。”

说完，转身就走，走到门口又站住，回身说道：“药床药椅做好之后，若有效果，马上让老夫得知。告辞！”

金甲说走就走，片刻也不停留，转眼就不见了人影。

真是一个怪人，夏祥摇头一笑，一抬头，正遇到曹姝璃好奇而热烈的目光，他心中不由得一动，曹小娘子知书达理，且有学识，又举止得体，更不用说秀丽端庄，是一等一的美人。又想起曹殊隽一再提及他和曹小娘子是天作之合，不由得走神了。

曹姝璃被夏祥盯着不放，不觉脸上发烫，浑身发热，心跳加快，左右不安，期期艾艾地说道："夏、夏郎君，金甲先生要收你为徒，你可是要答应他？"

夏祥一时惊醒，见曹姝璃面红过耳，粉颈如雪，低眉顺眼，无比惹人怜惜，不由得心神一荡，哈哈一笑："他说收我为徒就收我为徒？也太便宜他了。我夏祥志向远大，日后一飞万里，金甲先生想收我为徒倒也可以，只要他追得上我就好。"

曹姝璃心中忽然黯淡了几分，是了，夏祥高中进士之后，必然前程远大，榜下捉婿时，以他的相貌和才情，必定会有无数高官争相拉拢。

"榜下捉婿"是大夏的一种婚姻文化，即在发榜之日各地高官权贵、富商乡绅全家出动，争相挑选登第士子为女婿，由于登第士子少而嫁女者多，众人一哄而上，和抢并无分别，坊间便称其"捉婿"。

如今爹爹式微，罢官也许只在朝夕之间，他日夏祥一旦高中便是鱼跃龙门，又如何看得上爹爹一个小小的鸿胪寺少卿？况且爹爹又重病在床，是否康复还不得而知，万一爹爹有个三长两短，她和曹殊隽姐弟二人相依为命，更是会被夏祥轻视。

一时想得多了，曹姝璃只觉心情沉重，再无半分兴致，草草向夏祥道谢之后，便以服侍爹爹为由告辞而去。

夏祥不觉有他，和曹殊隽又兴致勃勃地谈了一番药床和药椅的制作，以及好景常在商行会徽——夏祥正式将他设计的金银铜木标识命名为会徽——的规格，又在曹家用过午饭，方起身告辞。

/ 第三十一章 /

寒脉

滹沱河发源于河东路，向西南流经恒山与五台山之间，至界河折向东流，东流至河北路真定府灵寿县中山村，再一路向东和滏阳河相汇成子牙河后，注入渤海。

滹沱河的水量并不丰富，今年也是如常。在经过上游数条支流的汇聚后，流经中山村时，便成了一条长数十丈的大河。在中山村处优美地拐了一个弯，将中山村环抱在内，中山村就如世外桃源一般，安静而知足。

再向东数十里，出了灵寿县，到了真定府境内，河面就更加宽阔，颇有几分浩浩荡荡之势。河上来往不绝的大小船只，虽不如京杭运河之上的船只高大、奢华并且数不胜数，却也自有一番轻舟飘荡、自由自在的意境。

这一日，一只小船从真定府出发，逆流而上，直朝灵寿县城而去。船头立有一人，书生打扮，头系方巾，身穿青衫，迎风而立，负手望天。

书生相貌俊美，唇红齿白，肩膀瘦削，虽有意抹黑了脸庞，却依然掩饰不住周身上下的秀气。他面容秀丽，鼻子小巧而坚挺，双眸如星，尤其是修长的脖颈，宛如美玉。当前一站，掩映在青山绿水之间，直如飘然仙去的仙子。

船公魏小八今年五十有六，在滹沱河上行船四十余年，对两岸秀美的风光和险峻的山峰早已司空见惯，也自认见多识广阅人无数，却还是对今日的客官赞叹不已。不只是赞叹客官出手大方，光是赏钱就足足给了一两银子，他还被客官俊秀的长相震惊了。

只要不是大雪封河，四十余年来，魏小八每天都行船在滹沱河上，经他迎来送往的客官没有一万也有八千，不管是貌若天仙的大家闺秀还是貌比潘安的青年才俊，他都见识了不少，却还从来没有一人如今天的客官让他一看之下就心生欢喜。不仅仅是因为客官长得美不可言，还在于客官的一举一动无一处不透露出一股让人如沐春风的喜悦。

是的，这位年轻貌美女扮男装的客官——魏小八一眼就看出了书生打扮的客官其实是一个小娘子——非但人长得漂亮，说话也是婉转悦耳，而且她如同一块无瑕的美玉，远望如远山，秀美而神秘，近观如潭水，幽邃而静美。总之，这位自称幔陀的小娘子是魏小八生平所见最让人心情舒畅的客人。

小娘子从真定府上船，要前往中山村。通常客官都会在灵寿县城下船，再转乘骡马去中山村，比较方便一些。小娘子却非要乘船直接前往中山村，在魏小八再三说明从灵寿县城下船再转乘骡马更安全之后，小娘子依然坚持，他也就没再多说什么。虽然从灵寿县城到中山村的十几里河面，弯多水急，容易出事，但小娘子出手大方，说话又婉转，他不忍拒绝，就答应下来。

魏小八相信凭借他四十余年的行船本领，就算再大的风浪再急的湍流他也能撑过去。

滹沱河到了灵寿县境界，和官道并行，人在船上，可以远望官道之上的行人和马车。逆流而行，船速并不太快，快到灵寿县城时，河边的官道上，有两匹快马飞驰而过。

快马飞奔，将路上的行人和马车远远抛到了身后。马上二人，神色肃然，皆是一身干练打扮，二人一黑一白，再加上态度十分嚣张，格外引人注目。

"让开，让开！官差办案，撞伤撞死不管！"

"驾，驾！"

幔陀在船头站立了半晌，一直欣赏两岸的风光，很少向官道上多看一眼。两匹快马和马上二人的跋扈，终于引起了她的注意，她漫不经心地朝二人望了一眼，嘴角泛起一抹淡然的笑意。

魏小八正在卖力地划船，不经意一抬头，正好看到幔陀展颜一笑，本来艳阳高照，热气袭人，不知何故，他忽然感觉如坠冰窖，瞬间遍体生寒！

怎么回事？魏小八心脏怦怦直跳，明明幔陀只是随意一笑，为何会让他有一种遍体生寒心中大为惊恐的感觉？幔陀只是一个娇弱的小娘子，又不是吃人的老虎和兴风作浪的水中蟒蛇，怎会让他恐惧不安？

魏小八当然想不明白，因为他虽然活了一大把年纪，也经历过无数风浪，却并没有见过真正的大风大浪，也不知道什么叫杀意。没错，刚才幔陀微微一笑之时流露出来的寒意，正是经历过生死大战之人都曾经体会过的杀意！

"船家，刚才的两匹快马会比我们早到灵寿县城半个时辰，对吗？"幔陀回身冲魏小八嫣然一笑，刚才的杀意浑然不见，只有春风和明媚。

"对，对，撑死了也不过快半个时辰。前面不远，官道就坑坑洼洼了，想跑也跑不快。"魏小八又感受到了幔陀犹如美玉般的柔和，心情放松下来，怀疑刚才一瞬间的寒意只是自己的错觉。

“过了灵寿，到中山村行船能比乘马快上多少？”幔陀并未注意到刚才她无意中流露出的杀意居然让魏小八惊吓过度，她现在一心只想早花关和木恩一步赶到中山村。

“快上半个时辰应该没有问题。”魏小八仰脸说道，一脸自得之色，“小娘子，也就是我魏小八敢行船到中山村，换了别人都不行。不说灵寿，就是放眼真定府，敢从灵寿县城行船到中山村的船公，也只有我一个。”

幔陀没再说话，转身仰望青山。青山妩媚多姿，多姿之外，又有北方青山特有的苍劲和雄伟，少了南方山水的柔美。幔陀心中波澜不起，想起她一路从海南到泉州再到金陵、临安，再到大名、真定、保州，再到上京。若非在上京城外的快活林遇到了花关和木恩，她此时应该已经在上京城内安居了。奔波多年，她早想寻一处安静的院子，弹琴、习武、吟诗，已然厌倦了江湖风雨。

虽自小生长在南方，幔陀却更向往北方的山水。北方山水的雄伟和壮丽，是南方山水无法相比的。幔陀本是江南水乡的女子，从小在山水如画的武夷山长大，却不好女红好武功。五岁时，得遇名师，传授了一身武功。十岁时，爹爹入京为官，她随父前来上京，自此喜爱上了北方的山水和气候。后来爹爹被贬出京，客死在海南，她安葬了爹爹之后，一路北上，要为爹爹申冤。

结果在快活林偶遇了花关和木恩。

花关和木恩是何许人也，幔陀并不知道，她只是在快活林中偶遇二人，无意中听到了二人的对话，知道二人是三王爷的人，又从李观雨口中得知二人是为三王爷到灵寿县中山村办事，办什么事情她不管，她却不难猜到，堂堂的三王爷派人前往数百里之外一个不起眼的小山村，必定是了不起的大事。既然是三王爷的大事，她就要查个清楚才好。再如果她可以坏了三王爷的大事，也算是为天下百姓谋福为爹爹出气了。

毕竟，爹爹之死，三王爷星王有摆脱不了的干系。

一路跟踪花关和木恩南下，幔陀小心行事，隐匿了行踪没被二人发现，也是二人水平太过一般，以幔陀的本领，不必太过刻意就可以瞒过二人。不过到了真定府后，幔陀得知灵寿县内多山，中山村更是被群山环抱被滹沱河环绕，如果她再如平原地带一样跟踪花关和木恩二人，被二人发现的可能性会大大增加。

因此，幔陀决定走水路。

跟踪二人一路，幔陀听到了二人一路上谈论的一些内容，有些是近距离直接听到的，有些是从二人吃过的摊点上打听来的，她对夏祥的兴趣就越来越浓。一个初出茅庐的士子，还没有考取功名，也从未迈出过中山村一步，怎会被位高权重名满天下并且权倾朝野的三王爷派人前来调查？以三王爷的权势，他日理万机，所在意的都是朝廷大事，别说夏祥还没有考取功名，就算功名在身又能如何？外放为官，不过是一个小小的七品知县，和星王相比，依然相差了何止十万八千里！

那么三王爷为何非要和夏祥计较长短呢？其中必定有不为人所知的内情。

幔陀并没有为夏祥出头的想法，她只想弄清真相，作为她可以用来反击三王爷的伏笔之一。她和夏祥非亲非故，又素不相识，夏祥是死是活，与她无关。

过了灵寿县城，河道变窄，水流变急，放眼望去，河面上几乎没有行船，只有魏小八的船只孤零零地飘荡在河上。夕阳西下，映照得四下金黄一片，两岸的景色也陡然一变，树木渐少而怪石增多。远处突兀的山峰之上，悬崖峭壁，怪石嶙峋。

“小娘子，这一处悬崖叫断崖，前些日子有两个后生掉了下来，对了，就是中山村的后生，一个叫夏来，一个叫夏去……”魏小八稳稳地掌舵，虽累，却充满了激情，好多年没有这种浑身力气使不完的感觉了，眼前河水滚滚，潜流不断，他不但没有害怕，反倒激发了搏击风浪的勇气。

“死了没有？”幔陀对夏来夏去并不关心，随口一问，也是出于对魏小八热情介绍的回应。

“没有，他们命大，都没死。不过听说二人是分别掉下了悬崖，又分别被人救起，没有见面，兄弟二人到现在也不知道对方死活。”魏小八摇头叹息一声，一脸为古人担忧的痛心，“真是天可怜见，夏来夏去本来是中山村的好后生，就因为要跟夏祥进京赶考，想等夏祥高中之后，跟着享用荣华富贵，谁知才走出中山村不久就掉下了悬崖。也有人说，夏来夏去是被夏祥推下了悬崖……”

原来和夏祥有关，幔陀问道：“夏祥为什么要推夏来夏去掉下悬崖？船家，不要听风便是雨，有夏来夏去一路陪同进京，夏祥会安全许多，他把二人推下悬崖，对他来说，并无半点好处，夏祥既不傻又不是得了失心疯，干吗害死自己人？”

魏小八顿时哑口无言，憋了半天才尴尬地说道：“我也是道听途说，不知真假，权当为小娘子解闷了，小娘子不必当真。”被船公识破女扮男装的身份，幔陀也不解释，只是神色淡然地应道：“用如此无聊之事解闷，不如算了。”

魏小八老脸一红，咳嗽几声来掩饰窘迫。过了一会儿，他又想起了什么，忍不住说道：“听说夏来被一个马队救下，跟随马队去了塞外谋生。夏去被一个商队救下，随商队南下泉州，出海去了。也不知真假，总之这件事情在中山村附近十里八乡传得沸沸扬扬，都说夏祥不是吉祥之人，以后谁跟他走近，谁就会倒霉。夏来夏去这一对可怜的后生，也不知道这辈子还能不能回来中山村……”

夏祥的死活幔陀都不关心，夏来夏去的命运她更不会放在心上，魏小八的话，她听过就算。过了一会儿，又觉得有几分无趣，见河水愈加湍急，而水的颜色渐深，同时，微有凉意袭来，不由得问道：“寻常船公不敢行船去中山村，就是因为此处河水湍急水深危险？还是有别的原因？”

魏小八嘿嘿一笑，自得地抚了抚稀落的胡须，说道：“这一段河水是湍急了些，但河水并不多深，别的船公不敢行船，是有河水湍急的原因，也有人说是这一段河水是滹沱河的气脉所在，行船容易惊动河神，招来无妄之灾。”

“气脉？莫非是说寒脉？”幔陀微微惊讶，刚才她感觉到了河水之中传来丝丝寒意，和之前的河水大不相同。

“寒脉？什么叫寒脉？小老儿不懂。”魏小八哪里知道寒脉一说，就连气脉的说法，他也只是半信半疑，听就听了，却并不知道气脉到底是什么。

“寒脉就是……”幔陀想要解释几句，话到嘴边又咽了回去，以魏小八的见识，说了他也不懂，不如不说，浪费时间，“还有多久可到中山村？”

“半个时辰。”魏小八也并不真想知道寒脉是什么，他只想早些赶到中山村，此时寒意阵阵，仿佛转眼由夏入秋，他心中没来由地多了几分慌张，莫非真的惊动了河神，河神发怒，要降罪于他？

“能不能再快一些？我再加一两银子。”幔陀手腕一翻，手中就多了一锭银子，她也不多说，扬手扔给魏小八，“有劳船家了。”

“行，行，一定能快，一定能。”魏小八无比惊喜，行船四十余年，他还是第一次见到如此大方的客官，顿时喜不自禁，使出了十二分力气划船。

幔陀转过身去，不再理会魏小八，眺望远山如黛，夕阳如火，再看河水幽邃深远，若是仔细观察，可见有丝丝白色的冷气升腾，果然是寒脉……第一次听到寒脉的说法时，她年纪尚小，并不知道所谓寒脉到底是什么所在，只知道寒脉是一条隐藏在地下看不见摸不到却可以感受得到的气脉。气脉分为暖脉和寒脉，若是暖脉，会是吉祥之脉，在暖脉之上，植被丰茂，家宅人丁兴旺，身体健康。若是寒脉，便是不祥之脉，在寒脉之上，万物凋零，家宅人丁不旺，百病丛生。

今日算是亲眼见到寒脉了，果然和传说中一样神奇。幔陀自幼习武，体质比寻常人等强了许多，却依然可以感受到寒气阵阵。再看水中，看不到鱼儿，两岸岸边，百草不生。就是两岸景色，也是冷峻灰色，多了压抑肃杀之意。

就如由盛夏一步步入了深秋一般。

听说皇上之病，也是因皇宫建在寒脉之上所致。幔陀又想起临行前爹爹的嘱托，不由得微微皱起了眉头。皇宫虽是建在寒脉之上，皇宫之大，却有上千间房间，皇上若是选一间远离寒脉的房间，也非难事，为何皇上病情迟迟未好，莫非是有人故意为之？

一时想得入神，也不知过了多久，忽听魏小八吆喝一声：“客官，到了。”

中山村到了？幔陀一抬头，河岸上，有一个三面被群山环抱的山村，山村坐落在山脚下，远远望去，就如一颗点缀在青山绿水之间的宝石。三山一水，背山靠水，真是一处上好的风水宝地。

魏小八热情地送幔陀下船，天色已晚，他不敢再冒险返回，今晚就先在中山村借宿一晚，明日一早返程也不迟。再者，若是明早小娘子也要回去，他再载她回去，也算是功德圆满了。

魏小八系好船，跟在幔陀身后，不停地为幔陀介绍中山村，没走几步，忽见两匹快马飞奔而来，眨眼间，快马已经近在咫尺。

“怎么会这么快？不应该！”魏小八以为是小娘子所指的两匹快马，也是，在穷乡僻壤之地很少见到马匹。

一愣神的工夫，快马已然冲到了魏小八眼前，马上一人扬手一鞭，正中魏小八面颊。

“混账东西，滚开！”

魏小八被一鞭打中，痛不可言，身子一晃就摔倒在地。无巧不巧，地上有一斜坡，他摔倒地上，滚了几下，第二匹快马正好赶到，马蹄扬起，嘶鸣一声，一脚踩下。

幔陀回身看时，为时已晚！

/ 第三十二章 /

宋定娘之死

中山村百余年来，如同与世隔绝一般，安静安稳，在山水环抱间岁月静好，直到李鼎善和肖葭出现之前，村中连吵闹打架都很少，更不用说杀人放火的大事了。

月余前，突然来了几人，为首者高见元说是奉命捉拿朝廷钦犯李鼎善。李鼎善和肖葭远走高飞，夏老成惨死，夏祥、夏来、夏去连夜出走，中山村百余年来的宁静被一朝打破，诸多事情纷纷涌现。

先是传来了夏来夏去跌落悬崖生死不明的消息，夏得水听到消息之后，痛不欲生。村中组织了百余名青壮年男子外出寻找，结果一无所获，活不见人死不见尸。正当夏得水一病不起奄奄一息之时，村中一人前往灵寿县城，无意中听人说起有一支去塞外的商队救起一人，以相貌、年纪和所救地点来推断，正是夏来。后来又有人听说夏去也被人救下，去了泉州出海。

虽然两个儿子下落不清，但总好过生死不明，夏得水转危为安，总算挺了过来。

夏得水病好之后，宋定娘却又一病不起。

宋定娘虽不是土生土长的中山村人，来到中山村后，知书达理又任劳任怨，一个人拉扯夏祥长大，很是不易，深得村民喜爱。她病倒后，夏得水请来郎中为她诊病，郎中诊治后，说他无能为力，除非到县城的大佛寺药铺请灵寿名医田有仁诊治，或许还可活命。

是夜，夏得水组织人手，将宋定娘送到了灵寿县城，敲开了大佛寺药铺的大门，见到了名医田有仁。

田有仁也无能为力，说是宋定娘已然病入膏肓，时日不多了。宋定娘并不悲伤，只是留了一封信给夏得水，让夏得水交到夏祥手中，并交代后事，让夏得水不要再将她带回中山村，就地掩埋即可。夏得水含泪答应。

在灵寿县城停留了一夜，第二天宋定娘就溘然长逝。夏得水依宋定娘所言，想要将她就地埋葬。田有仁却说，大佛寺药铺平常也多诊治一些得了不治之症的病患，不少病患死后，都愿意交由大佛寺药铺处理后事。大佛寺药铺是大佛寺的药铺，佛家悲悯世人，慈悲济世，救治了不少无钱医治的穷人，也掩埋了许多无家可归的流浪者。

大佛寺初名大悲寺，和太宗颇有渊源，是大夏十大名寺之一。

太宗北征之时，路经真定，到城西由唐代高僧自觉禅师创建的大悲寺礼佛时，得知寺内原供的四丈九尺高的铜铸大悲菩萨，遭遇后汉契丹犯界和后周世宗毁佛铸钱的两次劫难，又因为寺僧“遇显即毁，迢夏即兴”的传言，遂敕令于城内龙兴寺重铸大悲菩萨金身，并建大悲宝阁。四年后落成，建成了一个南北纵深、规模宏大、气势磅礴的寺庙建筑群，太宗亲自题名为大佛寺。

终太宗一朝，大佛寺名气之盛，无出其右。太宗每有犹豫不决之事，必来大佛寺朝拜。久之，大佛寺被称为皇寺。

太宗后，臻宗以及当今圣上虽然也崇信佛教，却不再南下数百里至真定大佛寺，而是去上京城内的潭柘寺朝拜。由此，大佛寺盛名渐衰。

饶是如此，大佛寺依然是大夏十大名寺之一，且排名居首。大夏十大名寺，由太宗亲自题名者，仅此一寺。

夏得水一是深知大佛寺盛名，二是交由大佛寺处理宋定娘后事，也算是了了宋定娘的心愿，宋定娘一向茹素信佛。

宋定娘死后，中山村总算又恢复了往昔的平静。

夏得水因思念儿子，每日无事时，都要到河边转上一转，或许儿子突然出现也未可知。就算儿子不回，夏祥回来也是好事。宋定娘留下的书信，他一直等夏祥回来之后交到夏祥手中。

这一日，夏得水又和往常一样，来到河边。才等了片刻，就有一艘小船驶来，他欣喜若狂，平常中山村很少有船靠岸，莫非是儿子回来了？他急忙向前，想要看个清楚，却见船上下来一名书生和一个老头，书生秀气过人，和儿子的浓眉大眼相差甚远，他不由得大失所望。

想要转身回去时，忽然又见两匹快马飞奔而来，夏得水心跳加快眼皮乱跳，今日又是船又是马，又有什么大事发生不成？他正在犹豫要不要上前问个清楚时，陡然生变！

当年大夏和北方游牧民族作战之初，被北方游牧民族的骑兵打得落花流水，溃不成军，一败再败，是因骑兵速度如飞，再加上马匹奔跑之时的冲击力度过大，步兵难以抵挡。魏小八面对的虽不是重甲在身的骑兵，血肉之躯也是难抵奔马——被马的前蹄踩中之后，他当即倒地不起，随即又被马的后蹄践踏，当场一命呜呼。

可怜魏小八劳苦一生，今日遇到幔陀，原本以为可以发点小财，不想突然遭遇变故，竟然惨死，真是可怜。

夏得水震惊得一屁股坐在地上，吓得魂飞魄散，惊得目瞪口呆。然而让他更加惊骇的一幕出现了，先下船的白面书生回身之际，见魏小八已然被卷在了马蹄之下，他身形只微微一顿，猛然如大鹏展翅般跃起一丈多高，人在半空之中，右手一扬，一道白光夺手飞出，直取马上之人。

马上之人是一名二十多岁的男子，瘦脸淡眉，薄唇大耳，眼珠黑少白多，转动之间，精明而机警。他一声惊喝，从马上一跃而起，堪堪躲过了致命一击。

幔陀怒不可遏，她虽为人冷淡，却并不漠视人命，魏小八和她素昧平生，一路护送她前来中山村，也算有缘，不想竟被人马踏致死，如此残忍之事，她不能坐视不理，当即一枚飞刀出手，出手便是杀招。

一击不中，幔陀又一起一落，逼近马上之人三尺之内，手中白光一闪，利剑出鞘，直取对方的咽喉！马上之人被幔陀一记飞刀逼得纵身半空，人还没有落下，第二招杀招又至，他又惊又怒。惊的是，对方飞刀刚一出手，便可感到杀意森森，他虽飞身躲过，却也险之又险，飞刀擦着脚底掠过，别人不清楚，他心中却是有数，飞刀划破了他的鞋底，只差一寸就会割断他的脚筋！

更让他心中骇然的是，所谓行家一出手便知有没有，在中山村穷乡僻壤之地，怎会有如此绝顶高手出现！

幔陀连出三剑，剑花闪耀寒光，转眼间就和对方交手三招。三招过后，她一剑逼退对方，退后一步，负剑而立，冷冷说道："你有两条路可走，一是自断一臂，二是被我一剑杀死。"

董四心中的震惊如惊涛骇浪，三个回合过后，他心中已然明了，自己绝对不是眼前之人的对手。刚才他还以为对方是一名不及弱冠的少年，现在开口说话才听了出来，竟是一名弱女子，心中更是不安。回身一看，董七娘业已来到近前。

董七娘心中也是震惊不断，方才她情急之下，挥鞭打中了魏小八的脸颊，并没太当一回事儿。以她和董四的身份，来到小小山村，纵马伤人只是区区小事。

不料董四收马不住，居然将魏小八踩死，事情就闹大了。当时董七娘心中还想，死了一个船夫，赔上几十贯钱也就了事了，她和董四奉景王之命出京前来中山村追查李鼎善的下落，并调查夏祥的父母，同时，还受见王殿下委托，要查清夏祥的来历。二人身负二王重托，重任在肩，兹事体大，谁敢耽误他们的事情谁就妨碍了二位王爷的大事，罪该万死。

董七娘和董四快马加鞭，一路上马不停蹄，只想早一日赶到中山村，将事情调查清楚，好向王爷复命。哪知才到中山村，竟突起变故，还遭遇了一名绝顶高手。

董七娘不敢怠慢，抽出兵器——缠绕了铁钉的皮鞭，站在董四身侧，对幔陀怒目而视：“你是他什么人？不过是一条贱命，死便死了，用得着以死相逼？想要多少赔偿，尽管说来。”

幔陀本想退让一步，让董四自断一臂再重金赔偿魏小八家人，也算了了此事，不想董七娘口出狂言，心中火气再起，冷冷一笑：“好，黄金万两！赔得起便赔，赔不起，就以命抵命。”

董七娘怒极反笑：“哈哈，黄金万两，你当我们是傻子？赶紧让开，不要耽误了我们的大事，否则，你只有死路一条。”

“你可知我们是什么人？”董四心生退意，刚才三招，对方未尽全力，他已经难以抵挡，相信以他和董七娘联手，也不是对方之敌，他便想抬出王爷名头吓退对方。

幔陀才不会在意对方是什么，她左手一扬，一枚飞刀出手，直取董四胸口，右手剑尖一晃，朝董七娘一剑刺去。

董四大惊失色，想要躲闪已来不及，手中软剑一扬，“叮”的一声，软剑和飞刀相碰，飞刀飞偏，落入了滹沱河中。他感觉手中大振，软剑险些脱手飞去。力道之大，当真惊人。

“啊！”董四暗道侥幸，算是躲过一劫，低头一看，顿时骇然，手中软剑居然断为两截。他只吓得胆战心惊，对方武功太过高强，他和董七娘联手，怕也不是对方三招之敌，三十六计，走为上策。

想走……已经晚了！

董七娘见幔陀挺剑来刺，没太放在心上，手中皮鞭一抖，挽了一个鞭花，如毒蛇出洞，朝幔陀的脖子卷去。她自诩手中皮鞭施展得出神入化，曾经无数高手被她的鞭子打得晕头转向，相信幔陀一个瘦弱的女子——董七娘一眼就看出了幔陀是女扮男装，是以才没将幔陀放在眼里——难敌她的追魂索命鞭。

幔陀不想再和二人纠缠下去，算算时间，花关和木恩二人也快要到了，至于董四和董七娘是何许人也，她不关心也不想知道，她只想完成她想要做的事情，然后再去上京。

董七娘的皮鞭看似厉害，在幔陀看来，却是稀松平常得很。她飞身一跃，躲过董七娘的一击，手中利剑回身旋转，刺向了董七娘的手腕。皮鞭的优势在于长，一寸长一寸强，幔陀近身上前，皮鞭的优势就没有了。

董七娘立刻就明白了幔陀的心意，她才不想让幔陀的计谋得逞，当即纵身后退，同时娇喝一声：“四哥帮我。”

董四不是不想帮董七娘，实在是刚才软剑被幔陀的飞刀击断，让他震惊当场。此时他也清醒过来，顾不上许多，将手中的断剑扬手掷出。

幔陀也不紧逼，任由董七娘后退，断剑到了身前，她手中利剑一挑，将断剑挑在剑下，反手一转，断剑又飞向了董四。董四吃过幔陀飞刀两次亏，一见飞来之物就心中害怕，飞身跳开。不料过于紧张，没留神脚下石头，一滑，身子一歪，一下摔倒在地。

“真没用！”董七娘心中愤恨，手中长鞭舞得密不透风，一拉一伸，如长枪一般，鞭尖寒光四射，直奔幔陀脖间。

幔陀冷哼一声，身形如鬼魅般弯曲，就如从中折断一般，堪堪躲过了董七娘的致命一击，还不算完，她手中利剑在空中画了一个半圆，剑光闪过之处，董七娘的长鞭顿时一分为二。

“嗯？”董七娘没想到幔陀身手如此之快，微一惊呆的工夫，眼前寒光一闪，一枚飞刀直奔脑门而来，她此时已然躲闪不及，只惊恐地张大了嘴巴，惊呼一声，“啊……”

寻常飞刀一类的暗器，都是直取人体最薄弱的部位，比如脖子，比如胸口，比如肚子，再不济也是大腿、臀部，很少有人飞刀直取脑门。人的脑门头骨极为坚硬，人的臂力终究有限，又不是强弩硬弓，可以射穿头骨。

幔陀出手直取董七娘脑门，是对自己飞刀绝技的绝对自信。但不管幔陀到底有没有可以贯穿头骨的臂力，董七娘却是自认必死无疑，眼见飞刀距离她的两眼之间不足一尺之时，一只胳膊横空出现，挡在了眼前。

“噗”的一声，是飞刀入体的沉闷声音，飞刀直没至柄，入肉何止三寸，可见力度之大，确实见所未见！

正是董四见势不妙，奋力跃起，以臂挡刀救了董七娘一命。

飞刀非但贯穿了董四的手臂，刀尖还露出半寸有余，顶在了董七娘脑门之上，生生在董七娘的额头之上划出了一道寸长的伤口。

“赔钱还是偿命？”幔陀一刀命中二人，利剑归鞘，抱剑而立。

董七娘和董四对视一眼，二人都心生怯意，虽然还有一战之力，却已然再无斗志，董四强忍剧痛，抱拳说道：“娘子，我二人愿意赔钱。但黄金万两实在太多，杀了我二人也拿不出来，况且我手臂受伤，方才娘子也说，要么自断一臂。手臂中刀，也勉强算是断臂了……再加上赔偿，娘子可否满意？”

“也罢，拿出你二人身上所有钱财，交与魏小八家人，此事我便不再追究。”幔陀话一说完，转身就走，不肯再停留片刻。

转眼间，幔陀的身影就消失在了绿树之中。董四一屁股坐在地上，心中仍然后怕不已。一抬头，见董七娘一脸惊愕地望向来路，他大吃一惊，莫非幔陀去而复返？他跳了起来，顺着董七娘的目光只看了一眼，也是惊呆当场……

不远处的官道上，两人两马正飞奔而来。离得远，看不清楚二人的长相，却依稀可见二人是一身干练打扮，和他二人几乎一样。

/ 第三十三章 /

是非曲直

“花关！木恩！”董七娘和董四异口同声惊呼出声。

夏得水此时大脑一片空白，什么都顾不上，想也未想，连滚带爬跑回了中山村。

幔陀来到中山村，得知夏祥母亲已经去世，不免悻悻。好在她打听到了李鼎善、肖葭之事，同时也知道了李鼎善被三王爷派高见元、燕豪前来追杀，也算是不小的收获。在村中停留了半个时辰有余，她凭借出手大方赢得了不少人的好感，也问出了想要知道的一切。

夏得水见她打听夏祥，以为她是夏祥在上京的友人，将宋定娘临死之时的书信交与幔陀，托她带回上京转交夏祥。幔陀欣然答应。

眼见夜幕降临，她决定离开。

回到岸边，却赫然发现魏小八的尸体已然不见，只有一艘小船孤零零地停靠在岸边。幔陀上船，和来时逆水行舟不同的是，返程是顺流而下。

幔陀走后不久，四人四马来到了岸边，正是董四、董七娘、花关和木恩四人。董四已经包扎完毕，因失血过多脸色十分惨白，精神也萎靡不振。董七娘也是一脸挫败，神色沮丧。

花关缺了右耳，更多了几分凶恶，他望着消失在了天边的小船，呸了一口：“就这么放她走了？娘的，太便宜她了。不信我四人联手还拿不下她？！董四你也真是的，怎么这么怕一个娇滴滴的小娘子？”

“小娘子？你要是见到她，会比我更没出息，说不定会吓得尿裤子，哼。”董四颇不服气，花关和木恩是什么货色，也配和他相提并论？他出身官宦之家，虽然家道中落，至少也是世家子弟，不像花关和木恩却是山匪出身，“你是不知道她有多厉害，剑术出神入化，飞刀绝技独步天下，而且还长得貌美如花，就是冷冰冰的像是雪人。”

木恩眼睛一转，嘿嘿一笑，摸了摸左耳：“我和花关和小娘子交过手，知道她的本事。光凭动手我们四人也许还真不是她的对手，但如果斗智的话，嘿嘿，就不一定了。幔陀……名字好听人也好看，总有一天，我会把她拿下，让她成为我的女人，哈哈。”

董七娘不无鄙夷地看了木恩一眼，就凭木恩的长相和本事，还想拿下幔陀？真是痴心妄想，也真敢胡思乱想。别说幔陀不会看上木恩了，就连她多看木恩几眼，就会对男人失去兴趣。

不过心中鄙夷归鄙夷，大面上她还是要和木恩同仇敌忾，董七娘说道：“宋定娘一死，线索也就断了，中山村无人知道李鼎善的真实身份……我们还是回京复命吧。你们和我们一起赶路还是分开？”

木恩狞笑说道：“不了，你们先走，我和花关还要在灵寿停留一晚。好不容易出来一趟，不好好快活一番，也对不起自己的一番奔波劳累。”

“既如此，我们就此别过。”董四心情不好，不想再多说什么，他也懒得再和木恩、花关周旋，若不是有幔陀大敌当前，担心万一幔陀改变了主意想要杀他，他还可以借助木恩、花关之力，否则，他连和二人说话都觉得有辱身份。

更何况，他是景王之人，木恩和花关是归燕豪管辖的星王手下，本不是一路人。

魏小八的尸体，董四已经委托夏得水代为料理后事，并将赔偿一并委托夏得水转交魏小八家人。魏小八是邻村吴家那的人，夏得水正好认识。

“四哥，也是怪了，为何景王和星王都对夏祥这人大有兴趣？”待木恩和花关二人走远，董七娘方说出心中疑问，“星王和景王都在调查夏祥，是想重用他还是想杀他？”

“杀他？夏祥此时人就在上京，想要杀他不是易如反掌？”董四嘿嘿一笑，“两位王爷都是心深如海的人，他们到底是什么打算，我们就不要猜了，猜来猜去只是浪费时间，也无端多了苦恼。好了，我们这就上路吧。”

“木恩和花关真的是去灵寿快活去了？”董七娘心中还有疑问，不问出来她心中难受。

“他们贼心不死，多半是截杀幔陀去了。”董四冷冷一笑，“也好，他二人愿意去送死就尽管去。万一二人得手杀了幔陀，也是好事一件。”

“说得也是。”董七娘扶董四上马，“还是赶紧回京向王爷交差重要。”

董四和董七娘策马离开中山村后，中山村又恢复了平静。除了夏得水之外，其他人等的生活依然是平静而安稳。夏得水受人之托，运送魏小八尸体前往吴家那。

吴家那距离中山村十余里，说远不远说近不近。夏得水驾了一辆牛车，花了整整一天时间才赶到吴家那。将尸体交与魏小八家人时，魏小八家人哭天喊地，声称要去报官，在夏得水拿出赔偿之后，家人瞬间石化当场，随后又笑逐颜开，再也只字不提报官之事——报官的话，赔偿便会没收，官府会依法追捕杀人凶犯。再万一凶犯真是公务在身，最后还是可以以赔偿代替刑罚，以官府明文规定的赔偿，远不如现在到手的多，魏小八家人是聪明又善良的百姓，自然清楚孰轻孰重。

热情招待了夏得水，将夏得水奉为上宾，又请来街坊四邻作陪，好好的一出丧事愣是办成了喜事。想必魏小八地下有知，也会感慨人心不古。当然，如果他大度的话，见到因他一死为家人带来了一跃成为富人的机会，也可以含笑九泉了。

魏小八确实可以含笑九泉了，董四和董七娘是世家子弟，说到做到，将身上所带钱财全部赔偿魏小八家人，足有一千贯之多。平白多了一千贯的巨款，魏小八家人并没有大盖房屋大吃大喝，而是让魏家十余子弟去县城读书。结果十年后，魏家出了一名进士，从此魏家彻底翻身，成为灵寿知名的大户人家之一。也算是魏小八积下的阴德。

此为后话，暂且不提。

夏得水在魏家喝至半醉，想要离开时，来了一个自称胡不说的老头。胡不说满头白发，满面红光，乍一看鹤发童颜，飘然若仙，身上的衣服却是脏得不成样子，看上去有几年没有洗过了。

他不请自来，还坐到了夏得水的身旁，一口气喝了几壶酒，然后拉住夏得水的袖子东扯西扯讲了一些虚无缥缈的修仙之术，弄得夏得水一头雾水，见周围众人对胡不说一副避之不及的样子，心下明白了几分什么，就对胡不说不怎么理睬了。

胡不说乱说一气，见连夏得水这个外人也不再理他，自感无趣，就话题一转，说到了出塞做生意的玉石之路。

“南方有茶马古道，北方有玉石之路，玉石之路你们哪个知道？哼哼，谅你们都不知道。”胡不说浑不在意别人对他厌恶的目光，夹起一粒花生米放在了嘴里，吃得起劲也说得起劲，“早在汉武帝派张骞出使西域之前，西域的宝石和玉器就传入了天朝，从昆仑山、和田一带，向东经西北到太原，再入开封，这就是玉石之路。后来张骞出使西域之后，天朝的丝绸流入了西域，现在来往的商队都做的是丝绸买卖，叫玉石之路就不妥了，叫丝绸之路反倒更贴切……”

有人实在看不下去了，冷笑着说道：“胡老汉，你一辈子没走出过灵寿县，怎么知道那么远的事情，是听来的还是梦来的？”

“哈哈……”众人哄笑。

“你们笑什么？”胡不说直着脖子站了起来，一口喝完了碗中酒，“啪”的一声摔了碗，从怀中拿出一封信，“我儿子胡小说就在万里商行，他刚从西域回来，回到上京，不日就会回家。他的信中所说，都是他亲眼见闻，哼，尔等一群井底之蛙，又见过什么？”

众人起哄，非要赶走胡不说。夏得水见时候不早，起身告辞，和胡不说一起出了魏家。

“夏老哥，你信不信我的话？”胡不说脚步踉跄，扶着夏得水的肩膀，几次险些跌倒。

“信，怎会不信？”夏得水本也不信，却不好当面拂了胡不说面子，只好敷衍说道，“除了西域的风土人情，你儿子信里还说了些什么？”

“他说，商行新来一个人，叫什么夏、夏来……”

“什么？”夏得水的酒瞬间醒了一半，“真有此事？”

“我从来不胡说，我儿子从来不乱说，他说有，必定有，不信你看……”胡不说将信交给夏得水，挤眉弄眼地一笑，“要是你不识字，就没办法了。”

还好，虽然夏得水识字不多，却也认识一些，他急忙打开信一看，许多字并不认识，却并不影响他一眼看到夏来的名字，他欣喜若狂，夏来真的没死，夏来真的在万里商行！

“你儿子什么时候回来？”夏得水心情无比激动，没有什么比知道儿子安然无事的确切消息更让他高兴了，“上京离灵寿不远，三五天就能回来了。”

“哪里有时间回灵寿，他们商行在上京进了货物，又去了草原，这一趟，怕是一年半载回不来了，可惜我又要一个人过年了……”胡不说唉声叹气一番，转身走了，走了几步又回头冲夏得水招手，“一入商行深似海，从此亲人是路人，夏老哥，要是你儿子也在商行，我劝你不要想他了，想要见他一面，比登天还难。其实也可以这么想，只要儿子有出息了，不管他在哪里，不管他回不回家，他都是你的血脉。”

夏得水重重地点了点头，只要夏来活着就好，活着，就会有见面的一天。只是心中喜悦刚起，担忧又来，夏来是确信无疑安然无事了，夏去呢？

但愿夏去也平平安安，不求他大富大贵，只要活着就好，夏得水暗暗祈祷。

/ 第三十四章 /

冰冻三尺，非一日之寒

三天后就是大比之日，夏祥、张厚和沈包三人，闭门谢客，大门不出，都在温习功课。为避免夏祥再被人打扰，萧五双手抱肩站在门口充当门神，可惜的是，他一脸肃然，努力装作凶神恶煞的样子，却因为长得不凶恶而不伦不类，让时儿好一顿嘲笑。

萧五却不理会时儿的嘲笑，依然守卫在门口。连日来，曹殊隽一天两趟前来叨扰夏祥，让夏祥没有工夫“学而时习之”，还有什么事情比得了应试的大事？他一怒之下，在曹殊隽第八次前来之时，将他拒之门外。

曹殊隽也不是闲着无事才来找夏祥，他是有要事和夏祥商议。药床药椅的制作已经完工，夏祥画了一幅图画，他照图制作就可以了，也是药床药椅的制作比较简单。话又说回来，制作虽然简单，却从来没有前人想过，若不是夏祥的奇思妙想，药床药椅还不知何时才能问世。

就连性子一向孤傲的金甲虽当面依然对夏祥冷言冷语，背后却是赞不绝口，声称夏祥是不世之才，一定要收夏祥为徒。

药床药椅成形之后，先让曹用果使用。金甲业已查明，皇上处理公文和就寝之处，果然正在中脉之上——金甲遍查典籍，终于知道中脉又有温脉和寒脉之分，毫无疑问，贯穿曹府、文府和皇宫的中脉正是寒脉。

身为太医，金甲有职责为皇上的健康进言。他直接面见皇上，请求皇上换一个地方就寝，理由自然是有利于皇上病情康复。皇上今年才过四十岁，病好之后，再在位十几年也是正常。

皇上对金甲甚是信任，听信了金甲之言，易地而住。

不再日夜受寒脉之寒，再有药床药椅日夜用之，三月之内，必能将体内寒气尽数驱除。金甲就每日前来曹府监督曹殊隽工程进度。药床药椅刚一完工，他就迫不及待让曹用果试用。

冰冻三尺，非一日一寒，曹用果之病和皇上一样，都是久寒成病，想要一朝根治，绝无可能。病来如山倒，病去如抽丝。

曹用果试用之后，并无明显减轻症状。虽也在金甲的预料之内，但他是急性子，急急跑来全有客栈见了夏祥一面，想听夏祥说些什么。夏祥只说他只知医理，并无行医经验，到底药床和药椅是否有用，多久才会见效，他也一概不知。

金甲明知夏祥答案，却还是不死心，非要夏祥说几句让他宽心的话，夏祥只好违心说了一些药床药椅必定会有起死回生功效一类的好话。又听到金甲的寒脉一说，方知天下之大无奇不有。不过又深入一想，人体也有任脉督脉和中脉一说，何况天地？人生在天地之间，必然会和天地同根同源。

金甲一谈起医术和阴阳五行之道，就滔滔不绝，萧五无奈之下，只好赶走了金甲。不料金甲前脚才走，曹殊隽后脚又来。

曹殊隽现在对好景常在的会徽已然痴迷——会徽一说，是夏祥随口说之，到底好景常在的小娘子是否赏识，还不得而知——此时的他一心扑在会徽之上，但并不是为了得到好景常在小娘子的喜欢，只为让自己满意。

几次前来全有客栈，曹殊隽都会一坐半天，只为和夏祥反复讨论一个细节。曹殊隽不但惹恼了萧五，也惹怒了张厚和沈包，二人本来就对奇技淫巧之术颇为轻视，才不管曹殊隽是何许人也，不由分说将曹殊隽轰了出去。

夏祥只能一笑了之，让曹殊隽大比之后再来客栈。

如此，总算安静了一两日。

张厚和沈包二人也不知从哪里弄来了文昌举的文集，二人研究了一番，得出结论，文昌举推崇古风，反对平实文体。二人各自作了一篇文章，互相评判，最后得出结论，还是张厚的笔法更得文昌举文风之意。

“夏兄，你怎么如此淡定？你可知现在文府的门槛已经快要被人踏破了，听说今年的知贡举是文昌举之后，多少士子登门拜访，递上名帖文章，投石问路。我二人虽未登门，也忍不住先练手写写文章，你却连文昌举文集也不多看一眼，真能沉得住气。”午饭时，沈包见夏祥还是一副悠然自得的样子，不由得连连赞叹，“气定神闲，有大将之风。”

“以夏兄才学，考中进士是题中应有之义，但若是高中状元，怕是还差了几分，状元无望，进士无忧，他自然不用着急了。”张厚自以为是地分析了夏祥的心理，自得一笑，“那些登门拜访的士子，都被拒之门外了，他们也不想想，文尚书在京为官多年，怎会不懂避嫌的道理？何况现在的科举实行糊名和誊录，就算文尚书对你无比赏识，他也不知道哪一份试卷是你的手笔，怎么徇私舞弊？当真是幼稚可笑至极。”

“说得也是，不过我且问你，杨学士怎么就因徇私舞弊被查办了？”沈包嘿嘿一笑，语带嘲讽，“说来说去，还不是因为杨学士不依附三王爷才被拿下。为什么点名让文尚书担任知贡举？无非是文尚书深得三王爷之心罢了。如今皇上病重，三王爷权势日渐势大，几乎一手遮天权倾朝野。”

“三王爷为何要换下杨学士，夏兄，我想不明白，你为我解答一二。”张厚见夏祥不管他和沈包怎么说，始终不表露心中想法，就有意考一考夏祥，“三王爷迫不及待地先从今年大考入手，难不成他真的以为皇上可以传位于他？”

夏祥淡然一笑，举起茶杯抿了一口茶水，慢条斯理地笑道：“太祖为了避免主考官和进士考生成为同门，到了殿试都是由皇上亲自主考，及第后，所有及第之人都成了天子门生。不管谁是天子，也不管谁是主考官，我只管埋头考试，考不中，是自己学识不够。考中了，我是天子门生。天子门生，懂不懂？”

张厚和沈包自然懂得夏祥的言外之意，一心只读圣贤书，不管谁是天子，天子总是需要门生，他只管好好当他的门生就行。以不变应万变，也不失为一条稳妥之策。

当然，夏祥心中有数，他是李鼎善的学生，李鼎善得罪了三王爷，若是三王爷真如当年太祖传位太宗的兄终弟及的先例继承皇位，李鼎善和他可以保全性命就不错了，就算他高中进士，也没有机会为官。

不为良相，必为良医，果真如此的话，他退而求其次以医术拯救黎民百姓，不能安邦，也可济世。

夏祥的回答不能让张厚满意，张厚不干，拉住夏祥的衣袖还要说些什么，却被沈包拉到了一边，沈包嘻哈一笑，说道：“张兄，就不要打扰夏兄温习功课了，状元是你我二人之争，夏兄有谦让之风，不如我二人打个赌，若是我中了状元，你要如何？若是你中了状元，我又要如何？”

“有意思，有趣。”张厚眼睛一亮，哈哈一笑，“若是我中了状元，你从此以后要对我言听计从，我向东，你不能向西。若是你中了状元，我要拜你为师，然后滚回老家，再苦读三年，重新再来。”

“我中了状元，就由我说了算，你说了不行。”沈包成功地转移了张厚的注意力，又让张厚不知不觉跳进了他挖的坑，不由得暗喜，“你敢不敢赌上一赌？”

“怎么不敢？反正你中不了状元。”张厚嘴角泛起轻视的冷笑，“今年的主考官不管是杨学士还是文尚书，状元都非我莫属。说，你要是中了状元，我要怎样？”

“我中了状元，你从此以后要对我言听计从，我向西，你不能向东。”沈包有意学张厚的话，还特意加深了语气，阴阳怪气之余，又有几分调侃，“张兄，若是没有必中状元的底气也就算了，不必勉强。你的状元袍我穿上也很合身，花了多少银子？我加倍酬谢。”

张厚怒极反笑，双手背在身后，仰天一笑，夺门而出：“我会考不中状元？笑话，天大的笑话！就依你，若你中了状元，你说什么我便听什么，怕你不成？”

望着张厚义无反顾的身影，沈包哈哈大笑：“夏兄，张兄固执起来，还真是有几分可爱。”

夏祥却笑不出来，微有几分忧虑和不安：“沈兄，你不觉得张兄有时过于偏执？以他过于自负的性格，还有悬空题字毫不在意自身安危的固执，他日后若是掌权，必定会党同伐异！”

“我看未必。”沈包摇头一笑，“夏兄过于偏见了，张兄虽固执，却并不顽固。虽自负，却不自大。我倒是很欣赏他敢于悬空题字之举，有敢为天下先的气魄。一心认定可以高中状元的自信，是对自己才学的认可。张兄如此有趣，怎会党同伐异？不会，肯定不会的。”

夏祥默然一笑，不再多说什么，争论无济于事，不如沉默，他抬头望向了窗外。

沈包借口要温习功课，告辞而去，夏祥也没挽留。

全有客栈既不如好景常在的客栈舒适宽大奢华，也不如好景常在的客栈宽阔，但有一点，全有客栈年深日久，院中有根深叶茂的参天大树以及斑驳的苔藓和长得到处都是的爬山虎，在盛夏将过初秋即至的时候，营造出岁月静好的氛围。

夏祥的目光停留在院中最高大的梧桐树上。

梧桐树是上京最常见的树种，到处可见。和榆树、槐树以及柳树一起，是北方常见树种。梧桐宽阔的树叶遮天蔽日，为院子洒落了清凉。树上的知了在卖力地嘶鸣，夏天一过，秋天的露水一起，知了的生命就到了尽头。

此时是知了们生命最后的狂欢。

夏祥眼神迷茫，想起了和李鼎善、肖葭的初识，想起仓皇逃离中山村，想起进京之后发生的一系列事情，恍如隔世。也不知远在数百里之外的母亲是否安好？李鼎善和肖葭又去了何处？还有夏来和夏去是否安然无恙？

短短一个多月时间，无数变故接踵而至，夏祥还能如此镇静，还能安心考试，已经很了不得。若是让张厚和沈包知道他的经历，或许会叹服他的从容不迫。

夏祥并不知道三王爷为何要对李鼎善赶尽杀绝，也不清楚李鼎善因何事而被三王爷所不容，但他可以猜到的是，三王爷正在密谋继位。

三王爷想要继承大位，大王爷、四王爷和五王爷肯定也不会甘心。为争皇位，兄弟相残父子相争之事，屡见不鲜，何况现今皇上膝下无子，谁可继承皇位，全在皇上一念之间。

若是皇上病好，继位之争就又会是另一番情形了。夏祥也没有想到，他本是出自好心，为帮曹用果治病而想出了药床药椅，金甲却期待药床药椅若是有效，要献给皇上。药床药椅是否真有奇效，夏祥心中没底。他对医术只能说是粗通，并不精通，更是远不如金甲的大师境界。但不管药床药椅是好是坏，于他而言，都不是好事。

药床药椅若是无效，皇上震怒之下，必会降罪于金甲。金甲必然会说出药床药椅是他的杰作，他也会因此受到牵连。帝王一怒，伏尸千里，他小命难保。

药床药椅若是有效，皇上得以康复，继续执掌江山，皇上高兴之下，必会重赏。他得了赏赐自是好事，却会因此被三王爷以及其他有心继承皇位的王爷所不喜。皇上四十有余，再在位十年也并非没有可能。几位王爷之中，大王爷年近五旬，怕是等不了十年之久。三王爷小皇上几岁，十年之后，也将近五旬，时日不多。四王爷二十八岁，五王爷最小，二十二岁，是以若皇上再有十年天命，可以继承皇位的王爷就只剩下四王爷和五王爷。

话虽如此，但若能为皇上治病，夏祥自然愿意，才不会顾及他人心中所想。不过事情多想上一想总归没有坏处，凡事多些谋算，也有利于走好下一步，就如他想认识好景常在的小娘子，其实并非为了赚钱，他虽不轻商，志向却是为官一任造福一方，而不是富甲天下。

夏祥是为了肖葭。

肖葭有经商之能，相处三年多来，夏祥很佩服肖葭的聪明伶俐。母亲一人靠种田和洗衣养家，李鼎善和肖葭来后，家中更是拮据，举步维艰。虽有夏来夏去所交学费以补贴家用，却还是不够。肖葭就想了一个法子，她帮村中人修补、修改首饰，母亲帮村中人修补衣服。

谁也没有想到肖葭一介女流之辈，居然会修补、修改首饰的手艺。这还不算，她手艺精巧，还别具心思，可以将款式陈旧的首饰改成新颖别致的款式，还可以将破落损坏的首饰修补完好，焕然一新。一时，上门者络绎不绝。

若只是如此，也仅是因为肖葭有手艺而非经商头脑。让人叫绝的是，肖葭为人修补、修改首饰并不收取费用，而是以粮食、布匹或其他生活用具代替，以物易物。村民本来收入不高，不舍得花钱，却对自家出产的粮食、布匹和生活用具并不吝啬，是以肖葭此举不但为她带来了无数生意，也为她赢得了名声。

粮食自不用说，交由母亲补贴家用即可。布匹和生活用品，肖葭和母亲一起，将布匹制作成衣服，将生活用品稍作加工，然后让人拿到县城售卖。虽赚钱不多，却也多了一项收入，足够维持生计了。

此事让夏祥对肖葭的经商头脑有了认识，也因此认定，肖葭日后必定可以在经商之路上大有作为。一进京城，他见识了好景常在无处不在的客栈、茶肆、酒楼，等等，立时想起好景常在的主人是一位小娘子，肖葭也未必比她差上多少。

对于自己的设想是否可以打动好景常在的小娘子，夏祥有足够的自信，问题是，他即将为肖葭铺好第一步，可肖葭人在哪里呢？以肖葭的经商头脑再加上曹殊隽的才能，二人联手，必能成就一番大事。

先不管了，一切等大比之后再说不迟。夏祥收回心思，目光又落回到书上，才读了几句书，忽听门外传来一个清脆的女子声音，声音婉转悦耳，清冽如甘泉。

“夏祥夏郎君，可是在此？”

婉转悦耳之中，却如三冬寒天，寒冷彻骨！

/ 第三十五章 /

将计就计

谁来寻他？夏祥出门一看，不由得愣住，院内此时已成剑拔弩张之势。

萧五站在滴水檐下，如临大敌，双目圆睁，双手紧握，双腿绷直，双肩用力，仿佛眼前有凶猛的虎狼——他身前数尺开外，哪里有什么虎狼，只有一个负剑而立的女子。

是的，是一个双手抱剑低眉顺首的小娘子。小娘子一身黑衣，脚蹬轻便小靴，身材曼妙，肩瘦臀宽，头戴轻纱斗笠淡然而立，衣服无风自动，有飘然出尘之意。

不过是一个弱不禁风的小娘子，萧五犯得着如此紧张？夏祥暗笑，正想说萧五几句，小娘子却突然动了。

她先是低低“咦”了一声，随后右脚向前轻轻迈出半步，只半步，还是高抬脚轻迈步，落地无声，萧五却如离弦之箭，猛然跃起，双拳直出，如风雷之势直取小娘子双肩。

“萧五，不得放肆！”夏祥吃惊不小，萧五一身力气惊人，若被他双拳击中，小娘子不死也要身受重伤。

萧五却第一次没有听从夏祥的吩咐，脚下不停，转眼就逼近了小娘子身前一尺之内。小娘子似乎被吓呆了，原地站立，一动不动。

不好，夏祥大惊。萧五从来没有如此鲁莽过，今日为何才一见面不等他开口就对对方痛下杀手，他大喝一声：“萧五住手！小娘子快快让开！”

萧五此时就算想要住手也来不及了，按照常理，小娘子也没有机会让开萧五的风雷一击。坏了，夏祥闭上了眼睛，萧五惹大祸了。真要一击之下将小娘子打个半死，不但萧五难逃官府惩治，他也会被连累，说不定连考试资格都会被取消。

怎会这样？夏祥不敢再看下去。

就在夏祥闭眼的一瞬间，他眼睛的余光一扫，发现小娘子忽然动了，只是轻微一错身，也就是肩膀动了一动，双脚原地未动，萧五的风雷一击就落空了。

萧五一击不中，余势不减，向前冲出一丈有余，才堪堪站稳身形。他满头大汗，脸部因过于紧张而有几分扭曲变形。回身看了小娘子一眼，他眼神迷茫而闪烁不停，又过了少许，恢复了平静，眼神中也有了神采。

“先生，我……我刚才也不知道是怎么了，就是控制不住自己。”萧五看了小娘子一眼，还有几分惊恐之色，“扑通”一声跪倒在地，“请先生惩罚我的过错。”

夏祥心中愠怒未消，怒道：“罚你面壁思过三天！”

“是，先生。”萧五没有半分怨言。

“不怪他，他也是身不由己。他是一个武学奇才，不过奇怪的是，他有武功根基，却好像忘了招式。”小娘子隔着轻纱看向夏祥，“你就是夏祥夏郎君？”

夏祥心中一惊，小娘子何许人也？对萧五的猜测和他对萧五的判断一模一样，只是萧五和他相处已久，小娘子和萧五才只见了一面。

夏祥拱手致礼：“正是在下，不知小娘子找我何事？”

“可否屋里说话？”小娘子是以征询的口气说话，却脚步不停，不由分说迈进了夏祥的房间。

莫非他长得面善，小娘子对他毫无提防之心？夏祥的目光不经意间落在了小娘子婀娜多姿的背影之上，瘦肩蜂腰宽臀，发如瀑布脖颈如玉，虽还没有看清面容，只看身姿和背影就知是一位绝世美色的小娘子。

又一想，夏祥心中的戏谑之心顿消，方才小娘子举手之间就化解了萧五的风雷一击，她一身武功有多高深，怕是可以一剑就取下他的项上人头。小娘子剑不离身，双手抱剑而立的风范，既有游侠儿英姿，又有让人叹为观止的出尘仙意。

还好张厚、沈包不在，否则二人又要问个没完，夏祥请小娘子入座，上茶完毕，才问：“此间没有外人，小娘子但说无妨。”

小娘子取下头上斗笠，露出一张绝美的脸庞。若不是脸色稍显苍白几分，她的风姿不比曹姝璃逊色。不过和曹姝璃相比，她还是少了几分端庄、优雅之意，多了出尘、漠然之气。

“夏郎君，我名幔陀，刚从灵寿县中山村来……”

“什么？”夏祥怦然而惊，蓦然站起，“小娘子可是有书信代为转交？”

“叫我幔陀就好。”幔陀波澜不惊，右手一伸，示意夏祥坐下，“我先问你，你可认识一个叫夏去的人？”

夏祥也觉得自己过于惊讶了，慢慢坐下，刚一坐下，又猛然站了起来：“夏去？小娘子有夏去的消息？”

幔陀不说话，只是缓缓地点了点头，目光在夏祥的椅子上瞟了一下，夏祥会意，歉意一笑，忙又坐下。

“抱歉，我和夏来夏去在悬崖一别，他们生死未卜，我一直牵挂在心。失礼，失礼了。”

幔陀声音很淡很轻：“事情，是由花关和木恩引起……”

花关和木恩是谁，夏祥自然不知，不过在他听了幔陀说出的一系列事情之后，震惊得不知所措。

原来幔陀乘船从中山村顺流而下，赶到灵寿县城时，已是深夜。她停船靠岸，入住了悦来客栈。才住下来不久，就察觉到了有人尾随。暗中一查，居然是花关和木恩。

幔陀从上京快活林一路跟踪花关和木恩到中山村，她本想等中山村事了之后，将花关和木恩一杀了事。不想半路上多出了一个董七娘和董四，又因魏小八之死让她心情索然，她便改变了主意，想回上京见夏祥，转交书信了事。

不想花关、木恩二人竟胆大包天，尾随在她身后，她杀心再起。

为了弄清二人尾随她的目的，幔陀次日一早骑马赶到真定府，特意等了花关和木恩半天，才见到姗姗来迟的二人打着哈欠无精打采地从怡红院出来。她暗中冷笑，将死之人还有心情寻花问柳？真是可怜。

幔陀故意没有北上上京，而是从真定府沿官道南下，引二人向南。花关和木恩以为幔陀没有察觉他们，合计一番，悄悄跟在身后，伺机下手。二人也知道论武功远不是幔陀的对手，不能力敌可以智取，何况对他们来说，下毒下药背后暗算才是看家本事。

出真定南下第一站是邢州。邢州是一座大城，再往南便是久负盛名的古都邯郸了。邢州虽不如邯郸繁华，却也是一座历史悠久的古城。到了邢州，幔陀入住了全有客栈。

是夜，花关和木恩觉得有机可乘，就趁幔陀熟睡之际，想要用迷药迷晕幔陀。二人想必以前没少干偷鸡摸狗的事情，一个在屋顶之上吹药，一个在下面从窗户往里送药，双管齐下，务必要一举拿下幔陀。二人对幔陀既恨之入骨又垂涎三尺，若是将幔陀压在身下任意玩弄，非但可以一雪前耻，还可以扬眉吐气，该有多好。

半个时辰后，二人认为幔陀就算是神仙也会昏迷不醒时，便悄悄拨开窗户，翻窗而入。床上躺着一人，身材曼妙，侧身而卧，睡得正香。二人对视一眼，淫荡一笑。

二人将床上之人用被子包裹起来，抱出了房间，上马疾奔，来到城郊一处废弃的院落之中。若只是奸污幔陀，二人倒也不必如此费力，二人的如意算盘是，好好玩弄幔陀一番，然后将幔陀杀死，再毁尸灭迹。如此，废弃的院落就是最好的地点。

二人迫不及待地打开被子一看，傻在当场，被子中哪里有艳若桃花的幔陀，赫然是一个瘦骨嶙峋的老汉。老汉睡得正香，鼻涕流得满脸都是，二人恶心得跳了起来，才知道上当了。

一回身，幔陀抱剑站在身后，月光下，一身黑衣的幔陀犹如暗夜中的仙子，只不过她冷漠的眼神和冷酷的表情，让人丝毫生不起非分之想，反倒有敬畏之心。

花关和木恩何止是敬畏，简直就是吓得要死。二人对视一眼，心意相通，重重一点头，同时亮起兵器，抱定了必死之心，同时向前一冲……

只跑了三步，二人同时扔掉兵器，“扑通”跪倒在地，声泪俱下：“女侠饶命！我们再也不敢了，女侠饶命！”

幔陀反倒吓了一跳，她还以为二人真要拼死一战，不想二人如此草包窝囊，倒是出乎她的意料。她思忖片刻，说道：“你们若是说实话，我可以饶你们不死。”

“小娘子尽管问，不管问什么，只要我们知道，一定知无不言。”花关也不知道什么时候人被幔陀调了包，反正他只知道，如果他现在不低声下气地求饶，瞬间就能人头落地，保命要紧，他才不管那么多，“不管是三王爷的事情还是皇上的事情，只要我们知道的，要是不说真话，天打五雷轰。”

木恩无语地翻了翻白眼，花关也太没出息了，别人还没问，他自己就先交底了，真让人怀疑他活了这么久是不是全靠的是屁股而不是脑子。

幔陀原本只打算问问三王爷的事情，不想花关这么一说反倒提醒了她，她将剑支在地上，问道：“你们为什么要来中山村？”

“我们……”

“我们……”

花关和木恩异口同声，同时抢答。幔陀眉头一皱，剑尖一指花关：“你说。”

“好，我说，我说。”花关感激地点头，不忘冲木恩得意地挑了挑眉毛，然后说道，“三王爷派我们来中山村打听夏祥的身世……”

“哧……”木恩受不了花关的谄媚丑态，讥笑出声，“行了，别自吹自擂了，还三王爷呢，以你我的身份，能见到三王爷一面也是祖上烧高香了。分明是燕豪派我们前来，非要说成三王爷，你可真能瞪着眼睛说瞎话。”

“我……”花关气急，脖子一梗，想要和木恩争论一番，却被幔陀漫不经心冷若寒冰的一瞥吓得一缩脖子，忙改口说道，“不吵，不闹，我继续说，小娘子别生气。木恩说得对，是燕豪派我们来中山村打探夏祥的身世。燕豪是三王爷府上亲兵首领高见元高太尉的手下，让我们来中山村，是他的命令还是高太尉的意思又或者还是三王爷的吩咐，我们不知道，反正燕豪让我们做什么我们就只能服从，不服从就是死路一条。”

“废话少说。”幔陀手中宝剑出鞘，剑光一闪，身后的假山硬生生被削下一块。

木恩咽了一口唾沫，他确实吓得不轻，假山之石有多硬他清楚得很，以他的力气，双手持刀一刀砍下，也只能砍下拳头大小。幔陀小娘子轻描淡写随手一挥，竟斩下人头大小的石头。和石头相比，他和花关的脖子可就软了太多。

“不敢，不敢。”花关吓得面无人色，忙不迭说道，“燕豪交代我们从夏祥母亲身上打听出来和夏祥有关的所有事情，包括李鼎善和夏祥的关系、夏祥的爹爹是谁、夏祥的母亲又是何人，结果夏祥的母亲已经死了，白跑了一趟，还差点丢了性命，真是晦气。”

“燕豪？燕豪。”幔陀牢牢记住了燕豪的名字，她沉思片刻，问道，“你们可知道，三王爷为什么会对夏祥如此好奇？夏祥不过是中山村一个名不见经传的少年罢了。”

“我等只管奉命行事，哪里知道王爷心思……”花关摇头。

“我能猜到一二。”木恩见表现的机会来了，忙高高举起右手，还得意地回敬了花关一个犀利的眼神。花关顿时气极，扬起拳头对木恩示威。

木恩并不理会花关，卖弄而得意地说道：“李鼎善是三王爷的心腹大患，夏祥又是李鼎善唯一的学生。李鼎善当年在上京为官时，曾经立誓此生不收弟子。不想他逃到中山村后，竟教了夏祥三年。以李鼎善之才，三年悉心教导一人，此人就算是庸才，也会被他教导成为一个大才。再如果夏祥本身就是人才，再有李鼎善的教诲，岂不是会成为不世之才？三王爷早想让李鼎善为他所用，三年前就请李鼎善担任王府客卿，李鼎善却一口回绝，让三王爷好不尴尬。李鼎善本来就对三王爷不敬，后又居然上书皇上让皇上下诏削夺三王爷的封号，用心如此险恶，三王爷怎能容他？不杀他就算好了，三王爷只是让他出海，离开大夏就既往不咎。可李鼎善不对三王爷感恩戴德也就罢了，还躲在中山村，暗中又向皇上上书，列举了三王爷十大罪状。三王爷盛怒之下，查出李鼎善并没有出海，躲在中山村，才派高见元和燕豪拿他进京，不料他实在狡猾得很，竟然先听到风声逃走了……”

幔陀倒也有耐心，很是认真地在听。木恩见他的话幔陀很有兴趣，就更加兴奋了。

“李鼎善三年前没有出海，现在再逃离中山村，肯定也不会出海，三王爷就认定李鼎善必然回京。现在正值皇上病危皇位不知何人继承之时，李鼎善的出现，三王爷必然心中不安。只不过李鼎善太过狡诈，他在京城又有内应，所以三王爷一直没有查到他的落脚之地。燕豪派我和花关来中山村，想必也是三王爷的意思，要从夏祥身上找到李鼎善的落脚之地，好将李鼎善抓获。没想到，夏祥的母亲早不死晚不死，偏偏这个时候死了……”木恩对宋定娘之死并没有什么想法，不过也是隐隐觉得太过于巧合，相信中山村的村民不会骗人。此次出京，白跑一趟，还遇到了克星幔陀，已经不能用晦气来形容了，应该说是流年不利。

花关觉得木恩的话太多了，用力咳嗽几声：“咳，咳！木恩，你真当自己是神仙了，猜三王爷的想法都能猜得跟真的一样。你怎么不好好想想，若三王爷真想从夏祥身上找到李鼎善的落脚之地，为什么不直接去全有客栈找夏祥？非要来中山村打听，不是舍近求远吗？”

幔陀也正有此疑惑，本想开口问个清楚，不料花关替她说了出来，她就懒得再问出口，看向了木恩。

木恩嘿嘿地干笑了几声：“这你就不明白了，花关，夏祥是什么人？是读书人，是士子。他住在全有客栈，全有客栈全是士子，三王爷清名在外，爱民如子，不笼络天下士子之心，他以后就算继承了皇位，也会被士子骂死，所以，夏祥就算在三王爷的眼皮底下，他也不会动夏祥一根汗毛。”

“不对，不对，你的说法不对。”花关不想木恩在幔陀面前太出风头，他连连摇头，又不停摆手，“并不是三王爷怕被士子骂而不敢动夏祥，而是景王也在打夏祥的主意，三王爷投鼠忌器，不敢因为一个夏祥而惹恼了景王，谁知道景王打夏祥主意到底是想让夏祥为他所用，还是别有用心？”

/ 第三十六章 /

白衣动公卿

“你怎么知道景王也在打夏祥的主意？信口开河，胡说八道！”木恩对花关的说法嗤之以鼻，轻蔑地笑了，“你既不认识景王，又不是景王肚子里的蛔虫，景王是怎么想的，你怎么会知道？”

“我是不认识景王，你不是也不认识？哼，你比我能强到哪里去，不也一样被燕豪呼来喝去？”花关恼羞成怒，站了起来，扬手欲打木恩，才一有所动作，剑光一闪，后背已然中了一剑。

还好是剑背，否则他非得被当场斩为两截不可。虽是剑背，却依然力道惊人，他只觉一股大力传来，哪里还站得住，腿一软，“扑通”一声又跪倒在地。

“再有下次，人头落地。”幔陀冷冷地瞪了花关一眼，又转向了木恩，“你接着说。”

木恩吓得冷汗森森，幔陀武功奇高，又喜怒无常，说动手就动手，说杀人就杀人，完全由着性子，可不能惹恼了她，平白丢了性命就太不值了，他暗中擦了一把额头，想一想说道：“花关的推测也并非全无道理，我也是无意中听燕豪对高见元说，景王也在寻找李鼎善的下落，据说景王也知道了李鼎善在中山村收了一个弟子名叫夏祥，他找不到李鼎善，就想找到夏祥。景王一向赏识李鼎善，有意保全李鼎善。他寻找夏祥，怕是也是想保夏祥周全。”

幔陀慢慢明白了几分，事情全由李鼎善而起，夏祥只是很无辜地成了支点。对还没有考取功名的夏祥来说，以平民之身惊动王公贵族，其实并非好事。

幔陀又想了想，问道：“现今皇上病危，三王爷一心问鼎皇位，他不将心思用在继承皇位的大事上，却非要寻找李鼎善的下落，是何道理？难道说，李鼎善是他可以继承皇位的关键人物？李鼎善到底是何许人也？”

幔陀虽出身官宦世家，爹爹也曾经位居朝廷要职，却并未听闻过李鼎善曾身居何职。虽爹爹被贬到海南之后，远离京城，若李鼎善是京城位高权重之人，也必然会声名远扬。怎么非但她丝毫不知李鼎善其人，就连爹爹也从未提过李鼎善一句？花关被幔陀的话问得愣住了，想了半天才挠头说道：“小娘子的话不无道理，三王爷现今应该一心想着怎么继承皇位才是，为什么非要寻找李鼎善的下落？难道李鼎善是什么至关重要的人物不成？木恩，你以前可曾听说李鼎善担任过什么要职？”

木恩愣住了，想了想，古怪地笑了：“据我所说，李鼎善三年前曾经担任御史，因为上书弹劾惹怒了三王爷，才被三王爷赶出京城……”

“只是一个小小的御史？”幔陀心中猜测不定，御史从一品的御史大夫，从二品的御史中丞，再到监察御史和殿中御史，虽品秩相差甚多，却都并没有实权，是清贵的言官，是以她十分不解李鼎善为何会被三王爷和景王所看重。

要知道四位王爷之中，三王爷最为强势霸道，也最为眼高过顶，有多少人想投入到三王爷门下却不得入。而景王身为大王爷，最为老成持重，多年来小心翼翼，从不出头，也几乎没有存在感。不过奇怪的是，许多人都认为，若论实力和影响力，咄咄逼人的三王爷和景王相比，还是差了一些。

至于四王爷和五王爷，四王爷正值壮年，却醉心于书画和佛道之学，而五王爷喜好游玩并且沉迷于制作各种精巧物件，以匠人自居。可以说，继承皇位的最佳人选只有景王和三王爷，而景王年纪偏大，对比下来，也确实只有三王爷最为合适。

只是在皇上封夏存先为见王之后，形势却又陡然为之一变。

夏存先年方弱冠，本该封为郡王，三王爷和四王爷之子，都是郡王。即使是封夏存先为见宁王也会好上许多，不至于让外界有太多猜测。幔陀清楚记得，当时爹爹对她说，父子都是一字王之事历朝都十分罕见，本朝只出过一例，是太祖之时为了奖赏战功卓绝的小王爷特意破例封赏。大夏王爷从一字王到二字王再到郡王，依次递减，夏存先是大夏立国以来第二位直接从郡王到一字王的特例。

不少人都在揣摩圣意，加封夏存先为见王，莫非皇上有意让夏存先继承皇位？只是让众多大臣不解之余又多有不安的是，夏存先并非贤王，既无才学又无品行，若他继承了皇位，非大夏之福非百姓之福。若在见王和星王之间选择其一的话，星王三王爷倒比见王夏存先更有才能也更有为人之君的风范。

一时想多了，幔陀收回思绪，朝花关和木恩二人挥了挥手：“你二人以后若是再做伤天害理的事情，被我遇到，绝无活命的机会……滚！”

“滚就滚！”花关似乎很有志气地一昂头，就地打了一个滚，样子极其滑稽可笑。

幔陀非但没有笑，连看也懒得再多看花关和木恩一眼，既然已经问出了她想要的一切，二人于她而言已经毫无用处了，以她的性格，实在连和二人多说一句话也觉得有辱身份，是以转身，脚下用力，扭腰耸肩，飞身翻过墙头。

幔陀一走，花关收住身形，不再滚动，怒气冲冲地骂道："妈的，臭女人，下次老子非把你先奸后杀。木恩，你刚才傻了不成？我明明暗示你趁机偷袭她，你怎么没有回应？是不是被小娘子的美貌迷得神魂颠倒了？"

木恩一心为了花关着想，只求保命，花关不但不领情，还中伤他，不由得怒极："又不是我一个人看上了小娘子，要绑她来此，先奸后杀也是你的主意，事情败露了，委曲求全先保命再说，求饶又不是什么丢人的事情，大丈夫能屈能伸。你不是也常说，能屈能伸是条龙，只伸不屈是条虫……花关，今天的事情，就你知我知天知地知，要是传了出去，你我二人就没脸再在上京混了。"

花关一脸的不乐意，不过还是点了点头："你放心，这么丢人的事情，我怎么会傻到说出去？总有一天，我们要报了今天的仇。不过下次要是再遇到这样的事情，你一定要看我的眼色行事，刚才有好几次可以杀死幔陀的机会，都怪你胆子太小……啊，木恩你、你、你！"

一连三个"你"字出口，花关再也说不出话来，"你"字是他在世间的最后一句话，他感觉身体在迅速变冷，仿佛掉进了无尽的深渊之中，无力、惊恐、不甘、难以置信，还有无数复杂的情绪来不及感受，他的眼神开始迷离，意识也模糊了。

"对不起了花关，为了我活命只能你死了。"木恩俯身花关耳边，小声地说道，他缓缓抽出刺入花关胸口的宝剑，又在花关身上擦了擦剑身上的血渍，眼中挤出了一滴眼泪，"你尽管放心上路，后事我自会料理妥当。"

花关的身子颓然倒地，只激起了些许尘土，然后就归于平静。木恩眼睛的余光一扫，暗夜中，不远处的屋檐下，幔陀的身影一闪即逝，转眼间消失在黑暗之中。

木恩一屁股坐在地上，放声大哭："花关你真是大傻瓜，幔陀并未走远，在偷听我二人说话，你要是再说下去，我和你都得没命……"

幔陀确实并未走远，她倒也并非要偷听花关和木恩说话，而是杀心又起，想要杀死二人一了百了。不料才一折回，就听到了二人对话。其实花关几次暗示木恩对她动手，她早已察觉，只是假装不知罢了。

正要动手杀死二人时，木恩却突然出手杀死了花关，幔陀杀意为之一泄，也就没再出手。

返回邢州客栈，客栈已经乱作一团，被花关和木恩误抢的老者是南下泉州的南海商行掌柜之一熊力士。花关和木恩误抢熊力士，倒也并非幔陀有意为之，以幔陀的性格，她不屑于也懒得背后使坏，她只是在入住全有客栈之后，察觉到花关和木恩要对她用下三滥的手法下药，就向店家提出换了房间。至于她腾出的房间后来又住了何人，她没去关心。

南海商行一行数十人，掌柜之一突然不见了，怎能不大闹全有客栈？客栈也不知道熊力士不好好睡觉，半夜三更怎会有雅兴去哪里散步，忙派出人手四下寻找。幔陀也乐得做个顺水人情，拦住南海商行的一个伙计，告诉了他熊力士人在何处。

伙计长得身材魁梧，虽不是五大三粗的类型，却也是孔武有力的形象，难得的是，他还有几分儒雅之气，他惊喜之余，朝幔陀长揖一礼：“多谢小娘子相告，夏去定当铭记在心，没齿难忘。”

本是一件小事，幔陀想说完就走，不想对方不但自报姓名，还特意说出没齿难忘，她不由得好奇地多打量了夏去几眼，不看还好，一看之下想起了什么，“咦”了一声：“夏去？你是灵寿中山村的夏去？”

夏去也是一时惊讶：“小娘子认识在下？”

幔陀并未回答夏去的疑问，淡淡问道：“你们南海商行应该一路南下出海才对，怎的在邢州？”

“熊翁说是南海诸国对大夏瓷器十分喜爱，大夏瓷器又以邢州的邢窑最为出名，是以商行在邢州等烧制一批邢窑再出海不迟。”夏去神色之间微有担忧，“不瞒小娘子，熊翁是我的救命恩人，我摔落悬崖昏迷不醒，是他救下了我，又一路开导我，让我随他前往南海诸国，做一番大事业。我开始时还不太情愿，不想离家千里，后来也想通了，男儿志在四方，若不做出一番大事出来，枉为大丈夫。”

原来如此，幔陀点头，本想将夏得水托她送信给夏祥一事说出，还未开口，夏去便被商行之人拉走。

“夏去没事就好，没事就好。”夏祥喜形于色，亲耳听到夏去安然无恙的消息，他无比高兴，朝幔陀长揖一礼，“多谢小娘子。”

幔陀自然没有全部告诉夏祥她的经历，有关花关和木恩的事情，也是略过了许多无关紧要的环节，只捡要紧的说了一说，她端起茶杯，轻抿了一口茶：“不要谢我，只是举手之劳的事情，何必放在心上。夏去此去南海，也是无比凶险，他掉下悬崖，大难不死已是万幸。再去南海，又是九死一生。是以他不向夏得水报平安，也有他的苦衷，不想让爹爹才去旧愁又添新忧……这茶杯，莫非就是夏去所说的邢窑？”

夏祥点头：“邢窑与越人，皆能造瓷器。圆似月魂坠，轻如云魄起……邢窑生产的白瓷，十分精美，釉色洁白如雪，造型规范如月，器壁轻薄如云，扣之音脆而妙如方响。又因其数量众多且价廉，除为宫廷使用外，还为百姓所用，是以邢窑天下闻名。南海商行特意停留邢州，多半也是因为邢窑价钱低廉之故。其实沿邢州南下，沿路有不少地方出产瓷器。”

幔陀心中微惊，夏祥本是书生，怎会对经商之事如此清楚，她很是好奇，便问：“夏郎君读的是圣贤书，怎会对经商之事也有兴趣？”

“倒也并非多有兴趣，只是略知一二罢了。”夏祥淡然一笑，侃侃而谈，“想我大唐之时，四海臣服，番邦前来朝拜，始有天朝之称。大唐文治武功，国力强硬，依我看，大唐却远不及大夏。”

“何以见得？”幔陀虽有一身武功，自小却也生活在诗书之家，她受爹爹熏陶，也通读历史，“大唐时，四海臣服，如今大夏立国百年，四海仍未归心，番邦前来朝拜者，还是不如大唐之时众多，为何大唐会远不及大夏？”

“大唐不及大夏者有三，其一，大唐四海臣服，却未开海禁，国力未能惠及南海诸国。其二，大唐抑商重农，大夏重农却不抑商。其三，大唐虽有科举，却仅限于三代之内无白丁的世家，而我大夏不论出身，皆可参加科举谋一个出身。只此三点，大夏必将远超大唐。”夏祥胸中有丘壑，将进京以来的所思所想和盘托出，“允许出海通商，大夏国力惠及南海诸国，南海诸国先是喜好大夏的茶叶、瓷器，早晚会因向往大夏的物华天宝而向往大夏文化。是以允许商行出海，既可获利，又可扬我天威，一举两得。”

幔陀并不说话，一双眼睛闪亮，双手托腮，就如一个不谙世事的少女在听一名学识渊博的老学究上课。

夏祥手中折扇打开，摇动几下，继续说道：“农是国之本，商也是。农要重，商也不可轻。若无商，大夏的丝绸、茶叶、瓷器如何卖到南海诸国？如何换来白花花的银子？小娘子，你可知大夏产银极少，正是由于出海经商，用茶叶和丝绸从海外换回了大量白银。小娘子，你想必不会知道，最初大夏商行出海，船上所载货物全是茶叶和丝绸，但茶叶和丝绸太轻，遇到风浪容易翻船，怎么办？”

/ 第三十七章 /

既来之，则安之

幔陀下意识地摇了摇头。

夏祥笑了笑："聪明的大夏人想出了一个办法，用瓷器压在船底，瓷器沉，可以让行船更稳。不料到了南海诸国之后，茶叶和丝绸被抢购一空，没有抢到茶叶和丝绸的商人不甘心，上到船上，想要再看看还有没有什么可以交易的东西，结果发现了瓷器。小娘子，你可知道大夏精美的瓷器在南海诸国的人眼中，犹如玉器一般华丽，他们只能烧制十分粗糙的瓷器，对于光洁如玉精美如云的瓷器见所未见闻所未闻……谁也没有想到的是，本来用来压船底的瓷器，却成了茶叶、丝绸之后最受海外欢迎的物品。时至今日，瓷器不但深受南海诸国喜欢，也深得欧罗巴、波斯和大食人喜爱。"

幔陀听得入神，一时忘了前来的真正目的。记得小时候经常听爹爹说起海外之事，她便十分神往，向往有朝一日可以乘船出海，远赴异国他乡，体会异域风情。不想多年以后，再一次听到有人说起海外之事，竟是一个素昧平生的书生，还是一个刚刚弱冠之年的郎君。她不免心中揣测，夏祥如此年纪，怎会懂得如此之多？

再一想，是了，兴许正是因为夏祥的才学过人，才会惹得景王和星王都对他高看一眼。

夏祥平常和张厚、沈包聊天，不是论诗作对，便是纵论国家大事，他的经商理念并不被二人赞同，是以他也不和二人谈论此事。今日难得幔陀用心聆听，一时谈兴大起。也是他近来思索好景常在之事颇有心得，却苦于无人交流，今日畅谈，让他多日来心中的郁积之气一扫而光。

"科举不再只从士族中录取，而是人人皆可考之，让普天之下的学子都有了谋求出身的进取之路，'朝为田舍郎，暮登天子堂。将相本无种，男儿当自强'，大夏上下兴起读书求学之风，读书人受孔孟教诲，读圣贤之书，风气怎能不清明？人心怎能不归顺？一改魏晋以来'上品无寒门，下品无世族'的不正之风，无数学子秉烛夜读，只为上报朝廷下不负黎民，大夏若不强盛，天理何在？”

幔陀却是冷哼一声，脸色一变：“大夏权臣当道，奸臣横行，怎会强盛？”

夏祥心中一惊，自知方才听到夏去安然无恙的消息之后，一时兴奋之下，多说了许多，说来他现在还不清楚幔陀究竟何许人又是何来历，便问：“幔陀娘子何出此言？”

“三王爷权倾朝野，候平磐独揽朝纲，二人把持朝政，大夏暗无天日，皇上病重，危在旦夕，却没有忠臣挺身而出力挽狂澜，大夏百年基业，若是任由三王爷和候平磐胡作非为，怕是要毁于一旦了。夏祥，你身为大夏子民，又是受孔孟教诲的读书人，自当为君分忧为国效力，为何现在还自欺欺人，认为大夏还会强盛？”幔陀忽然火起，本来她对夏祥还大有好感，却被夏祥一番歌功颂德的话激怒了，想起爹爹正是因三王爷和候平磐才死在异地他乡，她便觉得夏祥面目可憎，和候平磐一般无二，当即拿出书信甩到桌子之上，转身就走。

其实方才幔陀有过犹豫，本想等夏祥考试之后再将书信转交与他，否则一旦母亲死讯传来，势必会影响夏祥应试，万一因此不中，岂非不好？不过在听了夏祥一番高见之后，她又改变了主意，夏祥中或不中，与她何干？她受人之托忠人之事，将信带到即可。

夏祥顿时愕然，幔陀突然变脸，他先是一愣，随即想通几分，忙追出房间：“幔陀娘子请留步，再听我一言。现今虽有奸臣当道权臣横行，我辈读书人更要奋进，求得一官半职，才可为君分忧为民请命，而不是空有一腔愤怒，‘平时袖手谈心性，临危一死报君王’又有何用？”

幔陀站住，回身看向夏祥一双明亮且清澈的双眼，说道：“你的意思是说？”

“若要说到忠君报国，空谈自然无用，激愤之下的匹夫之勇，也不可取。现在我一介布衣，只手空拳，连忠君报国的门还没有迈入，就大谈忠君报国，才是自欺欺人。”夏祥言语恳切，他并非想说服幔陀，而是想借机抒发心中所想。

也不知何故，夏祥对幔陀一见如故，虽不是男子对女子的两情相悦，却也有一种红颜知己的知音之感，是以他不想幔陀误解他。幔陀既有一般女子的柔美，又有江湖女子的敢爱敢恨，还有大家闺秀的知书达理，难得的是，几种风格聚于一身，并无违和及做作，着实是一名奇女子。

“听你这么一说，你还是要走中庸之道了？”幔陀余怒未消，不过心意稍微松动几分。

“老子有言，吾有三宝：一曰慈，二曰俭，三曰不敢为天下先……”夏祥朝幔陀拱手一礼，“感谢幔陀娘子传话之谊和送信之情，我不敢为天下先。”

“老子还说过：上德不德，是以有德；下德不失德，是以无德。上德无为而无以为；下德为之而有以为。”幔陀飞身上前，从夏祥手中抢回书信，“男子汉大丈夫，如此胆小怕事，你不敢为天下先，我敢！”

说完，转身离去，没再回头。

夏祥摊开双手，一脸苦笑：“这，这，这是什么道理？明明是我的书信，怎么又拿回去了？明知不可为而为之，不是傻瓜吗？幔陀娘子，你这是不讲道理……”

夏去此去南海，但愿会有一番作为。既然夏去无事，相信夏来也会平安。夏祥回到房间，提笔写信，才写了几个字就又放下手中笔，还是等高中之后再写信回家，向母亲报平安的同时，再报喜讯。临行之前母亲也再三叮嘱，让他不必牵挂家中，他从小和母亲相依为命，养成了凡事依靠自己的习惯，也深知母亲的坚忍和独立。若他无事写信向家里报平安，少不得会被母亲责怪没有出息。

收回心思，夏祥开始安心读书。对每一名学子而言，应试是人生头等大事。万般皆下品，唯有读书高，以科举制代替九品中正制，是天下百姓之福，从此寒门学子便有了出人头地的机会，也让无数出身贫寒却有才华的士子，多了跻身上层社会之路。虽是千军万马一起涌入独木桥，总比无路可走好了许多。

却说幔陀出了全有客栈，告别夏祥之后，一人独自行走在上京繁华的大街之上，忽然感到无比的孤独和无助。她方才冲夏祥发了一通火，只是心中郁积久了，无处释放，恰好夏祥的话激起她的不满。现在她才深切感受到了一点：就算自己武功再高强再无人可及，也不可能提剑杀进三王府。

且不说她并没有确切证据表明爹爹是被三王爷迫害致死，就算爹爹被贬至海南是三王爷授意，也只是再平常不过的朝堂之争。三王爷并非是亲手杀害爹爹的凶手，即使是，她凭借一己之力杀进王府，不出半个时辰，就会被王府亲兵乱刀砍死。

道理幔陀想得明白，却还是难以咽下心头恶气。只是一时四顾茫然，不知何去何从，她信马由缰，不多时来到一家茶肆，抬头一看，旌旗招展，四个大字格外醒目：好景常在。

又是好景常在！一路上幔陀见到最多的客栈就是好景常在各分号客栈和全有客栈，全有商行还好，只有客栈，好景常在却是除了客栈之外，酒楼、茶肆、商队应有尽有，生意遍布各行各业，几乎是无敌的存在，让人不记住都难。

也罢，正好口渴了，先上去喝杯茶再说。幔陀打定主意，要等夏祥安心应试过后，再将宋定娘的书信交与夏祥，以免夏祥会因宋定娘之死而心烦意乱影响了考试。

幔陀系好马，茶肆上有牌匾，牌匾左上角是“好景常在”四个小字，中间又有三个大字——安之居，字迹婉转婉约，似乎出自女子手笔，下面却没有落款。

“客官里面请。”

热情俊朗的店小二露出一口好看的白牙，迎了过来，抱拳行了一礼：“客官是要一楼还是二楼三楼，一楼是散铺，二楼三楼是阁子。”

“三楼。”幔陀随意答了一句，随店小二进入茶肆。

说是茶肆，应叫茶楼更为贴切，入门之后，主廊有百余步长，南北天井两廊皆是散客，三五人一桌，有瓜果零食配茶，也有弹琴的女子婉转歌喉，吟唱李煜的《浪淘沙》。

沿楼梯上了二楼，依然是百余步的主廊，两侧不再是散客，而是一个又一个阁子。吊窗之外，花竹掩映，垂帘下幕，灯烛荧煌，上下相照，流光溢彩，煞是好看。幔陀也算出身官宦之家的大家闺秀，却还是第一次见到布置如此奢华的茶肆，不由得心中暗暗赞叹，好景常在果然了得，也不知好景常在的主人是何许人也，先不说财力如何雄厚，只说茶肆的氛围和品味，便知此人非凡。

“就这里了。”幔陀见一间阁子名叫水龙吟，便停下脚步。

店小二应了一声，推开了房门，阁子不大，桌椅一应俱全之外，还有可以休息的软榻。桌子之上，摆有插花，四面墙上，三面挂有字画，另有一面粉墙有人题诗。

幔陀无心欣赏墙上之诗，坐下之后，店小二刚一说道：“客官请了，七宝擂茶、馓子、葱茶、盐鼓汤、雪泡梅花酒……”幔陀就挥了挥手：“双井茶。”

店小二唱了个喏，转身出去，很快回来上茶，又送了一盘瓜子，才小心掩门而去。自始至终，态度恭敬而细致，并无半分不耐之色。

幔陀喝了几口茶，推开窗户，窗外正是安定河。想起一路上的奔波和劳累，她俯身窗前，觉得有些倦意袭来，不知不觉竟然睡着了。

也不知睡了多久，忽被门外两个女子说话的声音惊醒。幔陀才一起身，门一响，两个女子竟然闯了进来。

二人并未意识到房间有人，边走边说。走在前面的女子鬓鸦凝翠，鬟风涵青，秋水为神玉为骨，芙蓉如面柳如眉，一抹纤腰，苗条可爱，一双长腿，瘦窄宜人，容貌无双，堪称绝代风华。

其身后女子，虽不如她有如此惊艳之容，一颦一笑却也别具风情，风髻露鬓，淡扫蛾眉含春带笑，皮肤润泽如温玉，樱桃小口娇艳若滴，腮边两缕发丝随风轻柔拂面，平添几分诱人而妩媚的风情。

若说前面女子端庄之中隐隐透露出一丝高贵和清冷，那么后面女子则是在美艳之余又多了几分妩媚之姿，二女可以说各有千秋。

前面的女子来到粉墙之前站定，她并未发现幔陀的存在，只因幔陀人在窗前，正好被一面屏风遮住身影。

/ 第三十八章 /

三女初会

“肖小娘子，上次赴你之约，你却爽约，是何缘故？”女子眉宇之间，微露不快之色。

被称为肖小娘子的女子歉意一笑：“万分抱歉，连小娘子，上次我本来在太平居酒楼等候你的大驾光临，等了两个时辰有余，忽然有意外事件发生，我只好匆忙离去，是我爽约了，还望连小娘子见谅。”

连若涵上次接到令儿的图画即肖葭所留的竹筒，见猎心喜，告别文昌举去赴肖葭之约，不想等她赶到之时，肖葭却不见踪影，令她十分气愤。后来肖葭约她数次，她都推掉不见，也是她向来坚持不与失信之人做生意的规则。

其后不久，肖葭又送来几件漆器，漆器制作精美图案无比精细，再次激起了连若涵的雅兴，再加上肖葭写来一封言语恳切的书信，她才又同意和肖葭见上一面。

肖葭爽约也实属无奈，其实事情说起来也和夏祥有关，若非夏祥和夏存先当街争执，连若涵也不会因为观战而耽误了时间。也正是连若涵太过投入而忘记了时间，才让令儿没敢及时送信，也正是因此，连若涵赶到太平居时，肖葭等候已经超过了两个时辰。

再让肖葭等上两个时辰，肖葭也毫无怨言。只不过李鼎善突然出现，让肖葭即刻和他前往宋超度府中议事。肖葭深知宋超度是李鼎善最为信任之人，虽有不舍，也只好和李鼎善一同前往。

却原来是宋超度已经得知皇上有意让文昌举替代杨砥为今年大考的主考官，文昌举一向不喜李鼎善的文风，作为李鼎善的学生，夏祥的文风一定很难入得了文昌举之眼，果真如此的话，今年夏祥怕是进士之路渺茫。

肖葭听了大吃一惊，如果夏祥此番考试不中，还要再等三年。虽说五十少进士，三十老明经，但本朝十七八岁以及弱冠之年得中进士者，也不在少数，何况在她看来，以夏祥才能，不中状元便是屈才了。

怎么办才好？肖葭无比着急。

宋超度和李鼎善却并不在意，宋超度更是淡定自若，还劝肖葭少安毋躁，有他和李鼎善，夏祥不会无路可走。

宋超度和李鼎善商议一番，拿出了一个主意。肖葭却想不明白宋超度和李鼎善的主意如何可以确保夏祥不会被文昌举故意阻挠而落榜，不过她想不明白也不多问，她也清楚，宋超度和李鼎善在朝堂多年，举重若轻的朝堂智慧是她可望而不可即的。

她没有朝堂智慧，却有经商头脑。

在和连若涵相见之前，肖葭也没有闲着，替安自如设计了数款漆器，赢得不少高官贵妇的交口称赞，安家漆器名声渐起。安自如对肖葭再无半分不信，认定肖葭是她的命中贵人，对肖葭言听计从。肖葭俨然成了安家漆器的半个掌柜。

再次邀见连若涵，肖葭准备妥当，不但改进了之前送与连若涵的竹筒，又新制作了几件漆器。果然，连若涵一见之下，十分喜欢，约她同到安之居喝茶。

连若涵虽对肖葭上次不辞而别有几分气恼，却也知道肖葭并非闲来无事消遣她之人，她也从肖葭的图画和漆器中看出了肖葭的兰心蕙质，她向来喜欢有灵气有智慧的女子，也愿意结交肖葭。只不过生性使然，她还是有意为难肖葭一二。

连若涵落座之后，示意肖葭坐下，口气虽淡语气却不容置疑："肖小娘子，之前的事情既往不咎，就此不提了，日后若你与我经商，凡事还是要以我为主，听我意思行事，你可答应？"

肖葭淡然笑笑："那是自然，我仰慕连娘子风采如天上明月，既然追随连娘子，肯定是要唯连娘子马首是瞻。不过……"

"不过什么？"连若涵脸色一寒，"在我这里，没有讨价还价的余地。"

"连娘子莫要误会，我并非讨价还价，而是要说大事之上自然一切连娘子说了算，一些小事，比如茶叶竹筒的样式和颜色，再比如好景常在客栈所用漆器的大小、形状以及成本，就不劳连娘子操心了。"

连若涵微微点头，虽依然不动声色，但眼角却微微流露出一丝赞赏之意。肖葭果然是个极其聪明的女子，识大体，知分寸，又能放正自己的位置，倒是可以一起做事。

肖葭嫣然一笑，她也清楚连若涵必然会在她面前拿捏几分，平心而论，她也敬重连若涵的能力敬畏好景常在惊人的实力，她端起茶杯正要喝茶，忽然怫然变色。

"连娘子，房间有人。"肖葭猛然站住，环视四周，目光依次扫过房间的每一个角落，最后停留在屏风之处，怒斥一声，"谁？出来。"

若论经商智慧和谋略，连若涵自是比肖葭高明许多，但若论警觉和身手，她远不如肖葭。肖葭喝茶之时赫然发觉茶杯有水，且水温已凉，显然有人在此，当然，只凭茶杯有水就判断有人也有失偏颇。

连若涵一时愕然，不知肖葭怎么就察觉到了房中有人并且明确了人就在屏风之后。

肖葭自幼习武，感觉要比一般人灵敏许多。不过，她武功并不高强，只有自保之力，若是换了幔陀，根本不必发现茶杯有水才会察觉房中有人，而是只一进门就能发现房中气息不对。习武久了，身体对外界环境的感应程度要比普通人灵敏许多。

“哪里有人？怎会有人？”连若涵见无人应声，屏风一动不动，以为肖葭哪里错了，“不过是小二忘了清理阁子，遗留了客人的茶水，未必就是房中有人。”

肖葭的神色却凝重了几分，因为她感觉到了来自屏风后面扑面而来的杀意，杀意过于汹涌，让她有了窒息和恐慌，她退后一步，将连若涵挡在身后：“连娘子快走，有危险。”

连若涵却不肯走，神情自若：“且不说房间中没有别人，就算有，也未必就是坏人。退一万步讲，即使真是坏人，也不一定就有危险。肖小娘子，凡事不要过于武断，不妨多些考虑……”

不等连若涵说完，肖葭已经被屏风后面汹涌的杀意逼迫得再难镇定，她右手一伸一翻，袖中箭激射而去，“噗”的一声穿透丝绸所制的屏风，消失不见。

袖中箭如泥牛入海，既无回应，又无响声，仿佛射入了无边的黑夜之中。屏风后面是窗户，肖葭清楚，以她的袖中箭的力道，穿透屏风之后，若是无人，会射中窗棂。箭中窗棂，会有“叮”的响声传来。箭中人体，会是“噗”的一声，而不是无声无息。

由此，肖葭更加断定屏风后面有人，她的袖中箭，被对方接住了。

能徒手接住她袖中箭之人，必定是高手，肖葭心中大惊，拉过连若涵便要夺门而出：“连娘子，快走！”

连若涵微一惊慌，片刻之后反倒镇静下来，此时她也相信房中有人了，她不退反进，向前几步：“不知何方高人大驾光临，还请现身一见。既是高人，躲躲藏藏有失高人风范。”

肖葭心中焦急，屏风后面的高人不知是敌是友，若是悍然出手，她非但救不下连若涵，恐怕连自身也难保，情急之下，既然拦不住连若涵，就只好挺身而出了——当即一个箭步向前，挡在了连若涵身前。

连若涵心中微微一动，好一个有情有义的女子。肖葭和她素昧平生，虽说肖葭有求于她，想和她联手经商，却也犯不着以命相搏，她暗暗赞赏肖葭的勇气和决断。

“我并没有躲躲藏藏，倒是你二人反客为主，未经允许进入我的房间，高声说话，扰我清静不说，还暗箭伤人。”声音一响，幔陀从屏风后面闪出，右手两根手指上夹有一箭，神色漠然，只淡淡看了连若涵和肖葭一眼，“还你！”

手腕轻轻一翻，短箭疾飞而出，直取肖葭面门。肖葭大惊，心中凛然，只听箭声呼啸如风便知对方武功高她太多，她断然没有把握空手接箭，当即向旁一闪，想要躲过，不想还是晚了一步，身子未动，短箭已至。

肖葭双眼一闭，暗叫一声休矣，不想眼见和连若涵大事将成之时，却突遭杀手，人生际遇当真是让人不胜唏嘘。

眼睛才一闭上，并未觉得有半分疼痛，却感觉耳边风声一响，身后传来“叮”的一声轻响，肖葭睁眼回身一看，短箭没入了身后的粉墙之上，足有寸余！

肖葭倒吸一口凉气，她虽不算武功高手，却也深知她的袖中箭依靠袖中机关弹簧发射，若是射在粉墙之上，能没入半寸有余已是不错了，对手只是两根手指便有如此惊人的力度，那么毫无疑问，对方是一等一的高手。

如此一个弱女子，怎会有如此高深的武功？肖葭震惊之余，不免又有几分仰慕，若能有眼前小娘子的一半功夫，她也足以行走江湖无人可挡了。

连若涵也是吓了一跳，以为对方一言不合就动手杀人，待看到肖葭安然无恙时，才长舒了一口气，恢复了几分淡然。再仔细一看眼前之人，不由得又是一怔。

好一个美若皎月冷若冰霜的小娘子！

连若涵轻启朱唇：“奴家姓连，是好景常在的东家。今日之事，是店家有误，并不知道房间有人，是以我二人进来，打扰了娘子，请娘子见谅。”

肖葭此时也回神过来，一想之下，也觉得是自己有错在先，便福了一礼：“方才是我鲁莽了，不该向娘子射箭，还望娘子海涵。”

幔陀并不还礼，自顾自坐下，倒茶一杯，一饮而尽：“你二人，失礼在先，又莽撞在后，若非我还有些本事，方才一箭，说不得已经当场身亡了。”

肖葭脸一红，大感羞愧：“娘子请了，方才之事，确实是我的错，娘子若要惩罚，但说无妨。我也是被娘子的气势所逼，并无伤人之心。”

幔陀自然知道肖葭向她射箭，是被她的杀意所迫，她之所以杀意外放，也是被肖葭的气息所激。肖葭学武不精，一紧张便会气息大放，很容易被对手发现深浅。

“还请二位娘子就此离开，不要扰我喝茶。”幔陀轻描淡写地挥了挥手，就势朝软榻上一躺，“快走，快走。”

不等肖葭有所动作，连若涵向前几步，坐在幔陀面前，轻扬右手，宛如行云流水，重新沏了一壶新茶，她先为幔陀倒上一杯，又为自己倒了半杯，举杯过顶：“刚才多有冒犯之处，再次向娘子赔罪！”

说完，一口饮完杯中茶。

幔陀却看也未看连若涵一眼，依然半躺在软榻之上，懒洋洋地说道：“我来你家茶肆喝茶，只为图个清静，不想有人打扰，不管是小二还是东家。刚才之事，我已经忘了，还请娘子还我清静。”

连若涵又为自己倒上了第二杯茶，举杯示意，也不管幔陀是否理会，再次一饮而尽。

肖葭站在连若涵身后，心中波澜大起。以连若涵的身份和尊贵，如此纡尊降贵礼待对方，且全是恳切之意，并非刻意假装，可见连若涵待人自有礼法，错就错了，知错认错，方是大家风范。

幔陀斜了连若涵一眼，微微欠身：“茶喝多了，也醉人。娘子，请了。”

连若涵轻轻一笑：“娘子的口音，官话之中带有江南的绵软，必是自小在江南长大，后又到上京居住。娘子武功过人，却又有沉静贤淑气质，应是出身诗书世家。娘子貌若天仙，却又冷若冰霜，拒人于千里之外，又多警惕之心，由此可见，娘子家道中落，身世流离……不知我说得可对？”

幔陀倏忽坐起，一脸惊讶，双目如电：“你认得我？”

“初次见面，还未知道娘子芳名。奴家姓连名若涵，她是肖葭。”连若涵对幔陀如实相告。

“幔陀。”幔陀自报了家门，却还是不信连若涵和她是初次相见，“你可是认得我父林仙枞？”

“并不认识。”连若涵确实未曾听过林仙枞其人，“幔陀娘子在京城可有落脚之地？”

幔陀微微一想，也就释然了，爹爹林仙枞进京之时，她才十岁，离京时，她十三岁。爹爹在京三年，然后一别京城，再也没能回来。连小娘子年纪和她相差无几，她不知道爹爹也是正常。更何况爹爹官职轻微，京官本来就人数众多，又因高官权贵都云集京城之中，三品以下的京官，无人知晓也不足为奇。

“你要怎样？”幔陀打量了连若涵一眼，尽管一路上她对好景常在大有兴趣，却并不想结识好景常在的掌舵之人，于是直接拒绝了连若涵，“多谢连娘子好意，我在京城有安身之处，不劳费心。”

“安身之处不等于安全之处。”连若涵是何等聪明的女子，谈话之间便可得知每个人最需要的是什么，她淡然一笑，“如若幔陀娘子不嫌弃，好景常在可为你提供一个安静的住处，无人敢去打扰娘子清静。今日之事，错在于我，小小心意，权当赔罪。”

“这样……”幔陀低头想了一想，忽然展颜一笑，“好，既然连娘子盛情难却，我就恭敬不如从命，却之不恭了。”

肖葭无比佩服连若涵的识人之明，原本以为连若涵在幔陀面前讨不了便宜，不想一番交锋下来，表面上看连若涵步步退让，其实还是掌握了主动权，至少幔陀住在连若涵安排的住处之中，等于幔陀认同了连若涵的为人，否则也不会将自身的安全交到连若涵手上。

连若涵身为好景常在的主人，果然有手腕。不但胆量过人机智过人，计谋和用心长远也过人。肖葭如此一想，更加坚定了要和连若涵共事的决心。

/ 第三十九章 /

大比之日

若是让夏祥知道他时刻担心的肖葭此时不但一切无忧，还和他最想结识的连若涵走近，他一定也不知是该庆幸肖葭的聪明还是该赞叹连若涵的知人用人之明。

还好夏祥并不知道此事，也没有拿到母亲之信，此时的他，每天只和张厚、沈包见上一面，说上几句有关应试的话题，便各自闭门谢客，安心读书了。金甲和曹殊隽也都没来烦他，各自忙各自的事情，他们的事情也不急于一时半刻。

倒是作儿来过一次，只说自己是无意中路过，顺路看望夏郎君，夏祥却从她嘘寒问暖问长问短的关怀中看出，她是受曹小娘子之托，特意前来。夏祥看破不说破，不但有问必答，还主动说了一些作儿没有想到的问题。

作儿的到来，时儿很是警惕，她守在夏祥门口，不时地进来假装倒水，或是问夏祥需要什么，有意无意向作儿投去敌视的目光。作儿也毫不示弱地以眼还眼，回应了时儿一个挑衅的眼神，意思是，夏郎君就是我家娘子的郎君，你少打主意。时儿气不过，忍不住说她和夏祥朝夕相处，夏祥又是她的兄长张厚的至交，她和夏祥门当户对。

夏祥哭笑不得，而张厚得知此事后，很认真地问夏祥是不是真的喜欢时儿，如果是，他很愿意和他成为亲家。夏祥大笑，以进士未中何以为家搪塞过去。

次日一早，丽日晴空，夏祥、张厚和沈包三人早早起来，先是沐浴更衣，然后焚香拜天收拾好各自东西，前往考场而去。

今日是大比之日。

大夏的会试地点是在贡院，上京的贡院位于鲤鱼胡同。夏祥三人安步当车，不多时来到明远楼，眼前有一株高大的槐树，树冠遮天蔽日。

“此树名为文昌槐。”作为第二次参加考试的张厚，当仁不让地充当了为夏祥、沈包解说的角色，“相传此树是太祖所种，又因这里是文光射斗牛的地方，所以称之为文昌槐。你看，文昌槐根生在路东，树身却弯曲向西，所以树冠也在路西边，长势犹如卧龙。考生们从此树下路过，便如跨越龙门，是以此槐为京城第一名槐。”

“不对，不对。”沈包摇头晃脑地纠正张厚的错误，“太祖一生未过黄河，怎会来到黄河以北一千里之外的上京，还在上京种下了一棵槐树？完全是无稽之谈。”

张厚脸上一哂，嘿嘿一笑：“不过是牵强附会的传说罢了，何必如此较真？”

“传说也不能出现重大纰漏，否则以讹传讹非我辈读书人品行。”沈包朝张厚抱拳一礼，“张兄，你我虽情同手足，不过一入考场便是只争高下。若我高中状元，你莫要忘了当初赌约。”

“你也莫要忘了才是。”张厚哈哈一笑，右手一指路边墙边上的“鲤鱼胡同”四个楷书小字，“夏兄，你可知鲤鱼胡同的来历？”

夏祥早先听李鼎善说过鲤鱼胡同的传说，笑道：“鲤鱼胡同原先名叫贡院胡同。二十多年前，有一考生因家里贫穷没有盘缠，日夜兼程步行前来京城赶考。不料还是来晚了，客栈全部人满为患，走投无路之下，一位住在贡院附近的老人收留了他。

“科举前三天，突然天降倾盆大雨。随着一声惊雷响起，从云端飞出一条金光闪闪的白色鲤鱼，正好落在考生借住的老人家中。随后惊雷又起，鲤鱼腾空而起，直朝着贡院会试考场飞去……人人都说，这正是‘鲤鱼跳龙门’之兆。

“三天后开考，考生果然高中。高中之后，考生并未忘记帮助他的老人，为老人立了一个大牌坊。从此，贡院胡同就改名为鲤鱼胡同……张兄，我听到的传说和你听到的，是否一样？”

张厚愣住了，鲤鱼胡同的传说，只在参加考试的士子中流传，外人所知不多，夏祥初次赶考，何以得知？

“大概相同。不过，夏兄是否知道，传说中的考生是谁？”张厚本想好好卖弄一番他的渊博，不想被夏祥抢了风头，未免有几分气馁，就想扳回一局。

夏祥还真不知道，摇头一笑。

夏祥三人走在前面，萧五和时儿在后面跟随。本来夏祥想让萧五在客栈等候即可，萧五却是不肯。时儿也是不听张厚之话，也要跟来。

时儿和萧五走在后面，颇有几分不情愿，她想和夏祥走在一起，夏祥还好，并没有什么表示，沈包却总是有意无意阻挠她向夏祥靠近。她便将气发在萧五身上，有事没事便嘲笑萧五一番，萧五偏偏是个榆木疙瘩，时儿说什么他就应什么，让时儿哭笑不得。

张厚的问题问住了夏祥，时儿听在耳中，忽然就向前一步，大声说道：“我知道，我知道考生是谁，他就是来自河东路忻州的李鼎善。”

夏祥走在前面，正欣赏鲤鱼胡同厚重的人文风光，对传说中的考生到底是谁的问题，并未放在心上。传说就是传说，他以为并非真事。不想时儿的口中突然冒出了“李鼎善”三字，他顿时心中大惊，脚步一停，回身问道：“时儿，你说的可是真的？”

时儿哪里想到夏祥会突然站住，她兴冲冲向前奔跑，收势不住，一头扑进了夏祥怀中。“哎哟”一声，鼻子撞在了夏祥的胸口，又酸又疼，她用力抱住夏祥，又捶打夏祥胸膛，嗔道：“夏祥你撞疼我了，鼻子好痛好酸，你赔我。”

夏祥心中却并无旖旎之想，对刚才之话多有怀疑，问张厚道：“张兄，传说中的考生，真是李鼎善不成？”

“这还有假？李鼎善鲤鱼跃龙门之事，知道的人不在少数。只要是知道鲤鱼胡同的传说之人，都知道传说中的考生是谁，不对，怪事，你既然知道鲤鱼胡同的由来，怎会不知道考生是李鼎善？”张厚不解，眼睛眨动几下，笑道，“夏兄，莫非对你说起鲤鱼胡同传说的人，正是李鼎善本人？”

夏祥摇头一笑，并未回答。

昔日杨砥被皇上问起何年及第，杨砥避而不答，是不想以状元自居。李鼎善说到鲤鱼胡同的传说，并没有说出考生就是他自己，也是不想以传说中的鲤鱼跃龙门的主人公自居。没想到李鼎善当年还有如此神奇之事，夏祥想起和李鼎善相处的三年，忽然觉得他对李鼎善所知甚少，就连李鼎善之前在京城身居何职、何时及第以及为何离京都一无所知。

三人到了贡院，被验明正身后，告别了萧五和时儿，就一同迈入了戒备森严的贡院大门，三天之内，三人要在里面吃住，连考三天。

无数士子十年寒窗苦读，只为三天的应试。三天之后，是官是民，就此天上地下，泾渭分明。正所谓十年寒窗无人问，一举成名天下知。

萧五和时儿无法进去，二人挥手告别夏祥三人，来到旁边的大槐树下坐定，萧五拿出烧饼啃了一口，才想起时儿也没有吃早饭，便将咬了一口的烧饼递向时儿：“时儿，你吃。”

“你咬过的烧饼我才不吃，恶心。”时儿白了萧五一眼，犹不解气，又踢了他一脚，“你又不是不知道我是南人，不吃面食只吃米饭，哼，真是人头猪脑，比起夏祥的榆木脑袋，还要笨上十分。”

萧五嘿嘿挠头直笑，笑过之后，又卖力地吃起了烧饼：“先生才不是榆木脑袋，你不要胡说。时儿，先生对你只有兄妹之义没有男女之情，你就不要缠他了，他有意中人了……”

“谁？”时儿年纪虽小心思却多，眼睛迅速眨动之下，狡黠地笑了，“莫非是作儿？不要骗我了，萧五，作儿分明是个丫鬟，夏郎君怎会自降身份喜欢一个丫鬟？作儿就算嫁他为妾，他也未必会要。我好歹也是出身名门世家，和夏郎君正好般配。萧五，不如你做个红娘，帮我和夏郎君牵线，事成之后，我管你一辈子的烧饼。”

萧五看了看手中吃了一半的烧饼，又认真地想了一会儿，摇头说道：“不行，不好，不能为了烧饼而出卖先生。先生最喜欢的娘子是曹小娘子，不过，最般配先生的娘子却是幔陀娘子。到底是曹小娘子还是幔陀娘子，我还在替先生苦恼，再多一个时儿娘子，就更是麻烦了。时儿娘子，我劝你还是嫁沈包沈郎君好了，他比先生更能吃……”

时儿气结：“他能吃和嫁他有什么关系？萧五，你真是笨死了。”

“萧五笨死没什么，只要先生好就行了。”萧五憨厚地笑了笑，用力咬了一口烧饼，“好吃，真好吃。时儿，你帮我想想，先生要是同时娶了曹小娘子和幔陀娘子，谁为大谁为小？”

“不用想了，我为大。”时儿头一昂，巴掌大的小脸儿上散发着自信喜悦的光芒，“谢谢你萧五，若不是你，我还没有想好怎么和曹小娘子、幔陀娘子相处，你这么一说，我明白了。我大度一些，不计较夏郎君三妻四妾，只要我为大妇就行。以后我要替夏郎君管好家中一切事务，不让他为琐事分心，只管好好做官一心报效朝廷便好。”

说着说着，也不知想到了什么，小嘴一抿，喜形于色：“什么曹小娘子，什么幔陀娘子，都要统统听我的话，如若不然，要她们好看，嘻嘻……”

萧五打了个激灵，一口吃完手中剩下的烧饼，摇了摇头：“这是病了还是怎么了，真是可怜。”

“走，萧五，我请你去好景常在吃山珍海味。”时儿也不知避嫌，伸手抓起萧五的衣袖，起身便走，“吃好之后，我二人就在附近的客栈住下，等夏郎君他们考完。”

萧五原本打算在门口守候三天，他带了足足几十个烧饼，被时儿拉着要去吃山珍海味，有心拒绝，却又难以抗拒美味的诱惑，只好说道：“吃饭倒是可以，住店就免了，你我孤男寡女，毕竟不便。”

时儿回身又踢了萧五一脚：“你不要痴心妄想了，我才不会喜欢上你。你要是想娶娘子，作儿不错。”

“作儿？”萧五咧嘴笑了，“作儿是不错，时儿你说她肯不肯嫁我？”

“这要去问她，我怎会知道？”时儿翻了一个白眼，“快走了，再不走，我就自己去吃了。”

“走，走。”萧五才不肯放过一顿美味佳肴的机会，忙不迭跟在时儿身后，朝远远就可见好景常在旌旗的酒楼走去，他身后背了几十个烧饼的包袱摇来晃去，颇有几分滑稽，他边走边自言自语，“先生只管好好答题，萧五不会离开先生，只是去吃些东西，去去便回。”

萧五的心声，夏祥自然是听不到了，考生一进入贡院，贡院大门就会关闭。门一关，门内门外就犹如两个世界了。

文昌举站在正殿台阶之上，轻抚胡须，目光威严面容肃然地凝视一众学子。今年应试考生足有三千人之多，黑压压一片，望之犹如千军万马。

也是奇了，在诸多考生之中，文昌举一眼望去，既看到了他的得意门生蔡北，又注意到了夏祥、张厚、沈包三人。夏祥一身衣服虽干净整洁，却既不华丽更不华贵，沈包的衣服则要华丽不少，相比之下，张厚的衣服除了华丽之外，更多了华贵。他暗暗颔首，夏祥无论是衣着还是风采，皆不如张厚和沈包，三人之中，张厚当为第一，沈包次之，夏祥最次。

虽说今年三王爷特意关照要多录取一些学子，以便为以后长远计，但夏祥还是会被他拿下。文昌举心想，即使夏祥文章如何出类拔萃，也没有上榜的可能。三王爷已然得知夏祥身为李鼎善学生之事，也暗中查到李鼎善人在京城，在和景王密谋大事。若是李鼎善回京之后，向三王爷认错投诚，三王爷大人大量，或许会既往不咎。李鼎善非但不诚心悔过，还有意帮景王谋划问鼎皇位，三王爷再有雅量也难以容忍李鼎善之举。是以三王爷盛怒之下，要他无论如何也要拿下夏祥的功名，让夏祥断了进士之路。

夏祥呀夏祥，你莫要怪本官拿下你的功名，三王爷留你小命，也算是仁至义尽了。三王爷的幕僚之中，劝三王爷杀死夏祥者不在少数，燕豪也自告奋勇可以轻而易举取了夏祥性命。三王爷却是不许，三王爷心系天下，不愿因夏祥一人而寒了天下士子之心。不过文昌举也是知道，三王爷得知夏祥之才，抱了惜才之心，若是三年之后夏祥再来考试，到时三王爷皇位在坐，夏祥必定会为他所用。

文昌举的目光在夏祥脸上停留片刻，见夏祥向他回应了一个和善的笑容，他收回目光，轻轻咳嗽了一声，偌大的场地之上数千学子顿时鸦雀无声。

“诸位学子，本官乃是今年大比的主考官文昌举，受皇上重托，主持应试，自当恪守职责勤勉敬业，上不负皇命下不负苍生。诸位也应遵循圣贤教诲，不得舞弊不得抄袭不得夹带，一经查处，革除功名，永不录用。尔等可是记下了？”文昌举先是说了一通道德文章。

“记下了。”

众学子海呼山应。

/ 第四十章 /

顺势而为

“好，甚好。”文昌举示意手下开题，“闲话少叙，现在开题。开题之后，各人入得单间，不再自行出入。”

话一说完，便有二人抬出一块帘幕，帘幕上面便写有今年的试题——刑赏忠厚之至论。

题目一出，众学子顿时议论纷纷。

文昌举朗声说道：“尔等有何不解之处，尽管提问。若无疑问，就可以回去答题了。”

大夏科举通常要考四个科目，诗赋、经义、论、策。策一般是在殿试之上。诗赋、经义、论三个科目，是在试卷之时。“国家以科目网罗天下之英隽，义以观其通经，赋以观其博古，论以观其识，策以观其才。”以试诗赋考查应试者的文学才情与审美能力，以试经义考查对经典义理的理解与阐释，以试论考查应试者的学识与见解，以试策考查解决时务的识见与才干。

因大夏对士子的选拔更看重学识与见解以及识见和才干，再加上欧阳明极力反对以诗赋之才作为录取进士的标准，大夏科举重经义与策论而轻诗赋。

有考生只看了一眼，便负手而去，自以为明了了题意。也有考生思忖良久，才露出会心一笑，也转身离去。片刻之后，考场之上还有大半考生驻足，有人摇头晃脑念个不停，有人皱眉思索，有人背手而立，有人转来转去。

“这位仁兄，依你之见，该如何点题？”一名年约五旬的老者朝张厚拱手施礼，他两鬓花白，老态龙钟，却精神饱满，“在下姓吴名永旺，泸州人氏，今年是小老儿第十五次科举了。惭愧，前十四次皆未高中。”

“今年第十五举？恭喜吴兄高中进士。”张厚拱手回了一礼，调侃一笑，“吴兄不必再费心解题了，只管在试卷上随意写写画画，或是题诗一首，便可高枕无忧得中进士，何必再劳神费力？”

大夏有恩科特奏名，凡应试十五举以上未被录取的，可不再经过考试，特赐本科出身。

吴永旺怫然作色："竖子不足与语！哼，哼，哼，老朽虽老，志向犹存，况且应试本是国之大事人之大事，怎能玩笑？"

张厚见状，哈哈一笑："老汉不足与语。"

沈包忙道："吴兄不必动怒，张兄并无恶意，只是调侃之语。此题依我之见，应该从轻刑而重赏来点题……"

"倒也有几分道理。"吴永旺瞬间气消，抚须点头，一脸思索之意，"不过，总是觉得有所欠缺，不知道哪里不够透彻，哪位仁兄可以再为老朽指点一二……"

考生之间，在没有进入单间之前，可以就题目讨论一二。是以主考官在上，考生在下，互相切磋或是直接向主考官发问，都是正常之事。

吴永旺不发问还好，一发问，周围考生转眼又走了十之四五，只剩下不到几百人。吴永旺站在全是少年才俊的考生之中，颇有鸡立鹤群的感觉，他自嘲地嘿嘿一笑："也罢，也罢，既然你们都嫌弃我老而不死是为贼，我闭嘴就是了。"

吴永旺颇为失望，沧桑而风霜的脸上闪过浓浓的失落，也是，即使自己高中进士，也很难再有机会高升，若论远大前程，自然比不上来日方长的少年青年考子。他转身就要离去，孤单的背影满是无奈和落寞。不想才一迈步，身后就传来了一个少年郎君清脆且轻快的声音。

"吴翁，在下对题目有一知半解的想法……"

吴永旺回身一看，是一个一身灰色布衫、唇红齿白、相貌英俊的考子，他虽衣着普通，却难掩眉间英气和一脸友善笑意。

吴永旺拱手一礼："兄台请了。"话虽如此，他却并不对眼前的考子抱有太大希望，只是想应付一下了事，"未请教兄台高姓大名？"

考子还了一礼："在下姓夏名祥。"夏祥并不在意吴永旺眼中一闪而过的搪塞，他也不在意周围考子纷纷投来的质疑、戏谑或是不以为然的目光，从容地说道，"刑赏忠厚之至论——出自《尚书》孔安国注文：'刑疑付轻，赏疑从众，忠厚之至。'依我之见，此题的要点在于疑罪从轻，而不是轻刑重赏之意。"

沈包本来已经走出数丈之遥，听到夏祥之话，蓦然站住，回身朝夏祥深揖一礼："夏兄一句话，惊醒梦中人。若我得中状元，必是你的提醒之功。多谢。"

张厚和沈包并肩而行，也同时站住，他却并没有回头，思忖少许，暗暗点头，嘴角闪过一丝会心的微笑。

周围考子静默片刻，忽然纷纷叫好，不少人向夏祥拱手致意。

吴永旺先是一愣，低头想了良久，忽然拊掌大笑："妙，妙极，夏兄一语，在下如醍醐灌顶。夏兄如不嫌弃，自今以后，我奉你为师。”

“不敢，岂敢。”夏祥摆手一笑，“吴翁过谦了。以吴翁之才，任一地知县，造福一方百姓，替皇上分忧，为朝廷效力，绰绰有余。”

“哈哈，借夏兄吉言。”吴永旺仰天大笑，负手而去。

周围考子不下数十人朝夏祥拱手施礼，以谢他点化之情。夏祥不厌其烦，一一回礼。忽然一人分开人群，来到夏祥面前，手指夏祥鼻子，张口便骂：“夏祥，你这般品行也配为人师表？别人不知道你的底细，我却是知道你是什么样的人。”

夏祥顿时惊呆当场，仔细一看，眼前站了一人，圆脸、大眼、浓眉、络腮胡子，若不是书生打扮，再手中提了一对板斧的话，任谁第一眼看去都以为是张飞再世。

“怎么，不记得我了？上次在大街之上，你和见王殿下对峙，我在一旁观战，还助了你一臂之力……”圆脸书生见夏祥对他一脸陌生表情，不由得愤愤不平地说道，“你记住了，我姓滕名正元，乃是镇守东南的大将军滕向天之后。来日高中状元之时，我再好好教导教导你。”

话一说完，冷哼一声，拂袖而去。

夏祥一脸愕然，不知所措地笑了笑，想起了当时滕正元还曾声援他，后来因他以退为进逼迫见王夏存先让步之时，滕正元愤然离去。和张厚的勇敢、沈包的直爽相比，滕正元的激愤更显率真。

夏祥朝周围考子拱手致意，朝自己的单间而去。

望着夏祥离去的背影，文昌举微眯双眼，眼中闪过一丝冷峻的笑意。

直到全部考子陆续进入单间，考场之中空无一人之时，文昌举才回身对身后三名考官之一的高亥说道：“高侍郎，今年大比，凡是将刑赏忠厚之至论以‘疑罪从轻’论点破题的考生，一律不予录取。”

高亥躬身答道：“是，文尚书。”

考官之一的陈封和高亥同为礼部侍郎，他起身问道：“文尚书，自从司马大学士提倡平实文风以来，十多年来，风气一向清明，考生可以自由解经、传注、质疑古说、阐发新见，并且可借他人题目说自家道理，即使是全不顾经文，各自立说，心粗胆大，敢为新奇诡异之论者，也是无妨，不拘一格发现人才，才能让天下英才为朝廷所用，才能做到野无遗贤……”

考官之一的章则是身为翰林学士，也起身说道：“文尚书所言过于偏颇了，怎能一概而论？何况依下官之见，夏祥的点题甚是体贴，值得嘉许才对。”

文昌举脸色一沉，哼了一声：“司马饰当年大开平实之风，他任知贡举之年，录取了连车、连易二人，结果连车被贬海南，怕是再难回到上京了。连易更是狂妄，在殿试的策论之时，年少轻狂，对策洋洋七千言，指责皇上不知节俭不顾民生，当真是不知天高地厚的小儿。”

见章则是和陈封还想再说些什么，文昌举右手一伸：“不要再说了，既然皇上命本官为主考官，今年的大比，就由本官一言而定。”

章则是和陈封对视一眼，二人一个摇头，一个淡然而神秘地一笑。高亥却是一脸恭谨，目不斜视，眼中只有文昌举而无视章则是和陈封。

夏祥进入了自己的单间之后，门在外面被上锁，三天之中不得出入。张厚、沈包被安排在相隔很远的单间，不过不管远近，三天之中是无法再见一面了。

单间之中，除了一桌一椅之外，并无其他物品。夏祥先是在房中来回走动少许，然后坐回座位之上，闭目养神。

也不知过了多久，门响了一声，门上的隔板打开，笔墨纸砚递了进来。

夏祥并没有迫不及待地展开试卷，今年的主考官临时更换为文昌举，他便知道今年的大考比往常多了几分变数。对文昌举此人，他所知不多，不过能够官至礼部尚书，也是非同一般之人。只不过在眼下风起云涌的当下，主考官的走马换将难免会让人多生出一些和三王爷有关的联想。

张厚和沈包早已打听清楚，文昌举担任礼部尚书之时，便有三王爷举荐之力。毫无疑问，文昌举替下杨砥，背后也是三王爷之功。只是不知皇上到底病情有多严重，而夏存先在皇上心目之中又有多少分量。不过有一点可以肯定的是，皇上破例加封夏存先为见王，又无比恩宠，显然是有意为之。夏存先比三王爷年轻许多，又是大王爷景王之子，是三王爷、四王爷和五王爷之侄，皇上若是册立夏存先为太子，会比册立三王爷为太子更得大王爷、四王爷和五王爷之心。

毕竟，相比之下，夏存先的威胁要比三王爷小许多，大王爷景王自不用说，即便四王爷庆王和五王爷云王，也会愿意有一个侄皇帝而不是一个同辈皇帝，更何况和三王爷的权势滔天权倾朝野相比，全无根基的见王就算有幸坐上皇位，也是立足不稳，需要多多依仗诸位叔王。

夏祥在端坐了半个时辰之后，开始研墨。学成文武艺，货与帝王家，是每一个考子读书的根本，夏祥也不例外。在中山村时，母亲在田间劳作时也不忘教导他，人无志不立，不为良相必为良医，是读书人都应有的共同志向。受圣人言教，就是要开启民智，为帝王社稷谋，为天下苍生计。

中山村虽民风淳朴，与世无争，类似老子所向往的小国寡民之地，夏祥在清净中长大，却并无避世之心。他也推崇老子的清净无为，却更认可儒家的积极入世。若要学以致用，若要安邦济世，一味出世只能独善其身，而只有兼济天下才是读书人一生为之追求的最高境界。

自小深受母亲的教诲和影响，其后又有李鼎善的教导，夏祥凝神沉思，胸中万言，落笔千言，一篇挥洒自如的千字文一气呵成。

“《书》曰：‘罪疑惟轻，功疑惟重。与其杀不辜，宁失不经。’可赏可不赏时，赏则过仁。可罚可不罚时，罚则过苛。《诗经》有言，君子若广开言路，祸乱会迅速停止。君子若怒驳谗言，祸乱同样会迅速停止。是以君子喜怒有度，因人因事而采取不同之法，也不失君子之道。故君子施仁政行王道推法度，法无定法，水无常形，顺势而为，天下归心。”

夏祥写完之后，不再多看一眼，弃之一边，倒头便睡，居然一觉睡到了天亮。

三天考试，转眼即过。夏祥、张厚、沈包三人有说有笑走出贡院大门，迎面走来数人迎接。萧五、时儿自不用说，二人一直守候在此，未曾离去，除他二人之外，又多了四人。

当前一人，年过五旬，鹤发童颜，颇有仙风道骨，他一马当先，快步如飞来到夏祥面前，一把拉住夏祥胳膊：“夏郎君，快跟我走。”

张厚和沈包一时惊呆，还以为是榜下捉婿，一想不对，今日才考完，不是放榜之日，老者到底何人何事，如此紧急需要夏祥出面？

张厚才这么一想，目光一闪，落在了后面一个素裙女子身上。女子淡淡蛾眉，明眸善睐顾盼生姿，丹唇外朗皓齿内鲜，比起时儿的稚嫩，多了明艳和风情。他哪里还顾得上夏祥，当即向前一步，朝女子拱手一礼：“这位小娘子请了，在下张厚，建宁人氏，今年大考之年，刚刚应试完毕，定是本科状元。娘子若是有意，不必等放榜之时再榜下捉婿，今日便可领了我去……”

小娘子本来兴冲冲直奔夏祥而去，却被张厚中途拦截，微露不快，随即掩嘴一笑：“这位郎君，领了你去做什么？你又会做些什么？”

张厚考试顺利，心情奇好，见小娘子落落大方，更是欣喜：“领了我去，自然是当你的夫婿了。我会琴棋书画，会……”

“这些我自己便会，要你何用？”小娘子不等张厚说完，便打断了他口若悬河的自夸，“作儿，你若是喜欢，你便领了他去，若当书童，年纪稍大了一些。若当门房，又太文弱了。你说，让他喂马如何？”

作儿上次前来看望夏祥，并未见到张厚，只见到了时儿。她方才看到时儿和张厚亲密无间，就知道二人是兄妹，对张厚本来就一见有气，张厚又不长眼调戏小娘子，她更是气不过：“娘子说笑了，我家马儿认生，他若去喂马，说不得会被马儿一蹄子踢得鼻青脸肿，没脸见人了呢。要我说，这位郎君蹲在曹府门口拴马柱的石狮子旁边，和石狮子假装一对最合适不过了。”

曹姝璃开心一笑，朝张厚揖了一礼：“得罪了，见笑。”转身奔向夏祥，不再多看张厚一眼。

张厚愕然而惊，见曹姝璃眉眼传情宜喜宜嗔冲夏祥飞奔而去，他才明白什么，猛然一拍自己额头，自嘲一笑：“原来是夏兄的娘子，冒昧了唐突了。”嘴上这么说，眼睛一转，又看到作儿的俏皮惊艳，嘻嘻一笑，“这位小娘子果真要请我养马吗？陪石狮子之事就算了，我比石狮子有趣多了，不如我们还是聊聊怎样养马如何？”

时儿生气了，双手叉腰来到作儿面前，伸开双臂挡住作儿：“你站住！”

这边时儿拦住作儿，张厚又调笑作儿，那边曹姝璃奔向夏祥，夏祥却被金甲拉住便走，沈包以为出了什么事情，挺身而出拦去了金甲去路。曹殊隽手中拿着制作成功的会徽，呆在当场，被眼前乱作一团的景象惊呆了。

“太乱了，太乱了。”曹殊隽只想和夏祥说说药床药椅的事情以及让夏祥见识一下他的第一个成品会徽，不想却连近身的机会都没有，他索性收回会徽，负手而立，“等你们乱够了，我再说正事。唉，荒唐，荒谬，荒诞，不成体统。”

夏祥被金甲生拉硬扯，用力挣脱金甲：“先生不要如此着急，先告诉我出了什么事情。”

“当然是出了大事。”金甲对拦在面前的沈包怒目而视，推开沈包，“你且让开，不要耽误老夫和夏郎君的惊天大事。”

沈包还要阻拦，夏祥冲他摇头示意，他才止步，回身见曹姝璃快步过来，侧身让开，朝曹姝璃拱手一礼：“小娘子可是夏郎君内人？”

/ 第四十一章 /

不期而遇

曹姝璃脸色微红，娇羞低语：“郎君莫要乱说，我只是前来感谢夏郎君的救命之恩。”

“救命之恩，无以为报，是以身相许，还是来世做牛做马报答？”沈包虽也惊艳于曹姝璃的美色，却不至于如张厚一般上来就调戏几句，不过正是年少慕艾的年纪，见美心喜，说笑几句也在所难免。

夏祥回敬了沈包一个不要胡闹的眼神，朝曹姝璃拱手致礼，又按住金甲说道：“金甲先生，到底是出了什么惊天大事，你先说来，不要慌张。”

“老夫哪里慌张了？老夫不动如松，镇静如山。”金甲强自镇静，故作淡定，却只矜持了片刻，便又按捺不住心中疑惑，拉着夏祥到了一边，小声说道，“怪事，咄咄怪事。你的药床药椅曹公用过之后，已见效果，病症减轻许多，现在已经可以下床走动了。再有月余，即使不能痊愈，也会恢复七七八八。只是不知为何，皇上用了药床药椅之后，病症丝毫不见减轻，夏郎君，你可知是何道理？”

张厚、沈包、曹殊隽等人知道金甲有话要和夏祥单独谈，几人才不会不知分寸地跟来，只有曹姝璃一人亦步亦趋，紧随夏祥身后。

曹姝璃自然不是不知分寸，此事也和她有关。

“药床药椅制好之后，先让爹爹使用。爹爹使用三天之后，身体寒气减弱几分。七天之后，便转危为安，不但可以正常进食，还可以下地走动半个时辰。”曹姝璃简单一说药床药椅的神奇效果，她对夏祥既仰慕崇拜又喜欢，认为夏祥就是从天而降的曹家的福星，不但帮了曹殊隽，还救了爹爹，她无论怎样感谢夏祥都不为过，“夏郎君大恩大德，曹姝璃永世不忘。请夏郎君受我一拜！”

夏祥才不会让曹姝璃拜他，不等曹姝璃弯腰下去，便上前一步扶住了她的胳膊：“曹小娘子不必多礼，我也只是瞎打误撞试上一试，而且我只是动了动口而已，若不是金甲先生的医理和曹殊隽曹三郎亲手制作药床药椅，我什么事情也做不成。”

“这话说得好像老夫要抢你的功劳一般？”金甲胡子都抖动了，他用力一拍夏祥的肩膀，“年轻人，谦逊内敛是好事，若过于谦逊内敛，就是虚伪了。大奸似忠大伪似真，药床药椅之事，你当居首功。若不是你的奇思妙想，老夫和曹三郎也是束手无策。你莫非读书读傻了不成？曹小娘子如此重谢于你，是想以身相许，你抓着曹小娘子的手不放，是不是就是答应了？”

夏祥方才情急之下搀扶曹姝璃，不想抓住了她的纤纤素手，若非金甲提醒，他还没有察觉，此时才感觉手中滑腻如玉，低头一看，曹小娘子柔若无骨的玉手被他握在手中，如握至宝。他不由得心中一荡，悄一用力，随即松开，笑道：“曹小娘子早已心上有人，我虽仰慕她的风华，却还是晚了一步。君子不夺人之爱……”

夏祥放开曹姝璃玉手，后退一步，郑重其事地还了一礼。

夏祥方才的语气凝重而悲伤，还礼又肃然正式，仿佛是和曹姝璃就此告别一般。曹姝璃方才被夏祥握住右手，心中既喜又羞，不料他转身如此无情，不由得悲从中来，眼泪险些掉落，她也后退一步，敛衣正容：“夏郎君，奴家并未许人，也没有心上人，你若嫌弃于我，直说便是，不必如此大义凛然。”

“哈哈，曹小娘子你还是太情急了些，被夏郎君骗了。”金甲对于男女情事早已看淡，经历也比夏祥曹姝璃丰富多了，心如明镜，“夏郎君自始至终并未说过对你有意，他以退为进，以你有了心上人为由，试探你的心意，你呀你，竟然直接说了出来，这下可好，他可是知道了你对他的情意，若是接受你还好，若不接受你，你岂不是要被人耻笑？”

曹姝璃面红过耳，既羞愧又愠怒，但过了少许时间，又恢复了清风明月，嫣然一笑：“我仰慕夏郎君之才，喜欢夏郎君之心，只是我自己之事，和夏郎君是否接受并无关系。高山流水，并非一定要有知音，没有知音，高山依然巍峨流水依旧潺潺。”

夏祥暗暗赞许，曹姝璃心思多变却纯良，性子淡然之中，又有难得的坚强，必是贤妻良母。

不过……此时考试已过，还不知是否得中进士，夏祥虽感动于曹姝璃的情意，却也只是笑了一笑：“曹小娘子如清风明月，人中之凤，我只有仰望之心。对了，金甲先生，皇上之病和曹公之病，应该不是同一病症，除了药床药椅之外，皇上还应该多注意饮食。”

曹姝璃满心欢喜来迎夏祥，不想夏祥在得知她的心意之后，避而不答，她心中微有不甘，不过她也不急在一时，是以也并不失落。

“皇上的饮食以清淡为主，并加了药膳，以补气血固元气为要，再加上药床药椅所补充的阳气，皇上龙体本应大好才对，为何不见有丝毫好转？”金甲百思不得其解，按理说此事他应该和太医院的一干太医相商，夏祥不过是一介书生，又是不相干之人，只不过夏祥的主意治好了曹用果，他更认定夏祥之法同样适用于皇上。

夏祥也是无计可施，他本来不是大夫，又不知皇上症状到底如何，更没有亲见皇上为皇上把脉，完全就是听凭金甲的转述，不可能判断出皇上的病情为何不见好转，再者说了，就算他有幸面见皇上，他的医术和金甲相比相差太远，金甲都不知原因何在，他更不可能知道。

他可不想给自己找不自在，没有医术还为皇上诊治，是为欺君之罪。

“是不是火力不够？”曹姝璃近来日夜为爹爹操劳，亲自动手为爹爹的药床药椅烧火，知道若是火力不足，药效就会大打折扣，“又或者是，所用木柴还有湿气寒气？”

用来点火的木柴，最好取自十年以上喜阳的树木，且要干燥没有湿气。

金甲连连摇头：“你所考虑到的，老夫都想到了，也一一查过，都不是问题所在。正是因此，老夫才急急来见夏郎君，或许他可以想到我们遗漏疏忽的地方。不过现在看来，他也黔驴技穷了。”

夏祥无奈，金甲有求于他，还骂他是驴，委屈地笑道：“我刚从考场出来，你们谁也不问我考得如何，却问我与我毫不相干的事情，还要怪我无能，天下哪里有这样的道理？”

“什么叫和你毫不相干？夏祥，你还有没有忠君报国之心？”金甲脸上微露怒气，不过一闪而过，他又哈哈一笑，“不问你考得如何，是我等都相信你必定高中。若不高中，老夫面呈皇上，让你跟我学医，加入太医院。”

金甲还念念不忘让夏祥拜他为师之事？夏祥不觉头大，忙道：“今年若不高中，三年之后再来。”

“你可以三年之后再考，曹小娘子可是等不了三年。”金甲现在对夏祥是爱若至宝，夏祥不想跟他学医，和曹姝璃成亲也可以，以他和曹用果的交情，夏祥若真成了曹家女婿，以后还不得事事听他指使，是以他不遗余力地撮合夏祥和曹姝璃，“夏郎君，三件事情，你必须选择其一。一、随老夫进宫，为皇上诊病。二、不进宫也可以，帮老夫弄清为何皇上病情不见好转。三、和曹姝璃成亲。”

还没有放榜就有人逼他成亲了？夏祥再次被金甲逼到退无可退之境，主要也是曹姝璃就在身边淡然而立，既不羞不可抑，又不掩面而走，偏偏目不转睛面带笑意地望着他，等他回答。

夏祥沉吟不语，金甲和曹姝璃都很有耐心地等他回答，他左右为难，第一件事情显然不行，是要掉脑袋的，不能乱来。第二件事情也是不行，他真的不是大夫。第三件事情嘛……不是不行，是现在不行，一是还没有放榜，是否高中还不得而知，二是婚姻大事岂可擅自做主，要由母亲同意才行。

“夏郎君，夏郎君……”夏祥正不知该如何回答时，时儿一阵风般跑了过来，她轻巧如蝴蝶，从金甲和曹姝璃之间穿梭而过，拉过夏祥的衣袖转身就跑，“快跟我走，我已在好景常在太平居备下酒席，为你们三人接风洗尘。”

夏祥哑然，他和张厚、沈包只是应试，又不是出了一趟远门，哪里来的风尘？时儿却脚下不停，她身子弱小，力气倒是不小，拉得夏祥也跟着跑动起来。

夏祥只好冲金甲摆了摆手：“金甲先生，且容我好好想想，兹事体大，不可轻率。曹小娘子，改日我再登门拜访。曹三郎……”

“我也去，我也要去，你休想甩下我。”曹殊隽半天都没有寻到机会和夏祥说话，眼见夏祥被时儿拉走，哪里肯依，拔腿跟了上来，“我还有更重要的事情要和你说道说道。”

张厚和沈包哈哈一笑，也跟了上去。

望着夏祥远去的背影，曹姝璃摇头一笑，眉宇之间多了一丝忧色。金甲却是抚须而笑，半是自言自语半是安慰曹姝璃：“夏祥若不高中，老夫找皇上说理去，如此才俊不为朝廷所用，是朝廷不幸。不过他终究年轻，性子虽沉静却还是不够稳重，不要紧，他早晚会明白过来，谁才是真心实意对他的人。”

曹姝璃粉面微微一红，眼中闪过亮晶晶的光彩：“张郎君、沈郎君对他也是不错，也会照应一二。”

“眼下是不错，以后怎样，就不好说了。”金甲目光如炬，目光在夏祥、张厚、沈包三人的背影之上来回跳跃，“学问深时意气平，现在三人都是年轻气盛之时，等他们三人都高中之后，走进了朝堂，就会因为各自立场的不同而有了党派之争，到时不管是同窗之谊还是同居之情，都抛到了脑后。”

金甲虽只是太医，却因久居朝堂中心而见多了官场之上的倾轧，也曾亲眼所见同一考场考中的进士，在为官之后，非但没有同属一方阵营，反而互相排挤互相攻击，最终落了一个两败俱伤的下场。

“但愿夏郎君前程似锦，诸事顺心。”曹姝璃心思纯净而简单。

“有老夫在，夏郎君一定会前程似锦。若是谁在背后对他不利，老夫定会保护他不被坏人伤害。”金甲自得地哈哈一笑，“老夫不才，虽远不如候平磐位高权重，可以一言定人前程一话定人生死，却也在宫中和各位王爷府中行走多年，承蒙皇上和各位王爷厚爱，也算是结了一些善缘，哈哈。退一万步讲，就算夏祥真有过不去的难关，大不了辞官不做，跟老夫学医，就凭老夫一身起死人而肉白骨的医术，天下之大皆可去得。”

“请问阁下可是大夫？”

金甲话音刚落，身后忽然有人问话，声音洪亮，中气十足，他回身一看，身后站了二人，都是书生打扮。一人圆脸大眼，年二十五六，一人骨瘦如柴，五旬开外，二人一少一老，一胖一瘦，相映成趣。

问话之人，正是年轻的书生。

金甲点头，一脸傲然：“正是。你是何人？”

“先生，在下乃是考子，姓滕名正元，刚刚考完今年的大比。也不知什么原因，忽然觉得头晕眼花，脚步不稳，浑身无力，恳请先生救我。”滕正元深揖一礼，态度恭敬。

老者也施礼说道：“在下吴永旺，是滕兄同年考子。在下的症状和滕兄相似，先生，我年老体衰，体力不支倒是情有可原，滕兄正值壮年，为何如此？”

金甲虽是大夫，却是太医，只为皇上和王公大臣诊治，若非他和曹用果私交非同一般，以曹用果级别，也难以请得动他，寻常百姓见都难得见他一面，更不用说请他看病了。

是以金甲对于滕正元当街问诊之举颇为不满，从鼻孔中轻哼一声，转身就走。

“大夫，大夫，请留步。”滕正元初来上京，哪里知道京城之地规矩众多，他上前几步，伸手拦住金甲去路，“医者父母心，怎能见死不救？何况我又不是不付诊费。医者虽属奇技淫巧，是为百工之业，士农工商排下来，至少也比经商的商贩强了不少，况且你一派道风仙骨，想必也读过书，如此无礼，当真是轻贱自己。大夫，他日我若高中进士，你为我诊治，也算是光耀门庭了。”

紧随其后的吴永旺听闻滕正元一番慷慨陈词，脸色为之大变，连连摇头。

大夏风气较之前朝清明许多，不过士农工商之序依然存在，在大多读书人的心目之中，还是万般皆下品，唯有读书高。金甲之所以看重夏祥，不仅仅在于夏祥确实智慧过人，还因为夏祥虽推崇读书最高，却并不轻视农工商，正合儒家之道的和而不同。他从医多年，虽也自知大夏风气再是清明，大夫的地位不可能高过士子，就和商人依然难以登堂入室一样。

只不过地位不高不代表心气不高，金甲一向认为不为良相必为良医本应是每一个士子都应有的情怀，地位有高下，治病救人没有贵贱。滕正元若是开口相求，他或许还会指点一二，偏偏滕正元又以读书人高人一等的姿态自居，金甲就忍无可忍了。

吴永旺和滕正元本来素不相识，考完之后，二人无意中走到一起，随意聊了几句，竟颇为投机，不由得引为知己。滕正元本想让吴永旺陪他去上京久负盛名的同仁堂诊治一番，不料路过金甲之时，听金甲之言似是大夫，滕正元求医心切，便当街问诊。

/ 第四十二章 /

人之大欲

金甲对滕正元视而不见转身就走，固然不对，滕正元有求于人，却还轻视医术轻贱医生，实在有悖人伦之理，吴永旺后悔和滕正元同行了，忙深揖一礼，向金甲赔罪：“先生，方才滕兄之话，多有得罪，是他一时激愤之言，请先生不要放在心上。”

“哈哈，哈哈哈哈。”金甲本来怒火冲天，滕正元一番过激的话说完之后，他反而释然了，走出几步又收住脚步，“滕正元，好一番伶牙俐齿。老夫不和你做无谓争论，既然你说医者是百工之业，只为生计，好，老夫为你诊治，收你诊费一百文。拿来！”

金甲伸出右手，一脸促狭笑意：“老夫若是出诊，少三百文不开药方。因你是读书人，只收一百文，拿来。”

“我，我……”滕正元脸涨得通红，大话说了出去，奈何囊中空空，别说一百文了，就是十文钱他也拿不出来，只好讪讪一笑，“医者父母心，若是病人命在呼吸之间，你莫非还是不见钱不诊治不成？”

“命在呼吸之间另当别论，至于你嘛……”金甲哈哈一笑，伸手拿出一百文交到滕正元手中，“想必进京之后，一直没有吃过一顿饱饭，应试三天，也没带干粮，你哪里是病了，分明是饿得头晕眼花。送你一百文，去吃一顿饱饭，包管药到病除。饿也是一种病，不过并不好治。”

“饿……是什么病？”滕正元想要推开金甲的一百文，金甲却不由分说放下就走，他脸涨得更红了，转身看到曹姝璃，“小娘子，这……”

“饿是穷病。”曹姝璃掩嘴低头一笑，脚步匆匆跟随金甲而去，“穷病要用钱治。”

滕正元手中青筋暴起，用力攥紧手中的百文铜钱，脸红得像是要滴血：“君子固穷，小人穷斯滥矣……君子不受嗟来之食！”

吴永旺一把抢过滕正元手中的百文铜钱，朝金甲的背影鞠躬致谢：“多谢先生百文之恩，他日定当涌泉相报。”又冲滕正元瞪了一眼，哈哈一笑，“你且在此继续固穷，我去吃饭了。”

滕正元顿时大怒：“百文是先生赠予我的，你怎能抢走？君子固穷，君子固穷，滕兄，你的书白读了不成？”

吴永旺却不管这些，拔腿就跑：“你能追上我，我就还你。”

“你站住，吴老儿，再不站住，我要和你绝交。”滕正元急了，飞奔急追。二人一前一后，跑得不亦乐乎，好在考场之中考完的士子们，有人大哭有人大笑，有人放声高歌，有人手舞足蹈，二人在阳光下的奔跑，倒也不显得引人注目。

夏祥一行来到好景常在太平居酒楼，正是张厚悬空题字之处，三人凭张厚的美玉卡到了三楼，要了一处临窗的位置，分别落座。

落座的时候，时儿非要坐在夏祥右边，却被曹殊隽拉开。时儿不甘心，又想坐在夏祥左侧，却又被沈包抢了先，她十分不快地坐在了张厚右侧，对曹殊隽和沈包怒目而视。

曹殊隽哪里有心思理会时儿的怨念，不过实在被时儿不依不饶的目光瞪得心烦，就冲时儿吐了吐舌头，嘿嘿一笑：“时儿，你莫非对我有意？若真有意，报上你的生辰八字。”

“要我生辰八字做什么？”时儿并非真的喜欢夏祥，只是为了赌气，非要让夏祥和她在一起，如此才能在作儿面前扬眉吐气，她还不知道曹殊隽是何许人也。

“我算算你是不是和我八字相合，若是相合，你嫁我便是。”曹殊隽眉毛一挑，他早就看出时儿的小小心思，方才时儿和作儿你来我往暗中争斗，他看得一清二楚。

“我为什么要嫁你？我才不要嫁你，我要嫁夏郎君。”时儿鼓起腮帮。

“你嫁了我，作儿就会听你随意指使。作儿是我家丫鬟，我是她的主人。”曹殊隽不信时儿不上当。

“真的？作儿真听你的话？”时儿此时哪里像是大家闺秀，反倒更像一个斤斤计较的丫鬟。

“那是自然，作儿从小在我家长大，不听我的话，我赶她出门，她就流落街头无处可去了。”曹殊隽眨眨眼睛，狡黠地笑了笑，“怎样，嫁不嫁我？”

“嗯……”时儿咬了咬嘴唇，目光闪烁不定，看了张厚一眼，“我要和二哥商议商议。”

“时儿，不许胡闹。”张厚岂能不知曹殊隽是有意为之，才不想捡一个便宜妹夫，忙说，“曹三郎莫要欺负时儿，她年纪尚小，只凭喜好行事，并无心计。”

曹殊隽哂然一笑："时儿天真烂漫，惹人生怜，我并无恶意，若是时儿真要嫁我，我也笑纳。"

张厚笑道："曹三郎可有功名在身？"

"白衣。"

"时儿不嫁平民百姓。"张厚淡然一笑，虽淡然，笑容中却有一丝居高临下的意味。

"如此也好，不如嫁沈兄也是不错。"张厚以为他的话会刺激到曹殊隽，不料曹殊隽浑然无事，随意摆了摆手，和夏祥交头接耳去了。

张厚气得险些没噎着，他还以为曹殊隽是真心喜欢时儿，不想曹殊隽只是随口一说，并不当真，让他大感羞辱。

时儿却是嘻嘻一笑："平民百姓也好，高官权贵也罢，易求无价宝，难得有情郎，只要有情有义就好。沈兄，你觉得我和夏郎君般配，还是和你般配？"

时儿如此大胆并直接倒是出乎沈包意料，沈包认真地想了一想，又喝了一口茶，郑重其事的样子都以为他会说出一番大道理，不料他只是吐了一口气，说了三个字："不知道。"

众人都被逗笑了。

张厚点菜，又要了酒。上菜后，张厚和沈包说起应试之事，二人争论到底谁是状元，争得不亦乐乎，夏祥和曹殊隽却在低头讨论好景常在会徽一事，争执不下。

曹殊隽之所以急急要和夏祥见面，是因为他已经做出了第一个好景常在会徽。爹爹病情减轻，他心中巨石落地，心思就全部放到了会徽之上。在夏祥应试的三天里，他三天三夜不曾休息，终于赶制出来第一个成品。

倒不是曹殊隽有多迫切地想要将会徽交给连若涵鉴赏，从而可以借机和连若涵达成合作，而是他醉心于此，一旦沉迷其中，不完工寝食难安。

曹殊隽双眼布满血丝，精神不振，哈欠连天，却依然强打精神，只想赢得夏祥的认同。夏祥接过曹殊隽的玉连环——曹殊隽将好景常在的会徽命名为玉连环——仔细端详一番，不得不说，无论是雕工还是图案，无一处不细致无一处不精美：最外的金圈之上，雕刻七彩祥云；中间的银圈之上，是多种字体的"好景常在"叠连在一起；最里面的铜圈之上，是细碎而古朴的花纹，颇有战国之风。

最中间部分，则是一块铜钱大小的黄花梨木雕，木雕的正面是篆体的"好景常在"四字，背后是隶书的"金玉满堂"四字。

夏祥把玩片刻，赞不绝口："巧夺天工，精美绝伦，曹三郎，你的技艺到底师承何方高人？"

曹殊隽面有得意之色，昂首一笑："并无师承，自学成才。夏郎君，若是连小娘子见到此物，会不会因仰慕我的绝世之才而非要下嫁于我？"

曹殊隽今日是怎么了，先是想让时儿嫁他，现在又打起了连若涵的主意——夏祥已然得知好景常在的幕后主人姓连名若涵，并非国姓夏姓，也并非当朝任何一个二品以上大员之姓，倒是更让人不知连若涵来历了——他是真想娶妻了，还是受到了什么刺激？

"连小娘子若是仰慕绝世之才，也是仰慕我，与你何干？"夏祥微笑着摩挲手中的玉连环，当仁不让地将好事揽到了自己身上，"从药床药椅再到玉连环，可都是我的奇思妙想……"

"你怎能如此？"曹殊隽翻了翻白眼，很是不满地说道，"你有了姐姐，怎么还对连小娘子也有想法？你不能如此贪心不足！"

"功名利禄，娇妻美妾，人之大欲也。"夏祥大笑，笑过之后才又认真地说道，"你却不知为何我有自信连小娘子仰慕之人是我而不是你。"

"为何？"曹殊隽此时才明白夏祥的仰慕一说只是引出话题，并非真有所指，脑中灵光一闪，一拍脑袋笑道，"我明白了，我明白了，你的意思是说，玉连环并不能让连小娘子满意，还需要进一步改进？"

"还不算太笨。"夏祥见曹殊隽一点就透，也是会心一笑，"以连小娘子的见识和为人，玉连环之名一入她的耳朵，她就了无兴趣了。"

"那叫什么名字为好？"曹殊隽忽然想到哪里不对，问道，"不对，不对，你又没有见过连小娘子，怎会知道连小娘子的喜好？你是故意骗我不成？"

夏祥诚实地点了点头："我确实并未见过连小娘子，也从未和她有过只言片语的交谈，若说我清楚她的喜好，是无稽之谈。不过……"他有意停顿了一下，环视四周，见张厚、沈包相谈甚欢，时儿一人沉默不语，无人注意他和曹殊隽说些什么，才又继续说道，"想要知道一个人的喜好，并非一定要认识其人熟悉其人才可，从其文章、行事也可知晓一些。"

"问题是，连小娘子并无文章……"曹殊隽挤眉弄眼地笑了，仿佛抓住了夏祥的软肋。

"文章并不一定就是纸上文章。"夏祥含蓄地一笑，"好景常在的外在风格和内在装饰，好景常在的名字以及旗帜，好景常在在大夏境内的经营方式，还有好景常在的贵客卡，好景常在只开酒楼、茶肆、客栈，有没有商队暂且不说，反正没有青楼妓院的经商范围，如是等等，完全可以看出好景常在主人的喜好和为人。"

曹殊隽被夏祥说得晕头转向，眼睛都直了，愣了半晌才回过神来："夏、夏郎君，你怎么会从这些常见的事情想到幕后主人的喜好和为人之上？我平常见到也就见了，却从来不去想这些。快说，连小娘子的喜好和为人到底如何？”

夏祥初来上京的第一件事情就是从好景常在不开青楼妓院推断出其幕后主人是一位娘子，除此之外，还发现了诸多问题。只不过他深藏于心，从未对外人说过。

如今既然要和曹殊隽联手打开好景常在的大门，就无须再向曹殊隽隐瞒他对连若涵喜好和为人的猜测。他夹起一粒花生米放到嘴里，不慌不忙地咀嚼几口，才慢条斯理地说道：“圣人见微以知萌，我非圣人，却也知道观滴水可知沧海，窥一斑而知全豹之理。好景常在为何不开青楼妓院？固然和连小娘子是女子有关，也说明了一件事情，连小娘子为人端正，坚强而自立，不愿意成为依附男子的女子。”

大夏女子地位较之前朝提升许多，女子不但可以择婿，嫁妆在和离之时还可以带走，男子可以休妻，女子也可以主动提出和离。一时女风盛行，出现了不少因丈夫无能而被女子主动提出和离之事。

“还有呢？”对夏祥的说法，曹殊隽点头表示赞同，他身边就有活生生的例子，姐姐曹姝璃自小就独立，若非自己如意之人，宁肯不嫁，爹爹也没过多勉强于她。

“还有就是，好景常在的外在风格和内在装饰，虽奢华却不华丽，虽尊贵却不华贵，虽大富大贵却不流俗，说明了什么？”夏祥有意考一考曹殊隽。

“不知道。”曹殊隽很是干脆地承认了自己的不足，“我读书少，你别逗我了，快告诉我说明了什么就行，我只管听。”

“说明了连小娘子出身富贵之家，从小富贵加身，见多了各种奢华之物，也见识过太多名门府邸，是以好景常在不管是酒楼、茶肆还是客栈的外在风格和内在装饰，无一处不体现出她的出身、喜好和从容。”夏祥继续说道，“贵客卡之事可以看出好景常在的客人之中，既有如我等一般的寻常百姓，也有高官权贵，甚至是王孙贵胄……如此见多识广的连小娘子，眼界之高，品味之与众不同，必然不可以常理推测，曹三郎，你此时还会认为你的玉连环可以入得了连小娘子之眼吗？”

曹殊隽口中咬着一只鸡腿，正是好景常在的名菜之一神仙鸡，目瞪口呆，含糊不清地说道：“厉害，太厉害了，夏郎君，夏兄，你和狄仁杰不相上下了，怕是连宋悲也会甘拜下风。”

“莫要胡说，我和狄相怎能相比？更和宋悲宋提刑无法相提并论。”夏祥并非谦虚，而是和狄仁杰、宋悲相比，他确实自叹不如，二人都是断案高手，狄仁杰自不用说，曾为大唐宰相，宋悲虽只是大夏的四品提刑官，却是闻名遐迩的青天，一生平反冤案无数，恩德惠及百姓贤名留于青史。

当然，话又说回来，他并不以断案为长，和狄仁杰、宋悲也没有可比之处。

“不如这样，玉连环既然已经成形，先留下，我再按照你的意思重新制作一个，到时两个物品一同交与连小娘子，看她更喜欢哪一个。”曹殊隽虽是叹服夏祥细致入微的洞察力和推测，却并不完全信服，是故留了一个悬念，想要试上一试，“若是她喜欢玉连环，便是我胜了，你不许再对连小娘子有非分之想。若是她喜欢按照你的意思重新制作的另一个，便是你胜了，我以后不再对连小娘子有不安分的想法，如何？”

/ 第四十三章 /

点茶之争（一）

“好。”夏祥欣然应允，他对连小娘子并没有非分之想，不过既然曹殊隽愿意赌上一赌，他也乐意陪他玩上一玩，“来，你如此这般改进玉连环，改好之后，名字就叫若尔。”

“若尔？这是什么古怪名字？”曹殊隽不解归不解，却并不多问，举起酒杯，“来，干杯，预祝我二人大计可行，大功告成。”

“你二人有什么大计可行？”张厚和沈包经过一番艰苦卓绝的论战，尽管谁也没能说服谁，但张厚还是认为沈包已经认输，不再以未来状元自居，他才有心思和夏祥说上几句，他举起酒杯，“来，诸位，祝愿我状元高中，沈兄一甲进士，夏兄二甲进士，并预祝夏兄和曹兄的经商大计马到成功。”

张厚虽并不清楚夏祥和曹殊隽在说些什么，却隐约猜到是和经商有关，他便一厢情愿地认为夏祥自认状元无望甚至进士也有可能不中，就有意弃仕途而转向经商之路。

沈包一愣，刚才和张厚一番唇枪舌剑，张厚的固执和自负让他颇有几分不快，不想张厚又自以为是地认为夏祥志在经商，不由得摇头笑了，他也举起酒杯：“祝愿我状元高中，祝愿夏兄一甲进士，张兄二甲进士，并预祝曹兄的经商大计马到成功。”

张厚一听此话，脸色顿时为之大变，险些当场发作，忍了一忍，强行压了下去。

夏祥虽一直和曹殊隽说话，其实也暗中观察了张厚和沈包，早就发现二人因争论谁能高中状元险些翻脸，不觉好笑，为了一件并未发生且很有可能不会发生的事情而争论不休，也真是无聊至极。他哈哈一笑，高高举起酒杯：“我神机妙算，我三人应试，我说一个结果，必定正确。”

夏祥伸出了一根手指。

张厚迅速反应过来，问道：“只中一个？”

沈包也问："中了两个，一个不中？"

夏祥摇头一笑："是一起全中。"

时儿一吐舌头，嘻嘻一笑，有样学样地也伸出一根手指："为什么不是一起不中？"

曹殊隽心里纳罕，不知道夏祥何出此言，不过他却是知道一根手指怎么说都有理，全中的话，是一起全中。全不中的话，是一起不中。中一人的话，是只中一个。中二人的话，是一个不中。不管结果如何，都能自圆其说。

"还是夏郎君高了一等。"

几人正举杯相碰时，突然一个叮咚如清泉清冽如溪水的声音在楼梯间响起，伴随着吱哑的木梯声响，三个人出现在众人眼前。

此时三楼用餐的客人就夏祥一桌，其他桌子并无客人。

三人全是女子，为首一人，浅绿罗衫，眉眼如画，神色冷峻之中，又有一丝傲然。她身后二人，左边一人，一身黑衣，清冷如月，冰凉如霜，神色漠然。右边一人，眉如弯月眼如秋水，下巴微尖，秀气如江南山水的雅致和飘逸，既妖娆又朦胧。

三人之中，夏祥认出黑衣女子，正是幔陀。

"夏郎君哪里高了一等？"张厚心中微有不快，方才争论未能让沈包臣服于他，现今又有人盛赞夏祥，他颇为不服，"只凭一根手指就认为他高了一等，岂非儿戏？小娘子，你又是何人？"

小娘子避而不答张厚的问题，只是淡淡应了一句："我说高了一等，就是高了一等。你连夏郎君哪里高了一等都不知道，真是可怜可悲。"

沈包眼睛一亮，虽和眼前的小娘子未曾谋面，却是听出了她的声音，当即又惊又喜，向前一步，拱手一礼："原来是连小娘子，沈包有礼了。"

连若涵？夏祥和曹殊隽对视一眼，顿时大喜，得来全不费功夫，不想连若涵主动现身了，当真是意外之喜。

不过……夏祥惊喜过后不免多看了幔陀一眼，幔陀怎会和连若涵在一起？

幔陀并不回应夏祥疑问的目光，仿佛夏祥并不存在一般，她站在连若涵身侧，眼观鼻鼻观口口观心，人虽在，心却不知神游到哪里去了。

连小娘子？好景常在的掌舵人、传说中的天才经商女子连若涵？张厚也是为之一惊，本来以他固有之见向来轻视商人，奈何好景常在名气太大实力太过雄厚，身为好景常在掌门人的连若涵，又是一介弱女子，无形中身上就叠加了太多光环和神秘，不由得不肃然起敬。他也是收起轻视之心，抱拳施礼："连小娘子请了，张厚有礼了。"

夏祥也施礼说道："夏祥有礼了。"

和夏祥的白衣动公卿相比，连若涵以一介女子之身惊动夏祥几人肃然施礼，也是非同一般！

曹殊隽直了眼睛，悄悄用力拉了拉夏祥的衣袖，低声说道："夏郎君，连小娘子，连小娘子，终于亲见连小娘子了！她果然名不虚传，气质若兰，貌美如仙，我想我是对她一见钟情了。"

夏祥回敬了曹殊隽一个克制不要太色急的眼神，向前一步，冲幔陀施了一礼，说道："幔陀娘子，别来可好？"

幔陀目光低垂，淡漠地答道："还好。夏郎君，请收好书信。"说话间，一封书信递到了夏祥手中。

夏祥将信收好，也未细看，上次幔陀送信，后又抢走，他便以为并非要紧之事，是以也没有多想。曹殊隽从他身后闪了出来，先是冲连若涵拱手一礼，又热情邀请连若涵入座。

"连小娘子，可否赏光与我等同餐？"曹殊隽喜形于色，只差摩拳擦掌跃跃欲试了。

"不如喝茶。"连若涵点头一笑，吩咐下去，"令儿，上茶。"

"是。"连若涵右侧的女子应了一声，转身下楼。片刻之后，数名小二上来，带了火炉和铁制水壶以及上好的汝窑、建盏等名品茶具。几人一起动手，有人收拾桌上残羹剩饭，有人支起火炉，点燃炭火，有人冲洗茶具，有人重新摆好座位，片刻之间，一切准备停当。

连若涵坐了首位，夏祥坐在她的左首，张厚坐在右首，曹殊隽想要坐得近些，却被时儿拉到了下首，无奈只好坐在了时儿和幔陀中间。他还想和幔陀说几句什么，幔陀却理也不理，他自讨没趣，又被时儿取笑几句，就闭嘴不说了。

连若涵今日和幔陀前来太平居，只是路过，无意中听到夏祥几人正在楼上吃饭，一时心血来潮，便上来和夏祥一见。正好听到几人在谈论一根手指的玄机，一听之下，她便更加坚定了自己对夏祥三人的看法！

三人之中，夏祥必是最出类拔萃者！

几天来，连若涵忙得不可开交，先是和肖葭几次碰面，最终敲定了好景常在旗下所有茶叶品牌的包装竹筒，以及好景常在全部客栈所用的果盘漆器的形状大小以及图案。越是接触，她越是喜欢肖葭的经商智慧，可以说，肖葭简直就是天生的商人，不但眼光奇准，而且事事想得周全，还能举一反三，让她庆幸得肖葭之助犹如捡宝。

连若涵当即决定，要将肖葭收到好景常在旗下，她身边正好缺一个可以帮她分忧的管家。她向肖葭含蓄一提此事，肖葭并未拒绝，却也没有当即同意，只说她想先将肖家漆器经营成上京第一漆器行，之后再加入好景常在也不迟。

安家漆器已经正式更名为肖家漆器，安自如得肖葭之助，愿意拱手相让一半股份给肖葭，以换取肖葭将安家漆器做成上京漆器第一品牌的努力。肖葭也没推辞，欣然应允。

安自如虽然让出了一半股份，但漆器销量和以前相比不可同日而语，至少增加十几倍有余，估算之下，她一半股份的分红比起以前多了三五倍还不止，自然乐享其成。更何况现在的赢利还是在没有为好景常在全面供货的前提之下。一旦开始为好景常在供货，安家，不，肖家漆器的销量会跃居上京所有漆器行之首！

如今安自如早已收了回泉州之心，只想留在上京管好肖家漆器的一应事务，肖葭现在几乎天天和连小娘子在一起，她则留在店中打理各项事务，又雇了三个伙计。

连若涵清楚肖葭的心思，若是肖家漆器成为上京第一漆器行，肖葭水涨船高，再来好景常在，自然不能只是管家身份，必然会有股份上的要求。其实在连若涵眼中，肖家漆器再是上京第一漆器行，也无法入她之眼。只不过肖葭想借此提升身份，也是情有可原。以肖葭之才，不甘久居人下，是人之常情。

不过连若涵心中笃定，肖葭主动送上门来，必然是想借助好景常在的东风，是以她并不担心肖葭不加盟好景常在，只是时机问题。今日她和肖葭商议好了竹筒最后的形状和图案，接下来就会陆续为好景常在的茶叶换装。换了新的包装之后，茶叶的价格不但可以提升不少，销量也会更上一层楼。

更主要的是，新的竹筒设计巧妙，注重细节，并且突出了好景常在四字，推出之后，会让好景常在的名气更加响亮。

肖葭和她敲定了所有事项之后，回了肖家漆器，她忙里偷闲，想到太平居和幔陀喝茶。太平居虽是酒楼，却也备有茶具。不想竟然意外遇到了夏祥。

和幔陀相处几日以来，连若涵也习惯了幔陀如雪山般的冰冷。她见过形形色色之人，能猜到幔陀的冰冷多半是因家庭的不幸。她对幔陀好奇多过关心，也清楚幔陀并不需要别人过多关心，幔陀可以独自行走并且在自己的内心之中生活得很好。

几天来，连若涵和幔陀一共没说几句话，都是她有问题幔陀才会不情愿地回答。幔陀住在她安排的一僻静之所，远离喧嚣和人群，每日不是习武就是静坐，既不多问一句话，也不对她说一句感谢。连若涵不以为意，她帮助幔陀本就不图回报。

连若涵轻挽素手，由令儿将水注入肚浑圆颈细高的汤瓶之中，再将汤瓶置于火炉之上，开始烧水。

张厚自幼生长在南方，对于茶道也是颇为精通，当即奇道："连小娘子莫非是要点茶？"

"正是。"连若涵微微点头。

"为何不用铁壶而用汤瓶？"张厚不解，眉毛微扬，"铁壶肚圆，壶嘴并不细长，方便观察候汤的生熟。"

"候汤是什么？"曹殊隽小声问夏祥，他虽也喜爱喝茶，却并不会点茶，也不斗茶，是以大感好奇。

"候汤便是沸水。"夏祥目不转睛地盯着连若涵轻舒素手轻展玉袖，心中赞叹连若涵非但经商才能出众，点茶的姿态也优雅如莲，当真是一个多才多艺的奇女子，"点茶最为讲究水沸的火候，是为候汤。候汤是为第一要素，不熟则沫浮，过熟则茶沉，只有掌握好水沸的火候，才能冲出点茶色、香、味俱佳的妙处。想必连小娘子不用铁壶而用汤瓶，是对水沸的声辨颇为自信了。"

汤瓶肚圆而颈细高，只能凭水沸之声来判断候汤是否到了最佳沸腾火候，对点茶之人技巧的熟稔程度要求极高。

张厚奇道："夏郎君也懂点茶不成？还是不懂装懂？灵寿县中山村地处偏僻，又是穷乡僻壤之地，应该不会有点茶之事。"

大夏的茶文化比起大唐又有所进步，上至王公大臣、文人僧侣，下至商贾绅士、黎民百姓，无不以饮茶为时尚，饮茶之法又以点茶为主。大夏的点茶比起大唐的煎茶更为讲究，也更雅致，手法也更为繁琐。中山村几乎与世隔绝，却也有点茶之事。

夏祥岂能听不出张厚话中的嘲讽之意，心里也是清楚张厚对连若涵"还是夏郎君高了一等"一番话耿耿于怀，并不以为意，淡然一笑："若说偏僻，建宁比起灵寿可偏僻多了。建宁还有点茶，灵寿自然也有。"

张厚冷笑一声："灵寿和建宁岂能相提并论？灵寿穷山恶水之地，建宁是江南富庶之地，江南才子也远胜北方才子数倍。"

沈包语带不屑地轻笑一声："张兄以南北地域论英雄？难道忘了欧阳明先生说过的'闽人狡险，楚人轻易'，张兄正是闽人吧？"

"不必非要争论南北之分，地分南北，人心不分南北。"夏祥气定神闲地一笑，"若是熟读历史便可知道，历来中国南北融合之时，便是强盛之时。南北分裂之时，就是衰弱之时。都城在北方，则是盛世。都城在南方，则是乱世。大夏北有山南有水，依山而靠水，山水相连，南北相通，才会四海升平……哈哈，跑题了，说完了，喝茶，喝茶。"

连若涵眼神疏落，眉毛轻轻一扬，迅速在夏祥、张厚、沈包三人身上一扫而过，声音淡然而疏远：“张郎君好胜，沈郎君好战，夏郎君云淡风轻……还是夏郎君高了一等！”

“喝茶，喝茶。”张厚本来还想再争论几句，连若涵的话轻若无力，却如一枚利箭直入胸中，让他憋闷得无比难受，却偏偏又发泄不得，不说连若涵显赫的身世和神奇莫测的背景，只说她的淡漠和傲然，让向来无所畏惧的他竟然有了一丝敬畏之心，他只好顺水推舟，不再继续南北的话题，“用汤瓶煮水，无法看到水沸，只能听声辨别一沸二沸三沸的火候……听，一沸了。”

汤瓶中传来如虫声啾啾的声音，就如无数知了一起嘶鸣。片刻之后，声音陡然一变，犹如无数满载重物的车辆隆隆驶过，正是二沸的声音。夏祥点头一笑，说道：“一沸如虫鸣，二沸如车行，三沸如山涧之水和松林之风。”

此时令儿已将团茶用绢纸包住，在炉火上烘焙，之后再用一只精致的木槌击碎。碎茶放到茶碾之中，碾碎成极细的茶末。她手法娴熟，顷刻间茶末已成。她又将茶末倒入筛罗之中，轻轻晃动，粗的茶屑留下，精细的茶末纷纷如雪落在了茶盘之中。

随后，令儿将茶盘交与连若涵。

连若涵先用热水将建盏烫了一遍，倒掉热水，再用一枚精致木勺挑出一勺茶末放入建盏，此刻汤瓶之中刚刚响起如山涧之水松林之风的声音，正是三沸火候最佳之时，她提起汤瓶，手腕轻轻一翻，一股沸水便注入建盏之中。

茶末一经沸水冲泡，翻滚之间，绿意盎然。连若涵手持茶筅搅动并击打茶汤，转眼间，茶汤调成绿色的浓膏，随后，她再次注入沸水，用腕力旋转茶筅。在来回打击拂动之下，建盏中绿色的茶汤慢慢发白，开始出现了乳白色的泡沫。不多时，泡沫越来越密集，越来越细小，并逐渐上浮，如细腻的积雪般覆盖在茶面上，经久不散。

连若涵又拿起一根竹棍，在泡沫上勾勾画画，片刻之后，大功告成，将建盏推到众人面前，嫣然一笑：“见笑了。”

纯白的汤花之上，赫然有四个大字——好景常在。

/ 第四十四章 /

点茶之争（二）

曹殊隽鼓掌叫好："好！真好！大好！但愿人间好景在，不负年华不负爱，连小娘子点茶技艺当属一绝，技压京城，无人可及。"

张厚也是连连点头："妙不可言。"

沈包呆了片刻，才喟然叹息一声："如此年轻如此美貌如此多才多艺，连小娘子堪称人间极品，在下佩服至极。"

时儿也是睁大了眼睛，"哇"的一声，双眼放光："太神奇了，太厉害了，我也想学，我也要点茶。"

几人都纷纷惊叹不已，只有夏祥和幔陀不动声色。幔陀是低眉垂目，浑不在意，是对连若涵点茶一事毫不关心。

"夏兄……"张厚见夏祥默然不语，以为夏祥并不懂点茶，笑道，"我等在听夏兄高见，还请夏兄为我等指点一二。"

"好说，好说。"夏祥呵呵一笑，抱拳冲众人作揖，一副当仁不让的样子，"点茶的好坏，可从两个方面判断，一是汤色，二是汤花。汤色者，就是茶水的颜色，以纯白为第一，青白、灰白、黄白，则等而下之。颜色纯白，是茶质鲜嫩，冲泡时火候恰到好处。颜色发青，是冲泡时火候不足。颜色泛灰，是冲泡时火候太老。颜色泛黄，则是茶叶采摘不及时，茶叶过老或过嫩之故。颜色泛红，是茶叶炒焙火候太过之故。连小娘子的点茶，色泽纯白，是为一等。"

张厚的下巴险些没有掉到茶杯之中，他原以为夏祥出身平民百姓之家，又生长在穷乡僻壤的中山村，没有见过世面，只不过多读了一些圣贤书罢了。圣贤书虽有处世之道和安身立命之本，却对点茶等奇技淫巧之事并无记载，若懂点茶，须得亲眼所见亲耳所闻，才能知道一二。

夏祥怎会懂点茶之技？张厚相信中山村中也有人会点茶，不过先不说技艺肯定一般，好茶也不会有。那么夏祥有如此见解，莫非是道听途说而来？

张厚的表情落在夏祥眼中，夏祥默然一笑，连若涵的点茶之技固然炉火纯青，肖葭的点茶功夫也不遑多让，只是此事不足为外人道罢了，他继续说道：“汤花，就是汤面泛起的泡沫。第一是汤花的色泽以纯白为第一。因汤花的色泽与汤色是相同的。第二是汤花泛起后，若能咬盏，是为最好。”

“什么叫咬盏？”时儿不解其意，笑吟吟地一咬嘴唇，“是不是就是咬嘴唇？”

夏祥哈哈一笑：“所谓‘咬盏’不是只说汤花紧咬盏沿，而是说只要盏内漂有汤花，不管汤花在哪儿，透过汤花去看，在相应部位盏底的兔毫纹或是油滴纹都有被咬住的样子。若是汤花在盏内飘动，盏底兔毫纹或是油滴纹则有似乎被拉动的现象，非常生动有趣。正是因此，爱茶之人才会在点茶之时非要用兔毫或油滴建盏。”

等夏祥说完，建盏中的“好景常在”四字还未散去，连若涵拿起建盏，手腕轻轻一抖，汤花顿时消散，“好景常在”四字也化为了泡沫，她浅浅一笑：“小女子学艺不精，只会写字不会作画。若是技艺高明的茶师，可以画上一幅能够变化的画。”

“如何变化？”沈包虽也听说过点茶之术到了一定境界，可以变幻莫测，他原本不信，但现在亲眼见到连若涵手法，信了大半。

“我曾亲眼见过一位茶师先是在汤花之上画了两只鸟儿，半个时辰不曾散去，茶师拿起茶杯之后，手腕一翻一抖，转眼之间两只鸟儿就变成了一匹骏马。”连若涵想起当时情景，仍心中向往不已。

“这有何难？”一直人在心不在的幔陀忽然站了起来，起身来到连若涵身边，“连娘子请让一让，我来。”

连若涵微一惊愕，随即淡然一笑，起身让开。幔陀也不客气，坐下之后，让令儿再重新为她烧水。令儿迟疑着不太情愿，夏祥见状，呵呵一笑，亲自为幔陀烧水。

夏祥将火炉烧旺，放下汤瓶，待水三沸之后，将汤瓶递到幔陀手中。幔陀点茶的手法和连若涵如出一辙，所不同的是，她手法更轻柔更快，在手持茶筅搅动并击打茶汤时，腕力更强，翻转如飞，几乎让人看不清动作。

萧五在远处站立，恨不得离近一些好看清幔陀的手法，夏祥没有开口，他不敢上前一步。只不过他也清楚，就算他站在近前，也是无法看清幔陀出神入化的手法。

很快，幔陀的点茶做好了，无论汤色还是汤花，都较连若涵更胜一筹。连若涵心服口服，幔陀的手法，莫说是她，就是最为高明的茶师也学不来，因为幔陀将武功运用到了点茶之中，手腕力度以及运指如飞的技艺，寻常人等绝无学会的可能。

幔陀又拿过一根竹棍，勾画片刻，两只栩栩如生的鸟儿便跃然茶上。时儿都看呆了，双手分开立在胸前，连鼓掌都忘了，她圆睁一双杏眼，脑中只有一个声音在回荡：“我要学，我要学点茶。”

幔陀双手轻轻端起建盏，如奉至宝一般在众人面前划了一圈，就在众人都欣赏完毕之后，她忽然手腕一翻，手中的建盏猛然朝下一扣。

“啊！”众人齐声惊呼，一扣之下，茶水倾泻而出，岂不前功尽弃？就连夏祥也吓了一跳，下意识向前一步，伸出右手想要将建盏抢在手中。

不料没注意脚下，一脚踩在了连若涵的脚上不说，右手还带动了连若涵的衣袖。连若涵猝不及防，身子一晃，想要向前迈步以调整平衡，不想脚被夏祥踩住，动弹不得，上下同时失守，再也站立不稳，就要摔倒。

夏祥大惊，连若涵若是向前摔倒，正好倒在汤瓶之上，汤瓶之中，尚有半瓶滚烫的开水，若是烫上，必定重伤。他不敢怠慢，也顾不上许多，双手环抱，将连若涵拦腰抱住，又用力一收，堪堪止住了连若涵的下坠之势。

与此同时，幔陀手中的建盏也翻转过来，杯中茶滴水未漏，众人惊呼的声音瞬间变成了惊叹，汤花之上，方才的两只鸟儿已然不见，取代的竟是一匹昂首阔步的高头大马！

“啊！”

众人压抑不住内心的惊奇，发出异口同声的赞叹。

“好！真是妙不可言！”

虽说点茶在大夏到处盛行，但如幔陀一般出神入化的点茶技艺并不多见，或者说，只曾听闻并未亲眼得见。沈包最是清楚不过，他的家乡有无数点茶大师，可以画出一只鸟儿者，数不胜数，画出两只鸟儿者，便寥寥无几了，只因汤花在汤水上持续的时间有限。翻手间鸟儿变成骏马的神奇技艺，他也听数名茶师说过，就连茶师也说此技已经失传，放眼大夏，恐怕没有几人可以做到。

不想传说中已经失传的绝技，居然可以亲眼得见，而且由一名年纪不大的小娘子施展，怎不令人惊喜交加？

在众人纷纷赞叹幔陀点茶之妙时，夏祥和连若涵二人却抱在一起，一个惊愕不知所措，一个惊慌不知所谓，二人近在咫尺，四目相对，竟一时呆了。

时儿眼尖，忽然发觉哪里不对，声音中似乎少了夏祥和连若涵的叫好声，于是她好奇地朝夏祥的方向望去——当时就惊呆了。

“夏郎君，你怎么非礼连小娘子？”时儿又气又急，眼泪在眼眶中打转，“枉你读圣贤之书受孔孟教诲，怎能光天化日之下非礼连小娘子？我真是看错了你，以后再也不理你了。”

时儿话一出口，众人的目光都齐刷刷地射向了夏祥和连若涵。

夏祥和连若涵仍姿势不太雅观地抱在一起，行为确实很不符合圣人言教，只不过他也是无奈之举，连若涵身子前倾，前面是汤瓶，身后便是窗户，前进不得后退不能。左侧是幔陀，右侧是沈包，他本想趁人不备放下连若涵，悄然了结这一场突如其来的风花雪月，以免被人误会，不想时儿却偏偏喊破。

众人目光如箭，张厚震惊加嫉妒，沈包惊讶加羡慕，幔陀惊讶加不以为然，时儿惊讶加气愤，夏祥如芒在背，忙不迭解释说道：“事情并非你们所想的那样，是这样的……”

话才一出口，连若涵却轻轻一拢额前青丝，落落大方地说道：“此事不怪夏郎君，错在于我。”

只轻描淡写地一说，便不再过多解释。此时令儿扶起连若涵，连若涵站正身子，后退一步。

众人面面相觑，不由得猜测到底发生了什么，夏祥微微尴尬一笑，后退一步，朝连若涵施一礼，也不多说什么，坐回了座位之上。

曹殊隽趁机凑到夏祥身侧，悄悄一拉夏祥衣袖，低声说道：“夏郎君，正是大好良机，会徽可否让连小娘子一观？”

夏祥微微一想，摇了摇头，低声回应：“此时此地，并非良机，下次再说。”

曹殊隽虽然很想立刻就让连小娘子见到他的杰作，却还是强行按捺住了心中的跃跃欲试之意，怏怏不乐地回到了自己的座位之上，手中把玩玉连环，心想被夏祥一抱，连小娘子既不羞恼，也不难堪，比起姐姐的大家闺秀风范，更多了飒爽之意，莫非连小娘子是中原哪一个门阀世家的传人？

可是中原的门阀世家之中，有崔家卢家李家郑家，没有连家……曹殊隽想不明白了。他从小在上京长大，竟对连若涵的身世来历一无所知，今日一见连若涵如此年轻且貌美，对她更加好奇了。

夏祥坐下之后，连若涵也坐回原位，时儿还想再说什么，却被沈包制止，气氛一时有几分尴尬，陷入沉闷之中。

“纤云弄巧，飞星传恨，银汉迢迢暗度……”正当众人都在搜肠刮肚不知道该怎么开口化解眼下的尴尬之时，忽然从角落里传来一个瓮声瓮气的声音，“先生，我忽然想起一阕词，却忘了下阕，请先生教我。”

“笨头鹅。”时儿心思浅，方才对夏祥和连若涵一抱的妒意转眼烟消云散，“扑哧”一声乐了，“你装傻不是？你方才念的词正是《鹊桥仙》，下半阕是——柔情似水，佳期如梦，忍顾鹊桥归路。两情若是久长时，又岂在朝朝暮暮。”

“柔情似水，佳期如梦……”不知何故，连若涵心中忽然为之激荡，大起波澜，回想刚才夏祥的舍身一抱，心中竟有了一丝异样的甜蜜之感。

怎会如此？连若涵再也无法安坐在夏祥身旁，起身就要告辞。才一站起，还未开口，忽听窗外传来一声马嘶，一名男子的声音由远及近传来：“让开，让开！紧急公务，撞伤勿论！”

站在窗户向外望去，正好可见远处一人一马飞奔而来，马上一人，大脸大眼，络腮胡子，体格魁梧，人高马大，只不过他衣衫不整，披头散发，背后鲜血渗透衣衫，是圆形血渍，内行之人一眼可以看出，是中了箭伤。

众人大惊，上京承平已久，在城中飞马而走已经少见，今日却有不但策马如飞还身受重伤之人，当真是天大的怪事。

幔陀只看了一眼就顿时脸色大变，她朝连若涵和夏祥抱拳一礼：“多谢连小娘子收留之恩。夏郎君，就此别过。”

话一说完，纵身飞出窗户，飘然落地，一闪身就没入人群之中，转眼不见了人影。

连若涵并不认识马上之人，心中很是怅然，幔陀来去如风，莫非就此不再相见了。她微微摇头，告别众人，转身就走。

走到门口，却又被张厚叫住。

张厚念念不忘刚才之事，问道：“连小娘子，你方才为何说夏兄高了一等？还望小娘子不吝指教。”

连若涵秀眉轻舒，眼神跳跃几下，忽然展颜一笑：“若是你连这个也想不明白，张郎君，你何止连夏郎君都不如，比起沈郎君，也是逊了一筹。”

令儿和连若涵下楼而去，走得远了，令儿悄悄回头看了一眼还站在楼梯口的张厚，嘻嘻一笑：“娘子，为何张郎君不如夏郎君？”

连若涵脸色平静如水，眼中却闪过一丝不易察觉的喜悦：“夏郎君以一根手指为题，张厚说只中一个，可见他为人极度自负并且自视过高，他说只中一个肯定是说自己。沈包说是一个不中，中了两个，心量要比张厚大了一些。只有夏郎君一人说一起全中，他的心胸比起张厚、沈包都要宽广。”

令儿歪头想了一想，忽然“扑哧”一乐：“娘子可是喜欢上了夏郎君？”

“不得胡说。”连若涵脸色一沉，身上的威严之气迸发，气势如虹，“夏祥虽有才华，也有心胸，却依然不过是一介布衣。他除非考取了功名，有了出身，否则再是才高八斗，也难以有所作为。就算入得了我眼，也难入好景常在之眼。”

令儿吓得一缩脖子，小脸都黄了，小声说道：“是，令儿再也不敢了。不过，夏郎君这么有才，考中进士应该不在话下。若是夏郎君中了进士当了官，娘子对他……”

连若涵此时已经走到了楼外，艳阳高照，丽日晴空，盛夏已过，秋日将来，天空格外明净高远。她凝神片刻，手放额头之上，朝远处观望几眼，淡然说道：“夏郎君虽然高才，却未必是雄才，以后之路，还要看他怎么走了。”

/ 第四十五章 /

景王

望着连若涵娉婷袅娜下楼而去的背影，张厚脸色微青，颇有几分难堪之色。他一甩衣袖，冷哼道：“再是奇女子，也不过是一个商人，却还故弄玄虚，自以为有识人之明，当真是笑话！”

“为什么要说连小娘子的话是笑话呢？”时儿上下打量张厚几眼，不认识一样，“我也觉得连小娘子的话确实有几分道理，二哥和夏郎君相比，确实有所不如。”

“哪里不如？”张厚脸色更铁青了，几乎要发作了。

“就凭你一听到自己不如别人就要发作就不如夏郎君。”时儿嘻嘻一笑，吐了吐舌头，“二哥若是以后心量再大一些，就无人可及了。”

“我心量已经很大了。”张厚拂袖而去，快步如飞，仿佛多停留一刻就有多辱身份一般，“倒是你们，一个极力奉承连小娘子，一个轻薄连小娘子，而连小娘子也是轻浮，被夏郎君轻薄，不以为耻反以为荣，如此行径，我不屑于与尔等为伍！”

沈包愕然地看了夏祥一眼：“好好的一次聚会，怎会如此收场？”

夏祥无奈一笑：“你问我，我去问谁。张兄火气虽大，人却不坏，等回了客栈，和他再喝上几杯，便会重归于好。”

“让夏郎君、沈郎君见笑了，我代二哥向二位赔罪了。”时儿像个小大人一般向夏祥和沈包福了一礼，忧心忡忡地摇头叹息一声，“也不怪他，他从小争强好胜，容不得别人比他强上半分，我都由着他的性子，没有加以管束，怪我，都是被我惯坏了。”

夏祥和沈包对视一眼，都被时儿故作深沉的话逗乐了，二人一起哈哈大笑。

却说幔陀跳窗而去，混入人群之中，脚步如飞，紧紧跟在马上之人后面。马上之人虽竭力驱马，毕竟闹市之中，无法飞奔，是以幔陀紧随其后，并未跟丢。

上京治安良好，马上之人在闹市策马之举，很快就惊动了上京府尹。跟了两条街后，马上之人被上京府尹的官差拦住了。马上之人面对四五名来势汹汹的官差，既不慌张也不下马，随手扔了一个腰牌。官差查验之后，二话不说让到一边，当即放行。

若不是四周全是行人，又有官差，幔陀手中飞刀早已出手要了马上之人性命。她东拐西转，足足跟了半个时辰，终于来到一处高大的府邸之前。

府邸巍峨气派，门前一头汉白玉的狮子，又有数排拴马柱，门口还立有一个一人多高的石碑，碑上有字：奉诏文官落轿武官下马。

马上之人翻滚下马，脚步踉跄，显然已经体力不支。他将缰绳扔给前来迎接的管事，在管家的搀扶下，进了大门旁边的侧门。

大门之上有一个红底黑字的牌匾，牌匾之上书写三个大字：景王府。

幔陀愣了一愣，谢间化怎会进了景王府，他不是三王爷最信任的杀手吗？莫非他背叛了三王爷不成？不过不管他是谁的人，杀父之仇不共戴天，她一定要手刃谢间化为冤死的爹爹报仇雪恨！

虽说爹爹不是被谢间化亲手所害，但爹爹之死是谢间化一手造成，若不是谢间化的逼迫，爹爹也不会客死海南。

当年爹爹被贬出京，到了海南之后不久，就遇到了谢间化。当时谢间化流落街头，形如乞丐，爹爹看他可怜收留了他，让他在府中当差。

谢间化在爹爹身边一待半年，半年来，他不动声色，做事认真而低调，让人很难察觉到他的存在。爹爹后来也忘记了谢间化此人，直到有一天他回府之后，忽觉身体不适，请来大夫诊治，大夫说是海南暑气过重，爹爹体力不耐中暑所致。开了一副药方，服用之后，不见好转，病情却日益加重。

眼见大夫束手无策爹爹日渐病重之时，幔陀却发现了问题所在——原来谢间化趁人不备暗中在爹爹的药中下了东西。她在谢间化再一次投毒的时候亲手抓住了他，谢间化也不隐瞒，大方承认爹爹的病也是由他所下的慢性毒药引起的，现在药性已经深入骨髓，想要彻底医治，必须南海三宝入药才可有效。

南海三宝是玳瑁、黄花梨和南海珍珠。以黄花梨为药杵药具，将玳瑁和珍珠碾成极细的粉末，再混入药水之中服下，或可有起死回生之效。

幔陀病急乱投医，依谢间化之言而行，果然爹爹的病情日渐见好。她欣喜之下，再次追问谢间化为何要对爹爹暗下毒手，谢间化声称他是受三王爷之命，从爹爹出京南下之时就一路追随其后，准备伺机取了爹爹性命。却几次不忍下手，因爹爹为人善良，爱民如子，一路之上，救死扶伤，怜恤孤寡，救贫济穷，凡是遇到急病困苦之事，从来慷慨解囊，从不吝啬钱财和人力，让他颇为感动。

只是到了海南之后，三王爷再三催促务必取了爹爹性命。谢间化虽对爹爹无比敬重，却王命难违，无奈之下，便暗中下了慢性毒药，想让爹爹在睡梦中没有痛苦地死去。三王爷想要爹爹的项上人头，谢间化下不了手，毒死爹爹既好向三王爷交差，也可以为爹爹留一个全尸。

只是爹爹病重之后，谢间化又后悔了自己的所作所为，是以在幔陀将他拿下之后，他没有隐瞒真相，将真相和盘托出。

幔陀不疑有他，信以为真，对三王爷恨之入骨。爹爹不过是在朝堂之上反对由三王爷和候平磐推行的变法，政见不合在朝堂之上是常见之事，被贬也不算什么，还有重新起用之时，若非要置人于死地，就欺人太甚了。

谢间化虽有悔改之意，又中途有救爹爹之举，幔陀却还是无法原谅他，勒令他自尽。谢间化却突然发作，向幔陀大下杀手。还好幔陀反应及时，躲过了谢间化致命一击，正要还手将谢间化当场击杀之时，谢间化几个飞跃迅速逃走了。

幔陀才知道谢间化不但是用毒高手，还是武功高手。她虽也有不解，以谢间化的身手，暗中取了爹爹性命不在话下，为何还潜伏在爹爹身边如此之久？却还是没有深入去想谢间化的话有几分真几分假，她一心认定谢间化就是三王爷所派的杀手，将所有的仇恨都记在了三王爷身上。

爹爹病情本来已经有所好转，在听说谢间化之事后，悲愤莫名，大叫三声“三王爷”吐血三口，病情再次加重，随后又触发了体内余毒，不多久就病发身亡。

海南一别之后，幔陀再也没有见过谢间化。此次前来上京，一方面想暗中寻找三王爷搅乱朝纲把持朝政的证据，另一方面想手刃谢间化为父报仇。是以在好景常在太平居一见谢间化露面，她顿时气血翻滚，直接追了上去。

却怎么也没有想到，谢间化身负重任，居然是去了景王府，幔陀远望景王府高耸的大门和门口林立的卫兵，没有轻举妄动。

想了一想，幔陀在王府附近的一家茶肆要了一壶茶，在临窗的位置正好可以看清王府门口，她安心喝茶，决定守株待兔。

却说谢间化被人扶入景王府之中，穿过假山流水的前院，从角门一拐，进入了花团锦簇的后院。九曲走廊，绿树如林，花香阵阵，鸟鸣声声，王府占地之大，远不是曹府所能相比。谢间化脸色惨白如纸，脚步虚浮，身后中箭之处流出的已是黑血，可见中的是毒箭。

“快，快，我要见李先生。”谢间化气若游丝，勉力支撑，“我有话要对他说，李先生可在府中？”

搀扶谢间化之人是景王府的管家柳三金，柳三金年约四旬，骨瘦如柴，仿佛一阵风便可当风筝一般将他吹走。不过别看他其貌不扬，他在王府之中，颇得景王和见王信任，是王府众多管家之中，最得宠的一个。

景王府是诸多王府之中，最大的一个，上上下下足有一千余口人，还不包括王府亲兵。是以景王府中并非只有一个管家，大小管家足有十几人之多，柳三金在众多管家之中，排名既不靠前，又不显山露水，王府上下却都知道，柳三金才是王爷的心腹。

景王府上下所说的王爷，自然是景王了。夏存先虽然已经被封为见王，正在开府，但见王府还没有建成，况且夏存先还没有成家，就算见王府落成之后，他常住在景王府也没人会说什么。虽然不合礼制，除非皇上开口，否则无人敢说夏存先的不是。

景王府上下还是称呼夏存先为小王爷，以区别景王。

柳三金自是清楚谢间化在景王心目中的分量，搀扶谢间化直奔王府后院密室而去。王府中有数处秘密所在，有专门休养的密室，有专门疗伤的密室，也有专门议事的密室。不管是哪一种密室，均非一般人可入。

谢间化是景王府中为数不多可以直接见到景王或见王的金甲营首领之一。三王爷的精锐军是玄甲营，景王大王爷的精锐军是金甲营，谢间化是金甲营三名首领之一，负责金甲营的暗杀训练。

柳三金虽表面上镇静，心中却是惊愕不已，谢间化武功之高，是他生平所仅见，在他看来，放眼整个大夏，可以和谢间化一较高下的，寥寥无几，据他所知，上京城内也只有燕豪一人可以和谢间化相提并论，今日谢间化身受如此重伤，又是何人所为？

虽心中既惊骇又疑问重重，柳三金却还是保持了应有的风范，不该问的绝对不多问一句。也正是他的谨慎和小心，才让他深得景王信任，有惊无险地陪伴了景王十几年。都说伴君如伴虎，陪伴王爷又何尝不是？本朝王爷和前朝大不相同，前朝王爷多半有名无实，要么封地在外，人不能留在京城，要么人在京城，只有王爷清贵之名，并无官职和实权。

大夏王爷，由于太祖传位于太宗时兄终弟及，朝堂多有议论，太宗立下规矩，善待太祖一支的后人。太宗时，曾封太祖两位皇子为九千岁和八贤王。九千岁和八贤王可以手持太宗亲赐的金锏和尚方宝剑上殿，一时权倾朝野，连宰相也望风而拜，真正的是一人之下万人之上。

好在九千岁和八贤王虽权倾一时，二人却谨小慎微，并未因大权在握而为所欲为，相反，还主持公道，力压奸臣权臣，赢得不少清名。不过饶是如此，也有大臣对王爷身居要职并且干涉朝廷大事颇多非议，数次上书要求王爷只可富贵不可有权。不但太宗对此事压下不提，臻宗皇帝继位后，也是对所有上书王爷不可涉政之议一概置之不理。

到当今皇上即位之后，再提废弃诸位王爷权势之事便少之又少了，经三朝两代之后，王爷当权已成惯例。

柳三金对三王爷如今权势滔天，大有力压景王之势颇为不满。好在皇上英明，封了小王爷为见王，也算是对三王爷权倾朝野的压制。皇上膝下无子，柳三金相信见王是最好的继承皇位人选。若是见王当上了皇上，景王必会被封为太上皇，王府之中所有人等，也会因此鸡犬升天。

只是眼下形势还不太明朗，景王并未明显表露出要一争皇位之心，见王年纪尚小，又生性贪玩，对皇位似乎并不在意，甚至前些日子还和三王爷府中的高见元、燕豪一起去缉拿杨砥，真是让人发愁。见王怎么就不动动脑子多想一想，三王爷如今是和他争夺皇位的最强有力对手，他还帮三王爷拿下杨砥，既帮了三王爷，又为自己树敌，是何其不明智之举。

更让柳三金不解的是，景王明知高见元和燕豪前来府中邀请小王爷一同前去捉拿杨砥，不怀好意，却并不阻拦小王爷，还直接放行，王爷到底意欲何为?

不解归不解，柳三金不敢也不会多问一句，他相信王爷自有长远谋算，不会任由三王爷一步步坐大，更不会放任三王爷利用小王爷。

谢间化最近在外奔忙，究竟在做些什么事情，柳三金并不清楚。不过大概也能猜到一二，作为王爷最信任的手下之一，谢间化所做的事情，必定是王爷正在谋划的大事。不过……谢间化受伤如此严重，岂非说明王爷所谋之事，严重受阻?

柳三金一时想得多了，心里七上八下，正好手下孙西敢迎面走来，他立刻吩咐道：“孙西敢，快请李先生前来密室。”

孙西敢跟了柳三金多年，知道柳三金遇事不慌的性格，见柳三金神色慌乱，声音都有几分颤抖了，知道事关重大，忙弯腰领命：“是，柳管家。李先生是在哪里？”

“王爷书房。”柳三金只匆忙交代了一句，脚下不停，继续搀扶谢间化前行，“赶紧请金大夫来密室一趟。”

“是！”孙西敢不敢怠慢半分，当即朝王爷书房方向而去，先是穿过一个不大的庭院，又路经一方池塘，池塘边有一处木屋，他推门进去，片刻之后出来，金大夫行色匆匆背着药箱朝密室方向快步奔走。

孙西敢继续前行，又越过一个月亮门，到达一个更为精巧雅致的小院。小院不大，恰如江南庭院般婉约小巧，三步一庭五步一景，加上种有十数棵高达十几丈的参天大树，小院中不但绿树成荫，凉风习习，还无比幽静，仿佛与世隔绝的世外桃源。

小院只有坐北朝南一间房子，正是景王的禅房兼书房。景王信佛，闲来无事会来禅房静坐念佛。有重要客人，也会领来此处。

“王爷，王爷。”

孙西敢站在台阶之下，不敢上台阶半步，声音不大不小，足够王爷在里面听到，又不会吵到里面之人说话的雅兴。

“什么事？”王爷威严而漠然的声音回应了一句，“不是叫你们没事不要来烦本王吗？”

“回王爷，谢间化身受重伤，被柳管家送到了密室。谢间化非要见李先生一面。”孙西敢既小心翼翼，又要言简意赅，不能啰唆，更不能让王爷意识不到事情的重要性。

房间里面沉默了片刻，随后传来了王爷淡淡的声音：“知道了。”

孙西敢话带到了，王爷怎么安排是王爷的事情，他不再多问一句，后退几步，站在了月亮门口。门口正好有一处树荫，又有穿堂风吹过，十分清爽。最要紧的是，站在月亮门之处，若非刻意，听不到书房之中王爷和客人的说话，又可以保证王爷有事情吩咐时，他可以听到王爷召唤，第一时间回应。

书房中，景王正和一人对坐下棋。

棋盘是由上好的金丝楠木所制，棋子皆是玉石所造。黑子是由墨玉雕刻而成，坚致温润，纯黑如墨，并无杂色。白子则是普通的和田白玉，也是色泽温润，纯白无瑕。

“谢间化出事了，要见你。”景王年约五旬开外，面如冠玉，富态安详，双眼含而不露，暗藏锋芒，双眉低垂，颇有慈祥之相，耳大有轮，嘴大有唇，颌下有须，胡须花白，他身穿花开富贵的丝绸长衫，脚蹬布靴，双腿盘坐在蒲团之上，虽体态微胖，却能双盘。

“宁舍一子，不输全局。”和景王相对而坐的李先生，被景王宽大的身躯遮挡，他又低头下棋，让人看不清长相，他年约四旬，一身士子打扮，手持白子落下，“王爷，边角失守了。”

/ 第四十六章 /

牵一发而动全身

景王手持黑子，举在半空，迟迟没有落下，忽然将手中黑子一扔，哈哈一笑："大局还在，就算再丢一个边角也是无妨。李先生，夏祥的边角可要守住。"

李先生也放下棋子，微微一笑，拿起玉壶往景王的德化白瓷茶杯里倒茶："夏祥的边角，可保万无一失。"

景王拿过白瓷茶杯，在手中把玩片刻，一饮而尽："先生对夏祥为何如此坚信？"

"夏祥是我的关门弟子。"李先生站了起来，阳光透过窗棂洒落在他身上，赫然是李鼎善，他手持汝窑茶杯，气定神闲地一笑，"若是我对夏祥无信心，便是对自己无信心。夏祥天资聪慧，是难得的英才。"

"夏祥真的可成大事？"景王手中的白瓷茶杯上雕刻飞天仕女图，仕女反弹琵琶，直欲飞天而去，栩栩如生，"他不过是一个初出茅庐的年轻人，怎可托付重任？"

"王爷不信李某的眼光？"李鼎善哈哈一笑，笑声中颇有自得之意，"三两件事情就可知夏祥之才。其一，夏祥一路有惊无险地从中山村来到上京，不但结识了张厚、沈包等人，还和曹殊隽一见如故，又因药床药椅的神奇功效，得到了金甲先生的认可，并且救了曹用果一命。眼下药床药椅对皇上病情虽还没有见到奇效，也是因为皇上病情更为严重之故，药床药椅若能让皇上病情好转，当为奇功一件。其二，夏祥在纷杂的局势之下，从容不迫，始终没有乱了方寸，有大将之风。其三，和见王当街冲突一事，夏祥进退有度，处置得当，初现左右逢源长袖善舞的官风。夏祥其人，一遇风云便会飞上云天，成就一番了不起的大事。"

"但愿如此。"景王放下手中的白瓷茶杯，按了按额头，"如今皇上病危，候平磐把持朝政，推行新法。三弟掌管乌台，闭塞言路，百姓疾苦传不到皇上耳中。新法害民不浅，误国误民，候平磐却让御史上书吹捧新法，偏偏皇上听信谗言，还以为新法是济世安邦的良方。且不说上京周边的百姓苦不堪言，听说真定府的百姓被新法所害，交不起税钱，民不聊生，都有卖儿女还债的人间悲剧了，唉……”

大夏皇家，皇上和王爷之间，有时也以兄弟相称。

“我从灵寿转道真定府，沿真定府一路北上回京，沿途所见，确实哀鸿遍野，新法祸国殃民。”李鼎善目光坚定，神情坚毅，“也正是因此，夏祥才肩负重任。还望王爷以大局为重，原谅夏祥对见王的不恭之事。”

“这话本王就不爱听了，先生此言，是说本王是斤斤计较之人是睚眦必报之辈？”景王脸色一沉，面露不悦之色，“夏祥和先儿之事，不过是意气之争，和小孩子过家家一样，本王怎会在意如此小事？若本王果真如此，你李先生也不会辅佐本王。”

“是，王爷忧国忧民，是百官楷模。”李鼎善恭敬一礼，“李某愿为王爷效力。”

“呵呵，说是为本王效力，却还让本王一顿好找？先生自中山村来到京城，隐匿十数日之久才来面见本王，害得本王派人到处打探你的下落，还以为你出了什么事情，连中山村也让人前去查看……你又有何话说？”景王摆了摆手，负手来到窗前，“没用的奉承话和废话就不必说了，我且问你，夏祥可否有以拯救天下苍生为己任的报国之心？我是担心他没有敢为黎民百姓仗义执言而不惧得罪权贵的勇气和担当。”

“王爷见谅，李某回京，有些个人私事要先处置一二。李某在中山村三年来，无时无刻不心系王爷。”李鼎善斩钉截铁地说道，一脸坚毅之色，“夏祥有，必然有。只要他不被文昌举故意刁难、名落孙山就好。”

“哼，姑且不论真假，本王算你有心了。如今朝廷有难，皇上有危，你若是再隐居不出，就枉为臣子枉为读书人了……说到大比，若是文昌举真的有意刁难夏祥，致其落第的话，他这枚棋子岂不是连谢间化都不如了？”景王蓦然回身，直视李鼎善的双眼，“先生，夏祥大比之事，真不用我出面？”

“不用劳动王爷大驾，以眼下形势来看，还是让人认为夏祥单枪匹马为好，不宜让外界猜测他和王爷有任何干系，才对夏祥的成长最为有利。就连我从中山村和他分别之后，也一直没有见他，只在背后帮他策应一些事情。”李鼎善考虑得比较长远，夏祥的来历越简单背景越清白越好，如此，才会更方便夏祥行事，“虽说让外人知道夏祥背后有王爷撑腰或许更能让一些对夏祥不利的人望而却步，却并不利于夏祥的历练。依在下的拙见，若非有重大事情，事关夏祥的生死存亡，否则王爷还是不宜出面。”

虽说现今三王爷已然知道夏祥和他的师生关系，并且让文昌举有意阻挠夏祥的进士之路，但三王爷只知其一不知其二，只当夏祥是他的学子，尚不知道他和景王的关系是何等密切，更不清楚他和景王在密谋何等大事。

若是让三王爷知道了他和景王的关系，那么毫无疑问，夏祥的进士之路和仕途之路就会被三王爷彻底封死。虽说三王爷未必真能一手遮天，但三王爷真要全力阻止一个无名小卒的政路，景王也不会因夏祥而和三王爷闹翻，夏祥肯定会非常不幸地成为弃子。

李鼎善心中微有歉意，从他担任夏祥教书先生的那一刻起，夏祥就刻上了他的烙印，再也无法摆脱受他影响的命运。好在如果只是他的学生一重身份，三王爷也不至于非要赶尽杀绝，毕竟和景王相比，夏祥对三王爷的威胁小了太多，而且只要夏祥答应三王爷的条件，完全可以和三王爷化敌为友。

景王则不同，景王和三王爷之间的隐患没有化解的可能。若是三王爷得以继承皇位，毫无疑问，他会第一个拿景王开刀。不但景王王位不保，还有性命之虞，就连见王怕是也难以幸免。同样，若是景王或是见王最终继承了皇位，三王爷也难逃被罢黜的下场，丢掉性命也不足为奇。

李鼎善心中一时喟叹，太祖传位太宗之时，就有传闻太宗逼死太祖才得了天下。兄终弟及的先例一开，后患无穷。太宗传位臻宗，臻宗传位当今圣上，若是当今圣上有皇子还好，偏偏圣上无子，又突患重病，大夏既有兄终弟及的先例，圣上传位于除了景王之外的任何一位王爷，都合规矩。景王比皇上大，是为兄长，不合兄终弟及之例，偏偏皇上又封了景王之子夏存先为见王，明显是有意让见王加入皇位争夺之中。

因此，向来兄友弟恭的几位王爷，虽表面上依然相亲相爱，暗中却剑拔弩张，为争皇位各自上演了好一出缤纷大戏。

原本几位王爷各有所职，大王爷景王掌管兵部，兼河北、河东路宣抚使；三王爷星王掌管吏部，兼上京府尹；四王爷庆王掌管工部和礼部，兼领御史台；五王爷云王掌管刑部和户部，兼枢密院枢密副使。四位王爷虽名义上掌管各部以及各有官职，其实四人并未具体过问政事。

景王掌管兵部，看似位高权重，其实不然，大夏的兵部并无实权，负责调兵遣将的是枢密院，枢密院等于是大夏最高军事部门，而兵部只是在枢密院调兵遣将的命令下达之后，负责执行并且做好运粮、安抚以及拨款等事情。而河北、河东路宣抚使一职，职责是巡视地方、存问官吏百姓并地方军队统帅，景王人在京城，很少出京，身为宣抚使也只是挂名。

三王爷星王掌管吏部并兼上京府尹，却是实打实的大权在握。吏部自不用说，执掌天下官员的选拔和升迁。三王爷掌管吏部以来，官员升迁调动不断，有人被贬，自然就有人升官，一升一贬之间，无数官员归心到三王爷门下。

而上京府尹一职，负责京城的一应政事和治安，权限极大。虽位在尚书下、侍郎上，品秩不高，但却和御史台、步军统领衙门、九门提督府等衙门近乎平起平坐，且大夏各地所有诉状都要先呈到上京府，是以上京府相当于一个小刑部，承接了一部分刑部的职能，甚至比刑部还更为专断。再者，上京府掌管京城的一应治安和政事，就连六部之事，只要涉及京城治安和政事，上京府都可以插手过问，却不算越权。

更有甚者，上京府可以以危害京城治安和政事为由，拒不执行六部甚至是宰相之命，是以上京府尹虽只是正三品官员，在遍地二品一品大员的京城之地，并不显赫，却可以直接上殿面君。天子脚下无小事，上京府尹一职，确实无比重要。

当年大夏尚未北上之时，定都临安，太宗就曾以王爷之身担任临安府尹十余年，后来太祖见太宗逐渐势大，临安府已经在太宗的掌控之下，意欲迁都长安，结果在太宗的反对下，满朝文武竟无一人赞同迁都。太祖无奈之下，只好收回成命。

三王爷担任上京府尹不过半年，又有上京府少尹付擢具体执掌上京府一应事宜，上京府并未被三王爷一手掌控。帝王心术向来如此，想必皇上虽信任三王爷和候平磐，却也不想将国之权柄全部交由三王爷和候平磐二人。是以候平磐虽为同中书门下平章事的宰相，皇上又任命苏确为参知政事的副相，以牵制候平磐。

同理，五王爷虽掌控枢密院，有调兵之权，调兵之后，具体执行却由景王发号施令，也是呈制衡之势。

京中局势，无人能比李鼎善更一目了然，只因李鼎善在京城为官数年，又外放到地方担任地方官多年，又有三年时间在中山村隐匿，静观京城局势变化，可以说，他既是朝堂中人，又是闲云野鹤，居庙堂之高则忧其民，处江湖之远则忧其君，进退自如，让他比“只缘身在此山中”的京城高官更能看清上京扑朔迷离错综复杂的局势。

和景王、星王相比，四王爷庆王和五王爷云王更是不过问具体事务，二人所执掌的衙门，不管大事小事一律由副职掌管，除非有需要惊动皇上的重大事宜，否则都是小事。大夏承平多年，几十年来没有战端，也无天灾人祸，四海升平，是以二人也乐得做一个逍遥自在的王爷。

只不过皇上病重之后，先是三王爷以替皇上分忧为由，开始具体过问吏部的一应大小事宜不说，连上京府的大小诸事，也要付擢事无巨细地向他汇总。更有甚者，三王爷还插手了今年的大比！

大比本是礼部所辖范围，知贡举文昌举也是礼部尚书，礼部本由四王爷庆王掌管，四王爷向来垂拱而治，却忽然发现礼部尚书文昌举既和他不熟，又不听他的话，完全当他不存在一般。

庆王就难免有几分生气，垂拱而治的前提是一切皆在掌握之内，失去掌握的垂拱而治不叫垂拱而治，叫大势已去。庆王的脾气向来很好，是人人皆知的笑面先生，很少有人见过他生气，是以庆王一生气，后果就有些严重。

庆王开始收权了。

庆王以为收权会很容易，毕竟是属于自己的一亩三分地，是皇上交由自己掌管的势力范围，不料一收之下才意识到问题比预料中麻烦许多，一是皇上病重，无力再主持公道，二是星王不肯放权。他很是不快，到三王府要和星王当面说个清楚，星王开门迎客，对庆王所提之事一一应允。

庆王以为大功告成，等回去之后才知道，星王只是说说而已，他掌管势力范围之内的一应事宜，诸位官员还是事无巨细地向星王呈报，并由星王裁定，无人在意他的意见。

庆王很愤怒，便去找云王诉苦，寻求云王的理解，争取云王。不料云王正在家中舞剑，一身道袍，一脸的清风明月，满身仙气，对庆王的遭遇仅仅表示了愤懑，还好言相劝，让庆王不要被眼前的浮云所困，要敢于追寻无上的大道。

大道不在皇宫，也不在王府，而是在高山之巅，在森林深处，在草原腹地，在天涯海角……庆王被云王一番谈玄说妙的话弄得云山雾罩，悻悻而归。

李鼎善不相信庆王会就此收手，更不相信云王真的一心向道不问世事。若是皇上龙体康健，至少还有十几二十年春秋，云王也不会有太多想法，二十年后，他将近五旬，继承皇位也没有可能。况且十几二十年间，皇上或许会生下皇子。

只是皇上突然意外病重，作为最年轻的皇弟，是最符合兄终弟及的继位之序，云王若不动心绝无可能，况且以眼下的形势来看，星王如此迫切地想要继位，以星王的强势，若他真的当上了皇上，几位王爷怕是不会再和如今一般逍遥自在，星王多半会削夺王爷之权，让王爷迁出京城分封到偏远之地永不许进京，也在情理之中。

若再进一步，逼死几个王爷以稳固皇位，也不是没有可能。太宗当年虽厚待太祖两位皇子，一人为九千岁一人为八贤王，也是因太祖的长子被太宗囚禁至死，引发了无数御史上书，太宗顾及名声才不得已而为之。

李鼎善最是清楚不过，四位王爷之中，虽说景王年纪最大，但却最有实力和星王争夺皇位。只是景王身为皇上兄长，不合兄终弟及之例，怕是无望继承皇位。皇上封夏存先为见王，也是有意故布迷阵，让人误以为皇上有意过继夏存先为皇太子。只是夏存先和几位王爷相比，无论城府、德行还是威望，远不能及。

以李鼎善对皇上的了解，怕是皇上断断看不上夏存先的放荡无能。

如今京城局势迷雾重重，皇上病重多日，到底病情如何，除了皇上最亲近的太监以及星王之外，外界无从得知。不对，还有一个皇上最为信任的太医金甲先生。夏祥结识了金甲，也不知是好事还是坏事。他帮曹用果制成了药床药椅，金甲拿来为皇上治病，若是有效自然很好，若是无用，皇上怪罪下来，夏祥肯定会代为受过。

现今京城局势，因皇上病危而风声渐紧，呈牵一发而动全身之势，夏祥置身其中，以他的才能，应有自保之力。夏祥虽是他的学生，却还没有陷入朝堂之争，星王不管是想为了继承皇位而争夺天下，还是继承皇位之后治理天下，都需要人才为他所用，天下归心才能成为圣君。是以李鼎善更想让夏祥以全无背景和来历的清白之身进入朝堂，如此，才更方便行事。

他和景王交好，星王并不知道，不只星王，庆王和云王也蒙在鼓里。

景王点头说道："好，本王不宜露面就不露面好了，只是夏祥这个棋子一定要放对位置，不要像谢间化一样出了差错才好。好了，你且去看看谢间化出了什么事情，本王累了，要休息一下。"

"是，王爷，在下告退。"李鼎善出了景王书房，由孙西敢带路，直奔密室而去。

/ 第四十七章 /

鏖战

景王派遣董四、董七娘前往中山村打探李鼎善下落，二人刚刚出京，李鼎善就来到了王府，面见了景王。景王无比欣喜，让李鼎善在王府住下，也好保证李鼎善安全。李鼎善也未推辞，答应下来。

之所以决定住在王府，李鼎善也是为了长远计，为了更好地着手安排一些事情。

不多时，李鼎善来到了密室，果不出他所料，金大夫已经处理了谢间化的伤口。他之所以在景王书房并不急于前来和谢间化见面，是他料定柳三金会让金大夫处置妥当，为谢间化疗伤之事，不必他费心。

柳三金向李鼎善施了一礼，金大夫简单说了谢间化的伤势："并无大碍，箭上之毒是谢太尉常用之毒，已经用过解药。"

金大夫和柳三金、孙西敢出了密室。

谢间化伤口已经包扎完毕，神情还是十分萎靡不振，不过比起刚来之时好了几分，他一见李鼎善就要挣扎着起来，李鼎善按住了他的胳膊。

"谢太尉不必多礼。"谢间化是景王府上金甲营的首领之一，是为从七品的武官，太尉之称为武官通称，李鼎善和谢间化相识多年，一直以太尉相称。

"先生，谢某无能，被燕豪所伤，险些丢掉性命。"谢间化咬紧牙关，眼中喷火，想起当时情形，恨不得现在冲进星王府，一刀将燕豪斩首，"好在不辱使命，完成了先生交代之事。"

李鼎善安慰谢间化几句，等谢间化情绪平缓几分，才问："燕豪对你出手，岂不是说他已然知道你并非星王之人了？"

"倒也不是，我和燕豪动手，并非是因为我身份暴露，而是因为董七娘。当时我一直蒙面，并没有露出真面目。"谢间化脸上闪过一丝尴尬的神色，低头说道，"我奉先生之命前去灵寿县城安置宋定娘，不料去了之后才知道，宋定娘已然死去，晚了一步。我便想去她的坟上上一炷香，不料找半天也没有找到她的坟墓所在，还意外遇到了幔陀。幔陀武功奇高，我不是她的对手，她又误认为我是她的杀父仇人，我只能避之。”

董四和董七娘是奉景王之命前去中山村打探李鼎善下落，李鼎善见到景王后才知此事，便让谢间化也去中山村，安置宋定娘。虽李鼎善相信夏祥可以自保，但宋定娘怕是会被人所害。

“燕豪的手下花关和木恩不知死活，想打幔陀的主意，却被幔陀识破。幔陀拿下二人之后，从二人口中得知了不少事情。幔陀离开后，木恩将花关杀死，在返回上京的途中，在真定和燕豪遇上了。燕豪本并无前来真定的打算，也不知为何他突然改变了主意，单身匹马出京来到了真定。我躲在暗处，想要偷听一些消息。木恩谎称花关是被幔陀杀死，他拼命抵抗才逃了出来。

“我知道燕豪武功高强，担心被他发现，刚要离开的时候，燕豪却察觉到了什么，厉声问谁在偷听。我见被识破了，索性站出来，想随便编个理由蒙混过去，反正燕豪并不知道我人在星王府其实却是景王之人，受命于先生。我刚要站起，董四和董七娘却站了出来。原来他二人也在暗中偷听燕豪和木恩对话。我并不知道是谁派董四和董七娘二人前来真定，二人风尘仆仆，且董四还受了伤，怕是也和宋定娘有关。”

李鼎善并不说话，董四和董七娘虽是景王之人，却并不归他节制，二人也不归谢间化管辖。只是他没有想到的是，谢间化竟对董七娘有了情愫。董七娘丧夫不久，正是风韵雅致的年龄，且董七娘除了一身武艺之外，名下还有产业，全有客栈在大夏境内虽远不如好景常在，也有几十家之多。

想想董七娘的一身本领和身家，能入得了谢间化之眼也在情理之中，上京城内打董七娘主意的人，怕是不在少数。

“我原本以为燕豪不会对董四和董七娘下手，毕竟董四在大理寺当差，也算是公门中人，暗中更是景王的手下。不想燕豪二话不说就突下杀手，一刀就直取董四的心口。董四本来已经有伤在身，又不及防备，眼见就要被一刀命中……”

谢间化绘声绘色的描述，让李鼎善也沉浸其中，大为紧张，心中却想，金大夫果然是医道高手，金大夫名叫金不留，是景王府上众多大夫之一，尤其是诊治刀伤、创伤和利器所伤最为拿手。他也姓金，和太医金甲却并非同门，也不认识。金不留本来是江湖郎中，游走江湖流落民间，也能混个温饱，却风餐露宿，十分辛苦。再者他最擅长的是刀剑创伤，民间百姓最需要的却是可以诊治头疼脑热的郎中和可以接生的稳婆，是以他英雄无用武之处，日子过得很清苦。

后来景王到西山打猎，一时不察被一头野猪的利牙所伤，正好被金不留遇上，王府随行的大夫对于处置利器创伤并不拿手，金不留在一旁看不下去，提醒对方要如何如何。对方恼怒，要将金不留赶走。景王却听出金不留所说的手法虽然难登大雅之堂，却是经验之谈，当即让金不留为他处置伤口。

金不留大喜，能为王爷诊治是他几辈子修来的福气，他清楚机会只有一次，一旦错过，将饮恨终身，便主动立下军令状，若是失败，甘愿以死谢罪。若是成功，分文不取。

金不留的聪明之处就在于只承担失败的责任不要求成功的奖赏，景王对金不留的态度暗暗赞许。三日后，景王伤口大好，便将金不留收留在王府之中，成为王府的太医之一，专门诊治利器创伤。王府之中亲兵以及金甲营的将士，凡有受伤者，都会由金不留医治，无不手到擒来药到病除，金不留便被人尊称为金不换。

言外之意即便以一尊金人来换金不留，也不交换。金不换在王府声名日渐鹊起，深受王府亲兵倚重。

谢间化身中箭伤，只有肩膀中箭，对金不换来说，不过是小事一桩，是以他三下两下处置完毕，又敷上上等的金创药。

“伤势无妨吧？”李鼎善担心谢间化情绪波动之下，导致伤口崩裂，便想让他缓上一缓。

“已经没事了，死不了，先生不用担心。”谢间化继续说道，“董四没有防备，董七娘却是早有预防，她一剑挥出，挡住了燕豪的致命一刀，并惊声叫道，燕太尉，我是董七娘，他是董四，奉景王之命前来灵寿，你为何要大下杀手？”

李鼎善一听，暗暗摇头，燕豪岂能不认识董四是何许人也，却二话不说就突下杀手，显然是想要杀人。至于是杀人灭口还是杀人栽赃，就不得而知了。董七娘不抛出景王还好，抬出了景王，燕豪更要杀之了。

果然，谢间化也想通了其节，叹息一声：“七娘也是太过爽直了，她若是不抬出景王还好，或许还可以燕豪忙里出错为由，把向董四痛下杀招之事搪塞过去。抬出了景王，燕豪索性将错就错杀绝不可。燕豪听了七娘的话，就像没听到一样，一刀就砍向了七娘的右臂。同时，木恩也出手了。燕豪和木恩联手对付七娘和董四，几个回合下来，七娘和董四就支撑不住了。”

李鼎善自然清楚燕豪的武功之高，放眼大夏几乎无人可敌，董四和董七娘虽也有武功在身，和燕豪相比，相差甚远，再加上有木恩相助，二人能走上数个回合就已然不错了。

“董四见难逃一死，用力一推七娘，他哪怕拼个一死，也要七娘乘机脱身，好让今日之事有报仇雪恨之时。不想七娘不忍扔下董四一人受死，说什么也不肯独生。二人又和燕豪、木恩缠斗片刻，木恩寻了一个空子，暗中握了一把石灰要扬七娘的眼。如此下三滥的手法，我实在看不下去，见死不救不是我辈中人行事规范，于是我张弓射箭，一箭射中了木恩的面门。”

木恩杀了花关，想必是为了回去好交差，以花关是被幔陀杀死为由蒙混过关，再以一切过错是花关引起推卸责任，本来就不是什么好东西，如今被谢间化一箭射中，也算是死有余辜了，李鼎善居然暗中叫了一个好。

“木恩被一箭射穿面门，从右脸进左脸出，连舌头也被撕下半截，他还不死心，手中石灰扬了出去。好在他剧痛之下，失去了准头，石灰一小半迷了七娘和董四的眼，一大半反倒迷了燕豪的眼。燕豪一着不慎，石灰入眼，顿时大痛，手中柳叶刀乱挥，竟一刀砍下了木恩的人头。”

“七娘和董四也被石灰迷眼，不过好在入眼石灰不多，我身上正好带了水囊，闪身出来，趁燕豪自顾不暇之时，帮七娘和董四洗眼。才洗几下，燕豪的刀就到了。我们三人联手和燕豪打斗在一起，三人却不是燕豪一人的对手，若不是燕豪被石灰入眼，看不清楚，我三人说不得已被燕豪斩于刀下了。唉，技不如人，燕豪不愧为大夏十大高手之一，武功果然了得！”

“情形万分危急之下，董四再次挺身而出，挡在了燕豪面前，让我保护七娘先走。我强行拉走了七娘，才走几步，董四便被燕豪打倒在地。我回身一箭，燕豪闪身躲过，董四趁机翻身跃起。我又连发三箭，燕豪接连躲过两箭，第三箭被他接在手中。他扬手扔出一箭，直取七娘的后心，我纵身跃起，替七娘挡了一箭。随后燕豪没再追来……”

李鼎善明白了事情的始末，微一沉吟：“燕豪突然对董四和董七娘痛下杀手，想必也是一时情急，想要快刀斩乱麻，向三王爷邀功。以三王爷的城府，此时继位之争未定胜负，还不至于乱了方寸，此事多半是燕豪一时兴起，并非三王爷之意。不管这些了，花关和木恩一死，燕豪少了左膀右臂，也是莫大的好事……”

“先生，燕豪伤了我，又杀了木恩，此事禀告王爷，让王爷参三王爷一本，皇上震怒，定会呵斥三王爷。”谢间化咽不下心中恶气。

李鼎善却是笑着摇了摇头：“谢太尉，你和董四、董七娘结伴回京，为何他二人不来王府向王爷当面禀告此事？”

谢间化哪里会想那么多，当即答道：“董四和七娘说了，由我一人向王爷禀告即可，不必都来王府，以免招人耳目。”

董四和董七娘是明白事理之人，怪不得王爷让二人负责外围的一应事宜，兄妹二人行事确实极有分寸。若是别人，李鼎善才懒得多说，但谢间化是他棋盘之上不可或缺的一枚棋子，只好耐心说道：“燕豪伤了你是不假，杀了木恩也是真的，如此小事，若是王爷向皇上上书，三王爷必定矢口否认燕豪杀人伤人和他有关，燕豪也不会说是受三王爷之命。如此一来，皇上反倒会怪罪王爷小题大做，因此打草惊蛇，三王爷也会因此看轻了王爷。”

谢间化明白过来，却还是不甘：“此事就这么算了不成？先生是没有看到燕豪是何等嚣张，动手杀人之时，毫不手软。”

“此事就当没有发生过……”李鼎善沉思片刻，又说，“燕豪肯定会将花关和木恩之死全部栽赃到幔陀身上，如此，幔陀和燕豪之间的积怨就越来越深了。”

说到幔陀，谢间化眉宇之间闪过一丝遗憾和无奈，面露不忍之色：“先生，我有一事不明，还望先生教我。林仙枞本是清官，为何还非要我毒死他？”

李鼎善长叹一声：“林兄写信给我，要我关照幔陀，只是眼下我不便出面，幔陀又来去无踪，实在有愧林兄之托。林兄之死，错不在你，在我。林兄上书弹劾三王爷不成，被贬官海南，他生性秉正，以到长江以南任官为耻，离京之时，便服下了毒药。正好三王爷派人去除掉林兄，我便让你暗中下了慢性毒药，以毒攻毒，或许可以缓解林兄毒发身亡的时间。原以为我能有足够的时间找到可以解林兄之毒的解药，结果还是人力不能回天……”

“为何不告诉幔陀真相？”谢间化对于毒死林仙枞一事耿耿于怀，对幔陀对他的误解，也是念念不忘，毕竟幔陀武功奇高，杀他易如反掌，“幔陀娘子若是知道了事情真相，再知道我本是景王手下，并非三王爷之人，她对我也不会那么仇恨了。再若是她能为景王所用，以她的武功，正是燕豪的劲敌。”

李鼎善缓缓摇了摇头：“幔陀一心只想为父报仇，在她眼中，只有私仇，并无朝廷大事，也没有皇上和景王。就算告诉了她真相，她一是未必肯信，二是她也不会为我们所用。若是让她察觉到我们有想利用她之心，反倒会引起她的违逆。幔陀性子不定，喜怒随心，还是让她做一个自由自在的游侠更好。”

幔陀在景王王府对面的茶肆之中，喝了三壶茶，一直不见谢间化出来，心知再等下去也是无望，不如离去。只是要去哪里呢？她在茶肆中踌躇片刻，决定回全有客栈，不再回连若涵为她安排的住处。

原本幔陀打算潜伏在上京，伺机刺杀三王爷，现在遇到了谢间化，她又多了一件事情——杀死谢间化。不管是刺杀三王爷还是杀死谢间化，她都会被官府通缉，住在连若涵为她提供的住处，一旦被官府查到，会连累了连若涵。

既然要当一名刺客，骑马就太过招摇了，幔陀卖了马，又换了一身浅色装扮，比起一身黑衣更多了娇艳和明媚。走在街上，不少登徒子朝她挤眉弄眼或是吹口哨挑逗，她一概视而不见。

上京的繁华比起以前又更胜了几分，幔陀随父进京时，七八岁光景，在上京只住了一年就又随父出京，对上京的印象只停留在宽阔而笔直的街道以及处处可见的红墙青瓦。现今的上京，随处都人流如织，“眼睛深于湘江水，鼻孔高于华岳山”的波斯女子，蛾眉临髭、高鼻垂口的匈奴人，以及“幽州胡马客，绿眼虎皮冠”牵着骆驼的胡商，上京俨然已是万国博览会。

幔陀对胡人全无兴趣，只顾前行。不多时来到了全有客栈，此时已有不少学子自知考中进士无望，陆续退房离去，客栈不再人满为患，她登记了一间上房，位于三楼的最东。

虽是上房，房间却并不宽敞，只勉强够用。房间陈设也很简单，幔陀也不以为意，她只需一处安身之所即可。

推开窗户，正好可见楼下空地之上，时儿和张厚在散步，沈包和萧五在梧桐树下下棋。萧五显然是输了，右手抓了一把棋子，左手不停地挠头。萧五身后，站着一个干瘦的老者和一个圆脸书生，二人指手画脚在争论什么，争得面红耳赤，只差大打出手了。

/ 第四十八章 /

舌战

离放榜还有几天，应试过后的学子难得有如此轻松的休闲时光。不过说是放松，心里都高悬不下，中或不中两重天，十年寒窗，所求都是金榜题名。

幔陀关上窗户，抽出宝剑轻轻擦拭，心中却想，怎么不见夏祥出来？是了，夏祥定是看了母亲的信，得知了母亲死讯之后，正在伤心之中。

夏祥此时确实是在读母亲的信，不过他并没有伤心，相反，却还有几分开心，以及深感责任重大的沉甸甸的喜悦。

母亲的信，寥寥数语，只说了三件事情。

夏祥在打开母亲来信之前，压根儿就没有想到母亲会出事。

其一，和夏祥所想的一样，母亲教导他“与人不求备，检身若不及”，并要他谨记“一心可以丧邦，一心可以兴邦，只在公私之间尔”“修其心治其身，而后可以为政于天下”，并告诫他，为官之道，唯有三事，曰清、曰慎、曰勤……

其二，母亲告诉夏祥，她已经离开了中山村，隐姓埋名远走他乡，让夏祥不必挂牵于她，她会一切安好，待时机到时，她自会和夏祥相见。夏祥只管牢记修其心治其身，而后为政于天下即可。生为男儿，若不能安邦济世，天天守在父母身边，也是枉为人子。

其三，母亲透露了一个秘密。夏祥之父夏长德原本是兄弟二人，只是夏祥叔叔夏长道因病早逝，临死之前叔叔委托爹爹一事，让夏祥娶两房妻子，一房继承夏长德香火，一房继承夏长道香火。夏祥一肩挑两门，可以名正言顺地娶两房正妻。

原来爹爹叫夏长德，若非是为了让他传承夏家香火，母亲或许还不会告诉他爹爹是谁。但眼下只有夏长德一个名字，此人是生是死，何许人也，母亲依然只字未提，颇让夏祥无奈。更让他哭笑不得的是，自己连爹爹是谁还不知道，却又冒出个叔叔，且是一个已经不在人世的叔叔。也罢，连爹爹都没有见过，叔叔没有见过就更不算什么了。只是要为叔叔一支传承香火，多娶一房妻子，怎么想都有一种怪异的感觉。

夏祥推开房门，见时儿和张厚在院中散步，有说有笑，萧五和沈包下棋，推棋认输，换上了滕正元和吴永旺，滕正元和吴永旺二人联手和沈包对弈，竟也没有占了上风。更好笑的是，二人常常为在哪里落子而争论不休，沈包就极有耐心地等二人争论出来一个结果后再下。

是的，滕正元和吴永旺也住在全有客栈。吴永旺还好，人到老时意气平，对夏祥并无不好的看法，滕正元却因夏存先一事，对夏祥成见极深，并不和夏祥说话，但他和沈包一见如故，成为至交好友。不知何故，滕正元和吴永旺二人都对张厚毫无兴致，连和张厚多说几句话的兴趣都欠奉。

自然，张厚对二人也是不屑一顾。若非和夏祥相识之时，是在好景常在太平居酒楼之上，让张厚误以为夏祥也是出身高官权贵之家，否则以夏祥的出身，张厚也是不屑于结识的。张厚出身官宦世家，只愿结交王公贵族子弟。

夏祥在门口站立片刻，忽听门外传来一老一少说话的声音。

“曹三郎，老夫找夏郎君有要事相商，你下次再来，不必非要和老夫一起，省得让夏郎君分神。”

“金甲先生此言差矣，夏郎君更想见我而不是你。你所说的要事，对他来说只是麻烦，并无帮助，你又何必总是烦他？”

“刚而不韧者，难成大事。韧而不刚者，大事难成。是以对夏郎君这般难得一见的人物，要刚韧兼顾，才能说动他。”

“说动他做什么？莫怪在下失礼，金甲先生想收夏郎君为徒是痴心妄想。夏郎君是何等风采的人物，怎会入了医行？罢了罢了，先生还是收了心思，不要误人前程也不要误了自己的事情。夏郎君眼见就要中状元，当上翰林学士了。”

“谁说夏郎君要中状元？他连会试都通不过，根本没有资格参加殿试，还中哪门子状元？你这才是痴心妄想。”

二人的声音由远及近，客栈的大门吱呀一响，金甲和曹殊隽并肩走了进来。

曹殊隽一眼看到夏祥正站在门口，顿时快步如飞来到夏祥面前，一把拉过夏祥，飞奔进屋，将房门紧闭上锁，哈哈一笑：“金甲先生，请先稍候片刻，待我和夏郎君说完事情，再开门迎客。”

金甲和曹殊隽在全有客栈门口不期而遇，二人各怀心思，都想抢先一步见到夏祥，不料还是曹殊隽快了一步，金甲被挡在门外，气得直吹胡子。

“竖子，竖子！”

张厚听到刚才金甲之话，大感好奇，凑了过来，朝金甲施一礼：“金甲先生请了，在下张厚，和夏郎君是同年的士子。方才听先生之言，说是夏郎君连会试都通不过，但以夏郎君之才，虽不是状元，也要是探花才对……”

金甲心思简单，并不知道张厚话里话外有打探之意，当即讥笑一声：“话是不错，夏郎君再是才高八斗又能如何？有人故意不让他考中，他就是有通天的本事，也只能落榜。会试落榜，不能参加殿试面君，状元、榜眼和探花都是皇上钦点，他中哪朝的状元、探花？依老夫看，还不如随老夫去学医。良相良医，一个治国一个医人，都是孔孟之道圣人之法。”

张厚将金甲拉到树后，小声问道：“敢问先生从何得知夏郎君落榜之事？明日才会放榜。”

金甲神秘一笑，鼻孔朝天，哼了一声：“老夫听文昌举亲口所说！”

时儿惊道：“应试不是要糊名和誊录？文昌举文尚书虽是主考官，也无权查看考生的原始试卷，他怎会清楚哪一份试卷是夏郎君所做？”

糊名就是把考生姓名糊上，不让主考官看到，以免徇私舞弊。但糊名之后，依然可以从笔迹判断，比糊名更为严厉的誊录制度就应运而生了。誊录是由文吏将考生试卷从头到尾抄录下来，除了姓名之外，一字不落。如此考官只能从文章来判断考生的才能，不能从姓名和笔迹来为自己的学生和熟识之人大开方便之门。

金甲呵呵一笑，手抚胡须，老神在在：“若是买通誊录之人，让誊录之人留意夏祥的试卷，在誊录时稍作记号，便可分得清清楚楚。身为主考官，想让谁中谁不中，方法多得是。”

张厚目光闪烁不定，低头沉思。时儿不停地踢树，口中说道：“怎会这样？怎会这样！夏郎君如此才高，也会落榜？不公平，天道不公。”

“金甲先生，文尚书是当朝礼部尚书，是朝廷重臣，怎会为难一名小小的士子？”张厚不敢相信金甲之话，想要继续问个清楚，“何况夏祥和文尚书素不相识，文尚书为何故意为难夏祥？”

金甲左右无事，闲着也是闲着，张厚又是夏祥好友，他见张厚一脸关切，就知无不言了：“文尚书为何为难夏祥，老夫并不知情，兴许只是文尚书不喜夏祥文风，又兴许文尚书是受人之托，反正不管是何原因，夏祥今年大比是没戏了。昨日在三王爷府，我为三王爷诊治之时，文昌举和三王爷说起夏祥，他明确地说出了夏祥落榜之事。”

张厚心中大惊。

一是震惊于夏祥怎会入得了文昌举之耳三王爷之眼？夏祥不过是一介布衣，出身平民，连三王爷也知道了他的大名，莫非夏祥有什么不为人所知的来历不成？大比之年的考子有数千人之多，只有一甲二甲进士才会入得了王爷之眼，就连三甲的同进士也很难被王爷留意。

二是震惊于文昌举和三王爷居然要阻拦夏祥的进士之路。夏祥何德何能，竟能惊动三王爷并且由堂堂的二品大员文昌举亲自出手拿掉他的功名，此事当真是蹊跷得很，令人匪夷所思。

不对，张厚震惊过后，心中更是为之一凛，三王爷并不掌管礼部，文昌举身为礼部尚书，却向三王爷禀报科举之事，说明三王爷越权了。再想到当今圣上病重，膝下无子，他脑中迅速闪过数个念头，大概猜到些什么。

“原来如此，原来如此……”张厚喃喃而言，双手握在一起，手上青筋暴露，随后一拳打在树上，愤愤不平地说道，“想我贤弟夏祥是何等人物，本该高中状元，却有奸人当道，误了前程，可恶可恨。金甲先生，不知我是否榜上有名？”

“你叫张厚？”金甲冷眼旁观张厚对夏祥落榜的惋惜，嘴角上翘，一抹意味深长的笑容一闪而过。

“正是。”张厚毕恭毕敬地微微弯腰，虽说他自认才学过人，一心为中状元而来，心中却还是有几分忐忑不安，“建宁人氏，张飞之张，厚薄之厚。”

“张厚……我想想。”金甲背负双手，低头沉思，半晌才抬头说道，“不知道。”

张厚险些没有气得跳起来，他屏气敛息，大气都不敢出，一颗心提到了嗓子眼儿，就想听一个明确的结果，不想等了半天，竟然是这样的回答，不由得既失望又愤怒：“金甲先生是要愚弄在下吗？”

“你是傻子还是太自以为是了？落榜的考子数千人，文昌举专门点出夏祥，是他故意要阻挠夏祥考中。考中的考子也有数百之多，若他单独点出你的名字，岂不是说你和文昌举事先约好，有作弊之嫌？”金甲目光炯炯直视张厚双眼，“张厚，你是否贿赂文昌举，让他为你大开方便之门？”

“不敢，不敢。”张厚被金甲当头棒喝，冷汗直流，他虽暗自庆幸夏祥落榜，少了一个劲敌，却也对自己颇为自负，认定自己凭真才实学定会高中状元，才不屑于徇私舞弊，“张某行得端站得正，绝不做愧对圣贤之事。”

“说到就要做到，不要只说漂亮话，不做正经事。”金甲不被张厚的慷慨陈词所动，冷冷一笑，“夏祥落榜，不能参加殿试，就又少了一人和你争状元，你该庆幸才对。”

“状元是我囊中之物，和夏郎君是否落榜并无关系。”张厚才不会承认他不如夏祥，眉毛一扬，就想和金甲好好理论一番，还未开口，就被时儿的一句话堵了回去。

“好了好了，说些正事要紧，夏郎君落榜，他以后可如何是好？二哥，你要帮帮夏郎君。”时儿秀眉微蹙，鼻子皱起，一副忧患的表情，“夏郎君一没钱二没人，他不当官还能做什么？”

“拜金甲先生为师，当一名儒医也不错。”张厚开始为夏祥的生计着想了，“大唐学医的儒生也有不少，却还是忌讳儒医之名。大夏风气清明，每逢大考之年都有许多落第考子转学医术，不能治国便去救人，也是救世济民之途。大夏儒医必将盛行。”

“儒医？儒生是儒生，医生是医生，为何非要混为一谈？荒唐！”金甲对儒医的说法嗤之以鼻，冷笑连连，“所谓儒医一说，还是重儒轻医。骏马能历险，力田不如牛。坚车能载重，渡河不如舟。良相可救国，若是皇上病重，也是束手无策，还是需要大夫望闻问切来诊治。书生自去读书当官，教学只管教书育人，大夫自当治病救人，各得其所。不过话又说回来，你们不要以为大夫好当，夏郎君有读书之才，也有治病之才，他为曹公所制的药床药椅，用来为皇上治病，深得皇上赞许。换了你们，你们就狗屁不会了。”

什么？张厚以为他听错了，支起耳朵瞪大眼睛，一脸的难以置信：“先生，此话当真？夏郎君还会制作药床药椅？还被皇上嘉许？”

金甲自知失言，嘿嘿一笑，捻须支吾说道：“不是，不是，老夫一时口快说错了，是夏郎君提醒了老夫，老夫亲自制成了药床药椅……”

说者无心听者有意，张厚眼睛转动不停，牢牢记住了方才金甲所说的一番话，包括文昌举拿掉夏祥功名以及夏祥制作药床药椅为皇上所用。他心思闪动，心想夏祥真要做一名大夫倒也不错，至少可以维持生计，且金甲能出入三王府，必是太医，夏祥跟了金甲，日后进了太医院当一名太医，也有品秩，总是好过平民百姓。

这么一想，张厚心中非但轻松了许多，同时还有一种莫名的喜悦和微微的失落。喜悦的是，他少了夏祥一个劲敌，状元更是十拿九稳之事。失落的是，没能在殿试之中凭借真才实学赢了夏祥，也是遗憾。

张厚的遗憾夏祥并不知道，可自己落榜的消息，却是已经知道了。

/ 第四十九章 /

不破不立

曹殊隽到底少年心性，他来找夏祥，是因为他按照夏祥所说制成了第二块会徽——若尔。若尔和玉连环大同小异，依然是金银铜三圈在外，只是最中间的黄花梨木雕换成了墨玉，墨玉的正面依然是篆体的“好景常在”四字，后面则由“金玉满堂”改为了“天下无双”。

一进到夏祥房间，曹殊隽就迫不及待地拿出了两块会徽，他还是坚持玉连环，认为无论名字还是搭配都比若尔好了许多，并且他上来就说：“夏郎君，你我联手，必定天下无敌。不如这样，我们二人联合开一家商行，名字我都想好了，叫好花常开，正好对应好景常在。你来想点子，我来出成品，只为王公贵族出品随身携带的玉器、饰品，只为门阀世家制作家族族徽，只为大商行订制商行会徽，不出三年，好花常开定会超过好景常在，成为大夏第一商行。你我一人一半，不分彼此，如何？”

夏祥接过若尔，爱不释手，曹殊隽虽对若尔并不喜欢，却在制作之时并没有区别对待，工艺十分精美，丝毫不逊色于玉连环，他点头赞道：“不错，若尔精美无比，天下无双，连小娘子必定喜欢。曹三郎，你何出此言，为何突然想要开一家商行？你不是要去求仙问道？我也要入仕为官，志不在经商。”

“你落榜了。”曹殊隽努力表现出一副惋惜痛心的样子，奈何实在装得不像，反倒有几分滑稽，“我听金甲先生说了，文昌举拿掉了你的功名，你没有考中进士。”

“什么？”夏祥手一松，若尔差点掉落地上，他后退一步，一屁股坐在了椅子上，状如痴呆，“真的落榜了？怎么会落榜了？我的锦绣文章天下无双，居然也会落榜，当真是天大的笑话。”

“夏郎君，夏郎君！”曹殊隽吓得不轻，以为夏祥遭遇大变之下得了失心疯，忙上前揪他耳朵捏他鼻子，“揪耳朵垂，不掉魂，夏郎君，快回魂儿来。”

“不要胡闹，哈哈，我没事。”夏祥猛然推开曹殊隽，放声大笑，“居然落榜了，真的落榜了，好事，天大的好事！”

坏了，还真是疯了，曹殊隽吓得脸色惨白，后悔告诉夏祥落榜之事，让金甲来说多好，有什么不好也都算在金甲的头上，而不是他，都怪他一时急于让夏祥和他一起开商行，担心被金甲抢先拉夏祥去学医，怎么办才好？他慌乱之中倒了一杯茶递过去：“夏郎君，先不要急，先喝口水，天无绝人之路，何况以你的才华，不当良相，去当良医良商，也都不失为一条济世安民之路。”

夏祥接过茶水一饮而尽，继续大笑不止：“良相良商，不是我的志向，有人不让我中进士，我偏要金榜题名。曹三郎，走，随我走一趟。”

“去哪里？”曹殊隽已经不能用惊恐来形容自己的心情了，他拉住夏祥的胳膊，声音颤抖，双腿发抖，“夏，夏郎君，你不要吓我好不好？考不中进士也没什么，没有功名，我也会说服姐姐嫁你。”

“去曹府。”夏祥一把拉过曹殊隽，往外就走，“现在就走，越快越好。”

曹殊隽哑然失笑：“夏郎君怎的如此情急，这就要去曹府提亲？也好，没有金榜题名，有洞房花烛也不错。”

二人正要开门出去，门一响，金甲推门进来了。

金甲一脸喜色，进门就拉住了夏祥的胳膊：“夏郎君，你落榜了，哈哈，不要跟曹三郎去开什么商行，跟我去学医，良相良医，都是安邦济民之道，胜过奸商无数倍。”

“什么奸商，良商好不好！”曹殊隽倒不是多想赚钱，而是觉得开一家商行可以让他的手艺更好更快地被更多人喜欢并且接受，他就无比开心，以前他一心求仙问道，现在又改变了主意，被人认可和赞赏的感觉也非常不错。

夏祥哈哈一笑：“落榜也是好事，所谓不破不立。良相治国，良医救人，良商济世，只要一心为国为民，都是国之栋梁。”

“商人就是商人，商人重利，除了低买高卖，哄抬物价，百害而无一利，哼。”金甲抓住夏祥的手不放，似乎一放手夏祥就跟随曹殊隽去经商了，“夏郎君，千万不要去经商，不要去做唯利是图的商人，毁了你一世英名不说，还有违圣贤教诲。孔子说，道不同，不相为谋。”

曹殊隽也拉住夏祥的胳膊不放，讥笑一声：“还圣贤教诲，金甲先生恐怕不知道孔圣人总能衣食无忧是因为他有一个经商的弟子叫子贡，子贡问曰：‘赐也何如？’子曰：‘女器也。’曰：‘何器也？’曰：‘瑚琏也。’可见孔圣人对端木赐也是持很赞赏的态度。”

“好了好了，不要争了。”夏祥怕了这一老一少，抽回双手，坐回到了座位上，“曹三郎，你先坐下，稍后我们再去曹府……金甲先生找我何事？”

金甲捻须一笑："事情有二，其一，你落榜了，可以拜老夫为师了。其二，皇上用了药床药椅，为何病情还不见好，你说过要帮老夫好好想想是何原因，现在可以告诉老夫了。"

金甲先生真是不通人情世故，在别人落榜之时前来打扰，他也真好意思，幸亏夏祥为人沉稳，可以承受落榜的打击，当然，这也和夏祥对落榜之事早有预料有关。夏祥背负双手，在房间中走了几步，摇头一笑："在没有正式放榜之前，我落榜之事，还有回转的余地。是以金甲先生、曹三郎，要让二位失望了，我不会去学医，也不会经商。金甲先生，皇上用了药床药椅病情不见好转的原因所在，我已然想到了，不过你要帮我一件事情，我才会告诉你。"

曹殊隽一脸失望之色，摇了摇头，自言自语说道："夏郎君真是病得不轻，主考官判他落榜了，他竟还说有回转余地，可怜，可叹，可惜。"

金甲却不想那么多，只想知道皇上病情不见好转的原因所在，忙说："莫说一件事情，就是十件也使得，快说，要老夫帮你什么？"

"先生可是认识四王爷庆王？"

"何止认识，四王爷的庆王府，老夫随意出入，想见四王爷，只需通报一声即可……怎么，你想见庆王？"金甲得意地一笑，"想见庆王倒也不难，老夫现在就可以带你去庆王府。"

夏祥摇头，神秘地一笑："请金甲先生即刻动身去庆王府面见庆王，见到庆王殿下，只需说一句话。"

"什么话？"

"文昌举文尚书在星王府对三王爷说夏祥落榜了。"

"就这句话？"

"就这句话！"

"不过是芝麻绿豆小事，老夫去去就来。"金甲话一说完，转身就走，走到门口又忽然站住，眉毛紧皱，一脸警惕，"夏郎君，你不会趁机溜走，等老夫回来就再也寻不到你了？"

夏祥乐了："怎么会？我还要等先生回来畅饮几杯，共商大事。"

"好，好。"金甲顿时乐开了花，"共商大事，共商大事，哈哈，老夫去也。"

金甲一走，曹殊隽哪里还坐得住，拉住夏祥就朝外走："快快随我去曹府提亲。"

"好说，好说。"夏祥笑眯眯的样子，似乎真要去提亲一样，他朝外面喊道，"萧五，萧五。"

萧五应声现身："来了，先生有何吩咐？"

“你速去贡院，在明日贴黄榜之处先贴一张黑榜，记住，不要让人发现，也不要被人抓住。”夏祥边说边从桌子上抽出一张黑纸，调了白墨，将笔交给萧五。

萧五嘿嘿一笑，面露为难之色：“先生，贴黑榜的事情，对我来说易如反掌，可是写字，就太难了，写得歪歪扭扭，丑如狗爬，就太丢先生的人了。”

“写什么字？我来写。”曹殊隽虽不清楚夏祥意欲何为，却也隐隐猜到夏祥在做一件惊天动地的大事，他本来就是唯恐天下不乱的性子，顿时小有兴奋。

“让萧五写，他的笔迹无人认得。”夏祥将笔递到萧五手中，微微一笑，“字不怕丑，越丑越好，写四个字——夏祥落榜。”

“遵命！”既然先生说了越丑越好，萧五就浑身充满了力量，不用刻意写就一定可以丑得无与伦比，他提笔在手，运足了气，刷刷刷几笔就写好了四个如同狗刨猫挠的大字，满意地哈哈一笑，“怎么样先生，够不够丑？”

忽然又意识到了哪里不对，他如木偶一样呆住了，手中的笔也失手落地：“什……什么？先生落榜了？怎么可能？先生怎么会落榜？先生不能落榜，先生一定要高中，先生……”

萧五说着说着，忽然泪如泉涌，“扑通”一声跪倒在地，抱住了夏祥的大腿，痛哭流涕：“先生，都怪萧五不好，萧五没能替先生守好门户，让曹三郎、金甲先生总是打扰先生，导致先生不能温习功课。萧五该死，萧五罪该万死！”

曹殊隽翻了翻白眼，拉长了声调不甘地说道：“萧五，背后说说也就算了，当面说我，就太不仁义了。何况夏郎君落榜真和我无关，是有人特意拿下他的功名。说不定夏郎君的试卷被人偷梁换柱，易名到了自己的得意门生名下。”

“谁特意拿下了先生的功名？我去杀了他。”萧五站了起来，一抹眼泪，就要出门杀人。

“萧五，去贴黑榜。”夏祥拍了拍萧五的肩膀，“你只要贴好黑榜，就是大功一件，其余之事不必多想，我自会解决。”

“是，先生。”萧五瞬间眼泪不见，换了一副笑脸，“我马上去贴黑榜，不过先生我不明白，为什么非要用黑纸，用红纸多好，喜庆。”

曹殊隽气笑了：“你的脑子什么时候会拐弯了，你就能成武功高手了。黑榜是黑幕，红榜是喜事，夏郎君是要告诉天下士子今年的大比有黑幕，不是要贴一张红榜再写两个喜字，懂不懂？”

“懂，懂了。”萧五挠头，憨憨地笑了，“为什么要贴红榜写喜字？夏郎君要娶亲？”

曹殊隽受不了了：“萧五快去贴榜，晚了就误事了。”

“遵命。”萧五双腿绷紧，如同如临大敌的豹子，卷好黑榜推开窗户翻身跳了出去，人一落地，他又回头一笑，“对了先生，幔陀娘子回来了，住在客栈三楼。”

“幔陀？”

“方才我看到她了。”萧五话一说完，一个箭步跃到了大树之下，一闪身就出了客栈大门。

“有门不走非要翻窗户，夏郎君，萧五的脑子是不是坏掉了？”曹殊隽对萧五算是服了，“他若是跟我求仙问道，必定会有大成。哎呀，忘了正事了，快跟我去曹府。”

夏祥当下也没停留，和曹殊隽出了客栈，一路西行，半个时辰后就到了曹府。

听说夏祥来了，曹姝璃和作儿忙出来相见，夏祥有事要忙，无暇和曹姝璃多说，只寒暄几句就一起去见了曹用果。

曹用果精神大好，不但可以下床行走，气色也好了许多，脸色红润，说话气息充足。见到夏祥，他先是深揖一礼，以谢夏祥的救命之恩。夏祥对曹家来说，无疑是天降福星，他先是救了曹殊隽，后又救了曹用果，若没有夏祥的出现，曹家现今可能已是家破人亡，不堪设想。

夏祥不敢承受曹用果大礼，忙还了一礼。

曹殊隽现今对夏祥心悦诚服不说，一心结交，还想和夏祥联手做一番大事出来。他身为世家子弟，所结识的友人要么一心只求功名，要么一心安享富贵，如他一般有求仙问道之心并且喜欢奇技淫巧者，少之又少，他就有高山流水知音缺的遗憾，直到遇到夏祥之后，他才赫然发觉，原来世上也有和他一般心胸宽广志向高远的奇男子。

更让他惊奇的是，夏祥是读书人出身，一般的读书人只尊崇儒家，要么对道家不以为然，要么一无所知，更是对奇技淫巧之术嗤之以鼻。夏祥则不然，他学识非凡，却没有一般读书人的傲气和迂腐，心胸开阔，包容并蓄，堪称全才奇才。

若是夏郎君真的娶了姐姐，再和他联手开一家好花常开商行，该有多好。曹殊隽越想越兴奋，他对科举本不感兴趣，是以他对夏祥落榜也是等闲视之，见夏祥和爹爹谈起了医道以及儒家之说，心中大为不耐，朝坐在下首正襟危坐的曹姝璃使了一个眼色。

曹姝璃会意，方才曹殊隽已经说了夏祥落榜之事，她乍听之下不敢相信，等得知是文昌举有意阻挠夏祥进士之路后，她才知道消息属实，不由得一时神思恍惚，夏郎君怎会落榜？文昌举堂堂礼部尚书，当朝二品大员，为何非要排挤夏祥一个小小的士子？夏郎君才华出众，居然也榜上无名，连科举都失去了公正，天下还有什么公平之事？

曹姝璃心思杂乱，就连曹殊隽说到夏祥来曹府是来向爹爹提亲她也没有过心，曹殊隽向她示意，是想让她回避一下，好让夏祥开口提亲，不料她误会了曹殊隽之意，起身说道："爹爹，夏郎君今年大比落榜，还请爹爹收留夏郎君在府中安住，等三年之后再来应试。"

"什么，夏郎君落榜了？"曹用果怦然而惊，长身站起，一脸惊诧，"夏郎君，此事当真？"

夏祥点头："应该不假，是金甲先生亲口所说。"

曹用果到底是朝堂中人，立刻想到了问题的所在："明日才会放榜，今日金甲便知夏郎君落榜，其中必有猫腻。"

曹殊隽便将金甲如何得知夏祥落榜一事详细一说。

"文昌举有一个得意门生名蔡北，此人我知道，学识人品都很一般，文昌举却对蔡北推崇有加，期望甚高。"曹用果在朝堂多年，深知朝堂之上错综复杂的关系和平衡之术，当即想到了法子，"此事也并非不可挽回，只需将此事禀告四王爷即可……"

曹殊隽一听此话，顿时倒吸一口凉气，方才夏祥让金甲去禀告庆王，他还觉得不以为然，不想爹爹为官多年，想到的第一个法子竟和夏祥一般无二，不由得不再次高看夏祥一眼。

"爹爹，夏郎君已经让金甲先生去禀告四王爷了，此时，金甲应该已经在四王爷府了。"曹殊隽忙向曹用果说明此事，献宝一样一脸与有荣焉的得意之色。

"哦？"曹用果并未多想，淡淡应了一声，目光越过大门，落在门外的合欢树上，也不知在想什么，等他的目光慢慢收回时，眼神中渐渐流露出惊讶和难以置信的神色，蓦然惊住，一拍桌子站了起来，"什么？夏郎君已然让金甲先生去了四王爷府？夏郎君，是你的主意还是金甲先生主动提出要去禀告四王爷？"

夏祥淡然一笑："是我劳烦金甲先生辛苦一趟。"

/ 第五十章 /

黑榜

曹用果呆了片刻，忽然意味深长地笑了：“后生可畏，后生可畏。夏郎君之才若不在朝堂之上为官，当真就可惜了。不过，只是禀告了四王爷，还差了几分火候，四王爷断不会因为金甲的空口无凭就去指责文昌举徇私舞弊，科举是朝廷大事，文昌举又是当朝二品大员，即使贵为王爷，也不敢轻言上书弹劾。此事若要四王爷经手，还需要一个由头才行……最好是由考子出面，皇上最重民间疾苦，最愿意聆听百姓呼声。”

“爹爹，若是让人在贡院放黄榜之处贴一张黑榜，上写四个白字——夏祥落榜，是不是一个极好的由头？”曹殊隽才知道夏祥为何非要萧五前去贴一张黑榜了，听了爹爹之言，他对夏祥的佩服无以言表，再看夏祥时的目光，仰慕而热烈。

“此计……大妙！”曹用果微微一想，顿时大喜，一拍桌子又站了起来，“隽儿，你能想到这个办法，不枉为父教导你一场，快，快去派人贴榜。”

曹殊隽嘿嘿一笑，揉了揉鼻子，也不觉得难堪：“爹爹高看孩儿了，这是夏郎君想到的法子，孩儿哪里有这般手段！夏郎君已经派人去贴榜了。”

“扑哧！”

曹姝璃忍不住被曹殊隽的滑稽逗乐了，笑过之后才觉得不妥，忙又敛形正容，心中却是如惊涛骇浪一般，好一个心思缜密步步为营的夏郎君，若是换了一般考子，乍听落榜之事，要么痛不欲生，要么痛哭失声，要么痛心疾首，夏郎君却毫不慌乱，镇静自若，连出两着，着着落到实处，当真是奇才。

若他真能为自己争取一个公平，也是为天下考子争取一个公平，是天大的好事。

“了得，了得。”曹用果反倒一脸的尴尬。想想也是，曹殊隽从小活泼好动，长大后又喜好奇技淫巧，一心求仙问道，哪里懂这些人情世故朝堂章法，夏祥比曹殊隽不过大了两岁，却比他多了不知多少入世智慧，对比之下，当真是有天渊之别，他心中忽起忽落。忽地，他心思大动：若是招了夏祥为东床快婿，他何愁朝堂之上无人互为策应？

“夏郎君心思缜密，处处想得周全，如此之才，就连连车、苏确也有所不如，老夫佩服。”曹用果自称老夫而不是本官，是在夏祥面前放下了身段，平等视之，“有了贴榜之事，考子必定哗然，怀疑科场有舞弊之事。落榜的考子固然不服自己文不如人，就连上榜的考子也会对自己名次不满，考子闹事，四王爷便可借机上书要求彻查今年的科举。文昌举是临危受命，临时替换了杨砥杨大学士，此事原本就有人非议，如此一来，更是会引发轩然大波。”

夏祥忙谦虚几句，见火候已到，单刀直入说道：“曹公，除恶务尽，以免后患无穷，此事若要一举成功，除了贴榜和惊动四王爷出面之外，还需要曹公帮忙策应才可确保万无一失。”

曹用果听了此话，心中竟是喟叹一声，蓦然心中一片惆怅。想他曹用果一世英名，进士高中之后，入朝为官，转眼二十余年，到如今才是一个小小的鸿胪寺少卿。以他二十余年的朝堂智慧和官场资历，在夏祥落榜之事上所能想到的关节，夏祥一个初出茅庐的士子都能步步想到，怪不得他二十余年才是从五品之职，怪不得别人，只怪自己开窍太晚。

膝下虽一儿一女，女儿还好，聪慧喜人，知书达理，又生得标致，只可惜终究是个女儿，不能考取功名。最让他头疼的是，女儿眼界过高，寻常人物都不入其眼，不少王侯之子登门提亲，都被女儿一一婉拒，如今年方二九年华，再不许了人家，也是大姑娘了。

儿子曹殊隽自小不喜读书，虽聪慧却不走正途，求仙问道也还罢了，却还喜欢摆弄奇技淫巧之术，实在是有辱斯文有损门庭。曹用果原本认为，只要曹殊隽一心读书，高中进士必不在话下，为官之后，会比他更有远大前程。

现今见了夏祥周密而详尽的手腕，曹用果心中既悲伤又欢喜，悲伤的是，和夏祥相比，曹殊隽差了太远，他望子成龙的最后一丝希望在夏祥的高明和从容之下，完全破灭了。欢喜的是，夏祥却和曹家渊源颇深，此时曹家和他交好，日后夏祥大放光彩之时，必然会得到照应。

再如果夏祥娶了女儿为妻……曹家以后也算有了指望，不至于家道中落了。曹用果心中忽然下定了决心，若说之前他还认为夏祥配不上女儿，现在他完全改变了主意，从落榜一事便可看出夏祥此人绝非池中物，假以时日，必定大成。只要夏祥不嫌弃，他愿将女儿曹姝璃许配与他。

更难得的是，在交友上极为挑剔的儿子将夏祥视为知音也就罢了，向来眼高过顶的女儿也喜欢夏祥。

曹用果主意既定，从容地一笑：“好一个除恶务尽，为天下士子讨一个公道。若能为苦读十年的考子争一个出身，还大夏一片青天，为皇上尽微薄之力，老夫赴汤蹈火在所不惜。”

夏祥暗中叫了一声好，起身朝曹用果恭恭敬敬施了一礼：“在下替天下士子谢过曹公仗义执言。不知陈封、高亥、章则是三人，曹公和哪个相熟一些？”

陈封、高亥、章则是三人是今年大比的考官，曹用果说道：“要说相熟，三人都和老夫有些交情。若论私交，还是章则是和老夫更为投机。”

“陈封和高亥相比呢？”

“陈封和老夫虽有私交，来往却不多。陈封为人正直，行事方正，不善于和人交往。高亥为人圆滑，对文昌举言听计从，是阿谀奉承之辈。”曹用果大概猜到了夏祥所想，笑道，“夏郎君是想让我说动章则是，一旦案发，请他策应配合？此事没有问题，章则是为人虽不如陈封方正，却也是正直之辈，必不会和文昌举同流合污。”

夏祥却是含蓄一笑，端起茶杯慢条斯理地抿了一口：“曹公，此事不宜和章则是相商，也不便由陈封出面检举文昌举……”

曹用果糊涂了：“你言下之意是？”

“高亥高侍郎。”

夏祥会心一笑，俊朗的脸庞七分和善之外，又有三分坏，尤其是他一边嘴角上翘，既有调皮戏谑的味道，又有阴谋得逞的得意。直看得曹姝璃芳心乱跳，面颊微烫，心中七上八下不停在想，夏郎君怎的时而如正人君子一般端正，时而又如浪荡儿一般有一股莫名的邪性儿，到底哪个才是真正的他？

“高亥是礼部侍郎，是文尚书的副手，他怎会检举文昌举？况且高亥一向唯文昌举马首是瞻，在礼部，他是最听话的一个侍郎，呵呵。”曹用果对高亥的为人再是清楚不过，礼部有左右两位侍郎，高亥是左侍郎，陈封为右侍郎，礼部人称高亥为文侍郎，言外之意则是高亥不是礼部的侍郎，而是文昌举的侍郎。

“眼下文昌举权势正盛，高亥自然不会。若是文尚书被人参了一本，有科场舞弊之嫌，再加上四王爷紧抓不放，以高亥的为人，岂有不见风使舵的道理？再者说了，文昌举一倒，空出了尚书之位，若是补缺的话，左侍郎会顺理成章地递补上去。”夏祥手摇折扇，笑意灿烂之中，又有几分运筹帷幄的洒脱，“如此机会，高亥岂会错过？”

曹用果心中一惊，夏祥的话不无道理，难得他年纪虽轻，竟有如此心思，是他生平所仅见的后生，不过又一想，他还有不明之处：“高亥追随文昌举多年，在文昌举面前向来唯唯诺诺，他会有胆量检举文昌举？以我对高亥的了解，他断然不会。”

“若是平常，肯定不会。若是非常时期，就肯定会了。”夏祥虽不认识高亥，却也听人说过高亥的为人，也亲眼所见高亥身为三名考官之一，在文昌举面前犹如奴才一般的作态，令人作呕，是以他认定高亥是最合适的人选，“趋炎附势之人，最是善变，文昌举是文尚书时，高亥在他面前唯唯诺诺。文昌举一旦成为三王爷和四王爷争夺礼部的支点，高亥就会面孔一变，以卫道士自居了。等事态进一步演变，高亥为了明哲保身，必会及时和文昌举划清界限。此时曹公若是及时出面，开导高亥一番，高亥见有利可图，又可撇清自己，必然会对文昌举落井下石……”

“……”曹用果心中翻起惊涛骇浪，他不敢相信刚才之话出自夏祥之口，一个未中进士的考子，一个刚及弱冠之年的士子，一个尚未迈进官场的后进，怎会有如此对事态推演的高明，他暗中打量夏祥几眼，心中的震惊慢慢平息下来，更加坚定了自己的想法，“此计可行，我今日就去拜会高亥。”

夏祥大喜，他唯恐曹用果不肯出面，若是少了高亥的配合，这场大戏成功的可能性就少了一半。有了高亥，不但好戏会如期上场，而且说不定还有意外之喜。见风使舵的小人，有时使对了方向，也能助君子一臂之力。

“谢过曹公。”夏祥再次向曹用果施了一礼。

曹用果点头还礼：“夏郎君不必多礼，此事功在当今利在后世，必当为之。”他顿了一顿，咳嗽一声，“璃儿，茶凉了……”

曹姝璃如梦方醒，“哦”了一声站起：“孩儿去换些茶水。”

“姐姐不必回避，夏郎君今日登门，除了落榜一事之外，还要向爹爹提亲。”曹殊隽嘻嘻一笑，方才爹爹和夏祥的一番对话，他只听明白了几分，并不清楚为何夏祥要让爹爹出面去说动高亥，也不明白高亥怎会检举文昌举，他只关心夏祥是否和他联手开一家商行和提亲之事。

夏姝璃顿时满面羞红，转身就走：“婚姻大事，全凭爹爹做主，孩儿、孩儿下去了。”

提亲？曹殊隽还真当夏祥来曹家提亲？夏祥心中不知是该庆幸曹殊隽对他的推崇还是该无奈曹殊隽不知轻重缓急，他忙上前一步说道：“曹公，曹三郎说笑了，如今大事将起，还不知会有怎样的狂风暴雨，实在不是提亲时机。”

曹用果点了点头，科场舞弊一事兹事体大，大夏开国以来，还未有过先例，也不知会是何等结果，他喟然说道：“隽儿，你何时能像夏郎君一般分清轻重，为父也就放心了。”

“爹爹，孩儿年纪还小，还需要成长的时间。”曹殊隽嘻嘻一笑，瞬间就将提亲之事抛到了脑后，“夏郎君，这里的事情了结了，我们该去找连小娘子了。”

夏祥又是一阵无奈，他不向曹家提亲，并非是对曹小娘子没有情意，确实是时机不太合适，且前途未卜之际，无心婚姻之事。曹殊隽却随即提及连小娘子，容易让人多想。

果然，曹姝璃目光一扫，秀眉一扬，朝夏祥投来了疑问、好奇并且猜测的目光。就连曹用果也是脸色微微一沉："什么连小娘子？隽儿，不得胡闹。"

"爹爹，我哪里胡闹了？连小娘子不是迎春院的小姐，是好景常在的主人。"曹殊隽还不算太傻，察觉到了气氛不对，忙解释一番，"我和夏郎君要和连小娘子做一番大生意，万事俱备只欠东风。"

"连若涵？"曹用果微微一怔，似乎不敢相信曹殊隽所说，"你怎么会认识连若涵？"

"曹公可知连若涵到底何许人也？"见曹用果似乎知道连若涵的来历，夏祥忙问起连若涵的身世，"连小娘子来历神秘，不知道她究竟是何出身。"

"老夫也是不知。"曹用果微一摇头，目光看向了曹姝璃，"璃儿可是知道？"

曹姝璃心思忽起忽落，原以为夏祥真来提亲，不想夏祥以大事未成为由不肯提起，她知书达理，自是理解夏祥心中所想和担心之事。转瞬又听到曹殊隽要和夏祥一起去找连小娘子，初听之下，她真以为连小娘子是哪家青楼的头牌，心中又是一沉。待听清连小娘子竟是好景常在的连若涵之后，她才暗中舒缓了心情。

曹姝璃此时也恢复了淡然，脸上红晕消退，虽说她对夏祥确实芳心暗许，却也恪守大家闺秀女子的美德，既落落大方又含蓄得体。

"略知一二。"曹姝璃一拢额头秀发，"说来有关连小娘子的传闻，还是作儿听来的。作儿有一姐姐，人在青楼。"

作儿款款福了一礼："作儿也是听青楼的姐妹说起连小娘子的事情，也不知真假。"

夏祥和曹殊隽对视一眼，皆是愕然之色。青楼女子迎来送往，最是消息灵通。连若涵到底何方神圣，怎会如此神秘？难不成只能从青楼之中打听到她的来历？

"她到底是哪路神仙？"曹殊隽按捺不住心中的迫切，"不管是三十三重天的仙女还是灵霄宫的飞天，总得有个身份不是？"

"据说连小娘子是四大世家的人，姐妹们都这么传，可是作儿总觉得有误，四大世家是崔、卢、李、郑，没有连家。开始作儿也是不信，不过青楼姐妹都这么说，说是连小娘子改了姓氏。"作儿想了片刻，又说，"我并未见过连小娘子，听人说她一口纯正的官话，应是中原人氏无疑。四大世家之中，崔、卢是中原世家。"

/ 第五十一章 /

四大世家

作儿的话，让夏祥心中一惊。

四大世家崔、卢、李、郑，是传承了近千年的超级门阀世家，自魏晋以来逐渐势大，在唐时上升到了巅峰。大唐年间，四种极为荣耀之事是“年轻有为，进士出身，编修国史，娶四姓女”，四事之中，得其一便为无上荣耀。

娶四姓女和进士出身、编修国史并列，可见四姓当年的地位之超然权势之显赫。唐高宗时的宰相薛元超富贵至极，但平生有“三恨”——一恨始不以进士擢第，二恨不娶五姓女，三恨不得修国史。

唐时曾有五姓七望之说，即陇西李氏、赵郡李氏、博陵崔氏、清河崔氏、范阳卢氏、荥阳郑氏、太原王氏。其中李氏与崔氏各有两个郡望，所以称之为五姓七望，或五姓七家。后来太原王氏没落，只留崔、卢、李、郑四姓得以传承，故四姓在唐朝时是所有士族大家之中最有威望地位势力最广的顶级豪门。

而在大唐年间，考中进士比大夏难上十几倍有余，因大唐国力远不及大夏，故所需人才之数也不如大夏。终大唐一朝，门阀世家牢牢把持朝政，即使贵为天子的李世民也曾感叹身为皇帝也无法左右门阀士族对皇权的不恭。几大士族对李氏王朝听调不听宣，即使科举制度也未能阻止门阀士族的上升之路，毕竟对于平民百姓来说，读书既费时费力又费钱，且成功者寥寥无几，门阀士族既有财力又有规矩，后代子弟比起平民百姓，起点就高了不知凡几。

唐后，五代十国，乱世纷争，崔、卢、李、郑四姓却不管朝代如何更迭，依然屹立不倒。不管谁坐天下，谁当皇上，都要倚重士族大家的势力、财力和影响力。四姓延续了千年之久，直到太祖振臂高呼，举兵起事，结束了分裂和混乱，建立了大夏。

大夏立国之初，太祖对士族大家既拉拢又提防。太祖也是出身世家，虽不是如四姓一般传承千年之久的超级世家，也是士族子弟，他对士族大家并不排斥，却也清楚士族大家令人望而生畏的凝聚力和影响力。士族大家出身的士子，品行端正、学识过人，又有良好的家教和高人一等的见识，比平民出身的士子，还是具备了先天优势。

大夏刚立国之时，周围强敌围绕，根基不稳。后为平南唐和北汉，太祖借助了士族大家的财力和兵力。投桃报李，太祖默许四姓士族大家在各自领地之上拥有除了政务和军务之外的自主权。

好在四大士族也是遵循孔孟之道，受圣贤教诲，子弟都从小读书，成人后，不参加科举也会在家族产业中谋得一个位置，很少有作奸犯科者。

太宗继位后，一是为了继续北伐，二是因兄终弟及之事，太宗即位之初，根基不稳，唯恐四大士族联手质疑他的正统，他进一步赋予四大士族经商权和婚姻自主权——太祖时，为了削弱四大士族的势力，曾颁布诏令要求四大士族不许相互通婚，只能和四大士族之外的平民联姻。只不过四大士族对此诏令置之不理，依旧维持传统，崔、卢两家通婚，李、郑两家联姻，崔氏女从不下嫁四大士族之外的士子，崔氏男也从不娶四大士族之外的娘子。其余三姓，也是一样。

四大士族在唐朝之时，以务农为主。到了大夏，开始经商。四家千年来的联姻和互为倚重，早就有了外人无法想象的默契。太宗允许四家经商，四家便在真定召开了一次秘密会议，约定四家之中，崔家经营商行，卢家经营马队、商队，李家经营粮食和酿酒，郑家经营茶叶、丝绸和瓷器，四家在主业之外，也可以经营别家的主业，但要分清主次。

四家攻守同盟，同进共退，从太宗朝开始一手务农一手经商，经过几十年的积累，财力和势力超越了唐时的巅峰，只有一点除外——四家在朝堂之上，并无太多子弟为官。

也正是四大世家一心务农经商，并不从政，虽财力和势力比起唐朝巅峰之时有过之而无不及，但是实力还是差了一些。没有朝堂之上的影响力，没有当朝大员的力挺，四大世家只是富甲一方的诸侯，而不是可以号令天下的诸王。

或许是经历了太多战乱，四家子弟众多，有才学者数不胜数，并非没有能力在朝堂为官，而是有意不出头。正是因此，大夏自臻宗后，在《劝学诗》的影响之下，无数平民子弟中了进士入了朝堂，四大世家虽然存在，却已经被人遗忘。因为数十年的科举考试之中，进士多是平民，很少有世家子弟，更没有四大世家之中的任何一人！

就连夏祥虽也知道四大世家依然存在于世，却未曾见过四大世家之中任何一家的子弟，也不再听到四大世家的有关传闻，就如四大世家销声匿迹一般。不想今日意外听到令儿说到四大世家，甚至还猜测连若涵是四大世家之人……他却是不信，且不说连若涵姓连，并非四大世家之姓，至于改姓一说，怕是以讹传讹。

连若涵的口音确实是纯正的官话，大夏自北上以后，官话是以中原地带的口音为基础，崔、卢两姓，都是中原人氏。崔姓居住在京杭运河沿岸，在河北路和京东东路交界之地。其地又是黄河下游，京杭运河和黄河交汇之处，良田万顷，沃野千里，崔姓得地理条件之便，物产丰富，衣食丰足，是四大世家之中最为富有的一家。

卢氏居住在上京以南真定以北，比起崔氏的中原腹地，偏北不少。卢氏所处之地，也是土地肥沃，依山傍水，物华天宝。

崔氏和卢氏相距最近，两家也来往最多，口音和上京口音十分相似。李氏远在西北一带，而郑氏则在黄河以南，两家远离上京，李氏口音是大唐之时的官话，郑氏口音是太祖之时的官话。若是按照令儿所说，连若涵不会是李氏或是郑氏之人。

四大世家最南的郑氏，也是居住在汴梁，四家都没有江南人氏。连若涵从长相来看，也是中原一带女子特征。

青楼之地向来是龙蛇混杂之处，有各种真假难辨道听途说的说法，也不足为奇。

夏祥沉默片刻，笑道："连小娘子确实说一口纯正官话，不过，她到底是什么来历，只凭一口官话还难以判断。不管她是何等身份，只要她品行过人，便可和她合作。"

"夏郎君，你们要和连小娘子合作什么呀？"作儿既好奇又羡慕，还夹杂了一丝微微的嫉妒，"夏郎君都见过连小娘子了，听说连小娘子是一个绝世美人，不知道是也不是？"

曹姝璃笑道："想必是了……有美一人，清扬婉兮。邂逅相遇，适我愿兮。"

夏祥悄然一笑，曹姝璃刚才所说是《诗经》中的名句，他朝曹姝璃拱手一礼："曹小娘子，有美一人，婉如清扬。邂逅相遇，与子偕臧。"

曹姝璃的话是说夏祥遇到一位美人，清扬婉兮，一见之下，倾心如意。夏祥则回她说，他面前的美人，婉如清扬，一见之下，愿一路相伴。

曹姝璃一脸娇羞，掩面而走，走到门口却又站住，回身说道："春秋之时，楚王母弟鄂君子皙在河中游玩，钟鼓齐鸣。摇船者是位越人，她趁乐声刚停，便抱双桨用越语唱了一支歌，鄂君子皙听不懂，夏郎君可否听得懂？"

曹用果呵呵一笑，捻须不语，心知女儿动了情。曹殊隽和作儿面面相觑，不知曹姝璃所说何意。

夏祥一脸懵懂，愣了一愣："鄂君子皙听不懂，我自然也是不懂。摇船者唱了一支什么歌？"

曹姝璃脸色瞬间如桃花凋谢，落寞如雪，她黯然一笑：“既然夏郎君听不懂，也不必知道摇船者唱的是什么歌了。”

眼中浓浓的失望之色一闪而过，随后曹姝璃毅然决然地快步离去，不再有片刻停留。

作儿恨恨地一跺脚，虽不知道曹姝璃和夏祥打的是什么哑谜，却也知道夏祥让小娘子伤心了，她瞪了夏祥一眼，快步如飞去追曹姝璃。

夏祥见曹姝璃的背影渐行渐远，眼见就要看不见之时，才长叹一声，对着曹姝璃的背影朗声说道：“曹小娘子，我不是越人，自然听不懂越人唱的《越人歌》，却是记得一句诗句——山有木兮木有枝……”

曹姝璃的身形一顿，如被施了定身法一般猛然站住，由于收势过快，紧跟其后的作儿险些撞在她身上。

“小娘子，以后不理夏郎君了，太可恶太气人，哼！” 作儿为自家娘子打抱不平，虽然她并不知道二人之间到底发生了什么，“笨得要命，连摇船者唱的什么歌都不知道，摇船者能唱什么歌？自然是摇船歌了。”

“哧……”曹姝璃被作儿的话逗乐了，作儿并不懂她和夏郎君是在借诗传情，她嗔怪骂道，“作儿，不许编排夏郎君的不是，夏郎君并非不知道摇船者唱的什么歌，他只是故意使坏罢了。”

“啊，他怎么使坏了？刚刚作儿明明就在他的身边，没见他对小娘子动手动脚啊。再者老爷也在，夏郎君也不敢调戏小娘子……莫非是？”作儿自以为想到了问题所在，瞪大了眼睛，“小娘子是不是背着作儿和夏郎君幽会了？夏郎君对小娘子始乱终弃了？不行，作儿要去告诉老爷和曹三郎，不能让夏郎君跑了，要让他……”

曹姝璃哭笑不得，忙拉回作儿：“作儿，你胡说什么？不许再乱说，小心我家法伺候！”

作儿吓得一缩脖子一吐舌头：“小娘子，作儿不敢了。可是，夏郎君到底怎么小娘子了？他怎么使坏了？”

曹姝璃脸上泛起一朵红云，又好气又好笑，气的是夏祥装傻，故意逗她，笑的是夏祥接受了她的心意，还回了相应的情意。只是无法和作儿说清楚，作儿不知道《越人歌》的来龙去脉，和她说也没用，有些事情只可意会不可言传。

“夏郎君是否还没有香囊？”曹姝璃回身遥望了一眼，已然看不到夏祥的身影，她怅然若失，却又勉强一笑，“作儿，绣一个香囊给夏郎君，绣上《越人歌》。”

“小娘子教我《越人歌》，作儿一定要背下来……” 作儿不傻，岂能不知自家小娘子心意，她便对《越人歌》愈加好奇了。

曹姝璃眼波流转，明媚如花：“鄂君子皙是楚国的王子，他在河中游玩时，有一位摇船的女子是越人，她为鄂君子皙唱了一首歌，可惜鄂君子皙听不懂，后来他问了别人，别人告诉他歌名叫《越人歌》，知道了女子唱的是什么后，女子已经不见了，鄂君子皙怅然良久……”

“今夕何夕兮，搴舟中流。今日何日兮，得与王子同舟。蒙羞被好兮，不訾诟耻。心几烦而不绝兮，得知王子。山有木兮木有枝，心悦君兮君不知！”

曹姝璃轻轻哼唱出《越人歌》，眼中渐有晶莹的泪光闪动。作儿也听得痴了，以手抹泪：“山有木兮木有枝，心悦君兮君不知！多么痴情的女子，可惜她喜欢的人不知道她喜欢他。世上有多少心悦君兮君不知的悲哀？小娘子，我突然好伤心……”

曹姝璃和作儿站在池塘边上，微风习习，吹动二人衣裙，飘然安逸。满池的荷花已然开到极盛，即将凋谢；假山上，爬满了蔷薇和藤蔓植物；池塘正中，多了一座巨大的假山，几乎占据了池塘三成的地方。上次萧五无意中发现了池塘水底的寒脉，金甲本想劝曹用果搬离曹府，另觅住处。奈何曹用果无钱再建新府，只好将就。金甲就出了一个主意，用一座假山压住池底寒气。

绿树阴浓夏日长，楼台倒影入池塘。水晶帘动微风起，满架蔷薇一院香……夏天，很快就要过去了，微风中已经带来了秋天的肃杀之意。

春夏是万物生长的季节，而秋冬是万物凋零的季节，人在天地之间，应顺应天时，是以自汉代起便有“秋冬行刑”的规定，除谋反、谋大逆等罪犯即时处死外，其他的死囚均待秋季霜降后至冬至前进行，称为秋后问斩。

秋季又是收获的季节，从收获到行刑，是一年之中事情最多的一季，故称多事之秋。

/ 第五十二章 /

欲擒故纵

夏祥和曹殊隽回到全有客栈时，金甲和萧五已经等候多时了。

一见到夏祥，金甲兴奋得胡子都颤抖了，冲过去一把抓住夏祥的胳膊："夏郎君，快告诉老夫皇上为何用了药床药椅不见病情好转？"

夏祥不慌不忙，端起萧五凉好的茶水喝了一口："你先告诉我四王爷怎么说？"

"你猜。"金甲嘿嘿一笑，也不催促夏祥了，反倒故作轻松地也喝起了茶，"茶不错，只是泡的时候水过热了三分，茶老了。"

"茶不老，是新茶。"萧五觉得委屈，据理力争，"应该是金甲先生的舌头老了，所以喝什么茶都觉得老。"

"萧五说得对，金甲先生不只是舌头老了，手脚也老了。人老腿先老，腿老脚先凉，金甲先生一到夜间必定手脚冰凉……"夏祥淡然一笑，自顾自倒了一杯热茶，"金甲先生可否想到，不是水过热了三分，而是由于身体过凉才觉得茶过老？"

金甲顿时惊呆了，足足愣了半晌才猛然一拍大腿："哎呀呀，夏郎君你真是太厉害了，老夫明白了，老夫想通了……"

曹殊隽左看看夏祥右看看金甲，又看了萧五一眼，一脸的莫名其妙："你们在说什么？金甲先生明白什么了？"

"茶不老，水也正好，为什么夏郎君入口就觉得茶水可口而老夫却认为过老了？原因就在于老夫是五旬之身而夏郎君是弱冠的身体，有法无法，有相无相，如鱼饮水，冷暖自知。同样的药床药椅，曹公用之则迅速见好，皇上用之则不见好转，并非药床药椅之错，而是因为皇上的龙体和曹公的身体体质有差别。夏郎君帮老夫出出主意……"

"为圣上分忧是臣子应尽的本分。"夏祥拱手朝皇宫方向一礼，"皇上病情比起曹公更为严重几分，首要之事是要加大火力，太监、宫女烧火，他们唯恐过热让皇上不适，会被皇上呵斥责罚，必然不会让火力达到火候，要让专门的太医来烧火。其次，艾绒要加量，再次，皇上要每日使用药床就寝，要每日用药椅处理公文，如此长久以往，或许可见好转。”

“和我所想一样，英雄所见略同。”金甲大喜，转身就走，“夏郎君，老夫告辞，不用送了，后会有期。”

“先别走，四王爷到底怎么说的？”夏祥哑然，金甲只顾自己不管别人，还真是够义气。

“四王爷怎么说？四王爷能怎么说？”金甲哈哈一笑，在门口站定，回身冲夏祥几人做了个鬼脸，“四王爷什么都没说，只是当场摔了杯子。”

“可惜了一只好杯子，是玉杯还是白瓷，又或者是建盏？”夏祥心领神会地笑了，对曹殊隽说道，“曹三郎，方便时送四王爷一只上好的杯子。”

曹殊隽眨了眨眼睛：“好好的，为何要送四王爷杯子？四王爷又不缺杯子，他什么样的杯子没有见过。”

“好景常在的杯子，他没有见过。”夏祥将手中的杯子把玩几下，“由曹三郎亲手所制并加盖好景常在会徽的玉杯，必定价值连城，最主要的是，独一无二，举世无双。”

“此事以后再说不迟。”曹殊隽还是不知夏祥此话何意，他的心思还是落在会徽之上，玉连环和若尔究竟哪个更合连小娘子之意，他急于知道，“可以去见连小娘子了吧？”

“不急，不急。”夏祥摆了摆手，反倒坐了下来，“萧五……”

萧五向前，嘻嘻一笑：“先生，我去贴榜，正好四下无人，刚刚贴上，就来了一人，他说直接贴上黑榜过于引人注目，此事不宜张扬，越是欲盖弥彰越好。”

“欲盖弥彰？哈哈，应该说是欲说还休才对。此人有心了，他是否说在黑榜上面再多贴一张黄榜？”

“先生太厉害了，他就是这么说的，也是这么做的。我不让他贴，他非贴不可。我一怒之下，差点打他一顿，他才没贴。”萧五想起当时的情景，鼓起了腮帮，气呼呼地说道，“他懂什么？敢在先生的黑榜上面贴黄榜，多此一举。”

“才不是多此一举，是大有必要。”萧五话音刚落，门外就有声音突然响起，紧接着门声一响，一人推门进来，径直来到夏祥面前，也不施礼，昂首而立，傲然说道，“夏郎君，虽说我对你上次当街和见王殿下对峙之举颇不以为然，不过我对科场舞弊之事更是深恶痛绝。我方才在贡院门口看到萧五在贴黑榜，一猜便知你在公告天下科场有黑幕，只是此举过于明目张胆了，黑榜贴上，若是被考子先发现还好，若被主考官先看到，一揭了事，此事便会就此过去。为伸张正义，为还天下考子一个公正，我自作主张在黑榜之上又贴了一张黄榜，无字黄榜……”

“你到底还是贴了黄榜，恁是气人。”萧五伸手抓住了来人的衣领，“我都想打你一顿了，先生，要不要打他？”

“萧五，君子动口不动手，放手。”夏祥上前推开萧五之手，呵呵一笑，朝来人拱手一礼，“多谢滕兄施加援手。”

来人正是圆脸书生滕正元。

滕正元也不还礼，依然鼻孔朝天，目光抬头四十五度仰望屋顶，仿佛屋顶之上有什么美景一般：“不用谢我，我也不是帮你，我只是为天下考子讨一个公道罢了。若是再有事情有需要我出面的地方，尽管开口，只要是为了全天下的读书人，我赴汤蹈火也不会退后半步。告辞！”

“先生，他明明坏了先生的大事……”萧五紧盯着滕正元的背影，如同一头随时准备扑向猎物的豹子。

“滕正元此举，是在帮我。”夏祥若有所思地望着滕正元洒脱的背影，意味深长地笑了，“滕兄倒是性情中人，他先贴了一张无字黄榜，必然会引发许多考子的注意，让众考子以为放榜了，然后争相来看，结果是一张空榜，空榜之下却是黑榜……”

“高哇，欲擒故纵，滕正元倒也有心机。”曹殊隽赞道，“如此手段用在朝堂之上，也不失高明。好了，好了，此事已了，夏郎君，快随我去见连小娘子。”

“不急，还有事未了。”夏祥呵呵一笑，吩咐萧五，“去叫张兄、沈兄前来喝茶。”

“还有心思喝茶？”曹殊隽只想赶紧见到连若涵，“不如去好景常在的安之居喝茶。”

“曹三郎少安毋躁，说不定连小娘子会主动前来客栈和我一聚。”夏祥自得地一笑，开始动手烧火，“来，支起火炉，拿来铁壶，我们烧水泡茶迎客。”

门一响，沈包推门进来，他身后跟着张厚，二人都是一脸讶然，见夏祥安之若素，居然还有闲情雅致生火烧水，不由得大为困惑。

沈包以为夏祥是伤心过度，以致故作轻松，他上前安慰夏祥：“夏兄，你不必如此，落榜一事，或许只是误传。再者即便落榜，也并非是你学问不精学识不好，只是主考官有眼无珠。大不了三年之后再来考过，必定一鸣惊人。”

张厚却是嘴角轻轻动了一下，皮笑肉不笑地勉强一笑，轻轻一拍夏祥的肩膀：“夏兄大可不必灰心，想我三年前中了进士，却扔掉敕诰回家，你不过是不被主考官赏识罢了，三年后，你必定高中。”

张厚之话，看似是安慰夏祥，其实却在炫耀自己比夏祥才学高了不少，自得之意溢于言表。

时儿也推门进来，一脸关切之意：“夏郎君，我来帮你烧水可好？”

夏祥却摆了摆手，坦然说道：“不必，我没事，来，且看我的泡茶功夫如何？”说话间，他手腕一翻，已将铁壶提起，一股滚烫的开水注入到了茶壶之中，茶叶被冲泡翻腾，香气四溢。

转眼间，夏祥已经为每人倒了一杯热茶，他一脸笑意，先是为张厚递上一杯，又依次为沈包、曹殊隽、时儿每人倒上一杯，说道：“喝茶须趁热，茶凉了，就不好喝了。”

张厚摇头一笑，心想夏祥如此故弄玄虚，倒是让他更加小瞧了。张厚接茶之后，也不喝茶，目光一扫，见桌子上还备有几只茶杯，不由得问道：“为何多了几个茶杯？”

“等下兴许会有客人来访。”夏祥悄然一笑，“今日，会有一场好戏。”

“什么好戏？”时儿歪头问道，心里很是佩服夏祥的镇静和自信，“夏郎君，还会有什么客人到来？”

“应该是一场各色人物粉墨登场的好戏，应该会有许多意想不到的客人。”夏祥慢条斯理地喝了一口茶，“所以我们哪里都不要去，喝茶看戏，也是乐事。”

“可是……”曹殊隽坐不住，连连搓手，“总要出去走走，总是坐着喝茶，也不是万全之策。再说小小的全有客栈，哪里会有客人来访？”

话音刚落，门就被人推开了，人影一闪，一人如一股清风倏忽而至。

此人一到，萧五顿时如临大敌，后退一步，浑身绷紧，目光如雷直视来人，仿佛只要来人稍有异动便要飞扑而上和来人不死不休大战一番。

来人却不是什么武夫也不是什么壮汉，而是一个娇滴滴的小娘子。

一身白衣胜雪，一张如仙如月的玉面，一把宛如游龙的宝剑抱在胸前，来人只一露面，顷刻艳惊众人。

正是幔陀。

张厚只看了一眼就呆立当场，他嘴巴微微张开，眼睛睁得如铜钱一般又圆又大，手中的茶杯倾斜，茶水流了一身犹自不知，世间真有如此绝色女子！他心中如波浪起伏，上次在太平居一见，为何没有发现幔陀的无双风华？

是了，肯定是了，上次幔陀穿了一身黑衣，又始终低头不语，才珠玉蒙尘。此时的幔陀，白衣飘飘，恍若飞天，容颜如玉，冷艳若雪，惊为天人。

张厚也算见识过无数大家闺秀，端庄者有之，妩媚者有之，优雅者有之，傲慢而无礼者也有之，如幔陀一般者，还真是初次见到。若单就相貌而论，幔陀虽也花容月貌，却也不是天下无双，但幔陀一人却是既有端庄之貌，又有妩媚之姿，举止之间，自有优雅从容，还有傲然之态。比起豪门贵族女子不可一世的傲然，她的傲然是孤芳自赏的冷傲，是拒人千里之外的冷若冰霜。

张厚平生第一次被一个女子的风华迷住了，他生性争强好胜，越难越会激发他的征服欲，就如当初在太平居悬空题字一样，在他看来，唾手可得的东西才最无趣。

“幔陀娘子，在下张厚。”张厚上前一步，微微一笑，“上次在太平居有过一面之缘，不知娘子是否还记得在下？”

幔陀却看也不看张厚一眼，当他不存在一般，径直来到夏祥面前：“夏郎君，听说你落榜了？”

夏祥点头：“还真是好事不出门，坏事传千里……”

“是否和我交与你的书信有关？”幔陀听说夏祥落榜的消息之后，心中大惊，忙来问个清楚，她深知对一个读书人来说，落榜意味着十年寒窗一朝失利，最少还要再等三年才有机会，爹爹生前苦读诗书的形象深入心中，她刻骨难忘。

“不对，我交你书信时，你已经考完试了。”幔陀方才情急之下不及多想，此时才想通问题所在，她是刻意等夏祥考完之后才转交了书信，是以夏祥的落榜和她全无关系，她一颗芳心落到了实处，转身就走，“落榜也好，如今官场昏暗，你不当官也是好事，至少可以独善其身。”

张厚轻轻咳嗽一声，借以掩饰被幔陀视而不见的难堪，他冷眼旁观幔陀和夏祥的互动，既有几分嫉妒，又有几分不屑。夏祥一个落榜考子，又出身平民，且不说要等三年才能再次应试，三年之后是否高中还不得而知，五十不中进士的考子也大有人在，而他张厚出身既好，又有文才，此次必定高中，不信幔陀会无视他的示好而只对夏祥有意。

若果真如此，幔陀也太没眼光了。不行，不管幔陀如何没有眼光，他一定要让幔陀知道，他比夏祥强了何止百倍，他才是人中龙凤国之栋梁。

“独善其身只是退而求其次的做法，兼济天下才是心中所想。”夏祥笑道，“幔陀娘子既然来了，不如就留下一起喝茶。”

“喝茶？”幔陀站住，回身一扫，目光依次在几人脸上掠过，如风过水面，丝毫未加停留，最后落在了萧五脸上，停顿了一下，“和你们喝茶还不如和萧五说话。”

萧五连连摆手，后退数步：“幔陀娘子，我没话要和你说，我也不想和你说话……”

幔陀难得地笑了：“不说话也可以，走，随我去院中，我教你习武。”话一说完，转身推门出去了。

“真的？”萧五喜出望外，看向夏祥。夏祥点头默许，萧五顿时大喜，一跃而起，翻窗而出。

时儿吐了吐舌头：“萧五总喜欢翻窗出去，要是有一天他在三楼，翻窗跳下去岂不是要摔死？”

沈包自始至终未发一言，只顾埋头喝茶，冷不防就冒出一句：“张兄莫非对幔陀娘子有意？”

张厚一愣，随即自信地一笑：“真让沈兄言中了，我确实相中了幔陀娘子。夏兄，你和幔陀娘子并无私情吧？”

一听此话，时儿顿时支起耳朵一脸紧张地看向了夏祥。

夏祥呵呵一笑：“张兄此言差矣，若我和幔陀娘子有私情，也是私事，和你无关。若无私情，也是私事，也和你无关。”

张厚被呛了一下，哈哈一笑：“如此说来，夏兄和我一样是对幔陀娘子有意而幔陀娘子对你无情了？哈哈。”

“夏郎君可在？”在张厚的笑声中，门外又响起一个轻灵柔弱的声音，“我家连小娘子前来拜见。”

曹殊隽跳将起来，喜形于色：“连、连小娘子？”他大声回应，“在，夏郎君在，曹三郎也在，连小娘子快快请进。”

也不顾他并非此间主人，当即拉开房门迎了出去。

门外，连若涵手提裙裾正在下车。

/ 第五十三章 /

黑幕

院中除了有一棵高大的梧桐树外，还有一棵三人合抱的槐树，槐花如雪纷纷飘落，落在连若涵身上，她踩着踏脚凳缓缓而下，正好一朵花瓣落在她额前的一缕头发上，飘摇晃动，却并不掉落，与她如花容貌相映成趣。

夏祥快走几步，迎上前去："连小娘子大驾光临，荣幸至极。"

连若涵淡然一笑："不必客套，夏郎君，我有话要和你说。"

到了房间之中，分别落座，曹殊隽很想坐在连若涵身旁，却苦于没有机会，连若涵坐在上首，夏祥陪在了左侧，沈包坐在右侧，他只好悻悻地坐在了连若涵的对面。

对连若涵的到来，张厚视若无睹，他恨不得去院中和萧五一起跟幔陀习武，当然，习武只是由头，心中真正所想是要和幔陀在一起。不过他还是按捺住了心中的雀跃，留了下来，想知道夏祥所说的大戏到底是真有其事还是故弄玄虚。若说幔陀和连若涵的出现算是大戏的话，也太儿戏了。

连若涵并不喝夏祥的茶，她开门见山地说道："我方才路过贡院，见门口围了许多考子在指指点点，走近一看，原来是贡院门口贴了一张无字黄榜，黄榜下面，有一张黑榜，黑榜上面有字……"

连若涵今日和肖葭有约，前往安之居时，途经贡院。见贡院门口黑压压围了一群人，不由得奇怪，明日才是放榜之日，难不成今日提前放榜？不料走近一看，赫然见一张黑榜上写着"夏祥落榜"四个大字，顿时大吃一惊。

一问才知，原来不知何人在贡院张贴黄榜之处，贴了一张无字黄榜，引得附近考子以为提前放榜，纷纷前来看个清楚，黄榜在上，却空无一人，不由得人不无端猜测。有人胆大，近前一看，黄榜之下还有一榜，揭下黄榜，赫然是黑榜。

贡院门口张贴黑榜已是让人惊叹的大事，黑榜之上"夏祥落榜"四字，更是让人无比震惊。有考子担心黑榜会引发事端，想要揭掉，却被众人阻止。若是人少之时，黑榜被人揭下扔掉，事情还不会闹大，但先贴了黄榜引来了众多考子围观，再想掩盖，已是不能。

消息一传十十传百，围观的考子越来越多，达上百人之众时，终于惊动了贡院。因明日放榜，今日贡院所有人等都忙着整理试卷以及抄录名单，是以得知黑榜之事时，事情已经闹大，想要收场哪里还来得及。

当文昌举、高亥、陈封以及章则是几人匆匆赶到时，贡院的门口已经被愤怒的考子围得水泄不通，不少人高呼今年科举必有黑幕今年科场必有舞弊。也有人趁机作乱，声称若是自己落榜，不是文章不好，是没有向考官送礼之故。

一时群情沸腾，呼声如潮。

文昌举见到“夏祥落榜”四个大字之后，当即脸色一沉，其黑如墨。他再难保持从容不迫的风范，胡子都气得抖动不已，让高亥马上拿下黑榜，并严查此事到底是何人所为。高亥二话不说，上前就想揭下黑榜，却被无数考子推搡。他盛怒之下，揪住其中一名考子并打了对方一个耳光。结果此举引发众怒，众人一哄而上，将高亥打倒在地。

见形势不妙，文昌举夺路而逃，躲进了贡院，不再露面，扔下被众考子群殴的高亥于不顾。好在陈封和章则是并未见死不救，二人奋勇向前分开众人，冒死救下了高亥，将高亥架进了贡院。可怜的高亥，被打得鼻青脸肿，脸上还有几个鞋印，斯文扫地，不成样子。

好在高亥只是受了一些皮外伤，并不严重。饶是如此，他也痛呼连连，气愤难平，声称要严惩凶手，并且缉拿夏祥，夏祥必定是此次事件的始作俑者。

连若涵因和文昌举相识之故，特意停车去贡院，和文昌举见了一面。

文昌举对黑榜之事，既气愤难平又态度无比坚决，声称此事他一定要上奏皇上，一查到底，决不容忍此等搅乱科举混淆视听之行径。连若涵想了一想，问文昌举为何会有人提前知道夏祥落榜？文昌举哑然无语。

连若涵心中大失所望，原本她敬重文昌举如长辈，不想文昌举竟是一个只凭个人喜好就徇私舞弊之人。大夏科举为防作弊，糊名和誊录有一套规范措施，不用想，文昌举是有意拿出了夏祥的试卷并将其除名，否则他无从得知哪一份试卷是夏祥所作。

连若涵既为文昌举此举感到可悲，又为夏祥大感不值，不过她再一想，张贴黑榜之人，即使不是夏祥本人，也会是夏祥身边之人，显而易见，夏祥也已提前得知自己落榜之事。此事可大可小，大，或许真可以上达天听，传到皇上耳中。小，只是一帮考子在贡院之外闹上一闹，文昌举及时阻止事态的进一步扩大，然后事情不了了之。

自从候平磐当上宰相之后，无数反对候平磐变法的大臣或被罢官或被贬出京，现今朝堂之上候平磐一人之下万人之上，一言九鼎，再无反对之声。此次科场舞弊之事，倒是一个极好的可以用来大做文章的机会。

连若涵告别文昌举，出了贡院，见外面的考子依然闹个没完，贡院的官差乱成一团，想要揭榜也冲不过去，急得团团转。她心中喟叹一声，文昌举如此无能，也只能是一个礼部尚书了，三王爷识人不明，怎会重用于他？虽说她还要称文昌举一声世伯，只是两家世交再好，也只是私交，面对大是大非，她必须当机立断有所取舍。

是以连若涵迅速交代了三件事情：一是让人前去安之居面见肖葭，今日会面取消。二是派人前去景王府告知见王贡院发生的事情。三是和令儿一起前往全有客栈，面见夏祥。

不想派出前去景王府的人刚刚离开，见王就骑着高头大马带着一班随从，施施然出现在了贡院门口，倒让连若涵暗吃一惊，心想见王来得好快，是谁抢在她的前面知会了见王？看来，背后还另外有人也在暗中推动此事。

见王刚到，上京府的衙役也到了。

一共来了五名衙役，是负责京城治安的巡逻衙役。为首者姓王名二意，三十岁出头，长得精明强干。王二意正好负责贡院一带的治安，接到文昌举派人送来的信，急急带人赶来。

比起贡院一帮文人出身的官差只知劝说不会动手，王二意所带的数名衙役就如狼似虎了。衙役的地位低于吏员，吏员尽管没有品级，但好赖还是官方人员，而衙役根本没有官方身份，只属于为衙门服役性质，相当于临时人员。而一名正式衙役的手下，又会带三五名白役，白役更是编外差役，衙役还有官府所发的薪俸可领，白役只为衙役服务，并不被官府所承认。但往往最脏最累最危险的差事，都由白役去做。干得好了，功劳归衙役。干得不好，黑锅自己背。

即使是衙役，薪俸也是极低，尽管大夏官员薪俸之高，是历朝之最，但大夏只是优待文人和士大夫，并不包括衙役。衙役不是士大夫阶层，有一部分甚至属于贱民，更不用说白役了。

是以衙役的收入并不依靠薪俸，而是大多来自陋规。所谓陋规，就是不好的惯例。衙役办差向当事人收取的车费驴费鞋袜费和饭费茶水钱都属于陋规，只是不准借机勒索敲诈。捕役由于案件发案没有规律可言，没有案件时就没有额外收入，所以主要从娼妓户和宰牲户收取陋规。

正是因此，衙役大多养成了一有案子就有钱可赚的陋习。即使是贡院出事，身为上京府的衙役，王二意接到案情时第一个念头同样也是大喜，今日转了一天，收入才一百文，几个人一分，吃饭都不够。贡院出了大事，少说也能捞到几贯陋规了。是以他带人兴冲冲前来，二话不说，直接冲了过去，手中锁链一抖，就套在了领头书生的脖子之上。

领头书生生得十分瘦弱，虽个子不低，却如麻秆一般，他来自江南西路的江州，就是白居易曾经任过司马的江州，名叫史三心，自认比起柳永柳三变不但更有才华也更聪明，当然，更要英俊潇洒几分。江南西路在大夏是才子辈出之地，从当朝泰斗司马饰到当朝宰相候平磐，以及司马饰的得意学生曾工，如是等等。是以史三心此次前来京城赶考，自认可以高中状元。

不料竟然出现了黑榜之事，十年寒窗不敌一纸黑幕，他激愤之下，一马当先冲在前面，保护黑榜不被人揭下。贡院之人越是想要揭下黑榜，越是说明今年的大考黑幕重重，夏祥是谁他不得而知，也不关心，他只是知道夏祥落榜肯定是被人有意拿下，有了第一个夏祥，后面还会有无数个夏祥，也许他也在其中。

他不出头为自己为天下考子据理力争，就白读了十年圣贤书。

史三心正慷慨激昂地号召一众考子保护黑榜不被人揭下，却没料到被人迎头锁上了锁链，感觉脖子一凉，肩膀一疼，愣了一愣，低头一看，竟是被拿下了。想他虽是平民百姓出身，却身世清白，祖辈世代务农，从未有过作奸犯科之事，不想进京赶考也能被人锁了脖子，脑子一热，血往上涌，抓起脖子上的锁链用力一送，然后再向前一扬，锁链飞了回去，哗啦一声，套在了王二意的头上。

“嘿……”王二意又气又好笑，他当差多年，还是第一次被犯人锁住，顿时乐了，“哎呦，行呀，有胆有识，敢锁官差，今天我让你见识见识什么叫求生不能求死不得……”

王二意欺身向前，双手抓住史三心的肩膀，用力朝下一拉，同时右腿上提，膝盖就和史三心的鼻子来了一次亲密接触。

史三心虽不是手无缚鸡之力的书生，但和擅长街头斗殴打架的王二意相比，打斗经验还是差了太多。他只觉鼻子又酸又痛，顿时失去了反抗之力，双手捂脸蹲在地上，血流满面。

王二意还不解气，将锁链锁在了史三心脖子之上后，又一脚将史三心踹倒在地，如牵狗一样拖着史三心就走，骂骂咧咧地说道：“敢和老子动手，官爷今天就让你知道叫什么求生不能求死不得！”

王二意此举顿时震住了所有的考子，众人面面相觑，再也不敢动弹半分，都被吓住了。书生就是书生，秀才遇见兵，有理说不清。

见自己只一出手就控制了整个局面，王二意更得意了，不管躺在地上打滚的史三心有多痛苦，继续拖着史三心绕圈，一脸无赖嘴脸：“各位都是读圣贤书的文人，我等贱民不能相比，不过贱民贱命一条，最不怕的就是以命换命。

怎么着，谁要是不服就放马过来，你打死我，算你有本事。我打死你，你也别叫屈。”

史三心被勒住脖子，在地上翻滚不停，喘不过气，又被锁链划破皮肉，剧痛难忍，偏偏又叫不出声来。众考子见状，没有一人敢上前出手相救，都被王二意的无赖嚣张当场震惊了。

“还愣着干什么，白养你们了，该出力的时候不出力，等着回家吃狗屁？”王二意冲手下几个衙役和白役怒吼一声，“让你们是看热闹来了？还不赶紧给爷干活去？”

王二意一声令下，他手下的几人一拥而上，分开呆若木鸡的一众考子，郭小二跑得最快，来到黑榜之前，伸手就要揭下黑榜。不料手刚一伸出，“啪”的一声鞭响，手上凭空多了一条鞭印。

郭小二痛得大叫：“谁敢打官爷？反了你了，赶紧给官爷跪下……”

话未说完，“啪”的又一声鞭响，郭小二的脸上又挨了一鞭子，这一下他暴怒了，伸手拔出腰间配刀，回身就朝挥鞭之人拼命。

还没迈出两步，忽然有两人从旁边杀出，二人均是普通衣着，看不出来历，却各自配刀，面目冷峻，右边一人也不说话，抽出腰间配刀，一刀挥出，刀光从郭小二的右手之上一闪而过。

郭小二只觉右手一凉，手中配刀“哐当”掉落地上，他低头一看，不敢相信自己的眼睛，才感觉到疼痛从手上传来，右手被人齐腕斩断！

郭小二万分惊恐，来不及痛呼出声，又感觉左腿一凉，身子失去平衡，一头栽倒在地——左脚也被左边之人一刀斩下。

人一倒地，郭小二便大声呼痛：“啊，啊，痛死我了！”才喊了两声，双眼一闭就晕死过去了。

郭小二不过是一个白役，平常鱼肉百姓欺男霸女，也只是小打小闹，并未见过什么大世面。毕竟上京是京城，天子脚下，卧虎藏龙之地，他连一个小虾米都算不上。以为今日前来贡院维持治安，也和往常一样，只管吓唬几下就会让书呆子们乖乖听话，却不承想，竟被人一招之间斩断手脚。

郭小二昏倒在地，众人吓得一声惊呼，作鸟兽散。王二意手一松，手中的锁链就掉落地上，史三心得此机会，忙甩掉锁链，从地上爬起，二话不说，一头就撞在了王二意的肚子之上。

险些没被王二意的锁链勒死，史三心又惊又恐又怒，方才郭小二被斩了手脚，他人在地上没有看清，一头撞倒王二意之后，眼睛的余光一扫，才发现倒在地上的郭小二，吓得张大了嘴巴，想说什么却一句也说不出来。

王二意猝不及防被史三心一头撞倒，也顾不上肚子生疼和还手，坐在地上呆呆地看了郭小二片刻，猛然跳了起来，拔出腰刀狂吼一声，朝挥鞭之人冲去：“爷和你拼了！”

郭小二是王二意的妻弟，原本在史家胡同卖水果，后来王二意得势后，就收他当了白役，虽辛苦一些，好歹也可以跟着王二意吃香的喝辣的，多收一些陋规，日子总比卖水果强了不少。不想才好了两年，今日就断了一手一脚，成了残废，以后别说再当白役了，连卖水果都卖不了了。

王二意怒从心头起恶向胆边生，尽管他也猜到坐在高头大马之上一脸冷傲挥鞭打人之人，必定是王孙贵族，只是妻弟被斩了一手一脚，舍了一身剐，敢把皇帝拉下马，顾不了许多了，他持刀在手，如脱弦之箭，一刀就朝马上之人刺去。

马上之人一脸冷笑，手中鞭子一挥，在空中甩过了一个鞭花，“啪”的一声，鞭子准确无误地击在王二意的脸上。他双眼微微一眯，眼中蓦然闪过一丝杀意：“杀了……”

/ 第五十四章 /

一波三折

话一说完，方才斩断郭小二右手的黑衣人后发先至，从王二意身后一刀砍出，刀光一闪，王二意人头落地。身子却收势不住，兀自朝前奔跑了几步，倒在马蹄之下。

人头落地，血流满地，王二意的人头翻滚出几丈之远，滚到了史三心脚下。

黑衣人抽刀在王二意尸身之上擦了擦血迹，竖刀在胸前，厉声说道："上京府衙役意欲图谋不轨，行刺见王殿下，被当场诛杀！"

见王夏存先厌恶地掸了掸衣袖："行刺本王，死有余辜。来人，赶紧拖到一边，省得脏了我的马蹄。"他一提缰绳，向前几步避开王二意的尸身，下马来到史三心面前，脸色和善，软言安慰，"科举公正科场清明，事关朝廷大体，本王为皇上分忧为苍生立命，来，你有何冤屈尽管向本王说出，本王为你做主。"

史三心本来已经被王二意的人头吓得一动都不敢动，见王殿下如此礼贤下士，他才从震惊中清醒过来，慌忙起身，朝见王深鞠一礼："学生见过见王殿下。今年的大比，怕是有舞弊之嫌。明日才会放榜，今日便贴出了'夏祥落榜'的黑榜。试问数千名落榜考子，为何会有人提前得知夏祥落榜？其中必有蹊跷，还望见王殿下为天下学子主持公道，还大夏科场一片清风明月。"

"好。"见王夏存先弯腰为史三心拍打身上的尘土，亲民爱民的形象令周围考子人人动容，他转身对侍卫说道，"传令，保护好黑榜，不管是谁想要揭下，一律不许。"

"是！"

数名侍卫齐声回应，声势惊人。

"见王殿下英明。"史三心从惊恐之中恢复过来，感动之余，愿为见王殿下肝脑涂地的报恩之心涌动，他冲周围考子做了一个罗圈揖，"今日幸亏见王殿下主持公道，救在下一命。各位同窗同年，在下在此立誓，自今以后，唯见王殿下马首是瞻。"

夏存先暗暗心喜，史三心如此懂事，当众大表忠心，是个人才，可堪大用。

史三心话一说完，周围考子鸦雀无声，并无一声回应，让他一时尴尬。过了一会儿，也不知是谁喊了一声：“唯见王殿下马首是瞻！”

随后在场的考子都纷纷响应，一时声音此起彼伏，在贡院上空回荡盘旋。

“唯见王殿下马首是瞻！”

连若涵微微摇头，夏存先如此急切地笼络人心，手法还是太直白太浅陋了一些，比起深不可测的三王爷，还远远不如呀。

“娘子，何时动身去见夏郎君？”令儿见连若涵迟迟不走，以为她忘了此事，故提醒一下。

“现在倒不用急了。”连若涵嘴角微露浅浅笑意，刚刚见到夏祥落榜的黑榜之时，她想急于见到夏祥，是想告知夏祥此事，从方才的情形来看，夏祥不但已经知道了此事，显然在背后开始了还手，见王是不是夏祥请来她不得而知，却很清楚，见王的出现并非偶然，背后必定有人推动。是以她倒想看看，还会有什么重要人物出场。

连若涵并不知道的是，和贡院一街之隔有一个茶肆，茶肆的二楼之上，有二人相对而坐，一边喝茶，一边俯视贡院门口的大戏。

“见王还是鲁莽了一些……”坐在上首之人年约四旬，中等身材，不胖不瘦，着深色员外衫，方脸浓眉大眼，方正而有威仪，他微微摇头，“嚣张、杀人、笼络人心，如此轻率和冲动，怎能成就大事？”

坐在下首之人手拿一把折扇，打开又合上，轻轻一笑：“宋兄过虑了，见王殿下并非大才，虽有成大事之心，却无成大事之机遇。”

“黑榜之事，真是夏祥所为？”上首之人微微一笑，揭过见王的话题不提，“这个夏祥，还真有几分手腕。不过若不是你我在背后推动，他的黑榜之计，恐怕也只会是一场闹剧，最终会不了了之。”

李鼎善哈哈一笑：“宋兄真当夏祥只会贴一张黑榜了事？他必定还有后手。以我对他的了解，黑榜只是开始，后面还会有事情发生。”

坐在上首之人，正是刚由户部侍郎转任工部侍郎的宋超度。

宋超度目光淡然，目不转睛地盯着楼下的局势：“夏祥初来京城，立足未稳，根基尚浅，他还能有什么后手？除了见王之外，李兄还有什么后着？”

李鼎善捏起一粒瓜子放在嘴里，愣了愣神，笑了：“夏祥此时在京城的人脉，怕是连你我都不太清楚究竟有多广。好吧，暂且不说他的安排，我除了告知了景王之外，还和陈封商议了一番。”

“有了陈侍郎作为内应，事情会好办许多。”宋超度点了点头，“不过不得不说，张贴黑榜一事是一着妙棋，现在事情已经闹大了，想要从容收场怕是不能了。三王爷有苦难言，却又不便直接出面，礼部和贡院又不归他管辖。只是依三王爷的性子，断不会坐以待毙，必定还会想方设法掩盖此事。而掩盖此事首先要揭掉黑榜，若是见王非要赖着不走，守到明天放榜之时，怕是满城风雨无人不知了。”

见王不走，非要护榜，谁敢揭下？明日放榜之时，若是黑榜还在，必是轰动整个京城的大事，不只会引发无数考子的不满，还会成为街谈巷议的头等大事。

李鼎善沉吟片刻：“三王爷是不掌管礼部和贡院的，可是殿前都指挥使叶时胜一向和三王爷交好……”

“为了一张黑榜，三王爷会不惜调动禁军？”宋超度微一惊愕，随即点头认可了李鼎善的推测，“李兄所言大有道理，黑榜一事，可大可小，既然惊动了见王，见王又杀了人，禁军出动，也在情理之中了。”

“果然来了……”李鼎善蓦然起身，朝窗外远处一指，“来得好快，三王爷坐不住了。”

顺着李鼎善手指的方向，来了一支二十余人的队伍。队伍清一色盔甲长枪，甲新枪亮，步伐整齐，杀气腾腾，头戴形如斗笠顶上红缨的范阳帽，跟随在一人身后。

为首之人，骑一匹白马，也是一身盔甲，腰间佩剑，随着马的走动，身上的盔甲叮当作响，威风凛凛，又因他生得面相白净，剑眉星目，年约四旬，颌下短须，当真是一个风度翩翩的儒将。

“叶时胜？殿前都指挥使叶时胜都来了。”在车中的连若涵见居然惊动了殿前都指挥使叶时胜，一愣过后又悄然笑了，“三王爷过于性急了一些，不过……事情越是难以收场越是说明夏祥落榜的背后，必有蹊跷。文昌举文公想要逃过此劫，怕是很难了。这个夏祥也真是一个人物，才一个小小的落榜，就搅动了四方风云，若是他真的进入了朝堂之上，指不定会生出什么幺蛾子。”

令儿并不认识叶时胜，不解地问道：“娘子，殿前都指挥使是什么大官？”

“殿前都指挥使是殿前司属下骑兵官员，卫戍皇宫和京城。”

“哦，明白了，好比上京府掌管上京的政务和治安，殿前司掌管保卫皇宫和京城的禁军。”令儿点了点头，微微惊讶，“啊，怎么就惊动了禁军？”

“叶时胜一向和三王爷交好。”连若涵眉头微锁，轻轻放下车帘，“三王爷没有调动上京府的捕快而是出动了殿前司的禁军，可见付擢不好相与，并不对三王爷言听计从。”

“娘子，见王会不会怕叶时胜？”令儿歪头看向连若涵，似小鸟睇人，灵动乖巧，“要是论武功，见王铁定打不过叶时胜。”

“见王殿下怕过谁？”连若涵目光微微一闪，“只不过见王殿下怕是在叶时胜面前讨不了好……看，好戏上演了。”

叶时胜昂然来到见王面前，并不下马，傲然朝皇宫方向拱手一礼：“见王殿下，下官有公务在身，不便下马见礼，还望见王殿下见谅。”

夏存先也没想到叶时胜竟然现身，心中微微一惊，心知是三王爷在背后出手了，他不慌不忙地翻身上马，淡淡地说道：“殿帅不必多礼。殿帅来此，有何贵干？”

叶时胜也不说话，右手一挥，身后禁军兵分两路，将围在黑榜周围的考子分开，随后禁军分站两列，形成了一个通道。

史三心见黑榜被禁军围住，情急之下，想要上前保护。两列禁军同时大喝一声，手中长枪向前一送，交叉横亘，形成了一道枪林，他不敢再前进半步。

“殿帅这是何意？”夏存先脸色一沉，叶时胜非但对他不恭，而且还先声夺人，直接接管了黑榜，他就忍无可忍了，“怎么，本王在此，你还敢撒野不成？”

“不敢！下官不敢！”嘴上说不敢，神态和姿态却没有半点恭敬之意，叶时胜寸步不让，“下官奉命接管贡院，保护文尚书诸位安危，若是得罪了见王殿下，也是公务在身、照顾不及之故，既非撒野，也不是失职。”

“好一张伶牙俐齿，瓦舍勾栏才是殿帅的用武之地。”夏存先冷笑连连，叶时胜拿出皇命压他，让他有苦难言，毕竟禁军事关皇上安危，禁军动向，不必向任何人汇报，即使他贵为王爷也是无权过问。

“承蒙见王殿下夸奖，下官不才，只是一介武夫，要论说书，还真是不如先祖。”叶时胜不卑不亢，脸上丝毫不见愠怒之色，并不因夏存先嘲笑他的先祖是说书艺人而恼怒。

叶时胜出身贱民，祖父辈是说书艺人，父辈参军入伍之后，累积军功，得以脱离贱籍。他出生之时，便是爹爹在漠北争战之际，因爹爹打仗时常获胜，故名叶时胜。

叶时胜自小在军营长大，和其他在军营长大的孩童有所不同的是，他习武之余，喜好读书，既读兵法，又读诗赋，再加上他从小便长得白净文弱，被人戏称为玉面将军。

后来叶时胜参加武举，并一举夺了武状元，名震一时。大夏的武举和科举一样，分为解试、省试和殿试，三年一比，既考武艺，又考策论，文武并重。武艺以考弓马为主，弓马分为两场，先“步射”，后“马射”，由侍卫亲军、马军都指挥使具体承办。弓马合格，则参加文章考试，先考策问，后考《武经七书》。

是以可以考中武状元者，绝非寻常之人。

因太祖是以殿前都点检之职夺了大夏天下，即位不久，就废除了殿前都点检职位，将权力分散给都指挥使、副都指挥使、都虞侯等官，都指挥使掌步骑，都虞侯掌诸班直。殿前都指使挥是皇上亲信之人，通常会由节都使兼任，而叶时胜累迁至殿前都指挥使以来，掌管殿前司已有五年之久，可见皇上对他的信任已然不减。

叶时胜为人清廉不说，还一向不近人情，在朝堂之上向来特立独行，从不拉帮结派，也不奉迎权贵，只忠于皇上，倒也博得了一个清名。正是因此，不管是当朝宰相候平磐还是几位位高权重的王爷，都对叶时胜存了三分敬畏之心。

也是因为叶时胜掌管京城卫戍一应事宜，又负责皇宫安全，是拱卫皇上的最近武将，虽官级不高，却是非同小可的一个关键位置。

见叶时胜油盐不进，夏存先也是没有法子，却又不能退让，眼下如此大好的机会如果错失，就太可惜了。他冷哼一声，一提缰绳，马前蹄扬起，在空中踢腾几下，落地之后，直朝通道冲去。先下手为强，不管怎样，不能让叶时胜揭榜。

不料马啼才一落地，还没有向前迈几步，叶时胜人影一闪，竟飞身下马，挡在了夏存先面前，他轻缓右臂，也不见有多用力，一拉缰绳，马悲鸣一声，如被钉在了地上一般，再也前进不了半步。

“你！”夏存先勃然大怒，敢拦他去路的人放眼京城，屈指可数。他扬手一鞭抽在了叶时胜的手上，“放手！”

叶时胜却不为所动，手上被抽出了深深的血印，看也不看一眼，更不放手，死死地抓住缰绳，神情凛然，声音平稳而没有起伏：“为了殿下安全起见，恕下官不能放手。”

夏存先“呛”的一声拔出佩剑，剑指叶时胜鼻尖：“信不信本王一剑杀了你？”

叶时胜不避不让，目不斜视，仿佛眼前递进半尺就可以取他性命的宝剑不存在一般：“王爷要杀下官，下官唯有一死报国而已，绝无怨言。下官职责所在，奉命保护贡院，维护明日放榜秩序，放手则是失职，下官宁死也不会失职。”

“你……”夏存先被叶时胜一番夹枪带棍的话呛得哑口无言，他若是一剑杀了叶时胜，不一定会惹下什么滔天大祸，虽说身为王爷之尊，不用以命抵命，但少说也要被削了爵位流放外地，要是流放三千里之外的岭南或海南，怕是有去无回了。

即使是父王出面求情，也架不住朝中群情如潮，有多少御史早就对他不满，轮番上书皇上，说不得连父王也会受到牵连。他虽嚣张，却也知道几分进退。只是此时被叶时胜逼得进不得退不得，实在是拉不下面子下不了马。

本想前来将事情闹大，好让躲在背后的三王爷不好消化科场舞弊之事，不想三王爷棋高一着，请动了叶时胜出面。动武的话，打不过；动文的话，对方又水火不侵。夏存先急火攻心，心中大骂李鼎善为何非要让他出面，早先直接让父王出面该有多好。

他当然不知道李鼎善和父王让他出面，正是看重他的年轻气盛和名声在外的狂妄嚣张。年轻气盛，有失礼过分之举，可以以年少轻狂应对；狂妄嚣张，有出格之举，也可以以轻浮搪塞。年轻气盛和狂妄嚣张，是他可以保身的两大利器。

抬头一看，夏存先更是火冒三丈。文昌举在高亥、陈封等人的簇拥下，从贡院出来，昂首挺胸目不斜视地来到黑榜面前。文昌举手放在黑榜之上，却并不揭下，有意回身朝周围众人点头一笑，笑容中有说不出来的得意："贡院圣地，岂容尔等胡闹？待本官查明此事是何人所为，定当禀报皇上，不但永不录用，还要追查他煽众闹事、搅乱科场、围攻贡院的罪名。哼哼，少说也要流放三千里……"

/ 第五十五章 /

庆王

夏存先气得七窍生烟，此时想要下马前去阻止文昌举已然来不及，只得在心中暗骂："好一个缩头乌龟文老儿，此时才敢出来，真是一个窝囊废。可惜了可惜，今日前来，功败垂成，回去后，怕是又被父王骂上一通了。被父王骂上几句倒没什么，只是便宜了三王叔，实在可恨至极。想必此时三王叔正在暗中得意，一边庆祝他棋高一着，一边嘲笑本王无能，真是气煞我也。"

夏存先被叶时胜阻止，史三心等一众考子更是不敢向前一步，众人面对衙役之时就没有了还手之力，更何况现在是盔明甲亮杀意腾腾的禁军，众人你看看我我看看你，都低下了头。

见此情景，文昌举更是气势大盛，手在黑榜之上，嘴角流露出轻蔑的笑意，就要用力撕下……众人眼中失望、失落和无奈，仿佛黑榜寄托了他们十年寒窗的希望，一旦被撕下，意味着前功尽弃，或许从此再难有出头之日，再万一今日之事被追究下来，就算中了进士也有可能被革除功名。

如此一想，不少人灰心丧气，几近绝望。

文昌举虽不敢肯定今日之事夏祥是幕后黑手，却也清楚夏祥和此事必然有摆脱不了的干系，他也是奇怪怎么就走漏了风声，夏祥从何得知他落榜的消息？不过不管夏祥是从何得知消息已经无关紧要，等他揭下黑榜，面呈皇上，在御前告夏祥一状，夏祥还想得中进士步入仕途？怕是连小命都丢了。张贴黑榜，围攻贡院，煽众闹事，几个罪名压在夏祥身上，夏祥岂有不死之理？

夏祥呀夏祥，别怪本官刻意打压你，实在是你的所作所为太不讨本官欢心，而且三王爷特意要你落榜，怪只怪你是李鼎善的学生，怨只怨李鼎善不识时务。三王爷有心放他一马，他非但不向三王爷投诚，还暗中和三王爷做对，三王爷只拿下他学生的功名不取他性命，也算是大度了。

文昌举心中微有怜悯之意，夏祥确实才学过人，文章锦绣，奈何生不逢时，就只能怪自己时运不济了。好在夏祥的文章虽没有成就夏祥，却可以成就蔡北，夏祥就算一死，也是死而无憾了。

文昌举心中的怜悯之意一闪而过，随即便心硬如铁，如今局势未定，早晚因为皇位之争，会有一场血雨腥风，容不得半点犹豫，和无数被贬出京的二品三品大员相比，夏祥又算得了什么？不过是草芥罢了。草芥还想翻天？休想。让你生便生，让你死便死，认命吧！

文昌举手抓住了黑榜边缘，冷冷看了一眼黑榜上面歪歪扭扭的“夏祥落榜”四个大字，落榜不认命，丢了性命就认命了？真是可悲至极，他右手轻轻一动，便将黑榜扯下了一角。

“嗖……”

一股尖锐而刺耳的声音陡然而起，不等文昌举有所反应，“叮”的一声响，一枝火箭突如其来钉在了黑榜之上。黑榜是用宣纸所成，遇火即燃，转眼间烧了个干干净净。

“哈哈哈哈……”

一阵爽朗的笑声伴随着马蹄声，由远及近，马上一人，玉面锦衣，风度翩翩，腰间佩剑，手中持弓，人如虎马如龙，策马来到夏存先身前，先是打量了叶时胜一眼，对夏存先笑道：“见王殿下好大的威风，敢让殿帅为你牵马，了得，了得。”

文昌举吓得脸色惨白，背靠墙上，险些没有坐在地上，幸亏陈封和高亥扶起，他惊魂未定，头上落了几片纸灰，无比狼狈。

“谁如此狗胆包天，敢射……”话说一半，文昌举一脸惊恐地闭上了嘴巴。墙上之箭没入墙中一寸有余，可见力度之大着实惊人，当然，他并非是因箭的力度而不敢再多说一句，而是箭头箭身犹如一条巨蟒精美无比镀金镶银的火箭，显然是皇家专用。

再一看来人，文昌举虽然背靠着墙，又有陈封和高亥搀扶，却还是双腿一软，一屁股坐在了地上。他一眼就认出了来人是谁，赫然是四王爷庆王殿下。

夏存先一见是四王爷驾到，不敢怠慢，忙翻身下马，拱手一礼：“王叔不要折煞侄儿，在王叔面前，我不是见王，只是王侄。”

叶时胜心中一惊，忙躬身施礼：“下官见过庆王殿下。”

夏存先被封为见王，和庆王平级，不过按照辈分来说，他是侄辈，不能乱了辈分，更何况方才庆王的一箭，弓如霹雳弦惊，帮他解围了不说，还让文昌举吓得一屁股坐在了地上，解气，实在解气。

“王侄不必多礼，呵呵。”庆王下马扶起夏存先，漫不经心地看了叶时胜一眼，“下官？殿帅不归本王节制，不必在本王面前自称下官，本王不是你的上司。”

此言一出，夏存先心中大慰，以前从未觉得四王叔如此有趣，今日才知王叔不愧是王叔，方才一箭射中黑榜已是惊人之举，此时又有惊人之语，让他无比佩服。

都说庆王醉心于书画和佛道之学，不问世事，原来庆王说话绵里藏针，极有机锋，夏存先平素和庆王来往不多，一年到头也难得见上几次，是以对庆王的印象还停留在以前的成见之中。今日之事，让他对庆王刮目相看。

被庆王敲打，叶时胜脸色不变，若无其事地说道：“是，庆王殿下。”语气虽是恭敬，神态却傲然十足。

若是夏存先，又会被叶时胜那一副死猪不怕开水烫的惫懒样子气得跳脚，庆王却淡淡一笑，摆了摆手：“这里没你什么事了，你可以走了。”

叶时胜却是不走，傲然地说道：“下官有军务在身……”

“行了……”庆王轻轻推开叶时胜，大步向前，“你的军务已经被本王一箭烧毁了，再留下来也是毫无用处，何必再浪费时间？赶紧回去复命，就说黑榜被本王一箭射中，毁尸灭迹，现在只剩下纸灰，不对，灰飞烟灭了。”

庆王说得如此直白，叶时胜却是一脸迷惑：“殿下所说，下官并不明白。下官奉命前来，只为保护贡院和文尚书诸位安危……”

文昌举一屁股坐到地上之后，片刻又清醒过来，顾不上扶正头上的官帽，忙不迭推开众人来到庆王面前。还没有来得及向庆王施礼，庆王却拱手一礼：“文公受惊了，本王向你赔罪。”

文昌举素闻庆王礼贤下士，为人谦和，不承想以堂堂的王爷之尊竟先向他作礼，他心中既得受用又无比得意，拱手正要回礼，庆王却又说话了。

“贡院出了如此大事，文公请动了见王，请来了上京府衙役，还惊动了殿前都指挥使叶时胜，好大的排场，为何没有向本王禀报一声？”庆王笑容可掬，还敲了敲额头，“让本王想想，本王年纪大了，记事记不太清了，礼部和贡院应该是归本王管辖，不记得皇上收回成命。文公，皇上是不是已经收回成命而本王忘了？”

一听此话，文昌举瞬间双腿一软，“扑通”一声跪倒在地，声泪俱下：“庆王殿下，都是下官失职，都怪下官失察，请庆王殿下治罪！”

“下官？王侄，文公在本王面前自称下官，不算逾制僭越吧？”庆王回身问见王，他脸上笑容不减，和善如春风从容若秋月。

“王叔管辖礼部，文尚书正是王叔的下官，正合礼仪。不过王叔说文尚书没有向王叔禀报此事，王叔又是怎么知道贡院出事了？”夏存先眯着眼睛细细打量了文昌举几眼，嘴角挂着一丝若有若无的邪魅笑意，“文尚书年纪大了，记性不好，眼神也不大好了，方才本王来此，他假装没有看见，连和本王见礼都不愿意，再这样下去，文尚书可以致仕了。”

文昌举被两位王爷夹击，话都说不利索了：“下官、下官……”

“本王只是打猎归来，无意中路经此地。”庆王双手扶起文昌举，又为文昌举拍打膝盖上的尘土，“文公年纪大了，不必多礼。究竟出了何事，还望文公为本王解惑。”

打猎？王叔真会说笑，夏存先心中暗笑，王叔每次打猎，至少也要带数十名随从，且会是从西城门出城，一路向西山而去，和贡院的方向正好相反。

一抬头，夏存先见史三心站立一旁，态度谦恭，心中一动，招呼史三心过来，为庆王介绍：“王叔，此人名叫史三心，是今年大比的考子，为人正直敢言，方才他振臂一呼，响应者云集。”

史三心诚惶诚恐向庆王跪拜：“学生史三心拜见庆王殿下。”

庆王温婉一笑，亲手扶起史三心：“免礼，免礼。史三心？是哪三心？”

“一心忠君，一心报国，一心为民，是为三心。”史三心心中无比激动，今日虽然差点丢了性命，却因祸得福，非但结识了见王，还见到了庆王。试问天下考子，谁会有他如此大幸？他坚信必定是祖上积德才会得今日之福。

“不好，不好。”庆王摇头一笑，微一沉吟，“忠君报国为民，本是一心，为何要分为三心？”

史三心闻弦歌而知雅意，纳头再拜：“史一心多谢王爷赐名。”

周围考子纷纷难捺心中激荡之意，方才见王的傲然和嚣张，众人不敢靠近，虽说见王有意笼络人心，却还是让众人有疏远之感。庆王则大不相同，庆王为人和善，平易近人，犹如同窗友人而非高高在上的王爷。为史三心起名之举，更是让无数考子认定，庆王才是值得追随的明主。

也不知谁带头，遥遥向庆王叉手一礼：“学生见过庆王殿下。”

“学生见过庆王殿下！”

“草民见过庆王殿下！”

一时之间，拜见庆王的声音此起彼伏，庆王虽不一一回应，却也拱手朝众人示意，脸上笑容灿然如明净的天空。随后，庆王和见王一起，在文昌举的带领下，进了贡院。

叶时胜一人呆立在贡院外面，见众考子虽然还未散去，却已经三五成群分散开来。墙上的黑榜已然成灰，庆王的箭却还在上面。他忽然发现，不知道是该继续留下来还是该一走了之。

一场闹剧就此才算收场。

茶肆中，李鼎善和宋超度对视一眼，二人都是一脸惊愕。

“想不到庆王还有如此手段。”李鼎善自认还算了解庆王为人，今日庆王的所作所为让他大开眼界的同时，又心中大有疑惑，“宋兄，莫非是你向庆王禀报了此事？”

“怎会是我？”宋超度摇头，目露不解之色，“想必不是见王，也不会是文昌举，那么到底是何人请动了庆王出面？难道是夏祥？不会，夏祥并不认识庆王，也进不了庆王府半步。”

李鼎善沉思良久，忽然拍案叫好：“还真是夏祥的妙招，哈哈，夏祥此举，是神来之笔。”

“李兄从何断定是夏祥的妙招？”宋超度被李鼎善的轻狂逗乐了，“虽说夏祥是你的爱徒，你也不必如此高看他。”

“呵呵，宋兄有所不知，此事必是夏祥的手笔。从黑榜到庆王，是一条非常明晰的线，不过，中间似乎还有所欠缺，缺一个承上启下的关键人物……”李鼎善细细一想，释然而笑，“此事，多半落在了曹用果身上。”

“此话怎讲？”宋超度对夏祥所知不多，虽和李鼎善认识多年，却还是不太相信夏祥一介布衣可以调动各方势力。

李鼎善却并不解答，而是淡淡一笑：“不如等宋兄见到了夏祥，再当面向他问个清楚。”

“先生，王爷请你即刻回府。”

一人从李鼎善身后的屏风之中出现，朝李鼎善躬身弯腰：“高见元和燕豪，正朝贡院赶来。”

“知道了。”李鼎善回身冲来人说道，“备车，我和宋侍郎一起去王府。”

“是。”董四应了一声，转身下楼。

董四和董七娘从真定返回上京后，稍事休养便已然无事。因谢间化伤重未好，暂时由他负责保护李鼎善。

楼下，一身男子打扮的董七娘紧盯着不远处的马上二人，眼中流露出恨意和杀气。

策马前来贡院的二人，正是高见元和燕豪。

高见元也就算了，燕豪可是险些将二人杀死，若没有谢间化相助，二人此时已经葬身真定了。董四悄然一拉董七娘衣袖，小声说道：“七娘，君子报仇，十年不晚，不要误了李先生的大事。”

“我不是君子，我是娘子。”董七娘冷哼一声，“燕豪，总有一天我要亲手杀了你，还要将你碎尸万段。”

/ 第五十六章 /

乱中取利

连若涵目睹了事情的整个经过，不过她并没有发现李鼎善和宋超度，也不知道董四和董七娘也在附近，却是看到了高见元和燕豪的出现。

高见元和燕豪二人现身后，连若涵就离开了贡院，来到了客栈。

听到连若涵所讲的事情经过，夏祥眯着眼睛笑而不语。张厚和沈包、曹殊隽都听得目瞪口呆，谁也没有想到，只是张贴了一纸黑榜，写了“夏祥落榜”四个大字，就引发如此重大事件，还惊动了见王、殿前都指使挥和庆王，事情真的是闹大了。

可问题是，见王、殿前都指挥使和庆王从何得知此事，又为何而来？张厚和沈包二人对视一眼，忽然心底生发了一丝寒意，夏祥在贴榜之前，是否早就料到此事会风云激荡，引起各方关注？果真如此的话，夏祥还真是了得。

“庆王管辖礼部，是以庆王过问此事，在情理之中，也合规矩。见王为何也横插一手？还有，科举本是礼部之事，考子聚众闹事，也是上京府职责管辖所在，关殿前司何事？乱了，真是乱套了。”曹殊隽本来还沉浸在连若涵到来的兴奋之中，本想急于拿出玉连环和若尔让连小娘子挑选，听了连若涵所说的贡院门口发生之事，他完全被事情一波三折的变故吸引了。

“乱中才能取利，见王虽不管辖礼部，但科场出了舞弊案，他身为王爷，不管是为皇上分忧，还是为考子讨还公道，只要出面总会有正当理由。”张厚迅速分析了各色人等粉墨登场的目的，背起双手，在房间中走动几步，“庆王比见王晚了一步，可见是有人早早就通知了见王。当然，也不排除庆王故意拖延到合适的时候才现身。上京府衙役就不必提了，即使是付擢付少尹前来，在两位王爷和一位殿帅面前，也讨不了好去。更何况，付少尹巴不得假装不知道此事。殿前都指挥使叶时胜叶殿帅，应该是听命于三王爷，他的出现相当于三王爷出现。”

“景星庆云四位王爷，虽只有庆王一人露面，却有景王、庆王和星王三位王爷介入其中，唯独五王爷云王不见其人也不闻其声，难不成五王爷真的置身事外了？”沈包揉了揉额头，无比仰慕地看向夏祥，“夏兄一出手，就搅动了京城风云，你现在还只是一介布衣，他日真的步入了朝堂，指不定会席卷多大的风云。现今朝堂之上，候相一手遮天，排除异己，打压忠良，也该有人挺身而出，还朝堂一片清明了。”

“哧……”张厚忍不住讥笑出声，“沈兄真会说笑，夏兄现今前途未知，连功名都没有，怎能为官？就算此次侥幸得以高中进士，吏部授官，顶多是七品，想和一品大员的候平磐过招，哪里有半分胜算？被候平磐贬谪出京的二品三品大员，你还数得过来吗？”

“哈哈，承蒙二位抬爱，夏某哪里敢和候相相提并论？”夏祥哈哈一笑，为连若涵续了茶水，“连小娘子，且听听你的高见，叶殿帅是为三王爷前来吗？”

连若涵端起茶水，举到嘴边又放了回去，一双美目若有所思：“我有几件事情不明，还请夏郎君一一赐教。我路过贡院见到黑榜之时，便派人去景王府请见王，不想派出的人前脚才走，见王后脚就到了，可见早就有人知会了见王，此人是否是你？”

夏祥在张厚、沈包、曹殊隽三人疑问的目光中，摇了摇头。他也疑惑是谁知会了见王，见王第一个出现，说明见王比后面几人知道得都要早上一些。

虽说夏祥也很清楚连若涵所说的事情经过之中，必然有主有次，也有故意疏漏的部分，但大体不差。庆王是他请金甲前去禀报，是以庆王的出现他并不惊讶，可见王是因何而来？

不过不管见王是受何人所托而来，此人是在帮他。见王断然不会因他的落榜而和文昌举为敌，也不会闲着无事来贡院门口闹事，更不会从黑榜事件之中发现可以大做文章的契机，然后主动出击好乱中取利，见王并无此等头脑。由此可以断定，必定有人在幕后配合他的张榜，有意将事情闹大。

那么此人到底是谁？

“不是我。”夏祥摇头，“我也正疑惑此事。”

“连小娘子，先不管是谁请动了见王。我且问你，你派人去请见王前来，是想帮夏兄不成？”沈包嘻嘻一笑，眼神中多了戏谑之意，“不知连小娘子是否婚配？”

连若涵嫣然一笑，落落大方地说道：“小女子尚未婚配，不过……我派人去请见王，并非是为了帮助夏郎君，而是另有所图。夏郎君，庆王是否你所请？”

沈包嘿嘿一笑：“在下算是领教了连小娘子的爽直。”

曹殊隽听出了沈包话中的嘲讽之意，不满地说：“如此方显连小娘子为人率真的本色，沈兄不要拿世间的庸脂俗粉来比拟连小娘子。”

“我哪里有？”沈包有意撮合夏祥和连若涵，“我只是想为连小娘子和夏兄做一个媒人，二人情投意合，是天作之合……”

“二位若要争论，请到外面，我和夏郎君在谈论国家大事。”连若涵脸色一沉，微露不快之色，扫了曹殊隽和沈包一眼，“二位是请了，还是闭嘴？”

曹殊隽连忙闭嘴，闭嘴还不算，还拿出一张纸贴在嘴上，意思是他不再多发一言。沈包歉意一笑，喝茶不语。

夏祥不动声色，心想连小娘子好生厉害，方才脸色变化之间，别有一股威严溢于言表，让人望而生畏，不愧是大户人家之女，自有高高在上的威势。

张厚却嘴角一翘，不屑之意一览无余，不过是一个商贾女子，还敢大言不惭谈论国家大事，当真是自不量力得紧。有心转身出去，不想再听连若涵的高谈阔论，但又想听听连若涵和夏祥关于贡院事件的推论，就又留了下来，却还要装作漫不经心的样子。几人之中，他反倒成了最不自在的一个。

夏祥见曹殊隽的滑稽样子，不由得笑了：“庆王是否由我而请，曹三郎最是清楚不过。”

“对，对，我知道，我知道。”曹殊隽从嘴上拿下纸，迫不及待地说道，“庆王确实是夏郎君请人所请，此人就是金甲先生。”

“原来夏郎君认识金甲先生，怪不得……”连若涵微微点头，目光望向了窗外高大的槐树，槐花如雪，纷纷扬扬，她也不知想起了什么，展颜一笑，“金甲先生倒是一个妙人，记得当年在泉州曾和他有过一面之缘，他为人治疗时，用了一个古怪的方子，最后治好了病人，传诵一时。”

张厚端起茶杯一饮而尽，面露不解：“夏兄，三王爷并不节制殿前司，叶殿帅又是因谁而来为何而来？莫非是……皇上旨意？”

“叶殿帅多半还是因三王爷而来。”夏祥对殿前都指挥使叶时胜的出现也是有所推测，殿前都指挥使掌管禁军，负责皇宫和京城卫戍，位置极其重要，若非皇上亲信之人，断不可担此重任，“只不过他虽受三王爷之托，却只是在做忠君之事，并非是为三王爷效力。”

三王爷再是迫切想要掌权，也不至于现在就笼络了叶时胜，先不说叶时胜为人正直，只知皇上不知王爷，皇上虽病重，却并没有病危，三王爷在朝堂之上不管和哪个大臣关系交好，也不管哪些大臣依附三王爷，都不要紧，王公大臣并无兵权，而一旦三王爷的手触及禁军，就有了谋反的嫌疑。

皇上绝不容许有人谋反篡位，以三王爷的为人，也不会这么做，非但落人口实，若是皇上起了疑心，就是灭顶之灾。况且还有几位王爷虎视眈眈，是以夏祥推测，叶时胜只是受了三王爷之托。

连若涵连连点头："夏郎君所言极是，叶时胜多半是被三王爷的所谓大义打动，前来贡院保护文尚书等人周全，以他的职责来说，并不逾越。只不过他却因此得罪了见王和庆王，三王爷不费吹灰之力就让叶时胜不为见王和庆王所喜，以后叶时胜若想在朝堂立足，除了倒向三王爷之外，别无选择。"

"三王爷高明，真是大才。"张厚由衷地称叹，面露向往之色，"若有机会投到三王爷门下，当浮一大白。"

"二哥你怎能这样？"时儿瞪大了眼睛，"三王爷和候平磐趁皇上病重，把持朝政，权倾朝野，排除异己，祸国殃民，你还要投到三王爷门下，岂不是为虎作伥？你生平不是最厌恶趋炎附势之人吗？"

"时儿，你懂什么？话不能这么说，三王爷有雄才伟略，若他继位，大夏必定更昌明兴盛。候相推行的变法，也是为国为民，虽然反对的声音不少，不过是政见不同而已，并不能因此就说候相是奸相。反倒是有些人，因才略不如候相，又远不如候相有才华，更不如候相眼光高远，便对候相口诛笔伐，不过是嫉贤妒能罢了。所谓君子坦荡荡，小人长戚戚，候相何时对这些人说过什么？"

"是没说过什么，直接贬谪出京流放岭南海南就是了。"夏祥淡然一笑，对张厚的一番高论不敢苟同，候平磐为人如何，朝野早有定论。有多少仗义执言之士被罢官或是贬官，所有反对者一律被逐出朝堂，由此可见候平磐的心胸。而候平磐所推行的变法，他进京的途中，一路所见所闻，都是百姓流离失所卖儿卖女的景象。大夏的太平盛世，已经被候平磐的变法摧残得千疮百孔了。

"夏兄，若是有人尸位素餐，德不配位，罢官或贬官也是为皇上分忧为百姓着想，不能一味地认为候相是排除异己。若是反过来，有人与候相政见不和，却掌权上位，对候相大加排斥，是不是也算嫉贤妒能？"张厚从容一笑，侃侃而谈，"道不同不相为谋，此为其一。其二，不管最终结果如何，只要初衷是为国为民，哪怕走了弯路错路，错杀了无数人，也是值得的。天地不仁，以万物为刍狗；圣人不仁，以百姓为刍狗……在天地大道面前，在圣人眼中，百姓和草扎的狗没有不同，一视同仁。"

"张郎君的意思是，哪怕洪水滔天，只要你认为你的所作所为是为国为民，是对的，就不惜无数人头落地？"连若涵心中一凛，张厚此人刚愎自用，又颇有才学，兼心狠手辣，若他掌权，必是大患，想起他在太平居悬空题字之举，她心中蓦然闪过一个念头——若有可能，将张厚扼杀在尚未崛起之时，方是上策。

"哈哈，我大步向前，只管盯着前方的大道，谁管脚下的蝼蚁？"张厚仰天大笑，推门而出，"告辞！我去拜会一位故人，明日黄榜一放，待尘埃落定时，胜负自见分晓。"

时儿踌躇片刻，冲夏祥几人无奈一笑，也追随张厚而去。

沈包摇头叹息一声：“张兄和我等渐行渐远……夏兄，你为何不劝张兄一番？”

连若涵却说：“夏郎君，张郎君若是为相，会比候平磐更肆无忌惮，你和沈郎君可以联手将他的仕途之路扼杀。”

此话一出，沈包为之一惊，不认识一般打量连若涵几眼：“连小娘子虽是女子，却如朝堂中人，莫非家中有人在朝中为官？”

连若涵嫣然一笑，并不接沈包的话，转身冲曹殊隽说道：“曹三郎可有什么东西想请我一观？”

曹殊隽被连若涵看破心事，连忙拿出了用黄绢包裹着的玉连环和若尔，郑重其事地放在桌子之上，推到连若涵面前：“这两件东西，是我亲手精心制作而成的，博连小娘子一笑而已。在下只有一个小小的请求，务必请连小娘子两者选一。”

连若涵浅浅一笑，秀美纯净，如一朵出水清莲，她玉腕一翻，便将玉连环拿在手中，只看了一眼，就露出惊喜之意：“咦，巧夺天工。”

曹殊隽一颗心顿时提到了嗓子眼儿上，心中压抑不住喜悦之意，连小娘子对玉连环爱不释手，莫非她还是最喜欢玉连环？在他看来，不管连小娘子是喜欢玉连环还是喜欢若尔，就和喜欢他还是喜欢夏祥一般无二。夏祥已经有了姐姐，连小娘子归他所有，岂不两全其美？

其实曹殊隽并未多想方才他被连若涵一声呵斥，竟口不敢言是有多软弱。他在连若涵面前全无男子气概，就算真娶了连若涵为妻，也是乾纲不振，只有被压迫被欺负的命运。

沈包也看出了曹殊隽心中所想，暗暗摇头，他是旁观者清，以连若涵的强势性格和运筹帷幄的聪明，曹殊隽远非她的良配。

连若涵把玩了半天玉连环，自始至终只看了若尔几眼，并没有拿在手中，她眼波流转，朝曹殊隽盈盈一笑：“曹三郎是要和我做一笔生意吗？”

曹殊隽喜形于色：“连小娘子，好景常在商行名满大夏，虽有美玉卡、金卡和银卡，却只是贵客身份的证明。若是商行各地分号的主人见面，只凭书信为证，容易造假，再多一个会徽，便可做验证身份证明之用。不知连小娘子对在下的想法可否赞同？”

连若涵笑而不语，拿起玉连环欣赏几眼，又放了回去，手在若尔之上轻轻滑过。过了许久，她才粲然一笑：“最近上京城内多了不少能人异士，不久前有一个小娘子为我制作了好景常在的漆器，比起以前的茶叶包装更加精美更让人喜爱，不想如今又有曹三郎为好景常在制作了会徽，好景常在得各位有心人相助，他日必定蒸蒸日上。”

夏祥只是一听而过，并未深想，他也不可能知道他一直不知下落的肖葭，就是离他咫尺之遥的连若涵口中的小娘子。

“曹三郎所制作的会徽，精巧、精美，且又实用，实在是上乘之作。”连若涵见曹殊隽喜不自禁而夏祥不动声色，不由得暗中一笑，“只不过如今好景常在扩张过快，资金周转出现了问题，会徽制作如此精美，又用料考究，必定价值不菲，好景常在无力承担这一笔费用。”

“这，这……”曹殊隽心急如焚，眼见连小娘子相中了他的玉连环，却说无力承担，他几乎张口就要说出可以免费制作、不收取任何费用的承诺了，但被夏祥的眼神制止。

夏祥清楚连若涵是故意有此一说，是想逼他开口，好一个聪明过人的女子，他只好呵呵一笑，抢在曹殊隽前说道：“若说好景常在资金周转出现了问题，怕是无人相信。不过既然连小娘子愿意换一种合作方式，我和曹三郎也不反对。会徽的制作可以不收任何费用……”

/ 第五十七章 /

生财有道

曹殊隽翻了翻白眼，心中腹诽，还不是和我想的一样？不让我说你却说了出来，无非是想当好人罢了。夏郎君，你不要贪心不足好不好？你有了姐姐，为何还要和我抢连小娘子？真不讲义气。

“只要好景常在万分之一的股份即可。”夏祥脸上露出三分憨厚三分率真四分开心的笑容，笑得很真诚很用心，“万分之一，价钱绝对公道，童叟无欺。”

仿佛早就猜到了夏祥是曹殊隽的幕后主使一般，连若涵漫不经心地看了夏祥一眼：“夏郎君，你是读书人，怎么和商人一样谈论生意之事？岂不有辱清名？”

“哈哈，连小娘子此言差矣，”夏祥见招拆招，“圣人说，富与贵，是人之所欲也，不以其道得之，不处也。所以说，君子爱财，只要取之有道即可。”

曹殊隽张大了嘴巴，原来夏郎君欲擒故纵，是想以会徽换取好景常在万分之一的股份，好景常在如此庞大的产业，万分之一听起是九牛一毛，却也是非同小可的数目，夏郎君是不是胃口太大吃相太难看了？他朝夏祥挤眉弄眼，暗示夏祥见好就收，不要太贪心了。

夏祥却不理会曹殊隽的暗示，继续对连若涵展现他清风明月般的笑容。

连若涵点了点头，却不说话，目光望向了窗外。一阵微风吹来，凉风习习，已然有了秋的气息。风动帘响，又吹起桌上的丝绢，带动丝绢上的玉连环和若尔，叮咚声声，宛如天籁。

“夏郎君真的认为一张黑榜就可以反败为胜？就可以中进士进朝堂？”

曹殊隽几乎失去了耐心，不知道连若涵到底是不是认可夏祥的提议。正当他下定决心想要明确他的会徽分文不取，只要连小娘子喜欢他就拱手相送之时，连若涵开口说话了。

一开口就让曹殊隽大失所望，连若涵将会徽之事放到一边，说到了夏祥的功名之上。

沈包在一旁察言观色，看出了夏祥和连若涵是在斗法，他乐得袖手旁观，看到底谁胜谁负。连若涵的问题，正是他所最关心的所在——夏祥究竟能否反败为胜？

不中进士，不入朝堂，一切都是空谈。

“我原本未败，何来反败为胜？”夏祥从容一笑，背起双手，来到窗前，窗外阳光大好，花香袭人，他回身冲连若涵淡然说道，“常有人自认怀才不遇珠玉蒙尘，其实不然，若真是千里马，必有伯乐来识。即使没有伯乐，千里马也依然还是千里马，可以日行千里。要我说，世间本没有怀才不遇，不遇的，都是无才之人。”

“夏郎君的意思是，你必然会高中进士了？”连若涵很是奇怪夏祥强大的自信从何而来，不由得既好笑又无奈，尽管她也佩服夏祥只凭一张黑榜就搅动了各方风云，“虽说有见王出面有庆王插手，但文昌举若是一口咬定并无舞弊之事，见王和庆王也没有法子，除非皇上下令彻查此事。只是皇上病重，怕是此事传不到皇上耳中……”

连若涵一双美目三分笑意七分戏谑，分明是在试探夏祥的口风打探夏祥的底细，夏祥岂能不知？他故作神秘地一笑：“此事必定会传到皇上耳中……”

“何以见得？”

“庆王一箭烧掉了黑榜，是好还是坏？”夏祥几乎可以断定连若涵必定出身官宦之家，她比曹姝璃对朝堂之事更感兴趣，也更有推论能力，确实是非同一般的女子，于是就有心考她一考，不能总是让她牵着自己的鼻子走。

“自然是好事。”连若涵对夏祥的反击坦然面对，并不掩饰自己的真实所想，“文昌举想要揭走黑榜，作为物证来调查是何人张贴。不过我相信，黑榜上的笔迹出自不会写字之人之手，从笔迹上入手想要查到是何人所为，并无是处。庆王烧掉黑榜，毁掉物证，是在保护贴榜之人。”

“那么请问连小娘子，事态接下来会朝什么方向发展？”夏祥俯身，笑眯眯地问道。

连若涵抬头仰望夏祥：“若以我的推测，接下来三王爷会派人封锁贡院，不许任何人随意出入，明日一早放榜，尘埃落定。除非皇上下旨彻查，推倒重来……是以依我之见，夏郎君得中进士并无希望。”

“不如这样……”夏祥索性以退为进，“我和小娘子打一个赌。”

“怎么赌？赌什么？”

“若我中了进士，小娘子同意以会徽换取万分之一好景常在股份的提议。若我不中……”夏祥停顿片刻，“会徽免费送与小娘子，不取分文，如何？”

曹殊隽张了张嘴，想说什么，却被夏祥的眼神制止了。他暗中大为叫屈，会徽是我的心血好不好，夏郎君，你慷他人之慨前，和我商量一下又不会死是不是？不过又一想，若无夏祥的设想，他也不会有制作好景常在会徽之举。再者夏祥真的要是不中进士，对夏祥来说也是重大打击。算了，不和夏祥计较这些鸡毛蒜皮的小事了。

“好，一言为定。”连若涵自然乐意接招，“不过，我也有一个条件。”

“什么条件，连小娘子快快讲来。”曹殊隽白了夏祥一眼，终于抢在夏祥制止他之前说了出来，不能总让他憋着，容易憋出内伤。

“方才曹三郎说会徽我只有二选一，我却两个都想要。”连若涵拿起了若尔，嫣然一笑，“请曹三郎赐教会徽的名字。”

“玉连环、若尔。”曹殊隽为连若涵介绍哪个是玉连环哪个是若尔，见连若涵两个都喜欢，既微有失落，又有一丝庆幸，“两个都要并无不可，只不过会徽还是选中一个为好，否则不好识别。”

“玉连环可做会徽。”

曹殊隽心中大喜，朝夏祥挑了挑眉毛，强忍得意的笑容，却掩饰不住喜悦之色。

“只是我个人却是更喜欢若尔……”连若涵手腕一翻，若尔滑入袖中，手一抖，若尔又回到手间，若尔和她白如皓玉的手掌相映成趣，“我有一个不情之请，不知道该不该讲？”

连小娘子怎会喜欢若尔？她怎能喜欢若尔？曹殊隽感觉就如一头栽进了河里，河水既深且凉，他不断地往下沉，沉到了深不可测的河底。

“请讲。”夏祥朝曹殊隽使了一个眼色，暗示他失败了不要紧，重要的是打起精神，勇敢地面对失败，因为说不定还有下一次失败在等着他。

“会徽之事，待明日放榜之后再行定夺。若尔……可否送我？我会以好景常在的美玉卡相赠。”连若涵是真心喜欢若尔，不但样式喜欢，连名字也喜欢，“若尔，若尔，好名字，一定是夏郎君所起。”

“为什么连小娘子不认为是在下所取？”曹殊隽颇不服气，手中折扇一摇，下巴一扬，“莫非小娘子觉得在下腹中空空？”

“哧……”令儿笑出声来，掩嘴笑道，“曹三郎多心了，我家娘子猜测若尔是夏郎君命名，是因为你特别在意玉连环，并不多看若尔一眼。可见你对玉连环有多喜爱有多在意，那么以此类推……”

曹殊隽哈哈一笑：“君子坦荡荡，喜欢就是喜欢，无须遮掩。不错，若尔之名确实是夏郎君所起，不过他故弄玄虚不肯说出来，唯恐连小娘子不喜欢驳了他的面子。好了，夏郎君，连小娘子很喜欢你的若尔，你可以放心了吧。只是你不要多想，连小娘子喜欢若尔，并不是喜欢你本人。”

夏祥朝曹殊隽翻了一个白眼，冲连若涵微微一笑：“能得连小娘子喜欢，是若尔之福。美玉佳人，正是佳话。”

连若涵收起若尔：“多谢夏郎君、曹三郎，小女子就却之不恭了。”手腕一翻，右手中多了一张美玉卡，“小小心意，不成敬意。”

夏祥也不客气，当即收下：“想当初张兄悬空题字，才赢得了一张好景常在的美玉卡，而我只是借花献佛，也得了一张，可见有时并非舍命相拼才有所得。”

“黑榜之事，你不也赌上了身家性命？”连若涵越发觉得夏祥此人很有意思，既不迂腐，又灵活变通，虽是读书人，却又有商业头脑。

“赌上身家性命的是别人，不是我。”夏祥手中折扇摇了几摇，“从庆王一箭烧毁黑榜之时起，黑榜之事便成了几位王爷较量的支点，而我只需要隔岸观火即可。今晚，会有许多人彻夜难眠。”

门外响起了敲门声。

“夏兄，夏兄，在下滕正元。”

“滕兄请进。”夏祥应道。

滕正元推门进来，见房中众人，愣了一愣，目光在连若涵身上一扫，失神片刻，随即来到夏祥面前说道：“夏兄，可否将你在考场之上所作的文章再写一遍，我默记下来。”

“所为何事？”连若涵一惊。

沈包也是惊呆了：“滕兄此举何意？”

滕正元束手而立，淡淡地看了二人一眼：“夏兄自是明白我的意思，不过若他也不明白，便当我没说。”

“已经写好了。”夏祥悄然一笑，心想滕正元虽性子直爽，疾恶如仇，却也仗义执言，他拿过早已写好的文章，递与滕正元，“劳烦滕兄了。只是此事险恶，一着不慎，或许会连累了滕兄功名。”

滕正元接过之后，扫了几眼，便郑重其事地收了起来，冷冷说道：“你也不必多想，更不必愧疚，我不是为你个人，是为了天下考子。若成了，我心安。若不成，即便是被革除了功名，我也输得起。大不了三年之后，再考一次。大丈夫有所为有所不为，仰不愧于天，俯不怍于人，如此而已。”他忽然叹息一声：“夏兄之才，在下自叹不如。夏兄若能如我一般耿直，何愁大事不成？我也愿和夏兄以友相称。”

夏祥淡然一笑：“滕兄，你我大道朝天各走一边，虽不同路，却是同行。只要一心都是为国为民，何必非要同路？万千大道，都通上京。”

滕正元低头想了片刻，摇了摇头，叉手一礼，转身走了。

“为何滕正元要夏兄的文章？”沈包还是不明白方才夏祥和滕正元在打什么哑谜。

夏祥也不说破，淡淡一笑：“或许有用，或许无用，他日可见分晓。”

连若涵也是想不通其中环节，却也不再多问一句，见天色不早，便和令儿告辞而去。

曹殊隽本想留下，明日一早放榜，他想和夏祥一早去贡院看榜。夏祥是否得中进士，事关他和连若涵的合作大计。夏祥却是不许，让他赶紧回家，家里有事需要他照应。曹殊隽无奈，只好走了。

“夏兄，你我去贡院看看，可好？”沈包按捺不住好奇之心，很想知道现在的贡院发生了什么，很想眼见为实。

“不去为好。”夏祥却毫无兴致，打了一个大大的哈欠，“此时再去，已经没有热闹可看了，说不定还会被当成闹事者抓起来。还不如睡上一觉，且看明日金榜题名。”

沈包摇了摇头，很是不解夏祥的信心从何而来，他左思右想，也想不通其中的环节和关系，毕竟初来京城，人生地不熟不说，各方势力各位王爷的立场，他也不甚清楚。既然想不通，夏祥又不肯说，只好和张厚去商议了。

不料到了院中，却没找到张厚，只见到萧五一招一式在跟幔陀学剑。萧五拿了一根树枝，歪歪扭扭地比画剑招。幔陀在一旁抱剑而立，秀眉紧蹙，明显对萧五的笨拙十分不满。

“张兄去了哪里？”沈包上前问道。

“不知道，只见到他和时儿一起出去了。”萧五正在金鸡独立，右剑树枝一招仙人指路，却树尖乱动，指东指西。

幔陀摇了摇头，右手一动，剑鞘打在了萧五的右手之上：“你这不是金鸡独立，是断腿的公鸡直立。你这也不是仙人指路，是瞎子指路。”

萧五叫屈：“幔陀娘子，不是我笨，是你教得不好。先生不用教我，只管说出招式名字，我就会了，还能施展得虎虎生风。”

“还有此等事情？”幔陀不信，“回头我倒要见识一下。”

又冲沈包说道：“你要去找张厚，尽管去贡院找他，不要在此耽误我教萧五武功。”

沈包惊讶：“张兄去了贡院？”

“无意中听到他对时儿说要去贡院一趟，多半是了。”幔陀不肯再多说一句，转身过去，只给沈包一个背影，“沈郎君请了。”

沈包笑笑，转身出了客栈，不多时便来到了贡院。

贡院门口，黑榜已然不见，却还残留了黑乎乎的痕迹。门口两侧，有两列禁军把守，另有一员大将骑在马上，守住贡院门口。

沈包四下查看一番，只有少数几名考子在周围不肯散去，小声议论。沈包上前通报了姓名，问起之前所发生的事情，和连若涵所说大致一样，却并没有见到张厚和时儿。沈包得知，自从禁军把守贡院之后，再也无人进出贡院大门。

沈包又待了一会儿，便独自回了客栈。

沈包刚走，贡院就走出来两个人。二人都是武将打扮，正是高见元和燕豪。

/ 第五十八章 /

风起云涌

“今晚你去全有客栈，了结夏祥性命，此事就会一了百了。”高见元回身望了贡院一眼，颇有不满地说道，“文尚书如此优柔寡断，三王爷竟会将科举如此重要的事情托付于他，真是所托非人。出了这档子事情，既不敢直接拿下夏祥提审，又不同意杀了夏祥灭口，难不成非要等到惊动了皇上？蠢不可及！”

“是，太尉。”燕豪早就想杀夏祥而后快了，只是三王爷一直没有下定决心要对夏祥动手，如今是夏祥自寻死路，就别怪他不客气了，“夏祥活不到明日一早。”

高见元对燕豪从无二话地执行他的命令很是满意：“王爷托咱们办的事情，已经办妥了。走，找个地方喝几杯，放松一下。记住了，晚上动手的时候，一定要干脆利落，不要留下马脚。”

“太尉放心，夏祥今晚会死得很安详，就像得了急病猝死一般，就算是上京府最有名的仵作也查不出死因。”燕豪不只是武功高强，名列大夏十大高手之列，且用毒用药手法之高，也是个中翘楚。他有上千种可以杀人于无形的手腕，杀死一个区区夏祥，不过是举手之劳。

“王爷为何不亲自前来贡院和文昌举说个清楚？非要我二人前来。我二人是武夫，并不擅长和文尚书此等文绉绉的人打交道。要派，也应该派熊始望前来才对。”高见元很是不解三王爷用意，“见王和庆王都出面了，三王爷亲自前来，也不为过。为何三王爷不亲自出面？方才被见王好一顿羞辱，气煞我也。”

熊始望是吏部侍郎，吏部在三王爷管辖之内，熊始望又和文昌举交好，在高见元看来，由熊始望出面，比他和燕豪出面强上百倍。同时他也觉得，三王爷不必再畏首畏尾，大张旗鼓来贡院过问黑榜一事，也不算什么。

“王爷深谋远虑，非我等所能揣测。我等只管听命行事便是。”燕豪并不回应高见元的埋怨，其实他心中对三王爷的用意清楚得很。

方才在贡院之内，庆王对他和高见元的到来视而不见，倒是见王一见他二人便嘲讽几句，还说三王爷手也伸得太长了，不但想管辖贡院，居然还派了两个管事来过问贡院之事，真是托大得很。

高见元虽品秩不高，大小也是星王府的亲兵首领，是响当当的七品武将，怎能以管事来相比？管事是下人。不过见王的嚣张京城皆知，又是王爷之尊，别看小了三王爷一辈，却和三王爷平起平坐，是以高见元也只能忍气吞声，不敢反驳。

相比见王的直接，燕豪反倒更觉得庆王才是深不可测之人。原先他也以为庆王醉心于书画沉迷于佛道，不问世事，要做一个方外之人，一见之下才知道，庆王名在方外人在世间，行事老练而滴水不漏，和老谋深算的景王相比，他不但有年龄上的优势，又有虚名在外，再有如此圆润而游刃有余的处事之道，他才是三王爷夺嫡的最大变数！

三王爷之所以不亲自前来，一是顾忌李鼎善，二是在意名声。三王爷和李鼎善的过节，京城高官人人皆知。只是夏祥是李鼎善学生一事，所知者不多。若是三王爷亲自出面，一旦让人知道了夏祥是李鼎善的学生，会坐实三王爷公报私仇之名，再加上夏祥是考子，满朝大员都是读书人出身，都无法容忍科场舞弊之事。三王爷不想因小失大，因拿下一个夏祥而落一个大大的恶名。

只不过夏祥挑衅在先，不甘落榜，非要张贴黑榜将事情闹大，终于惹怒了三王爷，三王爷才收起惜才之心，动了杀机。之前他想劝说三王爷尽早除掉夏祥，以免养虎为患，最终让夏祥坐大成为第二个李鼎善。结果三王爷不听，一是爱惜自己名声，不想引起天下士子的不满；二是怜惜夏祥之才，认为夏祥和李鼎善不同，也许夏祥并不知道李鼎善是何许人也，只从李鼎善之处学到了学识，并不一定和李鼎善人品相同立场相近。

后来三王爷还是听取了文昌举之话，今年大比拿下夏祥功名，以免夏祥高中之后，节外生枝。也是因为三王爷得知了李鼎善人在京城，居然和景王来往过密。若以三王爷以前的为人，为了杜绝后患，早就将夏祥杀死了事。每到大比之年，因病因劳累过度而死去的士子，都有数人之多，夏祥意外死掉，也不算什么大事。只不过三王爷为将来继承皇位之后广纳贤才的长远计，才不忍杀掉夏祥，想留他为国效力。

让夏祥落榜，三年之后再考，到时三王爷不出意外已然登上了大宝，夏祥高中之后，便是三王爷的门生和臣子。三王爷如此煞费苦心，谁知夏祥不知好歹。

三王爷不派熊始望前来，而派他和高见元面见文昌举，也是三王爷情知事情已然惊动了见王和庆王，再也无法从容收场，熊始望来或不来，于事无补。他和高见元就不同了，在交代了文昌举如何善后之后，再暗中出手除掉夏祥，事情就可以不着痕迹地揭过了。文昌举在试卷上做好手脚，夏祥再一死，死无对证，夏祥纵有天大冤屈，也只能到阴曹地府去哭诉了。

可惜的是，高见元白跟了三王爷这么多年，连三王爷的心思都猜不透，真是笨得要命。燕豪心中冷笑，早晚有一天，他可以替代高见元，成为三王爷最为倚重的心腹。

高见元并没有留意燕豪俯首听命之下一双精光闪动和不甘的双眼，他居高临下地看了燕豪一眼，淡淡地说道："话是如此，总要多想想王爷的心思，总归是好事，也好更尽心尽力为王爷办事。"

"是，太尉所言极是。"燕豪毕恭毕敬地答道，"不如我二人就去全有客栈附近稍事休息，等天黑之后，再对夏祥下手……"

"如此甚好。"高见元点头赞成，随后二人策马离去。

走出很远，燕豪还不停回头张望，见叶时胜矗立在贡院门口，如同一座铁塔一般，不由得摇了摇头。叶时胜欠三王爷一个人情，今日之事，算是还清了。都怪夏祥，一张黑榜，竟然惹出如此大的乱子，害得三王爷不得不请动了叶时胜。若是叶时胜的人情用在了别的大事上，该有多好。

二人走后不久，庆王和见王一前一后出了贡院，文昌举、高亥、陈封等人恭敬地送了出来。庆王上马之后，还不忘冲文昌举几人挥手示意，见王却是纵马离去，看也不再多看几人一眼。

送走庆王和见王，文昌举长舒了一口气，又和叶时胜寒暄几句，才和高亥、陈封回到了贡院。在贡院的议事大堂坐定，文昌举威严地扫了高亥、陈封和章则是一眼，不容置疑地说道："方才庆王殿下和见王殿下吩咐，此事到此为止，不许再对外声张。若是让本官知道谁走漏的风声，哼哼，莫怪庆王殿下……咳咳，和见王殿下轻饶不了。"

高亥连连称是："谨遵文尚书之言。"

陈封和章则是也纷纷点头。

"黑榜之事，就此揭过不提，今日就到这里，先各自回去，明日一早放榜。"文昌举起身，几人也同时站起，叉手作礼之后，分别离去。

文昌举最后一个离开，临走时，他再次向叶时胜表了谢意："有劳殿帅了。今晚守护贡院，防止奸人作乱，兹事体大。"

本来守护贡院之事，并不需要叶时胜亲自出面，不过叶时胜既然答应了三王爷，就要说到做到。他是一个恪守承诺之人，他欠三王爷一个人情，是人情，就要还。

文昌举坐上马车，心事重重地回到家中，刚进门坐下，茶都没来得及喝上一口，就听到下人禀报有客来访。本不想见客，一听是连若涵，忙让管家请了进来。

连若涵见过文昌举后，只和文昌举说了几句话就告辞而去。出了文府大门，她对令儿说道：“传信回去，文昌举已是弃子。”

令儿无比讶然：“啊，小娘子，因为一个夏祥而舍弃了文尚书，是不是太草率了？”

连若涵轻轻摇头：“并非是为了夏祥，而是文昌举到了此时此刻还认为事情已到此为止，不会再有后续了。他竟是真听信了庆王之话，如此短见，不是被人利用，就是被人当成弃子，不堪大用。倒也多亏了夏祥，一张黑榜就让文昌举乱了方寸，以前还真是太高看了他……”

连若涵回去的路上，正好途经曹府。巧的是，她正好看见曹用果出曹府，上了一辆马车朝南驶去。连若涵想了一想，说道：“令儿，派人跟上曹用果，看他去了哪里。今晚，京城怕是有许多人难以入睡。”

令儿派了常书欣尾随在曹用果身后，常书欣跟随连若涵多年，既有一身不错的武功，为人又忠诚可靠，而且长得其貌不扬，扔到人群之中，不会有人注意，正是跟踪尾随的最佳人选。

常书欣悄无声息地跟在曹用果马车后面，穿街走巷，看到曹用果来到一座府邸之中。递上名帖之后不久，管家来迎。在里面待了半个时辰有余，曹用果出来之时，主人亲自出门相送，和曹用果相谈甚欢。

主人常书欣也认识，正是礼部侍郎高亥。

常书欣回去告诉了连若涵，连若涵沉思良久，忽然嫣然一笑：“夏郎君真是大才，此事若有高亥从中策应，必定大成。”

是夜，上京城中各方风动，无数马车来往于各大高官府邸之间。也亏了大夏并不宵禁，夜间通行自如，否则如此之多的高官出动，必定要忙坏卫护京城治安的兵士。

是夜，李鼎善、宋超度在景王府中密谈许久。李鼎善和宋超度索性住在了王府之中，没有回去。李鼎善还好，反正他在京城是居无定所，宋超度却极少在外过夜。

是夜，曹用果回到曹府，和曹姝璃、曹殊隽在书房谈了半晌。听了曹用果之话，曹姝璃满心欢喜和期待，曹殊隽七分欣喜之外又有三分失落，说道：“怎么又让夏郎君言中了？高亥真是一个见风使舵的小人！”

“见风使舵是人之常情，只是有人见风使舵的同时还落井下石，有人只是转了方向。”曹姝璃很是乐见高亥被爹爹说服，愿意为天下考子尤其是夏祥讨还公道之举。

曹用果微微一笑，一抚胡须说道："君子欺之以方，小人诱之以利。高亥虽是小人，若能在大是大非之上主持公道，也不失为君子之举。"

是夜，三王爷在王府的后花园先是打了一套拳法，又舞了一套剑法，挥汗如雨。有人求见，他一律不见，闭门谢客。

夜深之后，又有客人来访。三王爷不耐烦地说一概不见，下人却说来人是五王爷云王。三王爷一听顿时眼前一亮，忙收拾停当，迎出门外。

门口站着长身而立一脸笑意的云王。

三王爷和云王见礼之后，有说有笑，肩并肩进了王府。

是夜，张厚和时儿回到客栈时，已是三更时分。时儿回房睡去，张厚敲开了沈包的房门。

沈包睡得正香，被张厚惊醒，不知何事，张厚示意他不要出声。二人也没点蜡烛，在黑暗中相对而坐。

张厚低低的声音伴随着窗外秋虫的呢喃声传来，犹如深夜之中的呓语："沈兄，我说你听，你不要说话。我和时儿出去，本想拜访三王爷，却被拒之门外。又在贡院外面转了一圈，遇到一个叫史一心的考子。史一心向我推崇庆王，说庆王殿下礼贤下士，为人和善，我便和史一心一起去了庆王府。本来不抱希望，不料通报了姓名之后，庆王殿下竟接见了我二人……"

"庆王殿下风采照人，我和史一心已经拜在庆王殿下门下。我还向庆王殿下推荐了沈兄，明日放榜之后，沈兄随我去庆王府拜会庆王，可好？"

沈包实在忍不住了，小声说道："我等还要参加殿试，殿试过后，都是天子门生，怎能拜入庆王殿下门下？"

"皇上怕是不长久了……"张厚语气沉重了几分，"我等宜早做打算，莫等新皇继位之后，没有了好的位置。"

"容我想想。"沈包模棱两可，并没有直接给张厚一个明确的答复。

是夜，夏祥早早睡下，睡得十分安稳踏实。对于明日放榜之事，夏祥也懒得再去多想，所谓谋事在人，成事在天，该做的事情已经做完，事态最终会演变成何种态势，他也无法预料，更无法控制。与其担心无用，不如安然入睡，以待明日。

夏祥就是随遇而安的性子，尽人事听天命，在该付出的努力之后，又有应有的耐心和坦然。

萧五和他同房，也睡得香甜。三更过后，二人翻了一个身，又沉沉睡去，谁也没有发现窗外一个人影一闪而过。

是夜，幔陀住三楼，是最偏僻的角落，夏祥却是在一楼，相距数十丈之远。她行走江湖多年，养成了晚睡的习惯。三更过后，她睡意袭来，躺下便睡，却怎么也睡不踏实，心中反复在想萧五习武之事。

萧五骨骼清奇，天赋异禀，是个习武奇才，以她的判断，萧五以前肯定学过武功，而且功力不弱，只是不知为何遗忘得干干净净。夏祥说出招式名字，他便能使出，可见他只是遗忘了招式，却还记得招式名字。

这是什么怪病？幔陀想不通萧五到底得了何病才变成现在的样子，却对萧五更多了好奇和信心。她自小便是武学奇才，师父教她武功时就说她身具罕见的高手潜质，日后必有所成。她虽一心只想为父报仇，却也有痴迷武学之心。遇到了心智单纯的萧五，她如伯乐发现千里马一般欣喜，想要将一身本事倾囊传授给萧五，也不枉师父对她的一番教诲。

只不过越想越是不解，越是不解就越是好奇，越是好奇就越是兴奋，说不得萧五想起了以前所学的武功，再和她所传授的武功两相结合，片刻之间就会成为大夏最顶尖的高手。

也不知过了多久，幔陀迷迷糊糊快要入睡之时，忽然听到外面传来轻微的“咔嚓”声，声音极其细小，若不是她听力过人，根本就听不到。就如老鼠撕咬东西，又好像是夜猫踩断树枝。她一激灵就清醒过来，瞬间抓剑在手，一闪身就来到了窗前，朝外面一看……

外面空空如也，院子空旷，树叶摇动，月光洒落一地，哪里有半点人影？

/ 第五十九章 /

夜战

难道是听错了？幔陀正要回床睡觉，脑中再次闪出一个念头，不对，外面既无人影又无猫影，刚才的声音从何而来？她悄悄推开窗户，翻窗而出，轻如灵猫，落地无声，在三楼的走廊中蹑足前行，来到了楼梯之处。一闪，躲到了柱子后面，屏住呼吸，静听周围。

夜深深，月朦胧，人悄悄，静无声。换了别人，或许会失去信心，转身回去，幔陀却不，她比任何人都有耐心，她坚信方才听到的声音绝非听错，肯定有人潜藏在暗夜的深处，伺机而动，此时比拼的就是耐心和意志力。

又过了不知几许，暗夜中的大树上，蓦然闪过一丝光亮——是兵器映射月亮的反光。

刀！幔陀眯起了眼睛，准确地判断出刚才寒光一闪的兵器正是柳叶刀。

柳叶刀长不过三尺，单手持刀，手自然下垂，刀尖朝上，以不超过耳尖为最佳长度。是以柳叶刀轻灵如剑，游走如蛇，是白刃近身对战的最有力武器。在南方一带，以柳叶刀为武器的高手多过北方。因南方人身材矮小且灵活，和柳叶刀的轻灵相得益彰。

幔陀身子一晃，从一根柱子后面滑到了另一根柱子后面，不知何时右手已然扣了一枚飞刀。幔陀的飞刀也是形如柳叶，大小也如柳叶，薄如蝉翼，却也漆黑如墨，在夜色之中，如无月光，几乎和夜色融为一体。

树上之人不是别人，正是燕豪。

以燕豪的一身高强本领，取夏祥性命，原本不用如此小心，直接飞身扑入房中，一刀了结了夏祥，不过是易如反掌之事。只是如此一来，便成了命案，必然会引起轰动。上京府查案，一向严谨，他虽有把握不会留下蛛丝马迹，却也不想闹得满城风雨。

还是让夏祥死得无声无息好一些，看上去像是突然得了急病病发身亡。是以燕豪准备充足，带全了东西，过了三更之后才来到全有客栈，藏身于树上，静候时机。

习武之人，直觉要比常人灵敏许多，就如虎豹一类，捕食之时，嗅觉、感觉和听觉都比平常会放大许多。燕豪在树上静候多时，并未发现异常，倒也不是他过于大意，而是幔陀功夫太过高强，他并未察觉到幔陀的出现。

也是，燕豪怎么也不会想到，区区一个全有客栈，竟藏匿了和他不相上下的超级高手！

虽自信满满，毕竟行走江湖多年，见多了阴沟里翻船之事，也不敢掉以轻心。在树上静候了一个时辰有余，已是四更时分，天色将亮未亮之际，正是人睡得最香最死之时，此时出手，十拿九稳。燕豪抽出柳叶刀，轻轻斩断挡在眼前的一根树枝——折断的话会有响声——正要收刀时，又看到一只“吊死鬼”拉着长长的丝在眼前晃来晃去。

小小虫子也敢捣乱？燕豪玩心大起，或许是即将取了夏祥性命让他大感解气和轻松，他手中的柳叶刀再次挥出，如轻风飘过，长丝瞬间从中断开。

燕豪纵身下树，如一只豹子，手脚并用，落地之后，一弯腰，如离弦之箭，迅速迸射而出，只几个跳跃就来到了夏祥房间的窗下。

静心听了片刻，房间中传来轻微的鼾声，燕豪放下心来，再次抽出柳叶刀。刀身薄如纸，伸进了窗户和缝隙之中，轻一用力，“咔嗒”一声，窗户开了。

燕豪回身迅速扫了一眼，夜色如水，微风如梦，树影婆娑，空无人影。他当即不再迟疑，右手一按窗台，如一股轻烟跳入房间之中。

房间不大，东北角有一张床，床上一人，侧卧床上，睡得正香。虽月光昏暗，燕豪却一眼认出了床上之人正是夏祥。

夏祥穿了短衫短裤，背对着燕豪，微弯两腿，右手枕在头下，正是吉祥卧的睡姿。

西南角也有一张床，床上一人，赤裸上身，下身只穿了短裤，卧在床上，四脚张开，睡相要有多狂放就有多狂放，嘴角还有一丝口水在月光下闪烁光亮。

正是萧五。

燕豪嘴角泛起一丝嘲讽的笑意，他从怀中取出一根长约半尺的竹管，将一根一头泛着青蓝光芒一头绑有羽毛的银针放入管中，竹管对准夏祥的脖颈，就要用力一吹……

银针上的青蓝光芒是一种罕见的剧毒，名叫月下木，和见血封喉有相似之处，吞下没事，只要一见到血，就会在数息之内置人于死地。月下木产自云南州无量山的深山之中，是一种十分稀少的药物，见到阳光必死，见到月光才活，是以名为月下木。

月下木得月光精华，又生长在阴暗潮湿之处，是以毒性极强却又如月光一般不着痕迹。此毒燕豪也是偶然得之，一见人血，三息之内，人便会昏迷过去。十息之内，就如沉睡一般死去。因此毒尚未在中原和北方出现，寻常大夫和仵作验不出是中毒而死。最主要的是，中月下木毒之后，会造成体内血液断流，死因和突发血流不畅之死几乎一样。

竹管距燕豪的嘴唇还有三寸之远时，燕豪蓦然脸色一寒，手腕一翻收起了竹管，身形一闪，原地错开了半尺有余，堪堪躲过了身后的一击。

燕豪心中大骇，为何刚才的一击临近身后三尺之内时，他才有所察觉，以他的武功，在对手杀机才露之时就应该有所感应才对，怎会如此？

当下不及多想，燕豪拔刀在手，一刀挥出，朝身后之人当头一刀。

刀至半途，他怦然惊醒，不行，若是一刀杀了对手，必定血溅当场，那么不管他用何种手法杀死夏祥，也会被认定是命案。这么一想，燕豪刀走偏峰，错开了半尺。

正是燕豪及时收手，才让萧五逃过一劫。

萧五从梦中惊醒，陡然发现房中多了一人，顿时大惊，哪里顾上许多，当即一脚踢出。他一心只为救下夏祥，并无杀人之想，是以虽来势汹汹，却并无杀机。既无杀机，燕豪就无从察觉。

只不过一脚踢出过后，招式使老，他想要躲开燕豪的一刀已然不及。好在燕豪及时收手，他才免于一死，否则只一刀就被燕豪斩落人头了。

即使如此，萧五依旧收势不住，“扑通”一声跌落在地。

怎会如此之笨？燕豪愕然，他还以为萧五无声无息踢来一脚，是一个隐藏的绝顶高手，不想一击失手竟然自己摔倒，他哭笑不得，当即上前一步，一脚踢向了萧五的太阳穴，想要将萧五踢昏了事。

“嘶……”

一个轻微到若有若无的声音突然响起，若非燕豪听力惊人，断断听不到暗夜之中的一缕夺命之音。不过即使听不到也没有关系，因为燕豪感应到了如潮水般涌来的杀意！

与此同时，一个低沉、森冷的声音轻喝一声：“横扫千军！”

萧五本来摔倒在地，坐在地上正不知所措，一听“横扫千军”，瞬时身子一折，原地跃起，一招扫堂脚即刻使出，右腿携带呼呼风声，直扫燕豪双腿。

若是平常，萧五的招式太稀松平常，燕豪轻描淡写便可躲过，只是现在大不相同，夺命之音瞬息逼近后心三尺之内。他想要挥刀击落来袭的暗器已然不及，只好闪身去躲，才一跃起，萧五的扫堂腿也到了。

只能如此了！燕豪一咬牙，两害相权取其轻，他深知身后的夺命之音才是真正的杀招，是以避重就轻，全力去躲身后。

只是让燕豪万万没有想到的是，他居然失算了！

燕豪满以为就算挨了萧五一腿也无大碍，萧五又不会武功，寻常人踢他一腿打他一拳，跟挠痒痒并无区别。不想萧五的扫堂腿后发先至，比夺命之音快半步踢中了燕豪。更让燕豪骇然的是，萧五的腿犹如铁铸一般，他被踢中，感觉犹如被一记重锤击中，剧痛袭来。他眼前一黑，险些没有晕死过去。

萧五……竟会武功？腿功竟如此了得。

只是形势来不及多想，还好腿没有被踢断，否则今日说不定真会阴沟里翻船了。燕豪顾不上许多，心中闪过一个强烈的念头：一定要杀了萧五，不惜代价。

只可惜他念头刚起，左肩之上已然中了一刀——幔陀的飞刀。

幔陀的飞刀小而薄，入肉之后，直没至柄。燕豪一招不慎，两招皆输，左腿险些骨折，右肩痛彻入骨。他不愧为身经百战之人，转身朝身后之人“噗”地吹了竹筒，飞身撞破窗户，逃之夭夭。

幔陀一击得手，手中长剑一挺，剑花一闪，就要取了燕豪性命。燕豪回身射出银针，她剑锋一偏，击在了银针之上，银针失去准头，“叮”的一声钉在了窗棂之上。

“大梦谁先觉，平生我自知。草堂春睡足，窗外日迟迟……”

夏祥从床上翻身坐起，揉了揉惺忪的双眼，惊讶地看着房间中的萧五和幔陀，奇道：“原来天还没有亮，窗外也没有日迟迟……不对，你二人不睡觉跑我房间中打架，太不像话了。”

方才夏祥做了一个梦，梦中他回到了中山村，和母亲聊家常，说到了爹爹，母亲对爹爹的身世语焉不详，却再三交代他有一个过世的叔叔，叔叔临终之时托付他为叔叔传承香火。

夏来和夏去坐在母亲身边，笑个不停。二人嘲笑他要娶两房媳妇，且两房媳妇不分大房二房，平起平坐，以后若是打架的话，他该偏向哪房？

然后梦境一变，夏祥又来到了京城，在一个波光粼粼的湖上泛舟，舟上一共三人，除他之外，还有两个女子，一人是曹姝璃，另一个竟是……连若涵。

二女一个坐在船头，一个坐在船尾，曹姝璃在唱一曲《越人歌》，连若涵却是在吟诗。诗曰：青青子衿，悠悠我心。纵我不往，子宁不嗣音？青青子佩，悠悠我思。纵我不往，子宁不来？挑兮达兮，在城阙兮。一日不见，如三月兮。

夏祥安详地躺在船中央，阳光普照，微风拂面，飘飘欲仙，不知不觉就睡着了。不知睡了多久，忽然天光大亮，睁开一看，身边空无一人，也不是睡在船上，而是睡在床上，迷糊间张口就来了一首诸葛亮在草堂睡醒之后吟诵的一首诗。

见夏祥一脸懵懂，幔陀紧绷的身体突然放松下来，忍不住冷笑一声：“刚刚是不是做什么美梦了？若不是我和萧五救你，你已在美梦中死去。”

话一说完，纵身跃出窗户，去追燕豪了。

“穷寇莫追！”夏祥清醒过来，瞬间知道发生了什么，冲幔陀的背影喊道，“幔陀娘子，由他去吧。”

幔陀的身影如行云流水，并不停留，转眼消失在楼顶之上。

萧五将方才的事情简单一说，低下头，犹如做错事情的孩子：“先生，萧五无能，若不是幔陀娘子及时赶到，先生就被坏人杀死了。萧五真笨，萧五该死，萧五……”

夏祥死里逃生，却浑然没有劫后余生的庆幸和轻松，反倒像什么事情都没有发生过一样，他摆手笑道：“不怪你，怪我睡得太死了。看清楚方才是谁了没有？”

“没有看清长相，他蒙了面，不过我还是认得他，他的气息我忘不了，是燕豪！”萧五咬牙切齿地挥了挥拳头，“总有一天我要打败他，把他踩在脚下，让他吃我鞋上的泥！”

夏祥忍住笑，过了半晌才说，“天色也快亮了，也别睡了，生火烧水泡茶。”

门一响，幔陀回来了。

幔陀一身露水一脸不甘，将剑一扔：“算他跑得快，追了三条街，到了一户人家，一闪就不见了，怎么也找不到，气人。”

“多谢幔陀娘子救命之恩。”夏祥叉手一礼，然后奉上茶水一杯，“救命大恩，无以为报，愿……”

“以身相许就算了，我又不稀罕你。”幔陀接过茶水，一饮而尽，“夏郎君，此人武功十分高强，为何要杀你？他杀你也就算了，一刀要了你的性命，倒也轻松，却非要用毒，而且还是十分罕见的月下木。”

说话间，幔陀起身从窗棂上拔下银针，放到鼻下嗅了嗅，又将针放入茶水之中，茶水变成了血红色。她点头说道：“果然是月下木之毒。夏郎君，为了杀你，此人也是下足了本钱。月下木之毒十分稀少，也无比珍贵，比黄金还要贵上十倍。若用砒霜，则便宜多了。不过此毒毒发，寻常人查不出是中毒，以为是气血不畅而死。对了，此人是谁？”

夏祥大汗，莫非在幔陀眼中，用什么月下木之毒杀他是暴殄天物了？他嘿嘿一笑：“幔陀娘子，救命大恩无以为报，不是要以身相许，是要以茶代酒相敬。

好了，不说此事了，方才杀我之人名叫燕豪，本事十分了得。”

“燕豪？他就是燕豪！确实，此人武功非常厉害，是我平生仅见。若不是中了萧五一腿中了我一刀，我正面和他交手，未必是他的对手。”幔陀想起了花关和木恩的话，心想燕豪确实名不虚传，沉思片刻，又问，“夏郎君，他到底为何杀你？”

“为何杀我？”夏祥不免苦笑，“我怎会知道？我睡得好好的，还做了一个娶两房妻子的美梦，结果却被人吵醒了，谁赔我的美梦？”

话是这么说，夏祥心中却有所触动，从落榜到燕豪出手取他性命，事态在一步步激化，可见三王爷对他的态度也有了变化。

也是黑榜之事一出，搅动了各方风云，三王爷或许觉得他死了比活着更好，是以才动了杀心。

“夏郎君真不知道？”幔陀手中宝剑突然出鞘，剑光一闪，剑尖挑起了烧得咕咕作响的水壶，手腕一抽一送，水壶稳稳当当地立在了剑尖之上，她左手剑鞘伸出，剑鞘上不知何时多了茶杯，右手一斜，剑尖上的水壶倾斜了一个角度，倒出了滚烫的开水。开水稳稳注入茶杯之中，一滴不洒。

夏祥吓了一跳，察觉到了幔陀隐含的不满，忙说：“幔陀娘子息怒，并非在下刻意隐瞒，确实是在下并无头绪。我只知道杀我之人名叫燕豪，是三王爷的手下，他受高见元管辖。我落榜之事，也是三王爷在背后插手，由文昌举一手操控……”

夏祥将事情的前因后果大概一讲，讲到了他因是李鼎善的学生而被三王爷识为眼中钉，然后临近大比之时，又由文昌举替代原定的主考官杨砥，文昌举利用职权之便，在未开榜之时便将他的功名拿下，他不肯就此认输，就张贴了“夏祥落榜”的黑榜，结果引发了见王、庆王以及叶时胜等人闻风而动，在贡院门口上演了一出风云激荡的大戏等等，一一告之了幔陀。

/ 第六十章 /

放榜

幔陀听得十分入神，时而皱眉沉思，时而拍案叫好，时而一脸义愤，等夏祥说完，她拔剑而起，挥剑斩断桌子一角：“夏郎君，自今以后，我愿追随你左右，保护你的周全。若违背誓言，如同此桌。”

夏祥长揖一礼，哭丧着脸说道：“感谢幔陀娘子盛情厚意，只是在下何德何能，敢劳烦娘子追随？不可，万万不可。”

“你是嫌弃我姿色平庸还是武功一般？”幔陀柳眉倒竖，“为何愁眉苦脸？”

“并非是嫌弃娘子，而是娘子方才一剑斩坏了桌子一角，店家肯定要我赔钱。”夏祥牙疼一样从牙缝挤出一句话，“在下就想，若是娘子时刻在我左右，每日不是坏了桌子便是椅子，可是天大的一笔开支，我可负担不起。”

“你这人……”幔陀被夏祥咬牙肉疼的样子逗笑了，“我保你性命，你还吝啬钱财，钱和命哪个要紧？”

夏祥咬着牙：“都要紧。”

“也罢，我就好人做到底，跟在你左右，不花你一文钱。”幔陀忍住笑，收回宝剑，“以后不再砍坏东西便是。”

夏祥这才喜笑颜开：“多谢幔陀娘子。只是在下有一事不明，不知娘子可否……”

“你是想知道我为何愿意追随在你左右，对吧？”幔陀猜到了夏祥心中所想，叹息一声，神色之间流露愤恨之色，“三王爷是我的杀父仇人，我和他不共戴天。只是凭借我一人之力手刃三王爷，断无可能。你和三王爷一般工于心计，且诡计多端，正是他的对手，我保护你，也是不想你被燕豪白白杀死。你活着才会让三王爷难受，是以我追随在你左右，让你好好活着，也好让你用你读书人的计谋陷害三王爷身败名裂。”

夏祥不但头上出汗，手心后背也是湿了一片，幔陀是在夸他还是在损他？他讪讪一笑："承蒙幔陀娘子高看一眼，只是有些话用在在下身上，并不恰当。比如我并非是工于心计，而是足智多谋。也不是要陷害三王爷身败名裂，而是仗义执言！"

幔陀咳嗽几声，似乎被呛着了一样，也不打断夏祥，静静地等夏祥说完才眨了眨眼睛："你的口气和爹爹激愤之时说话的口气一模一样。唉，读书人就是既迂腐又可爱，明明是很简单的一件事情，偏偏要说得高尚而伟大。"

"如何简单了？"夏祥不解。

"说了半天，其实还不是要打败对手，自己掌权，按照自己的想法做事？"幔陀嘴角一翘，一丝不以为然的笑容挂在脸上，"我和燕豪对战，凭的是谁的武功更高强。你和三王爷交手，比的是谁的计谋更高明。法子不一样，结果还不是一样？"

夏祥哑然失笑："世间万事，总有一个道理在内。天地有公义，世间有民心，公义在天，民心在正，一身正气者，才能立于不败之地。"

"先生一身正气，顶天立地。"萧五嘻嘻一笑，插嘴说道，"先生一肩挑两门，可以娶两房娘子，一房曹小娘子，一房连小娘子。现在又多了幔陀娘子，如何是好？难不成要再娶一房？"

幔陀恼了，脸上飞起一片红晕，回身一剑，正中萧五肩膀："再敢胡闹，打断你的狗腿。"

萧五"哎呀"一声，低头一看，原来是被剑鞘击中，才拍了拍胸口："吓死萧五了，还以为被师父一剑刺死了。师父……不对，我追随的是先生，幔陀娘子若是嫁了先生，我应该叫师娘才对。师娘在上，请受徒儿一拜。"

幔陀恨恨地一跺脚："萧五！"

"夏兄，夏兄……"门外响起了沈包欢呼雀跃的声音，"放榜了，快去看榜。"

夏祥打开房门，迎沈包进来，沈包冲萧五微一点头，目光落在幔陀身上，为之一愣："幔陀娘子怎会在夏兄房间？"

"我想来便来。"幔陀又恢复了清冷之态，双手抱剑，退到夏祥身后。

"夏郎君，夏郎君，快去看榜了。"时儿欢快的声音由远及近，随后门口的光线一暗一亮，时儿飞了进来，抓住了夏祥的胳膊，"快走，二哥都等不及了。"

"好，看榜去。"夏祥心中虽微有紧张和不安，不过还是想亲睹他的一张黑榜可以引发多少变动，就双手一背，不着痕迹地避开了时儿，"幔陀娘子，你也陪我一起可好？"

幔陀漫不经心地看了时儿一眼："好。"

时儿充满敌意的目光在幔陀身上跳跃几下："幔陀娘子昨晚一直在夏郎君房间？"

"关你何事？"幔陀回应了时儿一个冰冷的眼神，转身出去了。

"萧五……"时儿气不过，要抓萧五问个明白，萧五紧随幔陀身后，跳出门外。

"萧五不在。"萧五人在屋外，拉长了声调回应时儿，"萧五只听师娘的话，师娘说了关你何事，就是关你何事！"

沈包哈哈一笑。

张厚等在客栈门口，冲夏祥点头一笑："夏兄，三年前我考中进士，敕命不受。你未考中，更是不必灰心丧气，三年后再来，也许也可以高中状元。你我二人都高中状元，全有客栈可就声名大振了，呵呵。"

夏祥安步当车，迎着初升的朝阳，淡然一笑："三年后中状元，和今年中进士，我不想再等三年博一个虚名。若是为官三年，可为百姓做多少事情？一是个人虚名，一是百姓之事，孰轻孰重？"

张厚哈哈一笑："三年来，你不为官，自有别人为官。三年后，你中了状元，却是流芳百世。夏兄，你说孰轻孰重？"

"孰轻孰重，你说了不算，我说了也不算，天下百姓说了才算。"夏祥心中涌起无奈和悲哀，他和张厚从素昧平生到相知相识，本以为可以成为至交好友，如今看来，二人并非一路人。

沈包走在二人身后，对二人的对话听得清楚，看了夏祥几眼，想起了张厚昨晚所说之话，暗暗摇了摇头。

不多时来到了贡院门口。

原以为几人来得够早了，不想贡院门口已然围了一群考子，众人翘首以待，只等黄榜贴出。十年寒窗一朝放榜，怎不焦急？

张厚手中折扇打开又合上，一副志在必得的轻松表情。沈包负手而立，淡然从容。夏祥站在沈包右侧，脸上平静，还挂着一丝若有若无的笑意。

幔陀和萧五分立在夏祥身后，时儿想要凑过来，却被幔陀挡住。

不久，只见一人匆匆出了贡院门口，手拿一张黄榜，张贴在贡院的放榜处。此时天色刚亮，按照寻常惯例，应该一个时辰之后放榜才对。

夏祥眼睛微微一动，贴榜之人是翰林学士章则是。今年大比，一名主考官文昌举是礼部尚书，三名考官高亥、陈封和章则是，高亥和陈封是礼部侍郎，章则是却是翰林学士。章则是不受文昌举节制，可以主持公正。只是……依常理来说，放榜之人应该是礼部之人才合规矩，为何是章则是，又为何如此之早？

夏祥不及多想，众人一哄而上，将黄榜围了个水泄不通。张厚方才一脸轻松，黄榜一出，他第一个冲了过去，居然抢在了所有人前面。

片刻之后，张厚洪亮无比的声音压过了所有的嘈杂声传到夏祥耳中："咦，我中了，哈哈，中了，中了！中了才对，不中才是怪事。沈兄也中了，排在我名字后面几十位，恭喜沈兄。夏兄、夏兄的名字没有看到……"

夏祥和沈包也挤了进去，此时人并不多，几十人而已。来到黄榜之前，夏祥从密密麻麻的名字之中，先是一眼看到了张厚和沈包之名，又看到了滕正元和吴永旺之名，而高高在上排在第三位的赫然是蔡北。

蔡北，正是文昌举的高徒。

一目十行看完全部名字，他的名字并不在列，夏祥心中一沉，怎会如此？莫非他的黑榜之计并未成功？不应该，庆王和见王都出动了，又有曹用果出面说服高亥，难道还是功亏一篑？或是哪里出了纰漏不成？

沈包拍了拍夏祥的肩膀，安慰夏祥："夏兄，你的才华在我之上，你未考中，非你之过，是考官有眼无珠罢了。"

张厚喜悦之中，又有一丝淡淡的失落："以我之才，排名怎会在二十名开外？考官读我的文章之时，莫非喝醉了不成？哼！"

虽说放榜之时的排名并非最终排名，最终排名在殿试之后，由皇上亲笔钦点。但他的排名如此靠后，让他大感面上无光，还好，他排在了沈包之前。

夏祥没说什么，心中却还是有一丝不甘。他自认以他的才学，即使不是排名前十，至少也要排名前二十名。不料竟未上榜，文昌举为了拿下他的功名，果然罔顾公正。更气人的是，以蔡北之才，能上榜已是万幸，竟然排在前三，真是不知廉耻。

"夏兄，殿试之时，我拼了自己功名不要，也要为你讨还一个公道。"夏祥正愤愤不平之时，身后有人一拍他的肩膀，义愤填膺地说道，"你的文章我已拜读，甘拜下风。比我的文章强了百倍不止，依我之见，名列榜首也不为过。"

夏祥心中感动，回身冲来人一礼："谢过滕兄。只是滕兄不必为在下之事甘冒革除功名之险，在下承受不起。"

"说的什么屁话？"滕正元眼睛一瞪，目露愤恨之意，"我平生最恨贪赃枉法徇私舞弊之人，只可恨我是一介书生，若我是一员武将，定将他们一刀斩为两截。无才之人高中，有才之人落榜，是对天下士子的不公，是对圣贤教诲的不敬！"

夏祥肃然起敬，再次向滕正元长揖一礼："诚意正心才能修身齐家治国平天下，滕兄为天下考子请命，是为天下士子楷模。”

“夏郎君，夏郎君，考中没有？”

曹殊隽风风火火地赶到了，不但他来了，连曹姝璃和曹用果也来了。三人同乘一辆马车，曹殊隽一马当先，曹用果和曹姝璃落在后面。

夏祥摇了摇头，一脸无奈：“榜文尽处是孙山，夏祥更在孙山外。”

“名落孙山？”曹殊隽挤到了人群前面，一眼看到榜文的最后一名果然是孙山，“果然没有考中，还真是没有考中。不过不要紧，你未考中，是为遗憾。我要免费为连小娘子制作会徽，也是一大损失。你我兄弟二人同病相怜，当浮一大白。”

夏祥哭笑不得，敲了曹殊隽脑袋一下：“我落榜了，你还窃喜不已，真的好吗？”

“夏郎君真的落榜了？”曹姝璃来到夏祥身边，一脸关切之意，目光在夏祥脸上停顿少许，“胜败兵家事不期，包羞忍耻是男儿。江东子弟多才俊，卷土重来未可知。三年之后，夏郎君必定可以高中榜首。”

曹用果此时也来到了夏祥身侧，夏祥忙向曹用果施礼，曹用果摆手说道：“不必多礼。昨晚老夫见过高侍郎了……”

夏祥心领神会，点头说道：“尽人事，听天命，多谢曹公周旋。”

“怎么，就此灰心了？”曹用果捻须一笑，“方才是何人贴榜？”

“章则是。”

“陈封陈侍郎过于耿直，章学士则是过于迂腐了，呵呵。”曹用果一副胸有成竹的笑容，安抚夏祥，“夏郎君，从黑榜到庆王、见王，再到高侍郎，三件事情环环相扣，每一个环节都没有出现纰漏。那么为什么你的名字还是没有上榜？”

夏祥一怔，曹用果的话不无道理，连庆王和见王都出面了，二人亲自现身之后，若是事情还是没有转机，二人的颜面何存？更何况，礼部归庆王管辖。那么问题到底出在了哪里？蓦然脑中灵光一闪，想起方才曹用果的话，顿时茅塞顿开：“章则是擅自做主放榜？”

“也未必就是擅自做主放榜，只是他是局外人罢了。”曹用果毕竟在官场沉浸日久，还是比夏祥沉得住气。夏祥只是聪明过人，但处事之道还是需要加以历练，“大夏立国以来，有过两次换榜之事，一是太祖十年，一是太宗十年。当时放榜两个时辰有余，看榜的考子无数，事后换榜，引发考子纷纷上书，事后却也不了了之。”

微一停顿，曹用果目露喜色，一指贡院大门：“高侍郎来了。”

叶时胜的禁军分列在贡院门口两侧，并有数名禁军守榜，考子们只可远观不可近前。高亥从贡院里匆匆出来，面色灰白，神情慌张，手中拿有一张黄榜，从两列禁军中间穿过，来到贴榜之处，将原来的黄榜揭下，换上了他手中的黄榜。

“诸位考子，方才之榜誊写有误，以此榜为准。”高亥只匆忙解释一句，和人群中的曹用果对视一眼，微不可察地点了点头，转身走了。

/ 第六十一章 /

两美初见

什么？刚才的黄榜有误？方才看到自己名字的考子一听此话，顿时大惊失色，若是新榜之上没有了自己名字，岂不是上榜之后又落榜了？众考子一拥而上，纷纷寻找自己的名字。

“有我的名字，吓死我了。”

“也有我的名字，放心了。”一名叫汪宝宝的考子长出了一口气，连拍胸口。

“新榜和旧榜并无不同，为何要换？”一名离得近的考子看了半天，没有发现有什么变动，十分不解。

“这位兄台，新榜和旧榜有三处不同，且听我一一道来。其一，旧榜中蔡北名列第三，新榜中名列第二，前进一位；其二，旧榜中，张厚排名二十五，沈包排名三十五，新榜中，沈包排名十五，张厚排名三十；其三，旧榜最后一名是孙山，新榜最后一名是……夏祥！”一个长得十分白净乍一看如同女子的书生摇头晃脑地说道，“在下林不忘，从小聪慧过人，一目十行，过目不忘，故名不忘。”

众考子几家欢乐几家愁，有人手舞足蹈，有人欢天喜地，有人哭天喊地，有人垂头丧气。

夏祥先是愣了半晌，然后哈哈大笑：“以后落榜，只要在夏祥之后就进士无望了，名落孙山从此改为名落夏祥了。孙山兄，不好意思在下抢了你的倒数第一，请勿见怪才是。”

“夏郎君真是一个怪人。”曹姝璃暗暗一笑，眼波流转，虽说夏祥最终还是上了榜，却是最后一名，她既为夏祥高兴，又微有失落和不甘，以夏祥之才，本应排名在前十之内。

“岂有此理！岂有此理！！”张厚气得拂袖而去，若没有禁军把守，他说不得已经冲过去撕下黄榜，“有眼无珠，无耻鼠辈！徇私舞弊，翻云覆雨！我不服，我要告状！”

直到回到客栈，张厚仍愤愤不平说个没完，他来到夏祥房间，说了一通气话，一再强调沈包排名在他之前，并非沈包比他才高，而是考官水平太差之故，等殿试之时，他必定可以脱颖而出成为状元。而夏祥排名最后一位，也算是名至实归。虽排名最末，殿试过后，最少也是一个四五等的同进士出身了。

曹用果、曹姝璃、曹殊隽三人也一同来到客栈，三人还有话要和夏祥说上一说，张厚却只顾自己说个没完，丝毫不顾及曹用果三人在场。

因第一张黄榜张贴之时，时辰尚早，看过榜文的考子并不是很多，只有几十人而已。是以大多数考子看到的都是第二张黄榜，并不知道换榜之事，换榜也就没有引起太多波澜。

沈包一一回应完各方的恭喜之后，也来到夏祥房间。一见沈包出现，张厚当即脸色一寒，转身就走，连和沈包多说一句话都欠奉。

“张厚此人，怎么如此心胸狭窄？”张厚刚走，曹殊隽就翻了一个白眼，冲他的背影投去了鄙视厌恶的一瞥，“没有眼色也就算了，还嫉贤妒能，见不得别人比他有才比他好，真小人也！”

“不必理他就是了。”曹用果见多了朝堂之上形形色色的各路君子小人，对张厚的言谈举止并不在意，“不日便会殿试，殿试之日，由皇上亲自主考，他人想要徇私舞弊再无可能，此时才见真才实学。”

夏祥虽无中状元之心，却也不想只中一个四五等的同进士出身，少说也要是二三等的进士出身。只是他有一事不明，开口问道：“皇上病重，不知是否还能主持殿试？”

“若是皇上不主持殿试，不管由谁代替，都会引来朝堂动荡……”曹用果眉头紧锁，他坐在夏祥的对面，客房不大，又无客厅，只好将就了，“你在最后一刻换榜才榜上有名，此事是高亥从中策应，文昌举应该还不得而知。不管文昌举是否知道，你参加殿试已是确凿之事，谁也更改不了。但万一皇上委托三王爷主持殿试，怕是……”

近来几日夏祥没有见到金甲，皇上病情到底如何，外界众说纷纭。有说皇上已经病重不起，有说皇上虽然病重，却还可以处理朝政，也有说皇上病情早已好转，只是有意按下，是为欲擒故纵之计。更有说法是皇上已经弥留，如今朝政大事全由三王爷一手把控。

总之，各种说法甚嚣尘上，究竟真相如何，恐怕只有少数几人可知。夏祥也清楚的是，别说金甲看似口无禁忌，其实他对皇上病情一直守口如瓶，不管是药床药椅，还是皇上病情为何不见好转之事，看似透露了皇上病情，实则并未透露半分。还是和外界传闻一样，皇上生病，并未好转。

夏祥自认和金甲谈及皇上病情也是不少，深知皇上病情究竟如何之人，金甲便是少数之一。金甲虽是太医，却也算是朝堂中人，若是对外随意透露皇上病情，早就身首异处了。何况据他所知，金甲非但深得皇上信任，也和庆王、星王交好。

“皇上怎会委托三王爷主持殿试？”夏祥自信地一笑，“皇上的用心，莫非曹公还未明白？”

曹用果点头：“老夫还是琢磨不透上意，圣心如海，深不可测。”

“金甲先生其实已经告知曹公圣心了……”夏祥环视几人，曹姝璃端庄而坐，倾心而听；曹殊隽也是若有所思地认真聆听；萧五和幔陀出去习武，不在房间之中；沈包则站在门口，负手而立。他微微一笑，“金甲先生还有闲暇前去曹府为曹公诊治，可见皇上病情并未加重。后来有了药床药椅之后，金甲先生虽说皇上病情未见好转，却既不焦急又不迫切，在和我商讨如何改进药床药椅时，还不忘收我为徒，若是皇上病情到了危急之时，他哪里会有闲心和我周旋？”

“有道理，大有道理。”曹用果细细一想，猛然一拍桌子，“好一个金甲，倒还真的瞒过了老夫。若不是夏郎君提醒，老夫还真没有留意他的言谈举止原来暗藏玄机。夏郎君，你为何会从金甲先生的言谈举止推测出皇上病情并未加重？”

“说来也是得曹三郎之助。”夏祥笑吟吟地看了曹殊隽一眼，曹殊隽见夏祥夸他，立刻挺直了腰身，一脸的扬扬自得，“所谓父病儿忧，主病臣忧。曹公有病时，曹小娘子愁眉不展，面有忧色。皇上有病，金甲并不过于担忧，轻松自若。由此可见，皇上之病，并非传闻中的不可救治了。”

“确实如此。”曹用果连连点头，对夏祥更高看了几眼，这个后生，不但沉稳有度，事事考虑周全，还有如此细致入微的观察，当真是大才。

“又和我有何干系？”曹殊隽支起耳朵听了半天，也没听到夏祥说他，以为夏祥遗漏了，“夏郎君，我呢，我呢？”

“你当时一脸轻松自若，和金甲先生一般无二，我便想，为何你不和曹小娘子一般为父担忧，而是若无其事？后来一想也就明白了，你求仙慕道，算是半个方外之人，世间俗事，并不牵挂于心……”夏祥有意嘲讽曹殊隽几句。

曹殊隽涨红了脸，支吾半天才说：“我，我，我是不想愁眉苦脸表露在外，非但于事无补，反倒平添烦恼。左右不过是一死，大笑面对还是哭泣面对，还不是一样，何不笑对？”

“哈哈……”夏祥大笑，“恭喜曹三郎在心法上又进一层，道业指日可成。”

曹殊隽喜形于色，抓耳挠腮：“此话当真？”

夏祥虽在榜上最后一名，也算是榜上有名了，他一时心情大好，且先不在榜上后又上榜，可见是他的黑榜之举初见成效，不出意外，黑榜之事引起的大火还会越烧越旺。

“恭喜夏郎君。”

门外传来连若涵的声音，如秋日阳光之下田野之中的一缕清风，清新怡人。

曹殊隽从椅子上一跃而起，喜出望外：“连小娘子来了，快快请进。”话未说完，人已到了门口，才打开房门，连若涵就闪身进了房间。

夏祥起身相迎：“连小娘子大驾光临，有失远迎……”

连若涵轻轻摆手：“你我不必客气。”目光一扫，微微一怔，“夏郎君有客人？”

连若涵的目光从曹用果脸上一扫而过，落在曹姝璃姣好的面容之上，眼中闪过一丝讶然和惊艳。曹姝璃也是目光如电，在连若涵脸上停留片刻。二人四目相对的一刹那，迅速分开。

“来，我来介绍一下。”夏祥没想到连若涵来得如此之快，也不知是连小娘子对他是否考中比较在意还是关心由他引起的各方风云，“这位是鸿胪寺少卿曹公，这位是曹公之女曹小娘子，曹三郎就不用多说了，他是曹公之子。”

连若涵和曹用果、曹姝璃一一见礼。曹用果听说眼前女子就是大名鼎鼎的好景常在商行的主人，不由得暗暗惊讶，暗中多打量了连若涵几眼。不看还好，一看之下更是讶然不已。原本以为连若涵掌控偌大的好景常在商行，会是一个厉害人物，不想竟是一个美若天仙的小娘子，不由得咋舌不已。

曹姝璃对连若涵大名也是如雷贯耳，不说外界的传闻，只说曹殊隽每天在家中说起连小娘子如何如何，已经让她听得不胜其烦，不想今日在夏祥之处得以一见。她既好奇又按捺不住心中的窃喜，上前一步：“连小娘子，久仰大名，今日得见，实为一大幸事。”

连若涵嫣然一笑，更是直接拉住了曹姝璃的双手：“曹妹妹，你我一见如故，结为姐妹可好？”

“好呀好呀。”曹姝璃喜笑颜开，“不知连小娘子何年何月生人？”

连若涵回身看了夏祥一眼，悄然一笑，却并不说生辰：“我应该比你虚长一些，你是妹妹我是姐姐。”

“姐姐在上，请受妹妹一拜。”曹姝璃冰雪聪明，自然不会再问连若涵的生辰，当即盈盈一拜。

连若涵还了一礼，双手扶起曹姝璃：“妹妹不必多礼，姐姐匆忙之中也没带什么贵重礼物，只有一张美玉卡相送。”

手腕一翻，连若涵手中便多了一张好景常在的美玉卡，送与了曹姝璃。曹姝璃接过之后，爱不释手。她并不知道美玉卡可以在大夏境内数百家好景常在的客栈、酒楼、茶肆通行无阻，只是无比喜欢美玉卡的精美，当即谢过。

连若涵既然和曹姝璃认了姐妹，又重新和曹用果、曹殊隽见礼。曹用果自然乐见曹姝璃多了一个姐姐，也为连若涵的八面玲珑所叹服。传说中连若涵是一个傲然且高高在上的女子，不想和女儿如此投缘，也是好事。

曹殊隽却是老大不乐意，勉强和连若涵重新见礼，心里却想怎么凭空多出一个姐姐，真是憋屈，他才不想叫连若涵为连姐姐。只是木已成舟，由不得他。

夏祥在一旁笑而不语，曹用果虽是鸿胪寺少卿，在京城高官云集之地，不过是区区从五品之官，以连若涵的眼界和势力，曹用果断然入不了她的眼。她和曹姝璃初次见面就结为姐妹，用意显然并非是为了结交曹家。

那么连若涵究竟是何用意？夏祥不敢胡乱猜测，或许英雄惜英雄，美人怜美人，连若涵是真心喜欢曹姝璃曹小娘子。也是，曹小娘子温婉可人，举手投足既有大家闺秀的风范，又有小家碧玉的婉约，任谁一见之下都会心生怜惜。

夏祥心知连若涵此来，必是有事，便开口相问："连小娘子是为会徽一事而来？"

连若涵一拢秀发，淡然一笑："喜闻夏郎君榜上有名，特来祝贺。会徽一事，就如我们之前约定履行即可。除此之外，我另有一事还要和夏郎君商量一二。"

"只是小事一桩。"连若涵对夏祥的玩笑之话并不在意，看了看曹用果几人，欲言又止，似乎是想避开几人，却又犹豫一下，说了出来，"夏郎君在京城之中，久居客栈并非长久之计，好景常在有一处宅院一直闲置，在太平居附近，想请夏郎君和曹三郎入住，不知夏郎君意下如何？"

"好呀，连小娘子盛情难却，那就恭敬不如从命了。"曹殊隽不等夏祥开口，当即一口答应下来，"夏郎君，我二人搬去入住，正好可以一起制作好景常在的会徽，不必来回奔波了。"

夏祥虽也清楚连若涵出手如此大方，赠送一座宅院，必有用心，却也并未想要拒绝，连若涵和曹姝璃结为姐妹，又同意以会徽交换好景常在万分之一的股权，显然是在布局。他既不想对连若涵敬而远之，又有结交之心，连若涵的厚礼他收下之后，来日必会加倍奉还。

来日如何加倍奉还是来日之事，今日之事，先今日了结。夏祥暗中佩服连若涵的机智，故意带上曹殊隽，是她也知道曹殊隽为人直来直去，是想让曹殊隽替他应下。

连若涵悄然微笑，嘴角微抿，眼中一缕浅浅期待，又有少许促狭和默契。夏祥微微一笑，故作矜持："这如何使得？无功不受禄。"

"房租从分红中扣除就是了。"连若涵封住了夏祥的后路，一双美目转动不停，三分挑衅七分狡黠。

好吧，夏祥败了，再不接受就是矫情了，只好叉手一礼："受之有愧，受之有愧。"

"连姐姐……"曹姝璃看出了端倪，心中有气，脸上却笑意盈盈，"夏郎君于曹家有救命之恩，曹家已经为夏郎君准备好了客房，今日前来，正是请他搬去入住。连姐姐还请收回好意，不要夺人之美。"

连若涵神情淡淡地低下眼皮，回身看了曹殊隽一眼，却对夏祥说道："夏郎君，是来观心阁住还是去曹府客居，悉听尊便。"

曹殊隽生怕夏祥要去曹府，站了起来，刚要说话，却被曹姝璃狠狠瞪了一眼，他话到嘴边又咽了回来，嘟囔了一句："瞪我做什么？本来就是，住自己宅子总好过寄人篱下。"

曹姝璃恨不得踢曹殊隽一脚，奈何在连若涵面前，不能失礼失态，心中却是恨曹殊隽非要帮着外人。

夏祥微一思忖，朝曹用果曹姝璃叉手一礼："夏某谢过曹公曹小娘子的盛情厚意，在下喜欢独居，且又有萧五相伴，除了和曹三郎有些事情要做之外，在下也有一些个人私事处置，住在曹府多有不便。还望曹公曹小娘子见谅。"

曹姝璃眼中闪过浓浓的失望之色，曹用果却是点头一笑："夏郎君住在观心阁也好，便于行事。老夫还有事情，就此告辞了。"

/ 第六十二章 /

一见误终身

曹姝璃想说什么，却被曹用果目光制止了，她只好随曹用果告别夏祥，出了客栈。曹殊隽却留了下来，不肯回家。

“爹爹……”一上车，曹姝璃就想诉说心中委屈。

曹用果摆了摆手：“璃儿，你不必多说，为父知道你心中所想。夏祥不住曹府，也是为曹家着想。他现今是三王爷的眼中钉，他怕入住曹家会为曹家带来灭顶之灾。”

“那他住在连小娘子的观心阁，就不怕为连小娘子带来灭顶之灾吗？”其实曹姝璃也想到了夏祥用心，只是气不过连若涵的强势，想争一个胜负罢了，“我看他是迷了心窍，喜欢上了连小娘子，贪图连小娘子的美貌和万贯家产。”

“呵呵，哈哈……”曹用果被女儿的小性子逗乐了，“璃儿，才貌双全的女子，何人不爱？夏祥若是不喜欢连小娘子，他就是圣人了。为父知道你也喜欢夏祥，只不过，现今夏祥前途未卜，还是再等上一等看上一看再说。”

“爹爹……”曹姝璃很是不满爹爹的话，想要争辩几句，却被曹用果摆手制止。

“不必多说了，为父累了，要休息一下。”话一说完，曹用果闭目养神，不再多说一句。

曹姝璃无奈，只好掀开车帘，望向了外面，借以排遣心中憋闷。才走几步，车被行人挡住，停了下来。车帘一开，迎面来了一人，骑在马上，正和她四目相对。

马上之人顿时为之一惊，手中马鞭一伸，挑起了车帘，调笑说道：“小娘子，本王有一金钗送你，可否为本王插钗？”

女子当着男子之面将金钗插于冠髻中，名曰“插钗”，是以身相许之意。曹姝璃正没好气，忽逢登徒子调戏，哪里有好脸色。当即脸色一沉，顺手拿起车内随行水杯，扬手泼了马上之人一脸茶水。茶水之中，还有茶末，茶末糊了来人一脸，花里胡哨的如同戏台上的大花脸。

曹姝璃被对方的花脸逗乐了，“扑哧”一笑：“活该！”

“出什么事情了？”曹用果坐在左侧，并不知道右侧发生的事情，侧身朝帘外一看，顿时大惊失色，慌忙下车，朝马上之人叉手一礼。

“下官曹用果见过见王殿下。”

曹姝璃吐了吐舌头，也忙下车，朝见王盈盈一礼：“小女子见过见王殿下。”

被曹姝璃泼了一脸茶水之人正是见王夏存先。

曹用果心中忐忑不安，女儿平常眼界是高了一些，不想却和见王起了冲突，虽说见王当街调戏女子也有失身份，可他毕竟是王爷之尊。再者素闻见王行事随心所欲，喜怒无常，真要惹恼了他，也是麻烦。

见王眼皮抬了抬，拿出手绢擦了擦脸上的茶水，脸色阴沉：“好大的胆子，敢泼本王一脸水。本王长这么大，除了皇上和父王之外，还没有人敢在本王面前如此放肆！曹用果是吧？你在哪里当差？”

“下官是鸿胪寺少卿。”曹用果毕恭毕敬地回答，心道坏了，见王抬出了皇上和景王，成心是要和他过不去。只是错在自己一方，只好低头认错，“小女一时失手，并非有意，见王殿下大人有大量，不要和她一般见识。”

见王不耐烦地摆了摆手：“曹用果，本王问你，小娘子可曾婚配？”

曹用果一怔，正要如实相告，曹姝璃却抢先一步说道：“回见王，小女子已经定亲。”

见王一脸失望，哼了一声，又问：“谁家子弟？”

“真定府灵寿县考子夏祥。”曹姝璃脸上一热心中一荡，夏郎君，奴家可是不顾羞耻当众说出已经许配与你，若你负我，奴家只有终身不嫁了。

曹用果听了，心中五味杂陈，女儿宁嫁夏祥不与见王，女大不由爹，他也只能无奈默认了。当着见王之面亲口说出的话，想收也收不回来了。

“什么？夏祥？”见王以为自己听错了，愣了一愣，忽然哈哈大笑，“若是别人也就算了，本王爱惜名声，不屑与他人抢妻。偏偏却是夏祥，本王非要和夏祥争一个高低胜负不可。曹用果，不，曹公，没有本王同意，小娘子不许和夏祥完婚。本王看上了小娘子，要娶小娘子为妃……”

见王说完，纵马而去：“本王正要去找夏祥，看来，除了和他谈及大事之外，还有更有意思的私事可以好好聊聊了，哈哈……”

曹用果望着见王扬长而去的背影，呆立当场。曹姝璃紧咬银牙，一脸坚决之意。

见王一路策马狂奔，不多时便来到了全有客栈，将缰绳扔给随从，气势汹汹地冲进了客栈，大喊一声："夏祥何在？"

夏祥正和连若涵、曹殊隽、沈包在房间中说话，猛然听到外面一声大喊，几人对视一眼，都听出了来人是谁，忙迎出门来。

几人在院中施礼见过见王。夏祥诧异见王以堂堂的王爷身份，屈尊来客栈寻他，所为何事？直接派人传唤他一声即可，何必亲自跑来一趟？莫非有什么要紧的大事？

到了房间之中，夏祥先是诚惶诚恐地客气几句，见王不以为然地挥了挥手，不让他再说下去。此时，却先将正事放到一边，对连若涵兴趣大起。

"连小娘子，不知令尊是谁？"见王大大咧咧地坐在主位之上，眯着眼睛打量连若涵，将曹姝璃已然抛到了脑后。和曹姝璃的温婉端庄相比，连若涵的高贵气息和冷傲更得他心，"不知连小娘子是否婚配？"

夏祥愕然，见王前来寻他，不说正事，却调戏连若涵，不由得暗暗摇头，以见王如此性情，还想和三王爷一较高下，实在是太过浅薄了。

若是换了别人，连若涵转身便走，连话都懒得多说一句，只是见王是王爷，她心中再是不喜，也只得忍耐："回见王，小女子出身寻常人家，家父之名，不值一提。"

见王打了个哈哈，看出了连若涵的冷淡，呵呵一笑："怎么，连小娘子厌烦本王不成？本王问你是否婚配，你为何不答？"

"未曾婚配。"连若涵实在无奈，只好据实回答。

"如此美好的小娘子还没有许了人家，是小娘子眼界太高了吧？"见王手中把玩一块美玉，顺手递给连若涵，"连小娘子，你看本王如何？来，本王将心爱之玉送你，以表情意。"

连若涵后退一步，拿出若尔，正色说道："请见王殿下自重。小女子未曾婚配，却已经私订终身，此物便是定情信物。"

见王并不看连若涵手中信物，虽若尔精美无比，比起他手中之玉不遑多让，他却只在意连若涵的意中人是谁："连小娘子已然私订终身了？是谁家子弟？"

"夏祥。"连若涵落落大方地说出了夏祥名字，朝夏祥娇羞一笑，似乎二人真是情投意合的璧人一般。

夏祥也不客气，回应了连若涵一个含情脉脉的微笑。

曹殊隽险些没有惊叫出声，什么时候连若涵和夏祥私订终身了？他怎么一无所知？好在他还算反应机智，没有当面问出口。

"又是夏祥！"见王鼻子险些没有气歪，他看上曹小娘子，曹小娘子是夏祥的未婚娘子，相中了连若涵，连若涵又和夏祥定了亲。夏祥难不成是上天派来专门刁难他的克星？

“夏祥！”见王从小到大从未有过如此挫败，接连被两个小娘子回绝，而且二人心中所属的还是同一人，此人又是和他有过过节的夏祥，他终于忍无可忍，拍案而起，“方才本王路遇曹小娘子，她说和你已经定亲，现在又有连小娘子说和你有婚姻之约，你就不怕追究你一个妻妾失秩？”

大夏《户婚律》规定，一名男子只可有一名妻子，若是有两名妻子，则是重罪。以婢为妻“徒二年”，以妾及客女为妻“徒一年半”。

连若涵听闻此言，眼中微露惊愕之意，朝夏祥悄然一笑，既是笑夏祥挑动了曹姝璃芳心，又是笑他惹了麻烦，笑过之后，也不说话，就想看看夏祥如何过关。

大夏对于一夫多妻严惩不贷，若是官员，会被免官流放。若是平民，也会被杖责之后再流放外地。

夏祥对连若涵隔岸观火的态度颇有几分不满，事情因她而起，她却假装事不关己，确实气人。不过又一想，连若涵亲口说出和他定亲，虽说他心里清楚连若涵只是为了应付见王而随口一说，人家毕竟是女子，主动以身相许，他也要拿出男子气概才行，当即后退一步，长揖一礼：“见王殿下，学生虽一介平民，幸得曹小娘子、连小娘子青睐，愿以身相许，学生何德何能，敢不欣然应允？只是曹小娘子、连小娘子皆是大家闺秀，家世良好，只可为妻不可为妾，学生自知大夏律法不许一夫二妻，是以……”

“是以怎样？”见王鼻孔朝天，冷哼几句，“你才考了一个功名，不怕因为此事被革除？本王劝你赶紧回头是岸，只娶一个才是正经。本王问你，连小娘子和曹小娘子，你想娶哪一个？”

曹殊隽顿时支起了耳朵，在见王面前，夏祥之话一旦出口，想要收回，就很难了。再万一见王真的过继给皇上，成为太子，日后当了皇上，夏祥之话若不兑现，便成了欺君之罪。

就连连若涵也是肃然正色，不知夏祥会如何回答。若是选她，她并无嫁夏祥之心，岂不耽误了夏祥害了自己？若是选了曹姝璃，是在夏祥心中她不如曹姝璃。她哪里不如曹姝璃？姿色？品行？身世？她自认无论哪一方面自己都不比曹姝璃差上分毫。

一时之间，连若涵患得患失，心思浮沉，竟不知如何是好了。

“夏祥不才，得两位娘子芳心暗许，自然是要两人都娶。”夏祥大言不惭，反正他很是坦然，曹姝璃和连若涵都主动说与他定亲，他将错就错就当确有其事好了，所谓好女不嫁二夫好男要娶二妻，他面不改色心不跳，脸都不曾红一下，

“舍此娶彼非我之愿，也伤人之心。”

“你、你、你……”见王气得一拍桌子站了起来，“大夏律法何时规定你一人可娶两房妻子了？本王要向皇上参你一本，革除你的功名再流放三千里。”

“见王殿下息怒，夏祥娶两房妻子非我之愿，实在是有迫不得已的苦衷。”夏祥一本正经地诉苦，“家叔早逝，膝下无子，夏家两门，只有我一人单传，是以家叔临终之前将家门托付于我，我一肩挑两门，一房妻子是本家，一房妻子是家叔家门……”

不知何故，连若涵芳心一阵暗喜，竟有长舒一口气的感觉。一肩挑两门合情合理，也合乎律法，夏祥可以名正言顺地娶两房妻子，非但不会因此被惩处，还会因孝道而受到嘉奖。

见王缓缓坐回了座位，脸色阴晴不定，遗憾、无奈、不甘以及愤恨。过了片刻，他犹如变脸一般脸色缓和了下来，哈哈一笑：“原来如此，原来如此，本王错怪你了。夏祥，本王倒要恭喜你喜得两位如花娘子，何时成亲，记得知会本王一声，本王要亲自为你主持婚礼。”

“多谢见王殿下。”夏祥低眉顺眼，恭敬地叉手作礼。低头时，却偷眼去瞧连若涵，不想连若涵也正偷眼看他。二人四目相对，连若涵失去了往常的镇静，假装是在地上寻找什么，眼神跳到了一边。

“连小娘子，你和夏祥何时完婚？”见王也不知是故意为之，还是心有不甘，又问连若涵。

连若涵低头含羞，低声说道：“小女子和夏郎君一见误终身，不，一见定终身，虽两情相悦，尚未相亲。相亲之后，再定婚期。”

大夏风俗，经媒人说亲之后、新人成亲之前，要先相亲。男家选好日子，备上酒水拜访女家。也可以不去女家，双方约定园圃、湖舫相见，也是可以。因是男女两家亲人相见，谓之“相亲”。

由于大夏风气延续大唐，男女未经媒人介绍便私订终身者数不胜数，定下终身再去相亲，不过是走个过场，除非两家家境相差太多，双方父母反对，否则大多婚事可成。

见王点头说道：“既然你二人情投意合，相亲不过是例行公事，若是你二人父母有谁不许，就说本王说了，谁也不许拦你二人成亲。”

夏祥方才虽顺水推舟，有意调戏连若涵，只不过是戏言，见王态度忽然大变，竟有玉成二人之意，不是心血来潮，必是顺水人情，有事相求，他闻弦歌而知雅意，施礼说道：“多谢见王殿下成全。见王殿下如此体恤学生，学生何以为报？”

连若涵退到一边，脸上红晕飞起，微微发烫。想她不知拒绝了多少高官子弟的求婚，也打跑了多少调戏她的登徒子，今日却被夏祥占了便宜，着了夏祥的道儿，又无法反驳，不由得又气又恼又羞又急。

见王哈哈一笑，夏祥的话他听了十分受用，也深为夏祥的机智而叫好，一拍夏祥的肩膀说道："夏祥，本王正好有一事要你帮忙……"

"敢不效劳。"

"事情不大……"见王目光一扫，落在了沈包和曹殊隽身上，嘴角闪了一丝轻蔑之意，"此话不入六耳。"

沈包和曹殊隽会意，二人躬身告退。连若涵也要告退，见王摆了摆手："你是夏祥的娘子，无妨。"

连若涵只好一脸娇羞又大感无奈地退到一边。

见王继续说道："三日后的殿试，本王要你做一件事情……"

重头戏来了，夏祥洗耳恭听。虽说他还不清楚见王是受何人所托，但见王的背后是景王，见王一人相当于两大王爷出面，非同小可。很显然，见王在此事之中是站在了三王爷的对立面。

对了，站在三王爷对立面的，还有庆王。

有了见王、景王和庆王，就足够让三王爷头疼了，且先不管五王爷云王是何态度，三大王爷若真是联手对付三王爷，三王爷也吃不消。

/ 第六十三章 /

观心阁

“你在科场之上所做文章，是否可以一字不差地默写下来？”此事事关成败，见王也是隐有担忧，是以一颗心提到了嗓子眼儿里。

是谁想到的妙计，和他之前所想一样，夏祥心中暗喜，难不成除了高亥之外，考官三人之中，还有人可以暗中策应？他不及多想，忙说：“一字不差，半个时辰足矣。”

“好，太好了。”见王双手握拳，喜形于色，“殿试之时，你只管将你在科场之上所做文章一字不差地默写一遍即可，其余之事，不必多想。”

“遵命。”夏祥并不多问为何如此，又有何用意，只管一口应下。

见王对夏祥的态度甚是满意，双手一背，恢复了一脸倨傲之色：“本王就此告辞，夏祥，你好自为之。记住，本王并未来过客栈，你也没有见过本王。”

夏祥暗笑，见王到底年轻，特意强调一句，反倒画蛇添足了。

送走见王，连若涵按捺不住心中好奇，问道：“见王的话，是何用意？”

夏祥双手一摊，摇头说道：“我也不知，不过既然是见王相托，必是好事，我只管照做就是了。”

“休要骗我，以你的狡猾，若无十足把握，怎会一口应下？夏郎君，你当我好欺负不成？”连若涵似笑非笑地望着夏祥，经方才一事，她和夏祥虽无定亲之实却有定亲之名，无形中感觉密切了许多。

“狡猾？用语不当，是机智好不好？”夏祥笑道，“我所虑的是见王到底是受何人之托，见王所交代之事，绝非是他的主意。但若说是景王之意，也似乎牵强，难道是庆王之意？”

见夏祥还是不肯说出见王的真正用意，连若涵也不再多问，让令儿叫人来为夏祥整理行囊，搬往观心阁。萧五也不闲着，来搭手帮忙。幔陀却是袖手旁观，既不上前，又不远离，只抱剑在一旁冷冷观看。

曹殊隽对夏祥和连若涵“私订终身”一事虽有不满，却还是忙前忙后帮夏祥收拾行李。好在夏祥和萧五二人并无多少东西，连一车都装不满。

得知夏祥就要搬走，张厚、时儿和沈包都来送行。时儿依依不舍，非要问夏祥搬往何处，张厚却只是淡淡地随口一问，郁郁寡欢，精神萎靡不振，显然还没有从名次排在沈包之后的打击中恢复过来。沈包也有几分不舍，只是刚才见了见王特意来寻夏祥之举，心知夏祥现今已是各方势力的支点，他已然高攀不起，也就没说什么。

夏祥却是看出了沈包的落寞，有心邀请沈包一起入住观心阁，但又恐张厚多想。正踌躇难决时，连若涵却向前一步，开口说道："沈郎君，小女子有一个不情之请，观心阁有几处景观尚未完工，小女子有意仿照江南园林建造，沈郎君是南方人氏，可否到观心阁盘桓几日，指点一二？"

沈包正愁不知如何开口追随夏祥而去，一听此话，当即喜道："指点不敢，愿将平生所学所见所闻，尽数付于观心阁。"

"幔陀娘子一同去否？"连若涵很想结交幔陀，见幔陀不离夏祥左右，就开口相邀。

"夏郎君去哪里我就跟到哪里。"幔陀脸色波澜不惊，"我只要住在离夏郎君最近的一间厢房即可。"

若是外人听了此话，还以为幔陀是夏祥的小妾。先纳妾后娶妻，是常见之事，不足为奇。连若涵却是知道幔陀的一身武功，心中一动，莫非夏祥遭遇了什么危险？幔陀娘子对夏祥如此亦步亦趋，分明是想保护他的周全。

夏祥得曹小娘子青睐也就罢了，连幔陀也关爱有加，他还真是一个情种。连若涵心中没来由一阵气愤，又一想，何必在意夏祥的风流韵事，与她何干？她所看中的只是夏祥的才华和才干以及洞察局势的眼力，至于其他，才不去多管。

观心阁位于安宁河畔，左右都是民宅，方圆百丈之内，没有商铺商贩，也无官府衙门，地处繁华之地却无喧闹之扰，当真是一个难得的闹中取静的桃源。夏祥一见之下就欣喜不已。

朱漆大门，拴马桩，两头狮子把守大门。观心阁的外面，和寻常府邸一般无二，低调含蓄之中，透露出一丝隐藏不露的奢华。大门两侧的柱子上题有一副对联，上联，为学深知书有味，下联，观心澄觉室生光。

迎门的影壁，是汉白玉所制，上面雕刻了一幅"松下问童子"壁画，画风古朴，颇有禅意。落款是贾岛之诗：松下问童子，言师采药去。只在此山中，云深不知处。

绕过影壁，是一处方方正正的宅院，正中是会客厅，左右两侧是客房。穿过角门，来到后院，豁然开朗。一处近三亩的院落，或高或矮或疏或密的绿树鲜花，将院落点缀得花团锦簇。再有小小竹林和假山坡地，仿佛一处花园。

再向前走，有一株柳树，遮天蔽日，少说也有百十年树龄。柳树一侧，有一道清泉迤逦而去，顺着清泉望去，不远处是一方小亭。小亭四周聚水成池，池塘不大，却正好将小亭包围其中，有一座小桥飞架亭上。

亭中有石桌石椅，可容四五人对坐。人在亭中，举目四望，有花有水，飘然有出尘之意。

小亭之上，还有一座飞桥通往一个拱门。穿过拱门，后面是一处更大的院落，有十余亩大小，院落正中，是一方池塘，池塘之中水草丰茂，芦苇成群，荷花层层。池塘正中，堆土成丘，是一个方圆数百丈的小岛，小岛之上，散乱堆积一些假山木材。果然是尚未完工，还在建造之中。

并未有桥通往池中小岛，只有船只可以通行。池塘四周，种植各类树木，郁郁葱葱，一片繁茂景象。

真是好地方，夏祥心中赞叹不已。粗算一下，观心阁少说也价值百万贯之多。且不说价值几何，单是在上京繁华之地有如此占地之广的一处宅院，非有钱可以得之，必有权势才成。

曹用果身为朝廷命官，虽只是从五品的少卿，毕竟也是京官，但曹府与之相比，不但小了一半有余，所处位置和奢华程度，相去甚远。少说也得二品大员才能享用如此地段如此奢华如此宽阔的宅院。

连若涵到底是何许人也？夏祥心中更加好奇。莫非她真是来自四大世家其中之一？“夏郎君还满意否？”连若涵嫣然一笑，三分俏意七分得意，就如女子向心爱的男子炫耀自己的非凡成果，有一种邀功的意味，“若不满意，还有两处宅院可供夏郎君挑选。”

“满意，多谢连小娘子盛情厚意，不知在下何以为报？”夏祥顺势接下连若涵的邀功。

“不对，不对，既然连小娘子和先生都定亲了，先生应该称连小娘子为娘子，连小娘子要叫先生官人……”萧五嘿嘿傻笑，“官人和娘子，都是同床共枕的夫妇，还谈什么报答？”

沈包憋得脸红脖子粗，就是不敢笑出来。萧五憨憨的样子，似乎缺心眼，但有时冷不防插上一句，却总有画龙点睛之妙。

幔陀却是丝毫没有笑意，她抱剑站在几人身后，目不斜视，一脸漠然。曹殊隽则愤然不平，有心指责夏祥朝三暮四见异思迁，但想起夏祥一肩挑两门的特殊身份，话到嘴边又咽了回去。谁让姐姐和连小娘子都主动承认和夏祥定亲，又不是夏祥先说和她们定亲，能怪夏祥吗？不能。

连若涵的脸微微一红，若是别人，她必然不快，只是对方是萧五，一个心窍没有全通的少年，她若和他一般见识，岂不是有失体统？只好嗔怪地白了夏祥一眼：“夏郎君，莫要让萧五乱说，此事不宜传扬。”

夏祥脸色一收，肃然正容：“萧五，以后不得在连小娘子面前无礼，不管我有没有和连小娘子成亲，你都要对她执弟子之礼。”

萧五和夏祥心意相通，听出了夏祥的言外之意，当即后退一步，弯腰一礼：“是，先生，萧五遵命。”又朝连若涵叉手一礼，“萧五以后听从师娘吩咐，不敢再在师娘面前放肆半句。”

“师娘？”连若涵一时没反应过来，但随即一想便明白了几分。萧五在夏祥面前一直执的是弟子之礼而不是下人之礼，是以称呼夏祥为先生称呼她为师娘。

连若涵对王公权贵子弟的求婚、对登徒子的调戏、对好色士子的孟浪，都应对自如，却对萧五的懵懂和痴呆束手无策，她再是落落大方，毕竟也是女子，何况事情本来由她引起，不由得又悔又恼，恨恨地一跺脚，转身便走：“夏郎君，有事只管吩咐管家连升，我先告退了。”

夏祥想要送连若涵，却晚了一步，连若涵不等他说话，竟快步如飞，转眼间走远了。

沈包和曹殊隽对视一眼，一起哈哈大笑。

夏祥几人住在了观心阁。观心阁一应俱全，除了管家、管事齐备之外，所有杂役、厨娘、看家护院下人也应有尽有，俨然就是一座只缺男主人的府邸。夏祥自是无比满意，沈包和曹殊隽也是欢喜得紧，曹殊隽大有乐不思蜀之意，非说以后就常住观心阁不回曹府了。

夏祥本不想住在正房，正房是主人所住之处，管家连升非说连小娘子吩咐过了，务请夏郎君入住正房，否则他要被罚。夏祥无奈，只好恭敬不如从命。

正房的左右厢房，左边是幔陀，右边是萧五。曹殊隽和沈包各自住了客房。虽也有单独院子另有正房可选，但曹殊隽和沈包却偏要和夏祥同一个院落，是以住在客房。

是夜，明月当空，十分圆满，正是秋高气爽赏月的好季节。夏祥几人坐在院中的葡萄架下，举杯邀明月，一时欢声笑语，洒落观心阁。

再说连若涵离开观心阁后，回到了自己在京城的宅院莲轩。莲轩无论大小还是布置，都不比观心阁逊色半分，只是宅院上下虽挂满灯笼，灯火通明，人来人往，却总是少了一丝人间的烟火气息。

连若涵一人坐在书房之中发呆，心思渺茫，忽起忽落。忽听有人禀告，肖葭来访。

连若涵的书房，素净雅致。金丝楠木的书桌之上，左侧有一方易砚，右侧是一方端砚。南端北易，易砚和端砚齐名。易砚产自河北路易州，上京南下两百余里的易水河畔，出产一种色彩柔和的紫灰色水成岩，有紫、绿、白、褐色，天然点缀有碧色、黄色斑纹，石质细腻，柔坚适中，色泽鲜明，为砚颇佳。雕出的砚台精美古朴，保潮耐固，易于发墨，宜书宜画，书写流利。

端砚和易砚之上，各有一方笔架。笔架由小叶紫檀木所制，精雕细刻，上面各挂有毛笔数只。左侧的笔架上是宣笔，此笔因产自宣州而得名。右侧的笔架之上是散卓笔，为宣州诸葛氏创制，因此又称“诸葛笔”。两种毛笔的下端都刻有名字：大夏著名制笔大师三戒和月关。三戒和月关多年以前已经不再亲自动手制笔，由弟子代劳。二人因名气太大，朝堂之中凡有名望之人，都以持有二人其中之一的一只毛笔为荣。一只毛笔高达百两以上银子不说，还千金难求。连若涵的两支笔架之上，少说也有十只之多。

若是让人见了，必然会无比羡慕。

文房四宝，笔砚之外，纸和墨不用说，自然也都是上品。

连若涵铺开一张凝霜纸，拿起一只宣笔，用徽墨在易砚中研磨。凝霜纸洁白细腻、质若凝霜。徽墨一经研开，满室生香。所谓天下墨业在绩溪，徽墨素有“拈来轻、磨来清、嗅来馨、坚如玉、研无声、一点如漆、万载存真”的美誉，且徽墨因制作工艺复杂，添加冰片、麝香、金箔、珍珠粉等，防腐防蛀，故在牌匾上题诗写字，因麝香的穿透作用，将墨带进木中，才有入木三分之感。

徽墨素有一两徽墨一两金之称。

无论是凝霜纸、端砚易砚，还是宣笔、散卓笔，以及徽墨，都是好景常在名下产业之一。连若涵微一凝神，手腕轻舒，在凝霜纸上写就一首《诗经》之诗：风雨凄凄，鸡鸣喈喈。既见君子，云胡不夷？风雨潇潇，鸡鸣胶胶。既见君子，云胡不瘳？风雨如晦，鸡鸣不已。既见君子，云胡不喜？

窗外不知何时下雨了，风雨交加，声声入耳，正和连若涵的题字应景。

/ 第六十四章 /

反骨

“连小娘子是有了意中人吗？”肖葭悄然进来，站在连若涵身后，目光流露赞赏之意，连若涵的字秀气柔美，仔细再看，柔美之中又隐含刚强坚韧。

诗言心声，连若涵的诗出自《诗经·国风·郑风·风雨》，是说一个女人见到了意中人，心中怎能不开心高兴的心情。

连若涵粲然一笑，放下宣笔：“哪里有什么意中人，不过是想起了这首诗，随手一写罢了。肖娘子，肖家漆器最近如何？”

肖葭盈盈一笑：“肖家漆器现今是上京最有名的，最新推出的几款漆器，很受欢迎，第一批几千件卖得一件不剩，正在紧急从泉州调货。”

肖葭最近忙着肖家漆器的扩张，已经相中了三家店面，业已谈妥，只待择日开张。安自如回了泉州，负责货源的供应和调配，她一人照应几家店面，自然忙不过来。李鼎善住在景王府中，忙朝堂之事，不可能帮她打理生意。她近日正在物色得力之人帮她打理，否则三家店面全部开张之后，她分身乏术，应付不过来。

虽忙，却始终在关心夏祥。得知夏祥落榜后，她焦急万分，却无计可施。好在李鼎善背后帮夏祥应对，她才稍微心安。若是夏祥落榜，以后该如何是好？况且以夏祥的才学，即使不中状元，探花也不在话下，文昌举怎能如此无耻，非要拿下夏祥功名？

李鼎善并未对肖葭说起夏祥功名被文昌举拿下的前因后果，朝堂之事，还是少让肖葭知道为好。肖葭跟随连若涵在生意上有一番作为足矣，不必再介入朝堂纷争。

肖葭自然对李鼎善言听计从，也不曾问过李鼎善连若涵到底何许人也，可李鼎善也不得而知，只凭猜测认定连若涵若非四大世家之人，便是五王爷暗中扶植的势力。只因四位王爷之中，大王爷景王最低调沉稳，暗中在布局金甲营，并未培植生意上的势力。李鼎善对景王最为了解，也清楚景王的重心所在。

三王爷星王的着力点也大多在朝堂，掌管吏部以及上京府，就足够他应付了，何况现今宰相候平磐把持朝政大权，三王爷又和候平磐交好，候平磐事无巨细都向三王爷禀告。是以李鼎善推测，连若涵并非三王爷之人。

四王爷庆王心向佛道，醉心书画，似乎不问世事，对自己所掌管的礼部被三王爷抢走也毫不在意，虽然李鼎善清楚四王爷并非真正的心在方外，却也猜出连若涵和四王爷并无干系。

那么就只剩下一个五王爷了。

五王爷云王在几位王爷之中，年龄最小，存在感最低，很少有人想起他的存在。外界有关五王爷的传闻，又是最少。李鼎善却是清楚，既无传闻又无喜好的五王爷，别看年龄最小，却是最让人琢磨不透。以五王爷正值壮年的年龄，要么纵情山水醉心武艺痴迷书画，要么声色犬马，不管好坏，总要有所爱好才是人之常情。若全无爱好，就只有一种可能了——爱江山。

是以李鼎善认为，连若涵若非四大世家之人，便是五王爷暗中培植的势力。

四大世家自唐以后，不再如以前显赫，但势力依然惊人，余威仍在。只不过由以前的显赫天下摇身一变，沉寂民间，不再抛头露面，更不参与朝堂争斗，安分守己当盛世富家翁。只是有心人都清楚一点，四大世家表面上销声匿迹了，实则在暗中积蓄力量，伺机东山再起。

肖葭却不管许多，无论连若涵是五王爷的势力还是四大世家之人，都无关紧要，她只看重连若涵的为人和能力。

好在夏祥吉人天相，名中一个祥字，还真的是遇难成祥，最终榜上有名。虽是榜尾，也好过落榜。听闻此事除了先生在暗中推动之外，夏祥自己也好生谋划了一番，充分让各方势力为己所用，肖葭暗中大为赞叹的同时，又更加坚定了自己的看法：夏祥日后必定会大放光彩。

眼下生意正在扩张的紧要关口，她忙得不可开交。在得知连若涵和夏祥认识之后，夏祥也有借助好景常在之力的举动，她大为欣喜，夏祥的想法和她不谋而合，可见夏祥除了博学多才之外，还有经商头脑，着实难得。

“泉州之地，路途遥远，调货运来上京，不管车队还是船队，都旷日持久，不如在北方寻一合适地方，建造一处专门制作漆器的作坊，可以就地取材，就地制作，以便随时供应上京几家漆器商行之需。”连若涵很是欣赏肖葭的才能和聪明，得肖葭之助，她不但有信心可以将好景常在的规模进一步扩大，更相信肖葭可以成为她的左膀右臂。

“倒也是好主意，建在哪里好呢？”肖葭微一沉思，“上京之地，寸地寸金，若是建在上京，成本居高不下。”

“不如建在真定府……”连若涵心中只一想便有了计较，“真定距上京三百余里，说远不远说近不近，且滹沱河向东百余里和运河相通，方便船运。”

“为何建在真定府而不是建在西京？”肖葭却有自己的见解，“西京河南府距上京一千余里，虽远了一些，却和泉州更近，船运马队都更加便利。相比之下，洛州比真定更为繁华。”

大夏原本有四京，即东京开封府、西京河南府、南京应天府、北京大名府。后扫北之后，定都上京，便成了五京。除了东京开封府又名临安之外，其余几京，依旧保留原名。

“就选真定府了，西京还是离上京远了一些。”连若涵选在真定府，自有深远用意，却不便告诉肖葭。

肖葭也是聪明女子，见连若涵心意已决，自然不再多说什么。

“夏郎君一行住在了观心阁……”连若涵眼皮微微低下，目光又落在她刚才题写的诗句之上，眼中蓦然闪过一丝光彩，“观心阁还有许多空余房间，肖小娘子若要想住，也可以搬去。”

“多谢连小娘子好意，还是不用了，我自有住处。再者住在观心阁，离漆行也太远了一些。”肖葭心中一动，连若涵微微失神的神态被她尽收眼底，她不免暗自揣测，莫非连小娘子和夏祥日久生情，暗生情愫了？

肖葭住在一处偏僻而幽静的小院之中，是李鼎善为她安排的住处。她现在还不便过多地抛头露面，以免为李鼎善带来麻烦。其实她此时很想和夏祥相见，奈何先生不许。先生说了，时机还不成熟。

也不知道什么时候时机才能成熟？肖葭心中喟叹一声，她深知先生深谋远虑，必然是为夏祥和她考虑，只是夏祥现在虽步步危机，却步步高升，和她有渐行渐远之势，她心中大感无奈。

告别连若涵后，肖葭返回住处。她的住处离莲轩并不太远，虽风雨交加，还好她有马车。本来连若涵要留她住下，但她还是执意要回。

肖葭的心思就如漆黑之夜的风雨，浮沉不定，飘摇不定。她坐在马车之中，随着马车左右晃动，不时想起她和夏祥在中山村一起度过的三年时光。有多少欢笑和美好，有多少往事和留恋。夏祥已经深深地印入了她的心房之中，再难消灭。只是先生说过，她并不能嫁与夏祥，她和夏祥之间，有一条深不可及的鸿沟无法跨越。

一阵急风吹来，带动车帘，车帘飞起，外面的光亮照进了车内。肖葭蓦然惊醒，抬头一看，马车正路过一处灯火通明的府邸，府邸的牌匾之上两个大字：文府。

文昌举文尚书之府。

门口停了一辆马车，有一人正在下车。灯光昏黄，此人低头下车，面容一半隐没在黑暗之中，一半被灯光照亮。虽只看了他一半面容，肖葭却一眼认出此人正是礼部侍郎高亥。

高亥夜访文府，是为何事？肖葭并不知道今日放榜还有过换榜的乌龙之事，她随李鼎善暗中见过一些京中高官，是以认得文昌举、高亥、陈封等人。

高亥下车之后，躲避地上积水，提着衣袍上了台阶，习惯性回身一看，肖葭的马车正好一闪而过，消失在茫茫夜色之中。因肖葭的马车既不奢华又不香艳，又是极其普通的颜色，是以并未引起他的注意。

高亥在管家的带领下，急匆匆来到客房。深夜接到文昌举召唤，他虽不情愿，却还是急急赶来，心里清楚文昌举是为了今日两榜乌龙之事。

文昌举负手而立，背对高亥，面对正堂。正堂的墙壁之上，有一幅《万里江山图》。

高亥趋步上前，叉手一礼："下官见过文尚书。"

文昌举并未回身，肩膀微微颤抖，摘了官帽的他头上华发丛生，背也佝偻了几分，远不如白日在贡院之时官威十足。

"高侍郎，你从本官背后观看，可曾看到本官生有反骨？"文昌举的声音三分冷落七分官腔。

高亥微微一怔，嘴角闪过一丝玩味的冷笑，语气却十分恭敬："下官不敢冒犯文尚书。"

"你还不敢？"文昌举肩膀的颤抖更激烈了，他猛然回头，双目圆睁，胡须剧烈抖动，"你，你，你擅作主张添加了夏祥上榜，在你眼里，还有本官还有庆王还有皇上吗？"

若是以前，高亥此刻早就"扑通"一声跪倒在地，声泪俱下或是诚惶诚恐地认错，再为自己辩解一番，最终说得文昌举相信并原谅为止了。可今日他却不慌不忙地再次弯腰施礼，干笑一声："文尚书有所不知，下官并非擅作主张添加了夏祥，而是为皇上和庆王殿下选拔英才，为文尚书纠错补缺，捡漏拾遗，以免有遗珠之憾。陈侍郎、章学士都知道此事，也赞同下官之见，认为夏祥之才，本该录取。若不录取，才是欺君之罪。"

文昌举手指高亥鼻子，浑身都颤抖了，嘴唇翕动半天才说出话来："高、高、高亥！你私下串通陈封、章则是，枉本官一向视你为心腹……"

心腹？高亥嘴角闪过一丝不屑的冷笑，奴才还差不多，他脸上还是保持了应有的谦恭笑容："文尚书言重了，怎么叫串通？下官领朝廷俸禄，自当为国分忧为皇上效劳。下官身为考官之一，难道连录取一名考子的眼光和权力都没有？”

文昌举颓然坐回座位上，有气无力地说道：“夏祥的试卷，不是已经毁掉了吗？”

“文尚书特意抽出夏祥试卷，令下官涂抹毁坏，下官当时一忙就忘了此事，将试卷随手放到了一边。后来放榜之时被陈侍郎看到，陈侍郎惊为奇文。章学士放榜之后，才看到夏祥文章，也是叹为观止。我三人商议之后，决定换榜添上夏祥之名，以免错失大才。”高亥说得轻松，其实当时他之所以没有听从文昌举之言涂抹并毁坏夏祥试卷，也是犹豫再三。毕竟兹事体大，虽说文昌举在贡院一手遮天，又有三王爷之助，拿掉一个小小的夏祥，不过是举手之劳，但万一东窗事发，背黑锅的人却是他而不是文昌举。

是以高亥考虑来考虑去，最终还是留下了夏祥的试卷。直到黑榜事发以及曹用果夜访高府，和他一番密谈之后，他更是无比庆幸当时没有毁掉夏祥的试卷，而及时转向联合陈封、章则是补录夏祥，在他看来简直就是神来之笔！

“你……”文昌举已经气得说不出话来，他不敢相信跟随他多年对他事事听从的高亥居然在如此重要事情之上，阳奉阴违，背后捅他一刀，他双眼圆睁，须发皆张，似乎就要暴起，最终却只是怆然摆手，“你，你走！”

“下官告退。”高亥低眉顺眼，依然恭敬十足，“文尚书千万保重贵体，朝廷现今正是用人之际。”

文昌举等高亥走后，一人呆坐半天，眼神默然无光，喃喃说道：“这可如何是好？蔡北偷梁换柱，抄了夏祥的试卷……来人，快传蔡北。不，回来，让蔡北到安定河通惠桥下的画舫上一见。”

风雨如晦，鸡鸣不已。夜，更深了，雨，更大了。

/ 第六十五章 /

殿试

三日后，殿试。

一早，夏祥等人就在礼部官员的带领下，穿戴一新，并且学习了如何行礼以及其他众多注意事项，后在内侍的引领下，排成两列，入宫觐见。

夏祥排在队尾，他前面是滕正元和吴永旺。二人肃然正容，见到夏祥只是微一点头，仿佛不认识一般。

张厚和沈包二人排在前面，二人也是点了点头，并未说话。

大夏初始定都东京，后北上之后，才定都上京。东京的皇宫由此闲置。和东京皇宫相比，上京皇宫无论规模还是建制，都气派了许多。

上京皇宫沿上京中线所建，有大小宫殿七十多座，房屋九千余间，分为外朝和内廷两部分。外朝的中心为太和殿、中和殿、保和殿，统称三大殿，是举行大典礼的地方。内廷的中心是乾清宫、交泰殿、坤宁宫，统称后三宫，是皇帝和皇后居住的正宫。

皇上殿试之地是讲武殿。

此科一共录取考子一百一十名。

夏祥第一次步入皇宫，虽充满好奇，却不敢东张西望，只是偷眼看了几下。只见各个屋顶铺满各色琉璃瓦件，庄重肃穆。主殿以黄色为主，也有绿色的次殿，而蓝、紫、黑、翠以及孔雀绿、宝石蓝等五色缤纷的琉璃，多用在花园或琉璃壁上。

朝阳升起，映照得整个宫殿群金碧辉煌，红墙青砖，层叠如山，好一派盛世气象。

从正门步入皇宫，走了约半个时辰，来到了讲武殿。

夏祥跟随众考子进去之后，遥见大殿正中有一纱帘，帘后坐有一人，影影绰绰看不分明，只听内侍喝了一声喏，众人一齐跪拜在地，山呼万岁。

纱帘之后传来一个威严的声音：“平身。”

若是别人听了，或许不会多想，夏祥粗懂医术，听了却是心中一跳。若纱帘之后之人真是当今圣上，从他说话声音判断，中气稍有不足，显然并未痊愈。

又一想，暗自笑了，怎会有如此奇怪的念头，高坐讲武殿上之人，不是当今圣上又能是谁？若是别人，岂不是犯了大逆不道之罪？再者以纱帘相隔，不以本来面目示人，应是皇上龙体欠安，不想让考子见到皇上的大病之相。

夏祥坐到自己的座位之上——大殿两侧已经布置好座位，事先得到吩咐的考子有序地入座。除了张厚之外，其余人等都是初次得见圣颜，都抱了三分兴奋七分敬畏。

张厚的座位还算靠前，正好和沈包相对而坐。沈包的右首坐有一人，约二十岁出头，白净无须，瘦脸浅眉，小鼻子小眼睛，颊高有骨，唇薄无肉，眼神漠然，透露出一股刻薄之相。

沈包寻找夏祥时，不意和右侧之人目光相对，他淡然一笑，点了点头。右侧之人冷冷看了他一眼，扭过头去，仿佛和他多说一句话就有多自降身份一般。

沈包自嘲一笑，目光寻到了夏祥，冲夏祥点头一笑。目光正要收回时，又看到了滕正元和吴永旺二人。

滕正元和吴永旺二人也是相对而坐，在中间的位置。二人并未像他人一样偷眼乱看，而是端身正坐，目不斜视，仿佛在闭目养神。

和夏祥所想的不太一样，今日殿试，除了帘后的皇上之外，就是文昌举和高亥、陈封、章则是三位考官，并多了数位阅卷官，除此之外，并无其他人等。不要说三王爷了，就连掌管礼部的庆王也不见人影。

或许在别的考子眼中，可以得见圣颜已是天大荣耀，并不多想其他。夏祥却是清楚，往年殿试，除了皇上、主考官之外，还会有宰相、礼部和吏部官员在列，为何今年如此冷清？或说如此潦草从事？候平磐身为宰相之尊，也不出现在殿试之中，实在说不过去。

想了一想，不得要领，毕竟圣心难测，夏祥就不再胡思乱想。皇上虽未直接露面，却还是隔帘主持殿试，由此可见，一是皇上病情应有好转，二是皇上亲自主持殿试，是想让此届考子依然是天子门生。

文昌举神色从容，一副胸有成竹的表情，不再是和高亥夜谈时颓然沮丧的面容。他在说了一番叩谢皇恩的话之后，转入正题："蒙圣上恩准，今日殿试，诸位当谨记圣贤教诲，书写道德文章，不可贪快求速，一味冒进。"

太祖至太宗年间，共有二十余名状元是因在殿试之时第一个交卷而被点中，一时之间，以速度定输赢蔚然成风，让许多喜欢深思熟虑用词缜密的考子大受打击。导致只求速度而不求知识积累，一些士子甚至相互吹捧，哄抬草率成篇者的身价，以制造知名度。已经有了应试资格的举子以此为荣，准备应试的学童也群起仿效，逐渐形成一种华而不实的文风。

后来有大臣上书，痛斥此等不正之风，太宗决定不再以行文的快慢作为决定名次的标准。

“今日圣上出的题是《民监赋》。”文昌举目光迅速扫过在场的考子，视线在蔡北和夏祥的身上短暂停留之后，轻轻咳嗽一声，“下面开始答题。”

众考子虽对纱帘后面的皇上既敬畏又好奇，却也知道此时不是瞻仰天颜之时，若是笔下文章得到皇上赏识，以后不愁成为皇上身前红人，于是人人都苦思冥想奋笔疾书。约莫一个时辰后，就有一人交卷了。

所有人的目光都投向了交卷之人，方才文昌举明明说了，不可贪快求速，限定两个时辰交卷。此人为何如此大胆，明知故犯？

夏祥正在用心做作文，抬头一看交卷之人，不由得为之一惊，圆脸浓眉大眼，不是别人，正是滕正元。

滕正元朝夏祥微一点头，目光坚定之中又有一丝义无反顾的决绝，不由得夏祥心中一凛。想起见王的嘱托，不由得眯起眼睛认真想了一想，继续默写他在贡院考试时所写的《刑赏忠厚之至论》。因早已烂熟于胸，是以一挥而就。

写完之后，才又开始切入今天殿试的题目。《民监赋》的题目并不偏僻晦涩，难度中下。不过若是难度中下的出题，越不容易写出新意。夏祥提笔深思片刻，终于落笔破题：“运启元圣，天临兆民……”

高亥路过夏祥身边，眼睛一瞥，正好落在夏祥的破题之上，顿时眼睛一亮，连连点头，心想夏祥果然是个人才，只第一句破题就颇有吉祥之意。

高亥又走了几步，悄无声息地来到了张厚的身后，见张厚的破题之句是“天监不远，民心可知”，不由得眼皮跳了跳，微不可察地摇了摇头。

讲武殿不是朝会大殿，又因是主持考试，文昌举、陈封、章则是以及多增加的几名阅卷官，坐在文案之后阅卷。滕正元的试卷递交上来之后，文昌举看也未看，随即拿起红笔在滕正元的试卷之上一画，当作废卷抛到了一旁。

众考子一看，心中大惊，脸露愕然惊恐之色，都忙埋头继续书写文章，不敢再抢先交卷了。

文昌举既然杀鸡儆猴，就索性一杀到底，低声对陈封、章则是说道：“取消滕正元第二第三场考试资格。”

殿试共分三场，此为第一场。若是允许参加第二第三场考试，滕正元或许还有机会翻身。取消了后两场的考试资格，相当于滕正元前功尽弃，之前参加的省试也一并作废，此次大比，便没有名次了，只能三年后再来。

向来只要是通过省试参加殿试者，都会有名次，哪怕排名最后，也算是有出身了。众考子面面相觑，只不过第一名交卷，就被取消成绩，卷子看也未看就当成废卷丢弃，也太不讲理了。

若是在平常其他地方，众考子必定拍案而起，争上一争。只是此时身在讲武殿，皇上在座，谁也不敢冒犯天威，万一一言不慎惹怒了圣上，别说功名被除，怕是连身家性命也难保。是以众考子敢怒不敢言，只是继续埋头写文。

又不多时，夏祥起身第二个交了试卷。

文昌举眼皮抬也未抬，并不多看夏祥一眼，目光淡淡地落在了夏祥的试卷之上——和省试糊名考试不同的是，殿试不再糊名——脸上的肌肉猛然抽搐几下，眼睛瞪得如铜铃一般大小，他双眼猛然上翻，目光如电般射向夏祥。

夏祥淡然而笑，微鞠一躬，转身走了。交卷之后要出殿休息，不得在殿中停留以免打扰其他考子。

文昌举的目光在夏祥后背之上，如影随形，久久不肯收回，直到夏祥的身影消失在殿外，他才如梦初醒一般收回目光，急急地将夏祥试卷从头到尾通读一遍，汗水流了下来。

当年司马饰读到连车的文章时不觉汗出，是因为连车文章铿锵有力，一团锦绣。文昌举读夏祥文章汗如雨下，可不是因为夏祥文章众无有，水之汉江星之斗，而是夏祥殿试的试卷居然和省试时的试卷一模一样！

文昌举大惊失色，他强压心中的骇然，又看了一遍夏祥的文章，他没有看错，确实是夏祥省试之时的文章，一字不差。他蓦然明白了什么，脸色惨白，二话不说红笔一抹，将夏祥的试卷也当成了废卷，扔到一旁。

陈封眉毛一挑，就要发作，却被章则是悄悄一拉袖子，只好按捺住了心中的怒火。章则是一脸春风拂面的笑容，冲陈封意味深长地摇了摇头。

章则是笑完之后，又一脸关切地问道："文尚书，可是身体不适？"

文昌举肃然正色地摇了摇头："为圣上办事，本官就算肝脑涂地也在所不惜，小小身体不适，何足挂齿？"

张厚目睹了夏祥交卷之后又被文昌举一笔画掉功名的全过程，目瞪口呆，不知是该惋惜夏祥好不容易榜上有名得以参加殿试却再次被文昌举拿掉了晋身机会，还是该庆幸方才他本想抢在夏祥面前交卷，却晚了一步，躲过了一劫？

只是文昌举何以对夏祥如此穷追猛打？又没有不共戴天之仇，为何非要毁了夏祥前途？又是在殿试之时，皇上亲临，他还敢如此大胆，难不成有什么隐情不成？

张厚想了一想，见无人再敢交卷，便起身交了试卷。他不信文昌举会将他的试卷也一笔作废，如果真是如此，文昌举就是疯了。

张厚交卷之后，有意停留片刻。见文昌举面无表情地看了几眼他的试卷，并没有拿起红笔一笔画下，才放心地转身离去。

随后，沈包、吴永旺、蔡北等人也陆续交卷。

张厚出了讲武殿，见夏祥和滕正元二人站在殿外的台阶下，各自望天，不由得摇了摇头，快步来到二人面前，将文昌举废掉二人试卷之事一说。夏祥不慌不忙地笑了："果不其然，文尚书还是没能沉住气，可惜了。"

滕正元也是一脸淡定，并没有惊慌失措，他仰面朝天，冷冷一笑："做贼心虚罢了。既然他徇私舞弊，有讳圣贤教诲，罔顾国法，我二人便要'欲为圣朝除弊事，肯将衰朽惜残年'，拼了性命也要为天下子考子讨还公道！"

"如何讨还？"张厚虽有几分同情，却觉得夏祥和滕正元过于自信和不知天高地厚了，冷笑道，"行事莫要书生意气，小心赔了夫人又折兵。"

滕正元轻蔑地哼了一声："请君暂上凌烟阁，若个书生万户侯？书生仗剑，也可平天下。"

夏祥摇了摇头，只是淡淡一笑，并不说话。多说无益，且看事情下一步的态势如何发展。

不多时大多数考子交卷出来，各自议论一番，陈封出来了，站在台阶之上，宣布了第一场考试的结果："除滕正元、夏祥之外，其余考子准备第二场考试。"

众人哗然，方才有人并未注意到夏祥、滕正元二人的试卷被废弃，听闻此言，不少人不敢相信自己的耳朵。省试通过之后参加殿试者，极少有被刷下，最低也会是一个五等同进士出身。

夏祥和滕正元顿时成了众人瞩目的中心，有人安慰，有人想要问清缘由，有人嘲笑，有人漠然。夏祥和滕正元却是若无其事地转身就走，留给众人两个寂寥却又洒脱的背影。

第二场考试刚一开始，文昌举见考子中少了夏祥和滕正元，嘴角悄悄露出一丝耐人寻味的笑容。高亥也是微微一笑，神秘而意味深长。陈封和章则是对视一眼，会心一笑。

考试才开始不久，忽听外面传来"咚、咚、咚"的鼓声，鼓声悠远而沉闷，文昌举正手提毛笔批阅试卷，人惊手松，毛笔失手落在试卷之上，弄得试卷花了一片。

"何人在敲登闻鼓？"纱帘后面传来皇上威严的声音，"带上来。"

"皇上，正在殿试，若是打扰了考子行文，是为不妥……"文昌举想要阻止皇上，心中却是恨得咬牙切齿，他万万没想到夏祥和滕正元会敲响登闻鼓。

悬挂在府县衙门之外的登闻鼓，可以由百姓直接击鼓喊冤。悬挂在朝堂之外的登闻鼓，可以由臣民击鼓向皇上谏议。大夏之初，太祖立下规矩，凡击登闻鼓，皇帝不管在干什么，都必须上朝听取谏议。

“祖宗规矩不可废。”皇上只淡淡说了一句，便不再多说。

文昌举知道圣意已决，无奈之下只好暂停殿试，令人带击鼓者上殿。不多时，夏祥和滕正元在内侍的带领下，再次来到讲武殿。

/ 第六十六章 /

一战成名

张厚、沈包、蔡北等人看到如此戏剧性的一幕，都翘首以待，想看看夏祥如何为自己辩解。若是无理取闹，就犯了欺君之罪，莫说功名，连性命都会丢掉。是以一众考子此时都无心再考，都想看看到底发生了什么。

“你二人欺君罔上，一人应付殿试，只求速度，不求多思，藐视科场。一人文不对题，乱写一气。将你二人除名，理所应当，你二人还敢搅乱殿试，莫非还想藐视圣上不成？”文昌举先为二人扣了一顶大帽子，好让二人知难而退，不敢乱说。

皇上人在纱帘之后，又离得远，不知是何脸色，只听皇上平和的语气，夏祥就更加坚定了他的想法——皇上并未动怒。

“文卿，且听夏祥和滕正元说上一说。”皇上声音一顿，轻微咳嗽几声，“夏祥、滕正元，你二人不必担心，也不用害怕，有何冤屈尽管道来，自有朕为你们做主。站起来说话。”

“谢圣上。”夏祥起身，微微弯腰，“圣上，学生第一场考试，第二名交卷，交错了卷子，文尚书却将学生卷子判为废卷，学生并无意见，本是学生之错……”

文昌举眼皮猛然跳了几下，暗道不好，夏祥真是狡诈，竟然还有后手。

“为何交错试卷？”皇上也是颇感好奇。

“学生将在省试之时所答之题又重写了一遍，然后再写今日殿试之题，交卷时仓促之下，并未细看，结果拿错了试卷。”夏祥态度恭敬而认真。

“如此说来，你同时写了两篇文章，一篇旧作一篇新作？”皇上更是不解了，“为何要将省试之时的试卷再写一遍，是何道理？”

“回圣上，因省试之时所答之题和今日之题有呼应之意，是以学生重写一遍，可以更好地为今日圣上的命题破题。”夏祥偷眼看了滕正元一眼，见滕正元神色自若，并不恐慌，心中暗暗称奇。

“竟有此事？”皇上奇道，“朕记得省试之时的题目是《刑赏论》，殿试是

《民监赋》，并无相通之处。夏祥，你如何破题？”

“《民监赋》，学生破题是——运启元圣，天临兆民……”夏祥答道，“《刑赏论》，学生的立意是疑罪从轻，破题是——上天有好生之德，圣上有宽厚之恩……”

高亥嘴角一咧，险些没有笑出声来，若不是此时身在讲武殿中，他已经跳将起来，鼓掌叫好了。好一个夏祥，非但文采出众，还颇会揣摩圣意，《刑赏论》的破题当时他阅卷时，并没有觉得有多出众，但和《民监赋》的破题结合起来，便有了曲径通幽之妙浑然天成之趣。大夏科举多年，考子无数，夏祥是将省试和殿试完全不同的题目破题之时可以合二为一的第一人。

文昌举双眼一闭，掩饰不住一脸的悲伤，夏祥之才，比他预期中还要高上十倍不止。费尽心机不让夏祥参加殿试，不想还是功亏一篑，夏祥得以朝见皇上，才和皇上寥寥数语，便迎合了圣意，真是一个妖孽！

“都是上天护佑祖宗庇护，朕怎么敢当？呵呵，哈哈。”皇上开怀一笑，“来呀，呈上夏祥的文章。”

“是。”

内侍拿过夏祥省试和殿试的两篇文章，隔着纱帘递了过去，随后纱帘中便悄无声息了。过了少许，只听得皇上咳嗽一声。又过了一会儿，传来了皇上手指轻叩龙案的声音。大殿之上鸦雀无声，都不敢有些许动静，就连文昌举也是屏住了呼吸，等待皇上一言九鼎的定论。

“滕正元，你又有何冤屈？”皇上终于开口了，却只字不提夏祥的试卷如何。

“回圣上，学生方才第一名交卷，不知哪里不妥被文尚书一笔勾掉功名？学生听夏祥一番话，忽然也想起，方才所交的试卷也是有误，不是学生文章，是抄袭夏祥之文。”滕正元一本正经地说出了自己的冤屈，“学生自己所作之文，在学生的考案之上。”

什么？抄袭？还是当着圣上之面承认抄袭，滕正元是脑子坏掉了还是傻掉了？不要功名也就算了，难不成连命都不想要了？

“竟然是抄袭？真是胆大包天！”

“何止胆大包天，完全就是无法无天！”

“不对，滕正元和夏祥并未坐在一起，他有千里眼不成，怎能抄袭夏祥？”

“也是，他怎么可能看到夏祥的文章，一派胡言。”

“一派胡言！”文昌举气极，在皇上面前不好当场发作，却还是气得双手发抖，“滕正元，你欺君罔上，罪不可赦，你退下！”

“且听他说完。”皇上也不生气，又轻轻咳嗽几声，“他既击鼓鸣冤，也要让他有一个辩解的机会。”

“圣上英明。”滕正元虽不如夏祥说话谦恭而到位，态度却是十分恭敬，“学生抄袭的是夏祥在省试之时所作之文。学生以为，夏祥文章，汪洋恣肆，气势磅礴，有值得学生学习之处，是以默写下来，以寻求灵感。正是得了夏祥文章之助，学生才才思顿开，一气呵成了《民监赋》的策论。只是交卷之时，一时激动，竟拿了夏祥文章去交。还好文尚书红笔一笔画掉，成了废卷，才没有误以为学生是一名文贼。”

不知何故，听了“文贼”二字，文昌举老脸微微一红，蔡北也是眼神跳跃不停，坐立不安。“圣上，臣以为，夏祥和滕正元有串通之嫌，二人故意搅乱殿试，其心可诛，其行可杀。”

阅卷官中有一人挺身而出，义正词严地上书：“臣提请圣上严惩二人，革除功名，永不录用！”

高亥眼皮一抬，见上书之人高大威猛，生得面如黑锅，络腮胡子，乍一看如同一员武将，其实他是地道的文官，是吏部侍郎熊始望。

“熊侍郎此言差矣。”高亥见时机到了，出列反驳，“圣上，大夏科举，承前朝惯例又有所革新，太祖太宗为大夏广开纳贤之门，不拘一格网罗天下有识之士，若是事事墨守成规，岂有如今大夏之疆土？岂有今日大夏之盛世？”

“圣上，高侍郎之言，妖言惑众，有辱圣听，微臣……”文昌举忍不住跳了出来，想要和高亥一较高下。

“咳咳……”皇上咳嗽几声。

“官家龙体欠安，你等就不能让官家省省心，别再吵了？”内侍常关朝几人扫了一眼，又朝高亥使了个眼色，“官家今日主持殿试已是尽力了，你等若是真心爱护官家，就少说几句。”

皇宫之内多半称呼皇上为官家，是亲切而不失恭敬的尊称。

高亥心领神会，当即跪倒：“圣上恕罪，微臣有罪。今日是圣上主考，微臣只是负责阅卷。”

文昌举正无比鄙夷高亥动不动就磕头的奴才做派，猛然听到高亥最后一句话，怦然心惊，才明白过来，今日是皇上主考，不是他，他忙叉手施礼：“微臣知罪，请圣上定夺。”

纱帘无风自动，纱帘之中，半晌没有动静。又过了不知多久，皇上微带疲惫的声音传来：“今日朕有些乏了，就只考一场。文卿，呈上滕正元试卷。”

众考子一听，有喜有忧。喜的是，第一场考得不错的考生，不用怕后两场考不好了。忧的是，第一场考得一般的考生，想在后面两场超水平发挥的希望落空了。

文昌举虽不情愿，却只能听命行事。呈上了滕正元的废卷和第二张试卷。两张卷子递入了纱帘之中，片刻之后，皇上轻声惊叹："咦，竟然一字不差，滕正元你倒是好记性。"

"谢圣上夸奖，学生自小便有一目十行过目不忘的本领。"滕正元言语之中颇有自负之意，又说，"不过学生只是看了一遍夏祥贡院考完之后默写的文章，和他在贡院考试之时所写文章是否一字不差就不得而知了。"

一听此话，文昌举面如纸色，身子摇晃了下，险些当场摔倒。高亥伸手一扶文昌举，无比关切："文尚书可是贵体欠安？"

文昌举用力推开高亥："小人，真小人也。"

高亥呵呵一笑，挺直了腰板："文尚书过奖了，下官虽官职不如尚书，却比尚书行得正站得直，也高了少许。"

高亥身高确实比文昌举高了几分。

文昌举气得已经说不出话了。

皇上淡淡说道："夏祥，你默写的文章是否和考试之时，一字不差？"

"回圣上，学生虽无过目不忘的本领，却也相信默写自己的文章，可以一字不差。"夏祥有意停顿一下，"只是怕……没有对证了。"

"怎会没有对证？"高亥顺势接话，"调出贡院的试卷对比一下，不就一目了然了？"

"来，调夏祥贡院试卷。"皇上的好奇心充分被调动了。

"是。"常关拉长了声调，"官家有旨，调夏祥贡院省试试卷。"

不多时，夏祥贡院试卷被调了出来，呈到了皇上案头。此时文昌举双腿发抖，几乎站立不稳。高亥冷眼旁观，心中暗自庆幸走对了一步，当时若是不听曹用果之话，今日双腿发抖之人就是他了。他无比感激曹用果，心想一定要为曹用果在皇上面前美言几句。

通常来说，省试排名靠前的考子文章，皇上会事先看上一些，同时，主考官和考官也都会在皇上面前吹风，重点介绍几名有望夺魁的考生姓名。夏祥因为排名极其靠后，又是最后才补录上去，是以皇上并未见过他的文章。

卷子递进了纱帘。

文昌举不停发抖，冷汗森森，脸色惨白，高亥心知肚明，嘿嘿一笑，悄声问道："文尚书身体不适，就该好生休息将养一些时日，不必如此用心操劳。朝廷上下，虽倚重文尚书之处甚多，却也不能事事都依仗文尚书，朝廷人才济济，文尚书大可安心养病。”

文昌举双目喷火，想起以前高亥对他的谦恭和言听计从，再看此时高亥的冷嘲热讽和幸灾乐祸，他痛恨当初瞎了狗眼提携并重用高亥，恨不得揪下高亥的一颗大头当球踢。

只可惜，此时他已经完全没有翻云覆雨之力了。高亥在放榜的最后关头，录取了夏祥，得知事情无可挽回时，他私下和蔡北好生交代了一番，却还是万万没有想到，除了高亥之外，还有一个滕正元敢在殿试之时当着圣上之面为夏祥出头，和夏祥一唱一和，上演了一出好戏。他和蔡北拟定的对策，竟然全然派不上用场。

“蔡北……”

谁也没有想到，夏祥的试卷递进了纱帘之后，过了半晌，皇上一开口，叫的却是蔡北。

“学生在。”蔡北忙出列，撩袍跪倒，“恭祝陛下圣躬万福。”

蔡北跪倒之时，偷眼向文昌举示意，文昌举微微摇头，示意他不要多说。蔡北心领神会地点了点头，想起雨中小舟之上文昌举的再三叮嘱，心中虽有担忧事情败露，却坚信有文昌举在，一切自会迎刃而解。

“你师承何人？”皇上突然问起一个谁也想不到的问题。

“回圣上，学生师承文尚书。”蔡北如实回答，又唯恐别人非议，“举贤不避亲，况且科场之上，糊名誊录，可保公正。”

“滕正元，你的授业恩师是谁？”皇上并不接蔡北的话。

“回圣上，学生只读过几年私塾，后自学读书，并无师承。”滕正元暗自心惊，谁说皇上病了，皇上心明眼亮，智慧如海。所问问题，看似不着边际，实则步步危机。

“夏祥，你的老师又是何人？”皇上话题又转到了夏祥身上。

“回圣上，夏祥承蒙陛下教诲培养。”夏祥心明如镜，皇上虽龙体欠安，却事事看得清澈，今日殿试不见三王爷和候平磐，想必是皇上有意为之。

“呵呵，好一个夏祥。”皇上开心地笑了几声，声音中透露出几分喜悦，却陡然语气一冷，“好一个夏祥，自称是天子门生，何故做出抄袭的不耻之事？”

夏祥慌张跪倒：“圣上，学生惶恐，不知抄袭了何人？”

“还敢狡辩！”皇上似乎震怒了，猛然将几份试卷甩出了纱帘，试卷散落金砖之上，滑到了陈封面前，“你试卷之上的文章，和你今日之文，笔迹不符，且文章之中所用语句，大多抄袭蔡北文章，你还有何话说？”

陈封捡起地上的试卷，和章则是对视一眼，二人迅速整理一番，收了起来。

夏祥声音颤抖，好像被吓得不轻："圣、圣上，可否让学生看一看学生的贡院试卷？"

"准了。"

听皇上恩准，陈封来到夏祥面前，递上试卷。夏祥只看了一眼，就心中狂喜，文昌举呀文昌举，真没想到你胆大妄为到了如此地步，今日不除去你为民除害为天下辛辛苦苦十年寒窗的读书人请命，我便白读了十年圣贤书，我便不姓夏！

"圣上，贡院试卷，虽是学生文章，却非本人亲笔，望圣上明鉴。"夏祥知道机不可失，此时还不当面说出真相更待何时。

此话一出，语惊四座，所有考子都一时震惊。贡院考试，要糊名和誊录，夏祥此话等于是说有人舞弊。不用想，舞弊之人必是考官之一。

"真有此事？"皇上冷哼一声，"文卿，你有何话说？"

文昌举再也站立不稳，"扑通"一声跪倒在地："圣上，微臣知罪，请圣上降罪。"

嗯？夏祥蓦然一愣，他还以为文昌举还会挣扎一番，不想文昌举竟然直接承认了，倒是大大出乎他的意料。又一想，不由得暗暗佩服文昌举的老奸巨猾，若是狡辩一番再被迫承认，说不定会惹得皇上大动肝火。与其如此，还不如现在就认罪。

"哼，文昌举，你还知罪？你眼中还有没有朕？你眼中还有没有圣贤教诲？还有没有朝廷法度？"皇上再次掷出一份试卷，"蔡北，你可知罪？"

蔡北此时吓得俯首地上，连连磕头："学生知罪，学生知罪。学生贪求功名，抄袭了夏祥文章，又将夏祥文章毁去，让他落榜。学生有损圣人言教，有辱读书人清名，愿领罪。"

文昌举俯首认罪，蔡北情知大势已去，再负隅顽抗不但没有必要，他也没有勇气敢在皇上面前乱说，是以一口气说出了事情的来龙去脉。当然，他并不知晓文昌举让他抄袭夏祥文章李代桃僵的背后，还有三王爷的插手。

"混账！"

"无耻败类！"

"斯文败类！"

"不杀不足以平民愤！"

众考子一听此话，顿时群情沸腾，也不顾是在讲武殿上，无一人不义愤填膺，纷纷指责文昌举和蔡北师徒二人沆瀣一气抄袭夏祥文章的无耻之举。

"肃静，肃静！"常关尖着嗓子喊了一声，"怎么着，想造反不成？"

一句话顿时震得众考子不敢再多说一句。

“文昌举，你还有何话说？”皇上直呼文昌举之名，可见对文昌举已是极度不满。科场舞弊之事，自大夏立国以来，此属首次。他心中难压怒火，主持殿试十数次来，第一次见到如此严重的科场舞弊，且是他生病之际，一种被蒙骗的羞辱感涌上心头。

“微臣知罪，微臣知罪……”文昌举瘫软在地，浑身发抖，心中无比清楚他是被高亥、陈封、章则是三人联手推下了火坑。虽说火坑是他受三王爷指使为夏祥所挖，最终却是埋了自己，怪得了谁？三王爷只让他拿下夏祥功名，却没有让蔡北抄袭夏祥试卷，是他一心想扶蔡北上位，才做出了不明智之举。

只能怪自己太贪心太糊涂。

只是他明明让高亥将夏祥试卷毁去，高亥并未毁去，为何今日调夏祥试卷，还是他让人做假的试卷？是谁在背后有意落井下石？是高亥、陈封还是章则是？

不管是三人之中的哪一个，他们背后必定有人指使，否则三人断不可冒着得罪三王爷的风险而非要置他于死地。那么三人的背后到底是谁？景王还是庆王？

“高亥，明知故犯，知法犯法，徇私舞弊，文昌举该当何罪？”皇上不问别人，偏问高亥。

熊始望暗中擦了一把冷汗，幸好刚才没有一心为文昌举出头，老匹夫暗中做出了这么大的纰漏，还想拉他下水？真是坏透了。

陈封和章则是对视一眼，二人微不可察地动了动嘴角，又同时摇了摇头，都心中清楚，文昌举危矣。

/ 第六十七章 /

龙潭虎穴

“按罪当斩。”高亥才不会客气，拿出了痛打落水狗的架势，“此事是大夏立国百十年来第一科场舞弊案，又是主考官和他的学生联手抄袭平民考子试卷，传扬出去，会令天下考子心寒。不杀不足以平民愤，不杀不足以安抚天下士子之心。臣以为，应将文昌举斩首示众，并诏告天下，以儆效尤！”

文昌举气得险些没有咬碎一口老牙，往常高亥对他人前恭敬人后恭维，不想此时竟要置他于死地，真是知人知面不知心，高亥居然是如此忘恩负义狼心狗肺之人。

“熊侍郎，你说文昌举该当何罪？”皇上不问和文昌举同在礼部为官的陈封，也不问同为考官的章则是，却问起了吏部侍郎熊始望。

夏祥却是知道熊始望是三王爷之人，心中一跳，皇上此问，大有深意。

“圣上，文尚书虽罪大恶极，有负圣恩，却也为朝廷效力多年，且有悔过之心，臣以为，罚俸三年，贬谪岭南。”熊始望本想说罢官为民，一想贬谪岭南看似比罢官的处置还要严重，总是有重新起用之时，虽岭南路途偏远又有瘴气，总好过致仕回家。且文昌举一把年纪了，说不得贬谪不久，皇上一时心软，又召回京城了。

“陈卿、章卿有何看法？”皇上的声音比起刚才平和了几分，似乎怒气已然消了大半。

陈封弯腰说道：“回圣上，臣以为……当斩！”

章则是更干脆：“圣上，不杀文昌举，会寒了天下士子之心。”

皇上沉吟不语，过了少许：“夏祥，你说朕该如何处置文昌举？”

所有人的目光都射向了夏祥，夏祥深受文昌举之害，若不是夏祥的黑榜之事，再加上背后有人帮他策应，他就痛失功名，更没有今日面君之幸了，夏祥必定想置文昌举于死地。

文昌举一脸灰白，抬头看了夏祥一眼。蔡北面如死灰，俯在地上也偷看夏祥脸色。坐在下面的张厚、沈包、吴永旺等人，也是各怀心思地看向了夏祥，等夏祥的回答。

夏祥目光平静，脸色淡然，仿佛他所受的天大委屈不过是过眼烟云。他深吸了一口气，在所有人的瞩目和期待中，一字一句地说道：“圣上，学生听闻乱世不杀功臣，是为义。盛世不杀士大夫，是为仁。大夏以仁义立国，如今正逢盛世，文尚书杀不得！”

“好一个乱世不杀功臣，盛世不杀士大夫。”皇上拍案叫好，哈哈一笑，“文昌举罚三年俸禄，削职为民。蔡北科场舞弊，三科之内不许再考。夏祥文采出众，考官放你在第五甲，有失公允，现升你为第二甲。滕正元虽检举有功，却有搅乱科场之嫌，功过相抵。也因策论深得朕心，列入第二甲。”

文昌举虚脱在地，连呼万岁。高亥目光深沉地看了夏祥一眼，也是跪谢皇恩。陈封暗中打量夏祥几眼，眼中流露出惊奇和敬佩之意。章则是不动声色地嘴角微微一翘，似笑非笑。

因皇上龙体欠安，原定三场的殿试，只一场就定了高低。除了夏祥和滕正元当场被皇上金口钦点为二甲进士之外，其余人等要等传胪之时才会知道名次。

出了皇宫，张厚便冲夏祥说道：“夏兄，既然你和滕兄都是二甲，可见状元无望了。为兄不才，此次必定状元高中了，哈哈。走，去太平居小聚，为兄做东，庆祝夏兄二甲及第，也预祝为兄状元在身。”

夏祥不忍拂张厚好意，又叫上沈包、滕正元、吴永旺。滕正元又约了刚刚结识的考子李子文、郑好二人，一群人浩浩荡荡直奔太平居而去。

连若涵不在太平居。

酒至三巡，张厚喝至半酣，让人去客栈取了他的状元袍，穿在身上，手舞足蹈一番，兴之所至，还在墙上题诗一首。夏祥再三相劝，却还是劝不住他，最后张厚喝得酩酊大醉。

谁也没有注意的是，在张厚穿着状元袍手舞足蹈之时，正好被外面路过一人看个正着，他虽策马而过，只看了张厚一眼，却将张厚得意忘形的做派看得一清二楚，嘴角闪过一丝轻蔑和鄙夷之色。

是夜，他夜入皇宫，将张厚的张狂之态向皇上说了一说，皇上大怒，想到张厚果然被他钦点为状元，虽欣赏张厚才华，却不喜他轻浮张狂的为人，遂将他贬到二甲，位于夏祥、滕正元之后。随后又新点了状元，于次日放榜。

若是让张厚得知他的状元得而复失是因为他所投靠的庆王之故，他说不得会后悔到庆王府投诚了。

三日后，众考子齐聚集英殿，皇上依旧坐于纱帘之后，由宰相候平磐唱名，宣布了大比名次。

候平磐年约五旬，清瘦，双眼细长，有一尺长须，当前一站，并无宰相之威，却有飘逸出尘之意。他站在殿檐之上，手持黄卷，开始唱榜：“端瑞五年秋月十日，测试天下贡士，第一甲赐进士及第，第一名沈包，引出班就御道左跪。第二名吴永旺，引出班就道右稍后跪。第三名郑好，引出班就御道左又稍后跪。”

每人名字连唱三次，每唱一次，旁边有七名卫士齐声传呼，声势惊人。

张厚双手握拳，听到状元不是他时就已然不敢相信，再听到状元竟是沈包，更是大感耻辱和愤怒。他站在沈包右侧，双眼眯成一条缝，对沈包怒目而视，心想定是他的状元袍第一次被沈包穿过，才让沈包中了状元，真是可恶至极。

沈包难掩心中惊喜，被唱名时，直如做梦一般，直到夏祥拉动他的衣袖，提醒他赶紧出列跪拜时，他才如梦方醒。

随后，候平磐唱了第二甲。

夏祥名列第二甲第一名，滕正元第二甲第二名，张厚第二甲第十五名。第二甲只唱一次。

公布名次完毕之后，皇上赐宴琼林苑。

新科进士由皇上赐宴，是由太宗之时所传规矩。琼林苑本在临安，后迁都上京后，又在上京建造了一座琼林苑，比起临安的琼林苑更宽广奢华。

琼林宴后，张厚吵嚷着要回家，三年之后再来考取状元，被夏祥劝住。最后夏祥和沈包以及滕正元、吴永旺几人轮流劝说，又因张厚和沈包有约在先，沈包中了状元，让张厚遵守约定听从他的安排，张厚才打消了念头，勉强接受了只中了二甲进士的现实。

因文昌举科场舞弊一案，夏祥一战成名，被天下士子称道。夏祥以白衣之身，扳倒当朝二品大员，还大夏科举清明，天下士子无不交口称赞，人称夏祥为玉面郎君。夏祥声名鹊起，成为无数士子的楷模。

夏祥虽只是二甲第一名，却比状元沈包还要风光，一时风头无两，京城之中凡是有尚未出阁之女的高官权贵，都想嫁女于夏祥。幸好连若涵早有防备，提前让夏祥搬离了全有客栈，前来客栈捉婿之人扑了个空，找不到夏祥的落脚之地，只好悻悻而归。

不过和夏祥交好之人，还是知道夏祥在观心阁，夏祥一连几日在观心阁招待前来祝贺的宾客，应接不暇，他才意识到，原来他在上京城，不知何时已然有了如此多的友人。当然，其中也有沈包同住观心阁之故。观心阁有二甲第一名、名动天下的夏祥不说，还有一名状元，一时成为京城名地。

有权贵要出巨资买下观心阁，以图吉祥喜庆，被连若涵婉拒。夏祥却是赞叹连若涵不愧为经营奇才，让他和沈包只住了数日，观心阁的价值就翻了数倍有余。连若涵却说，此时若是卖了观心阁，价值再高，也是有限。留在手中，待日后夏祥和沈包名满天下权倾朝野之时，观心阁就是无价之宝了。

这一日，刚刚送走一拨慕名而来的同年士子，又听管家来报，庆王和见王来访。

什么？夏祥惊喜之余，又有一丝隐隐担忧，若只是见王来访还好，他和庆王并无交集，庆王以王爷之尊前来观心阁，必定大有来意。

夏祥不敢怠慢，忙迎出门外。门外，庆王和见王正谈笑风生，等候他的迎接。他急忙上前，叉手施礼："庆王殿下、见王殿下，在下迎接来迟，还望恕罪。"

庆王微微一笑："不必多礼。"

见王却是不耐烦地挥了挥手："夏祥你不必客套，快快进去，本王有话要和你好好说说。"

见王会有什么话和他好好说说？夏祥满心疑惑，却又不敢多问，忙引领庆王和见王来到客厅。刚一落座，见王突兀地就问了一句："夏祥，我有一个好去处，你可否愿意前往？"

殿试唱名之后，不必再经吏部考试，可以直接授官。一甲前三名，即状元、榜眼和探花会授予七品编修，入职翰林院。数年后从翰林院出来，会去礼部、吏部或是工部，大多是京官，不会外放。而二甲进士出身，通常会外放为县令。

夏祥是二甲第一名，去处不是六部之一，就是有望任职上京府。不过因夏祥之文深得皇上之心，皇上想留夏祥在身边草拟诏书或是另有任用，也未可知。是以夏祥几日来除了接待宾客之外，也在等候任命。

见王虽是一字王，和庆王平起平坐，却只有封号并无实职，不如三王爷星王掌管吏部是职权所在，庆王节制礼部也是皇命所定，他并无实职。是以他上来便提去处之事，不由得夏祥不为之一惊。

"见王殿下牵挂在下，在下铭记在心。"夏祥微一停顿，见庆王淡然而笑，心中就更有了计较，"景王殿下身体安康否？"

庆王呵呵一笑，也更加坚定了自己的判断，夏祥是一个聪明人，识大体知进退，不接见王之话是因为他清楚见王无权过问吏部之事。

见王却以为夏祥不明白他话的意思，抓住了夏祥的衣袖："夏祥，我是问你，有一个好地方有空缺，你是否想去？"

夏祥无奈，见王介入吏部之事，是为僭越，他好歹也是堂堂王爷，怎会如此有失大体，何况庆王殿下在侧。

“固所愿，不敢请耳。”夏祥只好推托说道，“且听吏部任命。”

“等什么吏部任命，吏部是三王叔掌管，他能安排你去好地方才怪。”见王以为夏祥不开窍，一脸恨铁不成钢的痛惜，“你扳倒了三王叔的一员大将，文昌举被罢官，高亥接任礼部尚书，三王叔对你恨之入骨，恨不得将你外放到琼州为官。琼州是什么地方？九死一生之地，都是流放之官，你一个新晋进士，若真的被外放到琼州为官，和流放有何不同？”

三王爷若是真的把他安置到琼州，倒还真是一条毒计，让他有口难辩，说不得老死或是病死在琼州也未可知。

“不知见王殿下所说的好去处是哪里？”夏祥自然不想去偏远的琼州之地，见庆王始终似笑非笑不发一言，忍不住想从见王口中得知一些消息。

“鸿胪寺。”见王哈哈一笑，居高临下地拍了拍夏祥的肩膀，他和夏祥年龄相仿，却故作老成地说道，“本王和吏部侍郎熊始望说好了，你任鸿胪寺主簿，正七品。”

进士出身正七品起步，算是优待了，只是去鸿胪寺却非夏祥所愿，且又是主簿之职。主簿在大夏是文吏官，诸多事务缠身，难以施展才华。

隋、唐以前，主簿因是长官的亲吏，权势颇重。魏、晋以下统兵开府之大臣幕府中，主簿常参机要，总领府事。习凿齿曾为桓温的主簿，时人曰“三十年看儒书，不如一诣习主簿”。此为主簿权势最盛之时。只是到了大夏，主簿只是掌管文书，负责日常事务。

见王继续得意扬扬地说道：“夏祥，你莫要小瞧鸿胪寺主簿，官儿虽小，职权不大，却有大大的好处，比如可以遍游四海，可以出使海外，可以接见外国使节，可以游历天下。到时本王随你一起出使，踏遍五湖四海，赏尽世间美景，岂不快哉？”

原来见王包藏私心，夏祥哭笑不得，没想到见王竟是一个喜好游山玩水之人，大夏疆土之广，他应该还没有走遍，却又想着到大夏之外的国土游历，以王爷之尊，倒也算是难得的性情中人了。

“承蒙见王殿下厚爱，只是在下平生志向，并不在游山玩水，而是报效朝廷。”夏祥婉拒了见王的好意，心想庆王此来，绝非只为陪同见王，必定有事，只是庆王始终不发一言，莫非在等什么时机？

“结交友邦，传播大夏威名，就不是报效朝廷了？笑话。以你的意思，当年昭君出塞，文成公主嫁到西域，都不是报效朝廷了？夏祥，你是二甲第一名的进士，怎会如此肤浅？”见王痛心疾首地摇了摇头，转身对庆王说道，“四王叔，本王是不是看错人了？”

庆王负手而立，漫不经心地看了夏祥一眼，淡然一笑："王侄，夏祥既不肤浅也不是不想入职鸿胪寺，而是他早已有了计较。"

"什么计较？去哪里为官他又说了不算。"见王斜眼看了夏祥一下。

"他是说了不算，问题是，王侄你说了也不算。"庆王胸有成竹地说道，"依本王之见，吏部不会让夏祥留在京城为官，也不会远放他到琼州，而是会……"

"会如何？"见王大有疑惑。

"怕是会选一处不远不近的下县为官。"夏祥自是清楚他现在在三王爷和候平磐眼中，必是首要打压之人，若远放琼州，则太过明显。安置到鸿胪寺任主簿，虽官小言轻，却毕竟在京城之中，难免会被皇上惦记，是以最好的处置之法就是选一处小县为官，待三年之后考评，评定为差等，他以后就升迁无望了。

大夏县分作赤、畿、次赤、次畿、望、紧、上、中、中下、下十等。京城、陪都城内及附近的县依次分为赤、畿、次赤、次畿一至四个等级，其他五至十等级的县以户口多少划分，依次是四千户以上为望县，三千户以上为紧县，二千户以上为上县，一千户以上为中县，五百户以上为中下县，不足五百户为下县。

不足五百户的下县，就算有通天之能，也难出政绩，吏部考核自不会有好评。

"哈哈。"庆王拊掌大笑，"夏郎君倒是有趣得紧，不过依本王之见，吏部倒也没有如此苛刻，二甲第一名的进士出身，委任到中县为官，也勉强说得过去。"

管家连升进来禀告："夏郎君，吏部侍郎熊始望来访。"

夏祥没想到熊始望竟亲自登门，忙向庆王、见王告罪，迎出门来。和熊始望寒暄几句，引熊始望来到会客厅。

熊始望见庆王和见王果然在此，不由得暗暗一惊，见过庆王、见王之后，他也不客套，直接颁布了吏部奏绶告身。

奏绶告身，是由吏部注拟、尚书省具钞上奏，以御画奏钞绶官，用于知府知县官员的任命。按说知县任命，用不着熊始望亲自出动，熊始望却是听说庆王和见王在观心阁和夏祥会见，是以决定亲自前来一探究竟。

"熊侍郎，吏部派夏祥去了哪里？"见王按捺不住好奇，"本王先前和你所说，你可是办妥了？"

熊始望面有愧色："见王殿下，下官无能，本想委派夏祥去鸿胪寺，不料却是晚了一步，夏祥的任命已由柴尚书注拟，交由尚书省具钞上奏，批了下来。"

"啊？柴硕老儿一向办事温吞如水，怎的突然就利索了？"见王先是一惊，紧接着又问，"夏祥去了哪里？"

“真定县。”熊始望答道。

“真定县……”见王愣了一愣，想了起来，“距上京三百余里，是一个次赤县。正七品次赤县县令，确实比鸿胪寺主簿强了少许。怪事，吏部怎会委派你到真定县为官，不应该，不应该呀。”

“河北西路真定府真定县……”庆王初听之下，也是一时讶然，微一思忖，忽然又含蓄地笑了，“真定县，好地方，好计谋，好一个龙潭虎穴之地！”